Veröffentlicht von
DREAMSPINNER PRESS

5032 Capital Circle SW, Suite 2, PMB# 279, Tallahassee, FL 32305-7886 USA
www.dreamspinnerpress.com

Pakt des Blutes
Urheberrecht der deutschen Ausgabe © 2021 Dreamspinner Press.
Originaltitel: Covenant in Blood
Urheberrecht © 2021 Ariel Tachna
Original Erstausgabe. November 2008
Übersetzt von Anna Doe.

Umschlagillustration
© 2021 Paul Richmond
http://www.paulrichmondstudio.com
Die Illustrationen auf dem Einband bzw. Titelseite werden nur für darstellerische Zwecke genutzt. Jede abgebildete Person ist ein Model.

Deutsche ISBN. 978-1-64405-968-5
Deutsche eBook Ausgabe. 978-1-64405-973-9
Deutsche Erstausgabe. Juli 2021
v 1.0

Gedruckt in den Vereinigten Staaten von Amerika.

PAKT DES BLUTES

ARIEL TACHNA

Für meine Adoptivschwestern Nancy, Holly, Connie, Cat, Carol, Madeleine, Gwen und Julianne, die den Text wieder und wieder gelesen und Verbesserungsvorschläge gemacht haben. Ohne euch wäre dieser Traum nicht wahrgeworden.

1

DER SONNENAUFGANG kündete den Beginn einer neuen Ära an. Marcel Chavinier, der General der Milice de Sorcellerie und Kommandeur ihrer Truppen im Krieg gegen die rebellierenden dunklen Magier, war zufrieden und fühlte sich in seiner Entschlossenheit bestärkt, die junge Allianz mit den Vampiren zum Erfolg zu führen. Er und seine Magier standen der Gefahr endlich nicht mehr allein gegenüber. Er sah sich in dem abgelegenen kleinen Wartesaal des Gare de Lyon um und stellte fest, dass jeder seiner zwanzig Magier, die an dem soeben siegreich beendeten Kampf teilgenommen hatten, jetzt von einem Vampir begleitet wurde, mit dem er die Kraft seiner Magie teilte. Es war die Frucht der Allianz, die er mit Jean Bellaiche, dem Chef de la Cour der Pariser Vampire, vor sechs Tagen geschlossen hatte. Das Bündnis hatte seinen ersten Test bestanden. Vampire und Magier hatten Seite an Seite gegen Serriers Schergen gekämpft, zwanzig Paare gegen zwanzig dunkle Magier. Sie hatten fünfzehn Gefangene gemacht, die anderen fünf dunklen Magier waren getötet worden. Aber sie selbst hatten keine Verluste zu beklagen, und das war ein großer Erfolg, vor allem wenn man bedachte, wie überraschend schnell der Kampf zu Ende gewesen war.

Natürlich mussten die praktischen Details der Allianz noch ausgearbeitet werden. Marcels Blick fiel auf einen seiner führenden Offiziere, Alain Magnier, und dessen Partner, Orlando St. Clair. Die beiden gaben ihm Hoffnung, dass alles gut gehen würde. Marcel konnte kaum glauben, wie schnell die beiden Männer zueinander gefunden hatten. Schon wenige Tage nach ihrem ersten Treffen war Alain mit Orlando freiwillig den tiefsten Bund eingegangen, den es für einen Vampir gab. Aber Alain schien darüber glücklich zu sein, und der alte Patriarch, der sich unter Marcels militärischer Fassade der letzten Jahre verborgen hielt, war darüber sehr zufrieden. Viele der jungen Magier, die er in den Kampf schickte und die vielleicht fallen würden, waren für ihn wie die eigenen Kinder, die er nie gehabt hatte. Das galt insbesondere für Raymond Payet, der sich von Serrier losgesagt und in dem Chef de la Cour höchstpersönlich seinen Partner gefunden hatte. Marcel hatte seine Zweifel, ob diese Partnerschaft erfolgreich sein würde. Raymond war ein sehr misstrauischer Mensch; dass er jetzt gezwungen war, sein Blut regelmäßig mit einem Vampir zu teilen, war nicht gerade dazu angetan, ihm dieses Misstrauen zu nehmen. Marcel hatte Raymond und den anderen Magiern versprochen, dass sie nur so viel Blut geben mussten, wie die Vampire brauchten, um auch bei Tageslicht kämpfen oder auf Patrouille gehen zu können. Dieses Versprechen wollte er halten. Die neue Entwicklung kam ihm wie ein schlechter Scherz vor. Wer hätte gedacht, dass das Blut des richtigen Magiers es einem Vampir erlauben könnte,

1

die tödlichen Sonnenstrahlen zu überleben? Er selbst hätte es nicht im Traum für möglich gehalten, aber Alain und sein zweiter Leutnant, Thierry Dumont, hatten ihn eines Besseren belehrt.

Marcel sah Thierry und dessen Partner an. Sebastien Noyer war das schwarze Schaf der Pariser Vampire, wenn man Bellaiches schockierter Reaktion auf Noyers Erscheinen heute Nacht glauben durfte. Marcel hielt die Partnerschaft zwischen Thierry und Noyer für durchaus passend, denn Thierry war auch nicht gerade dafür bekannt, sich an die Regeln zu halten. Er hoffte nur, dass Bellaiche – Jean! – seine Vorbehalte gegen Noyer zurückstellen konnte, wenn es darauf ankam, und sei es nur für das Gelingen der Allianz.

Siebzehn weitere Partnerschaften, die sich heute gefunden hatten, standen im Raum verstreut und bewachten die dunklen Magier, die sie gefangen genommen hatten. Gemeinsam, Vampir und Magier, flankierten sie die Gefangenen und verhinderten jeden Fluchtversuch. Marcel beobachtete die Gefangenen und sah die Blicke, mit denen die jüngeren von ihnen bei ihren erfahreneren Gefährten Trost suchten. Er kannte einige von ihnen persönlich, andere hatte er noch nie gesehen. Es bereitete ihm Sorgen, dass Serrier offensichtlich auch außerhalb von Paris Gefolgsleute rekrutierte. Aber im Moment konnte er nichts dagegen unternehmen. Dazu brauchte er mehr Hintergrundinformationen. Vielleicht war es möglich, von den Gefangenen mehr zu erfahren.

Mit einer Handbewegung sorgte er dafür, dass die dunklen Magier nicht mehr sehen und hören konnten, was um sie herum geschah. „Jetzt können sie uns nicht mehr belauschen", verkündete er. „Ich weiß nicht, wie lange es dauern wird, bevor Serrier Suchtrupps aussendet; aber bis dahin sollten wir von hier verschwunden sein. Wir müssen sie ins Hauptquartier bringen, wo wir sie in Ruhe verhören können."

Die Worte des Generals lösten eine gewisse Unruhe aus und die Vampire zogen sich in den Schutz der hintersten Wand zurück. „Was …?" Thierry wunderte sich über die Reaktion seines Partners und der anderen Vampire. Dann dämmerte es ihm. Die Sonne ging schon auf und keiner von ihnen, mit Ausnahme von Orlando, hatte genug Blut getrunken, um ihre Strahlen zu überleben. Thierry sah sich im Wartesaal um. In seinem gegenwärtigen Zustand war der Raum nicht geeignet, um die Intimität zu bieten, die dafür nötig war. Er wusste aus Bellaiches früheren Erklärungen, dass die Vampire niemals in einem so öffentlichen Rahmen trinken würden.

Orlando fühlte das übliche Unwohlsein, als der Tag anbrach. Aber er widerstand dem Impuls, an der Wand Sicherheit zu suchen. Die großen Fenster waren an der Nordseite. Es würde noch Stunden dauern, bevor die Sonne direkt in den Raum schien. Und selbst wenn das geschah, wusste er, dass er ihre Strahlen nicht fürchten musste. Es konnte immer noch Alains Magie in seinen Adern fühlen, die ihn mit ihrem schützenden Mantel umgab. Orlando wandte sich den anderen

2

Vampiren zu. „Seht her", sagte er und ging, im Vertrauen auf die Wirkung von Alains Magie, zur Tür.

Alain musste sich zusammenreißen, um ihn nicht von der Tür wegzuziehen. Seit Orlandos letztem Biss waren Stunden vergangen und sie wussten immer noch nicht, wie lange die Wirkung genau anhielt. Aber Orlando würde seine Einmischung nicht sehr schätzen, dazu war er zu unabhängig und eigenwillig. Außerdem vertraute Alain darauf, dass Orlando nicht unbedacht handeln würde. Wenn Orlando sich noch sicher fühlte, konnte Alain das akzeptieren und seine eigenen Ängste zurückstellen. Trotzdem fühlte er sich unwohl, als Orlando durch die Tür auf den Bahnsteig trat, direkt in das strahlende Sonnenlicht. Dort blieb er einige Minuten grinsend stehen. Er hob den Kopf und genoss es sichtlich, sich von der wärmenden Herbstsonne ins Gesicht scheinen zu lassen. Orlando hatte den ganzen Tag im Freien verbracht, aber das Erlebnis war noch so neu für ihn, dass er es immer noch in vollen Zügen genießen konnte. Nach einigen Minuten kam er in den Wartesaal zurück. Er hatte den anderen Vampiren nur zeigen wollen, dass sie keine Angst vor der Sonne haben mussten, wenn sie nur genug Magierblut von ihren Partnern getrunken hatten.

Alain kam ihm entgegen und suchte in Orlandos Gesicht und an seinen Händen nach Spuren der aschgrauen Farbe, die das erste Anzeichen der Verbrennungen war, die Orlando sich zugezogen hatte, als er sich das letzte Mal zu lange ungeschützt der Sonne ausgesetzt hatte. Alain wollte ihn an sich ziehen und ihm verbieten, solche unbedachten Risiken einzugehen. Doch das wäre vor den anderen Vampiren die falsche Botschaft gewesen. Auch für ihre Partnerschaft wäre es nicht gut gewesen. Orlando war nach seiner Umwandlung zu lange misshandelt, beherrscht und gedemütigt worden. Deshalb musste Alain sich zurückhalten, so sehr er seinen Vampir auch beschützen wollte.

Die anderen Vampire, auch Jean, der am Vortag selbst in der Sonne gestanden hatte, beobachteten Orlando mit der gleichen Aufmerksamkeit. Aber sie hatten einen anderen Grund als Alain. „Und das wird für uns alle so sein?", fragte Jude. „Bist du sicher, dass es nicht nur am Aveu de Sang liegt?"

„Bei mir hat es auch gewirkt", erwiderte Jean. „Und ich habe keinen Avoué." Er sah Sebastien bedeutungsvoll an. Sebastien ließ sich durch die wortlose Anschuldigung nicht aus der Ruhe bringen, wich Jeans Blick aber auch nicht aus.

Thierry fiel auf, was zwischen den beiden Vampiren vor sich ging, doch er hatte keine Erklärung für die offensichtliche Spannung, die zwischen ihnen herrschte. Er nahm sich vor, Sebastien später danach zu fragen. Sie konnten sich solche Konflikte nicht leisten, sondern mussten sich aufeinander verlassen können, nicht nur innerhalb, sondern auch zwischen ihren Partnerschaften.

Nachdem Alain sich davon überzeugt hatte, dass Orlando durch seinen Ausflug in die Sonne keinen Schaden genommen hatte, wandte er sich wieder dem Wartesaal zu. Seine eigene Erfahrung war noch frisch genug, um ihm das Problem sofort klar zu machen, das der offene Raum für die Vampire darstellte.

Er ging zu Marcel. „Wir können das hier nicht machen. Das Trinken ist zu intim und der Raum zu wenig abgeschirmt", flüsterte er ihm zu.

„Aber sie können ihn nicht verlassen", flüsterte Marcel zurück. Er hätte die Vampire mit einer einfachen Bewegung seines Stabes an einen sicheren Ort transportieren können. Doch das hätte weder dem Zusammenhalt zwischen den Partnern gedient, noch den Vampiren die Vorteile ihrer Allianz vor Augen geführt. Marcel sah sich in dem Wartesaal um. Sie konnten die Stühle benutzen, um einen Teil des Raumes abzutrennen. Mit einer einfachen Beschwörung, die alle Geräusche unterdrückte, wäre so zumindest ein Anschein von Intimität gesichert.

„Ich kümmere mich darum", meinte Marcel. „Versuch in der Zwischenzeit, mit Thierry zusammen herauszufinden, wer von den Gefangenen uns Informationen geben kann. Es wird länger dauern, bis alle getrunken haben, und Serrier wird uns nicht den ganzen Tag Zeit lassen."

Alain nickte und ging zu Thierry. „Marcel will, dass wir schon mit den Verhören beginnen, während die Vampire trinken. Mit Pacotte brauchen wir es vermutlich erst gar nicht zu versuchen. Er ist zwar ihr Anführer, aber er wird uns nichts sagen."

Sebastien hüstelte leise, als Alain so nebensächlich über das Trinken sprach. Er sah sich in dem großen Saal um, der keinerlei Intimität bot, und wollte gerade Protest einlegen, als die Stühle sich plötzlich bewegten und zu einer mannshohen Trennwand zusammenschoben.

Thierry sah auf und folgte Sebastiens Blick. „Intimität", sagte er lächelnd. „Nicht ganz das, was ihr euch gewünscht habt; aber wir sind auch keine kompletten Ignoranten."

Sebastien lachte leise. „Nicht jeder kennt sich mit unseren Befindlichkeiten aus, und wenn man bedenkt, wie wir uns kennengelernt haben …"

„Wir lernen dazu", versicherte ihm Alain. „So schnell wir können. Aber du kannst uns jederzeit ansprechen, wenn es etwas gibt, das wir wissen müssen. Wie Thierry gesagt hat … Es ist nicht perfekt. Es wird jedoch wie ein abgeschlossener, kleiner Raum sein, wenn Marcel mit seiner Beschwörung erst die Geräusche unterdrückt hat. Wir werden zwar wissen, was hinter der Wand vor sich geht, aber wir werden nichts davon sehen oder hören." Er riskierte einen Blick zu Orlando und erkannte den Hunger in dessen Augen. Alain spürte den gleichen Hunger. Orlando musste zwar nicht trinken, aber die Erinnerung an ihren letzten Biss stand ihm ins Gesicht geschrieben. Ihnen stand ein langer und ereignisreicher Tag bevor. Alain hoffte inständig, einige Minuten allein mit Orlando verbringen zu können, sei es auch nur für einen kurzen Kuss oder eine Umarmung.

Jean wusste Marcels Geste zu schätzen. Sie zeigte den Respekt des Magiers für die Bräuche der Vampire und war damit ein weiterer Grund für Jean, den General ebenfalls zu respektieren. In drei Ecken des Wartesaals waren kleine Kabinen abgetrennt, in denen die Vampire von ihren Partnern trinken konnten, ohne neugierigen Blicken ausgesetzt zu sein. Jetzt lag es an ihnen, diese Möglichkeit zu nutzen. Nach Orlandos Demonstration war klar, dass er nicht von Alain trinken musste. Die beiden konnten also nicht den Anfang machen. Damit war es Jeans Aufgabe, den anderen mit gutem Beispiel voranzugehen. Er zog eine Grimasse, als er an den Geschmack nach Furcht dachte, der in Raymonds Blut lag. Aber es ließ sich nicht vermeiden. Die Sonne war schon aufgegangen und sie konnten nicht den ganzen Tag hier im Wartesaal verbringen. Serrier hatte irgendwie von ihrer Versammlung erfahren und wartete wahrscheinlich schon auf seine Leute; wenn sie nicht zurückkamen, würde er nach ihnen suchen. Sie mussten von hier verschwinden, also musste er Raymond beißen. Jean ging zu seinem Partner, der immer noch bei einem dunklen Magier stand und ihn bewachte. „Komm", forderte er Raymond auf und ging auf eine der Kabinen zu.

Raymond warf Jean einen bösen Blick nach und folgte widerstrebend. Es blieb ihm keine andere Wahl, denn jede Weigerung würde als Verrat angesehen werden. Mit diesem Trumpf in der Hand konnte der Vampir nahezu alles von Raymond verlangen.

„Wollen wir?", sagte Sebastien und sah Thierry fragend an.

„Ja", erwiderte Thierry. „Ich bin gleich zurück, Alain. Wir können uns danach mit den Gefangenen beschäftigen." Alain nickte zustimmend und sah den beiden nach, die auf die zweite Kabine zugingen.

„Ich bin ziemlich nervös", gab Thierry zu, als sie sich der Kabine näherten. „Ich habe keine Ahnung, was auf mich zukommt."

„Ich werde dich schonend behandeln", scherzte Sebastien, wurde aber sofort wieder ernst. „Ich habe dir da draußen auf dem Bahnsteig vertraut und du hast mich beschützt. Jetzt musst du mir vertrauen. Ich werde mich um alles kümmern."

„Das kann ich tun", erwiderte Thierry und meinte es ehrlich. Er und Sebastien hatten hervorragend zusammengearbeitet und sich ergänzt. Thierry konnte sich Sebastien auch bei dieser neuen Erfahrung anvertrauen.

Sie verschwanden hinter der Wand aus Stühlen. Eine plötzliche Stille umgab sie und der Rest der Welt schien nicht mehr zu existieren. Thierry konnte das Verlangen der Vampire nach Intimität verstehen. Er hob den Arm, um Sebastien sein Handgelenk zum Biss anzubieten. Es war ein spannungsgeladener und emotionaler Moment, der ihn an seinen ersten Kuss mit Aleth, seiner verstorbenen Frau, erinnerte. Schnell verdrängte er den Vergleich. Er hatte mit dieser Allianz seinen Frieden gemacht, hatte sich mit Aleth' Tod abgefunden, als er sie vor zwei Tagen im Krematorium den Flammen übergab; und mit seinem neuen Partner war er mehr als zufrieden. Bisher hatte er nur mit Alain so gut zusammenarbeiten können. Thierry hatte keine Angst vor dieser Partnerschaft. Er hatte auch keine Angst vor dem Biss. Er war in dieser Nacht auf der Suche nach dem richtigen Partner schon oft genug gebissen worden, sodass er keine Probleme mehr damit hatte. Es war vielmehr die Intimität des Vorgangs, die ihm ein gewisses Unbehagen bereitete. Er fürchtete sich vor einer spontanen Verbindung, wie sie zwischen Alain und Orlando so offensichtlich geworden war. Verdammt, seine Frau war erst seit zwei Tagen tot!

Er konnte sie nicht so schnell vergessen und einfach mit der erstbesten Person, die ihm über den Weg lief, eine neue Beziehung eingehen. Auch wenn Thierrys Ehe mit Aleth nur noch ein Scherbenhaufen gewesen war, ihr plötzlicher und grausamer Tod war ein Grund zur Trauer. Er konnte ihr Andenken nicht dadurch entehren, indem er sie schon nach zwei Tagen durch Sebastien ersetzte.

Sebastien nahm Thierrys Hand, drehte sie um und sah auf seinen Puls. „Es wird schmerzen, wenn ich dich da beiße", sagte er und zeigte auf die Haut, die durch zahlreiche Bissspuren perforiert war.

„Es ist nur ein kurzer Schmerz", erwiderte Thierry ruhig. Sie passten so gut zusammen. Sebastien hätte es als ausgesprochen anstrengend empfunden, mit einem Partner zusammenarbeiten zu müssen, der sich über jede Kleinigkeit beschwerte.

„Mag sein", stimmte er Thierry zu. „Aber deshalb muss ich es nicht noch schlimmer machen. Darf ich?" Er zeigte auf Thierrys Ärmel.

Thierry gab ihm keine Antwort, sondern schob nur den Ärmel seines Pullovers nach oben, weil er das nicht Sebastien überlassen wollte. Als er Sebastiens weiche Lippen und Zunge auf seiner Haut fühlte, schloss er die Augen. Der Vampir machte sich nicht die Mühe, seinen Berührungen eine besonders erotische Note zu verleihen, aber das änderte nichts an Thierrys Reaktion, als er die Lippen und Zähne Sebastiens wie die Liebkosung eines Geliebten am Arm spürte.

Sebastien konnte Thierrys Anspannung fühlen und wollte seinen Biss deshalb nicht länger hinauszögern. Er fuhr mit den Zähnen über die Haut und biss zu. Warmes Blut füllte seinen Mund. Er hatte Thierry zwar schon zuvor geschmeckt, aber erst jetzt konnte er den Geschmack, der so viel über diesen Mann verriet, richtig genießen.

Wieder spürte er die Stärke und Entschlossenheit Thierrys, die den Magier zu einem zuverlässigen und treuen Partner ihrer Allianz machte. Er schmeckte die überwältigende Trauer, die alle anderen Gefühle zu überlagern drohte. Sebastien saugte stärker an Thierrys Arm und ließ sich von dem Blut stärken, dessen Magie sich in ihm ausbreitete und ihn schützend umhüllte. Mit jedem Schluck wuchs auch Sebastiens Entschlossenheit. Jean mochte ihn hier nicht sehen wollen, wünschte ihn wahrscheinlich ins tiefste Höllenfeuer. Aber Sebastien wollte an Thierrys Seite stehen und mit ihm gemeinsam kämpfen, bis der letzte dunkle Magier besiegt war. Für einen kurzen Augenblick fühlte er eine Seelengemeinschaft mit Thierry, wie er sie seit dem Tod seines Avoué vor vierhundert Jahren für keinen Menschen mehr empfunden hatte.

Nachdem Sebastien genug getrunken hatte, hob er den Kopf und streckte die Hand aus. Thierry griff zu und sie besiegelten ihren Vertrag mit einem festen Händedruck. „Vielen Dank, mein Freund", sagte Sebastien.

Freund. Damit konnte Thierry leben. „Jederzeit", erwiderte er und wollte sich umdrehen, um die Kabine für das nächste Paar zu räumen.

6

„Warte", hielt Sebastien ihn zurück. „Wen hast du verloren, um so tief zu trauern?"

„Meine Frau ist vor zwei Tagen im Kampf gefallen", antwortete Thierry ausdruckslos.

Sebastien zuckte zusammen. Kein Wunder, dass Thierrys Trauer so überwältigend war. „Das tut mir leid. Ich weiß wie es ist, einen geliebten Menschen zu verlieren."

Thierry nickte nur. Er konnte die tiefe Betroffenheit in Sebastiens Stimme hören, aber er wollte noch nicht mit ihm über seine eigenen Gefühle reden. Sebastien folgte ihm aus der Kabine und respektierte seine Zurückhaltung. Er wollte Thierry seine Freundschaft anbieten. Aber nicht mehr. Alles andere wäre unfair, denn Thierry würde es nicht akzeptieren können.

Alain beobachtete, wie die ersten Paare wieder aus den Kabinen kamen. Raymond und Jean waren die ersten. Raymond wirkte blass und schwach. Er verließ sofort Jeans Seite und ließ sich in einer Ecke auf einen Stuhl sinken. Alain runzelte die Stirn. Das war nicht die Reaktion, die er nach seiner eigenen Erfahrung mit Orlando erwartet hätte. Er fragte sich, was wohl mit Raymond los war und ob er durch den Aveu de Sang, der ihn und Orlando für den Rest seines eigenen Lebens verband, zu viel von den anderen Partnerschaften erwartete. Kurz darauf kam auch Thierry aus seiner Kabine. Er wirkte ernst, aber entschlossen. Vermutlich war das Problem doch bei Raymond zu suchen. Dann tauchte auch Adèle wieder auf. Ihr strahlendes Gesicht erinnerte Alain an seine eigene Reaktion auf Orlandos Biss am vergangenen Morgen. Er entspannte sich wieder. Solange Raymond der einzige war, auf den der Biss keine vorteilhafte Wirkung hatte, konnte Alain damit leben. Thierry kam mit Sebastien auf ihn und Orlando zu.

Sie sahen sich die Gefangenen an und Alain zeigte auf den jungen Mann, den Orlando außer Gefecht gesetzt hatte. „Der dort, denke ich", sagte er zu Thierry. „Er ist jung und wusste offensichtlich nicht, was er getan hat. Wenn einer von ihnen bricht, dann er. Es ist traurig, einen so jungen Mann voller Hass zu erleben. Wenn wir erfahren, was ihn zu Serrier getrieben hat, können wir ihn vielleicht wieder zurückholen."

„Das wird davon abhängen, wie stark seine persönliche Überzeugung ist", meinte Thierry. „Wenn er Zweifel hat, können wir die vielleicht ausnutzen und zu unserem Vorteil nutzen."

„Und wenn nicht, haben wir uns zu früh in die Karten sehen lassen", gab Alain zurück. „Ich wünschte, wir könnten uns sicher sein."

Jean kam auf sie zu und hörte das Ende ihres Gesprächs. „Es gibt Möglichkeiten, sicher zu sein. Habt ihr vergessen, wer eure Verbündeten sind?"

2

„WENN EINER von uns ihn beißt, wissen wir sofort, ob er reumütig ist", erinnerte Jean sie.

„Das habe ich nicht vergessen", meinte Alain. „Aber ich wollte, nach dem Fehler, den ich mir das letzte Mal damit erlaubt habe, nicht fragen." Er schauderte bei dem Gedanken daran, wie sehr er Orlando beleidigt hatte, als er ihn bat, Payets Blut zu trinken, um herauszufinden, ob dessen Loyalität zur Allianz ehrlich gemeint war. Alain legte die Hand auf das Brandmal an seinem Hals. Es war das sichtbare Zeichen für den Aveu de Sang, den er danach mit Orlando eingegangen war und der verhindern sollte, dass solche Missverständnisse zwischen ihnen jemals wieder vorkamen.

„Du hast mich nicht darum gebeten. Ich habe es dir angeboten", erklärte Jean. „Das ist ein großer Unterschied."

„Sollen wir ihn wieder freigeben, bevor du ihn beißt?", fragte Thierry.

„Noch nicht", erwiderte Jean. „Was habt ihr eigentlich mit ihnen gemacht?"

„Sie können uns weder hören noch sehen", sagte Alain. „Sie sind bei Bewusstsein, aber sie nehmen nur sich selbst wahr."

„Wird er den Biss spüren?", wollte Jean wissen.

„Das kann ich nicht sagen", erwiderte Alain achselzuckend. „Ich habe diese Beschwörung noch nie am eigenen Leib erfahren. Aber es kommt mir unfair vor, ihm nicht vorher die Chance zu geben, sich zu äußern."

„Aber wenn er meinen Biss wahrnimmt, werde ich seine Gefühle darüber in seinem Blut schmecken. Das könnte die Informationen überlagern, die wir herausfinden möchten. Wenn er nicht weiß, was ich mit ihm tue, ist seine Reaktion ehrlicher und direkter", erklärte Jean.

„Dann müssen wir erst herausfinden, ob er den Biss spürt. Je genauer du uns seine Gefühle beschreiben kannst, umso effektiver können wir ihn verhören", stimmte Thierry zu.

„Das ist leicht festzustellen", sagte Alain. „Du belegst mich mit dem gleichen Spruch, den Marcel bei den dunklen Magiern angewendet hat. Danach beißt mich Orlando. Wenn du mich wieder freigibst, kann ich euch sagen, was ich gespürt habe." Alain zögerte keinen Moment mit seinem Angebot. Er hatte Thierry schon so oft mit seinem Leben vertraut, dass er es gar nicht mehr zählen konnte. Die harmlose kleine Beschwörung war nichts im Vergleich zu dem, was sie in der Vergangenheit schon zusammen erlebt hatten.

Orlando verfolgte den Meinungsaustausch der beiden Magier und als er hörte, dass Alain sich Thierrys Zauberspruch aussetzen wollte, stellten sich ihm sämtliche Haare zu Berge. Nicht deshalb, weil er seinen Geliebten nicht beißen wollte. Aber es machte ihn nervös, dass jemand – wer auch immer – seinen Stab auf Alain richten und ihn beschwören wollte. Was war, wenn es schief ging? Wenn Thierry die Beschwörung nicht zurücknehmen konnte? Orlando konnte sich nicht vorstellen, nie wieder das Verlangen und die Zärtlichkeit in Alains blauen Augen erblicken zu können. Es würde ihn so sicher vernichten, als müsste er ohne Alains Schutz ins Licht der Sonne treten.

Bevor Orlando dagegen protestieren konnte, waren Alain und Thierry schon auf dem Weg in eine der Kabinen, die Marcel errichtet hatte. Er folgte ihnen schnell, und bevor sie hinter der Wand verschwanden, hielt er Thierry zurück. "Kannst du uns eine Minute allein lassen?", fragte er und deutete auf die Kabine.

Thierry nickte und sah den beiden nach, als sie die magisch abgeschirmte Kabine betraten. Kurz bevor er sie aus den Augen verlor, sah er noch, wie Orlando nach Alains Hand griff. Es war eine einfache und unkomplizierte Geste, die jede Distanz zwischen den beiden Männern überbrückte und die in Thierrys Seele widerhallte. Sie erinnerte ihn an seine Gefühle bei Sebastiens Biss. Auch der hatte eine scheinbar unüberbrückbare Distanz überwunden. Thierry fragte sich, was Sebastien in seinem Blut, außer der Trauer, auf die er ihn angesprochen hatte, noch geschmeckt haben konnte. Er hob den Kopf und sah den Mann, über den er gerade nachgedacht hatte, auf sich zukommen.

„Hast du Alain schon besprochen?", fragte Sebastien.

„Noch nicht", erwiderte Thierry. „Orlando und er wollten erst für einen Augenblick allein sein."

„Ist dir bewusst, wie sehr Orlando dir vertraut, um das zu erlauben?", wollte Sebastien wissen.

„Wie meinst du das?", fragte Thierry zurück.

„Wenn ein Vampir den Aveu de Sang ablegt – so wie Orlando das getan hat –, kennen sein Beschützerinstinkt und seine Besitzergreifung keine Grenzen mehr. Dass er dir erlaubt, sich auf diese Art Alains zu bemächtigen – und sei es auch noch so harmlos gemeint –, ist ein unglaublicher Vertrauensbeweis. Wir Vampire sind normalerweise nicht dafür bekannt, sehr vertrauensselig zu sein."

Thierry schwieg und sah nachdenklich zu der Kabine hin. Er fragte sich, ob wohl alle Vampire so gut über den Aveu de Sang informiert waren oder ob Sebastien aus eigener Erfahrung sprach. Bei dem Gedanken durchfuhr ihn eine Welle der Eifersucht, die ihn selbst erschreckte. Es ging ihn nichts an. Er konnte keine Ansprüche auf Sebastien erheben. Schon gar nicht auf dessen Vergangenheit. Thierry wusste nicht, seit wann Sebastien schon als Vampir lebte; aber er wusste sehr wohl, dass es naiv wäre, davon auszugehen, der erste Mensch zu sein, der ihm etwas bedeutet hatte. Und wenn Thierry etwas nicht war, dann naiv. Dachte er. Er sah den Vampir verstohlen von der Seite an und nahm ihn zum ersten Mal richtig wahr. Sebastiens dunkle Haare fielen ihm bis auf die Schultern und betonten sein ausgeprägtes Kinn. Thierry erkannte Sturheit, wenn er sie sah. Dieser Charakterzug

9

war ihm selbst schon zu oft vorgeworfen worden, als dass er ihn nicht in anderen Menschen erkennen könnte. Aber das störte ihn nicht. Im Gegenteil, er respektierte es sogar. Er respektierte die Selbstsicherheit und Entschlossenheit, die darin zum Ausdruck kam. Er respektierte, wenn jemand zu seiner Meinung stand, egal, was andere darüber denken mochten. Sebastien war ein attraktiver Mann, das musste Thierry zugeben. Und es war ihm unangenehm, weil es Schuldgefühle auslöste. Aleth war erst seit zwei Tagen tot. Thierry hatte nicht das Recht, jetzt schon an einen anderen Menschen zu denken, auch wenn ihre Ehe schon lange in die Brüche gegangen war. Sie hatten sich auf Aleth' Betreiben hin getrennt, aber in Thierrys Augen und in seinem Herzen waren sie immer noch ein Paar gewesen. Er hatte nie aufgehört, sie zu lieben, auch wenn sie beide eine schwierige Zeit durchgemacht hatten. Er hatte Aleth gerade erst verloren, und schon interessierte er sich für einen anderen. Es gefiel ihm ganz und gar nicht, was das über seinen eigenen Charakter aussagte.

Sobald Orlando und Alain in der Kabine waren, zog Orlando den Magier in seine Arme. „Ist es wirklich sicher?", fragte er leise.

Alain nahm Orlandos Gesicht zwischen die Hände und sah ihm tief in die kaffeebraunen Augen, die so viel von seiner Seele preisgaben. „Natürlich ist es sicher", beruhigte er seinen Geliebten. „Ich habe diese Beschwörung selbst schon oft genug bei anderen Menschen angewendet. Sie hat sich immer wieder aufheben lassen und nie zu irgendwelchen Nebenwirkungen geführt. Sie betäubt nur für kurze Zeit alle Sinne. Es ist, als würde man einen Menschen an einen Stuhl fesseln und ihm Ohrstöpsel und eine Augenbinde verpassen. Es geht nur etwas schneller, weil es Magie ist."

„Aber in der Zwischenzeit kann alles Mögliche mit dir passieren", protestierte Orlando.

„Was soll schon passieren?", fragte Alain. „Du bist doch bei mir, und so lange das der Fall ist, bin ich nicht allein. Außerdem wird Thierry dafür sorgen, dass sich niemand von außen einmischen kann."

„Vertraust du mir wirklich so sehr?", fragte Orlando erstaunt.

Alain beugte den Kopf und küsste ihn zärtlich. „Ja, ich vertraue dir so sehr. Kann Thierry jetzt kommen? Ich möchte anfangen."

Orlando war für einige Sekunden sprachlos, weil er erst realisieren musste, welches Ausmaß an Vertrauen Alain ihm entgegenbrachte. Er war in seinen Beziehungen zu anderen Menschen immer der jüngere gewesen, der unschuldige und unerfahrene. Als sein Schöpfer ihn aus seinem Regiment gelockt hatte, war er noch ein junger Rekrut gewesen. Danach wurde er gegen seinen Willen unterworfen und zu einem machtlosen Sklaven degradiert. Auch Jean sah in ihm nur den jüngeren Bruder und für die anderen Vampire war er einfach ‚der Junge'. Niemand hatte ihm je vertraut, sich auf ihn verlassen oder um seinen Rat gebeten. Alain war anders. Zum einen war er jünger als Orlando, obwohl man es ihm nicht ansah. Aber vor allem respektierte Alain ihn, und das war Orlando das Wichtigste.

Alain wollte keinen jüngeren Bruder oder gehorsamen Sklaven, er wollte einen gleichberechtigten Partner. Und – was noch besser war – er erwartete sogar einen gleichberechtigten Partner. „Ja, du kannst Thierry jetzt rufen."

Alain ging wieder nach draußen in den Wartesaal. Orlando blieb für einen Augenblick allein in der magischen Stille zurück, mit der Marcel die kleinen Kabinen belegt hatte. Er wusste, dass die anderen nur wenige Meter von ihm entfernt waren und er mit wenigen Schritten wieder bei ihnen sein konnte. Trotzdem fühlte er sich isoliert und vom Rest der Welt abgeschirmt. Er fragte sich, ob Alain unter Thierrys Beschwörung wohl das Gleiche empfinden würde. Wenn ja, dann war Alains Vertrauen noch bemerkenswerter, denn aus der Beschwörung konnte er sich nicht durch wenige Schritte befreien. Alain musste darauf warten, dass Thierry ihn wieder freigab, und in der Zwischenzeit konnte Orlando alles mit ihm tun, was er wollte. Doch Alain schien sich darauf zu verlassen, dass Orlando das in ihn gesetzte Vertrauen nicht missbrauchte.

Orlando sagte nichts, als die beiden Magier in die Kabine zurückkamen. Dann beobachtete er angespannt, wie Thierry seinen Stab zückte und Alain mit dem Spruch belegte. „Wirkt es schon?", fragte er, als Thierry den Stab wieder senkte.

„Ja", erwiderte Thierry.

„Dann kann ich es dir jetzt sagen. Ich weiß, dass du Alain niemals absichtlich verletzen würdest. Aber wenn mit der Beschwörung auch nur das Geringste schief geht, wenn er nicht zu mir zurückkommt, dann … dann solltest du sicherheitshalber nie wieder in meine Nähe kommen."

Thierry reagierte irritiert auf die Drohung und wollte Orlando gerade beleidigt zurechtweisen, als er wieder an Sebastiens Worte denken musste. Es war keine leere Drohung. Orlando wollte nur den Menschen beschützen, der ihm am meisten bedeutete. Thierry konnte es Orlando nachempfinden. Er hatte sich vor sechs Tagen genauso gefühlt, als er erfahren hatte, dass Alain von einem Vampir gebissen worden war. Wie viel hatte sich seit diesem Tag verändert!

„Er ist mir genauso wichtig wie dir, wenn auch auf eine andere Weise", sagte er zu Orlando. „Du hast von mir nichts zu befürchten." Er ging vor die Kabine, um die beiden allein zu lassen.

Orlando sah seinen bewegungslos im Raum stehenden Geliebten an. An Thierrys Stelle hätte er nicht die Kraft gehabt, Alain in diesem Zustand einfach allein zu lassen. Es war nicht so, wie Alain beim Schlafen zu beobachten. Dann waren Alains Gesichtszüge entspannt, er hatte die Augen geschlossen und sein Körper ruhte, war aber nicht so vollkommen bewegungslos, wie in diesem Zustand. Jetzt waren sein Gesicht und sein Körper angespannt, die Augen offen und in die Ferne gerichtet, ohne etwas wahrzunehmen. Orlando wedelte mit der Hand vor Alains Gesicht hin und her, konnte aber keinerlei Reaktion feststellen. Er wurde von einem Gefühl der absoluten Macht überrollt, als er den hilflosen Magier vor sich stehen sah. Trotzdem wollte Orlando dieses Experiment so schnell wie möglich hinter sich bringen, damit Thierry ihm seinen Geliebten zurückgeben konnte. Als Orlando sein Zeichen in Alains Hals gebrannt hatte, war der Magier davon ausgegangen, dass Orlando ihn als Sklaven in seinen Besitz nehmen wollte. Eine Vermutung, die Orlando spontan abgestritten hatte. Wenn er sich Alain jetzt ansah, so ausgeliefert und hilflos, dann wusste er, damals die Wahrheit gesagt zu haben. Er wollte keinen Sklaven und Hörigen. Er wollte Alain so, wie er war – mit seinem eigenen Verstand und Willen, als gleichberechtigten Partner. Er hob Alains Handgelenk an die Lippen und biss vorsichtig zu, gerade genug, um einige Tropfen Blut zu schmecken. Es bestätigte ihm, was er bereits über Alain wusste: seine Stärke, seine Loyalität und sein Begehren. Der Geschmack war Orlando schon vertraut, und doch schmeckte er dieses Mal auch etwas Neues, das ihm bisher entgangen war: Alains bedingungsloses Vertrauen in ihre Partnerschaft.

Orlando versiegelte die Wunde, ließ Alains Arm wieder los und rief nach Thierry. „Gib ihn frei", bat er ihn eindringlich.

Thierry beeilte sich, Orlandos Bitte zu erfüllen und Alain wieder freizugeben. Kaum war Alain wieder bei Bewusstsein, warf Orlando sich in seine Arme. Der Anblick machte Thierry verlegen und er ging nach draußen, um die beiden allein zu lassen. Er konnte Alain auch einige Minuten später noch nach der Wirkung der Beschwörung fragen.

„Ist alles in Ordnung mit dir?", wollte Orlando wissen und fuhr Alain mit den Händen über den Körper, als müsste er sich von dessen Unversehrtheit überzeugen.

„Es geht mir gut", versicherte ihm Alain, hob Orlandos Hände an seinen Mund und küsste sie. „Es geht mir gut", wiederholte er dann sicherheitshalber.

„Tu mir das nie wieder an", verlangte Orlando. „Geh nie wieder weg und lass mich so allein zurück. Du warst anwesend, und doch so weit weg von mir."

„Orlando, es war doch nur eine Beschwörung. Jetzt ist es vorbei und ich bin wieder bei dir." Alain legte die Arme um Orlandos bebenden Körper und zog ihn tröstend an sich.

Orlando hatte Alains Worte zwar gehört, aber sie waren noch nicht bis in seinen Verstand vorgedrungen. Er hob den Kopf und küsste Alain tiefer und leidenschaftlicher als jemals zuvor. Alain erwiderte den Kuss mit der gleichen Hingabe, öffnete den Mund und überließ sich Orlandos fordernder Zunge. Wenn er geahnt hätte, dass Orlando durch ihr Experiment so sehr aus dem Gleichgewicht geraten würde, hätte er es niemals vorgeschlagen.

Nach einigen Minuten hob Alain den Kopf. „Wir sollten jetzt zu den anderen zurückgehen", sagte er leise. „Sie werden wissen wollen, ob ich deinen Biss gefühlt habe. Und dann müssen wir den dunklen Magier befragen. Wir haben nicht den ganzen Tag Zeit."

Hand in Hand verließen sie die Kabine. Alain wusste, dass ihr Verhalten Kommentare auslösen, vielleicht sogar Missbilligung verursachen würde, aber das war ihm egal. Die Vampire hatten das Zeichen des Aveu de Sang an seinem Hals gesehen und konnten sich ihren Teil denken. Die Magier würden es auch bald erkennen und sich daran gewöhnen müssen. Orlando brauchte die Geborgenheit, die ihm ihre Berührung gab, und nur das war Alain wichtig.

„Nun?", fragte Thierry ungeduldig. „Was hast du gefühlt?"

„Nichts", erwiderte Alain. „Erst als ich wieder zu mir kam, habe ich gefühlt, wo Orlando mich gebissen hatte. Aber den Biss selbst habe ich nicht gespürt, obwohl ich darauf vorbereitet war."

Das war eine gute Nachricht. Es bedeutete, dass Jean den jungen Magier beißen konnte, um herauszufinden, was in ihm vorging. Trotzdem fühlte Orlando sich niedergeschlagen. Er hatte diesen intimen Moment mit Alain geteilt, ohne dass der sich daran erinnern konnte.

„Dann funktioniert es", sagte Jean grinsend. „Bestens. Lasst uns anfangen."

Alain war etwas beunruhigt durch Jeans begeisterte Reaktion, stellte sie aber nicht in Frage. Er folgte mit Orlando, Thierry und Sebastien dem Chef de la Cour zu dem jungen Magier, den sie verhören wollten. Im Vorbeigehen warf er Raymond einen kurzen Blick zu und fragte sich, was der Mann wohl davon hielt, dass Jean sich freiwillig für diese Aufgabe zur Verfügung gestellt hatte. Für Orlando wäre das nicht mehr möglich gewesen. Außerdem hätte Alain dagegen Einspruch erhoben. Es war schon schlimm genug gewesen, als Orlando Thierry gebissen hatte, obwohl sie damals den Aveu de Sang noch nicht eingegangen waren und sich noch keine Treue versprochen hatten. Wenn Alain jetzt zusehen müsste, wie Orlando einen dunklen Magier biss ... Es war unvorstellbar. Er könnte es nicht ertragen. Raymond hingegen schien das alles unberührt zu lassen. Alain zuckte mit den Schultern. Wenigstens mischte Raymond sich dann nicht ein.

Raymond war in der Tat mit seinen eigenen, trostlosen Gedanken beschäftigt. Doch er war nicht so unbeteiligt, wie Alain angenommen hatte. Er hatte die Männer bei den dunklen Magiern stehen sehen und beobachtet, wie Jean nach der Hand des unbekannten jungen Magiers griff. Eine irrationale Eifersucht hatte ihn erfasst, aber er hatte sich nicht getraut, dagegen Protest einzulegen. Raymond fürchtete, dass Jean es gegen ihn verwenden könnte. Wenn Jean ihn zum Verräter erklärte, würde es keine Rolle mehr spielen, dass Raymond heute und den größten Teil der letzten beiden Jahre auf der Seite der Milice gekämpft hatte. Sie würden dem Vampir glauben, wenn der behauptete, eine Lüge in Raymonds Blut schmecken zu können. Sie würden das Wort eines Vampirs über das eines ihrer Männer stellen, und sei es nur, um ihre wertvolle Allianz nicht zu gefährden. Raymond hatte die Hilfe des Vampirs nicht gebraucht, um seinen Gegner zu besiegen. Er hatte es sehr gut allein geschafft, und es war nicht seine Schuld, wenn die anderen das nicht auch konnten. Er sah widerwillig zu, wie Jean den Magier biss. Es war ein Bild, das er sich einprägen wollte, um immer daran erinnert zu werden, dass man einem Vampir niemals trauen durfte. Der Chef de la Cour würde Raymond für seine eigenen Bedürfnisse ausnutzen, ohne ihm etwas dafür zurückzugeben. Die anderen mochten das noch nicht so sehen, aber das würde sich bald ändern. Vielleicht wäre es bis dahin zu spät, aber sie würden es erkennen. Trotz seiner düsteren Gedanken ging Raymond zu den anderen. Vielleicht ergab sich ja doch eine Gelegenheit für ihn, seinen Befürchtungen Ausdruck zu verleihen, ohne dass es gegen ihn verwendet werden konnte.

Jean hob kurz den Blick vom Handgelenk des dunklen Magiers, als Raymond sich zu ihnen gesellte, hielt sich aber stur an ihren abgesprochenen Plan. Raymond mochte verhindert haben, dass Jean aktiv am Kampf teilnahm, aber diesen Beitrag konnte er ihm nicht verwehren. Jean biss kräftig in das Handgelenk des Jungen – und mehr als ein Junge war der Magier nicht –, dann ließ er dessen Blut in seinen Mund strömen und wieder herauslaufen. Als er den Kopf hob, waren seine Lippen und Zähne blutverschmiert. Er konnte sehen, dass Raymond leicht zusammenzuckte, doch das blieb die einzige Reaktion des Magiers auf den Biss. Jean konzentrierte sich auf das Blut auf seiner Zunge. Er konnte sofort die dunkle Magie spüren, die den Geschmack des Blutes verdarb und viel stärker überlagerte als die kleinen Reste, die noch in Raymonds Blut vorhanden waren. Es war so schlimm, dass Jean einen Brechreiz unterdrücken musste, bevor er sich den anderen Aspekten des Blutes zuwenden konnte. Er schmeckte Wut und sogar Hass; als er sich jedoch den feineren Nuancen widmete, konnte er auch Zweifel und Furcht erkennen. Jean spuckte den Rest des Blutes aus und sah seine Verbündeten an. „Unter der Wut liegen Zweifel und Furcht verborgen. Wenn ihr die Ursache dafür herausfindet, habt ihr vielleicht Erfolg und könnt ihn wieder rehabilitieren. Er hat schlimme Dinge getan, aber ich glaube nicht, dass er durch und durch böse ist."

„Wie sollen wir vorgehen?", fragte Alain.

„So wie immer", antwortete Thierry. „Aber dieses Mal haben wir Unterstützung, wenn wir sie brauchen. Falls unsere neuen Verbündeten nichts dagegen haben, etwas Furcht und Schrecken zu verbreiten." Er sah Sebastien, Jean und Orlando grinsend an.

Jean und Sebastien grinsten zurück und ließen ihre Eckzähne aufblitzen, warfen sich aber böse Blicke zu, als sie erkannten, wie ähnlich sie reagiert hatten.

Orlando hingegen stand die Verwirrung ins Gesicht geschrieben. „Es ist ganz einfach", erklärte Alain. „Ich bin nett zu dem Jungen, und Thierry flucht und droht. Dann wird er mit mir reden wollen, nur um Thierry loszuwerden. Thierry wird ihm noch androhen, dass einer von euch ihn beißen wird. Aber dazu wird es nicht mehr kommen. Er wird zusammenbrechen, bevor wir in die Verlegenheit kommen, unsere Drohung wahr zu machen. Und wenn nicht, werde ich eingreifen und ihn zu den anderen ins Gefängnis werfen lassen."

„Falls es euch hilft, bin ich gerne bereit, ihn das nächste Mal zu beißen", bot Sebastien an. „Wenn wir diese Drohung wahr machen, wird er den Rest ernster nehmen."

„Das wird nicht nötig sein", meinte Jean. „Ich kann es selbst erledigen. Ich kenne seinen Geschmack schon. Ich merke sofort, ob wir Eindruck auf ihn gemacht haben."

Thierry sah den Streit kommen und mischte sich vorsorglich ein. „Darüber machen wir uns Gedanken, wenn es soweit kommen sollte. Lasst uns erst abwarten, was er uns zu erzählen hat." Mit einer Handbewegung löste er einen Teil der Beschwörung, ließ den jungen Magier aber an Händen und Füßen gebunden und seine magischen Fähigkeiten neutralisiert. Sobald die Wirkung von Marcels Magie nachließ, holte Thierry aus, um ihm mit der Hand ins Gesicht zu schlagen. Alain griff zu und hielt Thierrys Hand im letzten Moment zurück.

„Lass ihn doch erst reden", sagte Alain beruhigend. „Vielleicht ist er kooperationsbereit." Er drehte sich zu dem jungen Mann um. „Wie ist dein Name?", fragte er.

„Was geht euch das an?", fuhr der Magier ihn an.

Thierry ging wieder auf ihn zu und Alain hielt ihn erneut zurück. „Es geht mich etwas an, weil wir dich dabei erwischt haben, als du dunkle Magie einsetzen wolltest, um andere anzugreifen", erklärte Alain. „Wenn du mit uns kooperierst, kann ich dir vielleicht helfen. Wenn nicht, bist du der Gnade dieser Herren ausgeliefert, die nicht ganz so viel Geduld mit dir haben werden wie ich."

Der junge Mann sah sich erschrocken um. Thierry zog eine böse Grimasse, Jean grinste hungrig, Raymond wirkte absolut ungerührt, Sebastiens Augen funkelten wütend und Orlando presste die Lippen zusammen. Sie waren kein sehr ermutigendes Publikum.

„Wer bist du, dass du mir meine Magie vorschreiben willst! Niemand sollte sich dieses Recht anmaßen!"

Alain hatte etwas in dieser Art erwartet. Das Argument gehörte zu Serriers Standardarsenal, um Anhänger zu gewinnen. Es beunruhigte Alain immer wieder. „Glaubst du das wirklich?", fragte er. „Glaubst du wirklich, dass Magie die Antwort auf alle Probleme ist und Magier sie nach Gutdünken einsetzen sollten, ohne die Konsequenzen ihres Handelns auf andere Menschen zu berücksichtigen?"

„Magier sollten sich vor nichtmagischen Menschen nicht verantworten müssen. Was wissen die schon davon, wie wir unsere Magie einsetzen?", forderte der junge Magier ihn heraus.

„Er hört dir nicht zu", knurrte Thierry. „Gib mir nur fünf Minuten und das wird sich ändern."

Alain sah dem jungen Magier in die Augen. „Soll ich das tun? Oder willst du doch lieber mit mir reden?"

„Er kann auch nicht schlimmer sein als Serrier, wenn der erfährt, dass ich mit euch geredet habe", erwiderte der Magier.

„Warum bleibst du dann bei ihm?", mischte sich Orlando ein. Der Kopf des Magiers fuhr herum und sein Blick landete auf dem jungen Vampir. „Wenn du ihn so sehr fürchtest, warum bleibst du dann bei ihm?", wiederholte Orlando.

„Und wohin sollte ich gehen?", fragte der junge Mann und sah ihn konsterniert an. „Wenn ich ihn verlasse und kein Versteck oder anderen Schutz

15

finde, bringt er mich um. Und wenn ich mich stelle, lande ich für das, was ich getan habe, im Gefängnis."

Alain sah Thierry an, der ihm kaum wahrnehmbar zunickte. „Aber wenn du uns davon überzeugen kannst, dass es dir ernst ist, bei Serrier auszusteigen, und du uns nützliche Informationen geben kannst … dann finden wir vielleicht eine Lösung", schlug Alain vor.

„Wie … wie meinst du das?", wollte der junge Magier wissen.

„Lass uns von vorne anfangen. Wie heißt du?"

„Dominique Cornet", kam die Antwort.

„Also gut, Dominique", fuhr Alain fort. „Wie lange bist du schon bei Serrier?"

„Erst seit drei Monaten", erwiderte der Junge.

„Und warum bist du heute hierher geschickt worden?"

„Serrier wollte wissen, warum die Vampire sich hier getroffen haben. Er hat gesagt, dass es nicht zu ihnen passt, sich zu versammeln, besonders nicht an einem so öffentlichen Ort. Er hat uns geschickt, um sie auszuspionieren. Aber der Wartesaal war abgeschirmt und wir konnten nichts hören. Dann habt ihr uns angegriffen. Mehr weiß ich nicht", gestand Dominique.

„Konnte Pacotte während des Einsatzes mit Serrier in Kontakt treten oder wollte er ihm erst danach Bericht erstatten?", unterbrach Thierry.

Dominique sah den blonden Magier mit dem bedrohlichen Blick an. „Das weiß ich nicht", stammelte er. „Ich habe keine Ahnung von seinen Plänen. Er sagt mir nur, wohin ich wann gehen soll. Bitte, das musst du mir glauben." Der Hoffnungsschimmer, den Alain ihm geboten hatte, ließ Dominique mit allen Mitteln nach einer Möglichkeit suchen, seine potentiellen Retter von seiner Aufrichtigkeit zu überzeugen.

„Wie bist du überhaupt an Serrier geraten?", fragte Raymond. Es waren seine ersten Worte, seit er zu ihnen gekommen war. „Du bist nicht der Typ dafür."

„Was weißt du schon davon, wer Serriers Typ ist?", wollte Dominique wissen und sein altes Bravado blitzte wieder auf.

„Ich bin selbst bei ihm ausgestiegen", erwiderte Raymond gelassen. „Und jetzt beantworte meine Frage."

Dominique senkte den Blick. Diese Information musste er erst verdauen. Einer der Magier, die ihn verhörten, war ebenfalls Serriers Klauen entkommen. Das hieß, dass er vor Serrier und seiner Rache beschützt wurde. In Dominique keimte wieder Hoffnung auf. Vielleicht würden sie für ihn das Gleiche tun. „Ich bin in einer Kleinstadt aufgewachsen", versuchte er sich zu erklären. „Und vor allem bin ich in einer Umgebung aufgewachsen, in der Magie mit Misstrauen begegnet und alles Magische abgelehnt wird. Als sich meine Fähigkeiten entwickelten, wurde ich dafür bestraft. Sie wollten den Teufel aus mir austreiben. Ich hatte keine Ausbildung und konnte meine Magie nicht kontrollieren. Ich konnte sie auch nicht unterdrücken. Sie haben mich jedes Mal verprügelt. Vor sechs Monaten hat Hector mich gefunden und verhindert, dass sie mich totschlagen. Er hat mir meine Magie erklärt und mir beigebracht, wie ich sie kontrollieren kann. Und er hat mir von einer Gruppe Magier erzählt, die gegen diese Ungerechtigkeit, der ich ausgeliefert war, kämpfen würden. Die dafür kämpften, dass Magier die Wahl haben, wann und wo sie ihre Magie einsetzen. Was sollte ich davon halten? Für mich war es, als hätte mir jemand das Paradies versprochen. Nach einiger Zeit hat er mich zu Serrier gebracht, und der hatte Verständnis für meine Erfahrungen. Es tat ihm so leid und er hat sich dafür entschuldigt, dass er mich nicht früher gefunden hat. Es hat einige Zeit gedauert, bis mir klar wurde, dass ich zwar meine magischen Fähigkeiten nicht unterdrücken wollte, aber mit Serriers Methoden nicht einverstanden war. Und mit seiner Grausamkeit. Aber als es soweit war, habe ich schon keinen Ausweg mehr gesehen."

„Das passiert jedem Magier, wenn sich seine Fähigkeiten manifestieren", erklärte Alain verständnisvoll. „Selbst erfahrene Magier verlieren manchmal die Kontrolle, wenn ihre Emotionen zu stark sind. Aber es stimmt, dass wir unserer Magie Grenzen setzen, auch außerhalb deiner kleinen Stadt. Doch Magie an sich wird nicht als etwas Schlechtes angesehen. Wir töten nicht mit Magie, es sei denn, es handelt sich um Selbstverteidigung. Wir benutzen sie nicht, um andere um ihre Freiheit oder ihr Eigentum zu bringen. Aber das hält uns nicht davon ab, dass wir mit Magie unseren Alltag erleichtern. Serrier will eine Diktatur errichten, in der Magier die alleinigen Herrscher sind und allen anderen Menschen deren Leben vorschreiben. Sie könnten nicht mehr an der Regierung teilhaben oder ihr Leben selbst bestimmen. Was immer dir Serrier auch gesagt hat, wir sind nicht gegen Magie. Wir sind keine Faschisten, die Magiern ihre Rechte nehmen wollen. Im Gegenteil. Die alleinige Macht, die Serrier den Magiern einräumen will, stiehlt er von allen anderen Menschen."

„Du hast jetzt zwei Möglichkeiten", sagte Thierry zu Dominique. „Du kannst weglaufen und dich verstecken, in der Hoffnung, dass wir Serrier zu Fall bringen. Oder du kannst uns dabei helfen, das zu erreichen."

„Ich bin kein großer Magier", meinte Dominique. „Ich weiß nicht, ob ich euch wirklich helfen könnte."

„Zu einem Krieg gehört mehr, als nur zu kämpfen", widersprach Alain. „Informationen sind der Schlüssel zum Sieg. Serrier vertraut dir. Jedenfalls nicht mehr oder weniger, als er anderen vertraut. Wenn du zu ihm zurückkehrst, kannst du uns mit Informationen versorgen, die diesen Krieg schneller beenden und uns zum Sieg verhelfen."

„Ihr wollt, dass ich für euch spioniere?", fragte Dominique ungläubig.

„So könnte man es ausdrücken", erwiderte Thierry grinsend.

„Warum solltet ihr mir vertrauen? Ich meine … Woher wisst ihr, dass ich euch nichts vormache und Serrier alles erzähle?"

„Das wissen wir noch nicht", meinte Thierry. „Aber wir werden es bald erfahren. Serrier hat euch vermutlich verschwiegen, dass wir nicht die Einzigen sind, die magische Fähigkeiten haben."

„Was? Wer?", wollte Dominique wissen.

„Zum einen sind da die Vampire", antwortete Alain. „Ein Vampir erkennt an deinem Blut, was in deinem Herzen vor sich geht. Wenn du einem unserer Freunde dein Handgelenk anbietest, kann er uns sagen, ob du es ehrlich meinst."

„Darf ich mir aussuchen, von wem ich mich beißen lasse?"

„Einer von diesen beiden hier", meinte Orlando und zeigte auf Jean und Sebastien. „Ich bin an einen Magier gebunden und werde mein Versprechen nicht brechen."

Dominique sah zwischen Jean und Sebastien hin und her. Er konnte keinen entscheidenden Unterschied zwischen ihnen feststellen. „Wen würdest du nehmen?", fragte er Orlando, zu dem er wegen seiner offensichtlichen Jugend eine gewisse Verbundenheit empfand.

„Jean ist schon sehr lange mein Freund. Ich vertraue ihm vorbehaltlos. Sebastien habe ich erst kennengelernt", erwiderte Orlando.

„Dann Jean", entschied sich Dominique, Orlandos Rat anzunehmen. Jean grinste Sebastien triumphierend zu und griff nach Dominiques Hand.

„Kannst du die Bisswunden wieder heilen?", fragte Jean unvermittelt. „Wenn Serrier sie sieht, wird er dir Fragen stellen, die du ihm nur schwer beantworten kannst."

„Das ist kein Problem", versicherte ihm Thierry. „Finde heraus, was wir wissen müssen."

Das zweite Mal konnte Raymond den Biss nicht mit ansehen. Bitter drehte er Jean den Rücken zu. Dem fiel die Reaktion seines Partners zwar auf, doch er hatte jetzt nicht die Zeit, sich mit dessen Problemen zu befassen. Er fragte sich allerdings, ob sie nicht demnächst ein ernstes Gespräch führen sollten. Aber erst musste er sich mit dem Sumpf von Dominiques Gefühlen befassen. Jean biss zu und ließ das Blut in seinen Mund laufen. Natürlich war die dunkle Magie immer noch zu schmecken. Auch die Wut hatte kaum nachgelassen. Aber der Hass war zurückgedrängt worden, und Zweifel und Furcht waren einer neuen Entschlossenheit gewichen. „Er meint es ernst", sagte Jean und hob den Kopf. Er konnte zwar Dominiques zukünftiges Verhalten nicht voraussagen, aber im Herzen war der junge Magier jetzt auf ihrer Seite.

Dominique seufzte erleichtert auf, als er Jeans Urteil hörte. Die anderen schienen den Worten des Vampirs ebenfalls Glauben zu schenken und deshalb hoffte er, jetzt wieder freigelassen zu werden.

„Marcel", rief Thierry und winkte den älteren Magier heran.

Diesen Namen kannte Dominique. Er hatte oft genug gehört, wie der General in den Schmutz gezogen wurde. Vielleicht war es nicht derselbe Marcel, aber Dominique wünschte sich, es wäre Chavinier. Er war neugierig darauf, den

Mann kennenzulernen, der Serrier so erfolgreich Widerstand leistete. Dominique wusste, wie mächtig und erbarmungslos Serrier sein konnte. Dass Chavinier sich nicht geschlagen gab, ließ den jungen Magier hoffen, unter dem Schutz des Generals ebenfalls überleben zu können. Der Mann war alt genug, um Dominiques Großvater sein zu können. Sein freundliches Gesicht wurde von dichten, weißen Haaren umrahmt und er lächelte sanftmütig, als er auf sie zukam. Der Anführer der Rebellen hinterließ einen anderen Eindruck. Er war immer missgelaunt und eiskalt, vor allem denjenigen gegenüber, die seine Erwartungen enttäuscht hatten. Außerdem war Serrier jünger, ungefähr im gleichen Alter wie die Magier, die Dominique verhört hatten. Als der General der Milice auf ihn zukam, war er in Dominiques Augen das Licht zu Serriers Dunkelheit. Der Kontrast war unübersehbar und beschäftigte ihn immer noch, während er bereits Chaviniers Lächeln erwiderte. Auf Serriers Offizier hatte Dominique nie so reagiert. Aber diesem Mann konnte er vertrauen.

„Und wen haben wir hier?", fragte Marcel.

„Das ist Dominique", stellte Alain den jungen Magier vor. „Er hat festgestellt, dass er von Serrier in die Irre geführt worden ist. Er wird in Zukunft für uns Informationen sammeln. Je mehr wir wissen, umso besser können wir uns auf die Gefechte mit Serrier einstellen."

Nun, das wusste auch Marcel. Er hatte bereits seine eigenen Informationsquellen, aber eine zusätzliche konnte nicht schaden. „Und wie wollt ihr das bewerkstelligen? Ich nehme doch an, dass ihr einen Plan habt."

„So ähnlich", erwiderte Thierry. „Folgendes haben wir uns vorgestellt …"

3

MARCEL SAH auf ihren neuen Spion herab, der bewusstlos zu seinen Füßen lag. Falls Serrier nach Spuren von Magie suchte, würde er nur Marcels letzte Beschwörung feststellen können. Die Handschrift des Generals war unverkennbar und verdeckte alle Spuren von Alains Magie, sodass Dominiques Geschichte von seiner ‚Flucht' sich glaubwürdiger anhörte. Jedenfalls hofft Marcel das, denn andernfalls würde er den jungen Magier in den sicheren Tod schicken.

„Lass uns gehen", sagte Alain. „Wir haben für ihn getan, was wir konnten. Den Rest müssen wir ihm selbst überlassen. Jetzt sollten wir uns in Sicherheit bringen, bevor Serrier hier auftaucht."

Marcel nickte. Mit einer kurzen Beschwörung transportierte er die anderen Gefangenen in die Zellen im Hauptquartier der Milice. Nur die Vampire mit ihren Partnern blieben im Wartesaal zurück. „Ich muss mich jetzt um sie kümmern. Kannst du dafür sorgen, dass unsere neuen Verbündeten sicher zurückkommen?"

„Natürlich", versicherte ihm Alain. Auf dem Weg zur Tür blieb er kurz bei Jean stehen. „Wir nehmen die U-Bahn und bleiben so lange wie möglich im Untergrund. Wenn wir ins Freie müssen, brauchen die anderen Vampire deine und Orlandos Hilfe bei ihrem ersten Kontakt mit dem Sonnenlicht. Wir haben verwundete Magier, die nicht magisch transportiert werden können. Ich muss sie so schnell wie möglich ins Hauptquartier bringen. Sobald sie in Sicherheit sind, komme ich zurück und zeige euch den Weg."

„Gut", erwiderte Jean. „Wir warten an der letzten Haltestelle auf dich. Dann gehen wir gemeinsam nach oben."

Alain nickte. „Dann los", befahl er. An der Tür wartete er auf Orlando. Sie wollten als Vorhut vorausgehen. Thierry übernahm, wie immer, die Nachhut. Die anderen Paare nahmen die Verwundeten, Caroline und Mathieu, in ihre Mitte. Alain war erfreut, als er sah, wie besorgt sich Mireille und Fabienne, die beiden Vampire, um ihre Partner kümmerten und sie beschützten.

Alain führte die Gruppe auf dem schnellsten Weg zur U-Bahn. Der Stab in seiner Hand und seine merkwürdige Gefolgschaft sorgten dafür, dass sie ungehindert passieren konnten. Sie bestiegen eine Bahn und er beobachtete amüsiert, wie die anderen Fahrgäste sofort das Abteil räumten und es ihnen überließen.

Die Fahrt verlief zu Alains Erleichterung ereignislos. Sie kamen an ihrer Haltestelle an und er übernahm wieder die Führung, als sie über die Treppen nach oben gingen. Ein Vampir nach dem anderen blieb zurück, nur Orlando folgte ihm bis zum Schluss. Er wich keinen Zentimeter von Alains Seite, als sie ins Freie traten. „Ich gehe mit dir zurück, um die anderen zu ermutigen", murmelte er Alain ins Ohr. „Aber dass ich nicht gezögert habe, war wahrscheinlich überzeugender als jedes Argument."

„Du weißt selbst am besten, was du aushalten kannst", erwiderte Alain. „Aber pass trotzdem auf dich auf. Ich will dich nicht verlieren."

„Ich werde vorsichtig sein, das verspreche ich. Ich möchte nur meine neue Freiheit auskosten."

„Das sollst du auch. Lass uns jetzt die Verwundeten ins Hauptquartier bringen."

Alain machte sich auf den Weg durch Gässchen und Hinterhöfe, von einem Gebäude zum nächsten, ohne auch nur einmal auf die Straße zurückzukommen.

„Das werde ich nie wiederfinden", sagte Orlando lachend.

„Es gibt einen Haupteingang, den wir benutzen, wenn wie allein oder nur zu zweit sind. Als Gruppe sind wir zu auffällig. Wir müssen darauf achten, keinen Verdacht zu erwecken, um unsere Position nicht preiszugeben."

Als sie am Hintereingang des Hauptquartiers ankamen, wartete Alain, bis Thierry sie eingeholt hatte. „Orlando und ich gehen zu den anderen zurück."

„Ich kümmere mich um die Verwundeten und helfe Marcel", erwiderte Thierry.

Alain führte Orlando auf einem direkteren Weg zurück. Sie kamen nur einen Block von der Haltestelle entfernt wieder auf die Straße.

„Was für ein Labyrinth!"

„Das ist es. Aber dieser Zugang verrät nichts über den wahren Standort des Hauptquartiers. Falls uns trotzdem jemand folgt, wird ein Alarm ausgelöst. Das macht es ziemlich sicher."

„Kommt mir auch so vor", stimmte Orlando beeindruckt zu. Die Magier waren weit mehr, als eine bunt zusammengewürfelte Gruppe. Sie waren eine gut organisierte Armee. Als sie wieder zum Eingang der Haltestelle kamen, standen die Vampire schon oben auf der Straße und warteten auf sie. „Sie haben meine Hilfe wohl doch nicht gebraucht", kommentierte Orlando lächelnd.

Alain grinste ihn an. „Dann können wir uns jetzt auf den Rückweg machen. Wir haben im Hauptquartier einen Innenhof, wo sie nach Herzenslust die Sonne genießen können. Aber wir sollten hier nicht länger rumstehen, das wäre zu auffällig."

„Jean, Sebastien, Mireille", rief Orlando nach den Vampiren, die er am besten kannte. „Wir brechen auf!"

Sofort setzte sich die Gruppe in Bewegung. Alain nahm wieder den kürzeren Weg, da die Straße menschenleer war und niemand sie eintreten sehen würde. Angélique Bouaddi, die Eigentümerin des Sang Froid, eines Etablissements, in dem Vampire willige Opfer finden konnten, folgte ihnen mit großen Augen. Ihr waren von der Erfahrung und Raffinesse, die sie sonst ausstrahlte, nichts mehr anzumerken – nur noch ungläubiges Erstaunen über eine Welt, die in gleißendes Sonnenlicht gebadet war. Mit der Einführung der Elektrizität hatte sie nicht mehr

21

im Dunkeln leben müssen, Film und Fernsehen hatten ihr gezeigt, wie die Welt bei Tageslicht aussah. Aber sie hätte nie geglaubt, es jemals selbst zu erleben. Sie wusste von dem Geschmack in Davids Blut, dass ihr Partner sie aufgrund ihres Äußeren und ihres Berufes für eine oberflächliche Frau mit lockeren Moralvorstellungen hielt. Aber sie würde ihm das Gegenteil beweisen. In der Zwischenzeit war sie dankbar dafür, dass sein Blut ihr dieses Erlebnis geschenkt hatte.

Sebastien gelang es besser, sein Erstaunen zu verbergen, obwohl er genauso überwältigt war wie die anderen. Er wusste, dass er ein Außenseiter war. Die anderen waren sich ihrer Position sicher und konnten sich erlauben, Emotionen zu zeigen. Für Sebastien konnte das geringste Anzeichen von Verletzlichkeit tödlich enden. Seine Rolle als Außenseiter beim Jeu des Cours führte dazu, dass er genau beobachtet und überwacht wurde, besonders von Jean. Deshalb konnte er kein Risiko eingehen. Nachdem Orlando und die anderen gegangen waren, war Sebastien Jean als erster ins Freie gefolgt. Jean hatte sie herausgefordert, hatte sie daran erinnert, dass sie Orlando für einen kleinen Jungen hielten. Und trotzdem war dieser Junge ohne zu zögern in die Sonne getreten. Wollten sie da hinter ihm zurückstehen? Sicher nicht. Sie hatten zwar widersprochen und den Aveu de Sang erwähnt, aber Jean hatte ihnen vor Augen geführt, dass er selbst es auch konnte, obwohl ihn kein Aveu de Sang schützte. Sebastien kannte Orlando nicht, aber das, was er bisher von dem jungen Vampir gesehen hatte – inklusive des Aveu de Sang – hatte seinen Respekt verdient. Jeans Begründung für seine Herausforderung kam Sebastien daher reichlich merkwürdig vor, aber er nahm sie trotzdem an. Er nahm sie nicht an, weil er den Vergleich mit Orlando scheute, sondern weil er sich mit Jean messen wollte. Die anderen waren mehr oder weniger schnell gefolgt. Sebastien war beeindruckt von Jeans Führungsqualitäten. Er wünschte sich nur, dass die Dinge zwischen ihnen besser stünden, so, wie in der Zeit vor … Er wollte nicht daran denken. Es schmerzte ihn immer noch, selbst nach all den Jahren. Sebastien riss sich zusammen und konzentrierte sich wieder auf den Weg, um ihn ohne Hilfe wiederfinden zu können, wenn es nötig werden sollte.

Mireille hatte andere Probleme, obwohl auch sie sich der Faszination des Sonnenlichts nicht entziehen konnte. Caroline war verwundet. Mireille wusste nicht, wie ernst die Verletzung ihrer Partnerin war, aber das spielte auch keine Rolle. Ihre Magierin war verwundet und alles in Mireille schrie danach, so schnell wie möglich zu ihr zu kommen. Mireille redete sich ein, dass es nicht allzu schlimm sein konnte. Caroline hatte noch laufen können. Aber sie hatte die Verwundung Mireille gegenüber erwähnt, und das war kein gutes Zeichen.

Sie waren hinter dem magischen Schutzschild der kleinen Kabine gewesen, als Mireille nach Carolines Hand greifen wollte. Die Magierin hatte sie zurückgehalten. „Nicht", hatte sie gesagt. „Ein dunkler Fluch hat meine rechte Schulter getroffen. Ich weiß nicht, ob er durch das Blut weitergegeben werden kann. Wir sollten kein Risiko eingehen."

Danach hatte Caroline ihr die linke Hand angeboten. Mireille hatte in ihrem Blut nichts Außergewöhnliches feststellen können, es schmeckte wie zuvor. Aber das musste nichts bedeuten. Wenn der Fluch sich über das Blut im Körper verbreitete, war er vielleicht nur noch nicht bis in den linken Arm vorgedrungen. Sobald sie im Hauptquartier angelangt waren, ging Mireille zu Alain. „Wo ist Caroline?", wollte sie wissen und es fiel ihr schwer, die Angst in ihrer Stimme zu unterdrücken.

„Sie ist bestimmt auf der Krankenstation", versicherte ihr Alain. „Warte einen Augenblick. Ich suche jemanden, der dich zu ihr bringt." Er winkte eine andere Magierin heran und fragte sie, ob sie Mireille zur Krankenstation begleiten könnte. Dann drehte er sich wieder zu ihr um. „Geh mit Catherine. Sie wird dir den Weg zeigen."

„Vielen Dank", sagte Mireille und folgte der Magierin. Auf dem kurzen Weg zur Krankenstation wechselten sie kein einziges Wort.

„Hier ist es", sagte Catherine und zeigte auf eine Tür. „Frag einfach nach Caroline. Sie bringen dich zu ihr."

Mireille nickte wortlos. Ihre ganze Aufmerksamkeit galt dem Raum hinter der Tür. Während ihr Verstand sich noch über ihre Reaktion wunderte, hatte der Rest von ihr sie schon akzeptiert. Sie musste es nicht verstehen. Sie musste sich nur Gewissheit verschaffen, dass es Caroline gut ging. Der Rest hatte Zeit bis später.

Marcel wusste nichts über die Ereignisse in der Krankenstation, als er seine Offiziere und ihre Partner zu sich rief. „Ich bezweifle, dass wir von den anderen Gefangenen viel erfahren. Aber wir schulden ihnen eine Chance, Reue zu zeigen oder ihre Kooperation anzubieten, bevor wir sie endgültig der Justiz übergeben. Eure Strategie hat bei Dominique gewirkt. Ich möchte euch vorschlagen, es auch mit den anderen zu versuchen."

„Ist mir recht", sagte Thierry und sah Alain fragend an. Der nickte zustimmend.

„Ich helfe auch gerne wieder dabei", bot Jean an.

Raymond konnte sich ein unzufriedenes Knurren nicht verkneifen, als Jean anbot, noch weitere dunkle Magier zu beißen. Soweit er die Ethik der Vampire verstanden hatte – und falls solche Kreaturen überhaupt wussten, was ethische Grundsätze waren –, galt es ihnen als intime Handlung, einen Menschen zu beißen. Hatte Jean nicht wenigstens so viel Respekt für Raymond, um ihn nicht zu zwingen, dabei zu sein? Was musste er denn noch tun, um in den Augen dieses Mannes die gleiche Beachtung zu verdienen, die andere Vampire ihren Partnern zeigten? Selbst Marcel hatte, als er die Kabinen einrichtete, mehr Rücksicht auf die Befindlichkeiten der Vampire genommen, als auf die Gefühle Raymonds!

Jean drehte sich um und sah ihn, offensichtlich verärgert über die Unterbrechung, mit funkelnden Augen an. Sie brauchten jede Information, derer sie habhaft werden konnten, wenn sie diesen Krieg gewinnen wollten. Raymond verzog das Gesicht, ohne Jeans wütendem Blick auszuweichen.

„Dräng dich nicht immer ins Scheinwerferlicht, Jean. Es passt nicht zu dir", mischte Sebastien sich ein. „Du bist nicht der einzige Vampir hier. Es gibt auch noch andere mit den gleichen Talenten."

Jean runzelte nur die Stirn und ignorierte Sebastien. Er hatte ein wichtigeres Problem – nämlich einen widerspenstigen Magier.

„Entschuldigt uns bitte einen Moment", sagte er kalt. „Raymond und ich müssen etwas besprechen."

Jean stand auf und ging zur Tür. Raymond war versucht, ihm zu widersprechen, überlegte es sich aber anders. Er musste Jean wieder besänftigen, um seine Position in der Milice zu behalten. Also erhob er sich ebenfalls und folgte Jean auf den Flur.

„Wo können wir unter vier Augen reden?", fragte Jean.

„Den Gang runter", antwortete Raymond mit einem Schulterzucken und führte Jean in ein kleines Zimmer.

Jean schloss hinter ihnen die Tür und drehte sich zu Raymond um, der verlegen in der Mitte des Zimmers stand. „Was, zum Teufel, ist dein Problem?"

„Mein Problem?", fragte Raymond ungläubig. „*Mein* Problem?" Er wurde lauter. „Was ist *dein* Problem?"

„Dein Verhalten", fuhr Jean ihn an. „Du trägst nicht das Geringste zum Erfolg dieser Partnerschaft bei. Nicht das Allergeringste."

„Und was hast du getan?", widersprach Raymond. „Ich habe dich wenigstens von meinem Blut trinken lassen. Von dir habe ich nichts bekommen außer Drohungen."

„Drohungen …", schimpfte Jean. „Ich will nichts anderes, als eine funktionierende Zusammenarbeit. Dafür brauche ich dein Blut. Was hätte ich denn tun sollen, als du es mir nicht freiwillig geben wolltest?"

„Hast du mich auch nur ein einziges Mal gefragt?", gab Raymond zurück. „Nein, du hast nur eingefordert. Welche Reaktion hast du denn darauf erwartet?"

„Hättest du es mir denn gegeben, wenn ich dich gefragt hätte?", erwiderte Jean.

„Vielleicht", sagte Raymond und senkte betreten den Kopf, denn er wusste, dass er Jean zurückgewiesen hätte. „Das ist jetzt auch egal. Ich gebe dir, was du brauchst. Aber du könntest wenigsten etwas Dankbarkeit zeigen."

„Und wie bitte soll ich das tun?", fragte Jean wütend und fing an, im Zimmer auf und ab zu laufen.

„In dem du mich nicht zwingst, es mit ansehen zu müssen", antwortete Raymond. „Ich bin davon ausgegangen, dass du nur noch mich beißen wirst."

Jean war sprachlos. Von allen möglichen Antworten auf seine Frage war das die einzige, mit der er nicht gerechnet hatte. „Und warum stört dich das?", wollte er schließlich wissen und drehte sich wieder zu Raymond um. „Du willst doch gar nicht von mir gebissen werden. Was kümmert es dich, wenn ich andere Menschen beiße?"

„Du bist mein Partner, ob es mir gefällt oder nicht. Du hast selbst gesagt, dass für Vampire ein Biss den gleichen Stellenwert hat wie Sex. Ist es da nicht einfach nur eine Frage der Höflichkeit, wenn du deinen Partner nicht zwingst, dir zusehen zu müssen, wie du einen anderen beißt?"

„Ich habe seit dem Beginn dieser Allianz von keinem anderen Menschen getrunken als von dir", klärte Jean ihn auf. „Ich habe keinen Tropfen von Dominiques Blut geschluckt. Ich habe es nur auf der Zunge geschmeckt, um seine Aufrichtigkeit zu überprüfen."

„Und du hast dabei eine ziemliche Show abgeliefert", brüllte Raymond ihn an.

„Na und?", schnappte Jean zurück. „Du bist nicht bereit, mir Beachtung zu schenken. Wieso stört es dich dann, wenn ich andere beachte?"

„Weil es unsere Partnerschaft bedeutungslos macht, deshalb", sagte Raymond so langsam und deutlich, als würde er mit einem kleinen Kind reden.

„Von welcher Partnerschaft sprichst du eigentlich?", wollte Jean wissen.

„Du hast dich nicht ein einziges Mal wie ein Partner verhalten. Selbst bei dem Kampf gegen den dunklen Magier hast du meine Hilfe nicht gewollt. Ich muss dich erst suchen, wenn ich dein Blut brauche. Du gehst mir aus dem Weg anstatt an meiner Seite, wie die anderen Magier es mit ihren Partnern tun."

„Und du? Kommandierst mich rum und behandelst mich wie deinen Lakai, anstatt wie deinen gleichberechtigten Partner. Ja, ich habe einen Fehler gemacht, als ich mich zu Beginn des Kriegs mit Serrier eingelassen habe. Ich habe seiner Propaganda Glauben geschenkt. Aber als ich seine Grausamkeiten gesehen habe, bin ich desertiert, und zwar ohne jede Absicherung. Ich musste mich um meine eigene Sicherheit kümmern, bis Marcel mich aufnahm. Was muss ich denn noch alles tun, um euch von meiner Loyalität und Ehrlichkeit zu überzeugen?!" In dem letzten Aufschrei entlud sich die ganze Frustration, die sich in Raymond im Laufe der letzten beiden Jahre aufgestaut hatte.

„Du könntest zum Beispiel damit anfangen, so zu tun, als ob du an unserem Erfolg interessiert wärst", schlug Jean vor.

„Ist das ein Vorschlag oder ein Befehl, oh Herr und Meister?", erwiderte Raymond sarkastisch.

„Ein Vorschlag", antwortete Jean, dem endlich ein Licht aufging. „Ich will keinen Sklaven, Raymond. Ich will einen Partner. Hast du auf dem Bahnsteig gesehen, wie die anderen Paare zusammen gekämpft haben? Wie sie zusammengearbeitet haben? Das ist es, was ich will. Ich will wissen, dass du mir den Rücken freihältst, so wie ich es für dich tun will."

„Das lässt du dir aber auch nicht gerade anmerken", grummelte Raymond. „Du kannst es ja kaum ertragen, wenn du mich ansehen musst."

„Das stimmt nicht", widersprach Jean. „Du bist ein durchaus angenehmer Anblick."

Raymond sah ihn überrascht an. „Du hast mit Adèle geflirtet!"

„Hast du dir Adèle mal genauer angesehen? Ich müsste ein ganzes Stück toter sein, als ich es schon bin, um *nicht* mit ihr zu flirten."

„Das ist nicht komisch", brummte Raymond, musste aber dabei grinsen.

„Doch, das ist es", meinte Jean und holte tief Luft. „Können wir noch einmal von vorne anfangen? So tun, als würden wir uns jetzt erst kennenlernen? Unsere Partnerschaft neu beginnen?"

Raymond lächelte verlegen. Es war das erste ehrliche Lächeln, das Jean bei ihm gesehen hatte. „Das wäre schön."

„Hallo, ich bin Jean", sagte er und streckte die Hand aus. „Wie heißt du?"

„Raymond", erwiderte der Magier und nahm Jeans Händedruck an.

„Freut mich, dich kennenzulernen, Raymond. Wollen wir sehen, ob wir Partner sind? Ich schlage einen kleinen Zauberspruch vor, das ist weniger schmerzhaft, als wenn ich dich beißen würde."

„Okay, wenn du nichts dagegen hast."

„Etwas Einfaches", warnte Jean. „Falls es doch wirken sollte."

„Eine Levitation", schlug Raymond vor. „Ich kann versuchen, dich schweben zu lassen. So haben es die anderen gemacht."

„Das ist eine gute Idee", stimme Jean zu.

Raymond zog seinen Stab und sprach die harmlose Beschwörung. Jean konnte einen Hauch Magie in der Luft spüren, aber seine Füße blieben fest auf dem Boden gehaftet.

„Ich glaube, wir sind Partner", sagte Jean lächelnd.

„Das glaube ich auch", erwiderte Raymond. „Was bedeutet das jetzt für uns?"

„Es bedeutet, dass du mir dein Blut gibst, damit ich das Sonnenlicht überlebe. Und es bedeutet, dass, wenn wir nicht kämpfen und ich doch Blut brauche, ich zu einem anderen Menschen gehe und es dich nicht sehen lasse. Für die Zwecke unserer Allianz beiße ich nur dich. Wenn wir kämpfen müssen, werden wir es als Gleichgestellte tun und uns gegenseitig unterstützen. Ist das für dich akzeptabel?"

Raymond dachte darüber nach. „Und wenn wir etwas entscheiden müssen, werden wir es gemeinsam tun", fügte er hinzu.

Jean nickte.

„Es ist mir ein Vergnügen, Partner."

„Und falls ich es vergessen sollte, erinnere mich bitte daran, anstatt mich nur böse anzusehen. Ich bin kein Gedankenleser", ergänzte Jean.

„Das gilt auch für mich."

„In Ordnung", meinte Jean. „Darf ich dich fragen, warum du dich so vor mir gefürchtet hast? Ich weiß, dass du keinen Vampir als Partner wolltest. Aber das ist kein Grund zur Furcht."

Raymond schluckte nervös. „Ich kannte einen jungen Mann, der sich mit einem Vampir eingelassen hat", sagte er leise. „Am Anfang strahlte er vor Glück und Gesundheit. Dann, nach weniger als fünf Wochen, war er tot. Wir haben nie erfahren, was mit ihm passiert ist."

„Fünf Wochen?", wiederholte Jean. „Das ist seltsam. Es sollte keine Rolle spielen, wie lange sie zusammen waren. Außer, wenn der Vampir unvorsichtig war. Entweder war es das, oder dein Freund ist in einen Machtkampf zwischen zwei Vampiren verwickelt worden. Nicht alle Vampire sind ehrenhaft, genauso wenig, wie alle Magier ehrenhaft sind."

„Und was ist mit dir?", fragte Raymond. „Bist du ehrenhaft?"

Jean zuckte zusammen, als er an einen anderen jungen Mann dachte, der zwischen zwei Vampiren gestanden hatte. „Ja", antwortete er bitter. Er erinnerte sich sehr gut daran, wie es geendet hatte. Er war allein zurückgeblieben und der junge Mann in den Armen eines anderen Vampirs glücklich geworden. „Jetzt lass uns zu Marcel gehen und ihm sagen, dass er sich für die Verhöre einen anderen Vampir suchen muss, der noch keinen Partner hat."

„Sebastien hat sich angeboten", erinnerte Raymond ihn.

„Das weiß ich. Aber es gibt keinen Grund, warum er die gleichen Probleme mit seinem Partner bekommen sollte, wie wir sie hatten. Ich kenne einen Vampir, der für die Aufgabe perfekt geeignet ist. Groß, kräftig und rotzfrech. Keiner würde jemals vermuten, dass er hinter seiner Fassade absolut harmlos ist."

Raymond lachte. „Hört sich fast nach dir selbst an."

Jean grinste. Wenn Raymond schon mit ihm scherzen konnte, waren sie wirklich auf einem guten Weg. „Lass uns gehen. Ich will wissen, was Marcel noch alles geplant hat."

4

„Wo ist Caroline?", fragte Mireille, die sich zu viel Sorgen um ihre Partnerin machte, um höflich zu sein.

„Ein Mediziner ist schon bei ihr", sagte der Krankenpfleger. „Nehmen Sie Platz."

„Ich muss Caroline sehen", wiederholte Mireille ungeduldig.

„Sie können jetzt nicht ins Krankenzimmer", beharrte der Pfleger. „Ich sage Ihnen sofort Bescheid, wenn es wieder möglich ist."

Er wollte gehen, aber Mireille fasste ihn am Arm und hielt ihn zurück. „Ich. Muss. Zu. Caroline", befahl sie und drückte fester zu.

Als er wieder ablehnend den Kopf schüttelte, stieß sie ihn zur Seite und ging an ihm vorbei ins Krankenzimmer.

„Caroline!", rief sie und zog den ersten Vorhang auf. Die Patientin war ihr unbekannt.

„Caroline!" Von Vorhang zu Vorhang wurde sie panischer. Jemand wollte nach ihr greifen, doch sie schüttelte ihn ab. Hinter jedem Vorhang kam ein anderer Patient zum Vorschein. Caroline war nicht dabei.

Erst als sie hinter den letzten Vorhang am Ende des Raumes stürmte, stand sie vor ihrer Partnerin, die mit geschlossenen Augen auf dem Bett lag. „Was habt ihr mit ihr gemacht?", schrie Mireille.

„Es geht ihr gut", beruhigte sie der Mediziner. „Sie schläft nur, eine harmlose Beschwörung, damit ich ihre Wunden behandeln konnte. Sie sollte jeden Augenblick wieder aufwachen."

„Ist alles in Ordnung mit ihr?", fragte Mireille, deren Wut genauso schnell wieder verrauchte, wie sie gekommen war.

„Ja. Ich musste nur einige kleinere Reparaturen an ihrer Schulter durchführen. Wenn sie sich schont, ist sie in ein bis zwei Tagen wieder so gut wie neu."

„Sie wird sich schonen", versprach Mireille. „Ich sorge dafür."

„Das glaube ich gerne", erwiderte der Mediziner. „Ich lasse Sie jetzt mit ihr allein. Rufen Sie mich, wenn sie aufwacht. Aber lassen Sie sie nicht aufstehen, bevor ich sie noch einmal untersucht habe."

„Das werde ich", sagte Mireille.

Sobald die Vorhänge hinter dem Mann zugefallen waren, klammerte Mireille sich an Carolines gesunde Hand, als wäre sie ihre persönliche Rettungsleine. Der Kontakt hatte eine beruhigende Wirkung auf Mireille. Sie fand endlich die Zeit, um über alles nachzudenken, was seit heute früh auf sie eingestürmt war. Mireille hatte, nach den Maßstäben der Vampire zumindest, immer ein sehr abgeschirmtes Leben geführt. Durch ihre Arbeit für Monsieur Lombard hatte sie wenig Kontakt mit der Außenwelt. Sie verließ das Haus nur, um Blut für sich und Monsieur zu finden. Andere Menschen sah sie nicht, und auch Vampire traf sie nur selten. Monsieur lud fast nie Besucher ein und nur selten kam jemand vorbei, den er vorließ. Nichts in ihrem bisherigen Leben hatte sie auf den Wirbelsturm vorbereitet, der heute über sie hinweggefegt war.

Mireille hatte sich auch noch nie zu einem Menschen, ob Mann oder Frau, so hingezogen gefühlt, wie zu Caroline. Vielleicht lag es daran, dass sie ihre Opfer immer nach dem Geschmack von Monsieur aussuchte. Sie hatte auch noch nie einem anderen Lebewesen Gewalt angetan, selbst bei der Jagd nicht. Aber heute, als Caroline bedroht wurde, hatte Mireille keine Sekunde gezögert. Sie hätte nie von sich erwartet, so besitzergreifend reagieren oder so wütend werden zu können. Aber wenn es um Carolines Wohlergehen ging, verlor sie die Beherrschung. Sie sah auf das friedliche Gesicht ihrer Partnerin, die immer noch schlief. Sanft strich sie ihr die dunkelblonden Haare aus der Stirn. Es war ein wunderbares Gefühl.

Caroline öffnete blinzelnd die Augen, als sie Mireilles Berührung spürte. Mireille sah, wie der erstaunte Blick in den blauen Augen langsam verschwand, als Caroline wach wurde und ihre Partnerin erkannte. Ihre Augen fingen an zu funkeln und die kleinen Fältchen, die plötzlich auftauchten, deuteten ein Lächeln an. „Hallo", flüsterte Caroline mit rauer Stimme.

Caroline klang erschöpft und Mireille wurde von ihren wunderschönen Augen abgelenkt. „Nicht reden", befahl sie und sah sich suchend um. Ihre Magierin musste etwas trinken. Sie fand einen Krug mit Wasser und ein Glas, das sie füllte und zum Bett brachte. Dann hob sie vorsichtig Carolines Kopf vom Kissen und setzte ihr das Glas an den Mund.

„Ich bin nicht vollkommen hilflos", scherzte Caroline, als Mireille ihren Kopf wieder auf das Kissen sinken ließ. Sobald sie wieder bequem lag, fasste Mireille nach ihrer Hand.

„Vielleicht nicht. Aber der Mediziner hat gesagt, dass du dich schonen musst."

„Den Kopf zu heben ist keine Schwerstarbeit. Ich schone mich doch", sagte Caroline.

„Das muss der Mediziner beurteilen", erwiderte Mireille. Sie ließ Carolines Hand kurz los, um den Vorhang aufzuziehen und nach dem Mann zu rufen. „Sie ist aufgewacht!"

Der Mediziner kam in die kleine Kabine zurück und lächelte Caroline freundlich zu. „Nun, Miss Breaux, wie fühlen Sie sich?", fragte er.

„Es geht mir gut", antwortete sie sofort.

„Dann bewegen Sie bitte Ihren rechten Arm für mich."

Caroline folgte seiner Aufforderung und hob den rechten Arm, aber die Schmerzen waren noch so stark, dass sie ihn sofort wieder auf die Bettdecke fallen ließ.

„Das dachte ich mir", meinte der Mediziner. „Ich konnte die Wirkung des Fluches zwar neutralisieren, aber Ihr Körper braucht noch einige Zeit, um sich wieder zu erholen. Ein bis zwei Tage sollten ausreichen. So lange müssen Sie den Arm allerdings ruhigstellen. Ich gebe Ihnen eine Schlinge mit. Kann ich mich darauf verlassen, dass Sie meine Anweisungen befolgen?"

„Ja", erwiderte Caroline. „Ich möchte schnell gesund werden, um zu meiner Einheit zurückzukehren. Ich werde nichts tun, das meine Genesung gefährdet."

Der Mediziner zog eine Schlinge aus der Schublade eines Materialschränkchens und legte sie Caroline um die Schulter. „Passen Sie auf", sagte er zu Mireille. „Sie werden das für Ihre Partnerin übernehmen müssen, weil sie selbst nicht beweglich genug ist."

Caroline wollte Einspruch erheben und ihn darauf hinweisen, dass Mireille gar nicht bei ihr wohnte, aber die Vampirin drückte ihr nur die Hand. „Zeigen Sie mir alles", forderte sie den Mann auf. Der erklärte es noch einmal im Detail und ließ die beiden Frauen dann allein.

„Wieso denkt er, dass du bei mir sein wirst?", wollte Caroline wissen.

„Ich … nun, ich … ich habe eine ziemliche Szene gemacht, als sie mich nicht zu dir lassen wollten", erklärte Mireille, der vor Verlegenheit die Röte ins Gesicht stieg. „Es war nicht böse gemeint, aber ich musste dich einfach sehen. Ich konnte nichts dagegen tun. Das ist mir noch nie passiert. Als sie mich aufhalten wollten, habe ich mich einfach vorbeigedrängt."

„Dann sollten wir die Krankenstation besser gemeinsam verlassen", meinte Caroline.

„Das glaube ich auch", stimmte Mireille leise zu. „Ich muss auf dem Weg noch etwas erledigen. Ich habe einen Job und muss mit meinem Arbeitgeber reden."

„Wird er Verständnis haben?"

„Ich denke schon", sagte Mireille. „Er hat mich ermutigt, an dem Treffen teilzunehmen, obwohl er selbst nicht kommen wollte. Er sagt, er wäre zu alt, um sich in die Angelegenheiten der Magier einzumischen. Begleitest du mich?"

„Zu deinem Arbeitgeber? Wird er das nicht merkwürdig finden?"

„Er ist auch mein Freund. Und der älteste Vampir von Paris. Er würde dich bestimmt gerne kennenlernen. Wir können ihm gemeinsam berichten, was heute geschehen ist. Er wird sicher Fragen haben, die ich ihm nicht beantworten kann."

„Und du glaubst, dass ich darauf eine Antwort weiß?", fragte Caroline erstaunt.

„Zumindest kannst du ihm die Ereignisse aus der Sicht einer Magierin schildern. Sag schon, dass du mich begleitest."

„Ich komme mit", gab Caroline nach. „Ich muss mich noch um die Entlassungspapiere kümmern. Danach können wir aufbrechen. Ist die Magie noch so stark, damit du nach draußen gehen kannst?"

„Auf jeden Fall", sagte Mireille. Sie wunderte sich immer noch über ihre unerklärlichen Gefühlsschwankungen. Ob sie wohl durch Carolines Magie hervorgerufen wurden? Sie musste unbedingt Monsieur danach fragen.

MIREILLE KLINGELTE, als sie mit Caroline nach Hause kam. Sie erwartete zwar keine Antwort, wollte aber Monsieur vorwarnen, damit der den Flur verlassen und ihnen aus dem Weg gehen konnte. Sie öffnete die Tür gerade weit genug, um sich und Caroline durch den Spalt schlüpfen zu lassen, dann zog sie sie wieder hinter sich ins Schloss. Es dauerte einige Sekunden, bis Carolines Sicht sich an den düsteren Hausflur angepasst hatte.

„Wir haben Elektrizität", erklärte Mireille. „Aber Monsieur meint, dass ihn sogar das künstliche Licht nervös macht. Kerzen und Kaminfeuer sind alles, was er aushalten kann."

„Schon gut", erwiderte Caroline nervös. Sie konnte sich nicht vorstellen, dass Mireille sie in böser Absicht in dieses Haus gebracht hatte, doch sie konnte ihr Unwohlsein auch nicht ganz unterdrücken. Sie würde gleich dem ältesten Vampir von Paris gegenüberstehen. Leise folgte sie Mireille in eine Bibliothek mit unzähligen alten Büchern. Caroline konnte sich nicht zurückhalten und ging auf die Regale zu, um die Titel auf den Buchrücken zu lesen. Sie war überzeugt, dass jedes einzelne Buch eine Erstausgabe war.

„So, dieses Mal hast du mir also eine Bücherfreundin mitgebracht", dröhnte eine tiefe Stimme aus der Dunkelheit.

„Nur für ein kurzes Gespräch", sagte Mireille schnell und stellte sich zwischen Monsieur Lombard und Caroline. „Caroline ist meine Partnerin in unserer neuen Allianz."

Monsieur Lombard trat ins Licht. Caroline erkannte sofort sein hohes Alter und seine Weisheit. Trotz seiner mächtigen Stimme lag ein sanfter Ausdruck in seinem Blick, als er Mireille ansah. Vielleicht war er ja gar nicht so erschreckend. „Und doch hast du mir eine Bücherfreundin mitgebracht. Schon gut, junges Fräulein. Sie können die Bücher ruhig anfassen."

Ehrfurchtsvoll hob Caroline eine Hand und strich mit den Fingern über den Ledereinband eines Buches. „Ich hab noch nie so viele Erstausgaben gesehen", sagte sie.

„Meine Sammlung würde manchen neidisch machen", stimmte Monsieur Lombard ihr zu. „Aber kaum einer wäre bereit, den Preis zu zahlen, den ich dafür entrichten musste."

„Da haben Sie wahrscheinlich recht", erwiderte Caroline.

„Erzählt mir von eurem Treffen", befahl Monsieur Lombard und setzte sich auf einen Sessel. Mit einer höflichen Handbewegung forderte er sie auf, ebenfalls Platz zu nehmen.

31

Mireille ging zu dem kleinen Sofa und klopfte auf das Polster, um Caroline einzuladen, sich an ihre Seite zu setzen. Caroline nahm das Angebot erleichtert an. Mireille war bei weitem nicht so einschüchternd wie der alte Vampir.

Langsam und stockend begann Mireille von ihrem Treffen zu berichten. Sie wiederholte, was Marcel und Jean ihnen gesagt hatten. Anschließend beschrieb sie ihm, wie sich die Partner gefunden hatten. Dabei lächelte sie Caroline liebevoll zu.

An dieser Stelle unterbrach Monsieur ihren Bericht. „Caroline hat dich angesprochen?", hakte er nach.

Mireille nickte.

„Warum?", fragte er und sah dabei Caroline an.

Caroline rutschte unruhig hin und her, als er sie fixierte. „Sie sah genauso nervös aus, wie ich mich auch fühlte. Es war eine gute Gelegenheit, ein Gespräch zu beginnen. Damit hat der Biss etwas von seiner unpersönlichen Anonymität verloren."

„Und das war Ihnen wichtig?", wollte der alte Vampir wissen.

„Selbstverständlich", erwiderte Caroline. „Falls mein Blut zu ihr passte, würde sie meine Partnerin werden. Ich wollte eine Partnerin, mit der ich mich gut verstehe und mit der ich zusammenarbeiten kann. Unsere gemeinsame Nervosität war da ein guter Anfang."

Monsieur Lombard nickte. „Erzähl weiter", sagte er. „Was ist danach passiert?"

Mireille nahm ihren Bericht wieder auf. Sie erzählte ihm von Sebastiens Eintreffen im Wartesaal und der Entdeckung, dass Magie zwischen Partnern nicht funktionierte.

„Gut", murmelte Monsieur Lombard. „Ich hatte gehofft, dass er auch kommt."

„Wie meinen Sie das?", fragte Mireille.

„Dieser Zwist zwischen Sebastien und Jean dauert schon viel zu lang. Es wird Zeit, dass sie sich wieder versöhnen. Die Allianz braucht jeden einzelnen von uns. Deshalb habe ich dafür gesorgt, dass Sebastien von dem Treffen erfuhr", erklärte er. „Doch nun will ich mehr über diese Resistenz gegen Magie erfahren."

„Kurz bevor Sebastien eintraf, hat Thierry, einer der Magier, die Kontrolle verloren", berichtete Caroline. „Alain bündelte die Magie und richtete sie auf die Tür, weil er sie für ein unschädliches Ziel hielt. Direkt in dem Augenblick, als die Magie auf die Tür traf, kam Sebastien in den Wartesaal. Es war kein bestimmter Fluch, keine Beschwörung, sondern nur ein spontaner magischer Ausbruch. Trotzdem war er so stark, dass er Sebastien hätte umwerfen müssen. Aber Sebastien stand nur in der Tür, als wäre nicht das Geringste passiert. Dann stellte sich heraus, dass er und Thierry Partner sind. Wir wollten wissen, ob nur Sebastien gegen die Magie immun war oder ob es etwas mit ihrer Partnerschaft zu tun hat. Nach einigen einfachen Versuchen haben wir herausgefunden, dass die Magie nicht auf die jeweiligen Partner wirkt. Ich könnte den ganzen Tag jede denkbare Beschwörung gegen Mireille anwenden, es würde nichts passieren."

„Interessant", bemerkte Lombard nachdenklich. „Weiter."

Gemeinsam beschrieben die beiden Frauen ihm den anschließenden Kampf gegen die dunklen Magier und alles, was sich danach noch zugetragen hatte. „Als wir in Marcels Hauptquartier kamen, bin ich sofort auf die Krankenstation gegangen, um nach Caroline zu sehen", beendete Mireille ihren Bericht. „Ich hatte keine andere Wahl. Es hat mich einfach zu ihr gezogen. Am Anfang konnte ich es noch kontrollieren, aber als sie mich von ihr fernhalten wollten, habe ich die Beherrschung verloren. Monsieur, ich habe einen Mann durch das Zimmer geschleudert. Wie Sie wissen, ist das nicht meine Art. Ich musste Caroline sehen. Ich bin durch die Krankenstation gelaufen und habe nach ihr gesucht. Erst als ich sie gefunden habe und ihre Hand halten konnte, hat die Wut nachgelassen und ich war wieder ich selbst."

„Waren andere Vampire davon ebenfalls betroffen?", fragte Lombard, der sich über Mireilles ungewöhnliches Verhalten wunderte.

„Nicht dass ich wüsste", antwortete Mireille. „Aber mir sind einige Vampire aufgefallen, die immer sehr nahe bei ihren Magiern geblieben sind."

„Besonders Orlando", ergänzte Caroline. „Ich glaube, er ist die ganze Zeit kaum einen Schritt von Alains Seite gewichen."

„Nicht sehr oft", bestätigte Mireille.

„Das könnte allerdings auch am Aveu de Sang liegen", meinte Lombard. „Hat es den Anschein gemacht, als ob Alain etwas Abstand wollte?"

„Ganz und gar nicht", sagte Caroline und lachte leise. „Er hat sich ständig umgesehen, wo Orlando gerade steckt. Ich habe ihn noch nie so erlebt."

„Und Sie?", fragte Lombard. „Wie haben Sie sich gefühlt, als Sie von Mireille getrennt waren?"

„Ich hatte starke Schmerzen durch den Fluch, der mich getroffen hat. Ich wollte nur auf die Krankenstation. Danach haben sie mich betäubt. Als ich aufwachte, war Mireille schon an meiner Seite und hielt meine Hand. Ich hatte gar keine Zeit, auf die Trennung zu reagieren", erklärte Caroline, der nicht auffiel, wie überrascht Mireille sie ansah. Die Vampirin hatte von der Verwundung gewusst, aber der Ernst der Lage wurde ihr erst jetzt klar. Sie nahm sich vor, mit Caroline darüber zu reden. Ihre Partnerin durfte solche Dinge nicht vor ihr verheimlichen.

„Interessant", meinte Christophe.

„Das haben Sie schon mehrfach gesagt", platzte Mireille heraus. „Was soll das alles bedeuten?"

„Das weiß ich noch nicht. Ich brauche mehr Informationen. Ich muss mit Jean reden."

ERIC SIMONET und Vincent Jonnet kamen aus der U-Bahn und sahen sich vorsichtig im Bahnhof um. Sie erkannten sofort die Anzeichen des Kampfes, der hier stattgefunden hatte. „Chavinier war hier", bemerkte Vincent.

„Das sehe ich auch. Lass uns herausfinden, was genau passiert ist", erwiderte Eric. Er ging durch den Bahnhof, um nach Zeugen und Überlebenden zu suchen. Als er ein Stöhnen hörte, drehte er sich um und sah Dominique bei einer der Säulen auf dem Boden liegen. Er rannte zu ihm. „Aufwachen, Dominique", sagte er. „Komm schon, wach auf."

Der junge Mann öffnete blinzelnd die Augen. „Was ist geschehen?", fragte er Eric.

„Das wollte ich dich auch gerade fragen."

Dominique schloss die Augen, um sich besser konzentrieren zu können. „Ich … Wir haben den Wartesaal beobachtet", sagte er bedächtig, als müsste er sich erst wieder an alles erinnern. „Wir konnten nichts hören, weshalb sich Robert näher schlich. Dann habe ich einen Schrei gehört und der Kampf ging los. Ich bin wahrscheinlich sofort von einem Fluch getroffen worden, denn an mehr kann ich mich nicht erinnern."

Eric runzelte die Stirn. Dominique war erst seit Kurzem bei ihnen, aber die anderen waren erfahrene Kämpfer. Chavinier war bestimmt nicht zufällig über sie gestolpert. Seine Magier mussten in der Überzahl gewesen sein, sonst hätten sie die anderen nicht komplett ausschalten können. „Wir bringen dich jetzt zurück", sagte er zu Dominique. „Pascal wird mit dir reden wollen."

„Ich kann ihm nicht mehr sagen als dir", erwiderte Dominique. „An mehr kann ich mich nicht erinnern." Er wollte Serrier wirklich nicht gegenübertreten, wenn es sich irgendwie vermeiden ließ.

„Das glaube ich dir, aber Pascal wird es von dir persönlich hören wollen. Er hat vielleicht noch Fragen, die du ihm beantworten kannst. Sag ihm die Wahrheit, dann wird dir nichts passieren", beruhigte ihn Eric.

Genau das war es, was Dominique Sorgen bereitete. Spionieren war eine gute Idee gewesen, solange er sich noch bei Marcel und seinen Verbündeten aufgehalten hatte. Die Aussicht, Serrier gegenüberzutreten und ihm etwas vorspielen zu müssen, ließ die Angelegenheit in einem anderen Licht erscheinen. Dominique zweifelte kurz an der Weisheit seines Entschlusses. Eric war, verglichen mit den anderen dunklen Magiern, kein schlechter Mann. Aber er wäre nicht derjenige, der Dominique verhörte, falls Serrier ihn für einen Lügner hielt. Marcels Freundlichkeit hatte es so leicht erscheinen lassen, den dunklen Magiern zu entkommen. Unter Eric und Vincents misstrauischen Blicken kam es ihm plötzlich nicht mehr so vor. Doch dann erinnerte er sich an die Drohung des Vampirs. Blanchet konnte ihn foltern, Serrier konnte ihn töten – aber Bellaiche konnte ihn zu einem Untoten machen. Da ging Dominique lieber das Risiko mit Serrier ein.

Eric warf Vincent einen Blick zu. „Bring Dominique zurück. Lass ihn von einem Mediziner untersuchen. Chaviniers Magier benutzen normalerweise keine gefährlichen Flüche, aber man weiß nie. Wir sehen uns, wenn ich zurückkomme."

„Was hast du hier noch vor?", fragte Vincent.

34

„Ich will mich umsehen und es mit einigen Enthüllungssprüchen versuchen. Vielleicht kann ich noch mehr erfahren", erwiderte Eric.

Dominique fühlte die Panik in sich aufsteigen. Wenn Eric zu genau suchte, konnte er im Wartesaal bestimmt Marcels Magie entdecken. Er zwang sich zur Ruhe. Er war bewusstlos gewesen, von ihm konnten sie keine Informationen erwarten. Er hatte keine Ahnung, was Marcel mit den anderen gemacht hatte. Vermutlich war der Wartesaal als Zelle für die Gefangenen benutzt worden oder Marcels Magier hatten dort ihre Verwundeten behandelt.

„Siehst du irgendwo meinen Stab?", fragte Dominique. „Er war ein Geschenk und ich hätte ihn gerne zurück."

„Ich werde nach ihm Ausschau halten", versprach Eric. „Allerdings sind Chaviniers Leute immer recht gründlich, wenn sie hinter sich aufräumen. Es ist ein Wunder, dass sie dich übersehen haben."

„Ja", gab Dominique zu. „Aber ich kann mich nicht beschweren. Ich will nicht ins Gefängnis."

„Falls das ihre Absicht war", knurrte Vincent. „Ich habe von Magiern gehört, die sie mit Beschwörungen belegt haben und …"

„Das ist alles Unsinn, Vincent. Und das weißt du auch", unterbrach ihn Eric. „Ich mag den Mann nicht und seine Politik noch weniger, aber er ist nicht jemand, der andere foltert."

„In den letzten zwei Jahren kann sich viel verändert haben", verteidigte sich Vincent.

„So viel nicht", sagte Eric kopfschüttelnd. „Bring Dominique auf die Krankenstation. Ich komme gleich nach." Ohne ein weiteres Wort drehte er sich um und fing mit seinen Beschwörungen an, um nach weiteren Informationen zu suchen.

„Komm jetzt, Junge", sagte Vincent und boxte Dominique an die Schulter. „Eric will, dass du untersucht wirst."

„Ich fühle mich aber gesund", protestierte Dominique.

„Mhmm. Das sagen sie alle. Aber ich glaube es erst, wenn es mir ein Mediziner bestätigt. Wir müssen jetzt hier weg, dieser Ort macht mich nervös. Was passiert, wenn Chavinier zurückkommt?"

Dominique lief ein unfreiwilliger Schauer über den Rücken, als Vincent sie transportierte. Sie kamen direkt vor Serriers Versteck an. Er hatte Marcel gesagt, wo es sich befand, und der war ihm für die Information dankbar gewesen. Aber er hatte Dominique davor gewarnt, auf einen baldigen Angriff zu hoffen. Dazu hatten sie nicht genug Leute und die Verluste wären bei einem direkten Angriff zu hoch. Chavinier zog es vor, Serrier mit kleinen Nadelstichen zu schwächen, bis sich die passende Gelegenheit bot, ihn endgültig zu besiegen.

Kaum war Dominique angekommen, tauchte auch Vincent auf. Dominique folgte ihm in das Gebäude und zur Krankenstation. Vincent erklärte dem Mediziner, was geschehen war. Der befahl Dominique, sich auf einen Tisch zu legen, wo er ihn untersuchen konnte.

Die Magie des Mediziners hüllte Dominique ein und offenbarte sofort Marcels Beschwörung. Dominique hielt die Luft an und hoffte inständig, dass die früheren Zaubersprüche, mit denen Alain ihn getroffen und Marcel ihn gebunden hatte, darunter verborgen blieben. Er seufzte erleichtert, als der Mediziner nichts mehr entdecken konnte. „Es ist eine Standardbeschwörung, die ihn hilflos gemacht hat", bestätigte der Mediziner Dominique und Vincent. „Man bleibt ein bis zwei Stunden bewusstlos, dann verflüchtigt sie sich wieder. Es gibt nur selten Nebenwirkungen und ich kann auch keine erkennen. Du bist heute vielleicht noch etwas erschöpft, aber morgen kannst du wieder zum Dienst antreten."

„Danke, Doc", sagte Vincent. „Wir warten noch auf …"

„Nicht nötig", unterbrach Eric, der in diesem Moment die Krankenstation betrat. „Ich bin schon zurück. Alles in Ordnung mit ihm?", fragte er den Mediziner.

„Er sollte sich heute noch ausruhen, aber morgen ist er wieder einsatzfähig."

Eric nickte. „Dann lasst uns jetzt zu Pascal gehen."

Dominique kam sich fast wie ein Gefangener vor, als Eric und Vincent ihn zwischen sich nahmen und zu Serrier führten. Sie fassten ihn nicht an und fesselten ihn auch nicht, aber ihre Anwesenheit sorgte dafür, dass er auch nicht entkommen konnte. Kurz bevor sie zu dem Raum kamen, in dem Serrier sie erwartete, blieb Eric stehen und zog Dominiques Stab aus der Tasche. „Hier", sagte er leise. „Den willst du bestimmt zurückhaben."

Dominique sah ihn überrascht an und steckte seinen Stab mit einem Anflug von Ehrfurcht ein. „Vielen Dank."

„Nun?", rief Pascal aus dem Zimmer und lenkte ihre Aufmerksamkeit wieder auf ihren Auftrag.

„Wir haben den jungen Dominique gefunden. Er lag bewusstlos im Bahnhof. Die anderen waren schon längst verschwunden und ich kann nicht sagen, wohin sie gebracht worden sind", berichtete Eric.

„Nun, mein Junge? Was ist passiert?", verlangte Pascal zu wissen.

Dominique erzählte ihm stotternd die gleiche Geschichte, die er bereits Eric erzählt hatte.

„Dann weißt du also nicht, warum sich die Vampire versammelt haben?", fragte Pascal.

„Nein, Sir. Robert wollte sie belauschen, aber dann wurden wir angegriffen. Vielleicht hat er etwas erfahren, aber er kann es uns nicht sagen, weil sie ihn erwischt haben", antwortete Dominique.

„Was schätzt du, wie viele Vampire sich dort versammelt hatten?"

„Ich habe sie nicht gezählt, aber es waren mindestens zweihundert", erwiderte Dominique.

„Zweihundert", wiederholte Pascal. „Ich wusste gar nicht, dass in Paris so viele Vampire leben. Hast du deine Angreifer erkennen können, bevor du bewusstlos geworden bist?"

„Da war ein alter Mann mit weißen Haaren. Ich glaube, er hat die Befehle gegeben."

„Chavinier", unterbrach Eric.

„Wahrscheinlich", stimmte Pascal ihm zu. „Wer noch?"

„Hmm. Da war ein großer, blonder Magier. Aber den habe ich nicht deutlich gesehen. Er hat mit einem jungen Mann zusammen gekämpft, der braune Locken hatte", fügte Dominique hinzu.

Eric runzelte die Stirn. „Möglicherweise Magnier oder Dumont", sagte er. „Aber ich bin mir nicht sicher. Ich habe Chaviniers und Rougiers Magie erkannt, die anderen konnte ich allerdings nicht identifizieren. Sie haben sich gegenseitig überlagert."

„Und der andere? Der mit den lockigen Haaren?"

Eric dachte darüber nach, welcher von Chaviniers Magiern zu dieser Beschreibung passte. „Keine Ahnung", sagte er dann. „Es hört sich nicht an wie jemand, den ich kenne. Könnte es sein, dass er Magier von außerhalb rekrutiert hat?"

„Die Möglichkeit besteht", meinte Pascal. „Es stellt sich außerdem die Frage, wie er von unserer Mission erfahren hat. Er hat neunzehn unserer Männer überwältigt. Das kann er nur geschafft haben, wenn er vorher Bescheid wusste."

„Das dachte ich mir auch schon", erwiderte Eric kühl. „Ich habe keine Ahnung, woher er es wusste. Aber es kann kein Zufall sein. Die Reste ihrer Magie waren im ganzen Bahnhof zu spüren, so stark war sie. Dominique, wann genau hat der Angriff stattgefunden?"

„Gegen sechs Uhr", sagte Dominique. „Robert hat sich angeschlichen, weil die Vampire immer noch in dem Wartesaal waren, obwohl der Sonnenaufgang kurz bevorstand."

„Chavinier hat vielleicht ein Alarmsystem eingerichtet", vermutete Eric. „Das hat er schon öfters getan. Robert oder einer der anderen löste vermutlich den Alarm aus, und daraufhin griff Chavinier an. Seine Magie war überall spürbar. Es können auch Schutzzauber darunter gewesen sein. Wenn Robert und die anderen sich dort zwei Stunden lang aufgehalten haben, hatte Chavinier mehr als genug Zeit, sich einen Angriffsplan zurechtzulegen."

Pascal dachte über Erics Worte nach. „Möglicherweise, ja. Was meinst du dazu, Vincent?"

„Es kommt mir alles zu perfekt vor", erwiderte Vincent. „Aber andererseits hat Chavinier schon immer höllisches Glück gehabt."

„Das stimmt", seufzte Pascal und drehte sich zu Dominique um. „Warst du schon auf der Krankenstation?"

„Ja, dort sind wir zuerst gewesen", antwortete Dominique. „Der Mediziner sagt, ich soll mich heute noch ausruhen. Morgen kann ich wieder zum Dienst antreten."

„Gut. Dann kannst du jetzt gehen. Melde dich morgen wieder. Ich habe einen neuen Auftrag für dich."

Dominique bedankte sich bei Serrier und verließ den Raum. Er war froh, dieses Treffen unbeschadet überstanden zu haben.

Nachdem der junge Magier gegangen war, wandte sich Serrier an die beiden anderen. „Neunzehn erfahrene Kämpfer sind gefangen genommen worden oder tot. Nur ein unerfahrener Junge ist entkommen. Kommt euch das nicht komisch vor?"

„So wie er hinter der Säule gelegen hat, war er kaum zu sehen", sagte Vincent. „Wir sind auch erst durch sein Stöhnen auf ihn aufmerksam geworden."

„Ich habe seinen Stab gefunden", ergänzte Eric. „Er lag nicht in seiner Nähe. Selbst wenn sie den gesehen haben sollten, müssen sie Dominique noch nicht gefunden haben. Ich habe es überprüft. Sein Stab ist in dem Kampf nicht zum Einsatz gekommen. Sie hatten keinen Grund, nach ihm zu suchen. Es ist komisch, aber nicht unwahrscheinlich."

Pascal zuckte mit den Schultern. „Wenn er lügt, werden wir es früh genug erfahren. Jetzt will ich vor allem wissen, warum sich die Vampire versammelt haben. Es mag unwichtig sein, aber ich will wissen, warum sich zweihundert Vampire in einem Wartesaal auf dem Bahnhof treffen, um dort bis in die Morgendämmerung zu reden. Meine Herren, wir brauchen einen Vampir."

Vincents Grinsen war fast so bösartig wie Serriers.

„Natürlich nur, um mit ihm zu reden", fügte Pascal hinzu. „Was wir danach mit ihm machen, können wir später entscheiden."

5

THIERRY ERHOB sich von seinem Stuhl. Die Besprechung hatte lang gedauert, viel länger, als es bei Besprechungen mit Marcel normalerweise der Fall war. Aber sie war sehr produktiv gewesen. Zu Thierrys Erstaunen und auch Freude war Jean wieder zurückgekommen, nachdem er mit Raymond so überstürzt den Raum verlassen hatte. Jean hatte ihnen erklärt, dass es im Interesse der Partnerschaften wäre, wenn in Zukunft nur noch partnerlose Vampire die gefangen genommenen dunklen Magier beißen würden. Einige der Magier hatten diesen Vorschlag unterstützt und Marcel hatte sich damit einverstanden erklärt. Thierry war darüber sehr erleichtert. Obwohl er wusste, dass er keinen Anspruch auf Sebastien erheben konnte, war ihm der Gedanke, sein Partner würde einen anderen Magier beißen, sehr unangenehm gewesen. Es war zwar keine sehr vernunftgeleitete Reaktion, aber Thierry konnte sie nicht verhindern.

„Es wird ihnen nicht schaden, wenn sie noch etwas länger schmoren müssen", entschied Marcel. „Jean, kannst du einen Vampir finden, der uns heute Abend zur Verfügung steht?"

Jean nickte. „Ich habe schon eine Idee. Ich werde ihn sofort kontaktieren und bitten, uns nach Sonnenuntergang hier zu treffen."

Sie unterhielten sich noch etwas länger, machten Pläne und diskutierten über ihre Optionen, bis Marcel erkannte, dass sich die schlaflose Nacht bemerkbar machte und alle müde wurden. Das war offensichtlich der Preis, den sie für ihre Zusammenarbeit mit den Vampiren bezahlen mussten. Marcel beendete ihre Besprechung und entließ sie mit der Anweisung, sich auszuruhen und am Abend wieder zurückzukommen.

Thierry sah Sebastien verlegen an. Er zweifelte nicht daran, dass Alain und Orlando gemeinsam nach Hause gehen würden. Was die anderen vorhatten, wusste er nicht. Er selbst war noch nicht bereit dazu, Sebastien zu sich einzuladen. Er wusste auch nicht, ob es jemals dazu kommen würde. „Dann sehen wir uns heute Abend", sagte er und versuchte, seine Verlegenheit zu überspielen.

„Ja, heute Abend", erwiderte Sebastien und drehte sich um, um das Zimmer zu verlassen.

Thierry wollte ihm noch etwas nachrufen, wollte ihn auffordern, noch zu warten, aber er brachte es nicht über sich. Er sah sich nach Alain um. Sein Freund unterhielt sich mit Marcel, und Orlando wich ihm nicht von der Seite. Thierry ging zu ihnen, nachdem Marcel sich verabschiedet hatte.

„Ich will noch etwas essen gehen. Habt ihr auch Hunger?", fragte er Alain.

„Das hört sich prima an", erwiderte Alain. „Wir könnten in das kleine Café hier in der Nähe gehen. Sie haben ein gutes Mittagsmenü."

Orlando hörte ihnen zu und beschloss, ihnen etwas Zeit zu geben und sie allein zu lassen. Er hatte Alains Aufmerksamkeit schon zu lange nur für sich beansprucht und Thierry wäre wahrscheinlich froh, allein mit seinem Freund reden zu können. „Ich gehe zu Jean", sagte er.

„Das musst du nicht tun", warf Thierry ein.

„Ich weiß", erwiderte Orlando. „Aber ich muss wirklich mit Jean reden. Alain, wir sehen uns dann später in meiner Wohnung. Kommst du auch ohne Schlüssel rein, falls du früher zurück bist? Ich habe keinen Zweitschlüssel."

„Kein Problem", versicherte ihm Alain und zog ihn an sich, um ihm einen Kuss zu geben. „Wir sehen uns zuhause. Viel Spaß bei Jean."

„Danke. Ich wünsche euch einen guten Appetit."

Die beiden Magier sahen Orlando nach, der durch das Zimmer zu Jean ging und ihn leise ansprach. Jean nickte. Orlando drehte sich noch einmal um und winkte ihnen zum Abschied zu. „Er ist wunderbar", murmelte Thierry.

Alain lachte leise. „In der Tat, das ist er. Komm, wir gehen essen. Dann kannst du deine Fragen loswerden und wir können darüber reden."

„Woher weißt du, dass ich mit dir reden will?"

„Ich weiß es eben", erwiderte Alain. „Nach dreißig Jahren Freundschaft ist das auch nicht anders zu erwarten."

Sie verließen das Hauptquartier und gingen die Straße entlang zu dem kleinen Café. Sie bekamen einen Tisch in einer der hinteren Ecken, wo sie von den anderen Gästen nicht gestört wurden, die an den Fenstern saßen und dem Leben auf der Straße zusahen. Sitzen und beobachten – es war der Lieblingszeitvertreib der Menschen in Paris.

Sie bestellten und warteten, bis der Kellner ihren Wein brachte. Als sie wieder allein waren, sah Alain Thierry erwartungsvoll an.

„Was fühlst du, wenn Orlando dich beißt?", brach Thierry schließlich das Schweigen.

„Seine Zähne", antwortete Alain platt.

„Imbécile! So habe ich das nicht gemeint", rief Thierry.

„Ich weiß", erwiderte Alain grinsend. „Aber ich konnte es mir nicht verkneifen. Es war zu gut." Er dachte kurz über die Frage nach, bevor er sie ernsthaft beantwortete. „Ich fühle mich ihm verbunden", fing er an. „Es ist, als ob ich mich ihm hingebe. Oder schenke. In gewisser Weise stimmt das auch, weil er in meinem Blut alles schmecken kann, was in meinem Herzen vor sich geht."

„Und stört dich das?", fragte Thierry.

„Dass er in meinem Herzen lesen kann oder dass ich mich ihm verbunden fühle?", hakte Alain nach.

„Sowohl als auch. Beides." Es war Thierry unangenehm, dass Alain der Ursache seines Problems so schnell auf den Grund gegangen war.

„Nein", antwortete Alain nach kurzem Nachdenken. „Ich habe mich vom ersten Moment an zu ihm hingezogen gefühlt. Als er mich das erste Mal gebissen hat, war ich nervös. Aber das lag nur an den Geschichten, die ich über Vampire gehört hatte. Marcel hat mich dann darauf hingewiesen, dass die Vampire nicht diskriminiert würden und sich verstecken müssten, wenn sie ihre Opfer wirklich kontrollieren könnten. Ich will die Verbindung zu Orlando. Ich will auch die Intimität. Ich will alles, was Orlando mir geben kann, und noch viel mehr."

„Mehr?", fragte Thierry.

„Er ist 251 Jahre alt, Thierry, und er hatte noch nie einen Geliebten. Er ist schwer misshandelt worden, als er zum Vampir gemacht wurde. Seitdem ist er Intimkontakten aus dem Weg gegangen."

„Aber ich dachte ..." Thierry verstummte.

„Dass wir Geliebte wären?", beendete Alain seine Frage. „Das sind wir auch", fuhr er fort, als Thierry nickte. „Aber nur zu seinen Bedingungen. Ich nehme, was er mir geben kann, und ich gebe, was er akzeptiert."

„Und das Brandmal an deinem Hals?"

„Ist die logische Konsequenz der Gefühle, die wir – oder zumindest ich – schon vorher füreinander hatten. Ich hätte auch ohne dieses Mal nicht anders gehandelt. Es ist ein Zeichen meiner Gefühle, das ist alles."

„Die anderen Vampire scheinen ihm mehr Bedeutung beizumessen", meinte Thierry.

„Das ist mir auch aufgefallen. Vielleicht haben sie recht. Vielleicht gibt die Magie dem Mal eine besondere Bedeutung. Aber ich wäre gestern Nacht und in der Nacht davor trotzdem bei ihm geblieben. Ich hätte mich ihm trotzdem hingegeben. Ich hätte ihn trotzdem von meinem Blut trinken lassen. Ich habe kein Problem damit, dir das alles zu sagen ... aber warum willst du es eigentlich wissen?"

„Ich ... ich hatte diese merkwürdigen Gefühle bei Sebastiens Biss. Ich weiß nicht recht, wie ich sie beschreiben soll oder was sie bedeuten. Es ist so verwirrend, Alain. Ich habe gerade erst Aleth verloren!" Thierry waren seine inneren Qualen deutlich anzuhören. Alain konnte es ihm nachempfinden. Er und Edwige waren zwar schon geschieden gewesen, aber ihr Tod hatte ihm dennoch einen schweren Schlag versetzt. Thierry ging es genauso, auch wenn er und Aleth sich entfremdet hatten und bereits getrennt lebten, als die dunklen Magier sie töteten.

„Ich verstehe dich. Du kommst dir illoyal vor. Sie ist gerade erst gestorben und du fühlst schon eine Verbindung zu einem anderen Menschen", sagte Alain und erinnerte sich an die Zeit nach Edwiges und Henris Tod. Er hatte sich und die Welt gehasst. Es hatte Wochen gedauert, bis er sich ihren Tod verzeihen konnte. Erst Monate später war er wieder in der Lage gewesen, Interesse für andere Menschen aufzubringen. „Ich verstehe deine Gefühle. Aber ich weiß auch, dass das Leben weitergeht, ob es dir gefällt oder nicht. Es bringt Aleth nicht zurück, wenn du dich bestrafst. Es schadet ihrem Gedächtnis nicht, wenn du für den Erfolg der Allianz einstehst."

„Es geht mir nicht um die Allianz", erwiderte Thierry. „Ich will mehr als das, aber es geht nicht. Noch nicht." Alain konnte Thierrys Gründe nachvollziehen, aber er hoffte insgeheim dennoch, dass sein Freund sich bald wieder mehr öffnen würde, sei es gegenüber Sebastien oder einem anderen Menschen. Thierry verdiente es, wieder glücklich zu werden. Alain befürchtete, dass sein eigenes Glück mit Orlando seinem Freund noch stärker bewusst machte, wie viel er selbst verloren hatte.

„Hat Sebastien dich bedrängt?"

„Nein! Im Gegenteil, er hat Angst davor, zu viel von mir zu erwarten. Er hat mich nach Aleth gefragt, weil er meine Trauer schmecken konnte."

„Wie hat er reagiert, nachdem du ihm von ihr erzählt hast?", wollte Alain wissen.

„Er hat gesagt, es täte ihm leid und dass er wüsste, wie es wäre, einen geliebten Menschen zu verlieren", erwiderte Thierry.

„Wo ist dann das Problem?", fragte Alain. „Er verlangt nicht mehr von dir, als du ihm geben kannst."

„Er nicht", stimmte Thierry ihm zu. „Aber mein Herz verlangt mehr."

ALAIN KÜSSTE ihn zärtlich auf den Mund. „Wir sehen uns zuhause. Viel Spaß bei Jean."

„Danke. Ich wünsche euch einen guten Appetit."

Zuhause. Es war ein so wunderbares Wort, wenn er es aus Alains Mund hörte. Orlando wurde warm ums Herz. Alain hatte nicht seine eigene Wohnung damit gemeint, er hatte von Orlandos gesprochen. Es war das erste Mal seit ihrem Aveu de Sang, dass sie sich trennten. Orlando wusste jetzt schon, dass er Alain an seiner Seite vermissen würde, wollte ihm aber Zeit geben, mit Thierry zu reden. Thierry hatte Orlando zwar angeboten, sie in das Café zu begleiten, doch Orlando wusste sehr gut, dass Thierry sich durch seine Anwesenheit bei dem Gespräch gehemmt fühlen würde. Er verstand sich schon viel besser mit Thierry und sie hatten viele Missverständnisse aufgeklärt, aber als Freunde konnte man sie noch nicht bezeichnen. Wahrscheinlich würde sich auch das bald zum Besseren wenden, aber Thierry brauchte *jetzt* einen Freund, dem er sich anvertrauen konnte. Er brauchte Alain. Dazu kam, dass Orlando wirklich mit Jean reden musste. Er hatte einige Fragen, mit denen ihm sein Bruder helfen konnte.

Orlando ging zu Jean. „Lass uns die Wirkung der Magie nutzen und spazieren gehen", schlug er vor.

Jean sah ihn überrascht an.

„Ich möchte mit dir reden", fügte Orlando hinzu, als Jean ihm nicht sofort antwortete.

„Na gut", stimmte Jean zu. „Wohin willst du gehen?"

„Der Buttes Chaumont ist nicht weit von hier", erwiderte Orlando. Der Park mit seinen alten Bäumen war von zahlreichen beschaulichen Pfaden durchzogen und jetzt, im Oktober, waren dort nicht viele Menschen anzutreffen. Dort würden sie sich in Ruhe unterhalten können. „Wir können dort spazieren gehen. Ich habe den Park noch nie bei Tageslicht gesehen."

„Ich auch nicht", gab Jean zu. Als er ein Vampir wurde, reichte Paris kaum über die Île de la Cité und die Île St-Louis hinaus. Wo heute der Buttes Chaumont lag, hatte sich damals noch Wildnis ausgebreitet. „Es ist so gut wie jeder andere Ort."

„Und besser als die meisten. Lass uns gehen."

„Einen Moment noch", sagte Jean, weil ihm sein Gespräch mit Raymond wieder einfiel. Sie hatten abgemacht, sich wie Gleichgestellte zu behandeln. „Ich muss erst Raymond Bescheid sagen."

Orlando wartete, während Jean zu Raymond ging. „Ich gehe mit Orlando und verbringe den Tag bei ihm. Wir sehen uns heute Abend, ja?"

„Ja, gut. Einen schönen Tag noch", erwiderte Raymond lächelnd. Er freute sich, dass Jean sich an sein Versprechen gehalten hatte.

„Das wünsche ich dir auch", sagte Jean zum Abschied und ging zu Orlando zurück. Er konnte es immer noch nicht glauben, wie sehr ihr Streit das Verhältnis zwischen ihnen geändert hatte. „So, jetzt können wir gehen."

Die beiden Vampire verließen das Hauptquartier der Milice und machten sich auf den Weg zum Park. Es war ein klarer, sonniger Tag, aber auch recht kühl, als sie durch die ruhige Nebenstraße gingen. Nach einiger Zeit erreichten sie einen der größeren Boulevards. Einige Passanten blieben stehen und sahen den beiden gut aussehenden Männern nach, aber keiner sprach sie an. „Sie wissen nicht, wer wir sind", murmelte Orlando. „Für sie sind wir ganz normale Menschen."

„Ein weiterer Grund, für diese Allianz dankbar zu sein", sagte Jean. „Wenigsten für diese Zeit können wir ein fast normales Leben führen."

Den Rest des Weges legten sie schweigend zurück. Als sie zu der künstlichen Grotte kamen, fasste Orlando sich ein Herz und sprach Jean an. „Was ist zwischen dir und Sebastien vorgefallen? Ich habe noch nie erlebt, dass du auf einen anderen Vampir so reagiert hast wie auf ihn."

„Es ist nicht wichtig", erwiderte Jean.

„Warum verhältst du dich ihm gegenüber dann so?", fragte Orlando beharrlich nach.

„Vergiss es", befahl Jean.

„Nein. Ich will wissen, was passiert ist."

„Na gut", fauchte Jean ihn an. „Er hat mir meinen Geliebten gestohlen und mit einem Aveu de Sang an sich gebunden, bevor ich auch nur davon erfahren habe."

„Wann war das?", fragte Orlando schockiert. Er hatte noch nie etwas von dieser Sache gehört, obwohl er doch immer dachte, Jean sehr gut zu kennen.

„Vor Jahrhunderten. Damals gab es dich noch nicht. Aber das spielt auch keine Rolle. Sebastien hat mich hintergangen, und das werde ich ihm nie vergessen."

43

„Du wirst ihn nicht ignorieren können", meinte Orlando. „Er ist Thierrys Partner. Wir werden ihn in Zukunft oft sehen und mit ihm zusammenarbeiten müssen."

„Ich kann ihn ertragen", erwiderte Jean. „Ich kann sogar mit ihm zusammenarbeiten. Aber ich muss nicht nett zu ihm sein und ihn erst recht nicht mögen."

Orlando blieb vor dem Teich stehen und setzte sich dann auf eine der Bänke am Ufer. Nach einigen Minuten setzte sich Jean zu ihm. „Genug geredet über Sebastien. Wie geht es dir?", wollte er von Orlando wissen.

„Es geht mir gut", antwortete Orlando.

„Wirklich?", hakte Jean nach. Er kannte Orlando schon seit über hundert Jahren. In all dieser Zeit hatte sich der junge Vampir nicht ein einziges Mal einen Geliebten erwählt. Jean wunderte sich, warum sich das so plötzlich geändert hatte. „Er hat dich zu nichts gezwungen?"

„Er ist die Geduld in Person", beruhigte ihn Orlando und lächelte dabei. Seine Gedanken waren bei Alain und allem, was zwischen ihnen geschehen war, seit sie den Aveu de Sang eingegangen waren. „Ich habe mich noch nie so sicher und behütet gefühlt, außer bei dir."

Jean lächelte. „Das freut mich für dich. Du hast es verdient, glücklich zu sein."

„Ja, ich bin glücklich", sagte Orlando leise. „Alain macht mich glücklich."

„Gut. Man sieht dir die Veränderung schon an."

„Es gibt eine Veränderung?"

„Noch vor einer Woche hättest du dich nie so an unseren Gesprächen beteiligt, wie du es in den letzten beiden Tagen getan hast. Du hättest nie an einem Verhör teilgenommen. Du wärst im Hintergrund geblieben, überzeugt davon, dass sowieso niemand an deiner Meinung interessiert ist", erklärte Jean und dachte an den jungen Vampir zurück, den er vor über hundert Jahren gerettet hatte. Er hatte immer versucht, Orlando mehr Selbstbewusstsein zu vermitteln, war aber erfolglos geblieben. Alain hatte in zwei Tagen erreicht, wozu Jean selbst in hundert Jahren nicht in der Lage gewesen war.

„Das ist es ja", meinte Orlando. „Er interessiert sich für meine Meinung. Ich muss mir über seine Reaktion keine Gedanken machen. Er ist vielleicht anderer Meinung als ich, aber er hört mir trotzdem zu. Er denkt über meinen Standpunkt nach. Außer dir hat das bisher niemand getan."

„Und der Rest?"

„Er ist an meiner Seite geblieben, bis wir das Hauptquartier verlassen haben."

„Und das hat dich nicht gestört?"

„Mich gestört? Es hätte mich gestört, wenn er mich verlassen hätte. Weißt du, was er mir zum Abschied gesagt hat?"

Jean schüttelte den Kopf.

44

„Er hat gesagt, wir würden uns dann nachher zuhause sehen. Ich habe ihn gefragt, ob er ohne Schlüssel in meine Wohnung kommt und er bejahte. Aber er sagte zuhause. Nicht in meiner Wohnung, Jean. Nein, nicht da. *Zuhause.*"

Jean starrte Orlando wortlos an. Er hatte gewusst, dass Orlando sich in Alain verliebt hatte. Es war ihm schon vor zwei Nächten aufgefallen, als er die beiden auf dem Friedhof zusammen gesehen hatte. Aber Jean hätte nicht erwartet, dass auch Alain tiefe Gefühle für Orlando hegte. „Er zieht bei dir ein?", fragte er ungläubig. Wenn überhaupt, dann hätte er damit gerechnet, dass Alain Orlando auffordern würde, bei ihm einzuziehen.

„Ja. Er meinte, meine Wohnung wäre größer und in seiner gäbe es kein Zimmer ohne Fenster. Er macht sich nichts vor über mich, und doch sieht er in mir so viel mehr als nur den Vampir und Verbündeten, Jean. Seit ich Vampir bin, haben alle anderen Menschen auf mich herabgesehen und mich dafür verachtet. Und die Vampire haben auf mich herabgesehen, weil ich angeblich nicht stark genug gewesen wäre, mich selbst aus den Klauen meines Schöpfers zu befreien. Alain tut das nicht. Er sieht in mir nicht den wertlosen Vampir, er sieht nur mich selbst."

Jean hob beschwichtigend die Hand. „Du hast mich überzeugt. Weiß er schon, was mit dir geschehen ist?"

„Zum Teil", erwiderte Orlando. „Das Schlimmste habe ich ihm schon erzählt. Er weiß, dass der Hundesohn mich gefangen gehalten und vergewaltigt hat. Er weiß auch, dass ich den Bastard danach in die Hölle geschickt habe." Orlandos Stimme war eiskalt vor Wut. Er hatte immer noch nicht vergessen, dass er seinem Schöpfer über hundert Jahre lang ausgeliefert gewesen war. Selbst seine Flucht und der Tod dieses Monsters hatten ihn jedoch nicht aus dem Gefängnis befreien können, in den er durch seine unfreiwillige Umwandlung zum Vampir gesteckt worden war. Orlando kannte seine Grenzen, wusste, dass seine unselige Vergangenheit ihn davon abhielt, sein Leben unbeschwert zu genießen und mit Alain die sexuelle Freiheit zu genießen, die sie sich beide wünschten. Jetzt gab es noch eine neue Angst, für die sein Schöpfer verantwortlich war: Die Angst davor, dass Alain die Geduld mit ihm verlieren und seine Zurückhaltung nicht mehr ertragen würde. Bisher hatte sich Alain sehr verständnisvoll gezeigt, aber Orlando machte sich Sorgen, dass sein Magier eines Tages nicht mehr mit den engen Grenzen leben konnte, die Orlando ihrer Beziehung gesteckt hatte. Er konnte Alain nicht wieder verlieren. Es wäre sein Ende.

„Hat er auf dich Rücksicht genommen?", fragte Jean, der immer noch befürchtete, dass Orlando zu schnell und gegen seinen Willen in eine sexuelle Beziehung gedrängt worden war.

„Nein, ich habe auf ihn Rücksicht genommen. Er hat meine Grenzen akzeptiert und mir die komplette Kontrolle überlassen. Er hat nichts getan und verlangt, was ich ihm nicht freiwillig geben konnte. Kannst du dir vorstellen, wie unglaublich das für mich war? Ich kann ihm vertrauen, Jean. Selbst in den leidenschaftlichsten Momenten hat er nicht ein einziges Mal mein Vertrauen missbraucht und etwas getan, das ich ihm nicht erlaubt hatte."

„Es sieht aus, als ob du in ihm eine gute Wahl getroffen hättest", meinte Jean, der endlich verstand, dass Alain wirklich nur das Beste für Orlando wollte.

„Ich habe sogar eine sehr gute Wahl getroffen", verbesserte ihn Orlando.

„Dann solltest du auch dir selbst mehr zutrauen", insistierte Jean.

„Wie meinst du das?"

„Du hast gesagt, du kannst ihm vertrauen, deine Grenzen nicht zu überschreiten. Jetzt traue dir selbst das Gleiche zu. Was hat er gefühlt, als du von ihm getrunken hast?"

„Das ist unsere Privatsache", erwiderte Orlando und wurde rot, als er an den Orgasmus dachte, den sein Biss bei Alain ausgelöst hatte.

„Na gut. Aber denk darüber nach. Denk darüber nach, wie intim der Biss war, wie innig es war, als ihr euch geliebt habt. Und dann stell dir vor, um wie viel mächtiger und überwältigender es wäre, wenn ihr beides miteinander kombiniert."

„Ich habe Angst, die Kontrolle über mich zu verlieren", gab Orlando zu. „Ich will ihn nicht verletzen, Jean. Ich will ihn nicht verlieren."

„Du hast recht", sagte Jean. „Aber das wirst du auch nicht tun. Im Gegenteil, es wird euch noch enger miteinander verbinden."

„Und wenn ich ihn doch verletze?", sorgte sich Orlando. Er wusste nur zu gut, welche Schmerzen der Biss eines Vampirs beim Sex verursachen konnte. Sein Schöpfer hatte ihn regelmäßig gebissen, wenn er ihn vergewaltigte.

„Hast du in seinem Blut jemals Furcht geschmeckt?", fragte Jean.

„Nur einmal", erwiderte Orlando. „Das war, als Raymond ins Zimmer kam und mich verfluchen wollte."

„Und wie hast du darauf reagiert?", fragte Jean weiter.

„Ich habe sofort aufgehört." Orlando sprach es nicht aus, aber Jean konnte den Rest des Satzes in Orlandos Stimme hören. *Was hätte ich auch sonst tun sollen?*

„Warum sollte es dann das nächste Mal anders sein, wenn du wieder Furcht oder Schmerzen schmeckst? Es hat dich einmal aufgehalten, und es wird dich auch wieder aufhalten, solltest du ihn versehentlich verletzen", erinnerte in Jean. „Du bist nicht Thurloe. Ihm war es egal, was du gefühlt hast. Er hatte nur seine eigene Befriedigung im Sinn. Du würdest nie einen Menschen so behandeln, besonders deinen Avoué nicht."

„Sprich seinen Namen nicht aus", knurrte Orlando. „Er hat es nicht verdient, dass sein Name genannt wird."

„Nein, das hat er nicht", stimmte Jean ihm zu. „Aber das ändert nichts an meinen Worten. Du bist ein anderer Vampir. Du wirst Alain so behandeln und wertschätzen, wie du von ihm geschätzt werden willst. Und er wird das Gleiche tun. Halte dich nicht zurück. Lass nicht zu, dass deine eingebildeten Ängste eure Beziehung einengen."

„Ich weiß nicht …", sagte Orlando zögernd.

„Du musst nichts überstürzen", versicherte ihm Jean. „Du musst nicht nach Hause gehen und eine Liste abarbeiten, bis wir uns heute Abend wieder treffen. Ich will nur nicht, dass du die Hoffnung aufgibst, bevor du es versucht hast. Rede mit Alain. Frage ihn, was er will. Wenn er die beiden Dinge getrennt halten will, ist das auch in Ordnung. Aber entscheide es nicht für euch beide. Lass dir von ihm bei deiner Entscheidung helfen."

Orlando nickte. „Ich werde darüber nachdenken."

„Mehr kann ich nicht verlangen", sagte Jean. Er lächelte Orlando an, der langsam unruhig wurde. „Wollen wir zurückgehen? Du siehst aus, als ob du nach Hause möchtest."

„Ja", gab Orlando zu. „Ich muss ihn sehen und berühren, muss mich daran erinnern, dass er keine Einbildung ist."

„Schau dich nur um", sagte Jean und zeigte auf den sonnenbeschienenen Park mit seinen alten Bäumen und dem sprudelnden Wasserfall. „Es ist alles Wirklichkeit."

„Danke, Jean", sagte Orlando und drückte dem älteren Vampir spontan einen Kuss auf die Wange. „Vielen Dank für alles."

„Gern geschehen", rief Jean Orlando amüsiert nach. Sein Freund hatte es offensichtlich eilig, nach Hause zu kommen. Jean sah sich noch einmal im Park um und fragte sich, was er mit dem Rest des Tages anfangen sollte.

6

ORLANDO ÜBERLEGTE, ob er zu Fuß nach Hause gehen sollte, da der Buttes Chaumont auf der gleichen Seite der Stadt lag wie seine Wohnung. Noch vor zwei Tagen hätte er sich sicher sein können, in eine leere Wohnung zurückzukommen, und wäre schon allein deshalb zu Fuß gegangen, um der Einsamkeit zu entkommen. Er wusste nicht, wie lange Alain und Thierry für ihr Gespräch brauchen würden, und wahrscheinlich würde Alain erst nach ihm selbst nach Hause kommen. Trotzdem wollte er vermeiden, seinen Partner warten zu lassen. Er ließ das Sonnenlicht hinter sich und stieg die Treppe zur U-Bahn hinab. Es war eigentlich egal, wer von ihnen zuerst nach Hause kam, denn die Zeit, in der Orlandos Wohnung ein Ort der Einsamkeit und Isolation war, war vorbei,. Jetzt verband er sie mit den Erinnerungen an Alain. Solange sein Partner am Leben war, würde er sich dort nie mehr einsam fühlen. Orlando würde nicht lange auf Alain warten müssen, selbst dann nicht, wenn er etwas früher eintraf. Sein Herz schlug schneller vor Vorfreude, wieder mit Alain vereint zu sein.

Orlando nahm die Fahrt kaum wahr. Die letzten Haltestellen erlebte er wie in Trance, weil er sich schon ausmalte, wie er und Alain ihre gemeinsame Zeit verbringen würden. In Gedanken sah er sie beide schon nackt im Bett liegen. Fast hätte er darüber seine Haltestelle verpasst und wäre zu weit gefahren. Er sprang gerade noch rechtzeitig aus dem Zug, bevor sich die Tür wieder schloss. Dann ging er durch die vertrauten Straßen nach Hause. Zumindest waren sie ihm im Licht des Mondes vertraut und er fragte sich, ob er sich wohl jemals an ihren Anblick bei Tage gewöhnen würde. Als er im Haus ankam, nahm er zwei Stufen auf einmal, um schneller nach oben zu kommen.

Die Bilder in seinem Kopf – Alain, der unter ihm nackt auf dem Bett lag und sich hin und her wand – ließen seine Hände zittern, als er den Schlüssel ins Schloss steckte. Als er ihn nur einmal umdrehen musste, wusste er, dass Alain schon zuhause war. „Alain?", rief er, während er die Wohnung betrat.

„Ich bin hier", schallte Alains Stimme aus der Küche zu ihm.

Orlando wunderte sich, dass Alain sich ausgerechnet in dem Raum aufhielt, der ihm selbst bisher immer am ungemütlichsten vorgekommen war. Als er die kleine Küche betrat, war Alain gerade dabei, die Inhalte einiger Einkaufstüten zu verstauen. „Ich hoffe, du hast nichts dagegen", sagte Alain. „Aber es war nichts zu essen im Haus und ich will nicht jedes Mal ausgehen müssen."

Orlando nahm ihm die Tüte aus der Hand, ohne ihrem Inhalt die geringste Beachtung zu schenken. Dann legte er Alain die Hände ums Gesicht und küsste ihn. Es war ein zärtlicher Kuss, der nichts von Orlandos neu gewonnenem

Selbstbewusstsein erkennen ließ. Alain lehnte sich an die Küchentheke, fasste Orlando an den Hüften und zog ihn an sich. Der Körperkontakt und Alains offensichtliches Begehren taten Orlando gut. Er öffnete den Mund und ließ die Zunge über Alains Lippen gleiten, bis der den Mund öffnete und Orlando zum Spielen einlud. Orlando ließ sich nicht zweimal bitten und legte all sein Glück, all sein Begehren in ihren Kuss. Orlandos Zunge schob sich zwischen Alains Lippen und erkundete seinen Mund, bis Alain inständig hoffte, dass möglichst bald mehr daraus werden würde.

Als sie Luft holen mussten, trennten sie sich und drückten sich mit der Stirn aneinander. „Was war das?", fragte Alain erstaunt.

Orlando suchte nach den richtigen Worten, um ihm zu erklären, wie er sich gefühlt hatte, als er Alain in der Küche antraf und sah, wie der sich häuslich einrichtete. Er deutete auf die Einkaufstüten. „Was siehst du hier?", fragte er.

„Meine Einkäufe", erwiderte Alain, der nicht so recht wusste, was Orlando mit der Frage gemeint hatte. Er konnte nichts Besonderes daran erkennen.

„Genau", sagte Orlando, als hätte Alain gerade eine fundamentale Weisheit von sich gegeben. „Deine Einkäufe. Du hast Lebensmittel gekauft und sie in meine Küche gebracht." Es war eine so gewöhnliche, so alltägliche Sache, und doch war sie in Orlandos Welt ein außergewöhnliches Ereignis. „Du hast dir nicht das Geringste dabei gedacht."

„Warum hätte ich das tun sollen?", wollte Alain wissen, der immer noch nicht verstand, wieso seine Einkäufe diese Reaktion bei Orlando ausgelöst hatten. „Wir waren uns doch einig, dass ich zu dir ziehe. Und wenn ich hier leben will, brauche ich einige Vorräte."

„Genau das ist es", erklärte Orlando. „Du ziehst hier einfach ein, ohne jede Aufregung und ohne jedes Drama. Kannst du dir eigentlich vorstellen, wie glücklich ich darüber bin?"

Alain legte ihm die Hände auf die Hüften und lächelte ihn strahlend an. „Nein, kann ich nicht. Du musst es mir ganz genau beschreiben", verlangte er. Er konnte kaum glauben, wie sehr Orlando sich über ihre junge Beziehung freute. Es erinnerte ihn daran, dass jeder weitere Schritt in ihrem gemeinsamen Leben für Orlando eine vollkommen neue Erfahrung war, deren Bedeutung nicht hoch genug eingeschätzt werden konnte.

„Für dich ist es so einfach." Orlando kämpfte immer noch um die richtigen Worte. „Oder vielleicht ist einfach auch nicht das richtige Wort. Aber es ist für dich selbstverständlich. Du wirst hier leben, du brauchst Vorräte, du kaufst sie ein und bringst sie hierher. Für dich ist das eine vollkommen natürliche Sache. Ich habe seit über zweihundert Jahren nichts erlebt, das auch nur ansatzweise so alltäglich und normal gewesen wäre. Jedes Mal, wenn du dich mir gegenüber so normal verhältst, ist es wie ein Geschenk für mich."

„Wenn es für dich ein Geschenk ist, normal behandelt zu werden, dann freue ich mich darauf, dich für den Rest meines Lebens beschenken zu dürfen", versprach Alain. Er hatte es für selbstverständlich gehalten, in Orlandos Wohnung willkommen zu sein, ganz im Gegensatz zu Orlando selbst, der für ihn nie selbstverständlich werden würde. Seine alltägliche Geste hatte Orlando so glücklich gemacht, dass Alain sich schwor, solche kleinen Gesten in ihrem zukünftigen Leben zu einer Selbstverständlichkeit zu machen. Er fragte sich, wie Orlando wohl auf eine größere Geste reagieren würde. „Ich hoffe, ich darf dir ab und zu auch andere Geschenke machen. Geschenke, die genauso besonders sind wie du."

„Vielleicht", sagte Orlando unsicher. Er hatte seit Jahrhunderten nichts mehr geschenkt bekommen. Das letzte Geschenk hatte ihm sein Schöpfer gemacht, der ihn mit einem Ring aus seinem Regiment gelockt hatte, der angeblich ein Leben in Zufriedenheit und Wohlstand symbolisierte.

Alain lächelte und legte Orlandos Hände auf die Knöpfe seines Hemdes. „Willst du dein Geschenk nicht auspacken?", fragte er grinsend.

Orlando grinste zurück. Auf diesem Gebiet fühlte er sich schon sicherer als angesichts der überwältigenden Gefühle, die Alain mit seinen Einkäufen in ihm ausgelöst hatte. Es war zwar immer noch neu und aufregend, aber Orlando wusste, was er zu tun hatte. Er knöpfte das Hemd auf. „Auf jeden Fall", beantwortete er Alains Frage und zog ihm das Hemd aus der Hose. Dann legte er die Hände auf Alains nackte Brust. Sein Magier war ein Mann in der Blüte seiner Jahre und Orlando wollte es voll auskosten.

Alains Hände suchten nach dem Saum von Orlandos Hemd und zogen es nach oben. Der Schauer, der Orlando dabei durchfuhr, war wahrscheinlich auf dessen Erregung zurückzuführen, aber er erinnerte Alain an die grauenvolle Vergangenheit seines Partners und an die Ängste, die ihn immer noch heimsuchten. Alain hielt still und fragte sich, ob er eine alte Wunde aufgerissen hatte. „Sag mir, wo deine Grenzen sind", sagte er leise. „Ich will sie nicht versehentlich überschreiten."

Orlando wurde warm ums Herz, als er Alains Worte hörte. Er hatte Jean versichert, dass Alain ihn nicht bedrängen würde, und es war die Wahrheit gewesen. Aber als Alain ihm erneut bewies, dass er Orlandos Grenzen nicht nur respektierte, sondern sogar mehr über sie erfahren wollte, konnte Orlando sein Glück kaum fassen, diesen wunderbaren Mann zum Geliebten zu haben. Alains Stimme war nicht die geringste Ungeduld anzuhören, nur ein zartes Mitgefühl, das Orlando tief berührte. „Nur am Oberkörper anfassen", sagte er leise. „Und nicht beißen."

„Darf ich dich küssen?", fragte Alain und schob die Finger in die Gürtelschlaufen von Orlandos Hose. „Darf ich dich schmecken?"

„Ohne Zähne", sagte Orlando. Sein Schöpfer hatte ihn oft damit gequält, ihm die Zähne in den Körper zu bohren und ihn zu zerfleischen, bevor er ihn vergewaltigte. Er hatte immer noch Albträume, wenn er in den leichten Dämmerzustand glitt, dem der Schlaf der Vampire glich. Orlando wusste, dass Alains Zähne nicht den gleichen Schaden anrichten konnten wie die seines Schöpfers, aber er hatte Angst davor, sie auf seiner Haut zu spüren. Er fürchtete, dass die Albträume ihn wieder überwältigen würden und ihm auch noch die wenigen, kleinen Zärtlichkeiten nahmen, die er Alain erlauben konnte. Nachdem er Alain erklärt hatte, wo seine Grenzen lagen, fühlte er sich sicher und wusste, dass sein Partner sich daran halten würde.

„Ohne Zähne", versprach Alain. Zähne waren offensichtliche für einen Teil der unsichtbaren Narben verantwortlich, die Orlando davongetragen hatte. „Wollen wir uns einen bequemeren Platz suchen?"

„Was?", scherzte Orlando und presste sich mit den Hüften an Alain. „Der Küchenschrank ist dir also zu ungemütlich?"

„Mir wäre das Bett lieber", meinte Alain. „Dort können wir uns richtig lieben. Die Küche heben wir uns für später auf."

„Verspochen?"

„Versprochen."

Es war ein erregender Gedanke. Orlando stellte sich vor, wie er Alain umdrehte, über die Küchentheke beugte und ihm die Hose runterzog, bevor er ihn liebte. Es wäre so einfach, so sexy und wunderbar. Er war versucht, es trotzdem zu tun, aber Alain wollte es nicht. Alain war so geduldig gewesen, dass Orlando ihm seinen Wunsch nicht abschlagen konnte. Sie würden es richtig machen, mit all der Zärtlichkeit, die zwischen ihnen gewachsen war, aber auch mit all der Leidenschaft, die sie miteinander verband. Er nahm Alain an der Hand und führte ihn durch den kleinen Flur ins Schlafzimmer.

Orlando fragte sich, ob er Alain wohl jemals lieben könnte, ohne so nervös zu werden. Er hatte sein halbes Leben in der Hand eines Monsters verbracht, die andere Hälfte in Einsamkeit. Er wusste nicht, wie es war, Teil einer Beziehung zwischen zwei Menschen zu sein. Orlando war sich mittlerweile sicher, dass er Alain nicht verletzen würde. Aber er wusste nicht, wie es war, eine Balance zwischen Geben und Nehmen zu finden. Vielleicht war die Nervosität ja eine gute Sache, denn sie erinnerte ihn daran, dass Alain ihm mit seiner bedingungslosen Zärtlichkeit und Intimität ein unbezahlbares Geschenk gemacht hatte. Alain war etwas Besonderes, und das wollte Orlando niemals vergessen.

Als sie zum Bett kamen, drehte Alain Orlando um und umarmte ihn. „Entspann dich", flüsterte er, weil er Orlandos Nervosität spüren konnte. „Nichts, was du nicht willst", erinnerte er ihn. „Ich liebe alles, was du tust."

Orlando wusste, was er als erstes tun wollte. Er legte die Lippen auf Alains Mund und küsste ihn mit all dem Begehren, das sich langsam in ihm aufgebaut hatte, seit er Jean im Park zurückgelassen hatte. Er fuhr mit den Händen unter Alains Hemd und schob es ihm von den Schultern. Dann nahm er einen steifen Nippel in den Mund und stöhnte leise, als er spürte, wie erregt Alain schon war. Sie hatten noch nichts getan, außer sich zu unterhalten und zweimal zu küssen. Zärtlich ließ er die Zunge um Alains Nippel kreisen und genoss den Geruch und den Geschmack seiner Haut.

Alain fuhr Orlando mit den Fingern durch die Haare und legte ihm die Hand hinter den Kopf, um ihn zu ermutigen. Er hoffte auf mehr, fragte ihn aber nicht danach. Alain wollte ihrer Beziehung Zeit geben, sich auf ihre eigene Art zu entwickeln. Er atmete zischend ein, als Orlando mit den Lippen an seinem Nippel zog. Von den Zähnen war nichts zu spüren. Alain nahm sich vor, Orlando bei Gelegenheit danach zu fragen, warum er solche Angst vor Zähnen hatte und sie nur benutzte, wenn er trinken musste. Aber auch das hatte Zeit. Im Moment war er mehr daran interessiert, Orlando das Hemd auszuziehen, um seinen Geliebten innerhalb der Grenzen, die ihm auferlegt waren, verführen zu können. Orlando hob den Kopf und als sie sich wieder küssten, tastete Alain nach den Knöpfen des Hemdes und öffnete sie langsam, einen nach dem anderen. Orlando legte ihm die Hände auf die Hüften und imitierte die Position, in der sie in der Küche am Schrank gelehnt hatten. Alain schob das Hemd zur Seite und streichelte über Orlandos nackte Haut. Die zarten Berührungen entfachten Orlandos Leidenschaft. Sie waren spürbar und doch so sanft, dass sie kaum wahrnehmbar schienen.

Orlando schloss die Augen. Alains Berührungen waren so sanft und zart, dass er sich vorkam, als wäre er ein wunderbares Geschenk, unbezahlbar und doch so zerbrechlich. Als sie sich das letzte Mal geliebt hatten, war er noch zu nervös gewesen, um Alains Zärtlichkeiten zu akzeptieren. Er hatte sich bei jeder Berührung verkrampft, besonders dann, wenn Alains Hände in die Nähe seiner Hüften kamen. Ständig war er auf der Hut gewesen, ihn zurückhalten zu müssen, obwohl er es genossen hatte, von Alain gestreichelt zu werden. Dieses Mal war von dieser Furcht nichts mehr zu spüren. Orlando konnte sich entspannen und den liebevollen Händen seines Partners anvertrauen. Er blieb still liegen, die Hände immer noch an Alains Hüften, und schwelgte in dem neugefundenen Gefühl seiner Freiheit, während Alain ihm das Hemd aufknöpfte und seine Haut berührte. Im Innersten war er immer noch etwas nervös, aber sein wachsendes Selbstvertrauen ließ ihn diese Nervosität ignorieren und sich dem Genuss hingeben, den Alains Zärtlichkeit bewirkte.

Alain bemerkte den Unterschied ebenfalls, konnte sich aber nicht erklären, wodurch er verursacht worden war. Aber das war auch egal. Es war genug für ihn, dass Orlando seine Berührungen akzeptierte und ihnen nicht mehr ausweichen wollte. Er küsste Orlando auf den Mund und fuhr ihm sanft mit den Lippen übers Gesicht, erst über die Stirn, dann über die geschwungenen Augenbrauen und die Nase. „Wunderschön", flüsterte er. „Mein Engel."

Orlando zog den Kopf zurück. „Ich bin kein Engel", sagte er.

„Für mich schon", widersprach Alain. „Du hast wieder Licht in mein Leben gebracht."

Orlando schüttelte den Kopf. „Ich bin ein Geschöpf der Finsternis. Wie kann ich dir da Licht bringen?"

„Du lebst vielleicht in der Dunkelheit", gab Alain zu und küsste ihn zärtlich. „Aber du bist kein Geschöpf der Finsternis. Wenn das so wäre, würde meine Magie dir nicht helfen können."

Orlando legte den Kopf auf Alains Schulter. „Ich weiß immer noch nicht, wie das möglich ist. Aber wenn du es sagst, will ich dir glauben. Du hast mir auch Licht gebracht."

Alain nickte und sah zum Bett. „Dann zeig es mir. Zeig mir, welche Wunder wir zusammen schaffen können."

Mehr als diese Bitte musste Orlando nicht hören. Er schob Alain aufs Bett und legte sich auf ihn. Ihre nackten Oberkörper rieben aneinander und er suchte den Mund seines Geliebten.

Alain ließ sich entspannt auf die Matratze sinken und legte Orlando sanft die Arme um die Schultern – nicht, um ihn festzuhalten, aber um ihn zu ermutigen. Er wollte Orlando zärtlich ins Ohr flüstern, ihm seine Liebe gestehen und ihm erklären, wie viel er ihm zu verdanken hatte. Aber Alain war sich sicher, dass es dazu noch zu früh war. Orlando hatte es ihm eben durch seine Reaktion deutlich gemacht. Alain gab jedoch die Hoffnung nicht auf, dass die Zeit dafür bald kommen würde. Wenn es soweit war, wollte er Orlando sein Herz zu Füßen legen, weil er wusste, dass es bei seinem Geliebten in guten Händen wäre. Bis dahin musste er jedoch andere Mittel und Wege finden, Orlando seine Liebe zu zeigen.

Alain wurde aus seiner Nachdenklichkeit gerissen, als er Orlandos Lippen an seinem Hals spürte. *Beiß mich*, bettelte sein Herz. Er bog den Kopf zur Seite und bot Orlando seinen Hals an, sehnte sich danach, die scharfen Zähne in seinem empfindlichen Fleisch zu spüren. Orlandos Lippen legten sich um das Mal ihres Bundes und er leckte zärtlich mit der Zunge über die Narben, die der Ring an Alains Hals hinterlassen hatte. Aber von seinen Zähnen war nichts zu spüren. Orlando hatte Hunger, aber es war kein Hunger nach Blut. Ihn hungerte nach Intimität, nach der Vereinigung ihrer Körper und allem, was dieser Bund ihnen für die Zukunft versprach. Seine Hände wanderten über Alains Körper nach unten zum Bund seiner Hose, die sich immer noch trennend zwischen ihnen befand. Er konnte diesen Zustand nicht länger akzeptieren und zog an dem Gürtel, öffnete den Hosenknopf und den Reißverschluss und forderte Alain auf, die Hüften von der Matratze zu heben, um ihm die Hose ausziehen zu können. Unablässig streichelte er seinem Geliebten über die nackte Haut, erkundete mit Händen und Lippen das Terrain, das ihm schon so vertraut war und das er doch immer wieder aufs Neue entdecken wollte. Es wäre ihm ein Leichtes gewesen, die Zähne tief in das Fleisch Alains zu bohren, um ihn zu schmecken. Orlando konnte die Anziehung durchaus nachvollziehen, die dieser Akt ausübte. Doch die Vorsicht hielt ihn zurück. Ein andermal.

Alain lag nackt auf dem Bett. Wellen der Erregung pulsierten durch seinen Körper und er wollte nach Orlando greifen, wollte ihm die störenden Kleider vom Leib reißen, bis er ihn genauso nackt und bloß vor sich sah, wie er selbst es war. Die engen Jeans, die Orlando trug, waren leicht zu erreichen. Aber sie zu öffnen oder gar auszuziehen, würde bedeuten, dass er Orlando mit den Händen unterhalb der

Hüfte berührte, und das war definitiv jenseits der Grenzen, die Orlando ihm gesetzt hatte. Sein Vampir musste sich schon selbst ausziehen.

Orlando fragte sich, warum Alain ihn nicht auszog. Schließlich wurde er des Wartens müde und nahm die Sache selbst in die Hand. Als sie beide nackt waren, streckte Alain sofort die Hände nach ihm aus, zog ihn an sich und presste sich mit seinem Körper fest an ihn. Er küsste Orlando auf die Brust und leckte ihm über die honigfarbene Haut, um ihren Geschmack auf der Zunge zu spüren. Dann saugte er leicht an der empfindlichen Stelle unter Orlandos Schlüsselbein.

Orlando zuckte zusammen, als er Alains Mund auf seiner Haut spürte. Es war eine instinktive Reaktion, denn jahrelang waren dem Mund die Zähne und den Bissen die Vergewaltigung durch seinen Schöpfer gefolgt. Doch dieses Monster war tot und es war Alain, der in seinem Bett lag. Der sanfte, liebevolle Alain, der ihn respektierte, der sich ihm – einem Vampir – versprochen hatte, und der ihn nicht betrügen oder verletzen würde. Er konnte Alains Lippen auf seiner Haut fühlen, die langsam nach unten zu seiner Brust glitten. Er zischte leise, als sie sich um seinen empfindlichen Nippel schlossen, der schon hart war und bei der Berührung kleine Schockwellen durch Orlandos Körper schickte. Die Zärtlichkeit und die Vorsicht, mit der Alain jeden Kontakt mit den Zähnen vermied, als er Orlandos Nippel in den Mund saugte, besänftigten eine weitere Narbe, die Orlandos geschundene Seele davongetragen hatte.

Während Alain seinen Oberkörper mit kleinen Küssen bedeckte, nahmen Orlandos Hände ihre Erkundungsreise wieder auf. Er konnte nicht genug davon bekommen, seinen Magier zu berühren und, wie er feststellte, von ihm berührt zu werden. Orlandos harter Schwanz pochte und verlangte nach Aufmerksamkeit. Sanft stieß er mit den Hüften an Alains Körper.

Alain erkannte die Signale, die Orlando aussendete. Bei jedem anderen Mann hätte er jetzt nach unten gegriffen und die Hand um den steifen Schwanz gelegt, der sich so begierig an in drückte. Aber er war sich sicher, dass sich Orlando dieser Signale gar nicht bewusst war. Und selbst wenn er sie beabsichtigt hatte, wäre diese Reaktion mehr gewesen, als Orlando ihm erlaubt hatte. Alain wollte das Vertrauen nicht enttäuschen, das Orlando in ihn setzte und das ihm endlich erlaubte, seinen Geliebten zu berühren, auch wenn es innerhalb enger Grenzen war. Alain gab sich deshalb damit zufrieden, Orlando über den Rücken zu streicheln und ihn leicht zu massieren, während er ihm die Brust weiterhin mit kleinen Küssen bedeckte.

„Bitte", bettelte Orlando, dessen Erregung beständig zunahm.

Alains Zärtlichkeiten wurden intensiver, hielten sich aber immer noch an die abgesprochenen Regeln und beschränkten sich auf Orlandos Oberkörper.

Orlando fasste Alain am Oberarm, zog ihn nach vorne und führte Alains Hand nach unten. „Fass mich an", bettelte er und schloss Alains Finger um seinen Schwanz. Er konnte an nichts anderes mehr denken. Es fühlte sich so gut an, von

Alain berührt zu werden. In diesem wunderbaren Augenblick verloren alle Grenzen und Vorbehalte ihre Bedeutung.

Alain griff nur leicht zu und streichelte Orlandos Schwanz. Er befand sich in unbekannten Gewässern und hatte keine Navigationshilfe. Jetzt war nicht der geeignete Moment, darüber zu reden; aber sie mussten in Zukunft eine bessere Methode finden, sich in solchen Situationen zu verständigen.

Obwohl Alain sich sehr zurückhielt, wurde Orlando von seinen Gefühlen mehr und mehr überwältigt. Mit zitternden Händen tastete er nach dem Gel, befeuchtete sich die Finger und fing an, Alain vorzubereiten.

Alain ließ die zweite Hand, mit der er immer noch Orlandos Rücken gestreichelt hatte, auf die Matratze sinken. Er krallte sich im Betttuch fest und suchte verzweifelt nach einem Auslass für seine wachsende Erregung, um seinen Druck auf Orlandos Schwanz auch weiterhin so sanft wie möglich halten zu können. Orlandos Finger brachten ihn um den Verstand, raubten ihm die Vernunft und den Atem. Er stöhnte und hob die Hüften, weil er diese Finger unbedingt noch tiefer fühlen wollte. Als sie ihm über die Prostata fuhren, schrie er auf. Nicht einmal, nicht zweimal, sondern immer wieder. Alain fühlte, wie er sich dem Höhepunkt näherte und griff nach Orlandos Hüfte, um seinen Geliebten auf sich und in sich hinein zu ziehen. Orlando gab seiner stillen Bitte nach, legte sich zwischen Alains Beine und stieß in ihn hinein. Alain kam ihm mit den Hüften entgegen, bis ihre Körper hart aneinanderstießen.

Orlando wollte sich zurückhalten, wollte die Zärtlichkeit nicht aufgeben, die er sich für Alain vorgenommen hatte, doch alle seine guten Vorsätze wurden von der Leidenschaft hinweggespült, die zwischen ihnen aufgeflammt war. Alain hatte sich mit den Beinen um ihn geklammert und seine Fersen drückten sich in Orlandos Arsch, um ihn noch weiter anzuspornen. Schon nach wenigen Stößen verlor Alain seinen Kampf um Zurückhaltung. Er kam mit einem lauten Schrei und sein Samen ergoss sich zwischen ihren Körpern.

Orlando konnte jede Zuckung spüren, als Alains Muskeln sich um seinen Schwanz zusammenzogen und ihn massierten, bis er sich ebenfalls nicht mehr zurückhalten konnte. Er stieß noch einige Male unkoordiniert in Alain hinein, dann brach er keuchend über ihm zusammen und zog ihn in die Arme.

Es dauerte einige Minuten, bis Alain sich wieder halbwegs gefangen hatte und klar denken konnte. „Ich wollte diese Linie eigentlich nicht überschreiten", sagte er schließlich leise und dachte dabei an seine Hand um Orlandos Schwanz.

„Ich wollte aber, dass du mich berührst", erwiderte Orlando. Es war ein so gutes Gefühl gewesen, Alains Hand zu spüren. „Hast du es nicht gemerkt?"

„Darum geht es nicht", meinte Alain, nahm ihn in die Arme und drückte Orlandos Kopf auf seine Schulter. „Wenn du mir vorher eine Grenze gesetzt hast, muss ich sie respektieren. Ich kann nicht einfach davon ausgehen, dass du berührt werden willst, nur weil du dich an mir gerieben hast. Das ist kein Grund, deine

Wünsche zu ignorieren und so zu tun, als ob ich sie besser kennen würde. Wie sollst du mir vertrauen können, wenn ich mich so verhalte?"

„Ich weiß auch nicht, was ich dazu sagen soll", erwiderte Orlando. Er konnte sich im Moment keine Lösung für ihr Problem vorstellen. Aber allein die Tatsache, dass Alain es angesprochen hatte und auch eine Lösung finden wollte, war für ihn ein weiterer Beweis, dass er von seinem Magier respektiert wurde.

Alain dachte einen Augenblick darüber nach. „Wie wäre es mit einem Safe Wort?", fragte er dann.

Orlando rutschte unruhig hin und her. „Ist das nicht für ... für Dom/ sub Beziehungen?" Allein der Gedanke war ihm unangenehm. Er wusste, was Unterdrückung und Misshandlung bedeuteten, wie es sich anfühlte, ausgeliefert zu sein. Er hatte seinen Schöpfer unzählige Male gebeten, aufzuhören. Aber darum ging es hier nicht und Orlando hasste es, wie diese ungebetenen Erinnerungen sich in seine Zeit mit Alain drängten.

„Normalerweise schon", antwortete Alain. „Aber wir können es trotzdem benutzen, wenn wir uns nicht durch vorher abgesprochene Regeln einschränken lassen wollen. Wenn ich etwas tue, das dir unangenehm ist, musst du nur das Wort sagen und ich höre damit auf. So kann ich direkt auf deine Signale reagieren, ohne mir Sorgen machen zu müssen, eine Grenze zu überschreiten. Und wenn ich es doch tue, erfahre ich es sofort und kann es in Zukunft vermeiden."

Orlando dachte über Alains Vorschlag nach. Es war eine unkonventionelle Idee, aber andererseits ... Was an ihrer Beziehung war schon konventionell? „Wir könnten es versuchen", stimmte er schließlich zu. „Welches Wort wollen wir nehmen?"

Alain überlegte. „Was hältst du von dem Namen von Madame Marcelines Bistro? Es ist ein Ort, an dem du dich sicher fühlst; immer dann, wenn du ,St. Vincent' sagst, weiß ich, dass du dich sicher fühlen musst. Dann höre ich sofort auf."

Orlando lächelte. Alain hatte mit wenigen Worten alles wieder gut gemacht und ihm seine Angst genommen. Wenn sich an ihrer Beziehung etwas änderte, dann nur zum Besseren. Alain zeigte auf seine zurückhaltende Art immer wieder aufs Neue, wie viel Orlando ihm bedeutete. Orlando küsste ihn. „Du solltest jetzt schlafen, damit du ausgeruht bist, wenn wir heute Abend wieder ins Hauptquartier müssen", sagte er zu seinem Magier.

„Bewachst du meine Träume?", fragte Alain gähnend.

„Immer", versprach Orlando.

7

JEAN HATTE Orlando noch lange nachdenklich nachgesehen. Der junge Vampir war schon verschwunden, als Jean sich endlich aus seinen Gedanken riss. Er stand allein in dem ruhigen Park, der im Sommer sehr beliebt war. Aber jetzt, Ende Oktober, war es kühl und trotz des Sonnenscheins nicht sehr angenehm für Sterbliche. Jean hatte keine Menschenseele gesehen, seit Orlando gegangen war. Aber er hatte es trotzdem nicht eilig. Er hatte sich schon immer am wohlsten gefühlt, wenn er von Natur umgeben war. Wahrscheinlich lag es daran, dass er auf dem Land aufgewachsen war, bevor er zum Vampir wurde. Jean konnte sich noch gut an das kleine Paris jener Zeit erinnern, damals im Sommer des 10. Jahrhunderts, kurz bevor die Wikinger sie überfielen. Sie kamen auf ihren Langbooten die Seine hochgerudert und plünderten alles, was auf ihrem Weg lag. Jean verdrängte die Gedanken und dachte an die Tage kurz vor dem schicksalhaften Überfall auf Paris. Sein Leben als Sohn eines Bauern war nicht leicht gewesen. Aber Père Emmanuel, der örtliche Priester, hatte sich mit dem aufgeweckten Jungen angefreundet und ihm mehr beigebracht, als seine Altersgenossen jemals lernen würden. Mit fünfzehn konnte Jean fast so fließend lesen wie der Priester. Er hatte sogar darüber nachgedacht, selbst Priester zu werden, um seinem eintönigen Leben zu entfliehen. Priester legten zwar das Gelübde der Armut ab, aber sie mussten sich trotzdem keine Sorgen machen, nichts zu essen zu haben und zu verhungern. Père Emmanuels Tafel war immer reichlich genug gedeckt gewesen, um auch seinem hungrigen Schüler noch etwas abzugeben.

Jean hatte von dem Priester noch mehr gelernt, als nur das Lesen. Sie waren durch die Wälder gegangen und er hatte Jean gezeigt, welche Pflanzen heilen konnten und welche töten. Er hatte ihm die Natur und ihre Kreisläufe erklärt, so gut er sie selbst verstand. Jean musste lächeln, als er daran zurückdachte. Père Emmanuel hatte so vieles noch nicht gewusst. Aber es waren glückliche Tage gewesen. Die Wikinger kamen in dem Sommer des Jahres, in dem Jean sein Gelübde ablegen wollte. Sie überfielen alles und jeden, auch vor dem Kloster machten sie nicht halt. Jean wurde schwer verwundet zurückgelassen, weil man ihn für tot hielt. Père Emmanuel fand ihn später, hatte aber keine Hoffnung, ihn retten zu können. Jean bereitete sich mit Gebeten auf den Tod vor. Er wurde ein Vampir.

Grégoire Castile war, ebenso wie Christophe Lombard, einer der ältesten Vampire von Paris gewesen. Er hatte Jean schon seit dessen Kindheit beobachtet und darauf gewartet, den Jungen eines Tages ansprechen zu können. Dann war Jean als junger Mann ins Kloster gegangen und Castile hatte seine Hoffnungen begraben. Aber jetzt war Jean tödlich verwundet und lag im Sterben. In dieser ausweglosen Situation ging er auf Jean zu und bot ihm an, weiterzuleben und dem Tod zu entgehen, wenn auch auf eine ganz neue und andere Art. Jean hatte über das Angebot nachgedacht und festgestellt, dass er die Welt noch nicht verlassen wollte, um in die Ewigkeit einzugehen. Es gab noch so viele Erfahrungen, die er nicht gemacht hatte, noch so viele Geheimnisse, die er lüften wollte. Er hatte sich mit dem Gedanken an den Tod abgefunden, aber als Grégoire ihm einen Ausweg anbot, griff er bereitwillig zu.

Die Umwandlung war sehr abrupt gewesen. In der einen Sekunde lag er noch, von unsäglichen Schmerzen gepeinigt, in seinem Bett, in der nächsten war er geheilt. Nachdem er den ersten Schock überwunden hatte, entdeckte er nach und nach die anderen Veränderungen, die er durchgemacht hatte. Das Kerzenlicht, das kaum hell genug gewesen war, um Grégoires Gesicht zu erkennen, erleuchtete plötzlich den ganzen Raum. Als er aufstand und, so wie er es gewohnt war, die Tür öffnete, riss er sie fast aus den Angeln. Er betrat den Gang und hörte jedes einzelne Herz schlagen, das sich im Kloster aufhielt und noch lebte. Er konnte genau nachzählen, wie viele der Priester und Mönche den Überfall der Wikinger überstanden hatten. Und er hörte nicht nur ihren Herzschlag, er roch sie auch. Er roch das Blut, das durch ihre Adern floss.

„Nicht hier", hatte Grégoire ihn gewarnt. „Sie würden es nicht verstehen."

Aber Jean hatte nicht gehen wollen, ohne sich von Père Emmanuel zu verabschieden. Als er in die Zelle des Priesters kam, wurde er mit Gebeten und Beschwörungen empfangen. Der Mann Gottes versuchte ihn abzuwehren, als wäre er der Leibhaftige persönlich. Jean hatte protestiert, hatte geschworen, er wäre noch der gleiche Mensch wie vor dem Überfall und es ginge ihm sogar besser. Aber Père Emmanuel wollte ihm nicht zuhören und betete unaufhörlich ein Ave Maria und ein Vater Unser nach dem anderen. Jean hätte weinen wollen, als er ihn verließ, aber er stellte fest, dass er mit seiner Sterblichkeit auch diese Fähigkeit verloren hatte.

Grégoire war mit dem jungen Mann in die Stadt gegangen und hatte ihm geholfen, sein erstes Opfer zu finden. Jean kannte ihren Namen nicht, aber sie war willig gewesen und ihr Blut schmeckte süß. Erst später sollte er in einem anderen Opfer Furcht schmecken, und es gefiel ihm gar nicht. Er lernte aus seiner Erfahrung und suchte sich nur noch willige Opfer. Eine Ausnahme machte er nur, wenn das Kloster bedroht wurde. Trotz der Zurückweisung durch Père Emmanuel wachte Jean über das Kloster, solange der Priester am Leben war. Er nutzte jede seiner neugewonnenen Fähigkeiten, um nachts Ungemach von dem Kloster fernzuhalten. Als der alte Priester dann starb, stand Jean an seinem Grab und verabschiedete sich endgültig von seinem alten Leben. Den Bauernsohn, den Klosterschüler – es gab sie nicht mehr. Nur noch der Vampir war übrig geblieben.

Jean hatte es nie bereut. Er lebte schon seit über tausend Jahren als Vampir, war zufrieden in der Gesellschaft anderer Vampire und hier und da eines Sterblichen. Normalerweise verließ er sie sofort wieder, nachdem er getrunken hatte. Nur ab und zu lernte er einen kennen, dessen Gesellschaft er länger genießen wollte.

Thibault war der Erste gewesen, aber das hatte nur so lange gedauert, bis Sebastien gekommen war und Thibaults Aufmerksamkeit erlangt hatte. Seit diesem Erlebnis kam er zu Sterblichen nur noch ihres Blutes wegen zurück. Karine besuchte er schon seit zehn Jahren, manchmal öfter, manchmal nur alle paar Monate. Obwohl er sie erst vor wenigen Tagen gesehen hatte und kein Blut brauchte, war sie der Mensch, mit dem er das Sonnenlicht genießen wollte. Er fragte sich, ob sie wohl zuhause wäre. Zu seiner Schande musste er sich eingestehen, dass er keine Ahnung hatte, wie sie den Tag verbrachte und welcher Arbeit sie nachging. Es hatte für ihn nie eine Rolle gespielt, weil dieser Teil ihres Lebens für ihn tabu gewesen war. Jetzt hatte er eine Freiheit, die er seit über tausend Jahren nicht mehr erfahren hatte. Er konnte mit ihr tagsüber ausgehen, sie vor Sonnenuntergang und nach Sonnenaufgang sehen. Vielleicht nicht jeden Tag, aber ab und zu. Er konnte ihr endlich etwas zurückgeben.

Mit einem Lächeln verließ er den Buttes Chaumont und machte sich auf den Weg zu ihrer Wohnung. Wie Orlando vorhin, wunderte Jean sich jetzt, dass er offensichtlich niemandem besonders auffiel. Sicher, seine Haut war sehr blass, aber das ging anderen Menschen genauso. Wenn er sich etwas anders bewegte, so zog er damit nur bewundernde Blicke auf sich, weil die Menschen ihn für attraktiver und eleganter hielten. Keiner von ihnen brachte seine Erscheinung damit in Zusammenhang, dass er ein Vampir sein könnte. Es war Tag und die Sonne schien, es konnte nicht möglich sein. Er ging zur U-Bahn und fuhr über Jaurès nach Süden in Richtung Mairie d'Ivry. An der Haltestelle L'Opéra stieg er aus und machte sich über die Rue du 4 Septembre auf den Weg zu Karines Wohnung, die in der Rue de la Michodière lag. Er erinnerte sich noch daran, wie die Oper gebaut worden war. Ihre Fassade, die heute von einer längst vergangenen Epoche kündete, war damals der Gipfel der Modernität gewesen. Er erinnerte sich auch daran, dass der Bau Kontroversen ausgelöst hatte und deshalb für einige Zeit unterbrochen wurde. Im 19. Jahrhundert waren die Ingenieure sprachlos gewesen, als sie den unterirdischen See und den Fluss vorfanden, die heute noch unter den Fundamenten des altehrwürdigen Gebäudes lagen.

RAYMOND SEUFZTE erschöpft, als er das Hauptquartier der Milice verließ. Er wollte nur noch nach Hause und schlafen. Er wollte alles vergessen, was mit der Allianz und den Vampiren zu tun hatte, wollte einfach nur für einige Stunden Ruhe finden. Jedenfalls nahm er sich das vor. Aber er wusste, dass es nicht dazu kommen würde. Es war so viel geschehen. Da waren die Allianz und die merkwürdige Verbindung, die sich zwischen Vampiren und Magiern zu entwickeln begann. In seiner Bibliothek gab es nichts, was ihm darüber Auskunft geben konnte. Er musste zu den Antiquaren gehen. Vielleicht konnte er unter den seltenen Büchern eines finden, aus dem mehr darüber zu erfahren war. Jean-Paul interessierte sich genauso sehr für alte Legenden wie Raymond. Wenn jemand wusste, wo Raymond nach Antworten auf seine Fragen suchen musste, dann war es Jean-Paul.

JEAN KLOPFTE an die Tür von Karines Apartment und freute sich schon darauf, ihren erstaunten Gesichtsausdruck zu sehen, aber ausgerechnet heute kam sie nicht sofort an die Tür, wenn er sie besuchen wollte. Er konzentrierte alle seine Sinne und stellte fest, dass er ihren Herzschlag hinter der Tür nicht hören konnte. Sie schien nicht zuhause zu sein.

Mit einem resignierten Seufzer ging Jean wieder auf die Straße zurück und überlegte, was er stattdessen mit seinem Tag anfangen sollte. Er konnte nach Hause gehen oder Christophe besuchen. Ein Teil seines Verstandes sagte ihm, dass er es dem alten Vampir schuldig war, ihn über die jüngste Entwicklung auf dem Laufenden zu halten. Andererseits hoffte er, dass Mireille es schon für ihn übernommen hatte. Er konnte an der Seine spazieren gehen und sich all die Veränderungen ansehen, die das Flussufer seit seinem letzten Spaziergang bei Tageslicht erfahren hatte. Die Antiquare wären auch bei schlechtem Wetter da, um ihre alten Bücher und Postkarten an Kunden zu verkaufen, die ein Auge für alte und leicht abgenutzte Stücke mit persönlicher Geschichte hatten. Jean war nachts schon oft an ihren Ständen vorbeigekommen, aber dann waren sie geschlossen. Er hatte die Frauen und Männer nie kennengelernt, die ihr Geld mit dem Verkauf von alten und seltenen Büchern verdienten. Aber er konnte auch zur Île de la Cité oder zum Marché aux Fleurs gehen. Der Blumenmarkt war weltbekannt und Jean war oft durch seine Gassen gegangen, aber nachts konnte er die Blumen nicht sehen. Er könnte dort Rosen für Karine kaufen, die selbst im Winter immer frische Blumen in ihrer Vase hatte. Wenn er sich beeilte, konnte er sie noch vor ihrer Wohnungstür ablegen, ehe er sich auf die Suche nach dem Vampir machte, der ihnen bei den Verhören der Gefangenen helfen sollte. Er konnte Karine eine Nachricht hinterlassen, erklären was passiert war und sie für morgen zum Mittagessen einladen. Allerdings wusste er nicht, ob sie überhaupt Zeit haben würde, um mit ihm essen zu gehen. Weder morgen Mittag noch morgen Abend. Er seufzte. Er würde trotzdem die Blumen kaufen und zu ihr bringen, um ihr zu zeigen, dass er sie vermisste. Dann wusste sie wenigstens, dass er an sie gedacht hatte.

Mit diesem Gedanken ging er durch die Avenue de l'Opéra zur Rue de Rivoli, über den Place du Carousel und an die Seine, wo er über die Brücke zum anderen Ufer ging. So konnte er auf dem Weg zum Marché aux Fleurs noch bei den Ständen der Antiquare vorbeisehen.

WIE RAYMOND schon erwartet hatte, war Jean-Paul fasziniert von dem Gedanken, dass es eine alte Verbindung zwischen Vampiren und Magiern geben könnte. Er wühlte begeistert seinen Stand durch, um jede noch so abseitige Quelle zu finden, die ihnen Hinweise darüber geben konnte, welche Wirkungen Magie auf Vampire hatte. Da es auch für Raymond ein vollkommen neues Thema war, mussten sie jedes einzelne Buch durchsehen, um herauszufinden, ob im Inhaltsverzeichnis oder im Register vielleicht ein Stichwort auftauchte. Jean-Paul war nicht sehr überzeugt davon, dass sie etwas finden würden. Aber er versprach, seine unzähligen Kontakte danach zu fragen, ob sie ihnen weiterhelfen konnten.

„Sei diskret", ermahnte ihn Raymond. „Wir wollen nicht, dass Serrier und seine Schergen von unserer Suche erfahren. Sie haben uns heute früh schon angegriffen, um die Allianz im Keim zu ersticken. Wir haben sie alle gefangen oder getötet, deshalb ist Serrier bisher noch nicht viel klüger als zuvor. Wir möchten, dass es so lange wie möglich so bleibt."

„Bien sûr", versprach Jean-Paul. „Du weißt doch, dass ich die personifizierte Diskretion bin."

Raymond lachte und bezahlte für die anderen Bücher, die er gefunden hatte und die vielleicht neue Informationen enthielten. Dann bedankte er sich bei dem Buchhändler und machte sich auf den Weg zur U-Bahn. Er war keine zwei Schritte gegangen, da fühlte er ein seltsames Kribbeln, das ihn alarmierte. Sofort griff er nach dem Stab in seiner Manteltasche. Er wollte keine Aufmerksamkeit erregen und zog ihn deshalb noch nicht heraus, behielt ihn aber griffbereit in der Hand. Dann sah er sich um und suchte nach der Ursache für seine Unruhe. Er sah sofort den einzigen Menschen, den er hier nicht erwartet hätte. Über den Quai kam Jean auf ihn zu.

Raymond blieb stehen und wartete darauf, dass Jean näher kam. Als der Vampir ihn erkannte, wirkte er ebenfalls ziemlich erstaunt.

„Was machst du hier?", fragte Jean.

„Ich habe nach Büchern gesucht", erwiderte Raymond und deutete auf die Tüte, die er in der Hand hielt.

„Leichte Lektüre für den Nachmittag?", wollte Jean wissen.

„Nein", sagte Raymond ernst. „Es ist eher schwer." Er reichte Jean die Tüte, um seinen Worten Nachdruck zu verleihen.

Jean lachte über das Wortspiel. „Ernsthaft", sagte er dann. „Du musst doch auch müde sein. Was ist denn so wichtig, dass es nicht warten konnte?"

Raymonds erste Reaktion war, Jean darauf hinzuweisen, dass er ihm keine Rechenschaft schuldete. Aber Jean war nur neugierig gewesen, hatte ihn weder zurechtgewiesen noch wollte er ihn beaufsichtigen.

„Ich möchte mehr darüber wissen, wie es funktioniert", erklärte Raymond ihm deshalb. „Ich habe mich immer für verborgenes Wissen interessiert, für alte, fantastische Geschichten, die doch oft einen Kern Wahrheit enthalten. Unsere heutige Wahrheit ist oft nicht die ganze Geschichte. Es gibt viel altes Wissen, das unterdrückt worden ist. Wir lernen viele Sprüche und Beschwörungen nicht, weil sie als schwarze Magie gelten und verboten sind. Das Schlimme ist, dass wir deshalb auch nicht lernen, wie wir uns dagegen wehren können. Wissen allein ist nicht gut oder böse, auch wenn man uns das glauben machen will."

„Ich habe dein Blut geschmeckt. Ich weiß, dass du nicht böse bist. War es dieser Wissensdurst, der dich zu Serrier getrieben hat? Seine Versprechen, dass es den Magiern freistehen sollte, jede Art von Magie zu praktizieren?"

„Ja", gab Raymond zu. „Und während ich seinen öffentlichen politischen Argumenten teilweise recht geben muss, sind seine Methoden und seine wirklichen Ziele ein gänzlich anderes Kapitel. Ich habe ihn verlassen, sobald ich seine Propaganda durchschaut habe. Es ist durchaus möglich, nach Wissen – selbst verborgenem Wissen – zu streben, ohne die Grausamkeiten, die Serrier dabei anwendet. Im Moment frage ich mich, warum unsere Partnerschaften so funktionieren, wie sie es tun. Deshalb bin ich hierhergekommen, um in alten Büchern nach Antworten zu suchen."

„Hier?", fragte Jean erstaunt.

„Du wärst überrascht, wenn du wüsstest, was man hier alles finden kann. Man muss nur wissen, wo man suchen oder wen man fragen soll", erwiderte Raymond.

„Ich nehme an, du weißt es", fuhr Jean fort.

„Sehr gut sogar", sagte Raymond. „Ich kaufe seit fast zwanzig Jahren hier Bücher, die meisten von einem bestimmten Händler. Jean-Paul weiß, was mich interessiert. Er sucht ständig nach seltenen Büchern für mich, nach Texten über Alchemie, Magie oder allem, was damit zu tun hat."

„Das wusste ich nicht", meinte Jean kopfschüttelnd. Er war überrascht, diese neue Facette an seinem Partner kennenzulernen, und fragte sich, wie wohl eine Diskussion zwischen Raymond und Christophe verlaufen würde. Der alte Vampir war ebenfalls sehr an esoterischem Wissen interessiert. „Hast du gefunden, wonach du gesucht hast?", fragte er.

„Eher nicht", gestand Raymond. „Ich habe bisher noch nie nach Literatur über Vampire gesucht, deshalb hatte Jean-Paul nichts vorrätig. Aber er hatte einige andere Bücher, die interessant sein könnten. Ich muss sie aber erst genauer lesen, bevor ich mir ein Urteil bilden kann und weiß, ob die Informationen uns helfen können."

„Wie wäre es, wenn ich dir dabei helfe? Es würde viel Zeit sparen", schlug Jean vor. „Ich glaube auch, dass ich weiß, wo du mehr über Vampire erfahren kannst."

„Wo?", fragte Raymond begeistert.

„Bei dem einzigen Vampir in Paris, der noch älter ist als ich. Christophe Lombard wäre rechtmäßig unser Chef de la Cour, wenn er sich nicht vor Jahren aus der Öffentlichkeit zurückgezogen hätte. Er lebt inmitten seiner Bücher und beschäftigt sich mit der Geschichte unserer Art. Er war derjenige, der die Idee hatte, dass euer Blut uns beschützen kann. Wenn jemand etwas über die Wirkung von Magie auf die Vampire weiß, dann ist er es. Das gilt auch für die Wirkung eines

Vampirbisses auf Magier. Wir sollten mit ihm reden", sagte Jean, der sich jetzt genauso begeistert anhörte.

„Wo?", wiederholte Raymond seine Frage, allerdings dieses Mal mit mehr Zurückhaltung.

„Sein Haus ist nicht weit von hier", antwortete Jean. „Wir könnten gleich zu ihm gehen. Er kann natürlich das Haus nicht verlassen, aber ich bin mir sicher, dass er gerne mit dir reden würde."

Raymond war hin und her gerissen. Einerseits wollte er seinem Partner gerne den Gefallen tun, andererseits musste er sich selbst schützen. Er wollte mit dem alten Vampir reden. Er wollte auch seinem Partner beweisen, dass er ihn akzeptiert hatte. Und er wollte eine Geste des guten Willens machen. Aber seine tief sitzende Furcht vor Vampiren war zu übermächtig. Er hatte sich von Jean beißen lassen und ihm erlaubt, von seinem Blut zu trinken. Aber dabei waren sie noch nie allein gewesen. Auch jetzt unterhielten sie sich auf einer belebten Straße. „Ich kann nicht", sagte er. „Ich will es, aber ich kann einfach nicht. Wenn wir die Dunkelheit abwarten ... meinst du, dann wäre er bereit, sich in einem Café oder an einem anderen öffentlichen Ort mit mir zu treffen?"

„Vertraust du mir nicht?", fragte Jean. Es verletzte ihn, dass Raymond ihn nicht begleiten wollte.

„Doch, ich vertraue dir", erwiderte Raymond. „Jedenfalls mehr, als jedem anderen Vampir. Aber ich habe mein ganzes Leben mit meiner Furcht verbracht. Es wird noch einige Zeit dauern, bis ich sie überwinden kann. Jetzt ist es noch zu früh."

Jean nickte. Er konnte Raymonds Angst verstehen. Schließlich hatte er auch über tausend Jahre lang in dem Glauben gelebt, dass das Blut der Magier für ihn tödlich wäre. Erst die Erfahrung hatte ihn eines besseren belehrt und ihm gezeigt, dass er einem Irrglauben aufgesessen war. Raymonds Furcht war nicht so einfach zu besiegen. Die Vertrauenswürdigkeit eines Vampirs bedeutete noch lange nicht, dass alle anderen sich genauso verhalten würden. „Ich werde mit ihm reden. Dann sehen wir, ob er heute Abend Zeit für uns hat. Du solltest dich jetzt ausruhen", sagte er. „Du kannst nicht tagelang auf deinen Schlaf verzichten."

Raymond nickte gähnend. „Du hast recht", stimmte er Jean zu. „Wir sehen uns nach Einbruch der Dunkelheit im Hauptquartier der Milice. Dann wissen wir, was dein Freund von einem Treffen hält. Danach können wir entscheiden, was wir als Nächstes tun. Falls dir das recht ist."

„Natürlich ist es mir recht", sagte Jean. Er sah in den Himmel und versuchte, am Sonnenstand abzulesen, wie lange es noch dauern würde, bis sie sich wieder sahen. „Ich muss auch noch einiges erledigen, wenn es dunkel wird. Antonio kann erst nach Sonnenuntergang sein Haus verlassen. Danach treffen wir uns bei Marcel."

8

MARCEL HOLTE noch einmal tief Luft und betrat dann den Raum, in dem die Mitglieder der Vierten Gewalt ihn erwarteten. Er sah Vertreter von Le Monde, TF1, France 2, France 3, Canal +, Libération und Le Figaro. Was er nicht sah, waren die üblichen Gesichter von M6 oder TV5; dafür fielen ihm einige unbekannte Pressevertreter auf. Vielleicht waren sie als Vertretungen geschickt worden. „Mein Damen und Herren, ich danke Ihnen, dass Sie gekommen sind", sagte er lächelnd. „Ich bin sicher, Sie wissen schon, was heute früh um sechs Uhr auf dem Gare de Lyon passiert ist. Wenn Sie etwas Geduld mit mir haben, will ich Ihnen gerne die Einzelheiten erläutern. Sollten wir dann noch Zeit haben, bin ich auch bereit, weitere Fragen zu beantworten."

Zustimmendes Raunen war zu hören. „Ich habe gestern einen anonymen Tipp bekommen", fing Marcel an. „Es hieß, dass eine Gruppe von Magiern die Vampire angreifen wollte, die für heute früh ein Treffen vereinbart hatten. Es gibt keinen Grund, warum die Vampire nicht von ihrem verfassungsmäßig garantierten Recht auf Versammlungsfreiheit Gebrauch machen sollten. Daher habe ich Leutnant Magnier und Leutnant Dumont mit einer Einheit der Milice abgeordnet, in der Angelegenheit zu intervenieren. Um Punkt sechs Uhr haben sie ihre Aufgabe erfüllt. Vierzehn Magier wurden festgenommen, fünf weitere wurden bei dem Einsatz getötet. Unsere Kräfte hatten keine Verluste zu vermelden und auch unter den Vampiren und den Zivilisten gab es keine Opfer zu beklagen. Der öffentliche Personenverkehr wurde durch den Einsatz ebenfalls nicht behindert. Wir gehen davon aus, dass die vierzehn Festgenommenen des Missbrauchs von Magie angeklagt werden, da sie illegale Magie einsetzten, als wir sie im Bahnhof antrafen. Haben Sie noch Fragen dazu?"

Ein Reporter des Figaro hob sofort die Hand. „Warum haben die Vampire sich getroffen?"

„Diese Frage müssen Sie den Vampiren stellen", erwiderte Marcel. „Ich will damit Ihrer Frage nicht ausweichen, aber für uns ist der Grund ihres Treffens vollkommen irrelevant. *Toute personne a droit à la liberté de réunion et d'association pacifique.* Das ist die Garantie unserer Verfassung, das Recht auf friedliche Versammlungsfreiheit. Die einzigen, die an diesem Morgen den Frieden gestört haben, waren die Terroristen, nicht die Vampire."

„Den Frieden gestört?", hakte der Reporter der Libération nach.

„Ja", erwiderte Marcel standhaft. „Die aufständischen Magier haben damit angefangen, ihre Flüche zu schleudern. Die Angehörigen der Milice reagierten darauf und taten es auf eine Weise, die weder unbeteiligte Passanten noch die öffentliche Infrastruktur beeinträchtigt hat. Das ist unsere Strategie, seit wir vor zwei Jahren gegründet wurden. Wir schlagen nur zu, wenn wir angegriffen werden oder wenn wir damit nachweislich einem Angriff zuvorkommen. Wie oft müssen wir diese Diskussion noch führen, Monsieur?"

„Offensichtlich mindestens einmal", erwiderte der Mann von Libération. Marcel hätte am liebsten mit den Augen gerollt, hielt sich aber zurück. Es hätte seiner Glaubwürdigkeit bei den anderen Pressevertretern geschadet.

„Wie groß war die Einheit, die Sie zum Bahnhof geschickt haben?", fragte die Vertreterin von France 2. „Wir haben gehört, sie wären in der Überzahl gewesen."

„Wir haben vierzig Einsatzkräfte ausgeschickt", antwortete Marcel und hütete sich davor, von vierzig Magiern zu sprechen. Er und Jean hatten vereinbart, die Unterstützung durch die Vampire zunächst noch geheim zu halten, um ihren strategischen Vorteil nicht zu gefährden. Soweit es Marcel betraf, waren die Vampire Angehörige der Milice de Sorcellerie und den Magiern gleichgestellt. „Sie standen unter dem Kommando meiner beiden besten Leutnants."

„Warum so viele?", fragte die Frau nach.

„Weil meine Informationsquelle mir nicht sagen konnte, wie stark die Truppe der Terroristen sein würde. Wir wollten die Kampfhandlungen sobald wie möglich beenden und so wenig Verluste wie möglich riskieren, seien es Menschenleben oder Sachschäden. Diese Strategie hat sich ausgezahlt", erklärte Marcel.

Bevor noch weitere Fragen gestellt werden konnten, kam Mathieu durch die Tür und betrat den Presseraum. „Entschuldigen Sie die Störung, Herr General, aber Sie werden in der Kommandozentrale gebraucht."

Marcel nickte und sprach die Reporter an: „Damit ist unsere Pressekonferenz für heute beendet, meine Damen und Herren. Ich muss Sie bitten, mich zu entschuldigen. Sie werden umgehend über den Termin benachrichtigt, wenn die nächsten Bekanntmachungen erfolgen."

Marcel ignorierte die Fragen, die ihm noch zugerufen wurden, während er den Raum verließ. Dann schloss er hinter sich die Tür. „Vielen Dank, Mathieu", sagte er auf dem Weg in sein Büro. „Du weißt immer ganz genau, wann der richtige Zeitpunkt ist, um einzuschreiten."

„Es ist meine besondere Begabung", sagte Mathieu grinsend. „Ich weiß wirklich nicht, wie du das regelmäßig aushältst."

„Weil unser Kampf sich auch um die Herzen und den Verstand der Menschen dreht, deshalb. Die Öffentlichkeit muss davon überzeugt sein, dass wir die Lage im Griff haben und auch für ihre Interessen kämpfen, nicht nur für unsere eigenen. Bisher sind wir auf dieser Front im Vorteil, auch wenn wir militärisch noch Probleme haben. Außerdem müssen wir die öffentliche Meinung auf unserer Seite haben, wenn es darum geht, Gesetze gegen die Diskriminierung unserer neuen Verbündeten zu erlassen. Wenn wir diesen Kampf verlieren, werden wir unser Versprechen an sie nicht halten können, selbst wenn wir den Krieg gewinnen", erinnerte Marcel den jungen Magier.

„Das ist mir schon klar. Aber ich finde, du solltest dich nicht auch noch damit belasten müssen."

„Wer denn sonst?", fragte Marcel. „Ich bin die beste Wahl, das genaue Gegenteil zu Serrier. Ich bin ein älterer Herr, höflich und reserviert. Ich bin der Großvater, den jeder sich wünscht. Wer könnte sie besser davon überzeugen, dass wir die Lage im Griff haben und dass wir sie und ihre Rechte beschützen?"

JUDE KLOPFTE an die Tür von Colins Apartment. Colin hatte, wie er selbst auch, auf der Versammlung eine Partnerin gefunden, aber die beiden waren nicht zurückgeblieben, um an dem Kampf gegen die dunklen Magier teilzunehmen. Doch das war nicht Judes eigentliches Problem; nur die wenigsten von ihnen waren zurückgeblieben. Judes Problem war seine Partnerin. „Colin, schließe bitte die Tür auf und gehe zurück ins Zimmer. Ich warte einige Sekunden, bevor ich sie öffne", rief er, als er in der Wohnung Geräusche hörte. Er wusste nicht, ob Colin von seiner Partnerin genug Blut getrunken hatte, um sich der Sonne auszusetzen. Ihn zu gefährden war das letzte, was Jude wollte. Der Schlüssel im Schloss wurde umgedreht. Dann hörte er Schritte, die sich von der Tür entfernten. Als sein empfindliches Gehör keine Schritte mehr wahrnehmen konnte, öffnete er vorsichtig die Tür einen Spalt weit und schlüpfte in Colins Wohnung.

„Alles wieder in Ordnung", rief er, nachdem er die Tür hinter sich zugezogen hatte.

Colin kam lächelnd aus seinem Zimmer. „Welchem Umstand verdanke ich diese Ehre?", fragte er seinen Freund.

„Ich muss mit jemandem reden, der mich verstehen kann", sagte Jude missmutig. „Hast du das dreiste Weibsbild gesehen, das ich als Partnerin habe?"

„Sie ist sehr schön", bemerkte Colin.

„Wenn man auf aufgetakelte, vorlaute und herrische Frauen steht", stimmte Jude ihm sarkastisch zu. „Sie weiß nicht, was sich gehört."

„So sehr ich die zurückhaltenden, bescheidenen Frauen unserer Jugend auch vermisse, wir wissen doch beide, dass sich die Zeiten geändert haben", erinnerte ihn Colin. Er und sein Freund waren zu Beginn der Elisabethanischen Ära umgewandelt worden. Seit damals hatte sich in der Tat viel verändert. Als König Georg IV. von den Exzessen eines einzelnen Vampirs erfuhr, hatte er England für die Vampire verboten und sie waren nach Frankreich emigriert.

„Das ist der Grund, warum ich ihnen möglichst aus dem Wege gehe", gab Jude zurück. „Frauen soll man sehen, nicht hören. Sie haben in einem Krieg nichts zu suchen. Wir kämpfen schließlich, um sie zu beschützen. Sie sollten sich nicht in unsere Kämpfe einmischen."

So vehement Jude diesen Standpunkt vertrat, so wenig hatte er einen Weg gefunden, um zu verhindern, dass Adèle heute an seiner Seite gekämpft hatte. Es ärgerte ihn, dass er sich ihr gegenüber nicht hatte durchsetzen können. Er hatte versagt, und auch danach war es ihm nicht gelungen, sie von der Teilnahme an der Lagebesprechung abzuhalten.

„Da stimme ich dir zu", meinte Colin. „Das weißt du. Wir sind auf die gleiche Art erzogen worden. Aber ich weiß auch, dass unsere Werte heute nicht mehr so allgemeingültig sind, wie sie es früher waren."

„Was schlägst du also vor?", wollte Jude wissen. „Ignorieren wir einfach alles, was wir gelernt haben? Sollen wir zulassen, dass sie an unserer Seite ihr Leben riskieren?"

„Haben wir denn eine andere Wahl?", fragte Colin. „Deine Partnerin kam mir nicht so vor, als ob sie sich etwas vorschreiben lassen würde. Meine ist nicht ganz so direkt, aber sie hat ebenfalls vor, in diesem Krieg ihren Beitrag zu leisten. Entweder finden wir einen Weg, uns mit ihnen zu arrangieren, oder wir müssen diese Allianz verlassen. Wir sind den Magiern nichts schuldig, aber ich möchte die anderen Vampire in diesem Kampf nicht im Stich lassen. Das würde genauso gegen meine Überzeugungen verstoßen, wie die kämpfenden Frauen es tun."

Jude seufzte. „Ja, welche Wahl bleibt uns da noch? Es wird nicht leicht werden. Sie wird es mir nicht leicht machen." Sie hatte schon damit angefangen, es ihm nicht leicht zu machen, als sie darauf bestand, sich in den Vordergrund zu drängen und an einer Diskussion teilzunehmen, die man Männern überlassen sollte.

„Wahrscheinlich nicht", stimmte Colin ihm zu. „So, wie ich sie erlebt habe, ist sie eine Frau, die die Zügel in die Hand nimmt."

„Ja. Und Chavinier ermutigt sie auch noch dazu. Ich weiß wirklich nicht, wie das zwischen uns funktionieren soll."

ANGÉLIQUE SAH sich in ihrem Büro um. Es war eine vollkommen neue Erfahrung für sie, den Raum bei Tageslicht zu sehen. Sie hatte aus diesem Grund einen Geschäftsführer eingestellt. François Roche war seit zwanzig Jahren für sie tätig und kümmerte sich um alle Geschäfte, die bei Tageslicht abgewickelt werden mussten. Sie betrachtete sich die Muster, die ihre Hände und Arme verzierten. Die Tätowierungen stammten aus ihrer Zeit im Harem, als sie noch keine Vampirin gewesen war. Sie waren eine Erinnerung an die Vergangenheit, die sie nie loswerden würde. Meistens fielen sie ihr gar nicht mehr auf, aber ab und zu geschah etwas, das sie wieder darauf aufmerksam machte. Dieses Mal war es Davids Reaktion gewesen. Er hatte die Muster und ihre äußere Erscheinung gesehen, und schon ein Urteil über sie gefällt. Einmal, nur ein einziges Mal, wollte sie einen Mann erleben, der sich erst die Mühe gab, sie kennenzulernen, bevor er den Stab über sie brach. Seufzend verdrängte sie ihre trübsinnigen Gedanken und rief nach François.

„Angélique! Was machst du denn hier?", fragte François erstaunt, als er das Büro betrat. „Wie bist du hierhergekommen? Als ich heute früh gekommen bin, warst du noch nicht hier, ich habe extra nachgesehen."

„Mach die Tür zu", wies sie ihn an. „Dann erkläre ich dir alles." Nachdem er Platz genommen hatte, redete sie weiter. „Als erstes muss ich dich darauf hinweisen, dass alles, was ich dir jetzt sage, streng vertraulich ist", warnte sie und fasste dann die Ereignisse des Morgens für ihn zusammen, vom ersten Treffen bis zur Gründung der Allianz, dem anschließenden Kampf und der Besprechung im Hauptquartier der Milice. „Deshalb bin ich jetzt durch das Blut meines Partners vor den Strahlen der Sonne sicher", sagte sie zum Schluss.

Sie erwähnte nicht, dass besagter Partner den gleichen Fehler gemacht und sie vorverurteilt hatte, wie die meisten Männer. Sie wusste, wie François darauf reagieren würde. Er würde mit wehenden Fahnen zu ihrer Verteidigung anrücken und David zurechtweisen. Angélique wusste seine Loyalität zu schätzen, aber in der gegenwärtigen Situation wäre das keine Hilfe. David musste von sich aus erkennen, dass sie eine eigenständige und selbstbewusste Frau war. François' Worte, so gut sie auch gemeint sein mochten, würden Davids Vorurteile nur verstärken und ihm beweisen, dass sie einen Mann brauchte, der sie verteidigte. Aber David würde es schon lernen. Sie hoffte nur, dass sie ihm nicht vorher die Gurgel umdrehte.

„Und was passiert jetzt?", fragte François.

„Jetzt kämpfen wir", erwiderte sie. „Wir wissen, dass Serriers Sieg das Leben für alle nichtmagischen Menschen unerträglich machen würde. Aber das Leben als Vampir ist jetzt schon kein Zuckerschlecken. Chavinier hat uns eine Chance geboten, das zu ändern. Er will sich für Gesetze einsetzen, die uns einen gleichberechtigten Platz in der Gesellschaft geben, mit allen Rechten und Pflichten, die auch du genießt. Diese Chance können wir nicht ausschlagen. Aber es bedeutet auch, dass ich nicht immer hier sein kann, auch nachts nicht. Ich bin wahrscheinlich nicht jeden Tag im Einsatz, aber ich muss immer zur Verfügung stehen. Dann musst du hier für mich die Verantwortung übernehmen."

„Das ist kein Problem", sagte François. „Ich kann mich um alles kümmern. Aber wie steht es mit dir? Bist du auch wirklich sicher? Was ist, wenn du verwundet oder gar getötet wirst?"

Angélique war gerührt über seine Betroffenheit. „Wir Vampire sind nicht so leicht umzubringen", erinnerte sie ihn. „Und wir kämpfen in Paaren, ein Magier und ein Vampir. Der Magier kümmert sich um die Abwehr der Flüche und Beschwörungen, der Vampir entwaffnet den Gegner. Du hast schon erlebt, dass wir schneller und stärker sind als sterbliche Menschen. Wenn ich einen dunklen Magier erst zu fassen kriege, ist es ein leichtes, ihm den Stab abzunehmen."

François nickte. Obwohl Angélique nur Blut verkaufte, kamen ab und zu Sterbliche in ihr Etablissement, die andere Dienste kaufen wollten. Sie war schon oft von Männern ausgelacht worden, wenn sie ihnen sagte, sie könne ihnen nichts anbieten und sie möchten doch bitte das Haus verlassen. Und er hatte gesehen, wie anstandslos Angélique solche Männer aus dem Haus warf, wenn sie ihrer Bitte nicht nachkamen oder zudringlich wurden. Angélique wurde nie ein zweites Mal unterschätzt.

„Du musst tun, was du für richtig hältst", sagte François. „Aber das machst du sowieso immer. Was kann ich für dich tun?"

Sie verbrachten die nächsten beiden Stunden damit, Details zu besprechen. Sie diskutierten darüber, welche Angelegenheiten François persönlich erledigen musste und welche er unter seiner Aufsicht an andere Mitarbeiter delegieren konnte. Nach ihrem Gespräch verließ Angélique das Büro. Sie wusste ihr Geschäft bei François in besten Händen. Mit einem letzten Blick auf ihre Tätowierungen schloss sie hinter sich dir Tür und ging nach oben in ihre Zimmer, um sich auf die kommende Nacht vorzubereiten.

DAVID WAR, im Gegensatz zu vielen seiner Kollegen, kein großer Historiker. Aber er war auch nicht komplett ignorant und hatte die Tätowierungen an den Händen und Armen seiner Partnerin als das erkannt, was sie waren. Angélique war eine Konkubine gewesen, hatte irgendeinem Sultan das Bett gewärmt, hatte nichts anderes getan, als sich um ihr Aussehen zu kümmern und ihrem Herrn zu dienen. Er verdrehte die Augen bei dem Gedanken. David hatte nichts dagegen, mit einer Frau zusammenzuarbeiten. Er kannte viele Frauen, die er als Person sehr ernst nahm. Und er kannte auch Männer, bei denen das nicht der Fall war. Aber es störte ihn, dass seine Partnerin eine Konkubine war. Und nicht nur das. Ihren Bemerkungen hatte er entnommen, dass sie auch eine Art Puffmutter war. Er wollte nicht zu seinem Einsatz erscheinen und mit einer Frau konfrontiert werden, die wahrscheinlich nicht in der Lage war, auch nur die einfachsten Entscheidungen selbst zu treffen. Er würde alles für sie entscheiden müssen – wann und wo sie benötigt wurde, selbst was sie zu tun hatte. Außer natürlich, wenn es darum ging, einen bedauernswerten Mann zu verführen. Das schaffte sie wahrscheinlich aus eigener Kraft. Wenn alles nach Plan verlief, war es kein Problem, ihr Anweisungen zu geben. Aber wie oft geschahen nicht unvorhergesehene Dinge, und was war dann? Es war keine sehr beruhigende Vorstellung für David.

Um sich von seinen Sorgen abzulenken und zu erfahren, was während des Tages neues geschehen war, schaltete David den Fernseher an. Die Nachrichten von France 2 erregten sofort seine Aufmerksamkeit. Der Sprecher kündigte eine Reportage über einen Kampf an, der heute früh stattgefunden hatte und zu dem es eine Stellungnahme Marcels gab. David holte sich eine Tasse Kaffee und setzte sich aufs Sofa, um sich den Bericht anzusehen. Er erfuhr nichts Besonderes. Es war einer der üblichen Berichte zu solchen Vorkommnissen. Der Reporter beschrieb kurz, was am Bahnhof passiert war, erläuterte die Fakten und erwähnte die Pressekonferenz. Im Hintergrund waren Fotos von Marcel und Serrier zu sehen. David lächelte über den Kontrast, als Marcels Stimme eingeblendet wurde: „Es gibt keinen Grund, warum die Vampire nicht von ihrem verfassungsmäßig garantierten Recht auf Versammlungsfreiheit Gebrauch machen sollten. Daher habe ich Leutnant Magnier und Leutnant Dumont mit einer Einheit der Milice abgeordnet, in der Angelegenheit zu intervenieren."

David runzelte die Stirn. Immer ging es um diese beiden, dachte er bitter. Egal, wer sonst noch an einer Mission teilnahm, es waren immer Marcels beiden Goldjungen, die alle Lorbeeren ernteten. Mit Thierry hatte David kein Problem, aber Magnier ging ihm höllisch auf die Nerven. Es war schon schlimm genug gewesen, als sie noch zusammen Magie studiert hatten. Nach der Gründung der Milice war es dann noch unerträglicher geworden. Alain war ein guter Magier, aber nach Davids Einschätzung war er auch nicht viel besser als die meisten anderen. Trotzdem heimste er eine Beförderung nach der anderen ein, und das, obwohl er Erics Frau und Kinder getötet hatte. David wusste durchaus, dass es während eines Kampfes geschehen war. Aber zumindest hätte der Vorfall untersucht werden sollen. Jeder andere Magier wäre vorübergehend – bis zum Abschluss der Untersuchungen – suspendiert worden oder sogar vor einem Kriegsgericht gelandet. Nicht so Alain. Oh nein, Marcels Liebling hatte keine Konsequenzen zu tragen. Und das konnte David nicht verzeihen. Er hätte noch akzeptiert, wenn der tragische Tod von Erics Familie von einem Gericht als Unfall beurteilt worden wäre, obwohl sie Eric danach an die dunklen Magier verloren hatten. David wäre nicht glücklich darüber gewesen, aber akzeptiert hätte er es. Was ihn so an der Geschichte störte, war, dass Alain drei unschuldige Menschen getötet hatte, ohne jemals dafür zur Verantwortung gezogen zu werden. David wollte nicht länger zuhören. Er schaltete den Fernseher aus und bereitete sich auf den Abend vor.

9

ADÈLE STAND unentschlossen vor ihrem Kleiderschrank. Normalerweise hatte sie keine Schwierigkeiten damit, sich die passende Kleidung auszusuchen. Sie hatte nur drei Arten von Garderobe: für die Arbeit, fürs Training und für offizielle Anlässe. Fluchend zog sie den erstbesten Kleiderbügel aus dem Schrank und zog ohne längeres Nachdenken an, was darauf hing. Es war sowieso egal, was es war. Sie konnte ihm nichts recht machen, besonders nicht bei der Auswahl ihrer Arbeitskleidung. Adèle trug immer Hosen zur Arbeit. Sie wusste zwar nicht, aus welcher Zeit Jude stammte, aber so wie er sich verhalten hatte, trugen Frauen damals mit Sicherheit noch keine Hosen. Ohne noch einmal in den Spiegel zu sehen, verließ sie ihre Wohnung und machte sich durch die Dunkelheit auf den Weg zur U-Bahn. Mit Judes Verhalten konnte sie sich später noch ausgiebig befassen.

Die Tür schloss sich hinter dem letzten Fahrgast und die Bahn fuhr los. Adèle beobachtete die Passagiere in ihrem Abteil und dachte über die Ereignisse der letzten vierundzwanzig Stunden nach – das Treffen in Orlandos Wohnung, ihre Planungen und die Vorbereitungen zur Gründung der Allianz. Dann die Versammlung im Wartesaal des Gare de Lyon. Jude. An dieser Stelle hakte sie sich fest und ihre Gedanken purzelten wild durcheinander. Die Abneigung, die er ausstrahlte, sobald er das erste Mal die Bisswunden an ihrem Arm gesehen hatte, war mit Händen greifbar gewesen. Er war offensichtlich ein Relikt aus einem längst vergangenen Jahrhundert, wenn man seinen Bemerkungen und seiner unausgesprochenen Kritik Glauben schenken durfte, mit denen er jeden ihrer Beiträge zu der Lagebesprechung nach dem Kampf begleitet hatte. Offensichtlich erwartete er von ihr, dass sie sich still in eine Ecke setzte und hübsch aussah. Aus diesem Traum würde er bald erwachen. Sicher, sie konnte hübsch aussehen. Aber mit ihrer Rolle in der Milice hatte das nichts zu tun. Marcel hatte sie nicht wegen ihres Aussehens rekrutiert. Er hatte sie aufgenommen, weil sie klug und intelligent war, weil sie viele magische Talente besaß, die in dem Kampf gegen Serriers Umsturzversuch von entscheidender Bedeutung waren. Wenn Jude das nicht akzeptieren konnte, würde ihre Partnerschaft nur von kurzer Dauer sein, Allianz hin oder her.

Adèle erkannte die strategischen Vorteile der Allianz. Sie hatte sie bei dem Kampf heute früh hautnah miterlebt. Sie hätte den dunklen Magier nie so außer Gefecht setzen können, wie es Jude gelungen war. Das magische Duell zwischen ihnen hätte sich ohne Judes Hilfe wesentlich länger hingezogen, hätte Schäden angerichtet und vielleicht sogar Opfer gefordert, was sie unbedingt vermeiden wollte. Ihre Fähigkeit, Kollateralschäden zu vermeiden, war einer der Gründe, warum Marcel sich auf sie verließ. Doch wenn Jude sein herablassendes Verhalten nicht änderte, wollte sie lieber wieder alleine kämpfen. Es gab auch noch andere Mittel und Wege, um Kollateralschäden zu vermeiden, und die zwangen sie nicht dazu, die Neanderthalerallüren ihres derzeitigen Partners zu ertragen.

Sie hatte sich einen attraktiven Partner gewünscht, weil sie die gleiche sinnliche Erfahrung machen wollte, die Alain mit Orlando verband. Nun, sie hatte ihren Willen bekommen. Sie hatte einen attraktiven Partner. Bedauernd gestand sie sich ein, dass sie sich lieber einen kooperativen Partner hätte wünschen sollen. Judes Biss war alles, was sie sich auf sinnlicher Ebene erwartet hatte, das musste sie zugeben. Allein bei der Erinnerung daran wurde ihr heiß. Aber der Glanz hatte schnell nachgelassen, nachdem Jude getrunken hatte und seine Überheblichkeit noch um einige Grad zunahm. Sie hatte ihn nicht danach gefragt, aber er musste die Unabhängigkeit in ihrem Blut geschmeckt haben. Adèle hatte sich noch nie auf einen Mann verlassen, obwohl sie gerne und gut mit Männern zusammenarbeitete, so lange die ihr die gleiche Ehre erwiesen. Sie wollte Jude noch eine Chance geben. Wenn er jedoch nicht akzeptieren konnte, dass sie weiterhin an den Kämpfen und Besprechungen teilnahm, musste er sich einen anderen Partner suchen, der an seiner Seite stand. Sie würde ihm zwar noch ihr Blut geben, um ihn vor der Sonne zu schützen, aber seinen Unverschämtheiten wollte sie sich nicht länger aussetzen.

Die Bahn hielt an der nächsten Haltestelle. Einige Fahrgäste stiegen aus, andere kamen neu dazu. Adèle erkannte unter ihnen ein vertrautes Gesicht. Es war der Vampir, der ihrem Eindruck nach zu der zweitbesten Partnerschaft gehörte, die an diesem Tag geschlossen worden war. Als Sebastien in ihre Richtung sah, nickte sie ihm grüßend zu und wartete ab, ob er sie erkannte.

Das tat er offensichtlich, denn er kam sofort auf ihre Seite des Abteils.

„Bist du auch auf dem Weg zu Marcel?", fragte sie leise, um die anderen Fahrgäste nicht auf ihr Gespräch aufmerksam zu machen.

Sebastien nickte. „Du auch?", fragte er ebenfalls flüsternd.

„Ja", bestätigte Adèle. „Ich muss noch einige Dinge erledigen, bevor wir anfangen können. Aber du bist viel zu früh."

„Ich weiß", erwiderte Sebastien. „Ich dachte mir, dass ich vielleicht auch irgendwie helfen kann."

Adèle lachte. „Es gibt immer genug zu tun. Marcel wird sofort etwas finden, bei dem du ihm helfen kannst. Kannst du mit Computern umgehen?"

Jetzt lachte Sebastien. „Nur weil ich schon gelebt habe, als Johanna von Orleans verbrannt wurde, heißt das noch lange nicht, dass ich in ihrem Jahrhundert stehengeblieben bin. Ich bin technologisch immer auf dem Laufenden gewesen."

„Das sind mehr als fünfhundert Jahre", bemerkte Adèle. „Ich bin beeindruckt. Ich wünschte nur, alle Vampire wären so fortschrittlich wie du."

„Jude?", riet Sebastien.

„Woher weißt du das?", fragte sie.

Sebastien grinste sie an. „Ich kenne ihn schon seit fünfhundert Jahren, obwohl er vermutlich älter ist. Er hat sich schon immer dagegen gesträubt, sich den wandelnden Zeiten anzupassen."

„Kannst du mir einen Rat geben?", wollte Adèle wissen.

„Lass dich von ihm nicht verändern", erwiderte Sebastien. „Er glaubt, Frauen müssten wie Veilchen sein – einfach, bescheiden und rein. Aber so, wie ich dich erlebt habe, wird er dich als Partnerin im Kampf bald zu schätzen wissen. Es wird einige Zeit dauern, bis er sich an eine Frau an seiner Seite gewöhnt hat. Vielleicht wird er sich auch nie daran gewöhnen, ich weiß es nicht. Aber selbst er wird irgendwann zugeben müssen, dass du eine sehr gute und starke Kampfpartnerin bist."

Adèle seufzte. „Ich möchte diesen Kampf nur möglichst bald beenden."

„Wir werden Serrier besiegen", sagte Sebastien mit überzeugter Stimme.

„Oh, das weiß ich auch", meinte Adèle. „Aber das habe ich nicht gemeint. Ich rede über das Vorurteil, ich müsste dumm und oberflächlich sein, nur weil ich gut aussehe. Männer werden nicht so beurteilt. Warum muss ich ständig dagegen ankämpfen?"

„Du hast vollkommen recht", stimmte Sebastien ihr zu. „Falls es dich tröstet … Ich beurteile dich nicht nach deinem Aussehen. Und es sind auch nicht nur die Frauen, die nach ihrem Äußeren beurteilt werden. Der junge Orlando ist über hundert Jahre lang nicht ernst genommen worden, weil er so gut aussieht."

Adèle verdrehte resigniert die Augen. „Ja. Aber keiner von euch beiden ist mein Partner. Jude ist es."

Sebastien zog eine Augenbraue hoch. „Richtig. Schauen die anderen Magier auf dich herab? Ich hatte nicht den Eindruck."

„Nicht diejenigen, die mich kennen", erklärte Adèle. „Sie wissen, dass es gute Gründe gibt, warum ich für die Milice kämpfe. Wer regelmäßig mit mir arbeitet – Alain, Thierry, Mathieu oder Laurent –, kennt meine Intelligenz und hat meine magischen Fähigkeiten oft genug selbst erlebt. Sie sehen mich zwar, aber sie nehmen mein Aussehen gar nicht mehr wahr. Das Problem stellt sich nur, wenn ich neue Menschen kennenlerne."

Sie schwiegen einen Augenblick, dann wechselte Adèle das Thema. „Ich will mich nicht einmischen, aber bei deiner Ankunft gestern hatte ich den Eindruck, dass zwischen dir und Jean erhebliche Spannungen herrschen. Gibt es da ein Problem, über das wir Bescheid wissen sollten?"

„Es ist eine alte Geschichte", sagte Sebastien. Er wollte jetzt nicht an Thibault denken.

„Wie dem auch sei", meinte Adèle beharrlich. „Mir ist euer Verhalten aufgefallen und ich frage mich, ob es Auswirkungen auf die Allianz haben wird."

„Soweit es mich angeht, wird das nicht der Fall sein", antwortete Sebastien und suchte in der Manteltasche nach dem Medaillon, das die letzte Erinnerung an seinen Avoué enthielt. „Ich kann mit ihm arbeiten."

„Gut", erwiderte Adèle. „Wir haben schon genug Probleme zu bewältigen. Auf zusätzliche innere Spannungen können wir gerne verzichten."

„Falls Jude absolut unerträglich wird, solltest du dich an Jean wenden", riet ihr Sebastien. „Er ist ein starker Chef und wird sich um Jude kümmern." Trotz der Spannungen zwischen ihnen hatte Sebastien Achtung vor Jean als Chef de la Cour. Lombard hatte eine gute Entscheidung getroffen, als er Jean zu seinem Nachfolger bestimmte.

„Ich ziehe es vor, meine Angelegenheiten selbst zu regeln", wehrte Adèle ab.

„Das solltest du auch", gab Sebastien zu. „Aber es ist, wie du gesagt hast. Wir können uns keine inneren Spannungen leisten. Wenn wir unter uns selbst kämpfen, können wir uns nicht auf Serrier konzentrieren. Überlass es Jean, unter den Vampiren für Ordnung zu sorgen. Dafür ist er da. Es ist sein Job."

„Ich werde darüber nachdenken", sagte Adèle schließlich. Sie wollte den Rat Sebastiens nicht in Bausch und Bogen ablehnen, aber es musste schon hart auf hart kommen, bevor sie ihn annahm. Wenn der Chef de la Cour eine Frau gewesen wäre, hätte sie es vielleicht anders gesehen, aber so kam es ihr wie ein persönliches Versagen vor, sollte sie einen Mann um Hilfe bitten müssen.

„Du scheinst mit Thierry gut auszukommen", wechselte sie erneut das Thema.

„Ja, ich verstehe ihn", antwortete Sebastien nur.

Adèle sah ihn fragend an. „Wie meinst du das?"

„Ich weiß auch, wie es ist, einen geliebten Menschen zu verlieren. Ich kann seinen Verlust nachvollziehen", erklärte Sebastien.

„Sie waren nicht glücklich miteinander", bemerkte Adèle. „Das schmälert seine Trauer nicht, aber ihre Ehe hätte nicht mehr lange gehalten, auch wenn sie nicht umgekommen wäre. Aleth war eine gute Magierin, aber sie war keine sehr verständnisvolle Ehefrau."

„Warum erzählst du mir das?", fragte Sebastien.

„Weil du offensichtlich einen schweren Verlust erlitten hast. Thierry geht es genauso, aber wenn die erste Trauer vorbei ist, wird er sich auch wieder daran erinnern, dass es mit ihrer Ehe nicht zum Besten stand. Das wird ihm helfen, Aleth' Tod zu überwinden. Ich wollte dir das sagen, damit du die Hintergründe besser einschätzen kannst", erklärte Adèle. „Wenn ich es recht verstehe, dann kannst du seine Gefühle schmecken, wenn du sein Blut trinkst. Vielleicht kann dir diese Information nützen, um sie richtig zu interpretieren und ihm somit zu helfen, wenn er dich braucht."

„Ich weiß nicht, inwieweit ich ihm wirklich helfen könnte", wiegelte Sebastien ab. „Wir kennen uns doch kaum."

„Das mag sein", gab Adèle zu. „Aber selbst wenn du ihm nicht helfen kannst, gibt es immer noch Alain. Sie sind schon lange die besten Freunde, jedenfalls, wenn man die Zeit nach den Maßstäben der Sterblichen misst. Er wird wissen, wie man Thierry helfen kann. Nur ist er im Augenblick so mit Orlando beschäftigt, dass es ihm vielleicht entgeht, wenn Thierry ihn braucht. Dann kannst du ihn daran erinnern, falls Thierry es ihm nicht sagt."

Adèles Vorschlag war Sebastien unangenehm. Er hatte die Gefühle, die er im Blut seiner Opfer schmeckte, immer vertraulich behandelt, wie ein Geheimnis, das er von einem guten Freund erfuhr. Es widersprach seinem Ehrgefühl, diese Vertraulichkeit zu brechen und solche Geheimnisse weiterzugeben.

Adèle schien seine Gedanken lesen zu können. „Wenn seine Gefühle im Aufruhr sind, kann er seine Magie nicht richtig kontrollieren. Deshalb bist du bei deiner Ankunft im Wartesaal davon auf die Brust getroffen worden – es war ein emotionaler Ausbruch, der sich magisch entladen hat. Im Kampf könnte er in einer solchen Situation verwundet oder getötet werden. Du würdest ihn daher schützen, wenn du dich um ihn kümmerst."

Adèles Worte weckten in Sebastien den Beschützerinstinkt. Er konnte sich seine Reaktion nicht recht erklären, aber wollte unter keinen Umständen zulassen, dass Thierry sich unnötig selbst gefährdete. „Ich werde daran denken", sagte er nur.

Sie waren an ihrer Haltestelle angekommen und verließen die U-Bahn. Ein dunkelhaariger junger Mann aus ihrem Abteil sah ihnen mit düsterer Miene nach. Er hatte die Frau als Mitglied der Milice de Sorcellerie erkannt. Sie war schon oft in den Nachrichten gezeigt worden. Der Mann war ein Vampir, so wie er selbst. Was hatten eine Magierin und ein Vampir miteinander zu besprechen? Der junge Mann wusste es nicht, aber er nahm sich vor, es herauszufinden.

DIE FERNBEDIENUNG flog durch den Raum und zerschellte an der Wand. „Diese verdammten Gutmenschen", fluchte Serrier und schaltete die Nachrichtensendung mit einer Handbewegung aus. „Für wen hält sich der Kerl eigentlich? Rechte der Vampire! Schutz der Verfassung! Das ist doch alles eine geballte Ladung Scheißdreck! In der Verfassung ist davon die Rede, dass Personen sich frei versammeln dürfen. *Personen*", brüllte er wütend. „Vampire sind doch keine Personen! Sie sind tot, sie zählen nicht. Sie haben nicht die Rechte, die uns zustehen. Und woher wusste er eigentlich von ihrer Versammlung und unserer Anwesenheit dort?"

„Wahrscheinlich hat er von der Versammlung auf die gleiche Art erfahren wie wir", meinte Vincent und vermied sorgfältig, Marcels Namen zu erwähnen. Serrier war auch so schon aufgebracht genug. „Woher er allerdings wusste, dass wir auch auf dem Bahnhof sind, kann ich mir beim besten Willen nicht erklären. Aber er war schon immer ein schlauer Fuchs."

Die Antwort besänftigte Serrier nicht sehr. Er sah sich wütend um und suchte nach einem neuen Wurfgegenstand. „Neunzehn Magier tot oder gefangen. Der einzige, der zurückgekommen ist, hat von nichts eine Ahnung, weil er schon vor dem Kampf bewusstlos geschlagen wurde."

„Was sollen wir gegen ihn unternehmen", versuchte Eric, Serriers Wut zu zerstreuen. „Was sind unsere nächsten Schritte?"

Pascal dachte kurz nach. „Was immer wir nach dieser Pressekonferenz auch erwidern, es wird uns nicht helfen", stellte er fest. „Selbst wenn wir uns darauf berufen, dass wir nur Informationen sammeln wollten, kann Chavinier immer noch sagen, wir hätten zuerst angegriffen. Und da Dominique bewusstlos war, haben wir keinen Zeugen, der das Gegenteil behaupten kann. Und wir wissen immer noch nicht mehr als zuvor über die Versammlung."

„Willst du immer noch nach einem Vampir suchen?", wollte Eric wissen. Er war sich sicher, dass in dieser Sache seit ihrer letzten Besprechung noch nichts unternommen worden war. Pascal war immer stolz darauf, sich um ihre taktischen Pläne selbst zu kümmern und überall mit Hand anzulegen, aber er brauchte dennoch ab und zu einen leichten Schubs. „Vielleicht können wir einen von ihnen überreden, uns mehr über dieses Treffen zu verraten, selbst wenn wir dadurch nur erfahren, worauf wir uns einstellen müssen. Falls sie sich nur versammelt haben, um die nächste Sonnenwendfeier oder was auch immer vorzubereiten, wissen wir zumindest darüber Bescheid."

„Ich will doch wohl hoffen, dass sie einen weniger trivialen Grund hatten", knurrte Serrier. „Es hat uns zu viel gekostet, um etwas so unbedeutendes zu sein."

„Dann sollten wir es schnellstmöglich herausfinden", riet Eric.

„Gut", meinte Serrier. „Ihr beiden besorgt mir einen Vampir. Ich will alles über dieses Treffen erfahren, was es zu wissen gibt."

EDOUARD COUTHON streifte auf der Suche nach seinem Dinner und nach Informationen durch die Straßen von Paris. Vielleicht hatten die Magierin und der Vampir in der U-Bahn sich nur übers Wetter unterhalten, um sich die Zeit zu vertreiben. Es wäre durchaus möglich, war aber trotzdem zu ungewöhnlich, als dass er sich mit dieser Erklärung zufriedengegeben hätte. Irgendetwas war im Busch. Er wusste nicht, was es war, aber er vertraute auf seinen Instinkt. Sein Instinkt hatte ihn schon unzählige Male vor der tobenden Menge gerettet, ohne ihn wäre er schon längst tot. Edouard beschloss, Miss Bouaddis Etablissement zu besuchen. Dort konnte er sein Dinner und, mit etwas Glück, auch Informationen bekommen. Er bezweifelte, dass es in Paris auch nur einen Vampir gab, der so gute Verbindungen hatte wie sie.

Mit einem harmlosen Lächeln auf den Lippen betrat er das Sang Froid und erwartete, die Chefin persönlich zu treffen. Aber stattdessen wurde er von einem Mann, noch dazu einem Sterblichen, begrüßt.

„Was kann ich für Sie tun?", fragte François überrascht. Er hatte heute Nacht keine Besucher erwartet, da er wusste, dass die Vampire alle zu dem Treffen gehen wollten, an dem auch Angélique teilnahm.

„Ich wollte eigentlich mit Angélique reden", sagte Edouard mit einem entwaffnenden Lächeln.

„Miss Bouaddi kann heute niemanden empfangen", erklärte François missbilligend. Er kannte bei Weitem nicht alle Vampire von Paris, aber er wusste, wer von ihnen Angélique gut genug kannte, um sie mit ihrem Vornamen anzusprechen. „Ich vertrete sie heute Nacht. Kann ich Ihnen helfen?"

„Ich bin auf der Suche nach Informationen und … verzichtbarer Gesellschaft", antwortete Edouard.

„Beides werden Sie hier nicht finden", erwiderte François kalt. „Gesellschaft schon, aber keine verzichtbare, wie Sie es so schön formuliert haben. Was Informationen angeht, müssen Sie sich mit den Zeitungen und den Fernsehnachrichten begnügen."

„Aber dort wird selten über die Angelegenheiten der Vampire berichtet", gab Edouard zurück.

„Wenn Sie sich für die Angelegenheiten der Vampire interessieren, sind Sie bei mir an der falschen Adresse", erklärte François. „Wie Sie sicherlich bemerkt haben, bin ich kein Vampir."

„Und doch traut Ihnen Miss Bouaddi ihre Geschäfte an", sagte Edouard und zog Angéliques Namen ungebührlich in die Länge.

„Ihre Geschäfte, aber nicht ihr Privatleben", erwiderte François. Ein Vampir, der nach ‚verzichtbarer Gesellschaft' verlangte, konnte nicht vertrauenswürdig sein. Angélique würde niemals zulassen, dass ihren Beschäftigten Schaden zugefügt wurde. Aber nicht nur das ließ François vor dem Gast auf der Hut sein. Angélique hatte ihm genug über die Allianz und ihre Entstehung erzählt, dass er sich fragte, warum dieser Vampir davon ausgeschlossen worden war. Dafür musste es einen Grund geben, auch wenn François ihn nicht kannte. Er vertraute Angélique, und Angélique vertraute Jean. Mehr musste François nicht wissen. „Ich denke, Sie sollten Ihre Gesellschaft und Ihre Informationen an einem anderen Ort suchen."

„Das ist noch nicht vorbei", zischte Edouard. „Angélique wird davon hören."

„Es steht Ihnen jederzeit frei, mit ihr darüber zu reden", erwiderte François ruhig. „Sollte sie der Meinung sein, ich hätte mich unangemessen verhalten, werde ich die Konsequenzen akzeptieren. Aber bis dahin sollten Sie jetzt gehen."

„Und wer will mich dazu zwingen?", fragte Edouard. „Du?"

„Ich würde mir niemals anmaßen, einen Vampir zu etwas zu zwingen", sagte François. „Aber ich bin nicht allein hier." Er winkte mit der Hand und zwei von Angéliques Wachmännern traten aus den Schatten. Sie waren ebenfalls Vampire, hatten aber noch keine Partner gefunden. Edouard war für die beiden Männer keine Herausforderung. „Diese Herren sind für die … Ungezieferbekämpfung zuständig."

François trat schnell einen Schritt zurück, bevor Edouard ihn anspringen konnte. Dann überließ er den tobenden Vampir Roger und Pierre, die ihn zwischen sich nahmen und auf die Straße führten, wo er ihnen fluchend Vergeltung androhte. Sie ließen ihn wortlos stehen.

KAUM HATTEN sie den Raum verlassen, rollte Eric mit den Augen und warf Vincent einen resignierten Blick zu. „‚Besorgt mir einen Vampir‘, sagt er. Und wo sollen wir einen Vampir finden?", beschwerte er sich. „Sie sind seltener als sterbliche Menschen. Was geht es mich an, wo sie sich rumtreiben?"

„Mich interessiert es auch nicht sonderlich", stimmte ihm Vincent zu. „Aber ich glaube, ich habe irgendwann von einer Art Bordell gehört, das für die Bedürfnisse von Vampiren und normalen Menschen offen ist. Vielleicht sollten wir dort anfangen. Wir müssen nicht reingehen. Es reicht, vor der Tür zu warten. Dort sollten wir einen Vampir finden, den wir ansprechen können."

„Kennst du die Adresse?", fragte Eric zweifelnd. „Die Idee ist nicht schlecht und jetzt, wo du es erwähnst, kann ich mich auch daran erinnern, Gerüchte darüber gehört zu haben. Aber ich weiß nicht, wo ich danach suchen sollte."

„Dort, wo man ein Bordell erwartet", erwiderte Vincent. „Im Schatten von Moulin Rouge, wo auch die Sex-Shops sind."

Eric war beeindruckt. Es war sehr geschickt, ein solches Unternehmen ausgerechnet in dem Teil der Stadt anzusiedeln, in dem sich das Leben vor allem nachts abspielte. Dort fiel das nächtliche Kommen und Gehen der Vampire nicht im Geringsten auf. Er fragte sich, wer wohl auf die Idee gekommen war.

„Dann lass es uns versuchen", entschied er. Was kann schon schiefgehen? Im schlimmsten Fall vergeuden wir einige Stunden Zeit und kommen mit leeren Händen zurück. Und dann versuchen wir es eben wo anders."

Zwei Stunden später war Eric klar, dass seine Worte prophetisch gewesen waren. Sie hatten zahlreiche Menschen gesehen, die das Haus betraten und wieder verließen. Aber niemand hatte die typische blasse Haut, die ihn als Mitglied dieser verfluchten Gruppe von Kreaturen auswies.

„Du hast doch gesagt, dass auch Sterbliche hierherkommen, nicht wahr?", fragte er Vincent, weil ihm die Warterei auf die Nerven ging.

„Ja, wieso?", wollte Vincent wissen. „Wir brauchen keinen normalen Menschen. Wir brauchen einen Vampir."

„Das weiß ich auch. Aber wir sind normale Menschen. Das heißt, wir können dort reingehen und uns umsehen, ob wir vielleicht einen Vampir finden. Vielleicht können wir auch andeuten, dass wir gerne mit einem sprechen würden", erklärte Eric.

Vincent erschauerte.

„Wir müssen gar nichts tun", fügte Eric schnell hinzu. „Aber wenn wir einen Vampir treffen, der allein ist, können wir ihn zu Pascal bringen. Oder sie."

„Es wäre den Versuch wert", gab Vincent zu. Er hörte sich jedoch nicht sehr begeistert an.

„Fällt dir etwas Besseres ein?", wollte Eric wissen.

Vincent zuckte nur mit den Schultern und deutete auf die Tür.

Eric kam sich unangenehm auffällig vor, als er das Gebäude betrat. Vincent folgte ihm dicht auf den Fersen.

„Kann ich Ihnen behilflich sein?", sprach sie eine kultivierte Männerstimme von der Seite an.

Eric wirbelte herum und hätte fast nach seinem Stab gegriffen. „Ich … Wir sind auf der Suche nach etwas bereitwilliger Gesellschaft", stammelte er und kam sich vor, als wäre er plötzlich wieder zwölf Jahre alt.

„Wir sind auf bereitwillige Gesellschaft spezialisiert", sagte die Stimme und dann trat der Mann ans Licht. Er hatte leicht gebräunte Haut, man konnte ihm nicht ansehen, wie alt er wohl sein mochte. Eric verbarg seine Enttäuschung. Das war kein Vampir. „Haben Sie bestimmte Vorlieben?"

„Um ehrlich zu sein, hatten wir gehofft, hier einen Vampir kennenlernen zu können", erklärte Eric.

„Oh?", fragte François. Die beiden Männer kamen ihm merkwürdig bekannt vor, aber er wusste nicht, wo er sie schon gesehen haben könnte. „Und Sie haben erwartet, hier einen zu treffen?"

„Wir haben davon gehört, dass Vampire hierherkommen, wenn sie einen kleinen Imbiss zu sich nehmen wollen", mischte Vincent sich ein.

„Möchten Sie ein kleiner Imbiss werden?", bohrte François nach.

„Vielleicht", schwächte Eric ab und gab sich Mühe, seine Abscheu nicht zu zeigen.

„Ich fürchte, dann sind Sie hier falsch", sagte François entschuldigend. Er konnte sich endlich wieder erinnern, wo er einen der Männer gesehen hatte, und es machte ihn nervös. Der Mann stand auf der Fahndungsliste der Milice. Angélique würde bestimmt wissen wollen, warum ein dunkler Magier hier rumschnüffelte. „Sie könnten es in einem der Goth Clubs versuchen", schlug François vor und hoffte, sie würden wieder verschwinden, bevor einer der Vampire auftauchte. „Dorthin gehen die Menschen normalerweise, wenn sie Vampire treffen wollen."

Eric und Vincent verließen das Gebäude und machten sich auf den Weg zu einem der empfohlenen Clubs. Vor dem ersten wartete eine lange Schlange auf Einlass. Sie waren sich ziemlich sicher, mit ihrer Kleidung hier nicht eingelassen zu werden. Sie trugen einfache Jeans und T-Shirts, damit passten sie nicht zum Image des Clubs. Frustriert richteten sie sich wieder auf eine längere Wartezeit ein und hofften, demnächst einen Vampir zu treffen, der den Club verließ oder betreten wollte.

Nach einer Stunde fingen sie leicht zu zittern an, denn die Nachtluft war recht kühl und sie wollten nicht riskieren, sich mit einem Spruch zu wärmen und dabei erwischt zu werden. So gut sie auch waren, sie waren nur zu zweit. Wenn eine Einheit der Milice hier vorbeikam, würde eine Konfrontation wahrscheinlich mit ihrer Festnahme oder ihrem Tod enden. Nach einiger Zeit zahlte sich ihre Geduld aus. Sie sahen einen jung aussehenden Vampir und eine junge Frau, die gemeinsam den Club verließen.

Mit einem unauffälligen Kopfnicken forderte Eric Vincent auf, den beiden zu folgen. Sie hielten ausreichend Abstand und hofften, den beiden nicht aufzufallen. Als das Paar vor ihnen in eine enge Gasse abbog, gingen sie noch bis zum Eingang der Gasse und warteten dort ab. Es war ihnen egal, was die beiden dort trieben. Sie wollten nur anschließend mit dem Vampir reden.

Aus der dunklen Gasse war lautes Stöhnen zu hören. Vincent und Eric sahen sich unbehaglich an. Zumindest theoretisch wussten sie, was dort gerade geschah. Aber es mitzuerleben oder auch nur zu hören, machte sie zu Voyeuren.

Als es still wurde, betraten sie die kleine Gasse. Nichts hatte sie auf den Anblick vorbereitet, der sich ihnen dort bot. Die junge Frau, die vor wenigen Minuten noch vor Leben gesprüht hatte, lag tot zu Füßen des Vampirs auf dem Boden.

Eric trat einen weiteren Schritt vor und griff nervös nach dem Stab in seiner Tasche. „Ich dachte immer, Vampire würden ihre Opfer nicht töten", bemerkte er.

Der Vampir grinste ihn an. Von seinen Zähnen tropfte das Blut der jungen Frau. „Du redest von den Schwächlingen, die vor ihrem eigenen Schatten fliehen und vergessen haben, wozu sie geschaffen wurden", erwiderte er und versetzte dem toten Körper einen Tritt mit der Fußspitze.

10

„WAS SOLL ich hier?", fragte Antonio Jean, als sie durch den magischen Schutzschild gingen und das Hauptquartier der Milice betraten. „Ich habe keinen Partner gefunden. Ich weiß wirklich nicht, wie ich euch helfen kann."

Jean seufzte. Er wusste, dass die Vampire ohne Partner ein Problem sein würden, aber von Antonio hatte er sich mehr Unterstützung erhofft. „Nur weil du keinen Partner hast, heißt das noch lange nicht, dass du uns nicht helfen kannst", wies er Antonio zurecht. „Als die Magier uns das erste Mal angesprochen haben, wussten sie noch nichts über die Partnerschaften und die Macht, die daraus erwächst. Trotzdem haben sie unsere Hilfe gebraucht und uns darum gebeten. Du kannst genauso gut die Straßen patrouillieren oder dich in den Cafés und Bars umhören wie ich, ob mit oder ohne Partner. Du musst dich lediglich auf die Nacht beschränken. Und weil du keinen Partner hast, kannst du uns sogar in einer Angelegenheit helfen, die ich nicht übernehmen kann."

Antonio sah ihn fragend an. „Und das wäre?"

Jean erklärte ihm schnell, welche Rolle er in dem Verhör gespielt hatte und dass er diese Rolle an Antonio abgeben wollte.

„Und warum kannst du diese Aufgabe nicht mehr übernehmen, wenn es doch beim ersten Mal so gut funktioniert hat?", wollte Antonio wissen.

„Weil es durch den Bund zwischen Magier und Vampir für meinen Partner sehr unangenehm ist, wenn ich einen anderen Magier beiße", erklärte Jean. „Und für mich auch", gab er dann zum ersten Mal offen zu, weil er ehrlich sein wollte. „Ich kann dir dafür keinen Grund nennen, aber es hat sich einfach falsch angefühlt, den jungen Magier in Raymonds Gegenwart zu beißen. Ich habe mir einzureden versucht, dass es am Geschmack der dunklen Magie läge. Ich wollte mir nicht eingestehen, dass ich mir damals schon so vorkam, als ob ich Raymond betrügen würde. Und obwohl wir uns zu diesem Zeitpunkt noch nicht sehr gut verstanden haben, ist es Raymond genauso ergangen. Er hat das Gleiche gefühlt wie ich. Jetzt kommen wir besser miteinander aus und ich möchte, dass es so bleibt. Deshalb brauche ich einen anderen Vampir, nämlich dich, der meine Rolle bei den Verhören übernimmt."

Sie gingen in den großen Konferenzraum, wo Marcel ihre Versammlung abhalten wollte. Fast sofort kam Raymond an Jeans Seite. Jean stellte die beiden einander vor. Raymond begrüßte Antonio mit einem Kopfnicken und einem kurzen Händedruck. Jean war angenehm überrascht. Er war sich der Reaktion Raymonds auf andere Vampire nicht sicher gewesen. Jean ließ seinen Partner nicht aus den Augen. Antonio und die anderen Anwesenden verschwanden aus seiner

Wahrnehmung. Er bemerkte die dunklen Ringe um die Augen des Magiers – *seines* Magiers – und eine Müdigkeit in seinen Bewegungen, die Jean aus unerklärlichen Gründen außerordentlich störte.

„Hast du denn gar nicht geschlafen?", fragte er barsch.

„Doch, für einige Stunden", antwortete Raymond. „Ich wollte mich auf das Treffen mit deinem Mentor vorbereiten, deshalb musste ich noch einige Texte lesen. Ich kann später noch genug schlafen."

„Und wenn du so erschöpft bis, dass du nicht kämpfen kannst? Was passiert dann?", schimpfte Jean.

„Dann wirst du mich endlich los", meinte Raymond schnippisch.

„Und wenn ich dich nicht loswerden will?" Jean kniff bedrohlich die Augen zusammen. „Wir haben noch viel vor und du bist für unser Unternehmen unverzichtbar."

„Dann musst du eben dafür sorgen, dass ich am Leben bleibe", erwiderte Raymond, den Jeans Sorge um ihn nicht unberührt ließ.

„Verdammt richtig", grummelte Jean. Raymond brauchte dringend einen Aufpasser und Jean fragte sich, ob er in Raymonds Augen wohl für diese Rolle in Frage käme.

Adèle musste vor der Besprechung noch einige Formalitäten erledigen, deshalb war Sebastien allein, als er den Konferenzraum betrat und sich unter den Anwesenden umsah. Er war bei Weitem nicht der einzige, der früher gekommen war. Auf der anderen Seite des Raums erkannte er Antonio und nickte ihm grüßend zu. Er hätte auch Jean begrüßt, der neben Antonio stand. Aber Jean hatte ihn nicht gesehen, weil er nur Augen für seinen Magier hatte. Die meisten Paare waren schon hier versammelt und Sebastien suchte nach seinem eigenen Partner. Er fand Thierry sofort. Der blonde Mann zog Sebastiens Blick auf sich wie ein Magnet.

Thierry stand mit Alain und Orlando zusammen. Die drei waren in eine Unterhaltung vertieft. Sebastien konnte zwar nicht hören, worum es dabei ging, aber er konnte die Kameradschaft und unverbrüchliche Freundschaft zwischen den Männern an ihrer Haltung erkennen. Er wusste von Adèle, dass Thierry und Alain schon sehr lange die besten Freunde waren, jedoch konnte Orlando erst vor kurzer Zeit zu ihnen gestoßen sein. Jedenfalls vermutete Sebastien das, weil er die Geschichte der Allianz kannte. Dem Verhalten der drei Männer war davon nicht anzumerken. Sebastien sah nicht das geringste Anzeichen dafür, dass Orlando anders behandelt wurde und kein gleichberechtigtes Mitglied ihres kleinen Kreises war. Sebastien wünschte sich, er könnte auch zu ihrer kleinen Gruppe gehören. Alain und Orlando strahlten eine so enge Verbundenheit aus, wie er sie in seiner Partnerschaft mit Thierry auch gerne erleben wollte.

Sebastiens Gedanken waren noch bei seinen Wünschen und Hoffnungen für die Zukunft, als Thierry den Kopf hob und ihm in die Augen sah. Der Magier streckte den Arm aus und winkte ihn zu sich heran, dann trat er einen Schritt zur Seite, um Sebastien in ihrem Kreis aufzunehmen. Alain und Orlando begrüßten ihn mit einem herzlichen Lächeln. Sebastien fühlte sich in ihrem Kreis sofort willkommen. Allen war bewusst, dass sie als Partner stärker waren als allein. Aber Sebastien entging nicht, dass ein wesentliches Bindeglied noch fehlte. Er hörte zu, wie Alain von Thierry und Orlando geneckt wurde. Ihr Lachen war ansteckend. Sebastien hätte gerne an ihrer Unterhaltung teilgenommen und zu der gelösten Stimmung beigetragen, die zwischen ihnen herrschte. Sie schlossen ihn nicht absichtlich aus. Ihre freundlichen Gesichter luden ihn ein, mitzumachen. Aber ihre Scherze hatten einen vertrauten, persönlichen Hintergrund, den Sebastien noch nicht mit ihnen teilte. So sehr sie ihn auch willkommen geheißen hatten, er gehörte nicht dazu. Jedenfalls noch nicht.

Auf der anderen Seite des Raumes brach Unruhe aus und lenkte Sebastiens Aufmerksamkeit ab. Er lächelte Adèle, die gerade durch die Tür gekommen war, bewundernd zu, doch das Lächeln gefror ihm auf den Lippen, als er den wütenden Ausdruck in Judes Miene sah. Nachdem Sebastien sich in der U-Bahn mit Adèle unterhalten hatte, wusste er, wie sehr Judes Verhalten sie irritierte. In Gedanken beschwor er ihn, jetzt nicht durch den Raum zu stürmen, um sich mit Adèle anzulegen, sondern stattdessen bei seinen gleichgesinnten Freunden zu bleiben. Unglücklicherweise kam seine Botschaft bei Jude nicht an. Sebastien konnte nicht hören, was Jude zu seinen Freunden sagte, aber er sah den Vampir auf Adèle zulaufen. Sebastien seufzte und widmete sich wieder dem Gespräch.

„Schau sie dir nur an", zischte Jude Colin zu, der neben ihm stand. „Sie sieht aus wie … wie … Ich kann es nicht in Worte fassen." Er hätte sie gerne ignoriert und so getan, als ob sie seiner Aufmerksamkeit nicht wert wäre, aber seine Beine setzten sich automatisch in Bewegung und trugen ihn durch den Raum an ihre Seite.

„Ich sehe, du hast dich dem Anlass entsprechend gekleidet", schnappte er.

Adèle funkelte ihn wütend an. „Ich wüsste nicht, was meine Kleidung dich angeht", erwiderte sie kalt. „Ich bin dir keine Rechenschaft schuldig." Sie wollte sich abwenden, aber er fasste sie am Arm und zog sie zurück.

„Dreh mir nicht den Rücken zu, wenn ich mit dir rede", fauchte er sie an.

„Du hast nicht mit mir geredet. Ich habe nur Beleidigungen gehört", erwiderte Adèle, die ihm am liebsten eine schallende Ohrfeige verpasst hätte. „Wenn du an einem wirklichen Gespräch interessiert bist, höre ich dir gerne zu." Sie wollte gerade wieder gehen, als Marcel den Raum betrat und die Versammlung eröffnete. Adèle fand sich resigniert damit ab, Judes Anwesenheit noch etwas länger ertragen zu müssen.

„Lasst uns jetzt anfangen", sagte Marcel. „Je eher diese Allianz voll funktionsfähig ist, umso eher können wir diesen Krieg beenden. Wir haben uns zu lange nur verteidigen und ihre Angriffe abwehren können. Es wird Zeit, dass sich das ändert."

Er sah sich nach Jean um. „Hast du jemanden gefunden, der uns bei den Verhören hilft?", fragte er.

„Das habe ich", erwiderte Jean und stellte Antonio vor, der sich charmant verbeugte.

„Gut", sagte Marcel. „Antonio, du wirst mit Alain, Thierry und ihren Partnern zusammenarbeiten. Soweit ich verstanden habe, können Orlando und Sebastien es nicht selbst übernehmen, die Gefangenen zu beißen und ihr Blut zu schmecken. Aber ich bin sicher, du kannst auch angemessen bedrohlich wirken. Und je mehr Leute an den Verhören teilnehmen, umso mehr Köpfe können uns dabei helfen, die Aussagen zu bewerten und unsere Schlussfolgerungen daraus zu ziehen."

Alain und Thierry nickten und sahen ihre Partner fragend an. Als beide Vampire ebenfalls zustimmend nickten, machten sich Alain und Thierry sofort mit ihnen und Antonio auf den Weg, um mit den Verhören zu beginnen.

Marcel fuhr derweil fort: „Wir müssen neue Dienstpläne aufstellen. Ich bitte die Partner, die ausdrücklich am Tag Dienst machen möchten, sich bei Adèle zu melden. Sie wird sich um die Einteilung kümmern."

„Eine Frau, die Verantwortung trägt?", murmelte Jude ungläubig, während Jean sich zu Wort meldete.

„Angélique könnte ihr dabei gut helfen", schlug Jean vor. „Sie führt ihr eigenes Unternehmen und stellt uns damit alle in den Schatten."

David rollte nur mit den Augen, obwohl er genau wusste, dass Angélique, die in der Nähe stand, ihn sehen konnte. Er wusste nicht, was er davon halten sollte, dass die Vampire Angélique und ihr Unternehmen so offen akzeptierten. Aber wenigstens konnte er so auch mit Adèle zusammenarbeiten. David bewunderte Adèles sachliche und professionelle Einstellung. Mit dieser Arbeitsteilung war für ihn der Abend gerettet, auch wenn sich grundsätzlich nichts an der Situation geändert hatte.

„Das ist ein hervorragender Vorschlag", stimmte Marcel zu und signalisierte David, den beiden Frauen zu helfen. David ging zu Adèle und Jude, um mit Adèle abzuwarten, wer sich für die Tagesschicht einteilen lassen wollte.

Bevor Marcel weiterreden konnte, meldete sich Raymond zu Wort: „Jean hat für heute Abend einen Termin verabredet. Wir wollen so viel wie möglich über die neuen Partnerschaften erfahren. Jeans Mentor könnte vielleicht Informationen haben, die uns dabei hilfreich sind. Er hat zugestimmt, sich heute mit Jean und mir zu treffen, damit wir unser Wissen austauschen können."

„Gut", sagte Marcel und nickte entschlossen. „Soll ich euch begleiten? Ich wollte Monsieur Lombard schon immer kennenlernen."

„Das ist deine Entscheidung", erwiderte Raymond diplomatisch. Marcel hatte nie ein Interesse an den esoterischen Wissensgebieten gezeigt, mit denen Raymond sich befasste. Das Gespräch mit Lombard würde sich wahrscheinlich bald um Themen drehen, zu denen Marcel nicht das Geringste beisteuern konnte. Aber das hätte Raymond nie laut gesagt.

„Wir werden sehen, wie sich die Dinge entwickeln", entschied Marcel. „Vielleicht komme ich kurz mit, um Monsieur Lombard zu begrüßen. Diejenigen unter euch, die noch keinen konkreten Auftrag haben, möchte ich bitten, jetzt mit Adèle oder Angélique in Kontakt zu treten, damit sie den Dienstplan für die Patrouillen aufstellen können. Danach solltet ihr mit euren Partner Strategien für den Kampf entwickeln. Jeder von uns hat seine persönlichen Schwächen und Stärken. Redet mit euren Partnern darüber, sodass ihr alles übereinander wisst. Dann seid ihr für den nächsten Einsatz noch besser vorbereitet. So, ihr habt jetzt eure Befehle. Macht euch an die Arbeit."

Während die beiden Magier und drei Vampire den Flur entlang gingen, erklärte Thierry Antonio, welche Strategie sie bei Dominiques Verhör angewendet hatten. Alain ließ sich etwas zurückfallen, um mit Sebastien zu reden. „Thierry verbringt sehr viel Zeit damit, sich um andere zu kümmern. Er vergisst darüber manchmal sich selbst", sagte er zu dem dunkelhaarigen Vampir.

„Keine Sorge", versicherte ihm Sebastien. „Ich passe auf ihn auf."

NACHDEM MARCEL die Versammlung geschlossen hatte, machte Angélique sich auf den Weg zu Adèle. Sie ignorierte die beiden Männer, die ihnen bei ihrer Aufgabe helfen sollten. Angélique hatte längst gelernt, dass es reine Zeitverschwendung war, mit Männern zu argumentieren, die nur ihr Äußeres und die Hennamuster an ihren Händen sahen. Stattdessen belehrte Angélique sie in aller Ruhe durch ihre Taten eines Besseren. Sie kannte Jude und hatte selbst erlebt, wie er Adèle behandelt hatte. Sie hatte auch Adèles Reaktion darauf mitbekommen. Davids Verhalten ihr gegenüber war nicht viel besser und sie wollte nicht mit ihm darüber streiten. Sie würde mit Adèle zusammenarbeiten. Dann würden die beiden Ignoranten schon sehen, wie effektiv zwei Frauen sein konnten.

„Hast du den aktuellen Dienstplan?", fragte sie Adèle, ohne Judes finsterer Miene oder Davids gerunzelter Stirn auch nur die geringste Beachtung zu schenken.

„In meinem Büro", antwortete Adèle.

„Dann sollten wir in dein Büro gehen und dort mit den Freiwilligen über ihre Einsatzzeiten reden. So können wir sie direkt in die Datei eingeben."

Adèle nickte. „Hier entlang", sagte sie und deutete auf die Tür. „Es dürfte nicht schwer sein, die gegenwärtige Einteilung durch ein einfaches ‚Suche und Ersetze' in der Datei zu aktualisieren."

„Je weniger die Patrouillen zwischen Tages- und Nachteinsätzen wechseln müssen, umso wacher und aufmerksamer sind sie. Diejenigen, die wir neu einteilen, werden einige Tage brauchen, um sich umzustellen und sich an den neuen Schlafrhythmus zu gewöhnen. Aber es ist immer noch besser, als wenn sie sich jede Woche umstellen müssten."

Sie erreichten Adèles Büro. Adèle ging sofort zu ihrem Computer und zog einen zweiten Stuhl heran, damit Angélique sich neben sie setzen konnte. David und Jude standen unschlüssig an der Tür. „Im Zimmer nebenan sind noch Stühle", erinnerte Adèle David, ohne vom Bildschirm aufzusehen. Als die beiden

Männer nicht reagierten, warf sie ihnen einen irritierten Blick zu. „Ich bin sicher, wir beiden schaffen das auch allein, falls ihr andere, männlichere Aufgaben zu bewältigen habt."

„Sarkasmus passt nicht zu dir", sagte David leise.

„Und zu dir passt Herablassung nicht", erwiderte sie barsch. „Entweder ihr kommt rein und helft uns, oder ihr verschwindet und lasst uns in Ruhe arbeiten."

Jude kam ins Zimmer. „Das wäre nicht angeraten. Jemand muss aufpassen, dass alles seine Richtigkeit hat."

Adèle zog demonstrativ die Augenbrauen hoch. „Und dieser Experte bist du?", fragte sie herausfordernd. „Dann komm her, öffne die Datei und zeige mir, welche Anpassungen du uns vorschlagen möchtest."

„Ich bin nicht dein Sekretär. Ich diktiere dir die neuen Zahlen und du schreibst sie auf."

„Kannst du etwa nicht tippen?", fragte Adèle spitz. „Oder nicht schreiben?"

Jude kniff die Augen zusammen. „Du weißt nicht, wovon du redest."

„Wirklich?", fragte Adèle.

Jude nahm einen Stift, schrieb seinen Namen auf ein Blatt Papier und warf es vor ihr auf den Schreibtisch.

„Er kann seinen Namen schreiben", sagte Adèle zu Angélique. „Ich bin beeindruckt. Das hätte ich ihm nicht zugetraut."

Angélique konnte sich ein Grinsen nicht verkneifen.

„Adèle", mischte David sich ein. „Das bringt uns nicht weiter."

„Aber euer Verhalten bringt uns weiter, ja?", gab sie zurück und stand von ihrem Stuhl auf. „Du bist auch nicht viel besser als der da."

„Ich habe nicht darum gebeten, der Partner einer … einer Haremskonkubine zu werden."

„Und ich habe nicht darum gebeten, die Partnerin eines chauvinistischen Arschlochs zu werden!", brüllte Adèle und schlug mit den Händen auf den Tisch. „Ihr beiden solltet euch jetzt endlich zusammenreißen. Wir sind im Krieg und eure überholten Ansichten sind uns nur im Weg."

„Chauvinistisch?", unterbrach Jude. „Sie kennt Fremdwörter", sagte er zu David. „Ich bin beeindruckt."

In sekundenschnelle kam Adèle um den Schreibtisch gelaufen und baute sich vor Jude auf. „Was ist dein verdammtes Problem?", schrie sie ihn an.

„Frauen, die nicht wissen, wo sie hingehören", zischte Jude.

Bevor Adèle es selbst bemerkte, hob sie den Arm und zielte mit ihrer Faust auf Judes Kinn. Wäre er ein Sterblicher gewesen, hätte sie ihr Ziel gefunden, aber die Reflexe des Vampirs waren schneller. Er fasste sie am Handgelenk und hielt sie fest. Wie zur Salzsäule erstarrt standen sie sich gegenüber und funkelten sich mit wütenden Blicken an. Eine Sekunde, zwei Sekunden … noch eine Sekunde. Der Trotz stand ihnen ins Gesicht geschrieben, aber Adèle spürte auch ein anderes Gefühl in sich aufflammen. Sie schüttelte sich innerlich und wies den Gedanken von sich, dass sie einen Mann wie Jude attraktiv finden könnte. Aber ganz konnte sie die Flamme nicht löschen.

„Das willst du doch nicht wirklich tun, oder?" Jude hörte sich gefährlich ruhig an. Der Jagdinstinkt hatte ihn gepackt. Adèle war nicht die erste, die ihn herausfordern wollte. Jude freute sich schon darauf, sie in ihre Schranken zu weisen und ihr Manieren beizubringen – so langsam und gründlich wie möglich. Wenn er erst mit ihr fertig war, würde sie wie ein schnurrendes Kätzchen in seinem Bett liegen.

„Oh doch, verdammt", fauchte sie und entriss ihre Hand seinem Griff. „Verschwinde", befahl sie dann und zeigte auf die Tür. „Melde dich, wenn du in der Gegenwart angekommen bist."

Jude warf ihr noch einen wütenden Blick zu, dann trat er einen Schritt zurück. Ein strategischer Rückzug konnte nicht schaden. Er hatte später noch ausreichend Zeit, die Widerspenstige zu zähmen. Adèle kam auf ihn zu und drängte ihn aus dem Zimmer. Als er gegangen war, knallte sie die Tür zu und drehte sich zu Angélique und David um. David war ihr nächstes Ziel, aber Angélique sah ihr in die Augen und schüttelte unauffällig mit dem Kopf. Adèle nahm auf Angéliques Bitte Rücksicht und beschränkte sich darauf, David noch einen wütenden Blick zuzuwerfen. „Ich brauche eine kurze Pause, damit ich wieder einen klaren Kopf bekomme."

Angélique nickte ihr zu und Adèle verließ das Zimmer. Die Tür knallte zum zweiten Mal.

Die Vampirin ging seufzend zum Computer, suchte nach der Datei mit dem Dienstplan und öffnete sie. „Mach die Tür auf und sieh nach, ob draußen noch jemand wartet, den die beiden mit ihrem Gebrüll nicht verjagt haben. Wir brauchen den neuen Dienstplan und es sieht so aus, als ob der Job jetzt an uns beiden hängengeblieben wäre", sagte sie zu David.

David befolgte ihre Anweisung. Er war mehr als überrascht, als er sah, mit welcher Selbstverständlichkeit Angélique den Computer bediente. Sie sah auf und bemerkte seine nachdenkliche Miene. „Was ist?", fragte sie. „Meine Tätowierungen haben mir weder die Hände noch das Gehirn amputiert. Ich weiß, was ich tue."

David beobachtete mit wachsendem Interesse, wie sie die Namen der Freiwilligen aufnahm und so in den Plan einbaute, dass sie ihren Dienst bei Tageslicht absolvieren konnten.

„Ich glaube, ich schulde dir eine Entschuldigung", sagte er nach einigen Stunden. „Ich habe dich offensichtlich unterschätzt."

„Das bin ich gewohnt", erwiderte Angélique, ohne sich von ihrer Arbeit ablenken zu lassen. „Du bist nicht der erste, und du wirst auch nicht der letzte sein."

„Das entschuldigt mein Verhalten nicht. Können wir noch einmal von vorne anfangen?"

Dieses Mal hob Angélique den Kopf und sah die jungenhafte Begeisterung in Davids Gesicht.

„Wenn du willst", sagte sie mit einem Schulterzucken und ging wieder an die Arbeit, um die Unterlagen auszudrucken. „Das sind die Kopien für Marcel. Er muss sie noch bestätigen. Sobald sie unterzeichnet sind, müssen sie ausgehängt und verteilt werden, wie auch immer ihr das hier regelt."

David nahm den Papierstapel entgegen, blieb aber noch am Schreibtisch stehen. „Woher kennst du dich so gut damit aus?", fragte er.

„Mir gehört das Sang Froid", erinnerte sie ihn. „Das mag dir zwar nicht gefallen, aber meine Arbeit dort ist dieselbe. Ich muss mich um alles kümmern, seien es Dienstpläne, Gehaltsabrechnungen, Buchhaltung, Einkäufe oder die Versicherung. Ich habe vor Jahren den Fehler gemacht, mich auf einen Geschäftsführer zu verlassen, um selbst mehr Freizeit zu haben. Er hat mich betrogen und um den letzten Cent gebracht. Damals habe ich mir geschworen, mich nie wieder auf andere zu verlassen und alles selbst zu beaufsichtigen. Jetzt habe ich einen zuverlässigen Geschäftsführer, der sich tagsüber um alles kümmert. Aber selbst bei ihm kontrolliere ich alle Entscheidungen, damit er keine Fehler macht. Natürlich unterlaufen auch mir manchmal Fehler, aber dann weiß ich wenigstens, dass ich selbst für die Konsequenzen verantwortlich bin."

„Ich verstehe jetzt, warum Jean dich für diese Aufgabe vorgeschlagen hat."

„Es wird nicht die einzige bleiben. Der Dienstplan steht und es sind höchstens noch kleinere Anpassungen nötig. Ich erwarte, dass du mir eure Strategien erklärst, damit wir nicht nur innerhalb dieser Mauern, sondern auch bei einem Kampfeinsatz gut zusammenarbeiten können."

„Ich werde dir alles beibringen, was ich selbst weiß und kann", stimmte David zu. „Aber normalerweise befolge ich auch nur Befehle."

„Das wird mir genauso gehen", meinte Angélique. „Aber ich muss trotzdem wissen, wie man sie am besten befolgt."

„Damit warst du fertig, nicht wahr?", fragte David und zeigte auf die Papiere in seiner Hand.

„Ja", bestätigte Angélique.

„Lass uns gemeinsam zu Marcel gehen, dann können wir uns anschließend einen ruhigen Platz suchen, um zu trainieren."

„Das wäre schön", erwiderte Angélique, die sich sichtlich freute, dass David ihr endlich eine Chance gab.

ERIC UND Vincent grinsten sich an. Sie hatten einen Vampir gefunden, dessen moralische Standards genau den ihren entsprachen. „Wir möchten dir ein Angebot machen", sagte Eric.

Edouard machte einen Schritt über die Leiche auf dem Boden und ging auf die Männer zu. Keiner von ihnen rührte sich, aber er sah ihnen ihre Anspannung an. Gut. Sie wussten offensichtlich, dass ihnen gegen Edouards Vampirkräfte auch ihre Größe nicht helfen würde. „Und welcher Art ist dieses Angebot?", fragte er.

„Unser … Freund möchte gern mehr über Vampire erfahren", erklärte Eric. „Es war von einem Angebot die Rede", sagte Edouard. „Was ist für mich drin?" „Das muss unser Freund schon selbst erklären", erwiderte Eric hastig. „Aber es wird sich für dich lohnen."

„Und wo genau ist euer Freund?", wollte Edouard wissen.

„In der Nähe von St. Denis", sagte Vincent.

„Das ist ziemlich weit von hier. Ich weiß nicht, ob ich so weit reisen kann. Schließlich muss ich vor Sonnenaufgang zuhause sein."

„Wir können im Bruchteil einer Sekunde dort sein", erklärte Eric. „Du musst uns nur erlauben, unsere Magie anzuwenden."

Edouard zog fragend eine Augenbraue hoch. Er war neugierig geworden. Offensichtlich würde es in Paris heute mehr als einen Vampir geben, der mit den Magiern ins Gespräch kam.

„Na gut", stimmte er zu.

Eric nickte Vincent zu. Während der sich darauf vorbereitete, in ihr Hauptquartier zurückzukehren, transportierte Eric sich selbst und den Vampir. Vincent folgte ihnen eine Sekunde später. Sie kamen in einer dunklen Gasse in der Nähe der Basilika von St. Denis an. Eric führte sie durch eine unscheinbare Tür. Von außen gab es nicht den geringsten Hinweis darauf, dass die Wände zwischen den Häusern durchbrochen waren und der gesamte Block ein Wirrwarr von Räumen und Gängen beherbergte, die Serrier als Hauptquartier für seine Operationen dienten. Es gab noch einige andere Außenposten, aber hier war die Zentrale. Sie war so stark bewacht, dass es der einzige Platz war, an dem Vincent sich sicher fühlte. Er wusste nicht, wie Pascal es geschafft hatte, den ganzen Block in seinen Besitz zu bekommen, ohne dass es den Behörden aufgefallen war. Aber es war ihm auch egal.

Die beiden Magier führten Edouard in Pascals Versammlungsraum. Sie boten ihm an, Platz zu nehmen, dann machte Vincent sich auf die Suche nach Pascal.

Edouard setzte sich auf den angebotenen Stuhl und sah sich in dem Raum um. Er hielt sich noch mit seinem endgültigen Urteil zurück, war aber davon überzeugt, bei den Rebellen gelandet zu sein. Nach dem, was er über die Milice wusste, hätten die ihn eher wegen Mordes festgenommen, anstatt ihm ein Geschäft vorzuschlagen, um an Informationen zu kommen.

Einige Minuten später kam Vincent mit einem anderen Mann zurück. Der Mann war dunkelhaarig, hatte einen Schnurrbart und ein Ziegenbärtchen. Selbstbewusst kam er auf Edouard zu. „Meine Freunde haben mir berichtet, dass du mir einige Fragen beantworten kannst", sagte er ohne lange Vorrede.

„Das ist schon möglich", erwiderte Edouard. „Allerdings müsste ich die Fragen erst kennen. Deine Freunde haben auch erwähnt, dass es sich für mich lohnen würde."

Pascal lächelte. „Ich habe erfahren, dass du … deine Opfer genießt", stellte er fest. „Ich kann mir vorstellen, dass es nach einiger Zeit schwer wird, unangenehmen Fragen aus dem Weg zu gehen."

„Ich ziehe oft um", antwortete Edouard schulterzuckend.

„Wie wäre es, wenn ich dir genügend Opfer anbieten könnte, nach denen niemand fragt und mit denen du nach Gutdünken verfahren kannst?", schlug Pascal vor. „Würde es sich für dich dann lohnen, meine Fragen zu beantworten?"

Edouard dachte kurz über das Angebot nach. Unbegrenzter Zugang zu Blut und keine unangenehmen Fragen … „Was willst du wissen?", fragte er und lehnte sich in seinem Stuhl zurück.

11

JEAN KONNTE an Raymonds Haltung erkennen, wie nervös sein Partner war. „Lass das", wies er ihn sanft zurecht. „Was glaubst du denn, was er an einem öffentlichen Ort tun sollte? Wenn Christophe Lombard sich durch eine persönliche Eigenart auszeichnet, dann durch seine Diskretion. Er wird das Café betreten, kurz mit dem Kellner reden, einen Espresso bestellen und sich dann zu uns setzen, als wäre er ein ganz normaler Gast. Wenn wir wieder gehen, werden die Kellner sich nur daran erinnern, was für ein höflicher, alter Herr er war."

„Mir wäre es lieber, sie würden sich gar nicht an uns erinnern", meinte Raymond. „Ich war lange genug bei Serrier, um zu wissen, wie er solche Dinge erledigt hat. Ich weiß zwar nicht, woher er von der Versammlung gestern erfahren hat, aber er hat es erfahren. Und das heißt, dass er herausfinden will, was die Vampire vorhaben. Es würde mich nicht wundern, wenn er schon Magier losgeschickt hätte, die nach Vampiren suchen sollen. Ich möchte ihnen lieber nicht begegnen, solange wir nur zu zweit sind."

„Christophe weiß über unseren Kampf Bescheid", versicherte ihm Jean. „Er wird sie nicht auf unsere Spur bringen. Er ist ein gewiefter alter Fuchs, ein alter Vampir obendrein. Er wird jede Vorsichtsmaßnahme treffen, die du dir nur vorstellen kannst."

Raymond unterdrückte einen Seufzer. Es war an der Zeit, mit der Wahrheit herauszurücken. „Wusstest du, dass Serrier einen Preis auf meinen Kopf ausgesetzt hat?", fragte er Jean. „500.000 €. Das Doppelte, wenn ich lebend an ihn ausgeliefert werde. Er will an mir ein Exempel statuieren und seinen Leuten zeigen, was ihnen blüht, wenn sie ihn verraten. Deshalb reagiere ich manchmal so paranoid. Wenn sie mich bei dem Versuch, mich gefangen zu nehmen, umbringen, ist es mir egal, was er mit meiner Leiche anfängt. Ich werde nicht zulassen, dass sie mich lebend erwischen", fuhr er fort. „Eher bringe ich mich selbst um, als dass ich mich von ihnen zu Tode foltern lasse. Ihre Grausamkeit kennt keine Grenzen."

Jean stellten sich die Haare zu Berge bei dem Gedanken, jemand könnte Raymond etwas antun. „Was hattest du dann am helllichten Tag draußen bei den Antiquaren zu suchen? Das kommt einer Einladung gleich, dich zu schnappen!"

„Genau das ist seine Schwäche. Er will zwar an mir ein Exempel statuieren, aber er macht sich nicht die Mühe, meine Gewohnheiten kennenzulernen", erklärte Raymond. „Außerdem war ich nicht schutzlos. Ich hatte mich mit einem Spruch für die meisten Menschen unsichtbar gemacht. Es gibt nur wenige seiner Leute, denen ich nicht allein über den Weg laufen möchte. Ansonsten bin ich sicher."

„Dazu wird es nicht kommen. Du wirst ihnen niemals allein gegenüberstehen. Und wenn sie in der Überzahl sind, kannst du dich in Sicherheit transportieren."

„Und dich im Stich lassen? Den Teufel werde ich tun."

„Ich habe nicht gesagt, dass du mich im Stich lassen sollst. Du kannst Hilfe holen und zurückkommen", sagte Jean. „Ich habe deine Magier erlebt. Du kannst dich zu Marcel transportieren und mit Verstärkung zurück sein, bevor sie mich überwältigen. Aber darüber müssen wir heute Abend nicht reden. Heute wollen wir mehr darüber herausfinden, wie unsere Partnerschaften funktionieren."

Raymond nickte, während sie sich dem Café näherten. Es war jetzt weder die Zeit noch der Ort, darüber zu reden. Aber zu seiner Überraschung stellte er fest, dass er Jean bei einem Angriff niemals allein zurücklassen könnte, selbst wenn es um sein eigenes Leben ging. Er hatte solche Gefühle nicht erwartet, schon gar nicht einem Vampir gegenüber, aber das Schicksal hatte offensichtlich anderes mit ihm vor gehabt. Raymond nahm sich also vor, wachsam zu bleiben, so wie immer. Er wollte sich nicht darauf verlassen, dass Lombard geschickt genug war, keine dunklen Magier auf ihre Spur zu bringen. Es ging nicht nur um sein eigenes Leben, er musste jetzt auch an Jean denken. Sein Vampir würde die Folgen jeder Nachlässigkeit oder Fehlentscheidung mittragen müssen. Dazu durfte es nicht kommen.

„Er ist schon da", flüsterte Jean, als sie das kleine Café betraten. Vor einigen Tagen hätte Raymond sich noch darüber amüsiert, wie Jeans Verhalten sich in der Gegenwart des älteren Vampirs veränderte. Der selbstbewusste, manchmal sogar arrogante Chef de la Cour, den Raymond kennengelernt hatte, war mit einem Schlag verschwunden. An seine Stelle war ein nervöser, angespannter Soldat getreten, der seinem General gegenüberstand. Raymond sah sich in dem Café um und sein Blick fiel auf einen distinguierten, älteren Herrn, dessen Miene nicht zu dem hohen Alter zu passen schien, das die Falten in seinem Gesicht und die weißen Haare verrieten. Raymond konnte Jeans Nervosität plötzlich besser verstehen.

Jean führte Raymond zu dem Tisch, wo sie höflich stehen blieben. „Das ist mein Partner, Raymond Payet", stellte Jean ihn vor. „Und das ist mein Mentor, Christophe Lombard."

Christophe erhob sich von seinem Stuhl und bot Raymond seine elegante Hand zur Begrüßung an. Raymond schüttelte ihm die Hand und versuchte, sich seine Nervosität nicht anmerken zu lassen. „Christophe bitte. Es ist mir ein Vergnügen, dich kennenzulernen", sagte Christophe. „Jean hat mir berichtet, dass wir beide die Liebe zu Büchern teilen."

„Das hat er mir auch gesagt", erwiderte Raymond und nahm an dem Tisch Platz, als Christophe sich wieder setzte. Jean blieb verlegen neben dem Tisch stehen.

„Oh, nun setz dich doch, Jean", sagte Christophe seufzend. „Du kannst manchmal wirklich sehr anstrengend sein, mein Junge."

Jean ließ sich auf den Stuhl fallen wie ein kleiner Schuljunge, der eine Rüge bekommen hatte. Raymond konnte nur mit Mühe sein Amüsement verbergen. Er und Jean waren jetzt ein Team, aber solange ihre Partnerschaft noch auf etwas wackeligen Füßen stand, wollte er sich nicht auf Kosten seines Partners über ihn lustig machen.

„Ich habe mir heute schon einige Texte durchgelesen", sagte Christophe zu Raymond. „Wenn du nichts dagegen hast, möchte ich dir einige Fragen stellen. Sie sind etwas persönlich, aber das lässt sich nicht vermeiden, denn die Partnerschaften zwischen Magiern und Vampiren scheinen sehr persönlicher Natur zu sein."

„Ich werde sie so gut wie möglich beantworten", versprach Raymond. „Ich möchte, so wie du auch, mehr über die Natur der Partnerschaften erfahren."

„Das kann ich mir gut vorstellen", erwiderte Christophe mit einem Lächeln.

„Was möchtest du wissen?", fragte Raymond, um das Gespräch in Gang zu setzen.

„Ich habe einige Ideen", erklärte Christophe. „Als ich mich mit Mireille und ihrer Partnerin, Caroline, unterhalten habe, beschrieben die beiden mir eine Art von Verbindung oder Kompatibilität, die sich zwischen ihnen entwickeln würde. Mireille erwähnte sogar eine gewisse Anziehung, die sie zurück an Carolines Seite brachte, nachdem sie getrennt worden waren. Hast du ähnliche Gefühle gehabt?"

Raymond lachte leise. „Unsere Partnerschaft war zu Beginn nicht die beste", gab er zu. „Es ist mir schwergefallen, mich mit den Erfordernissen der Allianz abzufinden ..."

„Wir haben beide Fehler gemacht", unterbrach Jean, der nicht zulassen wollte, dass Raymond die Verantwortung für ihre Probleme allein auf seine Schultern nahm. „Ich bin mir nicht sicher, ober wir die besten Ansprechpartner für diese Frage sind."

Christophe zog wortlos eine Augenbraue hoch. „Was ist euch sonst aufgefallen?", änderte er das Thema.

„Vielleicht sind wir gerade deshalb die besten Ansprechpartner", sagte Raymond zu Jean. „Wenn wir Alain und Orlando fragen würden, wäre es so gut wie unmöglich, anhand ihrer Antwort zu unterscheiden, welche Gefühle auf die Natur der Partnerschaft und welche auf die persönliche Anziehung zwischen den beiden zurückgehen. Nach unserem holprigen Anfang können wir ziemlich sicher davon ausgehen, dass unsere Gefühle damit zusammenhängen, wie meine Magie dich beschützt." Er drehte sich zu Christophe um. „Selbst als ich auf Jean und die ganze Allianz noch wütend war, habe ich immer wieder seine Nähe gesucht."

„Und wenn er sich zu lange Zeit gelassen hat, bin ich fast jedes Mal zu ihm gegangen", fügte Jean hinzu.

„Dann gehört es noch dazu, eifersüchtig zu werden und Exklusivität zu verlangen", fuhr Raymond fort. „Am Anfang wollte ich aus unterschiedlichen Gründen nicht von Jean gebissen werden. Aber es störte mich trotzdem sehr, wenn er andere Menschen gebissen hat. Als ich es dann sogar mitansehen musste ..." Er schüttelte sich und verstummte.

„So war es nicht gewesen", korrigierte Jean schnell, als er die Missbilligung in Christophes Miene erkannte. „Wir haben einen festgenommenen Magier verhört und hielten es für eine gute Idee, in Erfahrungen zu bringen, ob seine Antworten ehrlich gemeint sind. Ich habe nur einige Tropfen Blut geschmeckt, um in sein Herz zu sehen. Mehr war es nicht."

Raymond spürte, wie unangenehm Jean das Thema war. Schnell nahm er den Faden wieder auf. „Wir haben das Problem jetzt gelöst und einen Vampir gefunden, der noch keinen Partner hat. Er hilft uns bei den Verhören. Wir mussten vieles durch Versuch und Irrtum lernen, deshalb ist es uns so wichtig, mehr zu erfahren. Je mehr wir wissen, umso weniger Fehler machen wir."

„Das ist richtig", stimmte Christophe zu. „Wie gesagt, ich habe einiges gelesen und es hat mich auf Ideen gebracht, die wir verfolgen sollten. Aber bevor ich meinen Schlussfolgerungen allzu viel Vertrauen schenke, muss ich mehr über die Natur von Magie erfahren. Wie definieren die Magier ihre Macht und was wissen sie über ihre Wirkung?"

„Die Natur der Magie", wiederholte Raymond lachend. „Wie viel Zeit hast du mitgebracht? Ich habe mein ganzes erwachsenes Leben damit verbracht, Magie zu studieren. Je mehr ich darüber lerne, umso mehr wird mir klar, wie wenig ich eigentlich weiß."

Christophe lachte ebenfalls. „So geht es mir auch, wenn ich über die Natur der Vampire nachdenke. Erkläre mir, was du gelernt hast."

„Wo soll ich da anfangen ...", überlegte Raymond. „Wir bringen den jungen Magiern bei, dass es einen Unterschied gibt zwischen elementarer Magie als externer Kraft oder Macht, und der Magie, die wir durch unsere Beschwörungen und andere Hilfsmittel, wie den Stab, bewirken. Die Elementarkräfte existieren unabhängig von uns. Sie sind weder gut noch böse. Sie werden durch behutsame Nutzung und unsere eigene Anwendung der Magie im Gleichgewicht gehalten. Wir achten streng darauf, ihnen wieder so viel Energie zuzuführen, wie wir ihnen für andere Zwecke entziehen. Die andere Form der Magie ist eine interne Magie, die durch unser eigenes Verhalten ausbalanciert wird. Es gibt dunkle Beschwörungen, die nur dem Zweck dienen, Schaden anzurichten. In letzter Zeit ist, besonders durch den derzeitigen Krieg, der Begriff ‚dunkle Magie' sehr populär geworden. Aber Magie selbst kann nicht dunkel sein, sie kann nur zu dunklen Zwecken genutzt werden. Das Problem ist, dass wir durch den Krieg unsere ganze Energie zum Kämpfen brauchen. Es bleibt nicht mehr genug übrig, um die Elementarkräfte im Gleichgewicht zu halten, indem wir ihnen Energie zurückgeben. Gegenwärtig sind wir machtlos, etwas dagegen zu tun. Die öffentliche Debatte läuft gegen uns. Wir Magier wissen, dass das Ungleichgewicht von Tag zu Tag größer wird. Aber es ist schwer, die Menschen davon zu überzeugen, dass sie ihre Gewohnheiten ändern müssen. Es ist nur noch eine Frage der Zeit, bis es in der natürlichen Umwelt zu Chaos und Zerstörung führt."

„Eine externe Macht", wiederholte Christophe. „Ist sie begrenzt?"

„Am besten vergleicht man sie vielleicht mit Erdöl. Es ist begrenzt, aber erneuerbar, wenn auch sehr langsam. Es ist eine der Aufgaben der Magier, dieser Elementarmacht wieder so viel Energie zuzuführen, wie wir ihr entziehen. So bleibt alles im Gleichgewicht. Das Problem ist, dass wir ihr durch unseren Kampf mehr Energie entziehen, als wir ihr zurückgeben. Viele unserer potentiellen Verbündeten halten unsere Sorgen für übertrieben. Für sie ist die Elementarmacht eine scheinbar unerschöpfliche Ressource. Aber das ist meines Erachtens nach ein Trugschluss."

Christophe nickte. „Ist diese Macht ... hat sie ein Bewusstsein?"

Raymond runzelte die Stirn. „Was meinst du damit?"

„Könnte diese Elementarmacht selbst handeln oder Handlungen veranlassen, die zu ihrer Erneuerung beitragen?", formulierte Christophe seine Frage neu. Bevor Raymond ihm eine Antwort geben konnte, bemerkte er den gelangweilten Ausdruck in Jeans Gesicht. „Du musst nicht bleiben Jean. Wir können unser Gespräch auch ohne dich fortsetzen."

Jean sah Raymond fragend an. Er teilte die Faszination der beiden Männer mit ihrem Thema nicht und fand die Unterhaltung ausgesprochen uninteressant, aber er wollte Raymond auch nicht einfach allein zurücklassen.

„Es ist schon gut", sagte Raymond leise. „Komm in einer Stunde zurück. Ich warte hier auf dich."

Jean musste an ihr Gespräch über Serrier und dessen Absichten mit Raymond denken. „Und wenn ihr früher fertig seid? Ich will dich hier nicht allein lassen."

„Ich warte mit deinem Partner, bis du wieder zurückkehrst", mischte sich Christophe ein.

„In diesem Fall überlasse ich euch eurem Gespräch", entschied Jean und erhob sich von seinem Stuhl.

Nachdem Jean das Café verlassen hatte, wandte Christophe sich wieder Raymond zu. „Er ist ein guter Vampir, aber die Wissenschaft liegt ihm nicht sonderlich."

Raymond lachte. „Das Gleiche könnte man über die meisten meiner Kollegen auch sagen." Er wurde wieder ernst und dachte über Christophes Frage nach. „Ihre eigene Erneuerung veranlassen", überlegte er laut. „Ich habe noch nie darüber nachgedacht. Wir wenden so viel Energie auf, um das Gleichgewicht zu erhalten, aber es stimmt ... Sie muss es eigentlich können, denn sonst wäre die Welt aus dem Gleichgewicht geraten und hätte sich selbst zerstört, als die Magier noch nicht gelernt hatten, diese Aufgabe zu übernehmen. Es ist eine interessante Frage. Ich nehme an, es gibt einen konkreten Grund, warum du das wissen willst?"

„Symbiose", sagte Christophe. „Meine Idee ist, dass die Partnerschaften symbiotisch sind, sodass sie den Vampir vor der Sonne schützen und den Magier vor den Folgen des Blutverlusts. Und so, wie ihr es mir berichtet habt, scheint diese Symbiose sich selbst zu verstärken. Sie weckt den Beschützerinstinkt der Vampire und macht sie besitzergreifend, sodass sie die Partnerschaft selbst gegen Widerstände aufrechterhalten wollen. Und du hast selbst gesagt, dass du Jeans Nähe gesucht hast, obwohl du lieber wo anders gewesen wärst. Das ist keine interne Magie, das ist die Wirkung einer externen Macht. Du hast mir die Elementarmacht als eine Einheit beschrieben und ich frage mich, ob die Partnerschaften dazu geschaffen wurden, das Fortbestehen dieser Einheit zu sichern."

„Ich kann mir gut vorstellen, warum dieses Wissen möglicherweise unterdrückt wurde und in Vergessenheit geriet", meinte Raymond. „Viele Magier hätten sich wahrscheinlich durch diese Wirkung einer externen Macht genötigt gefühlt."

„Ist es wirklich Nötigung?", wollte Christophe wissen. „Oder ist es die inhärente Magie jedes individuellen Magiers, die ihn den richtigen Vampir wählen lässt, unabhängig von ihren äußeren Unterschieden?"

„Alain und Orlando haben sich schon zueinander hingezogen gefühlt, bevor sie den Bund eingegangen sind. Sie sind die einzigen, deren Partnerschaft sich natürlich entwickelt hat. Alle anderen sind das Ergebnis einer bewusst durchgeführten Reihe von Versuchen. Wir wissen nicht, wie die Dinge sich ohne dieses Experiment entwickelt hätten. Ich hätte mich von Jean sicher nicht beißen lassen, weil ich eine tief sitzende Angst vor Vampiren habe. Mit Jeans Persönlichkeit und Aussehen hätte diese Entscheidung nicht das Geringste zu tun gehabt."

„Wie sieht es mit den anderen Paaren aus?", fragte Christophe.

„Bei den meisten scheint es eine gewisse gegenseitige Sympathie zu geben. Du hast Caroline und Mireille schon erwähnt, bei denen das der Fall ist, und für Alain und Orlando trifft es erst recht zu. Aber mir sind ein oder zwei Paare aufgefallen, die nicht so recht zusammen passen. Adèle ist eine sehr moderne, unabhängige Frau. Ich habe den Eindruck, dass ihr Partner – er heißt Jude, soweit ich mich erinnere – damit ein großes Problem hat", erwiderte Raymond nachdenklich.

„Jude hat mit allem ein Problem, wenn es nicht mindestens vierhundert Jahre alt ist. Er und einige seiner Freunde weigern sich standhaft, die Zeit ihrer Erschaffung hinter sich zu lassen", erklärte Christophe.

„Warum dann die Partnerschaft mit Adèle? Warum sollte sich ihre inhärente Magie einen Partner gesucht haben, der so wenig zu ihr passt? Ich kann mir Alain und Orlando zusammen vorstellen. Auch Thierry und Sebastien passen zueinander. Selbst auf Jean und mich trifft das zu, soweit ich überhaupt zu einem Vampir passen kann. Aber Jude und Adèle? Warum ist Jude nicht der Partner von David Sabatier, der auch ein eher konservativer Mensch ist?"

„Das könnte mit der Natur der Symbiose zusammenhängen. Wenn sie nur praktischen Zwecken dienen sollte, hättest du recht. Aber die Partnerschaften haben ihren Ursprung nicht erst in eurer Allianz. Wenn meine Vermutung über Merlin und den Vampir zutrifft, sind sie ein weitaus älteres Phänomen. Es geht nicht nur darum, zusammen zu arbeiten, es geht offensichtlich auch darum, zusammen zu leben. Wie ist Davids Verhältnis zu Männern?", wollte Christophe wissen.

„Meinst du das in sexueller Hinsicht?", fragte Raymond nach. Als Christophe nickte, fuhr er fort: „Soweit es mir bekannt ist, hat er bisher nur Beziehungen zu Frauen gehabt."

„Das Gleiche gilt auch für Jude. Er zieht zwar die Gesellschaft von Männern vor, aber in sein Bett lässt er nur Frauen. Eine Partnerschaft zwischen ihm und David würde nur der Allianz nützen, aber die symbiotische Beziehung nicht fördern."

„Adèle und Jude kann ich mir allerdings auch nicht als Geliebte vorstellen", sagte Raymond lachend. „Sie können es kaum ertragen, sich im gleichen Raum aufzuhalten."

„Vielleicht werden sie sich gegenseitig beeinflussen und zügeln", überlegte Christophe. „Du hast noch von einem zweiten Paar gesprochen, das nicht zusammenpasst."

„Angélique und David."

„Ah ja", sagte Christophe lächelnd. „Die liebliche Angélique. Das Äußere eines Menschen kann sehr trügerisch sein. Sie ist wahrscheinlich die gewiefteste Geschäftsfrau unter allen Vampiren von Paris. Sie sieht aus, als würde sie in den Harem eines Sultans gehören, und tatsächlich war sie dort auch, als sie umgewandelt wurde. Aber darunter liegt eine erbarmungslos praktische Natur verborgen. Es scheint mir, als hätte David sie falsch eingeschätzt. Wenn er ihre wirkliche Persönlichkeit kennenlernt, wird er seine Meinung vielleicht revidieren."

„Vielleicht", gab Raymond zu. „Die Partner finden sich also aufgrund von inhärenten Eigenschaften, die sich gegenseitig ergänzen. Die symbiotische Natur der Partnerschaft führt dann zu einem gewissen Level an Intimität, der wiederrum die Symbiose verstärkt. Das hört sich vernünftig und logisch an. Magie muss sich regenerieren und ausbalanciert werden. Wenn die Partnerschaften dabei helfen, würde das vieles erklären. Aber ich kann nicht erkennen, wo der Vorteil für die Magier liegen sollte. Die Vampire werden immun gegen Sonnenlicht und die Allianz profitiert von neuen Verbündeten. Welche persönlichen Vorteile haben die Magier von der Partnerschaft mit einem Vampir?"

Christophe grinste anzüglich. „Du hast offensichtlich noch nie einen Vampir zum Geliebten gehabt. Du kannst dir nicht vorstellen, welche Auswirkungen unsere Instinkte auf unsere Leidenschaft haben. Wenn ein Vampir dich auserwählt, wird es dir in deinem Leben nie wieder an etwas fehlen. Wir stellen das Objekt unserer Leidenschaft auf ein Podest. Unsere gesamte Existenz dreht sich nur noch um die Dinge oder die Personen, denen unsere Zuneigung gilt. Für mich sind es die Bücher. Für den jungen Orlando wird es sein Avoué sein. Für Angélique ist es ihr Geschäft. Für Jean war es bisher Orlando. Er war zwar nicht sexuell an ihm interessiert, aber seine ganze Welt hat sich darum gedreht, dem Jüngling zu helfen, sich von seiner Vergangenheit zu erholen. Gib deinem Freund Alain eine Woche Zeit und frage ihn dann, ob er jemals in seinem Leben so gut behandelt worden ist. Frag ihn, ob der

Aveu de Sang jemals wieder lösen würde, wenn er es könnte. Er wird es verneinen, und es wird nicht die Magie sein, die aus ihm spricht."

„Du bist dir deiner Sache sehr sicher", sagte Raymond erstaunt. Die Vorstellung war ihm in der Tat fremd. Aber dennoch – selbst als er die Allianz und alles, was sie von ihm verlangte, noch hasste, hatte er unweigerlich Jeans Nähe gesucht. Und jetzt, wo sie ihre Missverständnisse ausgeräumt hatten, stellte sich die Frage, wie Raymond in Zukunft auf diese Anziehung zwischen ihnen reagieren würde. Christophe hatte die symbiotische Natur der Partnerschaften als einen Bund auf Lebenszeit bezeichnet. Würde sich dieser Bund mit einer reinen Arbeitsbeziehung oder einer tiefen Freundschaft zufriedengeben? Raymond wollte nicht darüber nachdenken. Er kämpfte immer noch mit seinem Problem, sich von Jean beißen zu lassen, um der Allianz zu dienen. Es würde noch sehr lange dauern, bevor er sich einen Vampir als Geliebten auch nur ansatzweise vorstellen konnte.

„Ich habe fast zweitausend Jahre Erfahrung mit Vampiren und der Natur ihrer Kontakte zu Sterblichen. Ich habe in dieser Zeit nur sehr wenige Vampire getroffen oder von ihnen gehört, die sich nicht so verhalten hätten, wie ich es dir beschrieben habe. Unsere Umwandlung schenkt uns nahezu ewiges Leben, und wenn wir etwas finden, das uns glücklich macht, drängt uns unser Instinkt dazu, es zu bewahren. Ich habe oft erlebt, dass Menschen sich durch diesen Instinkt nach ihrer Umwandlung komplett verändert haben. Sie haben sich von gleichgültigen Bestien in erbitterte Beschützer verwandelt. Sie hatten immer noch keine Hemmungen, mit Gewalt gegen alles und jeden vorzugehen, das ihren Schatz bedrohte; aber diese Auserwählten hatten das beste Leben, das ihre Beschützer ihnen bieten konnten. Es gibt nur wenige Ausnahmen von dieser Regel und ich habe nie verstanden, aus welchen Gründen diese Vampire von ihrem Instinkt im Stich gelassen wurden. In den meisten Fällen reicht die Androhung, sie aus der Gemeinschaft der Vampire auszustoßen, um sie im Griff zu halten. Aber ich kenne auch einen Fall, bei dem selbst das nicht gewirkt hat. Dieser Vampir ist vernichtet worden. Ich bedaure nur, dass er vor seiner Vernichtung noch so viel Schmerz und Pein verursachen konnte." Christophe erwähnte Thurloes Namen nicht, gab Raymond auch keinen Hinweis darauf, dass er sich mit seiner Geschichte auf Orlandos Schöpfer bezog. Orlando musste selbst entscheiden, wen er in seine Geheimnisse einweihte. Aber selbst nach über hundert Jahren spürte Christophe noch die Wut in sich aufsteigen, wenn er sich daran erinnerte.

„Dann kann die Umwandlung also schiefgehen?", fragte Raymond.

„Das kann sie offensichtlich. Aber die wenigen Fälle, die ich in zweitausend Jahren erlebt habe, zeigen, dass es eine sehr seltene Ausnahme ist."

„Es sind aber nur die Fälle, über die du Bescheid weißt", warf Raymond ein.

„Zugegeben", meinte Christophe. „Aber wie viele Magier kennst du, die auf die dunkle Seite gewechselt sind?"

„Touché", sagte Raymond kopfschüttelnd.

„Wir haben beide viel studiert und gelernt. Ich kenne keine zuverlässigen Berichte über andere Fälle, in denen Vampire Menschen misshandelt oder getötet haben. Jedenfalls nicht, seit wir zivilisiert genug sind, unsere Opfer nicht mehr nach jedem Biss zu töten."

„Ich kannte einen jungen Mann, der von einem Vampir getötet wurde", gestand Raymond und erzählte ihm die Geschichte, die sich in seinem Heimatdorf zugetragen hatte.

„Kannst du dich an den Namen des Vampirs erinnern?", fragte Christophe neugierig.

„Ich glaube, er hieß Edouard", sagte Raymond. „Seinen Nachnamen habe ich nie erfahren."

Christophe runzelte die Stirn. „Ich wüsste nicht, dass ein Vampir mit diesem Namen sich derzeit in Paris aufhält. Aber ich werde sehen, was ich in Erfahrung bringen kann. Die Gemeinschaft der Vampire lehnt die Tötung von Sterblichen grundsätzlich ab. Es ist nicht gut für unsere Reputation und macht unser Leben noch schwieriger, als es unter normalen Umständen schon ist. Wenn ein Vampir gegen diese Regel verstößt, muss Jean davon erfahren."

„Warum Jean?", wollte Raymond wissen. „Warum nicht du?"

„Ich habe ihm mein Amt als Chef de la Cour übergeben, als er dessen würdig war. Ich habe mit meiner Zeit besseres vor. Ich habe Bücher, die ich noch lesen will. Ich will noch so viel lernen und studieren. Ich habe keine Zeit für solche Kleinigkeiten, die den größten Teil der Pflichten ausmachen, die Jean jetzt wahrnimmt. Würdest du Chaviniers Position übernehmen wollen?"

Raymond lachte laut über den Vorschlag. „Das wird niemals geschehen. Sie werden niemals vergessen, dass es eine Zeit gab, in der ich auf Serriers Seite gestanden habe, sei sie auch noch so kurz gewesen. Eher gewinne ich eigenhändig diesen Krieg, als dass ich jemals eine führende Position in der Milice übernehme. Ich bin nur dabei, weil Marcel darauf bestanden hat. Die anderen würden mich lieber tot sehen."

„Dann hast du vielleicht jetzt die Möglichkeit, deinen Wert als Verbündeter zu beweisen", sagte Christophe. „Vielleicht hilft es ihnen, zu erkennen, welchen Wert Wissen hat – egal, welcher Art es ist."

„Das können wir nur hoffen", erwiderte Raymond inbrünstig.

12

ANTONIO HOB den Kopf und spuckte das Blut aus. Sie hatten die dunklen Magier alle befragt und er konnte mittlerweile verstehen, warum Jean ihr übelschmeckendes Blut nicht hatte schlucken wollen. Ihm drehte sich beinahe der Magen um, obwohl er es nur auf der Zunge geschmeckt hatte. „Er lügt", sagte er, nachdem er auch noch den letzten Rest Blut aus seinem Mund losgeworden war.

„Dir ist doch klar, dass du deine Lage mit jeder Lüge, die er in dir schmeckt, nur verschlimmerst?", fragte Alain Pacotte.

„Du glaubst doch nicht wirklich, dass ich sie irgendwie verbessern könnte, oder?", fragte Pacotte mit einem bitteren Lachen zurück. „Ihr habt doch schon längst über mich gerichtet und mich verurteilt. Wenn ich euch mehr sagen würde, würdet ihr mich trotzdem hinrichten. Warum also?"

Thierry gab Pacotte eine Ohrfeige, die ihn vom Stuhl warf. „Um mich glücklich zu machen", knurrte er.

Alain wollte gerade nach Thierry greifen, um ihn zu beruhigen, als Orlando plötzlich wankte und zusammenbrach. Alain schrie seinen Namen und fing ihn auf.

„Mist!", sagte Thierry und band Pacotte mit einer Beschwörung, damit der dunkle Magier nicht mehr mitbekam, was vor sich ging. „Was ist los?"

Er bekam keine Antwort. Alain hielt Orlando in den Armen und wiegte ihn sanft hin und her. Die beiden anderen Vampire beugten sich besorgt über sie. „Was ist mit ihm passiert?", wollte Alain wissen. In seiner Stimme klang Panik mit. Wieder und wieder rief er Orlandos Namen, um ihn aus seiner Bewusstlosigkeit zu wecken.

„Wann hat er das letzte Mal getrunken?", fragte Sebastien.

„Gestern früh." Alain ließ Orlando nicht aus den Augen. Er beantwortete Sebastiens Frage, weil der Vampir vielleicht helfen konnte. Aber seine ganze Aufmerksamkeit galt seinem Vampir, seinem Geliebten.

„Und wann seid ihr den Aveu de Sang eingegangen?", wollte Sebastien noch wissen.

„Am Tag davor."

„Dann wundert es mich nicht, dass er das Bewusstsein verloren hat. Er braucht Nahrung", erklärte Sebastien. „Hat euch denn niemand etwas über den Aveu beigebracht?"

„Er hat gesagt, dass er nur alle zwei bis drei Tage trinken muss", erwiderte Alain aufgeregt. Er war mehr als bereit, Orlando sein Blut zu geben. Aber er war besorgt darüber, wie abhängig Orlando davon war.

„Normalerweise stimmt das", meinte Sebastien. „Aber diese Situation ist nicht normal. Durch den Aveu de Sang muss er mehr trinken, zumindest anfänglich. Mit der Zeit wird sich das ändern und dann kann er es bis zu zwei Wochen ohne Blut aushalten. Es dauert allerdings, bis es soweit ist. Am Anfang muss er mindestens einmal täglich trinken." Sebastien dachte kurz nach. „Der Schutz vor der Sonne hält vielleicht auch nicht so lange an. Diese Frage hat sich mir damals nicht gestellt."

Thierry war Sebastien einen scharfen Blick zu und nahm sich vor, ihn sobald wie möglich dazu zu befragen. Doch jetzt mussten sie sich erst um Orlando kümmern.

„Was soll ich tun?", fragte Alain. Er hatte sich wieder etwas beruhigt, nachdem er die Ursache für Orlandos Zustand kannte. „Er ist bewusstlos. Er kann mich nicht beißen."

„Gibt es hier einen Raum, in dem ihr etwas Privatsphäre habt? Dort kannst du dich stechen oder schneiden, es muss nicht sehr tief sein. Dann streichst du das Blut auf seine Lippen. Der Geschmack wird ihn aufwecken und er kann mehr trinken", versicherte ihm Sebastien.

„Geh in unser Büro", schlug Thierry vor. „Dort wird euch niemand stören. Ich bleibe hier und niemand erfährt von eurer Abwesenheit."

Alain nickte und hob Orlando vom Boden hoch. „Du musst uns transportieren. Ich will ihn so nicht durch den Flur tragen, und meine Magie wirkt bei ihm nicht."

Thierry nickte und zog seinen Stab. Er sprach laut und deutlich, damit Alain sich auf die Wirkung des Spruches und den Transport vorbereiten konnte. Nachdem Alain und Orlando aus dem Zimmer verschwunden waren, sah er den dunklen Magier an, der teilnahmslos auf seinem Stuhl saß. Mit einer schnellen Handbewegung schickte er Pacotte in seine Zelle zurück und wandte sich Sebastien zu. „Du scheinst recht viel über diesen Aveu de Sang zu wissen."

„Stimmt", erwiderte Sebastien. Er wollte noch nicht mit Thierry darüber sprechen. „Ich weiß einiges darüber."

Antonio konnte die angespannte Atmosphäre spüren und hielt es für besser, die beiden jetzt allein zu lassen. „Meine Herren", sagte er. Thierry und Sebastien würdigten ihn keines Blickes. „Es wird spät und ich muss vor der Dämmerung noch trinken. Ich muss den üblen Geschmack in meinem Mund loswerden. Wenn ihr mich also bitte entschuldigen würdet ..." Antonio war seine spanische Herkunft jetzt deutlich anzuhören, denn das Unwohlsein, das er in der Gegenwart der beiden empfand, hatte seinen Akzent verstärkt.

Sebastien und Thierry nickten zwar, ließen sich aber nicht aus den Augen. Antonio schlüpfte aus dem Zimmer und zog die Tür hinter sich ins Schloss.

„Es hat sich aber angehört, als ob du mehr darüber wüsstest", sagte Thierry, als sie endlich allein waren. Er war sich nicht sicher, ob er wirklich etwas über einen Avoué in Sebastiens Vergangenheit hören wollte. Er hatte erlebt, wie eng die Verbindung zwischen Alain und Orlando schon nach wenigen Tagen war. Er wollte sich – aus welchen Gründen auch immer – nicht vorstellen, dass Sebastien für einen anderen Mann ähnlich tiefe Gefühle empfunden hatte. Oder sogar immer noch empfand. „Es hat sich verdammt nach persönlicher Erfahrung angehört."

Sebastien wollte nicht über Thibault reden. Mit niemandem. Er hatte nicht mehr über ihn gesprochen, seit Thibault vor fast vierhundert Jahren gestorben war und ihn verlassen hatte. Wie automatisch griff er in die Jackentasche nach dem Medaillon. Vielleicht war jetzt der Zeitpunkt für ihn gekommen, sein Schweigen zu brechen. „Es ist eine persönliche Erfahrung", sagte er bedächtig. „Ich hatte vor langer Zeit auch einen Avoué."

Thierry konnte den Schmerz in Sebastiens Stimme hören. Er berührte ihn auf eine Weise, die er nicht benennen wollte. Es war noch zu früh, um über eine neue Beziehung nachzudenken, auch wenn Thierrys Herz dazu eine andere Meinung hatte und nach Sebastien verlangte. „Möchtest du darüber reden?", fragte er Sebastien.

„Eigentlich nicht", erwiderte Sebastien mit einem harschen, erzwungenen Lachen. „Aber du solltest es erfahren."

Thierry hob die Hand. „Es ist deine Entscheidung", versicherte er dem Vampir. „Ich habe nicht das Recht, dich über persönliche Dinge zu befragen." Er wünschte, dem wäre nicht so. Er wünschte, er hätte jedes Recht, alles über Sebastien zu wissen. Aber das wollte er nicht laut sagen. Jetzt noch nicht und vielleicht niemals. Es wäre Sebastien gegenüber nicht fair.

Sebastien ging auf die Bemerkung nicht ein. Er wollte Thierry nicht sagen, dass er ihm dieses Recht gerne eingestehen würde. Es war noch zu früh dazu und Thierry würde es nicht hören wollen. „Sein Name war Thibault. Im Gegensatz zu den meisten seiner Freunde hatte er keine Angst davor, dass ich ein Vampir war. Ich habe später erfahren, dass er schon vor mir einen Vampir gekannt hat und ihn von seinem Blut trinken ließ. Aber Thibault entschied sich für mich. Ich habe mich sofort in ihn verliebt. Der Geschmack seines Blutes war unvergleichlich." Und das war er auch geblieben – jedenfalls, bis Sebastien von Thierrys Blut getrunken hatte. Aber auch das sagte Sebastien nicht laut, denn dafür war es noch zu früh. „Wir waren bis zu seinem Tod zusammen."

„Du vermisst ihn immer noch, nicht wahr?", fragte Thierry, der noch nicht wusste, was er mit dieser neuen Information anfangen sollte.

„Sein Tod hat eine Leere in mir hinterlassen, die seitdem durch nichts gefüllt werden konnte." Er fügte nicht hinzu, dass Thierry viel dazu beigetragen hatte, das zu ändern, auch wenn der Magier Thibault niemals ersetzen konnte. Es war zu früh, an eine Beziehung mit Thierry zu denken, der selbst gerade erst einen geliebten Menschen verloren hatte. Noch so eine Sache, über die sie nicht reden konnten. Sebastien fragte sich, ob sie dieser Zwickmühle jemals entkommen würden. Sie konnten zusammen arbeiten, aber sie schienen die Hindernisse nicht überwinden zu können, die einer Freundschaft und – vielleicht – mehr als einer Freundschaft im Wege standen.

Thierry wusste nicht, wie er auf Sebastiens letzte Bemerkung antworten sollte. Er konnte ihm nicht anbieten, diese Leere zu füllen. Er wusste, was Trauer und Leid bedeuteten. Er hatte es schon vor Aleth' Tod erfahren, als er erleben musste, wie schwer Henris Tod Alain getroffen hatte und als ein ehrenwerter Mann wie Eric die Seiten wechselte. Trotzdem war Thierry sich nicht sicher, ob seine eigene Trauer um Aleth mit Sebastiens Verlust vergleichbar war. Er und Aleth hatten sich schließlich schon vor ihrem Tod getrennt, und während er selbst noch mit Liebe an ihre gemeinsame Zeit zurückdachte, wusste er nicht, was Aleth zuletzt noch für ihn empfunden hatte. Ihre Gefühle schienen sich nach dem Ausbruch des Krieges verändert zu haben. Es war ihm aufgefallen, aber er hatte es nicht akzeptieren wollen. Vielleicht hätte selbst das Ende des Krieges ihre Ehe nicht mehr retten können. Aleth war erst vor wenigen Tagen gestorben, ihre Ehe jedoch schon vor zwei Jahren.

„Ich weiß nicht, wie ich dir darauf antworten soll, ohne dass es sich gefühllos anhört", sagte Thierry schließlich. „Wenn ich Alain und Orlando Glauben schenken darf, ist der Aveu de Sang so etwas ähnliches wie eine Ehe. Ich kenne Menschen, die nach dem Tod ihres Partners wieder geheiratet haben. Hast du jemals darüber nachgedacht, einen neuen Avoué zu finden?" Warum hatte er das gefragt? Thierry wollte mit Sicherheit nicht, dass Sebastien einen anderen fand, und er selbst kam nicht in Frage. Jedenfalls nicht so kurz nach Aleth' Tod. Vielleich nie.

Sebastiens erste Reaktion war Wut, aber dann erkannte er, dass Thierry nicht absichtlich grausam war. „So funktioniert das nicht", sagte er. Sebastien wusste nicht, wie er die Komplexität des Aveu de Sang richtig beschreiben sollte. „Bei Sterblichen gibt es diese Erwartung, dass sie irgendwann heiraten und eine Familie gründen, dass sie bis an ihr Lebensende zusammenbleiben. Bei uns ist das anders. Die Lebenszeit eines Sterblichen ist für uns nur ein Wimpernschlag. Ich habe fünfzig Jahre mit Thibault verbracht, aber ich war über fünfhundert Jahre lang allein. Ich bin diesen Bund einmal eingegangen, als ich noch ein sehr junger Vampir war. Ich habe mich nach Gemeinschaft und Liebe gesehnt, nachdem ich alle anderen Menschen in meinem Leben verloren hatte. Wir hatten fünfzig wundervolle Jahre zusammen. Ich würde es jederzeit wieder tun. Jetzt muss ich allerdings damit leben, ihn verloren zu haben. Ich weiß nicht, ob ich diese Erfahrung ein zweites Mal ertragen könnte."

Über fünfhundert Jahre allein. Thierry hörte die Resignation in Sebastiens Stimme, der sich mit seinem Schicksal abgefunden zu haben schien. Er hätte den Vampir am liebsten in die Arme genommen, wusste aber nicht, wie Sebastien darauf reagiert hätte. Aber der Impuls in Thierry war da, und er war so stark, dass er ihm kaum widerstehen konnte. Er wollte nicht darüber nachdenken, was hinter diesem Bedürfnis stand, Sebastien trösten zu wollen.

„Es tut mir leid", sagte er hilflos. Die Worte beschrieben nicht ansatzweise seine wahren Gefühle. Sie waren auch nicht das, was Sebastien ohne Zweifel brauchte. „Ich wünschte, ich könnte dir helfen."

Thierrys unpersönliche Worte trafen Sebastien ins Mark und er musste sich anstrengen, einen neutralen Ausdruck zu wahren. Der Magier fühlte die Verbindung durch ihre Partnerschaft offensichtlich nicht so stark, wie sie ihm selbst seit dem ersten Tropfen von Thierrys Blut vorgekommen war. Er unterdrückte mit Mühe ein Seufzen. Sebastien hätte gern eine Chance gehabt, Thierrys Zuneigung zu gewinnen. Aber das sollte wohl nicht sein und er musste sich damit begnügen, dass sie Freunde sein konnten.

Thierry fühlte sich zunehmend unwohl und brach das peinliche Schweigen zwischen ihnen. „Ich denke, wir sollten jetzt Marcel Bericht erstatten. Er muss wissen, was passiert ist." Es machte ihm Sorgen, dass sie von den gefangenen Magiern keine verwertbaren Informationen bekommen hatten.

Er sorgte sich darüber fast so sehr, wie über die Tatsache, dass sein Verhältnis zu Sebastien keine Fortschritte machte. Thierry wünschte es sich sehnlichst, aber es war einfach noch zu früh.

RAYMOND HOB den Kopf und sah Jean entgegen, der gerade das Café betrat. Seine Gedanken waren immer noch bei dem Gespräch mit Christophe. Wenn die Schlussfolgerungen des alten Vampirs zutrafen – und Raymond erkannte keinen Widerspruch in ihrer Logik –, dann sah er jetzt den Mann auf sich zukommen, der auf die eine oder andere Art sein Lebenspartner geworden war. Er wusste fast nichts über Jean, und trotzdem verlangte seine Magie nach der Partnerschaft mit dem Vampir. Raymond erschauerte. Er hatte sich noch kaum an die Allianz gewöhnt. Wie er sich mit der aufkeimenden Beziehung abfinden sollte, entzog sich seinem Vorstellungsvermögen.

„Stimmt was nicht mit mir?", fragte Jean, während er Platz nahm.

„Wieso?", stammelte Raymond.

„Weil du mich so seltsam angestarrt hast. Ich dachte, ich hätte vielleicht irgendwas im Gesicht."

Raymond schüttelte den Kopf. „Nein. Ich habe nur nachgedacht."

„Ich lasse euch dann besser allein", sagte Christophe und erhob sich. „Aber bevor ich gehe – Jean, es scheint einen gesetzlosen Vampir zu geben, der seine Opfer tötet. Sein Vorname ist Edouard. Sollte er in Paris sein, musst du ihn finden und sein Verhalten unterbinden. Er bringt uns alle in Gefahr."

Jean nickte. „Ich kümmere mich darum."

„Tu das." Mit diesen Worten war der alte Vampir verschwunden.

„Habt ihr einige Antworten gefunden?", fragte Jean.

„Ja. Lass uns einen Spaziergang machen. Ich werde dir berichten, was wir entschieden haben."

Jean stimmte zu und sie verließen das Café. Seite an Seite gingen sie durch die dunklen Straßen. Raymond warf Jean aus dem Augenwinkel verstohlene Blicke zu. Der Vampir war schlank gewachsen und sein Gesicht männlich, aber nicht hart.

Er hatte einen Anflug von Bart, der Raymond bei jedem anderen Mann gestört hätte. Zu Jean passte es. Die hellbraunen Haare waren lang, fielen bis auf Jeans Schultern und wurden von einem Band im Nacken zusammengehalten. Einige Strähnen hatten sich befreit und Raymond erwischte sich dabei, dass er sie Jean aus dem Gesicht streichen wollte. Der Vampir wirkte jünger als Raymond, aber in diesem Fall täuschte der äußere Eindruck. Jean war nicht erst seit einigen Jahren Chef de la Cour. Raymond hatte gehört, dass er von einigen anderen als einer der ältesten Vampire von Paris bezeichnet worden war. Erstaunt stellte Raymond fest, dass er nicht nur den Verbündeten in Jean sah, sondern ihn auch als potentiellen Liebhaber betrachtete. Er verdrängte das Unwohlsein, das ihn bei dieser Feststellung überkommen wollte. Er musste Jean als Individuum beurteilen, nicht als Angehörigen der Vampire. Nach den vielen Missverständnissen, die den Beginn ihrer Partnerschaft getrübt hatten, war er es ihm schuldig.

Raymond suchte immer noch nach den richtigen Worten, wie er das Gespräch mit Christophe zusammenfassen konnte, ohne es bedrohlich wirken zu lassen. Die neuen Erkenntnisse schwirrten ihm durch den Kopf und beunruhigten ihn immer noch. Er hatte Vampire jahrelang gefürchtet, nachdem er erlebt hatte, was mit Jacques geschehen war. Jetzt musste er sich eingestehen, dass dieses Erlebnis ein Sonderfall gewesen war, aber es fiel ihm schwer, seine Zurückhaltung und Vorsicht so unvermittelt aufzugeben. „Monsieur Lombard hat gesagt, dass Leben eines Vampirs würde sich um seine Leidenschaft drehen, was immer die auch sein möge. Er sagt, für ihn wären es die Bücher und das Wissen, für Orlando Alain. Siehst du das auch so?", fragte er nach einigen Minuten.

„Das trifft sehr oft zu, ja", stimmte Jean ihm zu und fragte sich, was das mit ihrer Allianz zu tun haben sollte. Hatten die beiden den ganzen Abend über solche esoterischen Themen geredet und dabei die praktischen Probleme, die ihnen unter den Nägeln brannten, ganz vergessen? Christophe war das durchaus zuzutrauen, aber von Raymond hätte er mehr Realitätssinn erwartet.

„Was ist deine Leidenschaft?"

Jean dachte über die Frage nach und hoffte, dass Raymond sie nicht ohne Grund gestellt hatte. Vor einer Woche wäre ihm die Antwort noch leicht gefallen. Es war lange seine Leidenschaft gewesen, sich um Orlando zu kümmern. Aber diese Aufgabe lag jetzt in Alains Händen, und daran würde sich bis zum Tod des Magiers nichts ändern. Außer, wenn Alain sich der Aufgabe als nicht würdig erwies. In diesem Fall musste Jean natürlich einschreiten. „Im Moment habe ich keine", sagte er schließlich. Der Gedanke an Karine schoss ihm durch den Kopf. Sie hätte diese Rolle gerne übernommen, aber Jean hatte nie zugelassen, dass ihre Beziehung diese Vertrautheit erreichte. „Warum fragst du das?"

„Wir glauben, dass die Partnerschaft zwischen Vampiren und Magiern auf einer Art Symbiose beruht, die sich selbst verstärkt. Wenn der Beschützerinstinkt der Vampire ausgelöst wird, machen sie den Magier zu ihrer Leidenschaft und verhalten sich entsprechend." Jean hatte zugegeben, im Moment keine Leidenschaft zu haben. Raymond überlegte, ob Jean sich vielleicht aus diesem Grund leichter mit ihrer Partnerschaft abfinden würde. Der Gedanke war faszinierend und beunruhigend zugleich. Raymond wollte sich nicht vorstellen, wie er in diesem Fall regieren würde. Er wünschte sich, er und Alain wären bessere Freunde. Dann könnte er wenigstens jemanden um Rat fragen.

„Aber wozu soll das gut sein?"

„Das wissen wir noch nicht genau. Unsere Theorie ist, dass der Austausch von Blut gegen Magie zum natürlichen Gleichgewicht der Elementarkräfte beiträgt. Sonst gäbe es keine Erklärung für die unwiderstehliche Anziehung, die Partner zueinander zieht und die viele Paare gespürt haben."

Jean erschauderte, als er die weitreichenden Konsequenzen dieser Theorie erkannte. „Kein Wunder, dass das kaum bekannt ist. Die meisten Vampire gehen engen Beziehungen zu Sterblichen aus dem Weg, weil sie nicht mit dem Tod eines potentiellen Partners konfrontiert werden wollen. Wir verändern uns nicht, während die Menschen leben und sterben, eine Generation von der nächsten abgelöst wird. Ich bin über tausend Jahre alt und habe schon mehr als dreißig Generationen kommen und gehen sehen, seit ich erschaffen wurde. Die einzige Möglichkeit, nicht daran zu verzweifeln, ist die, sterbliche Menschen weitgehend zu ignorieren. Das ist auch der Grund, warum so wenige Vampire einen Aveu de Sang eingehen, wie Orlando es getan hat. Der Verlust des Avoué ist mehr, als die meisten Vampire zu ertragen bereit sind. Wir suchen uns anonyme Opfer und ziehen die Gesellschaft anderer Vampire vor."

Jeans Worte nahmen Raymond die Zuversicht. Die Partnerschaften verlangten den Vampiren eine Verpflichtung ab, die sie sich nicht wünschten und die sie nicht eingehen wollten. Er fragte sich, wie weit sie wohl gehen würden, um diese Verpflichtung zu vermeiden. Konnte die Allianz es überleben, wenn diese Tatsachen bekannt wurden?

„Wie sollen wir den Vampiren das erklären, ohne dass sie sofort die Flucht ergreifen?", fragte er Jean.

Jean runzelte die Stirn. Es gefiel ihm nicht, dass Raymond Vampire für so ehrlose und selbstsüchtige Geschöpfe hielt. „Wir halten unsere Verpflichtungen ein", knurrte er. Die altbekannte und so ungeliebte Frustration kehrte wieder zurück, die den Beginn ihrer Partnerschaft bestimmt hatte.

„Verdammt", sagte Raymond, dem Jeans Tonfall nicht entgangen war. „Es tut mir leid. So habe ich es nicht gemeint."

„Und wie hast du es gemeint?", wollte Jean wissen und nahm sich vor, die Ruhe zu bewahren, bis er Raymond angehört hatte. Sie konnten es sich nicht leisten, in ihre alten Verhaltensweisen zurückzufallen.

„Ich wollte nur sagen, dass es eine ziemliche Bombe ist, die wir da fallen lassen. Wir müssen einen Weg finden, es den anderen schonend beizubringen, damit sie es akzeptieren", erklärte Raymond. „Ich wollte nicht unterstellen, dass ihr deswegen die Allianz aufkündigt."

Jean schüttelte den Kopf. „Ich weiß auch nicht, wie wir es erklären sollen", gab er ehrlich zu. „Es ist rational kaum überzeugend verständlich zu machen. Wir tun das einfach nicht. Wir gehen solche Verbindungen nicht ein, und jetzt haben die meisten Vampire von Paris es doch getan, ohne es überhaupt zu wissen. Ich frage mich, ob wir es ihnen nicht einfach verschweigen sollen."

Raymond verzog das Gesicht. Er konnte Jeans Argument verstehen, aber ... „Wäre das ihnen gegenüber fair? Sie werden die Konsequenzen der Partnerschaft bald selbst erfahren. Es wird zu großen Verwirrungen führen, wenn Erwartung und Wirklichkeit nicht übereinstimmen. Das kann die Partner gefährden, und damit schadet es auch der Allianz, die der eigentliche Grund für unsere Partnerschaften war."

„Was ist mit den Magiern?", fragte Jean. „Wie werden sie darauf reagieren?"

„Sie werden wahrscheinlich genauso verärgert sein, wie du es von den Vampiren erwartest. Wir brauchen einen wachen und klaren Verstand, um unsere Magie kontrollieren zu können. Du hast selbst erlebt, was mit Thierry passiert ist, als er die Kontrolle verloren hat. Seine Magie ist unbeherrschbar geworden und ziellos aus ihm herausgebrochen. Wenn sie nicht zufällig Sebastien getroffen hätte, wäre wahrscheinlich jemand ernsthaft verletzt worden. Unvernunft und Leidenschaft können uns negativ beeinflussen und uns die nötige Kontrolle nehmen."

Jean nickte verständnisvoll. Er musste auch seine Instinkte beherrschen, wenn er Blut trank und verhindern wollte, sein Opfer im Blutrausch zu töten. „Wie willst du es ihnen erklären?"

„Ich habe nicht die geringste Ahnung", gab Raymond zu. „Ich wollte es Marcel berichten und alles Weitere ihm überlassen. Ich bin es gewohnt, alles sehr direkt zu sagen. Marcel hat mehr Erfahrung damit, unangenehme Wahrheiten in schöne Worte zu packen. Er muss schließlich regelmäßig mit der Presse reden. Aber es würde ihm wahrscheinlich helfen, wenn er wüsste, wie die Vampire darauf reagieren, was er ihnen zu sagen hat."

„Die Vampire sind meine Aufgabe", stellte Jean klar.

„Ja", stimmte Raymond zu. „Aber wir müssen gemeinsam auftreten. Wenn ihr beide nicht gemeinsam die Verantwortung übernehmt und das auch zeigt, wie können wir dann erwarten, dass die anderen unserem Vorbild und unserer Führung folgen?"

„Das hat Orlando auch schon zu mir gesagt", meinte Jean nachdenklich. „Dann können wir uns das Gespräch mit Marcel sparen." Noch während er das sagte, wäre er am liebsten so weit wie möglich weggelaufen vor Raymond und allem, was dieser ... dieser Pakt zwischen ihnen zu bedeuten hatte. Er unterdrückte seine Reaktion, wohlwissend, dass er die anderen Vampire in ihrer gegenwärtigen Lage nicht überzeugen konnte, wenn er sich seine eigene Unsicherheit anmerken ließ. Aber er nahm sich vor, sobald wie möglich Karine zu besuchen, und sei es nur, um sich selbst seine Unabhängigkeit zu beweisen. Er wollte mit Raymond zum Wohl der Allianz zusammenarbeiten, dazu hatte er sein Versprechen gegeben.

Aber er wollte sich nicht vorschreiben lassen, was er in seiner privaten Zeit machte, egal, was Raymond und Christophe auch über die Instinkte denken mochten, die die Partner angeblich zueinander hinzogen. Er mochte ein Vampir sein, aber das hieß noch lange nicht, dass er sich von seinen Instinkten beherrschen ließ. Er würde selbst bestimmen, mit wem er zusammen sein wollte, und in diesem Moment war das Karine.

13

ALAIN KAM mit Orlando in seinem Büro an. Er hatte durch jahrelange Übung gelernt, bei einem magischen Transport das Gleichgewicht zu behalten, aber das ungewohnte Gewicht Orlandos in den Armen ließ ihn fast stolpern. Er fiel rückwärts aufs Sofa, was ihm nur recht war. Vorsichtig legte er Orlando auf den Rücken und sah sich im Zimmer um. Er brauchte etwas, um sich die Haut aufzuritzen, bis er genug blutete, um Orlando trinken zu lassen. Ohne das Licht anzuschalten, ging er zum Schreibtisch und wühlte in der Schublade, auf der Suche nach einem scharfen Gegenstand. Der Inhalt der Schublade flog nach rechts und links auf den Boden. Verdammt, irgendwo in diesem Büro musste es doch einen Brieföffner oder eine Schere geben! Irgendetwas musste doch zu finden sein!

Dann fühlte er Metall. Er schloss die Finger um den Gegenstand und zog ihn aus der Schublade. Eine Büroklammer. Er versuchte, seinen Geliebten zu retten, und alles, was er fand, war eine verdammte Büroklammer! Na gut. Dann eben eine Büroklammer. Alain konnte es nicht mehr länger abwarten, bis Orlando wieder die Augen öffnete und er ihren Blick auf sich gerichtet sah. Er kniete sich neben dem Sofa auf den Boden, bog die Büroklammer auseinander und bohrte sich die Spitze in die Haut. Es tat weh. Es tat mehr weh als Orlandos Zähne. Aber das war egal. Alles, was zählte, waren die paar Blutstropfen, die er brauchte, damit Orlando wieder zu Kräften kam und ihn beißen konnte.

Er zog Orlando in die Arme und wischte einige Tropfen von seinem Handgelenk ab, um sie Orlando auf die Lippen zu streichen. Als es nicht wirkte, fuhr er wieder mit dem Finger über die Wunde und schob ihn Orlando zwischen die Lippen, sodass er das Blut direkt auf der Zunge verteilen konnte.

Der Geschmack des Blutes riss Orlando aus seiner Bewusstlosigkeit und er erwachte in einem Albtraum. Er war wieder in Thurloes dunklem Kerker, mit Ketten an die Wand gefesselt und machtlos gegen das Blut, das ihm eingeflößt wurde, um ihn am Leben zu erhalten und die Wunden heilen zu lassen, die Thurloes Folter hinterlassen hatte. Verdammt, dem war er entkommen. Niemand würde ihn dorthin zurückbringen. Er griff nach dem Arm, der ihn festhielt, drückte ihn zur Seite und warf den Mann, der es gewagt hatte, ihn seiner Freiheit berauben zu wollen, auf den Boden. Dann fiel er mit zügelloser Wut über ihn her und bohrte seine Zähne tief in die weiche Haut am Hals des Mannes.

Orlandos Attacke kam so plötzlich und unerwartet, dass Alain keine Chance hatte, sich dagegen zu wehren. Er fiel auf den Rücken und schlug mit dem Kopf auf dem Boden auf, als der Vampir ihn ansprang. Leicht benommen rief er Orlandos Namen, um seinen Geliebten zu beruhigen. Die Zähne in seinem Hals ließen seinen

Ruf in einen Schmerzensschrei übergehen. Von dem zärtlichen Liebhaber war nichts mehr zu spüren. An seine Stelle war ein Vampir getreten, wie man ihn aus Horrorgeschichten kannte, ein Wesen, das erbarmungslos über ihn herfiel und sich mit Gewalt seines Blutes bemächtigte. Es spielte keine Rolle mehr, dass Alain ihm das Blut freiwillig gegeben hätte. Er wurde nicht um seine Zustimmung gebeten.

Der heiße Strom des lebensspendenden Blutes floss durch Orlandos Körper und brachte ihn aus seinem Albtraum zurück in die Wirklichkeit. In eine Wirklichkeit, in der seine Grausamkeit der Grund für den sauren Geschmack nach Angst und Pein im Blut des besten Menschen war, den Orlando jemals gekannt hatte. Erschrocken über seine eigene Tat zog er die Zähne aus Alains Hals und beugte sich keuchend über ihn. Sein Durst war immer noch übermächtig, aber Orlando widerstand ihm. Er stand auf und kauerte sich auf dem Sofa zusammen, traurig und zutiefst verzweifelt über sich selbst.

Alain setzte sich vorsichtig auf. Er konnte die plötzliche Veränderung in seinem Geliebten nicht verstehen. Es schmerzte ihn, Orlando so unglücklich auf dem Sofa kauern zu sehen. Es musste etwas geschehen sein, das Orlando eine solche Angst eingejagt hatte, dass er blind um sich geschlagen hatte. Alain wusste nicht, was er getan hatte, um diese Reaktion auszulösen, aber er musste es herausfinden, um es in Zukunft zu vermeiden. Doch er wollte Orlando nicht noch mehr erschrecken. Mit einer Illumination tauchte er das Zimmer und sie beide in ein sanftes Licht. „Orlando?", fragte er dann leise und wartete auf eine Erklärung.

„Es tut mir leid", sagte Orlando. „Ich gehe jetzt. Ich werde dich nicht wieder belästigen." Er stand auf und ging zur Tür.

Alain verschloss sie mit einer schnellen Handbewegung. „Durch diese Tür entkommst du mir nicht", sagte er ruhig. „Lauf nicht weg. Rede mit mir."

„Was soll ich dazu sagen?", erwiderte Orlando bitter. „Ich habe dich verletzt. Ich habe dich festgehalten und ohne deine Erlaubnis gebissen. Ich habe unser Versprechen gebrochen."

Alain kämpfte sich auf die Beine. Er zitterte immer noch von dem Adrenalinausstoß, den Orlandos Attacke ausgelöst hatte. Er ging zu Orlando und hielt ihm die Hand hin, um zu sehen, wie Orlando reagieren würde. Als der Vampir die Hand nicht zurückwies, zog Alain ihn in die Arme.

„Und das passt überhaupt nicht zu dir. Warum sagst du mir nicht einfach, was diese Reaktion in dir ausgelöst hat? Ich muss wissen, was ich in Zukunft vermeiden soll, genauso, wie ich wissen muss, was ich für dich tun kann."

Orlando schüttelte stumm den Kopf.

Alain seufzte und fuhr ihm mit den Fingern durch die langen Locken. „Wenn du es mir nicht sagst, frage ich einen anderen. Sebastien scheint zu wissen, warum du ohnmächtig geworden bist. Vielleicht weiß er auch, weshalb du so reagiert hast. Oder Jean. Oder ich gehe zu eurem Ältesten, wenn mir sonst niemand helfen kann. Aber ich werde dich nicht aufgeben."

„Das kannst du nicht tun!"

„Du wirst schon sehen. Bis jetzt warst du immer nur zärtlich und liebevoll zu mir. Irgendetwas hat das geändert, und ich verdiene, die Wahrheit darüber zu erfahren, was ich falsch gemacht habe."

Orlando lachte bitter. „Dein einziger Fehler war, dich mit mir einzulassen. Ich bin kaputt, Alain. Ich dachte, ich könnte es mit dir schaffen. Aber wie sollst du mir jemals vertrauen, wenn ich mir selbst nicht vertrauen kann?"

Alain legte ihm den Finger unters Kinn und hob seinen Kopf, bis sie sich in die Augen sahen. „Du bist nicht kaputt. Mach dich nicht so nieder. Und wieso vertraust du dir nicht?"

„Ich habe dich verletzt. Ich konnte den Schmerz in deinem Blut schmecken."

„Und du hast sofort aufgehört", sagte Alain. „Du hast geschmeckt, dass du mich verletzt hast, und du hast sofort aufgehört. Was mich angeht, ist das der beste Vertrauensbeweis von allen."

„Ich hätte dich erst gar nicht verletzen dürfen."

„Hast du es absichtlich getan?", wollte Alain wissen.

„Ja", gab Orlando flüsternd zu.

„Und warum?", fragte Alain ebenso leise.

„Ich dachte …" Er konnte es nicht aussprechen. Alain hatte es nicht verdient, mit dem Monster verglichen zu werden, das Orlando geschaffen hatte. Alain war das absolute Gegenteil von diesem Bastard!

„Was dachtest du?", hakte Alain nach.

„Ich dachte, ich wäre wieder in der Hand von diesem Bastard. Es war dunkel. Ich konnte dich nicht sehen. Ich wusste nur, dass ich festgehalten wurde und mir jemand Blut zwischen die Lippen schob. Ich wollte nicht wieder dort sein." Orlando zitterte am ganzen Leib.

Alain wünschte sich nichts mehr, als dass Orlandos Schöpfer noch am Leben wäre. Er hatte das Bedürfnis, jemanden in kleine Stücke zu reißen, und wer wäre dazu besser geeignet, als dieses Monster, das den wunderbaren Mann in seinen Armen so gequält hatte?

„Du warst bewusstlos. Sebastien sagte, du müsstest unbedingt trinken und ich sollte dich mein Blut schmecken lassen, um dich wieder zu wecken. Wir sind in meinem Büro, deshalb habe ich kein Licht gemacht. Ich kenne mich hier aus. Ich habe mich so sehr auf dich konzentriert, dass ich alles andere vergessen habe. Es tut mir leid, dass ich dich an diesen Ort zurückgeschickt habe, auch wenn es nur für eine Minute war."

Orlando war sprachlos. Alain hatte sich bei ihm entschuldigt? Wo *er* doch den Magier verletzt hatte? „Dir muss gar nichts leidtun. Ich bin es, der sich bei dir entschuldigen muss."

„Du hast dich nur verteidigt."

„Und dich verletzt!"

„Und aufgehört, als du mich erkannt hast. Deine Wut war nicht gegen mich gerichtet, sondern gegen die Lage, in der du dich befunden hast. Ich bin nicht der Meinung, dass du dich dafür entschuldigen musst. Aber ich bin bereit, deine Entschuldigung anzunehmen, wenn du das Gleiche für mich tust."

„Du konntest es nicht besser wissen. Woher hättest du es wissen sollen? Ich habe dir nichts davon gesagt."

„Dann haben wir beide unabsichtlich einen Fehler gemacht. Du wirst lernen, dich bei mir sicher zu fühlen, und ich werde lernen, keine schlimmen Erinnerungen in dir wachzurufen. Wir schaffen das. Wir müssen nur Geduld haben." Alain drückte ihm einen zärtlichen Kuss auf die Schläfe. „Wenn Sebastien recht gehabt hat, solltest du jetzt ziemlich hungrig sein."

„Du redest ständig von Sebastien. Was hat er mit der Sache zu tun?", fragte Orlando.

„Wir haben Pacotte verhört. Du hast plötzlich angefangen zu zittern, dann bist du ohnmächtig geworden. Sebastien wusste, was mit dir los war, und Thierry hat uns hierher transportiert, damit ich mich um dich kümmern kann."

Orlando sah ihn niedergeschlagen an. „Das habe ich auch versaut, nicht wahr?"

Alain schüttelte ihn leicht an den Schultern. „Du hast gar nichts versaut. Pacotte hätte uns nichts gesagt, obwohl wir ihm mit den Vampiren gedroht haben. Das wussten wir schon von Anfang an, aber wir mussten es trotzdem versuchen. Auch wenn du nicht bewusstlos geworden wärst, hätten wir nicht mehr viel länger mit ihm geredet. Und er war der letzte der Gefangenen, die wir verhört haben. Also mach dir keine Vorwürfe wegen Dingen, die du nicht kontrollieren konntest. Sebastien hat gesagt, dass du für einige Zeit öfter trinken musst, bis der Bund des Aveu de Sang sich gefestigt hat."

„Das wusste ich nicht", erwiderte Orlando leise.

Es war nicht das erste Mal, dass Orlando sich über eine Sache, die für andere Vampire selbstverständlich war, so unsicher äußerte. Aber um dieses Problem konnten sie sich später noch kümmern. „Du musst jetzt trinken", sagte Alain sanft und zog Orlando vom Sofa hoch. „Komm." Er legte den Kopf in den Nacken und bot ihm seinen Hals an.

„Nein. Ich kann nicht …"

„Warum nicht?", fragte Alain. „Du nimmst dir nichts, was ich dir nicht freiwillig geben will. Du weißt, dass es mir jedes Mal ein Vergnügen war …" Ein freches Grinsen ließ Alains Gesicht strahlen. „… und das, was ich vor zwei Tagen dabei empfunden habe, war absolut unvergleichlich. Selbst der Sex mit dir verblasst im Vergleich zu deinem Biss. Wenn du es nicht für dich selbst tun willst, dann tu es wenigstens für mich. Gib mir die Befriedigung, zu wissen, dass es mein Blut ist, das dich ernährt und am Leben erhält. Dass ich dadurch ein Teil von dir bin."

Orlando konnte kaum glauben, was er da von Alain gehört hatte. Sein Hunger wurde größer und ihn verlangte nach Blut. Alains Einverständnis – und es war sogar eine Bitte gewesen – trug nicht gerade dazu bei, Orlandos Selbstbeherrschung zu stärken. Trotzdem zögerte er, von seinen eigenen Ängsten fast gelähmt. Der Geschmack von Alains Pein lag ihm noch auf der Zunge und erinnerte ihn daran, was er vor wenigen Minuten getan hatte. Er konnte sich nicht vorstellen, wieso Alain ihm immer noch vertraute; aber er konnte die tief empfundenen Worte seines Magiers auch nicht einfach wegwischen. Schließlich gab er nach und griff nach Alains Hand, um sie an den Mund zu führen. So war die Gefahr geringer, dass er ihn wieder verletzen würde.

Alain schüttelte den Kopf. „Nicht so", sagte er. „Ich will deinen Körper fühlen, dein Gewicht auf mir spüren." Er senkte ihre Hände an seine Lenden, wo die Erregung immer mehr zunahm, wenn er nur daran dachte, wieder mit Orlando vereint zu sein. „Kannst du nicht auch fühlen, wie sehr ich es mir wünsche?"

Orlandos Finger bewegten sich fast ohne sein eigenes Zutun und streichelten sanft über Alains Erektion. Als Alain sich leise stöhnend an ihn presste, konnte er das Verlangen nicht mehr beherrschen, das ihn durchfuhr. Er konnte sich nicht erklären, wie Alain ihm immer noch vertrauen, ihn immer noch begehren konnte. Aber das hatte er, wenn er ehrlich war, noch nie verstehen können. Die Reaktion von Alains Körper war zumindest unmissverständlich und bewies ihm das Unbegreifliche. Orlando hätte gegen seinen Hunger angekämpft, hätte sein Begehren gezügelt, wenn Alain auch nur das geringste Zögern gezeigt hätte. Aber Orlando war kein Heiliger. Gegen ihr beiderseitiges Begehren kam er nicht an. Er bewegte seine Hand und beugte sich über Alain, um seinem Geliebten die Nähe zu geben, die er sich wünschte.

„Du musst deine Hand nicht bewegen", murmelte Alain.

Orlando gab ihm keine Antwort. Dieses Thema musste warten, bis er nicht so verzweifelt hungrig und die Atmosphäre nicht mehr so angespannt war. Er nahm sich jedoch die Zeit, seinen Geliebten zu küssen, um damit das Gleichgewicht zwischen ihnen wieder herzustellen.

Alain öffnete bereitwillig den Mund. Es war so süß, dass Orlando sich nicht auf den zarten Kuss beschränkte, den er sich vorgenommen hatte. Stattdessen genoss er Alains Geschmack in vollen Zügen, neckte ihn mit seiner Zunge und knabberte an seiner Unterlippe. Der Wunsch, Alain zu beißen, sein Blut zu schmecken, war groß, doch Orlando hielt sich zurück. Er wollte diesen Kuss nicht mit dem Kuss des Vampirs vermischen, zumal seine Kontrolle schon auf tönernen Füßen stand. Stattdessen küsste er Alain tiefer, erkundete und erregte ihn mit seiner Zunge. Er konnte die Leidenschaft spüren, die Alains ganzen Körper erfasste, der sich unter Orlandos Händen anspannte. Er presste sich fester an seinen Geliebten und drückte ihn mit seinem Gewicht auf das Sofa.

Alain bewegte sich ruhelos unter Orlando hin und her. Es überraschte ihn immer wieder, wie sehr Orlando ihn mit einem einfachen Kuss erregen konnte. Allein die Berührung ihrer Lippen und Orlandos Gewicht waren genug, um ihn vor Sehnsucht am ganzen Körper zittern zu lassen. Er brauchte Orlando, brauchte seine Lippen und seine Zähne, brauchte seinen Schwanz. Alain unterbrach ihren Kuss und legte wieder den Kopf in den Nacken, um Orlando seinen Hals zum Kuss anzubieten.

Orlando gab seinen Widerstand auf und senkte den Mund auf Alains Hals. Ehrfurchtsvoll küsste er das Brandmal unter Alains Ohr und bestätigte den Bund, der sie zusammengeführt hatte. Dann fuhr er mit den Lippen über die Bisswunden, die er vorhin hinterlassen hatte, als er über Alain hergefallen war. Das Blut war geronnen, aber die Wunden hatten sich noch nicht geschlossen. Sanft leckte Orlando den Schorf ab, reinigte und beruhigte die Löcher, die seine Zähne in Orlandos Hals geschlagen hatten. Er saugte vorsichtig mit den Lippen, um zu sehen, wie weit sie schon verheilt waren. Sofort kam frisches Blut aus den Wunden gequollen und füllte ihm den Mund mit Alains Begehren. Orlando legte die Zähne auf die Wunden, weil er Alain die Schmerzen eines erneuten Bisses ersparen wollte.

Alain hatte schon erwartet, dass Orlando sich Zeit lassen würde, um ihn auf den Biss vorzubereiten. Aber das half ihm nicht, seine Ungeduld zu zügeln. Er wollte die Verbindung zwischen ihnen wieder herstellen, die Hindernisse aus dem Weg räumen, die Orlandos Furcht zwischen ihnen errichtet hatte. Er drückte sich mit dem Hals an Orlandos Mund, als das Blut zu fließen begann. Dann spürte er Orlandos Zähne, die sich in die alten Wunden versenkten, und seufzte befriedigt auf. Er fuhr ihm mit der einen Hand über die dunklen Locken, um ihn zu ermutigen, sich nicht zurückzuhalten und mehr zu trinken. Mit der anderen streichelte er ihm über den Rücken und zog ihm das Hemd aus der Hose, bis er nackte Haut fühlen konnte.

Orlando zuckte zusammen, als Alains Berührungen den mächtigen Gefühlen, die ihn durchströmten, eine weitere, eine physische Dimension gaben. Er unterbrach sein Saugen für einen kurzen Augenblick, um sie auf sich wirken zu lassen. Erst als er sich wieder etwas besser im Griff hatte, trank er weiter. Er wollte es kein zweites Mal zulassen, dass Alain durch seine Zähne verletzt wurde.

Alain fühlte Orlandos Reaktion auf seine Berührungen und wusste, dass er sich noch zurückhalten musste. Er hätte Orlando gerne überall angefasst, hätte ihm gern eine Hand in die Hose geschoben und sich mit den Hüften an ihn gepresst. Er hätte Orlando gern ausgezogen und ihn so genommen, wie der Vampir sein Blut nahm. Der Gedanke allein ließ ihn erbeben und er rieb sich einladend an Orlandos Körper, obwohl er wusste, dass der Vampir diese Einladung wahrscheinlich ausschlagen würde. Anstatt seine Hand nach unten zu bewegen, hob er den Arm und ließ die Hand zwischen ihre Körper gleiten, bis er mit den Fingern Orlandos Nippel zu fassen bekam.

Orlando zuckte wieder zusammen, als er Alains Hand an seiner Brust fühlte. Er konnte es kaum noch aushalten und seine Kontrolle geriet immer mehr ins Wanken. Er griff nach Alains Händen und drückte sie über dessen Kopf aufs Sofa, um sie sicher aus dem Weg zu haben.

Alain wimmerte leise, als Orlando ihm seine Bewegungsfreiheit nahm und er sich darauf beschränken musste, ihn mit einem leichten Schlängeln seines Körpers anzuspornen.

Orlando saugte stärker, als Alain sich unter ihm zu bewegen begann. Er zwang sich erneut, nicht auf die unausgesprochene Aufforderung einzugehen. Aber Alain gab nicht auf und das leise Stöhnen und Wimmern, das ihm über die Lippen kam, verstärkte noch die Wirkung seiner Bewegungen. Alains Blut schmeckte berauschend. Orlando trank mehr und mehr. Es war nicht nur das Blut, das den tiefen Hunger in ihm befriedigte, es war auch Alains Vertrauen, das Orlandos Seele erfüllte. Mit jedem Schluck stieg seine Erregung und jede Bewegung von Alains Hüften ließ seine Leidenschaft weiter anwachsen.

Alain kämpfte gegen seinen Orgasmus an, wollte nicht, dass dieser Moment jetzt schon endete. Aber sein Körper hatte andere Prioritäten und er bäumte sich unter Orlando auf, als der Höhepunkt über ihn hereinbrach und seine Welt in einem Farbenmeer versank. Verzweifelt presste er sich an Orlando, um ihn mitzunehmen.

Orlando hätte diese körperliche Aufforderung nicht mehr gebraucht. Der Geschmack der Ekstase in Alains Blut brachte auch ihn zum Orgasmus. Er wollte die Zähne aus Alains Hals ziehen, bevor es zu spät war, aber er war nicht schnell genug. Stattdessen bohrten sich seine Zähne noch tiefer in Alains Fleisch und zerrissen ihm die Haut. Das Stöhnen aus Alains Mund nahm nicht ab. Nichts an seinem Verhalten ließ darauf schließen, dass er auch nur die geringsten Schmerzen verspürte. Trotzdem wurde Orlando von neuen Schuldgefühlen heimgesucht. Er leckte sanft über Alains Wunden, um sie wieder zu verschließen. In einigen Tagen wären sie komplett verheilt, so wie auch die Wunden in Alains Handgelenken mittlerweile nicht mehr sichtbar waren. Orlando würde sich dennoch immer daran erinnern, dass er sie seinem Geliebten zugefügt hatte. Er hatte geahnt, wie gefährlich es sein konnte, seinen Biss und Sex miteinander zu kombinieren. Jetzt hatte er den endgültigen Beweis dafür. Die potentiellen Gefahren standen ihm klar vor Augen. Er wollte Alain lieben, wann immer sich die Möglichkeit dazu bot. Er wollte trinken, wann immer er es brauchte. Aber nie mehr wollte er beides miteinander verbinden.

Orlando ließ Alains Handgelenke los und ließ sich entspannt auf seinen Magier sinken. Es war wunderbar, sich in den Armen seines Geliebten so geborgen und sicher aufgehoben zu fühlen. Orlando ließ sich von diesem Gefühl überwältigen, bis es sich tief in seiner Seele festsetzte.

Auch Alain war überwältigt von der Macht seiner Gefühle und seiner Verbindung zu Orlando. Selbst in ihren glücklichsten Zeiten hatte er Edwige gegenüber nie so tief empfunden. Aber so wunderbar es auch war, Alain war sich dennoch sicher, dass es noch besser werden konnte. Als Orlando das erste Mal so von ihm getrunken hatte, war es schon unglaublich gewesen. Dieses Mal, mit Orlandos Gewicht, das ihn ins Sofa drückte, mit der Erregung, als ihre harten Schwänze sich berührten und aneinander rieben – auch wenn es durch mehrere Lagen Stoff geschah –, dieses Mal hatte es Alain fast um den Verstand gebracht. Sie waren Geliebte. Was war da natürlicher, als den Sex mit Orlandos Hunger nach Blut zu verbinden? Trotzdem konnte Alain die Vorbehalte fast mit Händen greifen, die

Orlando von dieser Vereinigung ihrer beider Leidenschaften zurückhielten. Alain wollte es nach der Herausforderung, die ihre Beziehung gerade erst überstanden hatte, nicht ansprechen. Er wollte Orlando mit seinen Wünschen nicht unter Druck setzen. Wahrscheinlich war es besser, vorher mit Jean darüber zu reden und ihn um seinen Rat zu bitten. Der Vampir war erfahren und konnte ihm Orlandos Probleme vielleicht besser verständlich machen. Zumindest aber konnte Alain Jean danach fragen, ob es bei den Vampiren ein ungeschriebenes Gesetz gab, das die Verbindung von Sex und dem Trinken von Blut untersagte.

„Orlando?", fragte er leise. „Vielleicht solltest du mit Sebastien über den Aveu de Sang reden. Wir müssen besser Bescheid darüber wissen, was wir zu erwarten haben, damit so etwas wie heute sich nicht wiederholt. Wenn wir kämpfen müssen oder in einer anderen kritischen Situation sind, könnte es katastrophale Auswirkungen haben."

Orlando nickte, rührte sich aber nicht von der Stelle. Er war zu sehr damit beschäftigt, sich dem Trost von Alains Umarmung hinzugeben und den harten Körper zu genießen, der unter ihm lag. Nach einiger Zeit verzog er das Gesicht und stützte sich mit den Armen über Alain ab. „Ich brauche eine Dusche und frische Unterwäsche, bevor ich mit jemandem reden kann."

Alain lachte. „Wir sind hier bestens ausgestattet. Wenn du nichts dagegen hast, kann ich dir eine Unterhose ausleihen."

„Ich habe nichts dagegen. Aber wieso hast du Unterhosen in deinem Büro?"

„Weil ich schon öfter auf diesem Sofa übernachtet habe, als ich zählen kann, und oft war es ungeplant. Deshalb habe ich wenigstens frische Unterwäsche hier, wenn ich schon die alten Klamotten vom Vortag tragen muss."

„Was machst du mit den schmutzigen Unterhosen?", fragte Orlando.

Alain grinste und murmelte eine kurze Beschwörung. „Ich reinige sie", meinte er lachend. „Ich könnte es auch mit deiner versuchen, aber meine Magie wäre wahrscheinlich unwirksam."

„Wahrscheinlich", gab Orlando ihm recht. „Eine Dusche wäre schön. Zeig mir nur, wo sie ist."

„Das kann ich besser. Wenn du mich aufstehen lässt, leiste ich dir Gesellschaft."

Orlando hätte gedacht, er wäre nach ihrem Erlebnis eben vollauf befriedigt, aber bei Alains Vorschlag fühlte er, wie sein Herz wieder zu klopfen begann. „Das wäre noch schöner."

14

„HEUTE FRÜH fand eine Versammlung der Vampire statt", erklärte Pascal. „Ich habe einige Magier ausgeschickt, die Informationen sammeln sollten. Nur einer von ihnen ist zurückgekommen. Er konnte mir nicht viel sagen. Ich will wissen, worum es bei diesem Treffen ging."

„Eine Versammlung?", fragte Edouard. „Ich habe nichts davon gehört. Bist du dir sicher, dass es eine Versammlung der Vampire war?"

„Es wurde mir berichtet, dass Bellaiche die Vampire zu einer Versammlung zusammengerufen hat. Mehr als hundert von ihnen haben sich heute früh auf dem Gare de Lyon getroffen. Das Treffen hat mindestens zwei Stunden gedauert."

„Ich bin beleidigt", sagte Edouard. „Ich wurde nicht eingeladen. Andererseits bin ich kein Mitglied in ihrem erlauchten Kreis. Bellaiche weiß wahrscheinlich gar nicht, dass ich in Paris bin."

„Warum nicht?", fragte Pascal nach.

„Ich versuche mein Bestes, ihrer Aufmerksamkeit zu entgehen", erläuterte Edouard. „Ich entspreche nicht ihren Vorstellungen von einem anständigen Vampir."

„So wie wir nicht den Vorstellungen der Regierung von einem anständigen Magier entsprechen", bemerkte Pascal. „Gibt es noch andere, denen es genauso geht wie dir?"

„Zweifellos. Aber wir sind nicht so organisiert wie ihr. Unsere Rebellion findet im Stillen statt. Wir gehen den anderen aus dem Weg und ändern oft unseren Aufenthaltsort."

„Es scheint mir, als ob wir in einer ähnlichen Lage wären. Du konntest mir zwar nicht die Informationen geben, die ich dringend brauche, aber wir könnten doch durch eine Zusammenarbeit profitieren. Schließlich wollen wir, wenn wir diesen Krieg erst gewonnen haben, die Restriktionen aufheben, die auch dir das Leben erschweren."

„Wirklich?", fragte Edouard. „Erzähl mir mehr."

„Unser erklärtes Ziel ist, dass nur die Magier darüber entscheiden, wo und wie sie ihre Magie einsetzen. Die Regierung, die von nichtmagischen Menschen kontrolliert wird, hat in dieser Angelegenheit nichts zu sagen."

„Und du würdest die Vampire den Magiern gleichstellen?", verlangte Edouard zu wissen. „Das wäre neu. Wir haben nicht die Rechte und den Schutz, den die derzeitigen Gesetze den Magiern zugestehen."

„Es ist den Vampiren gegenüber sehr unfair, nicht wahr?", fragte Pascal. „Wenn wir erfolgreich sind, werden wir sehen, was wir gegen diese Ungerechtigkeit unternehmen können."

Eric hörte dem Gespräch schweigend zu. Er wusste nicht, wem Pascal etwas vormachen wollte. Er selbst jedenfalls durchschaute diesen Schachzug. Durch den Sieg der Rebellen würde sich die Lage der Vampire nicht verbessern. Falls sie sich überhaupt änderte, würde sie eher noch schlimmer werden. Pascal war nicht für seine Toleranz bekannt, ganz im Gegenteil. Er versprach zwar viel, wenn er sich dadurch Unterstützung für seinen Aufstand sichern konnte, Eric war jedoch nicht so naiv, auch nur ein Wort davon zu glauben.

ORLANDO SAH sich misstrauisch in der Gemeinschaftsdusche des Hauptquartiers um. Vor den Kabinen hingen Vorhänge, aber die würden nur wenig Sichtschutz geben, sollte jemand den Raum betreten. „Bist du dir sicher?", fragte er.

Alain grinste. „Du vergisst schon wieder, dass ich ein Magier bin." Er murmelte leise einen Spruch vor sich hin. „Das ist die gleiche Abschirmungsmagie, mit der Marcel uns gestern auf dem Bahnhof Privatsphäre gegeben hat. Niemand kann sehen oder hören, was wir hier tun", erklärte er Orlando. „Es geht niemanden etwas an, was wir beide hier zusammen tun."

„Nun, in diesem Fall …", sagte Orlando und trat in die Kabine. Für einen kurzen Augenblick war kein Ton zu hören. Dann griff eine Hand durch die magische Barriere nach Alains Pullover und zog den Magier in die Duschkabine.

Alain grinste übers ganze Gesicht, als er durch seinen eigenen magischen Vorhang in die Kabine kam. Orlando grinste frech zurück „Es hat mir zu lange gedauert", sagte er.

„Tut mir leid", entschuldigte sich Alain scherzhaft. „Es wird nicht wieder vorkommen."

„Das will ich doch hoffen", erwiderte Orlando und schälte sich aus seiner schmutzigen Kleidung. Alain folgte seinem Vorbild und kurz darauf waren sie beide nackt. Alain brachte ihre Kleidung in Sicherheit und drehte das Wasser auf, während Orlando die Seife von der Ablage nahm, obwohl er wusste, dass Alain sie nicht brauchen würde. Er schäumte sich die Hände ein und griff nach seinem Geliebten, um sich für den Schmerz zu revanchieren, den er ihm vorhin unbeabsichtigt zugefügt hatte. Seine schaumbedeckten Hände erkundeten sanft streichelnd den Körper, den sie schon so gut kannten. Es hatte wenig mit Hygiene zu tun, aber umso mehr mit Verlangen. Orlando spülte den Schaum wieder ab und ließ die Hände auf Alains Oberarmen ruhen, um die kraftvollen Muskeln zu spüren, die sich ihm gegenüber immer so zurückhaltend zeigten. Dann fuhr er über die Arme nach unten zu den Händen, die ihm nie Schmerzen bereitet hatten und immer nur Freude spendeten. Orlando hob eine Hand an den Mund, küsste jeden einzelnen Finger und saugte zärtlich daran, bevor er sie wieder fallen ließ.

„Lass mich dich anfassen", bettelte Alain, während Orlandos Lippen die zweite Hand liebkosten.

Orlando hob den Kopf und lächelte ihn an. Das war seine Chance, die Dinge ins Lot zu bringen und das Gleichgewicht zwischen ihnen wieder herzustellen. Er trat einen Schritt auf Alain zu, schmiegte sich in seine Arme und legte ihm die Hände auf die Hüften. „Bitte", flüsterte er und nahm die Erkundung von Alains Körper wieder auf.

Alain hielt die Luft an und klammerte sich fester an Orlando, als ihm die Bedeutung dieses kleinen Wortes bewusst wurde. Sein Vampir hatte ihm erlaubt, ihn auch unterhalb der Hüfte zu berühren, und das nicht im Taumel der Leidenschaft, so wie gestern Nachmittag, sondern schon bevor diese Leidenschaft zwischen ihnen aufflammen konnte.

„Putain", stöhnte Alain und zog Orlando an sich, bis ihre Hüften sich berührten und ihre Schwänze aneinander rieben. Orlando stöhnte ebenfalls und zog Alains Kopf zu einem Kuss herab. Mit der Zunge bemächtigte er sich Alains Mund, so wie sein Schwanz bald wieder von Alains Körper Besitz ergreifen würde und wie seine Zähne sich danach sehnten, Alains Seele habhaft zu werden.

Alain lehnte sich stützend an die Wand der kleinen Duschkabine, um Orlandos Ansturm gewachsen zu sein. Noch satt und befriedigt von Orlandos Biss auf dem Sofa, wurde sein Schwanz hart und pochte, als hätte es den Orgasmus vor wenigen Minuten nie gegeben. Alain konnte vor Erregung kaum noch einen klaren Gedanken fassen, aber in der hintersten Ecke seines Verstandes registrierte er mit Erstaunen seine eigene Reaktion auf Orlando. Selbst als Teenager hatte er sich nicht so schnell erholt. In diesem Alter war es noch ungewöhnlicher, und doch war er steinhart von Orlandos Kuss, der Berührung ihrer Körper und der Vorfreude auf das, was noch kommen würde.

Er hob den Kopf und schnappte keuchend nach Luft. „Merde! Was machst du nur mit mir?", keuchte er atemlos.

Orlando grinste ihn lüstern an. Alains Lippen waren geschwollen, seine Haare nass, sein Gesicht gerötet vor Erregung. Orlandos Herz klopfte und die Brust wurde ihm eng. Er fragte sich schon zu tausendsten Mal, womit er seinen Magier verdient hatte – denn wie konnte ein Verdammter jemals einer solchen Gnade würdig sein? Aber er wollte dieses unerwartete Geschenk schätzen und ihm die Ehre erweisen, die ihm zustand. „Soll ich aufhören?", neckte er Alain.

„Nein, zum Teufel!", rief Alain. „Untersteh dich!" Er zog Orlando zu sich heran, um ihn wieder zu küssen. Dieses Mal war es *seine* Zunge, die in Orlandos Mund eindrang, ihm über die Zähne fuhr und jeden Winkel erkundete.

Orlando hätte sich beinahe zurückgezogen, als er Alains Zunge an den Zähnen spürte. Er wehrte sich mit aller Macht gegen den Instinkt, seine Fangzähne auszufahren. Orlando wusste genau, dass der kleinste Blutstropfen ihn um die Beherrschung bringen würde, obwohl er gerade erst ausgiebig getrunken hatte. Mit Mühe widerstand er dem Impuls und überließ sich Alains Kuss. Er hatte dem Magier heute schon einen Wunsch abgeschlagen, ein zweites Mal wollte er das nicht tun.

119

Ermutigt durch Orlandos Hingabe fuhr Alain ihm mit den Fingern durch die nassen Haare und spielte mit den seidigen Locken. Mit der anderen Hand fuhr er nach unten, presste Orlandos Unterkörper noch fester an sich und massierte ihm sanft den Hintern. Er musste gegen die Leidenschaft ankämpfen, die ihn zu verzehren drohte, wollte bei Verstand bleiben, um Orlandos Reaktionen rechtzeitig erkennen zu können und abzuwarten, ob sein Geliebter das Safe Wort benutzte. Alain wollte nicht riskieren, dass Orlando sich wieder bedrängt fühlte und zurückzog.

Orlando zuckte leicht zusammen, als er die Hand auf seinem Arsch spürte. Erinnerungen an andere Hände wurden in ihm wach – an grausame Hände, die nach ihm griffen, seine Arschbacken auseinanderzogen, um ihn zu vergewaltigen. Er unterbrach den Kuss und ließ seinen Kopf auf Alains Schulter sinken, um sich gegen die Erinnerungen zu wehren. Dieser Bastard war vernichtet. Orlando hatte selbst dafür gesorgt, hatte aus den Schatten erleichtert und zufrieden zugesehen, wie die Morgensonne seinen Peiniger verbrannte und in ein kleines Aschehäuflein verwandelte. Die Hand, die ihn jetzt berührte, wollte ihm keine Schmerzen zufügen. Er musste nur ein Wort sagen, nur das geringste Zögern zeigen, und diese Hand würde sich entweder ganz zurückziehen oder ihn an einer anderen Stelle streicheln. Orlando wusste es, und dieses Wissen gab ihm die Kraft, seine Albträume zu vergessen und sich nicht von ihnen überwältigen zu lassen.

„Orlando?", flüsterte Alain ihm leise ins Ohr.

Orlando hob den Kopf und lächelte ihn an. „Du hast mich gefragt, was ich mit dir mache", sagte er. „Nun, nichts anderes, als du mit mir. Ich brauche nur etwas Zeit, um mich daran zu gewöhnen."

„Soll ich aufhören?"

„Nein, zum Teufel!", wiederholte Orlando grinsend Alains Worte. Dann wurde er wieder ernst. „Wenn dieser Moment kommt, werde ich es dir sagen. Das verspreche ich."

„Das will ich hoffen", erklärte Alain mit fester Stimme. Er wollte Orlandos Grenzen akzeptieren und sich nicht darüber beschweren. Aber er wollte auch alles tun, um ihm nie wieder Angst einzujagen. Unglücklicherweise musste er sich dazu auf die Worte und Reaktionen seines Geliebten verlassen.

„ES HABEN sich ... gewisse Komplikationen ergeben", sagte Raymond, als er mit Jean im Schlepptau Marcels Büro betrat. „Wir werden dein diplomatisches Geschick brauchen, um sie in Grenzen zu halten."

Marcel sah von den Unterlagen auf seinem Schreibtisch auf. Er war dabei gewesen, die neuesten Berichte und Informationen über Serrier zu studieren, um sich ein Bild über ihre Glaubwürdigkeit und Genauigkeit zu verschaffen. „Das hört sich ja sehr ominös an", sagte er betont ruhig. Er wollte die Nervosität, die in Raymonds Stimme und Jeans Verhalten zu spüren war, nicht noch verstärken. „Ich nehme an, euer Treffen mit Monsieur Lombard ist nicht sehr gut verlaufen."

„Das Treffen war erfolgreich", erwiderte Raymond. „Ich habe viel Neues gelernt und wir haben eine Theorie entwickelt, die einige unserer Beobachtungen erklärt. Aber diese Theorie ist etwas beunruhigend."

Jean schnaubte. Beunruhigend war die Untertreibung des Tages. „Versuchs doch mit erschreckend", korrigierte er Raymond.

Marcel zog fragend eine Augenbraue hoch. Eine solche Bemerkung hatte er von dem ansonsten so unerschütterlichen Vampir nicht erwartet. „Es ist wohl am besten, ihr fangt ganz am Anfang an."

Raymond fasste in einfachen Worten die Theorie zusammen, die er und Christophe entwickelt hatten, um die Anziehung zwischen Magiern und Vampiren zu erklären. Er beschrieb Marcel, wie die sich selbst verstärkende Symbiose beiden Seiten nutzen und damit dazu beitragen konnte, das Gleichgewicht der Elementarkräfte zu erhalten.

Marcel hörte schweigend zu, um Raymonds Erklärung zu folgen und die Konsequenzen zu überdenken, die sich daraus ergaben. Als Raymond mit seinen Ausführungen zu Ende war, brauchte Marcel noch einige Minuten, um das Gehörte zu verdauen. „Du meinst also, dass die Partnerschaften, die nur als vorübergehende strategische Option gedacht waren, langfristige persönliche Auswirkungen nach sich ziehen."

Jean zuckte bei Marcels Worten innerlich zusammen, weil sie ihn erneut daran erinnerten, wie sehr er die Kontrolle über sein Leben verloren hatte. „Das Problem ist, dass Vampire hunderte von Jahren alt werden", warf er ein. „Wir vermeiden zu enge Kontakte zu Sterblichen, um nicht mit ihrem Tod konfrontiert zu werden. Bei den seltenen Ausnahmen, wie im Fall Orlandos, handelt es sich um persönliche Entscheidungen. Aber die meisten Vampire haben nicht mit einer dauerhaften Bindung gerechnet, als sie zugunsten der Allianz Partnerschaften mit Magiern eingegangen sind. Wenn wir ihnen unsere neuen Erkenntnisse nicht sehr behutsam vermitteln, könnte es dazu führen, dass sie sich den Partnerschaften verweigern. Das gilt insbesondere für diejenigen, die über ihre Partner nicht sehr glücklich sind. Beispielsweise Jude, der möglicherweise vorübergehend mit Adèle zusammenarbeiten kann, aber außerhalb der Allianz mit Sicherheit nichts mit ihr zu tun haben will."

„Und ich bezweifle, dass Adèle das anders sieht", ergänzte Raymond. „Jedenfalls dann nicht, wenn ihre Reaktion auf Jude auch nur halbwegs ehrlich ist."

Marcel lachte leise. „Sie sind wirklich nicht gerade ein ideales Paar", stimmte er zu. „Ich nehme an, ihr habt mit Monsieur Lombard auch darüber gesprochen. Was meint er dazu?"

„Er denkt, dass Blut nicht lügen kann. Wenn sie Partner sind, dann passen sie zusammen, obwohl sie es momentan noch nicht so empfinden", antwortete Raymond.

„Ihnen das zu sagen, würde bedeuten, Öl ins Feuer zu gießen", meinte Jean, der auch nicht allzu glücklich darüber war, dass das Schicksal ihm die Entscheidung abgenommen hatte. „Wir Vampire legen großen Wert auf unsere Unabhängigkeit. Wir lassen uns nicht gerne Vorschriften machen. Ich war schon überrascht darüber, dass sich bei unserem Treffen niemand meinem Vorschlag widersetzt hat."

„Werden sie ihre Zustimmung wieder rückgängig machen, wenn sie davon erfahren?", fragte Marcel in seiner direkten Art.

„Wir halten unsere Versprechen", antwortete Jean wie aus der Pistole geschossen.

Raymond legte ihm beruhigend die Hand auf den Arm. „Niemand wollte dir das Gegenteil unterstellen", versicherte er dem Vampir. „Aber wir müssen die Möglichkeit in Betracht ziehen, dass einige deiner besonders unabhängigen Freunde etwas ... impulsiv reagieren. Was mir Sorgen macht, ist die Frage, wie sich das auf die Partnerschaften auswirken könnte. Sollten Monsieur Lombard und ich recht haben, dann wird diese ... Verbindung mit der Zeit alle Lebensbereiche der Partner beeinflussen. Ich kann noch nicht sagen, was ich persönlich davon halte, aber ich kann mir denken, dass es unangenehme Folgen hat, sollte sich einer der Partner dagegen wehren."

Marcel grübelte einen Moment über Raymonds Worte nach. „Ich frage mich langsam, ob es überhaupt hilfreich wäre, die anderen einzuweihen. Wenn das Wissen darüber zu gefährlichen oder zu dummen Reaktionen führen kann – ist es dann nicht besser, zu schweigen?"

„Und wenn ein Magier die Kontrolle verliert, weil er durch die Emotionen überrascht wird, zu denen die Partnerschaft führt?", fragte Raymond. „Das könnte genauso gefährlich sein wie jede Komplikation, die dadurch entsteht, dass sich die Partner gegen die Verbindung wehren. Wenn sie Bescheid wissen, können sie sich zumindest darauf vorbereiten."

„Sofern sie sich nicht komplett verweigern." Marcel verfiel wieder ins Grübeln. Es musste doch eine Lösung geben. „Vielleicht sollten wir sie darüber unterrichten, dass wir auf einige ... außergewöhnliche Wirkungen aufmerksam geworden sind. Wir könnten sie auffordern, genau auf ihre Gefühle zu achten und uns jede Veränderung zu melden, damit wir mehr darüber erfahren. Würde das ausreichen, um die Magier vor einem möglichen Kontrollverlust zu warnen, ohne bei den anderen Partnern eine Überreaktion hervorzurufen?"

„Wäre es denn wirklich eine Überreaktion?", fragte Jean herausfordernd. „Du hast selbst keinen Partner, aber kannst du dir vorstellen, was diese ... Verbindung für die Betroffenen bedeutet? Wenn Raymond und Christophe recht haben, wird das unser Leben komplett auf den Kopf stellen. Und damit meine ich nicht nur die Vampire. Auch für die Magier bedeutet diese Partnerschaft eine Beziehung, für die sie nicht ihre Zustimmung gegeben haben. Was ist mit denjenigen, die bereits Geliebte haben oder verheiratet sind? Oder mit denjenigen, die – aus welchem Grund auch immer – keine Beziehung wollen? Was ist mit Thierry, dessen Frau gerade erst gestorben ist? Wie kann das ihnen gegenüber fair sein? Ich kann mir vorstellen, es ihnen zu verschweigen, um der Allianz nicht zu schaden. Aber was ist mit dem Schaden, den diese Heimlichtuerei in den Köpfen unserer Freunde anrichtet? Können wir das verantworten?"

„Ich sage nicht, dass du unrecht hast", erwiderte Marcel ungerührt. „Aber hast du auch darüber nachgedacht, was passieren wird, wenn diese Allianz versagt? Wenn der Krieg so weitergeht, wird er die magischen Kräfte der Erde erschöpfen und sie komplett aus dem Gleichgewicht bringen. Die Gezeiten werden sich ändern, die Jahreszeiten sich verschieben. Die Erde selbst wird sich auflehnen und erbeben. Es wird Naturkatastrophen in einer Größenordnung geben, die du dir in deinen schlimmsten Träumen nicht vorzustellen wagst. Und dann wird der Zeitpunkt kommen, an dem nichts und niemand mehr überleben kann. Was ist dann mit uns? Dann werden uns unsere Geliebten und unsere Familien egal sein, unsere Toten werden vergessen sein, weil wir nur noch mit einem beschäftigt sein werden – zu überleben, wie auch immer. Nichts anderes mehr wird eine Rolle spielen. Sicher, wenn Serrier den Krieg gewinnt, werden wir den Naturkatastrophen vielleicht entgehen. Aber glaubst du wirklich, dass es auch nur ein Lebewesen geben wird – Serriers dunkle Magier ausgenommen –, dem es dann besser geht? Wenn du das denkst, dann bist du wirklich unfassbar naiv, und das hätte ich dir nicht zugetraut. Du hast recht, es ist unfair. Wenn ich eine andere Möglichkeit sehen würde, wäre ich darüber genauso froh wie du. Aber ich sehe keine. Das ist der Grund gewesen, warum ich überhaupt zu dir gekommen bin, um diese Allianz zu schließen."

„Ihr habt beide recht", mischte sich Raymond mit ruhiger Stimme ein, obwohl er sich ganz und gar nicht so fühlte. Jean hatte von denjenigen gesprochen, die bereits Geliebte hatten. Hatte er damit auch sich selbst gemeint? „Tatsache ist, dass die Partnerschaften bereits bestehen. Sie werden wahrscheinlich mit jedem Tropfen Blut, den ein Vampir von seinem Partner trinkt, stärker und enger werden. Und wenn wir recht haben, wird jeder Biss dazu beitragen, die Elementarkräfte wieder zu stabilisieren. Das gibt uns mehr Zeit, diesen Krieg zu gewinnen und das Gleichgewicht wieder herzustellen. Wir wissen nicht, wie lange das dauern wird. Es kann sein, dass die Partnerschaften nur deshalb so stark sind, weil das Ungleichgewicht der Elementarkräfte es erfordert. Vielleicht wird die Anziehung zwischen den Partnern wieder abnehmen, wenn sich die Lage normalisiert und die Partnerschaften nicht mehr so wichtig sind. Ich weiß es nicht. Aber eines weiß ich – wie immer wir uns auch entscheiden, wir müssen es jetzt tun. Und diese Entscheidung müsst ihr beide treffen. Über Fairness und Gerechtigkeit zu streiten, hilft uns in der gegenwärtigen Situation nicht weiter. Es wird an den Verhältnissen nichts ändern. Jean – was können wir den Vampiren sagen, sodass sie auf ihre Gefühle und Handlungen achten, ohne einen Aufstand zu provozieren? Und Marcel – wie beantwortest du diese Frage für die Magier?"

„Wir sollten sie darauf aufmerksam machen, dass es Nebenwirkungen gibt und sie mir alles Außergewöhnliche melden sollen", grummelte Jean, der genau wusste, dass Raymond und Marcel recht hatten. Ihm gefiel die Sache immer noch nicht und er wollte alles tun, um seine Gefühle und Handlungen unter Kontrolle zu behalten. Aber er wollte auch alles vermeiden, was ihre einzige Chance auf Rettung sabotieren konnte. „Etwas anderes fällt mir auch nicht ein."

„Ich werde den Magiern dasselbe sagen", stimmte Marcel zu. „Die Vampire können sich bei Jean melden, die Magier bei mir oder dir."

„Wenn wir erst mehr wissen, stellen wir vielleicht fest, dass diese Wirkungen gar nicht so allgemeingültig sind, wie wir es angenommen haben. Unsere Schlussfolgerungen basieren bisher nur auf esoterischer Literatur und den wenigen Erfahrungen einiger ausgewählter Paare. Je mehr wir darüber lernen, umso besser können wir uns auf die Folgen vorbereiten, wie immer sie auch aussehen mögen", fügte Raymond abschließend hinzu.

„Still sitzen", befahl Mireille. „Wenn du ständig wackelst, wird das nichts."

„Meine Schulter ist wieder in Ordnung", insistierte Caroline.

„Euer Mediziner hat gesagt, es würde einige Tage dauern, bis sie wieder geheilt ist", erwiderte Mireille. „Bis jetzt ist noch nicht einmal ein einziger Tag vergangen. Du kannst entweder hierbleiben und zulassen, dass ich mich um dich kümmere, oder ich schleppe dich zurück zur Krankenstation. Und glaub ja nicht, dass ich das nicht kann. Wir Vampire sind ein ganzes Stück stärker als wir aussehen."

Das wusste Caroline nur zu gut. Die Verwundung an der Schulter hatte ihr schließlich nicht die Sehkraft genommen. Sie hatte mit eigenen Augen gesehen, wie Mireille bei dem Duell auf dem Bahnsteig einen viel stärkeren männlichen Magier außer Gefecht gesetzt hatte. Wenn Mireille damit drohte, sie auf die Krankenstation zu schleppen, würde Caroline nichts dagegen unternehmen können. Sie schnitt eine Grimasse und ließ sich wieder an die Rückenlehne ihres Sofas fallen. „Na gut. Aber beeil dich."

Mireille schüttelte den Kopf und beugte sich über ihre Partnerin, um ihr die Schlinge so anzulegen, wie es der Arzt ihnen gezeigt hatte. Caroline war genauso stur wie schön, und das wollte einiges heißen.

Caroline schloss die Augen, als die Vampirin sie mit sanften Händen versorgte. Es war ein denkwürdiger Tag gewesen – erst die Gründung der Allianz, dann der Kampf, ihre Verwundung und Mireilles Reaktion darauf, die anschließende Begegnung mit dem Ältesten der Vampire, und – nicht zu vergessen – die Stunden im Sonnenschein, die sie gemeinsam in Carolines ruhiger Wohnung verbracht hatten, um sich besser kennenzulernen. Caroline erschauerte, als Mireille ihr vorsichtig den Arm bewegte. Es war schon viel besser geworden, schmerzte aber immer noch. „Vorsichtig", murmelte die Vampirin, ohne ihre Arbeit zu unterbrechen. Die weiche Stimme ließ Caroline aus einem ganz anderen Grund einen Schauer über den Rücken laufen. Mireille war voller Gegensätze. Ihre sanften Hände und ihre noch sanftere Stimme verbargen die unglaubliche Stärke, die sie während des Kampfes gezeigt hatte.

So viel Sanftheit hatte in Carolines Leben in jüngster Vergangenheit keinen Platz mehr gehabt. Die Magier, mit denen sie arbeitete und kämpfte, konnten mit Sanftheit nichts anfangen. Für sie war es nur ein Zeichen von Schwäche. Mireille erinnerte Caroline daran, was sie in den letzten Jahren geopfert hatte, um von ihren Kollegen ernstgenommen zu werden. Es war ... belebend. Caroline konnte sich entspannen und ihre harte Schale aufgeben, die sie im Alltag zur Schau stellte. Mireille verlangte nichts von ihr. Caroline musste ihr nichts beweisen. Für die Vampirin war sie nur eine Frau wie alle anderen, und so behandelte Mireille sie auch – mit Respekt, Mitgefühl und Freundlichkeit. Caroline lächelte. Sie könnte sich daran gewöhnen. „Danke", sagte sie und sah ihre Partnerin an.

15

ALAIN STÜTZTE sich mit den Händen an den Wänden der Duschkabine ab, als Orlando sich in ihn presste. „Mehr", bettelte er, denn die Berührung ihrer Körper gab ihm Halt und die Sicherheit, dass ihre Beziehung unter dem Geschehen in seinem Büro nicht gelitten hatte.

Orlando ließ sich nicht zweimal bitten. Das Begehren, das er in Alains Stimme hörte und in seinen Augen sah, ließ ihn alle Vorbehalte vergessen, er könnte seinen Geliebten zu grob anfassen. Er schob Alains Füße weiter auseinander, um mehr Bewegungsspielraum zu haben. Dann fasste er ihn fest an den Hüften und stieß hart in die enge Wärme von Alains Körper.

Alain drückte sich ihm mit jedem Stoß entgegen, um seinen Bitten Nachdruck zu verleihen. Härter. Tiefer.

Orlando ließ Alains Hüften los, als er erkannte, dass sein Geliebter auf sicheren Füßen stand. Er fuhr ihm mit den Händen über den Körper und suchte die Stellen, an denen Alain in den vergangenen Tagen am sensibelsten reagiert hatte – die Unterseite seiner Arme, die Achselhöhlen, dort wo die Haare langsam ausdünnten, die leichte Delle, wo der Oberschenkel in die Hüfte überging. Sorgsam vermied er die üblichen erogenen Zonen, damit Alain spüren konnte, dass Orlando auch in den Fängen der Leidenschaft nicht vergessen hatte, mit wem er zusammen war und wen er liebte. Dieser Moment war, so wie jedes Mal, wenn sie sich liebten, ein persönlicher Augenblick, der nur ihnen beiden gehörte.

„Verdammt!", schrie Alain nach einem besonders gut gezielten Stoß Orlandos. „Wie gut. Orlando, bald … nicht mehr lange."

Orlando nickte, obwohl Alain ihn nicht sehen konnte. Er beugte sich vor und legte das Kinn auf die Schulter seines Magiers, suchte mit dem Mund seine Lippen. Als Alain ihm den Kopf zudrehte, küsste Orlando ihn und ließ die Hände nach unten gleiten, griff mit einer Hand um Alains harten Schwanz und legte ihm die andere auf die Eier. „Komm für mich, mein Geliebter", flüsterte er Alain ins Ohr und drückte fester zu.

Mit einem lauten Aufschrei kam Alain und die Knie gaben ihm nach, während er die Wände mit seinem Sperma besprizte.

Obwohl auch Orlando zum Höhepunkt gekommen war, schaffte er es noch, Alain aufzufangen und an sich zu drücken, während er ein letztes Mal in ihn hineinstieß.

GUT", SAGTE Jean. „So machen wir es. Hoffentlich wird es uns die nötigen Informationen bringen, ohne dass die Lage sich noch zusätzlich verkompliziert."

„Es wird schon funktionieren", erwiderte Marcel mit mehr Selbstvertrauen in der Stimme, als sie alle fühlten. „Wir werden es auf unserem nächsten Treffen bekannt geben."

„Besser zu früh als zu spät", sagte Raymond eindringlich.

„Morgen, spätestens übermorgen", versprach Marcel.

Jean nickte. „Wenn ihr mich jetzt bitte entschuldigend wollt, aber ich muss mich noch um eine persönliche Angelegenheit kümmern. Ich bin morgen früh wieder zurück."

Er war verschwunden, bevor Marcel oder Raymond ihm eine Antwort geben konnten. Die beiden sahen sich nachdenklich an. „Wie hältst du dich?", fragte Marcel.

ALAIN GAB Orlando einen zärtlichen Kuss. „Rede mit Sebastien", drängte er. „Finde so viel wie möglich über den Aveu de Sang heraus. Wir müssen wissen, auf was wir uns eingelassen haben."

Orlando nickte. „Ich werde ihn suchen und dann sehen wir, was er uns sagen kann. Kommst du mit mir?"

„Ich kann nicht", meinte Alain entschuldigend. „Ich muss noch etwas für Marcel erledigen." Er hasste es, Orlando anzulügen. Aber er musste wirklich noch etwas für Marcel erledigen. Das hätte zwar noch warten können, doch Alain wollte alles für Orlandos Sicherheit tun, auch wenn er dafür den Wahrheitsbegriff etwas großzügig auslegen musste. „Willst du in meinem Büro auf mich warten oder wollen wir uns zuhause treffen?"

„Ich warte lieber hier, falls es dir recht ist", entschied Orlando. „Es ist mir lieber, als allein in der Wohnung zu sein."

„Natürlich ist es mir recht", versicherte ihm Alain. „Sonst hätte ich es dir nicht angeboten. Geh jetzt und suche Sebastien. Wenn ich alles erledigt habe, komme ich hierher zurück."

Orlando nickte und verließ die Umkleidekabine, um sich auf die Suche nach Sebastien zu begeben. Alain wartete ab, bis er verschwunden war, dann machte er sich ebenfalls auf die Suche. Er musste mit einem anderen Vampir reden. Alain hatte Fragen, und er hoffte, dass Jean ihm darauf Antworten geben konnte.

Alain hatte keine Ahnung, wo er in dem Labyrinth des Hauptquartiers mit seiner Suche beginnen sollte. Deshalb entschloss er sich, es mit magischen Mitteln zu versuchen. Ein schneller Spruch zeigte ihm, dass Jean gerade Marcels Büro verließ. Er schien noch etwas vorzuhaben und Alain hoffte, dass es nicht allzu eilig war und Jean noch Zeit für ein kurzes Gespräch hatte.

An der Eingangstür fing er Jean ab und rief seinen Namen.

Mit einem leisen Fluchen drehte Jean sich um. Er war hungrig und geil, und er sehnte sich nach Karines beruhigender Gegenwart. Als er den blonden Magier erkannte, der ihn zurückgerufen hatte, unterdrückte er ein ungeduldiges Seufzen.

Magnier war nicht von der oberflächlichen Art und musste einen triftigen Grund haben, um ihn aufzuhalten.

„Ich brauche deinen Rat", sagte Alain ohne große Vorrede, als er erkannte, wie ungeduldig Jean war. „Es geht um Orlando."

„Wäre es dann nicht besser, du würdest mit ihm selbst reden?", gab Jean zurück.

„Vermutlich", stimmte ihm Alain zu. „Aber er wird mir nicht antworten. Er geht dem Thema aus dem Weg."

„Ist dir schon der Gedanke gekommen, dass er vielleicht gute Gründe hat, über bestimmte Dinge nicht reden zu wollen?"

„Natürlich", erwiderte Alain. „Aber Tatsache ist auch, dass mein Unwissen Spannungen zwischen uns verursacht, die wir in der Allianz nicht gebrauchen können. Und in meinem persönlichen Leben will ich sie auch nicht haben. Pass auf, beantworte mir nur einige grundsätzliche Fragen über Vampire. Ich kann meine eigenen Schlussfolgerungen daraus ziehen, wenn du nicht über Orlando reden willst."

Jean warf einen Blick auf die Uhr. „Ich gebe dir fünfzehn Minuten. Nutze sie gut."

ORLANDO FRAGTE sich durch, bis er Sebastien schließlich in einer Art Lounge entdeckte, die einen Kühlschrank und eine Mikrowelle enthielt. An der Wand stand ein Apparat, aus dem man Snacks ziehen konnte. Wahrscheinlich war es ein Aufenthaltsraum, in dem die Mitarbeiter ihre Pausen verbrachten. „Sebastien? Hast du einige Minuten Zeit für mich? Ich könnte deinen Rat brauchen."

Sebastien hob den Kopf und begrüßte Orlando mit einem Lächeln. Er war froh, den jungen Vampir wieder auf den Beinen zu sehen. „Du siehst schon wesentlich besser aus, als ich dich von unserer letzten Begegnung in Erinnerung habe. Ich nehme an, dein Avoué hat sich angemessen um dich gekümmert?"

Orlando wurde rot, als er daran dachte, wie Alain sich in der Tat um ihn gekümmert hatte. „Darüber wollte ich mit dir reden. Der Aveu de Sang scheint mehr zu beinhalten, als mir bisher bewusst war. Ich möchte nicht ständig über unerwartete Schwierigkeiten stolpern, wenn ich es vermeiden kann."

„Sehr vernünftig", stimmte Sebastien ihm kopfnickend zu. „Nimm Platz, dann können wir darüber reden. Einige Aspekte des Aveu de Sang sind allgemeingültig, andere von Vampir zu Vampir unterschiedlich."

„AM ENDE des Flurs ist ein leer stehendes Büro, dort können wir ungestört reden", sagte Alain zu Jean. „Wenn es dir recht ist, möchte ich das nicht hier in der Öffentlichkeit tun."

„Es sind deine fünfzehn Minuten", erwiderte Jean.

Alain zog eine Grimasse, machte sich aber auf den Weg zu dem Büro, schloss es auf und ließ dann Jean den Vortritt.

Erst als die Tür sich hinter ihnen schloss, wandte er sich wieder an den Vampir. „Gibt es ein wie auch immer geartetes Verbot, das Vampiren untersagt, Blut zu trinken, wenn sie Sex haben?"

Jean musste sich mühsam ein Lachen unterdrücken. „Das war zielgenau auf den Punkt getroffen", bemerkte er.

„Du hast mich mehrmals darauf hingewiesen, dass ich nur fünfzehn Minuten habe. Ich will meine Zeit nicht vergeuden und um den heißen Brei herumreden."

„Richtig. Und um deine Frage genauso direkt zu beantworten … Nein. Es gibt weder ein Gesetz noch eine Tradition, die uns zwingt, das getrennt zu halten. Die meisten Vampire ziehen es sogar vor, es zu kombinieren. Es intensiviert das Erlebnis, sowohl beim Trinken wie auch beim Sex", erwiderte Jean mit einem anzüglichen Lächeln, weil er genau das in kurzer Zeit zu genießen gedachte. Dazu musste er nur noch aus diesem Büro entkommen.

„Warum hält sich Orlando dann so zurück?", fragte Alain.

Jean schüttelte den Kopf. „Diese Frage musst du ihm selbst stellen. Ich kann dir nur raten, Geduld mit ihm zu haben. Dass er sich überhaupt mit dir eingelassen hat, grenzt schon an ein Wunder … Jedenfalls, wenn man an Wunder glaubt. Lass ihm die Zeit, die er braucht, selbst wenn es länger dauert, als dir lieb ist."

„ICH HABE das Gefühl, so vieles nicht zu wissen", begann Orlando. „Ich weiß nicht einmal, welche Fragen ich dir stellen soll."

„Vielleicht solltest du mir zuerst erklären, warum du zu mir gekommen bist und mit mir reden willst", schlug Sebastien vor. „Dann sehen wir weiter."

„Was ist heute Abend mit mir passiert?", wollte Orlando wissen. „Ich habe noch nie öfter trinken müssen, als alle zwei oder drei Tage. Ich habe immer rechtzeitig bemerkt, wann es so weit sein wird. Heute Abend ging es mir gut, bis ich plötzlich das Bewusstsein verloren habe. Das kann gefährlich, sogar tödlich sein, falls ich allein bin oder wir gerade gegen die dunklen Magier kämpfen."

„Der Aveu de Sang wird gestärkt, wenn du das Blut deines Partners trinkst", erklärte Sebastien. „Das hast du bestimmt schon selbst gefühlt. In den ersten Wochen musst du deshalb öfter trinken als gewöhnlich. Mindestens einmal am Tag, besser sogar zweimal."

„Aber das wird Alain umbringen!", protestierte Orlando.

„Richtig, das sollte es eigentlich tun", gab Sebastien zu. „Aber das wird nicht geschehen. Ich weiß auch nicht, warum das der Fall ist. Aber du kannst jeden Tag so viel trinken, bis dir schlecht wird. Alain wird darunter nicht leiden. Es liegt in der Natur des Aveu de Sang. Ihr solltet euch eine Routine angewöhnen, beispielsweise abends nach dem Aufstehen und morgens vor dem zu Bett gehen. Wenn ihr das zwei Wochen lang jeden Tag durchhaltet, sollte es reichen. Danach

129

kannst du wieder zu deinen normalen Gewohnheiten zurückkehren. Obwohl du das dann vielleicht gar nicht mehr willst."

„Warum nicht?", wollte Orlando wissen.

Sebastien lachte. „Es gibt nichts Berauschenderes, als von deinem Avoué zu trinken. Es macht mehr süchtig, als der beste Sex."

„Noch eine Frage", sagte Alain. „Danach kannst du erledigen, was immer dir auch unter den Nägeln brennt. Ich habe den Eindruck, dass Orlando über viele Dinge, die er eigentlich wissen müsste, nicht informiert ist. Er wusste über das Brandmal Bescheid, aber er hatte keine Ahnung, was es symbolisiert. Dann ist er heute ohnmächtig geworden, weil er nicht wusste, dass er nach einem neu geschlossenen Aveu de Sang öfter trinken muss."

„Das ist eine Beobachtung, keine Frage", bemerkte Jean.

„Aber warum weiß er diese Dinge nicht?", fragte Alain beharrlich nach.

„Weil er schon über hundert Jahre alt war, als er zu mir gekommen ist. Sein Schöpfer hätte ihm das alles beibringen sollen, aber Thurloe hat sich mehr für sein eigenes, perverses Vergnügen interessiert als dafür, Orlando zu lehren, wie man als Vampir am Leben bleibt. Orlando wollte aber nicht wie ein frisch umgewandelter Vampir behandelt werden, nachdem er Thurloe entkommen ist. Er hat mir nicht erlaubt, ihn zu unterrichten, als ob er noch ein Novize wäre. Deshalb ist er so unwissend über Dinge außerhalb seiner eigenen Erfahrung. Ich versuche, diese Lücken zu schließen, aber ich will ihn nicht verärgern oder herabsetzen. Darum ist alles, was ich ihn lehren kann, zu wenig, und vieles kommt zu spät. Du hast gesagt, er wäre ohnmächtig geworden. Geht es ihm wieder besser?"

Alain nickte. „Sebastien war dabei und wusste sofort, was passiert ist. Wir haben uns beide um Orlando gekümmert."

Jean runzelte die Stirn. Ja, Sebastien wusste, was ein Aveu de Sang bedeutete. Er hatte Jean schließlich die Chance gestohlen, es selbst zu erfahren.

„Gibt es noch ... noch andere Nebenwirkungen des Aveu de Sang?", fragte Orlando. „Noch andere Dinge, auf die ich achten muss?"

„Körperlich nicht", erwiderte Sebastien. „Aber es gibt noch weniger fassbare Aspekte, die auf lange Sicht mehr Problem bereiten können."

„Welche?", wollte Orlando wissen, dem Alains Bitte um mehr Informationen noch gegenwärtig war.

„Den Sex habe ich schon erwähnt. Du wirst wahrscheinlich feststellen, dass deine Lust auf Sex zunimmt. Ich glaube, es liegt vor allem daran, dass die Intimität beim Trinken ein so ungewöhnlich intensives Erlebnis ist. Die Wirkung lässt auf jeden Fall nicht nach, auch wenn du nicht mehr jeden Tag Blut brauchst. Wenn du irgendwann merkst, dass du seinen Geschmack nicht mehr brauchst, kannst du bis zu zwei Wochen durchhalten, bevor du wieder trinken musst", erläuterte Sebastien.

Orlando nickte. Er hatte schon festgestellt, dass sein Verlangen nach Alain schier unersättlich war. „Wird es ihm genauso gehen? Ich meine ... wird der Aveu de Sang ihn auch so ... so begierig machen? Ich will mich ihm nicht aufdrängen."

„Ich kann nicht für deinen Avoué sprechen, aber meiner hat sich nie über meine Aufmerksamkeit beschwert", versicherte Sebastien. „Frag ihn selbst, wenn du dir darüber Sorgen machst. Aber nimm seine Antwort ernst."

„Was noch?"

„Du wirst sehr besitzergreifend, sogar eifersüchtig, und du wirst ihn beschützen und behüten wollen", warnte Sebastien. „Er wird dir keinen Grund zur Eifersucht geben, aber der Rest der Welt ist nicht so rücksichtsvoll."

„Wer würde es wagen ..."

„Aufhören!", unterbrach Sebastien ihn, bevor er den Satz zu Ende sprechen konnte. „Wenn es ein Gesetz unter Vampiren gibt, dann ist es das Verbot, sich dem Avoué eines anderen Vampirs zu nähern. Niemand wird es wagen, ihn dir wegzunehmen. Aber das wird nicht verhindern, dass andere Vampire oder Sterbliche ihm bewundernde Blicke zuwerfen. Sie dürfen dich nicht kümmern. Selbst wenn sie versuchen wollten, ihn dir wegzunehmen, wären diese Versuche erfolglos. Deine Priorität muss es sein, deine Gefühle unter Kontrolle zu behalten, wenn du irrational wirst oder etwas Dummes tun willst. Du darfst nicht jede eingebildete Herausforderung annehmen und dich auf unnütze Auseinandersetzungen einlassen, denn die anderen werden darauf reagieren, selbst wenn sie sich nichts haben zu Schulde kommen lassen. Du weißt selbst am besten, wie Vampire in einer solchen Situation reagieren."

Orlando nickte nachdenklich. Der Gedanke, dass jemand Alain zu nahe treten könnte, machte ihn wütend. „Und außerdem?"

„Reicht es dir immer noch nicht?", fragte Sebastien lachend.

„Doch", gab Orlando zu. „Aber ich möchte alles wissen und es hinter mich bringen."

„Was ich dir noch sagen kann, ist, dass du fühlen kannst, wo sich dein Avoué aufhält. Es ist nicht so, dass du genau weißt, in welchem Zimmer er sich gerade aufhält; aber es reicht, um ihn zu finden, wenn ihr beispielsweise auf einem Festplatz getrennt werdet. Verstehst du mich?"

Orlando nickte. Das konnte auch nützlich sein, wenn sie sich bei einem Kampf aus den Augen verloren. „Vielen Dank", sagte er. „Du hast mir sehr geholfen. Ich muss jetzt darüber nachdenken. Danke, dass du dir die Zeit genommen hast, um mit mir darüber zu reden."

„Ich weiß, dass du deine Zeit meistens mit Jean verbracht hast. Der Rest von uns ist auch nicht so schlecht. Einige von uns würden sich sogar freuen, dich zum Freund zu haben."

Orlando nickte wieder. Er schämte sich, weil er die Gesellschaft der anderen Vampire aus Furcht und Misstrauen so lange gemieden hatte. Es war an der Zeit, das zu ändern. „Ich … ich würde mich auch darüber freuen."

JEAN WARF einen Blick auf die Wanduhr. „Deine Zeit ist um", sagte er, stand auf und ging zur Tür. Er öffnete sie und drehte sich noch einmal um. „Dir ist doch hoffentlich klar, dass er dir mehr vertraut als jedem anderen, selbst mir? Zeig ihm, dass du ihm genauso vertraust. Mit der Zeit wird er offener werden und dir alles sagen."

Alain nickte. Es war ein guter Rat. Er hoffte nur, ihn befolgen zu können, denn der Krieg und die Allianz verlangten ihnen viel ab. Als er aufsah, war Jean schon verschwunden. Alain stand auf und schloss das Büro hinter sich ab. Dann erledigte er den Papierkram, der ihm als Entschuldigung gedient hatte, Orlando nicht zu Sebastien begleiten zu müssen. Er saß vor seinen Akten und hatte es plötzlich eilig, damit fertig zu werden. Sein Verlangen nach Orlando wuchs von Minute zu Minute. Es überraschte ihn, sich so sehr nach seinem Geliebten zu sehnen, denn er war heute schon zweimal zum Orgasmus gekommen – einmal durch Orlandos Biss und einmal durch seinen Schwanz. Aber alles, was sie miteinander machten, fühlte sich gut an, und deshalb stellte er seine Gefühle nicht in Frage.

16

JEAN EILTE durch die dunklen Straßen und gab sich keine Mühe, unauffällig zu wirken. Es war ihm egal, wer seinen Weg kreuzte. Er war ein Vampir auf der Pirsch und jeder, der genug Verstand besaß, um das zu erkennen, würde ihm ausweichen. Und diejenigen, die nicht so vernünftig waren, würden anstandslos aus dem Weg geräumt, denn niemand stellte sich zwischen Jean und sein Ziel. Er wusste, dass es schon spät war, aber das hielt ihn nicht davon ab, Karine aufzusuchen. Sie würde ihn einlassen, so, wie sie es immer tat.

Heute wäre ihr Blick schlaftrunken und ihre Haare verstrubbelt, weil sie schon im Bett gelegen hatte. Aber das machte sie für Jean nicht weniger attraktiv. Wenn überhaupt, wurde sie dadurch noch begehrenswerter, mit dem Nachthemd aus Baumwolle als einziger Barriere zwischen ihm und ihrem nackten Körper. Er würde sie durch die Wohnung und in ihr Bett locken und sie würde keine Einwände dagegen erheben, würde ihm erst ihren Hals anbieten, weil sie seinen Hunger spüren konnte, und dann ihren Körper, falls ihn auch danach verlangte. Manchmal war das der Fall, manchmal auch nicht. Heute war eine der Nächte, in der er alles von ihr wollte. Heute musste er sich etwas beweisen, und Karine würde ihm dabei helfen.

Jean wusste, sie würde ihm die Tür öffnen und seinen Hunger stillen. Wenn er sich in jeder Hinsicht befriedigt hatte, würde er ihr Bett verlassen und wieder gehen, so wie er es immer tat. Sie würde ihn vermissen und auf seinen nächsten Besuch warten, am nächsten Tag, in der nächsten Woche oder im nächsten Monat. Jean wusste, dass sie sich mehr erhoffte. Er hatte sich schon oft gewünscht, es ihr geben zu können. Er beneidete Orlando und die Beziehung, die sich zwischen seinem Protegé und dem Magier entwickelte. Karine würde ihm jederzeit erlauben, ihr sein Zeichen einzubrennen, würde ohne langes Nachdenken den Aveu de Sang mit ihm eingehen. Er musste sie nur darum bitten. Aber das konnte er nicht. Sie war nicht Thibault, daran würde sich nie etwas ändern. Fast vierhundert Jahre waren seit damals vergangen, aber was bedeutete Zeit schon für einen Vampir? Jeans Herz hing immer noch an seinen Erinnerungen an den jungen Mann, den er niemals so lieben durfte, wie er es sich gewünscht hatte. Daran hatte sich nichts geändert.

Jean stieg die Treppe zu Karines Wohnung hinauf und verdrängte seine Gedanken an die Vergangenheit. Dann klingelte er an der Tür und wartete auf ihre Antwort.

Die Tür öffnete sich und sie stand vor ihm, so, wie er sie sich vorgestellt hatte. Nur in einer Kleinigkeit hatte er sich geirrt, wie er feststellte, als er die Wohnung betrat und die Tür hinter sich schloss. Ihr Nachthemd war aus Seide,

133

nicht aus Baumwolle. „Du solltest vorsichtiger sein", warnte er sie. „Man kann nie wissen, wer um diese Uhrzeit vor der Tür steht."

„Um drei Uhr in der Nacht?", fragte sie ungläubig. „Um diese Uhrzeit gibt es nur einen, der mich besuchen kommt."

„Und wenn es eines Tages doch ein anderer ist?", hakte er nach.

„Warum sollte jemand so spät noch an meiner Tür klingeln?", fragte sie herausfordernd.

Jean war in einem Zwiespalt. Er wusste, dass der Erfolg der Allianz von ihrer Verschwiegenheit abhing. Andererseits konnte Karine durch ihre Unwissenheit in Gefahr geraten. Er liebte sie nicht so, wie sie es sich wünschte und wie sie es verdiente, aber er wollte auch nicht, dass ihr etwas zustieß. „Es mag dir unwichtig vorkommen, dass ich der Chef de la Cour der Vampire bin, aber es gibt viele, die mich aus dieser Position entfernen möchten. Ich will nicht, dass du meinetwegen in Machtkämpfe verwickelt wirst und dir etwas geschieht."

„Würde es dich wirklich treffen, wenn mir etwas passiert? Das habe ich nicht erwartet", sagte sie unbeeindruckt, aber die Bitterkeit, die in ihrer Stimme mitschwang, fühlte sich wie ein Schlag ins Gesicht an. Karine drehte sich ohne ein weiteres Wort um und ging ins Schlafzimmer.

Wütend griff Jean nach ihr und zog sie in die Arme. Er küsste sie, hungrig und strafend. Ohne sie loszulassen, schob er sie rückwärts ins Schlafzimmer. Sein fordernder Kuss nahm mit ihrem Mund vorweg, was er mit ihrem Körper vorhatte.

Sie wehrte sich gegen ihn, obwohl sie um die Sinnlosigkeit ihres Widerstands wusste. Karine war eine zierliche Frau, die auch gegen einen Sterblichen keine Chance gehabt hätte. Gegen einen Vampir war sie machtlos. Sie hatte immer gewusst, dass sie gegen Jean nicht ankam und dass er sie jederzeit nehmen konnte, wenn ihn danach verlangte. Er hatte es bisher nie getan, und dafür war sie ihm dankbar. Aber heute schien sich das geändert zu haben. Sie entwand sich seinem Kuss, um ihn zu bitten, aufzuhören. Doch dazu kam sie nicht mehr. Seine Lippen glitten über ihr Kinn nach unten, suchten den Pulsschlag an ihrem Hals und saugten sich fest. Noch drangen seine Zähne nicht in ihre Haut ein.

Karine zog ihn wild an den Haaren. Seine Rücksichtslosigkeit machte sie wütend, weckte aber auch Begierde in ihr. Er hob den Kopf und sah ihr in die Augen: Blau traf auf Braun und funkelte sich an. Sie torkelten an die Wand neben der Schlafzimmertür, gefangen in einer Umarmung, die Wut und Erotik in sich vereinte. Jean verlor die Geduld und griff zwischen sie, um ihr das Nachthemd vom Leib zu reißen, bis sie nackt vor ihm stand, seinem Blick und seinen Händen ausgeliefert.

Karine wollte protestieren, aber seine Lippen verschlossen ihr den Mund und seine Zunge drang in sie ein. Die Leidenschaft flammte zwischen ihnen auf und Karine vergaß, was sie eben noch sagen wollte. Sie biss ihm auf die Zunge, fest genug, um sein Blut zu schmecken. Früher hätte sie sich Sorgen gemacht um die Wirkung, die sein Blut auf sie haben konnte. Aber heute spielte es keine Rolle mehr. Ihr einziger Gedanke war, Jean mitzunehmen und ihn genauso zu erregen, wie sein überraschender Ansturm sie erregt hatte.

Karines Biss ließ Wellen der Lust durch Jeans Körper schießen. Er wusste, dass sein Blut ihr keinen Schaden zufügen konnte. Das wäre nur der Fall gewesen, wenn er sie gebissen und komplett leer getrunken hätte. Es war die Aggressivität Karines, die ihn so erregte. Er hatte sie bisher nur passiv kennengelernt, hingebungsvoll und immer zufrieden mit dem, was er ihr gab. Heute Nacht war sie anders, heute verlangte sie nach mehr, und er wollte es ihr geben.

Karine zerrte an seinem Hosenbund, um die lästige Kleidung loszuwerden. Der Knopf riss ab und flog durchs Zimmer, aber das war ihr egal. Sie interessierte sich nur dafür, was hinter dem Stoff lag. Sie zog den Reißverschluss auf, suchte nach Jeans Schwanz und fasste zu.

Jean hob den Kopf, als er ihre Hand spürte, die so ungewohnt fest und wenig zärtlich nach seinem Schwanz griff und auf und ab rieb. Er schob sich die Hose über die Hüften nach unten und drückte sich an ihren nackten Bauch.

„Mach schon", zischte sie. „Fick mich. Hier und jetzt."

Er konnte den vulgären Worten, die aus ihrem verletzlichen Mund kamen, nicht widerstehen. Mit beiden Händen griff er nach ihrem Hintern und hob sie hoch, um in sie einzudringen. Ohne sich darum zu kümmern, ob sie schon für ihn bereit war, stieß er in ihren heißen Körper. Ihr Kopf fiel nach hinten an die Wand und legte den Hals für seine Zähne bloß. Er nahm das Angebot an, suchte mit den Lippen ihren Puls und riss ihr mit den Zähnen die Haut auf, bis das Blut in warmen Strömen in seinen Mund floss. Er saugte härter und stieß tiefer in sie hinein. Der Blutrausch und die Macht seiner Begierde machten ihn schwindelig. Mit jedem Stoß, mit jedem Schluck Blut, den Jean aus ihrem Hals saugte, verlor Karine mehr und mehr die Kontrolle über ihre Leidenschaft und riss ihn in ihrem Taumel mit. Stoßen, saugen, stoßen, saugen. Jean wollte nicht mehr aufhören, wollte sich für immer in Karine verlieren, sich von ihrer Leidenschaft überwältigen lassen. Aber das war nicht möglich.

Karine nahm keine Rücksicht auf seine Zähne und die Verletzungen, die sie an ihrem Hals verursachen konnten. Sie kam seinen Stößen mit aller Macht entgegen, wollte ihn noch tiefer in sich spüren. Die Kombination von Jeans scharfen Zähnen mit seinem harten Schwanz brachte sie um den Verstand, ließ die Erregung in nie erlebte Höhen steigen und trieb sie unaufhaltsam zum Orgasmus. Sie wollte den Augenblick länger genießen, weil sie wusste, dass Jean nur in diesen Momenten ganz ihr gehörte; aber die Gefühle, die er in ihr auslöste, waren so überwältigend, dass sie sich nicht mehr beherrschen konnte. Mit einem erstickten Schluchzer gab sie auf und überließ sich der Ekstase, die in unkontrollierten Zuckungen durch ihren Körper fuhr.

Der Geschmack von Karines Orgasmus in ihrem Blut war genug, um auch Jean den letzten Rest seiner fragilen Kontrolle zu rauben. Er stieß ein letztes Mal in sie hinein und kam, während ihr Blut weiter in seinen Mund strömte.

Sie lehnten an der Wand, an Hals und Lenden immer noch vereint, und kämpften keuchend um Luft. Schließlich hob Jean den Kopf, um sich Karine anzusehen. Ihr Hals war zerbissen, das Nachthemd zerrissen, Arme und Hüften von roten Flecken übersät, die deutlich zeigten, wo er sie viel zu hart angefasst hatte. Ihm war klar, dass sie es auch gewollt hatte – es war in ihrem Blut zu schmecken gewesen –, aber sie erinnerte ihn dennoch mehr an ein Vergewaltigungsopfer als an eine Frau, die gerade geliebt worden war.

„Es tut mir leid, Karine", murmelte er bedauernd und hob sie hoch, bis sein schlaffer Schwanz aus ihr herausrutschte. Dann drückte er sie zärtlich an sich und trug sie den Rest des Weges in ihr Schlafzimmer, wo er sie vorsichtig aufs Bett legte. „Bleib liegen, ich kümmere mich um dich."

Karine überließ sich seinen Armen und zog sich nach diesem ungewohnten Ausbruch der Leidenschaft in ihre eigenen Gedanken zurück. Sie liebte Jean, liebte ihn schon seit zehn Jahren. Aber alles, was sie von ihm erwarten konnte, waren Sex und sein Biss. Und selbst das hatte sich heute anders angefühlt. Er war noch nie so aggressiv, so wütend gewesen. Sie lag auf dem Bett, hörte, wie er im Badezimmer das Wasser laufen ließ und fragte sich, was sie gesagt oder getan haben konnte, um diesen Ausbruch zu verursachen.

Jean wurde von Schuldgefühlen geplagt. Er ließ das Wasser laufen, bis es angenehm warm war, und hielt ein weiches Tuch darunter. Karine hatte mehr verdient, als er ihr geben konnte. Er wusste, dass sie ihn liebte. Er hatte es von Anfang an gewusst. Es machte ihr Blut so wunderbar süß und unwiderstehlich, obwohl er ihre Gefühle nicht erwidern konnte. Er hatte sie immer nur benutzt, hatte ihre Gefühle ausgenutzt, um seine eigenen Bedürfnisse zu befriedigen, jedes einzelne Mal, wenn er sie besucht hatte. Heute war er sogar noch einen Schritt weiter gegangen. Er hatte ihr Vertrauen und ihren Körper missbraucht. Es war unentschuldbar. Mit einem gequälten Seufzer ging er ins Schlafzimmer zurück, fest entschlossen, sein Verhalten irgendwie wieder gut zu machen.

Karine drehte ihm den Kopf zu, als er zurück ins Zimmer kam. Sie ließ ihn die Fetzen ihres Nachthemds von ihrem Körper ziehen, ließ sich das Blut an ihrem Hals und den Samen zwischen ihren Beinen abwaschen. Seine sanften Finger strichen über die Prellungen, die sich auf ihrer hellen Haut schon blau verfärbt hatten. Jeder einzelne Fleck passte zu einem seiner Finger, den gleichen Fingern, die sie jetzt so zärtlich und liebevoll berührten.

„Es gibt keine Entschuldigung für mein Verhalten", sagte Jean und beugte sich vor, um über die Wunde an ihrem Hals zu lecken, damit sein Speichel die Blutung stillte und die Heilung beschleunigte.

„Warum hast du es getan?", fragte Karine lethargisch und ließ aus Gewohnheit den Kopf zurückfallen, damit er ihren Hals besser erreichen konnte.

Jean zuckte zusammen. „Du hast mich wütend gemacht. Ich weiß, dass du etwas Besseres verdient hast als mich, aber du lehnst mich nie ab. Du schickst mich nie weg. Ich bin zurückgekommen, weil du mir das gibst, was mir sonst niemand geben würde."

„Gibt es wirklich niemanden, der seine Beine breit macht, wenn du Blut brauchst?", forderte sie ihn heraus.

Sein Gesicht verzog sich wütend, aber er hielt sich zurück. „Niemand sonst bietet mir einen Ort, an dem ich nicht auf der Hut sein muss, sondern einfach nur ich selbst sein kann" sagte er barsch. „Du willst nicht meine Macht oder meine Position. Du schmiedest keine Ränke, um mich abzulösen oder durch mich persönliche Vorteile zu bekommen. Du verlangst nur etwas Zeit und Zärtlichkeit."

„Ich habe dich in letzter Zeit selten genug gesehen."

„Ich weiß", sagte Jean beschämt. „Aber es ist viel geschehen in den letzten Tagen, Karine. Du hast die Nachrichten gesehen. Du weißt, was in der Stadt los ist."

Mehr sagte er nicht, aber das war auch nicht nötig. Es war nahezu unmöglich, den Fernseher einzuschalten, ohne die neusten Nachrichten über den Krieg der Magier zu hören. Karine wurde blass. „Bist du …?" Sie wusste nicht, wie sie ihre Frage formulieren sollte.

„Es ist besser, du weißt keine Details", erwiderte Jean zärtlich.

Ihre Augen füllten sich mit Tränen. „Dann war das unser Abschied, nicht wahr? Deshalb bist du gekommen. Deshalb …"

„Nein", versicherte ihr Jean hastig. „Das war es ganz und gar nicht. Es gibt keinen Grund, warum wir uns nicht weiterhin ab und zu sehen können. Außer, du willst nicht mehr, dass ich komme."

„Das sagst du jedes Mal, wenn du hier bist. Hörst du mir überhaupt zu, wenn ich dir sage, dass ich meine Meinung nicht geändert habe? Das ich dich immer noch sehen will?", bohrte sie nach und wurde jetzt ebenfalls wütend.

„Natürlich höre ich dir zu. Ich komme doch zurück, oder? Wenn ich nicht zuhören würde, käme ich nicht zurück", gab er zurück und holte tief Luft, um zum wiederholten Mal seine aufkeimende Wut zu unterdrücken. „Ich bin nicht gekommen, um mich mit dir zu streiten, Karine. Ich bin gekommen, weil ich dich sehen wollte, weil ich wissen wollte, wie es dir geht."

„Und um von meinem Blut zu trinken und mich zu ficken", schoss sie zurück. „Geh jetzt, Jean. Ich liebe dich, aber heute Nacht kann ich dich nicht ertragen."

„Es tut mir leid", entschuldigte er sich erneut. „Ich wünschte, ich könnte der Mann für dich sein, als den du mich willst."

„Du bist der Mann, den ich will. Deshalb liebe ich dich. Aber ich will auch, dass du diese Liebe erwiderst", erklärte sie geduldig, als würde sie mit einem kleinen Kind sprechen. „Ich weiß allerdings auch, dass man Gefühle nicht erzwingen kann. Du kannst dich nicht dazu zwingen, mich zu lieben, und mir ist es lieber, wenn du mir die Wahrheit sagst und mir nichts vorzumachen versuchst. Geh jetzt, Jean."

Er wollte bleiben, wollte ihr widersprechen. Aber wozu? Die einzigen Worte, die diese Situation retten könnten, konnte er ihr nicht sagen. „Ich komme bald wieder vorbei, um nach dir zu sehen", versprach er. Normalerweise hätte er noch hinzugefügt: „Wenn du mich noch willst." Heute sagte er das nicht. Er wollte sie nicht beleidigen.

Jean erhob sich vom Bett, strich sich die Falten aus dem Hemd und ging zur Tür.

Karine sah ihm nach. Sie hatte ein ungutes Gefühl. Schnell sprang sie auf und lief ihm durch den Flur nach, obwohl sie immer noch nackt war. Was spielte das für eine Rolle, wo er sie schon so oft nackt gesehen hatte? Sie warf sich in seine Arme und gab ihm einen letzten Kuss zum Abschied. „Pass auf dich auf", bat sie ihn.

Jean drückte sie an sich. „Ich kann auf mich aufpassen", versicherte er ihr und gab ihr ebenfalls einen Abschiedskuss.

Karine schluchzte leise, als der Mann, den sie liebte, die Treppe hinabging und in der Nacht verschwand. Sie schloss die Tür und verriegelte sie. Tränen stiegen ihr in die Augen. Sie wollte an sein Versprechen glauben, aber sie konnte die dunkle Vorahnung nicht abschütteln, dass sie ihn niemals wiedersehen würde.

17

ADÈLE LIEF aufgebracht im Konferenzraum auf und ab. Die Wut über Jude quoll ihr aus jeder Pore. Wie konnte dieser unerträgliche, chauvinistische Kerl sie behandeln, als ob sie seine Dienerin wäre? Wie konnte er sie nach seinen überholten Standards beurteilen, die selbst die Antike modern wirken ließen? Sie war eine Frau des 21. Jahrhunderts, aufgeklärt, unabhängig und selbstständig. Sie brauchte ihn und seine Überheblichkeit nicht. Er war ein nutzloser Bastard, und das einzige, was für ihn sprach, war sein Aussehen. Oh, welche Schönheit! Gegen ihren Willen spürte Adèle, wie neben ihrem Zorn auch Begehren in ihr aufkam. Ja, er war ein arroganter Bastard. Aber ein verdammt sexy arroganter Bastard.

Er hatte sie erst einmal, vor dem Kampf auf dem Bahnhof, gebissen. Sie wusste genau, dass er Blut brauchen würde, bevor sie tagsüber auf Patrouille gingen. Sie wäre fast in ihr Büro zurückgegangen, um Angélique und David zu bitten, sie nachts einzuteilen, damit sie ihn nicht mehr in ihre Nähe lassen musste. Sie hasste ihn, fühlte aber ein körperliches Verlangen für ihn, das nur schwer zu unterdrücken wäre, wenn er sie biss. Seine Lippen und Zähne an ihrem Handgelenk hatten eine unglaublich erotische Wirkung auf sie gehabt. Damals hatte sie ihn noch nicht gekannt, aber das hätte vermutlich auch nicht viel geändert. Sie erinnerte sich mit Bedauern an Jean, an die Blicke, die er ihr zugeworfen und wie er mit ihr geflirtet hatte. Er war wahrscheinlich ein sehr liebevoller und aufmerksamer Liebhaber, dem seine Partnerin genauso am Herzen lag wie er selbst. Über Jude machte sie sich diesbezüglich keine Illusionen. Sex mit ihm konnte nur in einen Machtkampf ausarten, so wie jeder andere Kontakt auch.

Sie rief sich in Gedanken zur Ordnung und versuchte, eine Strategie zu entwickeln, um die Feindseligkeit zwischen sich und ihrem Partner in den Griff zu bekommen. Wenn sie es nicht schafften, ihre Probleme zu lösen, würden sie nie effektiv zusammenarbeiten können. Der Kampf auf dem Bahnhof hatte ihnen gezeigt, wie wichtig Teamwork für die neue Allianz war. Sie konnten ihren gemeinsamen Feind nicht dadurch besiegen, dass sie isoliert und unabhängig agierten. Sie mussten die beiden Gruppen integrieren und zu einer gemeinsamen, schlagkräftigen Einheit formen. Adèle war eine der führenden Persönlichkeiten in einer dieser Gruppen. Es war ihre Pflicht, mit gutem Vorbild voranzugehen. Aber Jude provozierte sie mit jedem Wort und jeder Handlung, als ob er ein klammheimliches Vergnügen daran hätte, sie aus dem Konzept zu bringen.

Sein Verhalten war natürlich typisch für die Zeit, in der er aufgewachsen war. Er war der heldenhafte Krieger, der sein Territorium verteidigte und seinem Vergnügen hinterherjagte. Allerdings half ihr diese Erkenntnis auch nicht sonderlich, ihn besser tolerieren zu können. In Judes Leben hatten Frauen nur einen Platz, und der war in seinem Bett. Es war dieser doppelte Standard, der sie so sehr erzürnte. In der Öffentlichkeit sollte sie sich bescheiden und zurückhaltend verhalten, aber wenn sie im Bett landeten, würde er wahrscheinlich ungehemmte Lüsternheit erwarten. Die Jungfrau und die Hure. Nun, Adèle hatte Neuigkeiten für den arroganten Herrn Vampir. Sie war weder das eine noch das andere, für ihn nicht und für niemanden sonst. Sie hatte Spaß am Sex – sofern sie die Zeit dazu fand – und sie hatte auch keine Probleme damit, es zum Ausdruck zu bringen. Aber sie erwartete von ihren Partner auch, mit Respekt behandelt zu werden. Es war sogar die wichtigste Eigenschaft, die sie von ihren Geliebten verlangte. Ein Mann musste nicht redegewandt, attraktiv oder reich sein, auch sonst nichts. Aber er musste sie respektvoll und als gleichberechtigte Partnerin behandeln. Sie wollte nicht verwöhnt oder übertrieben rücksichtsvoll behandelt werden, obwohl sie das ab und zu durchaus genoss. Schließlich war sie eine Frau. Aber es war keine zwingende Voraussetzung für einen Mann. Er musste ihr nicht die Tür aufhalten oder den Arm reichen. Er musste nur akzeptieren, dass sie ein Recht auf ihre eigene Meinung und ihre eigenen Entscheidungen hatte. Ihr Partner jedoch schien zu glauben, er wäre ihr Herr und Meister. Nun, diesen Gedanken konnte er sich abschminken. Arrogantes Arschloch! Sie würde es ihm schon zeigen, so oder so. Und zwar bevor sie im Bett endeten.

ANGÉLIQUE STUDIERTE aufmerksam das Handbuch, das vor ihr auf dem Tisch lag. David hatte ihr die Strategie genau erklärt und sie wollte sicher gehen, auch alles verstanden zu haben. Dann nahm sie sich die Einsatzpläne vor und öffnete sie auf der Seite, auf der Mathieu Gastineau mit seiner Gruppe aufgelistet war. „Lass mich sehen", sagte sie und warf David von der Seite einen kurzen Blick zu, bevor sie die Namen der einzelnen Mitglieder bestimmten Positionen in der Kampfordnung zuordnete.

David hörte nur mit halbem Ohr zu, als Angélique mit ihren tätowierten Händen zwischen der Liste und dem Buch hin und her fuhr, um die einzelnen Kampfzüge zu erläutern.

Er konnte die Tätowierungen nicht übersehen – was auch kaum möglich war –, aber er stellte zu seinem Erstaunen fest, dass sie im Lauf der letzten Stunden ihr Stigma verloren hatten. Sie hatten nichts Anrüchiges mehr an sich, waren einfach nur zu einem Teil der Frau geworden, die er zu respektieren gelernt hatte. Als Angéliques Ärmel nach oben rutschte, konnte er erkennen, dass die Tätowierungen am Handgelenk noch lange nicht aufhörten. Er fragte sich, wie weit sie wohl nach oben reichten und wo sie aufhörten.

Angélique legte die Stirn in Falten, als sie seinen abwesenden Blick sah. Sie hoffte, es wäre nur die Müdigkeit, nicht Ungeduld oder Irritation. Sie kannte David jedoch noch nicht gut genug, um es eindeutig zu beurteilen. Die Unterhaltung in

140

Adèles Büro hatte die Luft zwischen ihnen gereinigt. Ob Davids Vorbehalte gegen sie damit komplett ausgeräumt waren, konnte sie allerdings nicht sagen. Nun, sie würde sich ihm auch weiterhin beweisen, bis er sie zu respektieren lernte und zwischen ihren wahren Qualitäten – ob gut oder schlecht – und seiner Einbildung unterscheiden konnte. Sie ging den Schlachtplan weiter durch, um ihn sich einzuprägen. Ob David ihr zuhörte oder nicht, spielte keine Rolle.

David hörte mit einem Ohr Angéliques Erklärungen zu, während er weiter über die Vorzüge sinnierte, die ihm an ihr bisher noch nicht aufgefallen waren. Ihre weiblichen Kurven waren ein mehr als sinnlicher Anblick, ihre helle Haut glatt wie Seide. Er wollte die Hand ausstrecken und sie berühren, aber so, wie er sie bis jetzt behandelt hatte, wäre er wahrscheinlich nicht willkommen. Das musste er in Zukunft ändern. Er wollte das Recht haben, sie zu berühren, und er wollte auch, dass sie diese Berührung begrüßte.

„Wenn ich es recht verstehe, sollten Guy und Jérôme jetzt auf die linke Flanke wechseln", fuhr Angélique fort.

„Nein", unterbrach David.

„Wieso?", fragte Angélique. „Hier steht es aber so."

„Das habe ich nicht gemeint", erklärte David hastig. „Ich meinte die beiden Magier. Sie arbeiten nicht zusammen."

„Aber sie sind in derselben Einheit."

„Das stimmt", gab David zu. „Sie haben Mathieu nie einen Grund gegeben, sie auszutauschen. Aber sie weigern sich, miteinander zu arbeiten. Ich habe gehört, sie wären vor langer Zeit Liebhaber gewesen. Marcel wusste davon nichts, als er sie aufnahm. Solange sie nicht persönlich zusammenarbeiten müssen, stellt es kein Problem dar. Ich habe Mathieu schon vorgeschlagen, einen von ihnen zu versetzen, aber das wollte er nicht tun."

Angélique nickte. „Gut. Dann müssen wir es anders machen. Guy kann auf diese Seite wechseln, Charlotte und Jérôme übernehmen die linke Flanke."

„Ja, genau", erwiderte David und beobachtete fasziniert ihre Hände, die über das Papier strichen. Er stellte zu seiner Überraschung fest, dass er eifersüchtig war. Eifersüchtig auf ein Blatt Papier. Eines Tages, so hoffte er, würde er wissen, wie sich diese Hände anfühlten. Und hoffentlich bald.

CHARLOTTE ZUCKTE zusammen, als ihre Partnerin den Kampf beschrieb, den sie gerade überlebt hatten. Es war eine Routinepatrouille gewesen. Sie hatten nach feindlichen Aktivitäten Ausschau gehalten, aber keine Konfrontation erwartet. Marcel hatte Informationen – er hatte immer Informationen –, wonach die dunklen Magier ein Standbein im Quatier Latin errichten wollten. Charlotte und Sophie Gasquet, ihre Partnerin, waren vorübergehend hier eingeteilt worden, um herauszufinden, ob Marcels Informationen zutreffend waren. Sie waren methodisch durch die engen, verwinkelten Gassen gegangen und hatten nach Anzeichen gesucht, die auf die Anwesenheit von dunklen Magiern schließen ließen. Trotz ihrer Vorsicht waren sie direkt in eine Gruppe Rebellen hineingelaufen, die gerade ein unscheinbar wirkendes Gebäude verließen. Charlotte hatte sofort angegriffen, um den Überraschungsmoment auszunutzen. Für einige Minuten waren sie erfolgreich gewesen. Flüche flogen schnell und heftig hin und her. Aber die dunklen Magier waren zahlenmäßig überlegen, deshalb konnte Sophie nicht wirkungsvoll eingreifen. Es war ihnen keine andere Wahl geblieben, als den Rückzug anzutreten. Charlotte hatte ihrer Partnerin Feuerschutz gegeben und sie waren sicher wieder ins Hauptquartier gelangt, um Bericht zu erstatten.

Bei der Erinnerung schoss ihr das Adrenalin durch die Adern. Geduckt waren sie von Deckung zu Deckung gerannt, während die Flüche der dunklen Magier rechts und links von ihnen einschlugen. Charlotte befürchtete immer noch, dass ihre Partnerin getroffen worden war. Aber Sophie hatte ihr versichert, es ginge ihr gut, und Charlotte wollte ihr nicht widersprechen. Was wussten sie und die anderen Magier schon über die Physiologie der Vampire?

„Dann stimmst du also Charlottes Einschätzung zu?", fragte Mathieu.

„Auf jeden Fall", erwiderte Sophie. „Wir konnten nicht sehen, was sie dort getan haben. Aber sie waren mindestens zu zehnt. Ich habe genug Erfahrung mit der menschlichen Natur, um zu wissen, dass sie nichts Gutes vorhatten."

Mathieu nickte. „Ich werde Marcel informieren und wir verdoppeln die Patrouillen in diesem Gebiet. Ich werde außerdem allen anderen Bescheid sagen, dass dort ab sofort nur noch Teams von zwei Paaren eingeteilt werden. Ihr ward heute Nacht so verwundbar, weil Charlotte dich nicht transportieren konnte. Ich will nicht, dass sich das wiederholt. War das alles?"

„Ja, Sir", sagte Charlotte und salutierte. Die Milice war kein Militär und oft weniger formell, aber Mathieu war ihr Vorgesetzter, und das erkannte sie an.

„Wegtreten!", befahl Mathieu.

Charlotte und Sophie verließen sein Büro. Auf dem Flur blieben sie unschlüssig stehen, weil sie nicht wussten, was sie jetzt tun sollten. „Ich könnte eine Tasse Kaffee gebrauchen", sagte Charlotte schließlich, die nach einer Entschuldigung gesucht hatte, ihre Partnerin noch nicht gehen zu lassen. Sie stellte dieses Verlangen, Sophie an ihrer Seite zu behalten, nicht in Frage. Sie handelte einfach danach. „Willst du mitkommen?"

Sophie dachte ungefähr eine halbe Sekunde über die Einladung nach, dann nahm sie sie an. „Kaffee wäre jetzt schön." Sie sagte ihrer Partnerin nicht, dass sie von dem kräftigen Geschmack auf ihrer Zunge nicht das Geringste spüren konnte. Die Magierin musste das nicht wissen, sonst würde sie Sophie vielleicht nicht mehr einladen und ihr damit die Chance nehmen, noch etwas länger mit Charlotte zusammen zu sein. Sophie hätte nicht sagen können, warum ihr das so wichtig war, aber sie stellte ihren Instinkt nicht in Frage.

Sie setzten sich an einen Tisch in der Cafeteria der Milice und suchten verzweifelt nach einem unverfänglichen Gesprächsthema. Zwei dampfende Tassen Kaffee standen vor ihnen. „Danke", sagte Sophie dann.

„Wofür?", fragte Charlotte und nippte an ihrem Kaffee.

„Dass du mich heute Nacht da rausgeholt hast. Wenn ich allein gewesen wäre, hätten sie mich erwischt." Sophie hob ihre Tasse an den Mund. Sie fühlte die Hitze, störte sich aber nicht daran. Es gehörte mehr als heißer Kaffee dazu, um einen Vampir zu verbrennen.

„Wenn du allein gewesen wärst, hätten sie sich gar nicht um dich gekümmert", gab Charlotte zurück.

„Da bin ich mir nicht so sicher", widersprach Sophie. „Sie haben nichts Gutes im Schilde geführt. Selbst wenn ich nicht in der Milice wäre, hätten sie mich als unliebsame Zeugin unschädlich machen wollen. Und allein wäre ich ihren Flüchen schutzlos ausgeliefert gewesen."

Der Gedanke an Sophie, die unbeweglich auf dem Straßenpflaster lag, von der dunklen Magie der Rebellen zu Fall gebracht, war unerträglich für Charlotte und machte sie wütend. Sie würden ihr Sophie nicht nehmen – nicht, so lange sie es verhindern konnte!

Charlotte kehrte mit einem Augenblinzeln in die Wirklichkeit zurück. Wie war sie denn auf diesen Gedanken gekommen? Sicher, sie hatte eine beschützende Seite. So allerdings hatte sie noch nie auf den Gedanken reagiert, ein Mitglied ihrer Einheit zu verlieren. Sie würde keinen von ihnen im Stich lassen und alles für sie tun. Aber sie war noch nie so wütend geworden wie eben, als sie sich vorgestellt hatte, Sophie wäre etwas zugestoßen ... Das war ihr neu. Dabei hatte sie schon vor langer Zeit widerstrebend akzeptiert, dass nicht alle ihrer Mitkämpfer diesen Krieg lebend überstehen würden.

Irritiert trank Charlotte ihren Kaffee mit einem Schluck aus, dann stand sie auf und unterbrach den Augenkontakt mit Sophie. „Ich ... ich sollte mich schlafen legen. Wir müssen morgen Nacht wieder auf Patrouille und ich will ausgeruht sein."

Sophie war verwirrt über Charlottes plötzlichen Stimmungswandel. Sie stand auf und gab ihrer Partnerin einen Abschiedskuss auf die Wange, aber als sie Charlotte in die Augen sehen wollte, um die Ursache für deren Verhalten zu ergründen, wich die Magierin ihrem Blick aus.

Ihre Wangen berührten sich und die Zeit schien stillzustehen. Sie zogen sich zurück, um sich die traditionelle Umarmung zu geben. Wieder wich Charlotte Sophies Blick aus. Ihre Gesichter berührten sich zum zweiten Kuss auf der anderen Wange, trennten sich wieder und dann küssten sie sich auf den Mund. Wie vom Blitz getroffen zogen sie den Kopf zurück, nicht aus Abscheu, sondern aus Überraschung. Sie sahen sich in die Augen und versuchten zu verstehen, was gerade mit ihnen geschehen war. Keine der beiden sagte ein Wort und der Augenblick zog sich in die Länge, bis Charlotte schließlich einen Schritt zurücktrat. „Schlaf gut", sagte sie leise. „Wir sehen uns heute Nacht zu Dienstbeginn."

An Thierrys Gürtel klingelte das Handy und riss ihn aus dem Halbschlaf, in den er gefallen war, während er darauf gewartet hatte, dass Sebastien von seinem Gespräch mit Orlando zurückkam. Er wurde schlagartig wach und sah sich um. Zu seiner Überraschung sah er Sebastien im Schatten sitzen. Er hatte die Rückkehr des Vampirs nicht wahrgenommen, obwohl er stolz darauf war, dass ihm normalerweise auch halb schlafend nichts entging. Er nickte Sebastien zu und nahm den Anruf an. „Dumont", bellte er.

Sebastien sah Thierry zu, der zuhörte und einige Male kurz nickte. Er konnte kaum glauben, wie schnell sein Partner wach geworden war. Sebastien hatte den blonden Magier in den letzten Minuten beim Schlafen beobachtet. Die männlichen Gesichtszüge und die kräftige Statur Thierrys hatten Gefühle in ihm geweckt, die vierhundert Jahre – seit Thibault in Sebastiens Armen seinen letzten Atemzug genommen hatte – geschlummert hatten. Damals dachte er, ein Teil von ihm wäre mit Thibault gestorben, aber offensichtlich war sein Herz doch widerstandsfähiger, als er vermutet hatte. Es war nicht die allumfassende, verzehrende Leidenschaft, die er für Thibault verspürt hatte, seit er ihn das erste Mal zu Gesicht bekommen hatte. Sebastien konnte sich nicht vorstellen, jemals wieder so auf einen Menschen zu reagieren und die gleichen unerschütterlichen Gefühle zu entwickeln. Trotzdem – es war nicht nur Bewunderung für einen attraktiven Mann. Es war auch mehr als eine vorübergehende Laune, die schnell zu befriedigen wäre. Der Magier, der gerade entschlossen sein Handy zuklappte und wieder am Gürtel befestigte, interessierte Sebastien. Thierry hatte gerade seine Frau beerdigt. Seine *Frau*. Selbst wenn er nicht in Trauer wäre, Thierry war nicht der Mann, der für Sebastiens Interesse Verständnis haben und danach handeln würde.

„Wir müssen ausrücken und eine Einheit unterstützen, die angegriffen worden ist. Kommst du mit?"

„Das lasse ich mir auf keinen Fall entgehen", erwiderte Sebastien. „Wohin gehen wir?"

„Quatrième. Place des Vosges in Marais. Sie haben Serriers Magier in die Enge getrieben, sind aber nicht genug, um sie komplett auszuschalten. Sie brauchen Verstärkung."

„Nur uns?", fragte Sebastien.

„Nein. Wir treffen uns mit meiner Einheit am Salle des Cartes."

„Geh voraus", winkte ihm Sebastien zu, der sich in dem Labyrinth des Hauptquartiers der Milice immer noch nicht zurechtfand.

Sie liefen durch Gänge, gingen Treppen hinab und an Büros vorbei, bis sie schließlich in einen großen Raum kamen, an dessen Wänden Karten hingen, die den Standort jeder Patrouille in der Stadt anzeigten.

„Beeindruckend", murmelte Sebastien.

„So wissen wir immer, wo unsere Leute gerade sind. Wenn jemand in Schwierigkeiten steckt, können wir sofort Hilfe schicken. Jeder von uns hat einen Talisman, der mit unserer magischen Signatur verbunden ist und auf dieser Karte aufblinkt. Wir tragen ihn immer bei uns, wenn wir im Dienst sind. Danach legen wir ihn hier ab."

Sebastien nickte. „Ich frage mich, ob das auch bei Vampiren wirken würde."

„Keine Ahnung", erwiderte Thierry. „Aber wir sollten es herausfinden. Wenn wir von diesem Einsatz zurück sind."

„Natürlich."

Während sie noch sprachen, kamen Thierrys Leute ins Zimmer. Thierry sah drei weitere Vampire unter ihnen. Laurent und … Blair, ja das war sein Name; außerdem Marie und Georges mit ihren Partnern, aber die kannte er noch nicht.

„Ich kenne nur Blair", sagte er leise zu Sebastien. „Wer sind die beiden anderen Vampire?"

„Geneviève Iserin und André Perrot."

Thierry nickte dankend. „Zuhören, Leute", sagte er dann mit lauter Stimme. Als es ruhig wurde, erklärte er ihnen die Lage. „Zuerst möchte ich Blair, Geneviève und André unter uns willkommen heißen. Und natürlich auch Sebastien, aber den habe ich schon persönlich begrüßt. Nun zu unserem Einsatz. Leutnant Raynaud de Lage und ihre Einheit haben eine Gruppe von Rebellen in die Enge getrieben, brauchen aber Verstärkung, um sie endgültig zu besiegen." Er ging zur Karte und zeigte den Anwesenden, wo sich die beiden Gruppen gegenüberstanden. „Wir werden hier ankommen, direkt am Rand des Place des Vosges. Ihr kennt die Routine. Wenn möglich, festnehmen, aber lieber töten, als entkommen lassen. Noch Fragen?"

Niemand meldete sich. „Marie und Georges, ihr sorgt dafür, dass Geneviève und André transportiert werden. Ich nehme Blair mit. Laurent, kannst du dich um Sebastien kümmern?"

„Ja, Sir", erwiderten die drei Magier.

„Dann auf meinen Befehl", sagte Thierry. Die Vampire tauschten die Plätze. „Drei, zwei, eins, los!"

Dreißig Stäbe wurden gezogen und blitzten auf, dreißig Stimmen murmelten den Spruch für den Transport. Einen Wimpernschlag später verschwanden die vierunddreißig Menschen aus dem Zimmer und tauchten am Rand des Place des Vosges wieder auf. Die vier Magier mit Partnern winkten die Vampire zu sich heran, dann verteilte sich die Einheit über den gesamten Platz. Sie konnten die Beschwörungen hören und sehen, die die gegnerischen Einheiten austauschten. Sie zischten durch die Nacht hin und her wie Gewehrfeuer.

„Wie viele sind es?", fragte Thierry leise, als er mit Sebastien am Standort der anderen Einheit ankam.

„Dreißig, die noch kämpfen können, Sir", antwortete Leutnant Catherine Raynaud de Lage.

Thierry warf Sebastien einen Blick zu. „Könnte ein Vampir hinter ihre Reihen gelangen, wenn wir sie ablenken und das Feuer auf uns ziehen?"

Sebastien sah sich auf dem Platz um. „Wenn du ihre Aufmerksamkeit in diese Ecke lenkst, können wir uns von hinten anschleichen."

„Wie viele Vampire sind in eurer Einheit?", fragte er Catherine.

„Sechs."

„Wir haben vier. Das sind zehn gegen dreißig. Es gefällt mir nicht."

„Sie sind weit verstreut", widersprach Sebastien, der das Gefecht aufmerksam beobachtete. „Wir müssen sie nicht alle erwischen, einige von ihnen reichen schon aus. Ihr seid ja auch noch da. Und wenn wir ihnen die Stäbe abnehmen können, sind sie wehrlos."

„Wenn du meinst", erwiderte Thierry langsam.

„Ich meine."

„Na gut. Wir versuchen es." Mit einer Handbewegung schickte er die Magier nach links, von wo aus sie die Rebellen ablenken sollten. Sebastien führte die Vampire in die Gegenrichtung, wo sie sich in den Schatten verloren, um hinter die verwundbare Flanke ihrer Gegner zu gelangen.

„Nehmt ihnen die Stäbe ab", sagte Sebastien. „Dann lasst sie fallen. Beißt sie nicht, wenn ihr es vermeiden könnt, denn der Geschmack ihrer dunklen Magie ist ekelerregend."

Die anderen Vampire nickten und folgten ihm, als er sie hinter die Galerie des Platzes führte, bis sie in Reichweite der ersten dunklen Magier gelangten. Lautlos wie Geister schlugen sie von hinten zu und die Stäbe der attackierten Magier flogen durch die Luft. Einer der Rebellen stieß einen Warnschrei aus und lenkte die Aufmerksamkeit der anderen auf sich, bevor er zu Boden fiel.

„Merde", fluchte Sebastien leise, als sich die anderen dunklen Magier umdrehten. Drei von ihnen fielen einem Fluch zum Opfer, den Thierry sofort auf sie schleuderte. Auch die anderen wurden davon im Rücken getroffen.

Einer der Rebellen brüllte einen Befehl und seine Männer teilten sich auf. Eine Hälfte konzentrierte sich auf Thierrys Magier, die andere auf die Vampire. Als er sah, dass die neuen Angreifer keine Stäbe trugen, fauchte er sie an: „Ist Chavinier schon so verzweifelt, dass er unbewaffnete Zivilisten gegen uns ausschickt?"

Sebastien grinste und seine Zähne blitzten im Licht des Mondes. „Wer sagt denn, dass wir unbewaffnet sind?" Dann griff er den Befehlshaber der dunklen Magier an, der keine Chance mehr hatte, Sebastiens rhetorische Frage zu beantworten. Mit der einen Hand griff Sebastien ihn fest am Handgelenk, bis der Stab zu Boden fiel. Mit der anderen fasste er ihn um die Kehle und drückte zu, bis der Sauerstoffmangel ihm das Bewusstsein raubte. Aus dem Augenwinkel konnte er sehen, wie die anderen Vampire genauso vorgingen.

Nachdem er den Anführer der dunklen Magier im Griff hatte, rief er den anderen zu: „Lasst eure Stäbe fallen, sonst seid ihr die Nächsten." Sechs von ihnen folgten seiner Aufforderung und hoben die Stäbe, um sich zu ergeben. Nur einer

146

widersetzte sich. „*Abbatez!*", rief er und richtete seinen Stab auf Justin, einen der Vampire. Der Fluch traf Justin in die Brust und warf ihn auf den Rücken. Bevor die anderen Vampire reagieren konnten, war die Stimme einer Frau zu hören, die den gleichen Fluch schrie. Der dunkle Magier fiel tot zu Boden.

„Alles klar!", rief Sebastien Thierry zu.

Sekunden später war Thierry an seiner Seite und sah sich um. Drei dunkle Magier waren den Beschwörungen der Milice erlegen, zwei den Angriffen der Vampire, darunter derjenige, der sich Blair nicht hatte ergeben wollen. Die anderen fünfundzwanzig hatten sich ergeben.

„Gut gemacht."

„Danke", sagte Sebastien. „Es war Teamarbeit."

„Du lebst! Aber wie …?" Catherines Ruf unterbrach ihr Gespräch. Als sie sich zu ihr umdrehten, sahen sie die Magierin auf dem Boden knien, wo sie Justin aufgeregt mit den Händen über die Brust fuhr. „Der Fluch hat dich getroffen. Ich habe es genau gesehen."

„Was ist passiert?", fragte Thierry und ging mit Sebastien auf die beiden zu.

„Das ist Justin Molinière, mein Partner. Er ist von einem tödlichen Fluch getroffen worden. Ich habe gesehen, wie er zu Boden ging, aber jetzt ist er unverletzt", erklärte Catherine.

Thierry runzelte die Stirn. Er hatte den Fluch auch gehört, war aber davon ausgegangen, dass er sein Ziel nicht getroffen hatte, weil alle Vampire noch am Leben waren.

„Das müssen wir Marcel berichten", sagte er zu Catherine. „Laurent!"

Laurent war sofort an seiner Seite. „Sir?"

„Du kümmerst dich um die Festnahme und den Abtransport der Gefangenen. Und räumt hier auf. Ich muss mit Leutnant Raynaud de Lage und ihrem Partner zurück ins Hauptquartier."

„Ja, Sir", erwiderte Laurent und drehte sich um, um die erforderlichen Anweisungen zu geben.

„Catherine, bitte bring Sebastien mit zurück. Ich transportiere deinen Partner."

Catherine verschluckte ihren Protest. Thierry war ihr Vorgesetzter. Er würde sich genauso um Justin kümmern, als ob es sein eigener Partner wäre. Trotzdem, sie stand immer noch unter Schock, weil sie ihren Partner verloren geglaubt hatte. Die Vorstellung, von ihm getrennt zu sein, und sei es auch nur vorübergehend, war ihr nahezu unerträglich. Sie wusste, dass sie Justin nicht selbst transportieren konnte. Aber dass ein anderer, selbst Thierry, es für sie tun würde, dass er – aus welchem Grund auch immer – seinen Stab auf Justin richtete, war fast mehr, als sie ertragen konnte.

„Beeil dich", verlangte sie und murmelte den Spruch, der sie und Sebastien zurück ins Hauptquartier der Milice transportierte.

18

Leutnant Catherine Raynaud de Lage warf ihrem Partner einen abschätzenden Blick zu, als er sich neben ihrem Vorgesetzten materialisierte. Es war nicht so, dass sie Thierry nicht vertraut hätte, aber dass ein anderer Magier – egal wer – seinen Stab auf ihren Partner richtete, nachdem der gerade erst von einem tödlichen Fluch mitten auf die Brust getroffen worden war ... Das war mehr, als die temperamentvolle Catherine aushalten konnte. Sie hatte ihr Temperament wahrscheinlich von ihrer spanischen Mutter geerbt, aber dieses Wissen half der dunkelhaarigen Frau auch nicht weiter. Sie wollte nichts mehr, als Justin an sich zu ziehen und ihn fest in die Arme zu schließen. Aber diese Reaktion würde momentan wohl weder bei Justin noch bei Thierry sehr gut ankommen.

„Ihr Bericht, Leutnant", sagte Marcel, als sie das Besprechungszimmer betraten.

„Sir, wir sind am Place des Vosges auf eine Gruppe Rebellen gestoßen. Wir waren in der Unterzahl und haben deshalb Verstärkung angefordert, um sie dingfest machen zu können. Als Captain Dumont und seine Einheit eingetroffen sind, haben wir das Feuer der Rebellen auf uns gezogen, während die Vampire sich in ihren Rücken geschlichen haben und sie überwältigten."

„Wir waren zehn gegen dreißig. Ohne Hilfe hätten wir es nicht geschafft", ergänzte Sebastien.

„Das ist es nicht, weshalb du so irritiert bist, oder?", fragte Marcel die sonst immer so gefasste Catherine.

„Nein, Sir. Gegen Ende des Kampfes hat einer der dunklen Magier einen *Abattoire* gegen meinen Partner geschleudert. Aber, Sir ... er ist nicht gestorben. Justin, meine ich, meinen Partner. Der Fluch hat ihn direkt getroffen. Ich habe gesehen, wie er zu Boden gegangen ist; aber als ich zu ihm kam, war er schon wieder auf den Beinen, als ob nichts geschehen wäre." Sie blickte nach rechts, um sich noch einmal davon zu überzeugen, dass es Justin gut ging. Es war ihr ein Rätsel, wieso der tödlichste Fluch in ihrem Repertoire ihren schlanken Partner kaum aus dem Gleichgewicht geworfen hatte. Sie hatte noch nie erlebt, dass der *Abattoire* nicht gewirkt hätte. Es hätte sie weniger überrascht, wenn Thierrys Partner, der viel größer und kräftiger war als Justin, überlebt hätte. Sicher, Justin war stärker, als er aussah. Catherine hatte ihn kämpfen sehen. Aber seine gertenschlanke, fast zierliche Erscheinung weckte ihren Beschützerinstinkt. Sie kämpfte wieder dagegen an, ihn in die Arme zu ziehen. Nervös wippte sie mit den Füßen auf und ab.

Marcel runzelte die Stirn. „Thierry, sieh nach, ob du Jean und Raymond finden kannst. Wir müssen der Angelegenheit auf den Grund gehen."

Thierry, der in einer Ecke lehnte, wollte der Aufforderung gerade nachkommen, als er von seinem Partner zurückgehalten wurde.

„Was ist das für ein Fluch, von dem ihr redet?", wollte Sebastien wissen.

„Den, der nicht gewirkt hat, meine ich."

„Es ist ein sehr einfacher, aber wirkungsvoller Fluch, um jemanden zu töten", erwiderte Marcel. „Er greift das Stammhirn an, stoppt das Herz und die Atmung und tötet sofort. Wir vermeiden es, ihn anzuwenden und greifen nur im äußersten Notfall darauf zurück."

Sebastien nickte. „Deshalb hat er bei Justin nicht gewirkt. Wir sind schon tot. Sicher, unsere Körper geben den Anschein des Lebens und wir sind auch bei Bewusstsein. Aber wir leben nicht auf die gleiche Art, wie Nicht-Vampire. Wir können mit konventionellen Methoden verletzt werden, allerdings heilen wir fast sofort wieder, wenn wir genügend Blut trinken. Die einzige Art, uns komplett und endgültig zu vernichten, ist es jedoch, uns entweder dem Sonnenlicht auszusetzen oder uns verhungern zu lassen. Und für diejenigen unter uns, die einen Partner haben, scheidet jetzt sogar das Sonnenlicht aus."

„Das hört sich logisch an", stimmte Justin ihm zu. Es war das erste Mal, dass er sich von seinem Platz an Catherines Seite in das Gespräch einmischte. „Ich bin sicher, es gibt Flüche und Beschwörungen, die uns verletzen können, uns vielleicht sogar vernichten. Aber es sind nicht die Gleichen, mit denen man einen Magier töten kann. Wahrscheinlich könnte man uns magisch verbrennen. Aber auch in diesem Fall müsste der Schaden so groß sein, dass wir nicht mehr trinken können, um uns zu heilen. Ein solcher Fluch würde sowohl gegen Vampire wie Magier wirken."

„Wie ist das möglich?", fragte Thierry, der über diese Erkenntnis ausgesprochen erleichtert war. Er hatte sich Sorgen gemacht um die Vampire. Halt, wem wollte er damit etwas vormachen? Er hatte sich um *seinen* Vampir gesorgt und befürchtet, dass ihre neuen Verbündeten den Angriffen der dunkeln Magier ausgeliefert wären und nur ihre Schnelligkeit und die Kämpfer der Milice sie schützen könnten. Sicher, sie waren immer noch nicht immun gegen Magie. Aber zumindest hatten sie einen natürlichen Abwehrmechanismus gegen den gefährlichsten der Flüche.

Sebastien zuckte mit den Schultern. „Das ist eine Frage, die du einem Gelehrten stellen musst. Jean kann es dir vielleicht erklären, und wenn nicht, sollte Monsieur Lombard es wissen. Aber den werde ich bestimmt nicht danach fragen."

„Das wird auch nicht nötig sein", mischte sich Marcel ein. „Wir werden mit Jean reden, sobald er und Raymond wieder im Dienst sind. Wenn er uns nichts sagen kann, schicken wir Raymond zu Monsieur Lombard. Die beiden hatten schon ein sehr interessantes Gespräch. Ich bin sicher, sie werden sich auch mit diesem Problem gerne auseinandersetzen."

„Besser Raymond als ich", murmelte Sebastien vor sich hin. Er hatte Christophe Lombard erst zweimal getroffen. Das erste Mal war er gerade erst umgewandelt worden, und dieses Treffen hatte einen unvergesslichen Eindruck bei ihm hinterlassen. Das zweite Mal war er von dem alten Vampir gerufen worden, um zum Gelingen der Allianz beizutragen. Trotz der Spannungen zwischen ihm und Jean zog Sebastien dessen Gesellschaft der des Ältesten der Vampire bei Weitem vor.

Thierry hatte den gemurmelten Kommentar gehört und lächelte Sebastien mitfühlend zu. Sich auf der Suche nach Informationen durch verstaubte, alte Bücher zu wühlen, war nicht gerade Thierrys liebster Zeitvertreib. Wenn man den Geschichten über Monsieur Lombard Glauben schenken durfte, wusste der alte Vampir solches Wissen allerdings zu schätzen.

Marcel holte tief Luft. Sein Kopf brummte. So viel war noch zu erledigen und zu entdecken. Der Bericht, den er eben erhalten hatte, bestätigte ihm erneut, dass die Allianz mit den Vampiren eine kluge Entscheidung gewesen war. Allerdings hatten Raymonds Enthüllungen ihn beunruhigt und er konnte sie nicht vergessen. Jetzt war der geeignete Moment gekommen, darüber mit seinen Leuten zu reden. Er drehte sich zu seinen beiden Offizieren um. „Ich möchte euch noch etwas mitteilen, bevor ich euch für diese Nacht entlasse. Ihr müsst mit allen darüber reden, die eine Partnerschaft eingegangen sind. Es ist offensichtlich so, dass die Partnerschaften magische Eigenschaften besitzen, die über die Immunität gegenüber dem Sonnenlicht hinausgehen. Aber worum es sich im Einzelnen handelt, wissen wir noch nicht. Ich möchte, dass jeder darauf hingewiesen wird, auf ungewöhnliche Vorkommnisse und Gefühle zu achten. Wir müssen alles darüber erfahren, um auch die anderen Wirkungen genauer definieren zu können."

Die beiden Magier und die beiden Vampire nickten ihm zu, fragten aber nicht weiter nach, welche Wirkungen er damit meinte. Catherine warf Justin einen kurzen Blick zu.

In diesem Augenblick überlief die beiden Vampire ein Schauer. Catherine und Thierry sahen sie besorgt an. „Was ist los?", fragten sie wie aus einem Mund.

„Die Morgendämmerung", erwiderte Sebastien. „Wir können fühlen, wenn die Sonne aufgeht."

Thierry nickte verständnisvoll. „Ich kann mich erinnern, dass Orlando am ersten Tag davon gesprochen hat. Aber ihr wisst, dass die Sonne euch nichts mehr anhaben kann."

Sebastien schüttelte den Kopf. „Wir wissen aber nicht, wie lange die Schutzwirkung anhält, deshalb bleibt immer noch ein Rest Unsicherheit."

„Orlando hat beschrieben, dass er sich von Alains Magie umhüllt fühlte und den Schutz spüren konnte, mit dem sie ihn umgab", warf Marcel ein. „Kannst du etwas Ähnliches fühlen?"

„Das kann ich", sagte Sebastien. „Ich habe es gestern gefühlt, als wir den Bahnhof verlassen haben, und heute Nacht wieder. Aber jetzt lässt dieses Gefühl nach und das bedeutet wahrscheinlich, dass auch die Schutzwirkung nachlässt."

„Nur vierundzwanzig Stunden?", fragte Thierry enttäuscht. „Das ist nicht sehr lange."

„Es hängt bestimmt damit zusammen, wie viel Blut wir getrunken haben", vermutete Justin. „Ich kann natürlich nicht für Sebastien sprechen, aber für mich war das gestern nur ein kleiner Imbiss, weil ich Catherine noch nicht sehr gut kannte und sie vor mir schon von anderen gebissen worden war. Ich denke, wenn wir mehr trinken, wird auch die Wirkung länger anhalten."

„So ähnlich, wie wenn man morgens keinen Hunger hat, weil man am Vorabend ausreichend gegessen hat", meinte Catherine.

„Das hört sich vernünftig an", stimmte Sebastien zu. „Jetzt müssen wir nur noch herausfinden, ob sich die Magie genauso logisch verhält wie unsere Argumente."

„Auch darüber müssen die anderen Paare informiert werden", sagte Marcel. „Sie sollen nicht nur auf Nebenwirkungen achten, sondern auch darauf, wie lange die Magie sie beschützt und wie viel sie getrunken haben."

„Es gibt vielleicht noch andere Einflüsse", fügte Thierry hinzu. „Die individuelle Macht des Magiers zum Beispiel. Ich fürchte, diese Sache wird wieder auf Versuch und Irrtum hinauslaufen."

„Und wir sollten uns nicht zu sehr auf die Erfahrungen von Alain und Orlando verlassen", bemerkte Sebastien. „Der Aveu de Sang verändert ihre Beziehung. Sie ist mit den anderen Partnerschaften nicht unbedingt vergleichbar."

Thierry runzelte die Stirn. „Inwiefern?"

„Auf unterschiedliche Art", erklärte Sebastien. „Zum einen kann ich von dir nur eine bestimmte Menge Blut trinken, sonst stirbst du. Orlando kann von Alain regelmäßig trinken, so viel er will. Es wird Alain nicht schaden. Die Magie des Aveu beschützt ihn, egal, wie viel Orlando trinkt. Die anderen Magier haben diesen Schutz nicht. Wir können nicht einfach sagen ‚Lass uns sicherheitshalber einen Schluck mehr trinken, bevor wir auf Patrouille gehen'. Das würde der Körper des Magiers nicht verkraften. Alain hat damit kein Problem."

Thierry erschauderte bei dem Gedanken an Alain und Orlando, an das Verlangen und die Intensität der Gefühle, die der Aveu in ihr Leben gebracht hatte. Alain hatte ihm erzählt, wie unglaublich erfüllend und erregend Orlandos Biss auf ihn wirkte, und dass er dieses Erlebnis so oft wie möglich wiederholen wollte. Thierry sehnte sich nach der gleichen Intimität mit seinem Partner, auch wenn er sich deswegen Aleth gegenüber illoyal vorkam. Er hatte die persönliche Nähe, die Alain ihm beschrieben hatte, schon so lange nicht mehr empfunden und sehnte sich in seinem Innersten danach, gehalten und in seiner Trauer getröstet zu werden. Thierry bezweifelte, dass Sebastiens Biss ihm diesen Trost spenden konnte, aber vielleicht war es ein erster Schritt dahin.

„Auch darauf müssen wir achten, wenn wir die Dienstpläne für die einzelnen Paare aufstellen", sagte Marcel. „Vielleicht sollten wir jeweils nach zwei

Tagesschichten einen Tag aussetzen, damit sich der Magier wieder erholen kann, bevor der Vampir das nächste Mal trinken muss."

Sebastien und Justin nickten. „Das sollte ausreichen."

„Ich werde mir die Pläne ansehen, die Angélique und David aufgestellt haben. Falls nötig, veranlasse ich die entsprechenden Änderungen. Bis dahin ..." Marcel unterdrückte ein Gähnen. „... sollten wir uns etwas Ruhe gönnen. Wir sind schon viel zu lange im Einsatz. Meldet euch zurück, wenn ihr zu eurer nächsten Patrouille aufbrecht."

Die vier verabschiedeten sich und verließen das Besprechungszimmer. Auf dem Flur trennten sie sich sofort. Catherine und Thierry gingen in ihre jeweiligen Büros, um ihre Berichte zu schreiben. Ihre Partner begleiteten sie.

Als Sebastien und Thierry das Büro betraten, sah Sebastien sich kritisch um. Die Jalousien waren noch heruntergelassen und er hoffte, sie würden ihm genug Schutz bieten, um sich hier ausruhen zu können.

Thierry ließ sich auf die Couch fallen. Die Erschöpfung stand ihm ins Gesicht geschrieben. „Das waren einige ... interessante Tage, nicht wahr?", meinte er, weil er Sebastien noch nicht gehen lassen wollte.

Sebastien nickte und setzte sich zu ihm. „Das kannst du laut sagen. Ich kann mich nicht erinnern, seit meiner Umwandlung jemals so viele aufregende Tage hintereinander erlebt zu haben. Und selbst diese Zeit ist kaum vergleichbar hiermit."

Thierry war neugierig, mehr über Sebastiens Umwandlung zu erfahren, aber zu müde, ihn danach zu fragen. Er schloss die Augen und fiel sofort in den Dämmerzustand, der dem Schlaf vorausging. Mit Bedauern dachte er an sein bequemes Bett, brachte allerdings nicht die Kraft auf, es aufzusuchen, weder auf magische noch auf konventionelle Weise. Aber es erinnerte ihn daran ... Er riss die Augen auf. „Du kannst nicht nach Hause gehen, oder?"

„Ich weiß es nicht", erwiderte Sebastien ehrlich. „Aber ich werde das Risiko jedenfalls nicht eingehen. Die Zeiten, in denen ich einen Todeswunsch hatte, sind glücklicherweise vorbei. Wenn es dir nichts ausmacht, das Sofa mit mir zu teilen, bleibe ich einfach hier. Ich habe schon unbequemer geschlafen."

Thierry wollte nicken und Sebastiens Vorschlag annehmen. Den Worten des Vampirs war nicht zu entnehmen, was er wirklich dachte. Aber Thierry wollte sich nicht bitten lassen. Er konnte es Sebastien ermöglichen, in seine Wohnung und sein eigenes Bett zurückzukehren. Entschlossen rollte er den Ärmel seines Hemdes hoch und hielt Sebastien den Arm hin. „Du solltest etwas trinken. Dann kannst du nach Hause gehen und es dir gemütlich machen."

Sebastien starrte wie gebannt auf das verführerische Fleisch. Ein zweifaches Verlangen durchfuhr ihn – das Verlangen, Thierrys Blut wieder zu schmecken, und das Verlangen, dem faszinierenden Magier nahe zu sein. Aber Sebastien lehnte das Angebot ab. „Du bist schon erschöpft genug. Wenn ich dich beiße, wird es nur noch schlimmer. Ich kann problemlos hierbleiben, bis es wieder dunkel wird. Dann reicht es aus, wenn ich morgen früh wieder etwas trinke."

Thierry war sich der Ironie ihrer Situation wohl bewusst und er schüttelte den Kopf. Da war er doch tatsächlich kurz davor, um etwas zu bitten, das er noch vor Kurzem gemieden hatte, wie der Teufel das Weihwasser. „Ich bin morgen früh noch genauso müde wie heute. Ich bin seit Monaten ununterbrochen im Einsatz, und daran wird sich auch nichts ändern, solange dieser Krieg nicht vorbei ist."

Sebastien öffnete den Mund und wollte widersprechen.

„Beiß mich schon, verdammt", sagte Thierry schnell, bevor Sebastien zu Wort kam. „Dann können wir beide nach Hause gehen."

„Was meinst du damit? Dich hält hier nichts, du kannst jederzeit gehen."

Thierry schnaubte. „Na sicher. Als ob ich zuhause ruhig schlafen könnte, wenn du hier eingesperrt bist. Mach schon, beiß mich."

Sebastien erkannte, dass Thierrys Angebot ehrlich gemeint war, und er bewegte sich mit einem Eifer, der seine verbale Zurückhaltung Lügen strafte. Er drehte sich zur Seite und stützte sich mit dem Knie neben Thierry auf dem Sofa ab, aber der Winkel war nicht sehr vorteilhaft. „Leg deinen Arm auf die Rückenlehne", schlug er vor.

Der blonde Magier tat seinem Partner den Gefallen und streckte den Arm auf der gepolsterten Rückenlehne aus, wo er für die Zähne des Vampirs gut erreichbar war. Er zwang sich zur Ruhe. Er hatte es Sebastien selbst angeboten, es vielleicht sogar gewollt, obwohl er sich dessen nicht so sicher war. Er wusste auch, dass es keinen Grund zur Furcht gab, weil Sebastien ihn nicht verletzen würde. Er musste nur seine instinktive Abwehrreaktion unterdrücken. Dieser Biss war eine Routine, die sie in den nächsten Monaten noch oft teilen würden. Thierry war fest davon überzeugt, dass die Unterstützung der Vampire der ausschlaggebende Moment war, um die Kriegsgeschicke zu ihren Gunsten zu wenden. Aber das konnte nicht über Nacht geschehen, und auch nach dem Krieg würden noch Widerstandsnester übrig bleiben, um die sie sich kümmern mussten.

Thierry war Historiker genug, um zu wissen, dass ein Krieg nicht mit der Niederlage des Feindes endete. In gewisser Weise war der Kampf sogar die leichtere Aufgabe. Die Untersuchungen und Gerichtsverhandlungen, die danach folgten, beanspruchten oft mehr Zeit und waren schwieriger, als der Krieg selbst. Doch das war im Moment nicht sein Problem. Sein Problem war der Vampir, der sich über seinen Arm beugte, den Mund nur wenige Zentimeter von seiner Haut entfernt. Thierry konnte die Anspannung nicht mehr ertragen. Er legte die Hand hinter Sebastiens Kopf und fuhr mit den Fingern in die dunkle Mähne, die Sebastien fast bis auf die Schultern fiel.

Die Berührung überraschte Sebastien. Sein Kopf zuckte zurück in Thierrys Hand und verwandelte dessen Griff in eine ungewollte Zärtlichkeit. Sebastien konnte nur mit Mühe ein Stöhnen unterdrücken und sah seinen Partner fragend an.

„Mach schon", drängte Thierry und holte tief Luft. Es fiel ihm schwer, sich sein Verlangen ehrlich einzugestehen. „Ich will es auch."

So. Jetzt war es endlich raus.

Sebastien sah ihm ins Gesicht und wurde von einer neuen Welle des Begehrens überrollt. Der Magier hatte ihn nicht angelogen. Es hätte sowieso nichts genutzt, denn der Geschmack seines Blutes hätte ihn verraten. Sebastien war versucht, zu scherzen und ihn zu fragen, ob er einen plötzlichen Blutfetisch entwickelt hätte. Aber er kannte den blonden Mann noch nicht lange und wusste nicht, wie der darauf reagiert hätte. Thierrys Angebot war zu verführerisch, um es durch einen unpassenden Kommentar zu riskieren. Also nickte Sebastien nur und senkte den Mund auf Thierrys Arm. Er wollte so viel wie möglich trinken, musste aber darauf achten, dass er seinen Partner nicht noch mehr auslaugte. Thierry war nicht nur eine Schlüsselfigur in diesem Krieg, er war Sebastien auch persönlich sehr wichtig geworden. Ihm fielen Adèles Worte wieder ein. *Wenn seine Gefühle im Aufruhr sind, kann er seine Magie nicht richtig kontrollieren. Im Kampf könnte er in einer solchen Situation verwundet oder getötet werden.* Sie war davon überzeugt, dass Thierry sich zu wenig um sein eigenes Wohlergehen kümmerte. Sebastien war fest entschlossen, das in Zukunft zu ändern und nicht mehr zuzulassen, dass Thierry sich vernachlässigte. Er wollte dafür sorgen, dass Thierry genug Ruhe hatte und sich erholen konnte. Dazu gehörte auch, lieber öfter, dafür aber weniger zu trinken. So konnte er Thierrys Zustand immer im Auge behalten.

Thierry hatte die Hand immer noch um Sebastiens Kopf gelegt, als er die Lippen spürte, die ihm über die Haut fuhren. Er zuckte leicht zusammen. Der dünne Bart des Vampirs strich verführerisch über die sensible Haut in seiner Armbeuge. Bisher hatte Thierry nicht nachvollziehen können, wieso Orlandos Biss auf Alain eine solche Faszination ausübte. Er hatte sogar vermutet, dass Alain vielleicht irgendwie um seinen freien Willen gebracht worden war. Aber mittlerweile konnte er die Gefühle seines Freundes verstehen. Als er von den anderen Vampiren – Orlando, Jean und den Dutzenden im Wartesaal, als er seinen Partner gesucht hatte – gebissen worden war, war es ein unpersönliches und distanziertes Erlebnis gewesen. Es hatte Thierry nicht sehr beeindruckt, hatte ihn sogar etwas abgestoßen. Mit Sebastien war das anders. An Sebastiens Lippen auf seiner Haut, an der Zunge, die ihn sanft auf den Biss vorbereitete, war ganz und gar nichts unpersönlich und abstoßend.

Im Gegenteil, es war sein intimstes Erlebnis, seit Aleth vor zwei Jahren aus ihrer gemeinsamen Wohnung ausgezogen war. Sie hatten sich auch danach noch gesehen und zusammen gearbeitet. Thierry hatte sogar mit ihr über ihre Ehe reden wollen, aber sie hatte seine Versöhnungsversuche zurückgewiesen und gesagt, sie müssten sich jetzt auf den Krieg und ihr Überleben konzentrieren. Ihre Eheprobleme wären unwichtig, so lange der Krieg nicht beendet wäre. Jetzt war Aleth tot. Jetzt war es ein Vampir, der ihm die Nähe anbot, die Aleth ihm verweigert hatte. *Nein,* korrigierte sich Thierry. Kein Vampir. Sebastien. *Sein* Vampir. In diesem Augenblick spürte er Sebastiens Zähne, die ihm über die Haut glitten. Ein tiefes Gefühl der Verbundenheit breitete sich in ihm aus, ein Gefühl der Zusammengehörigkeit, wie er es in seinem Leben so lange vermisst hatte.

Thierry sah wie gebannt zu, als Sebastien von ihm trank. Er fragte sich, was dem Vampir in einem solchen Moment wohl durch den Kopf ging und was er in Thierrys Blut schmecken konnte. Thierry wünschte, er hätte eine Möglichkeit, seinen Partner genauso lesen zu können; aber es gab keine Form der Magie, mit der man in die Gedanken und Gefühle eines anderen Menschen eindringen konnte. Ihn überlief ein Schauer, so sehr genoss er diese intime Verbundenheit mit Sebastien. Er wusste, dass es nur ein vorübergehendes Erlebnis war, aber insgeheim sehnte er sich nach mehr. Doch Sebastien brauchte nicht mehr, als die nährende und schützende Kraft seines Blutes. Sobald der Vampir genug getrunken hatte, gab es für ihn keinen Grund mehr, länger hierzubleiben. Sebastien würde zwar regelmäßig von ihm trinken, und dann konnte er dieses Gefühl wieder erleben, aber auch das war nicht auf Dauer. Danach würde die Einsamkeit wieder zurückkehren.

Mit dem Geschmack von Thierrys Blut kam eine überwältigende Mischung unterschiedlichster Emotionen, die über Sebastiens Sinne hereinbrachen. Er versuchte, sie zu ordnen, während die Magie Thierrys sich mit jedem Schluck schützender um ihn legte. Sebastien schmeckte das Bedauern und die Trauer in Thierrys Seele, die er schon von seinem letzten Biss her kannte. Darunter konnte er eine Einsamkeit fühlen, die viel zu tief verwurzelt war, um erst in den wenigen Tagen seit dem Tod von Thierrys Frau entstanden zu sein. Diese Einsamkeit berührte Sebastien am meisten. Er konnte sie verstehen, hatte sie nach dem Tod Thibaults selbst erfahren. Adèle hatte ihm erzählt, dass es um Thierrys Ehe nicht zum Besten gestanden hatte. Sebastien fragte sich, wie lange sein Partner wohl schon allein gewesen sein mochte und warum niemand etwas dagegen unternommen hatte.

Sebastien konnte sich diese Fragen nicht beantworten, aber in Gedanken fügte er seiner wachsenden Liste von guten Vorsätzen einen weiteren hinzu: Er würde seinen Magier nur noch dann alleinlassen, wenn der es ausdrücklich verlangte. Sebastien wollte Thierry nichts aufzwingen, weder körperlich noch emotional, aber er würde ihm seine Freundschaft und seine Gesellschaft anbieten. Vielleicht konnten sie sich gegenseitig helfen und ihre Wunden heilen. Falls Sebastien sich nicht täuschte, schmeckte er auch einen Anflug von Akzeptanz und eine leise Sehnsucht nach Trost, die unter den anderen Gefühlen verborgen lagen. Natürlich musste er abwarten, bis Thierry genug Vertrauen in ihn gefasst hatte, bevor er ihn auf seine Einsamkeit ansprechen konnte. Er wollte den Magier aufmerksam beobachten, um auch nicht das kleinste Anzeichen zu übersehen, sollte Thierry mehr als nur Freundschaft von ihm wünschen und brauchen.

19

ANGÉLIQUE STAND von ihrem Stuhl auf und stellte das Handbuch in das Regal zurück, aus dem David es vorhin gezogen hatte. Sie spürte ihren wachsenden Hunger und hätte nichts dagegen gehabt, einen kleinen Schluck von ihrem Partner zu trinken. David war im Laufe des Abends immer umgänglicher geworden. Sie hatte deshalb ihre Abwehrhaltung nach und nach aufgegeben. Er war keine Herausforderung mehr für sie, sondern einfach nur noch ein Mann. David hatte kurze, rotblonde Haare, leuchtend blaue Augen und einige verstreute Sommersprossen auf der Nase. Er war lange nicht so gut aussehend wie einige ihrer früheren Liebhaber, hielt einem Vergleich mit Errol Flynn oder Laurence Olivier nicht stand. Aber seine männliche Stärke wurde durch einen jungenhaften Charme gemildert, den sie mehr und mehr schätzte. David forderte nicht zu einem zweiten Blick heraus, so wie es bei Orlando oder Sebastien der Fall war. Angélique war froh, dass sie sich dennoch die Zeit dafür genommen hatte, denn sonst hätte sie diesen Charme gänzlich übersehen.

Sie ging zu dem Tisch zurück, an dem David immer noch saß, setzte sich jedoch nicht zu ihm, sondern stellte sich hinter ihn und legte ihm die Hände auf die Schultern. Dann massierte sie ihn, wie sie es in ihren Jahren im Harem des Sultans gelernt hatte.

David wurde dadurch überrascht, doch die Massage fühlte sich zu gut an, um Einspruch zu erheben. Angélique fand genau die richtigen Stellen und er spürte, wie der Druck der letzten Tage, der Druck der letzten beiden Jahre, langsam von ihm abfiel. Er schloss die Augen und ließ den Kopf in den Nacken fallen, wo er an ihrem Bauch zu liegen kam. David hatte keine Ahnung, was Angélique mit ihrer Massage beabsichtigte, was sie von ihm erwartete oder ihm anbieten wollte. Der Schauer, der ihm über den Rücken lief, musste nichts mit ihren sinnlichen Berührungen zu tun haben. Er konnte auch von dem kalten Luftzug in dem alten Gebäude herrühren.

Angélique lächelte zufrieden, als ihr Partner sich unter ihren Händen entspannte. Es war so viel … angenehmer, von einem willigen Opfer zu trinken, als sich mit einem widerspenstigen zufriedenzugeben. Sie wusste, wie Davids Ablehnung schmeckte, obwohl er sie nicht explizit zurückgewiesen hatte. Jetzt hoffte sie, das nächste Mal Bereitwilligkeit in seinem Blut zu schmecken. Sie arbeitete sich über seine Schultern zu seinem Nacken vor und massierte immer noch mit kräftigen Bewegungen, um ihn nicht zu erschrecken. Es war noch zu früh, ihn ernsthaft zu verführen. Außerdem war sie sich selbst nicht sicher, ob sie es jetzt schon wollte, obwohl sie grundsätzlich nichts dagegen hatte, zu einem späteren

Zeitpunkt dieses Vergnügen zu genießen. Als David den Kopf zurücklehnte, war der Anblick seiner Kehle eine Versuchung, der sie nicht widerstehen konnte. Sie fuhr ihm mit einem Finger über den Hemdkragen nach vorne ans Kinn und dann nach unten, wo sie ihn auf den starken Puls drückte, der unter seiner Haut pochte. Dort hielt sie inne, bis sich der Rhythmus ihres Herzschlags dem von David angepasst hatte. Dann legte sie die andere Hand an seinen Hinterkopf, trat einen Schritt zurück und beugte sich vor, um die Lippen auf seinen Hals zu drücken.

David stöhnte leise, als er ihre Lippen und ihre Zunge fühlte. Er erkannte, was sie von ihm wollte. Wenn sie ihn einfach danach gefragt hätte, wäre er wahrscheinlich nicht darauf eingegangen. Aber ihre sanfte Massage hatte ihn entspannt, und auch der Gedanke an ihre scharfen Zähne in seinem Hals konnte ihm das Gefühl nicht nehmen, dass es so sein sollte. Er hob das Kinn noch etwas höher und gab ihr wortlos die Erlaubnis, ihn zu beißen.

Angélique war seine Geste nicht entgangen. Sie wusste, was er ihr damit sagen wollte, und es berührte und erregte sie gleichermaßen. Sie ließ sich noch Zeit mit ihrem Biss, obwohl ihre langen Eckzähne sofort zum Vorschein kamen. David war keine Zufallsbekanntschaft, die man genoss und wieder vergaß. Ihr Bund mit ihm musste mindestens für die Dauer des Krieges halten, und er musste auf gegenseitigem Vertrauen und Respekt gegründet sein. Deshalb durfte sie nichts tun, was ihn dazu veranlassen könnte, seine Meinung wieder zu ändern und sein Einverständnis noch einmal zu überdenken. Angélique wusste von ihren früheren Geliebten, dass viele Männer sich durchaus daran gewöhnen konnten, sich ihr hinzugeben. Ihre Zähne waren der deutliche Beweis dafür, dass sie einen Mann genauso nehmen konnte, wie er sie. Diese Gegenseitigkeit war eine Grundvoraussetzung für ihre Beziehungen zu Männern. Sie kannte sich allerdings auch gut genug mit der männlichen Psyche aus, um sie subtil darauf vorzubereiten. Außerdem genoss sie die Vorfreude fast so sehr wie den Biss selbst.

Ihr Haar fiel nach vorne auf Davids Brust. Die dunklen Locken waren ein reizvoller Kontrast zu seinem beigen Pullover. Der Aufseher des Harems hatte es geliebt, ihre langen Haare zu benutzen, um sie gefügig zu machen. Deshalb hatte sie, nachdem sie den Harem verlassen hatte, oft darüber nachgedacht, sie abzuschneiden. Aber dann hatte sie sich doch dagegen entschieden, denn sie waren auch ein Beweis dafür, dass sie ihre Vergangenheit hinter sich gelassen hatte und nur noch nach ihren eigenen Regeln lebte. Mittlerweile konnte sie es sogar wieder genießen, die Hand eines Mannes in ihren Haaren zu fühlen. David schien allerdings im Moment kein Interesse daran zu haben. Außer ihren Liebkosungen nahm er offensichtlich nicht mehr allzu viel wahr. Aber das war auch in Ordnung. Sie hatte später noch Zeit, ihn in ihre Vorlieben einzuführen.

Angélique ließ die Zunge über Davids Bartstoppeln gleiten, die noch leicht nach Seife und Aftershave schmeckten. Er hatte sich wahrscheinlich rasiert, bevor er ins Hauptquartier gekommen war. Doch das war schon mindestens zwölf Stunden her. Die Stoppeln störten sie nicht, im Gegenteil, sie erinnerten Angélique

157

auf angenehme Weise daran, dass ihr Partner ein Mann war. Sein Geruch stieg ihr in die Nase – eine Mischung aus dem erfrischenden Duft des Aftershaves, seinem Schweiß und, kaum wahrnehmbar, seinem Blut. Wie der Lockruf der Sirenen schlug es sie in seinen Bann und sie konnte ihm kaum noch widerstehen.

„Angélique."

Ihr Name aus seinem Mund ließ Angélique endgültig ihren Widerstand aufgeben. Ihre Zähne fanden seine Haut und bohrten sich in sein Fleisch, bis das warme Blut zu fließen begann. Sie schluckte gierig und saugte dann noch mehr von der köstlichen Flüssigkeit in ihren Mund.

David hielt die Luft an, als Angélique die Zähne in seinen Hals schlug und ihre weichen Lippen an der Wunde saugten. Der Schauer, der ihn in diesem Moment durchfuhr, hatte eindeutig nichts mit der Kälte zu tun, sondern war einzig ihrer Nähe und ihrem Biss zuzuschreiben. Der hatte nicht die geringste Ähnlichkeit mit dem überhasteten Biss, den sie ihm gestern im Gare de Lyon gegeben hatte. Danach hatte David sich resigniert in sein Schicksal ergeben und damit abgefunden, dass sie jetzt regelmäßig von ihm trinken würde. Er hatte keine Furcht davor gehabt, aber es war auch kein Erlebnis gewesen, das ihn mit Vorfreude erfüllt hätte. Aber jetzt, mit Angéliques Händen, die ihm zärtlich durch die Haare und über die Brust fuhren, mit ihren Zähnen und ihren Lippen, die ihn gleichzeitig lockten, verführten und erregten … Sein ganzer Körper reagierte auf sie. Unter ihrer Hand, noch von dem Pullover und einem Hemd bedeckt, richteten sich seine Brustwarzen auf. In seiner Hose wurde sein Schwanz hart. Sein ganzer Körper wurde von einem Begehren erfasst, das in ihm pulsierte wie das Blut, das sie aus seinem Hals saugte.

Angélique lächelte, als sie den Geschmack seines Begehrens auf der Zunge spürte. In ihren sechshundert Jahren als Vampirin war sie dieses Geschmacks nie überdrüssig geworden. Damals hatte sie erkannt, dass ihre übernatürlichen Kräfte ihr die Oberhand gaben und ihr erlaubten, die Lust ihrer Partner zu ihren eigenen Konditionen zu genießen. Sie hatte noch nicht entschieden, wie sie in Davids Fall damit umgehen sollte, denn ihre Beziehung war komplizierter als die zu ihren bisherigen Liebhabern. Aber Angélique kostete ihre Macht als Frau, mit der sie seine Leidenschaft anheizte und beherrschte, in vollen Zügen aus.

„ICH MUSS einige Dinge aus meiner Wohnung holen", sagte Alain, als er mit Orlando das Hauptquartier der Milice verließ. Er zögerte und überlegte, ob er Orlando einladen sollte, ihn in die unpersönliche Unterkunft zu begleiten, die er bisher bewohnt hatte. Er wollte nicht unbedingt, dass Orlando mit eigenen Augen sah, wie leer Alains Leben in den vergangenen beiden Jahren gewesen war. Jetzt zählte für ihn nur noch, wie sehr sich das in den letzten fünf Tagen geändert hatte.

„Brauchst du Hilfe?", bot Orlando an, der sich nicht aufdrängen wollte, aber neugierig auf Alains Wohnung war. Das Büro, das Alain und Thierry sich teilten, war sehr funktional eingerichtet. Es zeigte nur wenig von Alains Persönlichkeit.

Orlando wollte sehen, wie sein Partner lebte, wie er sich wohlfühlte. Seine eigene Wohnung war klein und eng, und doch hatte Alain ihm gesagt, dass er sie seiner eigenen vorzog. Orlando machte sich Sorgen um Alains Lebensumstände. Er konnte an der Vergangenheit des Magiers nichts ändern, aber Alains Zukunft gehörte ihm, und er wollte sie so angenehm wie möglich gestalten. Mit diesem Gedanken im Kopf hoffte er, dass es in Alains Wohnung etwas geben würde, das sie mitnehmen konnten, damit Alain sich bei ihm mehr zuhause fühlte.

Auf dem Weg zur U-Bahn grübelte Alain über seine Antwort auf Orlandos Frage nach. Er kam zu dem Entschluss, Orlando nichts zu verheimlichen, auch nicht die öde Leere, die nach dem Tod seiner Familie aus seinem Leben geworden war. „Es gibt nicht viel", gab er zu. „Nur meine Kleidung, ein oder zwei Töpfe und Pfannen. Aber du kannst mich gerne begleiten." Wenn Orlando mit ihm kam, würde er vielleicht besser verstehen, welche Bereicherung er Alains Leben gebracht hatte, wenn er erst die Leere sah, die es bisher geprägt hatte. „Ich würde mich freuen, wenn du mitkommst."

Das Lächeln in Orlandos Gesicht zeigte Alain, dass er die richtige Antwort gegeben hatte. Ihrer beider Leben waren jetzt untrennbar miteinander verbunden, im Guten wie im Schlechten. Es würde noch einige Zeit dauern, bis sie sich besser kannten und die Grundlagen für ihre gemeinsame Zukunft gelegt waren, aber die Entscheidung dazu war gefallen. Jetzt mussten sie nur noch die nötigen Schritte unternehmen, um sie umzusetzen. „Lass uns gehen. Je früher wir dort sind und alles gepackt haben, umso früher sind wir wieder zuhause. Ich könnte einige Stunden Schlaf vertragen."

„Willst du dich nicht lieber vorher ausruhen?", fragte Orlando.

Alain dachte darüber nach. Er war versucht, die Rückkehr in seine Wohnung noch aufzuschieben. Er wusste, dass Orlando ihm unweigerlich die Frage stellen würde, wieso er in einem so leeren Ort gelebt hatte. Dann musste er ihm alles über die Hölle erzählen, die hinter ihm lag und die dazu geführt hatte, dass er in einem Apartment von der Größe einer Briefmarke wohnte. Es würde nicht leicht sein, diese Erinnerungen aufzufrischen. „Nein. Ich will es hinter mich bringen. Dann kann ich mich wenigsten darauf freuen, anschließend nach Hause zu kommen."

Orlando akzeptierte Alains Entscheidung, ohne sie zu hinterfragen. Trotzdem wunderte er sich, was an Alains Wohnung wohl so abschreckend sein mochte. Es war ihm nicht entgangen, dass Alain sein Apartment noch nie als sein Zuhause bezeichnet hatte. Dieses Wort benutzte er nur im Zusammenhang mit Orlandos Wohnung. Aber danach konnte Orlando ihn später fragen, falls sich eine Gelegenheit ergab. In der Zwischenzeit wollte er seinen Partner unterstützen. „Ich werde deine Träume bewachen, wenn du schläfst."

Alain sah ihn dankbar an, als sie den Eingang zur Métro erreichten und die Treppe hinabgingen. Während der Fahrt hielten sie sich an der Hand, redeten aber nicht viel. Ab und zu drückte einer von ihnen aufmunternd zu. Als sie sich der Haltestelle Anvers näherten, verkrampfte sich Alain Griff. Er hasste es, in seine

Wohnung zurückkehren zu müssen, egal, ob allein oder in Begleitung. Er hasst die leeren Räume, doch es gab nichts, womit er sie füllen konnte, ohne den Schmerz noch größer zu machen.

Orlando spürte Alains Anspannung und wurde zunehmend besorgter um seinen Partner. Was konnte so schlimm sein, dass Alain sich so unwohl fühlte? Orlando wusste es nicht, aber es weckte seinen Beschützerinstinkt. Welche Dämonen sie auch immer in Alains Wohnung erwarteten, Orlando wollte ihnen an der Seite seines Magiers entgegentreten.

Alain deaktivierte den magischen Schutzschild und öffnete die schwere Tür, hinter der sich das umgebaute Studioapartment verbarg, in dem er gegenwärtig wohnte. Er hasste diese Wohnung genauso, wie er das Leben hasste, das ihn hierher geführt hatte. Trotzdem, er musste die Schwelle übertreten, wenn er seine Sachen aus der Wohnung holen wollte. „Los jetzt", sagte er resolut und meinte damit nicht nur Orlando. „Je eher wir die Sachen packen, desto eher können wir wieder von hier verschwinden."

„Wie kann ich dir helfen?", fragte Orlando und sah sich neugierig um. Es war offensichtlich, dass dieser Ort Alain nichts bedeutete. Die weiß gestrichenen Wände waren kahl und leer. Nur einige Möbelstücke wiesen darauf hin, dass hier jemand wohnte. Es gab keine Bilder, keine Erinnerungsstücke, noch nicht einmal Bücher. Ein Couchbett, ein alter Sessel und ein wackeliger alter Tisch mit Stühlen, das war alles.

Alain dachte darüber nach, was er aus der Wohnung brauchte und was ihm wichtig genug war, um es zu Orlando mitzunehmen. „Der Kleiderschrank muss ausgeräumt werden", sagte er und zeigte auf den einzigen Schrank, der an der gegenüberliegenden Wand stand. „Ich sehe in der Küche nach, was ich von dort brauche."

Orlando öffnete den Schrank und zog Kleidungsstücke heraus, die er auf der Couch aufstapelte. Auf dem Boden des Schranks lag ein Koffer. Er bückte sich, um ihn herauszuziehen und die Kleidung darin zu verpacken, als sein Blick auf einen alten Pappkarton fiel. Der Karton war zugeklebt und nicht beschriftet, sodass er nicht wissen konnte, was sich darin befand. Seine Intuition sagte ihm aber, dass es etwas Wichtiges sein musste. Er hob den Karton aus dem Schrank und drehte sich zu Alain um. „Nehmen wir das auch mit?", fragte er.

Alain blickte von der Küchenschublade auf, deren Inhalt er gerade aussortierte. Als er den Karton in Orlandos Händen sah, wurde er blass. Er stützte sich schwer auf die Küchentheke, als die Erinnerungen über ihn hereinbrachen. Alain hatte diese Kiste an dem Tag gepackt, als Edwige und Henri gestorben waren, an dem gleichen Tag, an dem er auch Eric verloren hatte. An diesem Tag hatte sich Eric, sein zweiter guter Freund, in Wut und Bitterkeit von ihm abgewandt, hatte ihre Freundschaft und seine Loyalität gebrochen, um auf die Seite der dunklen Magier zu wechseln. „Ich ...", begann er. Selbst nach zwei Jahren schmerzte ihn die Erinnerung noch.

Alains gequälte Miene war mehr, als Orlando ertragen konnte. Vorsichtig stellte er den Karton auf die Couch, ging zu seinem Geliebten und nahm ihn in die Arme. „Rede mit mir", bat er ihn. „Sag mir, welche Geister dich heimsuchen."

„Keine Geister", erwiderte Alain. „Der einzige Schrecken hier ist die unerträgliche Leere. Ich konnte die Erinnerungen nicht mehr aushalten, deshalb habe ich alles weggeworfen, was mich an sie erinnert hat. Von einigen Dingen konnte ich mich nicht trennen, und die habe ich in die Kiste gepackt. Ich kann sie nicht mehr sehen, aber ich will sie auch nicht verlieren. Sie sind wie ein Klotz an meinem Bein, wie eine unerträgliche Last, die auf meiner Seele liegt und mich nach unten zieht. Ich bin so allein damit."

„Jetzt nicht mehr", beteuerte ihm Orlando. „Ich kann deine Vergangenheit nicht ungeschehen machen, aber du bist nicht mehr allein."

„Ich weiß", sagte Alain und drückte sein Gesicht an Orlandos Hals, während er um Fassung rang. „Du bist mit mir hierhergekommen und du hältst mich in den Armen. Du hilfst mir mehr, als du ahnst."

„Du musst diese Kiste nicht öffnen, wenn du es nicht willst. Aber ich hoffe, dass du eines Tages erkennst, dass wir beide gemeinsam stark genug sind, um auch dieser Herausforderung ins Angesicht zu sehen. Bis es soweit ist, kannst du mir alles erzählen, was dir auf dem Herzen liegt."

Alain nickte. „Das werde ich. Aber nicht hier. Ich muss hier raus, bevor mir dieses Loch die Seele raubt. Du hast mir ein neues Leben gegeben, und das will ich nicht wieder verlieren."

Orlando strich ihm mit dem Finger über das Mal an seinem Hals. „Du wirst es nicht verlieren. Du wirst mich nicht verlieren. Wir haben uns ein Versprechen gegeben."

Alain drehte den Kopf zur Seite und küsste seine Hand. „Erinnere mich daran, falls ich es jemals wieder vergessen sollte", verlangte er. „Ich war so lange allein, dass ich nicht mehr weiß, wie es ist, mit einem Menschen zusammenzuleben."

Orlando lachte traurig. „Du hast es vergessen und ich habe es nie erlebt. Wir sind schon ein Paar!"

„Stimmt", gab Alain ihm recht. „Wir passen perfekt zusammen."

Orlandos Lächeln verlor seine Traurigkeit, als er Alains Worte hörte. Sie freuten ihn mehr, als er jemals geahnt hätte. „Haben wir jetzt alles?", fragte er. Er wollte Alain so schnell wie möglich hier raus bringen, zurück in die andere Wohnung, die nun ihr zukünftiges Zuhause war.

„Ja. Ich muss nur noch alles in eine Tasche packen. Ich transportiere es direkt in dein Apartment, danach können wir auch gehen."

„Es ist nicht mein Apartment", korrigierte ihn Orlando. „Es ist unser Apartment, und wir werden es zu unserem Zuhause machen." Er warf erneut einen Blick auf die leeren Wände und die unpersönliche Einrichtung. „Wir beide waren viel zu lange in unserer Vergangenheit gefangen. Jetzt wird es Zeit, dass wir nach vorne blicken, nicht immer nur zurück."

Das war leichter gesagt als getan. Alain hoffte, dass Orlando recht behalten würde, dass sie ihre Vergangenheit hinter sich lassen und einen neuen Anfang machen konnten. Aber es würde nicht einfach werden. Die Unterhaltung mit Jean hatte Alain schon darauf vorbereitet. Trotzdem erfüllte es ihn mit neuem Mut, dass Orlando seine Gefühle und Wünsche so unverhohlen zum Ausdruck brachte. „Wieder ein Zuhause zu haben ist das Beste, was ich seit langer Zeit gehört habe." Er packte eilig den Koffer. Es war nicht viel. Kleidung, eine Pfanne, ein Messer und ein Schneidbrett. Dann schickte er alles in Orlandos Wohnung. „Jetzt können wir nach Hause gehen."

Sie verließen Alains Apartment und der Magier aktivierte den Schutzschild, obwohl nichts Wertvolles mehr zurückgeblieben war. Er wollte die Wohnung baldmöglichst kündigen, um alles hinter sich zu lassen, was ihn mit diesem Abschnitt seines Lebens verband.

Als sie wieder in Orlandos – in ihre – Wohnung kamen, öffnete Alain den Koffer und brachte die wenigen Kochutensilien in die Küche. Orlando blieb im Wohnzimmer zurück und sah sich unschlüssig um, als er Alains Stimme hörte: „Komm in die Küche und leiste mir Gesellschaft. Ich will mir etwas zu essen machen."

Orlando ging in die Küche und setzte sich an den Tisch, während Alain die Zutaten, die er gestern eingekauft hatte, aus dem Schrank und dem Kühlschrank holte. Dann machte er sich ein Omelette. Orlando genoss die häusliche Atmosphäre. Sie redeten über Nebensächlichkeiten und Alain teilte seine Aufmerksamkeit zwischen seinem Omelette und ihrer Unterhaltung auf. Als er mit seinem Teller zum Tisch trat und gegenüber von Orlando Platz nahm, holte er tief Luft und kam zur Sache.

„Die Kiste ...", sagte er seufzend. „Sie ist alles, was von den ersten vierundvierzig Jahren meines Lebens noch übrig ist." Er verstummte wieder und kämpfte blinzelnd gegen die Erinnerungen an. Orlando wartete schweigend ab, ohne ihn zu bedrängen. Stattdessen griff er über den Tisch nach Alains Hand und drückte sie aufmunternd. „An diesem Tag habe ich alles verloren", fuhr Alain schließlich fort. „Alles, außer Thierry."

Orlando war sich sicher, dass Alain Thierry wohl niemals verlieren würde. Eher würde er Orlando selbst loswerden, trotz Aveu de Sang und allem. Aber diesen Gedanken behielt Orlando für sich und wartete darauf, dass Alain weiterredete.

„Ich fange am besten mit Edwige und mir an", sagte Alain. „Unsere Beziehung war etwas unkonventionell. Geheiratet haben wir wegen Henri, obwohl ich mir gerne einrede, wir hätten uns auf unsere eigene Art auch geliebt. Als der Krieg ausbrach, haben wir schon in getrennten Betten und getrennten Zimmern geschlafen. Wir haben uns scheiden lassen, aber weiterhin im gleichen Haus gelebt, weil wir Henri nicht zwischen uns hin und her schicken wollten. Das einzige, was uns noch verband, war unser Sohn. Wir waren keine Geliebten, waren nicht ineinander verliebt, teilten nur noch unser Haus und ein Leben, das sich um unseren

162

perfekten Sohn drehte. Ich weiß nicht, wie lange wir das noch durchgehalten hätten. Damals hat es funktioniert, weil wir beide Henri so sehr liebten, dass wir unsere Rolle als Eltern in den Vordergrund stellten." Alain dachte mit einem traurigen Lächeln an Henri zurück: Henris Geburt, die Rückkehr aus dem Krankenhaus, sein erster Zahn, seine ersten Schritte, sein erstes Wort und sein erster Schultag. Er blinzelte sich die Tränen aus den Augen.

„Ich hätte ihn gerne kennengelernt", sagte Orlando leise. „Er muss ein wunderbarer Junge gewesen sein."

Alain konnte nur nicken. Er war zu aufgewühlt, um etwas zu sagen. Einige Sekunden später atmete er tief durch und erzählte weiter: „Der Krieg hatte gerade erst begonnen. Thierry und ich waren unterwegs, um andere Magier zu rekrutieren. Wir wollten drei Tage bleiben, kamen aber früher zurück. Ich weiß nicht mehr, warum er mich nach Hause begleitet hat. Er und Aleth hatten damals noch keine Probleme; jedenfalls keine, von denen ich gewusst hätte. Wie auch immer – er ist mit mir nach Hause gekommen. Schon bevor wir das Haus betreten haben, konnte ich den Geruch von Tod und dunkler Magie wahrnehmen. Er war überwältigend. Im Haus ..." Alain verstummte wieder. Vor seinem inneren Auge sah er Edwige und Henri tot auf dem Boden liegen, ihre Gesichter schmerzverzerrt von den Qualen, die sie vor ihrem Tod erlitten hatten. Es war mehr, als er in Worte fassen konnte.

Orlando drückte seine Hand, ahnte schon, was passiert war. „Ihr habt sie tot vorgefunden", vollendete er Alains Satz.

Alain nickt und kämpfte gegen die Tränen. Orlando konnte es nicht mehr mitansehen. Er stand auf, stellte sich hinter Alain und umarmte ihn. „Du bist nicht mehr allein", versprach er. „Du musst das nie wieder allein ertragen. Ich bin da und werde dich nicht verlassen."

Alain holte tief Luft, um sich zu beruhigen. Dann zog er Orlando auf seinen Schoß. „Du bist das Einzige, was mich bei Verstand hält." Er nahm den Faden seiner Geschichte wieder auf. „Wir haben sie gefunden. Der Magier, der sie gefoltert hat, war noch im Haus. Ich glaube, ich bin vollkommen durchgedreht. Ich hatte nur noch einen Gedanken – den Mann zu töten, der meinen Sohn auf dem Gewissen hatte. Ich habe jeden Fluch auf ihn geschleudert, der mir eingefallen ist, fest entschlossen, ihn ebenso leiden zu lassen, wie Edwige und Henri gelitten haben. Es ist alles sehr verschwommen, aber ich weiß, dass ich ohne Thierry nicht mehr am Leben wäre. Thierry hat verhindert, dass der dunkle Magier mich mit seinen Flüchen getötet hat, bevor ich ihn zu Fall bringen konnte."

„Thierry hat mir von dem Kampf erzählt", sagte Orlando, als Alain eine Pause machte. „Er hat mir auch von eurem Freund berichtet."

„Eric", sagte Alain niedergeschlagen. „Ich habe seine Familie umgebracht. Ich habe Erics Leben an diesem Tag genauso zerstört, wie mein eigenes zerstört wurde. Vielleicht noch schlimmer. Er hat nicht nur seine Familie verloren, sondern auch seine Freunde."

„Es war seine eigene Entscheidung", widersprach Orlando. „Er hätte nicht gehen müssen. Ihr habt ihn nicht dazu gezwungen. Er hat es selbst so gewählt."

„Er hat sich wegen meiner Taten so entschieden", sagte Alain mit gebrochener Stimme. „Wir waren fast so gute Freunde, wie Thierry und ich es sind. Er ist etwas jünger als wir, aber wir haben zusammengepasst. Wir kannten uns von Innen und Außen. Wir hatten sogar einen eigenen Code, mit dem wir uns verständigen konnten, wenn wir uns etwas Wichtiges mitzuteilen hatten. Rückblickend hört es sich vielleicht lächerlich an, aber so waren wir. Es waren bestimmte Namen, und jeder hatte eine besondere Bedeutung. Immer, wenn wir einen der Namen in ein Gespräch einbauten, haben wir uns damit eine Botschaft übermittelt. *Flamel* benutzten wir, wenn wir eine Frage hatten und uns Sorgen machten. *Merlin* war die beste Antwort, dann war alles in Ordnung. *Morgana* hieß Verrat, *Niniane*, dass einer von uns verwundet war. *Paracelsus* stand für Erfolg. Es gab eine ganze Liste. Auf der Beerdigung hat mich Eric keines Blickes gewürdigt. Ich wollte wissen, wie es ihm geht, aber er hat nicht mit mir geredet. Ich fragte ihn, ob er sich noch an unser Gespräch über Flamel erinnern würde. Ich wollte ihn damit daran erinnern, dass wir trotz unserer Wut und Trauer immer noch Freunde waren. Er warf mir einen hasserfüllten Blick zu und zischte mich an, Morgana wäre eine bessere Idee. Sein Tonfall war unmissverständlich. Er beschuldigte mich, unsere Freundschaft verraten zu haben. Zwei Tage später ist er desertiert. Seitdem haben wir nichts von ihm gehört. Es gibt Berichte, wonach er unter Serrier schnell aufgestiegen ist und jetzt einen hohen Rang einnimmt. Dafür bin ich verantwortlich. Ich habe ihn dazu getrieben und ihn nicht zurückhalten können. Es lässt mich nicht los, Orlando."

„Es war keine Absicht", erinnerte ihn Orlando. „Ich kenne dich. Du würdest einen Unschuldigen niemals, *niemals*, absichtlich verletzen. Mein Gott, sogar bei den Verhören hast du immer den guten Bullen gespielt und es Thierry überlassen, den Gefangenen Angst einzujagen. Wenn du gewusst hättest, dass Erics Familie im Haus war, wärst du vorsichtiger gewesen. Aber du hast es nicht gewusst. Du kannst dir diese Verantwortung nicht aufbürden." Orlando konnte erkennen, dass seine Worte nicht mehr zu Alain durchdrangen. „Jetzt brauchst du Ruhe. Wir reden später weiter. Ich will dich in den Armen halten, wenn du schläfst." Er stand von Alains Schoß auf.

Alain nickte. Er war körperlich und emotional vollkommen erschöpft und es gelang ihm nicht, sich von seinem Stuhl zu erheben. Bittend sah er Orlando an, der sofort an seine Seite kam, ihn vom Stuhl hochzog und in die Arme schloss. Dann legte er den Arm um Alains Hüfte und forderte den Magier auf, sich auf ihn zu stützen. „Ich bin nur noch müde", flüsterte Alain.

„Ein weiterer Grund, dich hinzulegen", sagte Orlando und führte ihn zum Schlafzimmer. Alain setzte sich aufs Bett und Orlando kniete sich vor ihn, um ihm die Schuhe auszuziehen. Dann drückte er ihn sanft auf die Matratze und legte sich neben ihn. „Schlaf jetzt. Ich bin da, wenn du wieder aufwachst."

Alain wollte noch nicken, aber die Augen waren ihm schon zugefallen, als hätte ihn jemand mit einem Schlafzauber belegt. Er wehrte sich nicht mehr dagegen, kuschelte sich in Orlandos Arme und schlief ein.

Orlando sah ihm beim Schlafen zu und dachte darüber nach, was Alain – absichtlich und unabsichtlich – von sich preisgegeben hatte. Einiges davon hatte Orlando schon vorher gewusst. Er hatte von Edwige und Henri gehört, von Erics Familie und dem Fluch, der die Falschen getroffen hatte. Das Ausmaß an Verzweiflung, das Alain danach verspürt hatte und das ihn unvorsichtig werden ließ, war Orlando jedoch neu. Er schuldete Thierry großen Dank, dass sein Magier überhaupt noch am Leben war. Orlando nahm sich vor, sich persönlich bei Thierry dafür zu bedanken, wenn sie sich das nächste Mal unter vier Augen sahen. Bisher war ihm in Alains Blut kein Todeswunsch aufgefallen, aber auch darauf wollte er in Zukunft stärker achten. Er wollte seinen Magier nicht an diese Verzweiflung verlieren; nicht jetzt, wo er ihn gerade erst gefunden hatte. Alain war der einzige Mensch, der hinter Orlandos Fassade sah, der den Mann hinter dem Fluch sah, der Orlandos Leben bestimmte. Er fragte sich, wie Alain mit seiner gescheiterten Ehe zurechtgekommen war und wie sie ihn verändert hatte. In Alains Blut hatte er immer nur Entschlossenheit und Loyalität geschmeckt. Es musste für Alain ein harter Schlag gewesen sein, dass all diese Entschlossenheit und Loyalität nicht ausgereicht hatten, um seine Ehe zu retten. Dennoch hatten die beiden eine Lösung gefunden, um ihren Sohn nicht im Stich zu lassen. Orlando hätte den Jungen wirklich gerne kennengelernt. Er war bestimmt ein außergewöhnliches Kind gewesen, schließlich hatte er Alain zum Vater gehabt. Jetzt war es dazu zu spät. Er hoffte jedoch, dass Alain ihm eines Tages mehr über Henri erzählen würde.

Orlando litt mit Alain und dem Verlust, den Henris Tod für ihn bedeutete. Nie wieder, so schwor er sich. Von jetzt an wollte er auf Alain aufpassen. Niemand würde ihn jemals wieder so verletzen können. Orlando wusste, dass er sich damit auch um Thierry kümmern musste, denn Thierry war alles, was Alain noch geblieben war. Alain durfte diese letzte Verbindung zu seiner Vergangenheit nicht auch noch verlieren. Orlando drehte sich zu Alain um und machte es sich bequem für die langen Stunden an der Seite seines schlafenden Geliebten. Dabei kam ihm ein neuer, ein unerwarteter Gedanke. Musste er jetzt auch besser auch sich selbst aufpassen? Orlando hatte sich nie darum gesorgt, ob er am nächsten Tag noch existierte oder nicht. Seine Vernichtung hätte niemandem geschadet, nicht einmal ihm selbst. Er hatte sie zwar nie bewusst in Kauf genommen, aber auch nie sonderlich auf seine Sicherheit geachtet. Nachdenklich legte er einen Finger auf Alains Brandmal. Hatte sich das geändert? Würde Alain ihn vermissen, wenn er nicht mehr existierte? Orlando war es nicht gewohnt, über sich selbst und seiner Bedeutung für andere Menschen nachzudenken. Er hatte sich nie einen besonderen Wert zugestanden und seine eigene Existenz immer als bedeutungslos eingestuft.

Mit diesem Wissen hatte er über zweihundert Jahre lang gelebt. Nun schien es, als ob er seine Position neu überdenken musste, als ob sich etwas Grundlegendes in seinem Leben geändert hätte.

Bei ihrem Gespräch heute früh hatte Alain angedeutet, dass Orlando ihm genauso wichtig war, wie sein Magier es für ihn geworden war. Orlando war noch nicht bereit, diesem Gefühl einen Namen zu geben. Er hatte solche Gefühle zu lange verdrängt, doch jetzt flammten sie plötzlich in ihm auf und ließen sich nicht mehr unterdrücken. Ging es Alain genauso? Wenn das der Fall war, dann musste er seiner Liste der schützenswerten Personen tatsächlich noch einen weiteren Namen hinzufügen: seinen eigenen.

Orlando dachte kurz über den Code nach, den Alain ihm beschrieben hatte. Er fragte sich, ob er ihn lernen sollte, hielt es dann aber für überflüssig. Wenn der Code nur von Alain, Thierry und Eric benutzt worden war, würde er damit nur schmerzhafte Erinnerungen wecken. Falls ihn auch andere Magier verwendeten, konnte er sich immer noch danach erkundigen.

Orlando fiel langsam in den Dämmerzustand, der bei Vampiren dem Schlaf entsprach. Er war nicht müde und brauchte auch keine Ruhe, so wie es bei Alain der Fall war. Da er jedoch nicht vorhatte, die Wohnung ohne Alain an seiner Seite zu verlassen, gab es keinen Grund für ihn, bei vollem Bewusstsein zu bleiben.

Die untergehende Sonne weckte Orlando wieder aus seinem Halbschlaf. Er sah auf den Wecker. Sechs Uhr. Alain hatte acht Stunden geschlafen. Orlando hätte ihm gerne noch mehr Schlaf gegönnt, aber sie wurden von Marcel erwartet. Außerdem war das Verlangen nach seinem Avoué wieder in ihm erwacht. Er wusste, dass er so oft von seinem Geliebten trinken konnte, wie er wollte, ohne ihn zu verletzen. Er wusste auch, dass er so oft wie möglich von ihm trinken sollte, um ihren Bund zu stärken. Deshalb hielt er sein Verlangen nicht zurück. „Alain", flüsterte er und stieß seinen Geliebten an. „Ich brauche dich."

Alain erwachte aus einem traumlosen Schlaf und fühlte Orlandos Lippen, die ihm sanft über die Haut glitten. Es dauerte einen Augenblick, bis Orlandos Worte zu ihm durchdrangen. „Schon wieder?", fragte er überrascht, denn Orlandos letzter Biss lag erst gut zwölf Stunden zurück.

Ohne den Mund von Alains Hals zu heben, murmelte Orlando: „Sebastien sagt, ich soll in nächster Zeit alle zwölf Stunden trinken. Er sagt auch, dass ich dich nicht verletzen kann, egal, wie oft ich von dir trinke. Der Aveu de Sang beschützt dich."

Immer noch nicht ganz wach, griff Alain nach Orlando, bekam dessen Pullover zu fassen und zog ihn Orlando über den Kopf. Dann tastete er nach den Knöpfen von Orlandos Hemd, weil er so viel Hautkontakt mit seinem Geliebten wollte, wie Orlando ihm erlauben würde.

Orlando kämpfte gegen seine Ängste an. In Gedanken hörte er Jeans Worte: *Du wirst noch lernen, mehr Vertrauen in dich zu haben. Und wenn es soweit ist, wird es ein unvergleichliches Erlebnis sein.* Orlando sehnte sich schon jetzt danach,

166

wollte diese Intimität genießen und Alains Begehren nachgeben, aber die Furcht hielt ihn zurück. Heute früh erst war er erbarmungslos über Alain hergefallen, auch wenn er es nicht absichtlich getan hatte. Er wusste, dass die Wunden von diesem Biss noch einige Tage brauchen würden, bevor sie vollständig verheilt waren, daran konnte auch sein Speichel nichts ändern. Wie konnte er nur daran denken, Alain erneut solche Schmerzen zuzufügen?

Es gibt nichts berauschenderes, als von deinem Avoué zu trinken. Es macht mehr süchtig, als der beste Sex. Sebastiens Worte hatten so ruhig und überzeugt geklungen. Er hatte Orlando nicht direkt dazu aufgefordert, es zu kombinieren, aber es war klar geworden, dass er es so gemeint hatte. Sebastien schien damit nur gute Erinnerungen zu verbinden.

Orlando lag neben Alain und war wie gelähmt vor Furcht, während der Magier ihm das Hemd aufknöpfte und ihm über die nackte Brust streichelte. Als Alain Orlandos Passivität auffiel, ließ er ihn lange genug los, um sich selbst den Pullover auszuziehen, damit sich ihre nackten Oberkörper berühren konnten.

„Nein", flüsterte Orlando und zog sich zurück. „Es ist nicht sicher." Er sah Alain eindringlich an. „Ich weiß, was du willst. Ich will es auch, aber wir können es nicht tun. Ich werde nicht zulassen, dass du verletzt wirst, auch von mir selbst nicht. Und ich kann dir nicht garantieren, dass es nicht dazu kommt. Ich kann dich lieben und danach von dir trinken; oder ich trinke erst und danach lieben wir uns. Aber ich will es nicht gleichzeitig tun. Ich kann es einfach nicht. Es würde mich vernichten, wenn dir meinetwegen etwas passiert."

Alain seufzte frustriert. Für ihn war offensichtlich, dass der kleine Schmerz, den Orlando vielleicht auslösen würde, wenn er die Kontrolle verlor, absolut unbedeutend wäre im Vergleich zu der Ekstase, die es ihnen bringen würde, diese beiden intimen Erlebnisse miteinander zu verbinden. Aber Orlando schien das nicht so sehen zu können.

„Ich werde niemals mit dir tun, was er mit mir gemacht hat", sagte Orlando heiser.

Diese Worte waren wahrscheinlich die einzigen, die Alains Protest im Keim ersticken konnten. Er wusste tief in seinem Innersten, dass Orlando ihn niemals so verletzen würde, wie es mit ihm selbst geschehen war. Er wusste jedoch auch, dass es sinnlos war, Orlando darauf hinzuweisen. Die Wunden, die dem Vampir durch seinen Schöpfer beigebracht worden waren, konnten nur durch Geduld und Vertrauen wieder geheilt werden.

„Dann lass es sein", sagte Alain zweideutig und überließ es Orlando, seine Worte zu interpretieren. Aber er hörte auf, ihn und sich auszuziehen. Er hatte Orlando versprochen, ihn nicht zu etwas zu drängen, was er noch nicht geben konnte. An dieses Versprechen wollte Alain sich halten. Er legte den Kopf in den Nacken und bot ihm seinen Hals an.

Alains Vertrauen und Akzeptanz verblüfften Orlando immer wieder aufs Neue. Er konnte nur hoffen, sich dieses Vertrauens eines Tages würdig zu erweisen.

Bis es soweit war, wollte er Alain so sanft und zärtlich wie möglich behandeln. Er wollte ihm keine frischen Wunden beibringen, sondern aus den alten trinken, die er heute früh hinterlassen hatte. Er suchte nach den Bissspuren an Alain Hals, fand aber nur makellose Haut. Stirnrunzelnd drehte er Alains Kopf auf die andere Seite, aber auch dort war nichts zu sehen außer dem Brandmal, das Alain als seinen Avoué auswies.

„Hast du dich magisch geheilt?", fragte er leise. „Die Bissspuren von heute früh sind schon verschwunden."

Alain sah ihn verblüfft an. „Nein, auf die Idee bin ich nicht gekommen. Ich sehe sie nicht als Verletzungen, die der Heilung bedürfen. Ich bin stolz darauf, dass du mich erwählt hast, deshalb möchte ich sie so lange wie möglich tragen."

Orlando wurde warm ums Herz. „Wir haben uns gegenseitig auserwählt", sagte er. „Aber das erklärt nicht, warum dein Brandmal das einzige ist, was ich an deinem Hals erkennen kann. Es gibt nicht das geringste Anzeichen dafür, dass ich dich heute schon gebissen habe."

Alain fuhr sich mit dem Finger über die Haut und suchte vergeblich nach einer Wunde. Orlando hatte recht, der Biss hatte keinerlei Spuren hinterlassen. Alain runzelte die Stirn und suchte an seinem Arm nach den Spuren der früheren Bisse. Sicher, sie lagen länger zurück, aber die Wunden sollten trotzdem noch sichtbar sein. Keine Spur. Das einzige, was er finden konnte, war das kleine ,H', das in sein rechtes Handgelenk eintätowiert war. „Das verstehe ich nicht", gab er widerstrebend zu.

„Ich auch nicht", gestand Orlando.

„Könnte es am Aveu de Sang liegen?", fragte Alain.

„Keine Ahnung. Sebastien hat es nicht erwähnt, aber vielleicht hat er es nur vergessen. Er hat mir gesagt, ich könnte dich nicht verletzen, egal, wie oft ich trinke. Vielleicht gehört das dazu."

„Einer von uns sollte ihn bei nächster Gelegenheit danach fragen. Aber jetzt spielt es keine Rolle mehr. Jetzt musst du trinken, damit wir nicht wieder eine Wiederholung der letzten Nacht erleben", entschied Alain. „Komm, Orlando. Trink von mir."

20

ALAINS BITTENDE Stimme weckte in Orlando ein unwiderstehliches Begehren und das Bewusstsein seiner eigenen Macht. Er hatte Alain bei der Besprechung im Wartesaal des Gare de Lyon erlebt und gesehen, wie die Magier – jedenfalls die meisten von ihnen – sich hinter seine Vorschläge gestellt hatten. Er hatte in dem kurzen Kampf auf dem Bahnsteig an Alains Seite gestanden. Er wusste, dass sein Partner von allen respektiert wurde und dass er ein sehr mächtiger Magier war. Und doch lag Alain jetzt bettelnd vor ihm im Bett. Alain hatte ihm von Anfang an die Kontrolle über ihre intimen Beziehungen überlassen, zunächst mehr aus einem Instinkt heraus, später, weil es Orlando wichtig war. Dieses Mal war es anders. Dieses Mal überließ Alain ihm nicht die Kontrolle, dieses Mal war er von Orlando abhängig, um Befriedigung zu finden. Orlando konnte es noch nicht so recht begreifen, aber Alain genoss seinen Biss und sehnte sich genauso sehr danach, wie Orlando ihn zum Überleben brauchte. Das war schon vor dem Aveu de Sang so gewesen. Heiße Erregung stieg in Orlando auf, feuerte sein Herz und seinen Körper an. Er beugte sich über Alains Hals, leckte und kitzelte ihn mit der Zunge, ließ ihn seine Zähne spüren, nur um sie gleich wieder zurückzuziehen. Genießerisch bereitete er so Alains Haut auf den Biss vor.

„Bitte!", keuchte Alain, als Orlandos Zähne zum dritten Mal von seinem Hals verschwanden. Der Vampir hatte ihn noch nicht gebissen, und doch war er schon hart vor Erregung und sehnte sich nach Erlösung, bevor es noch richtig begonnen hatte. „Mach schon", bettelte er. „Ich will dich in mir fühlen, mon Ange. Bitte, beiß mich."

Mein Engel. Die beiden Worte aus Alains Mund stellten Dinge mit Orlandos Herz an, die er für unmöglich gehalten hätte. Er wusste jetzt etwas mehr über die Dunkelheit, die über das Leben seines Geliebten gefallen war. Trotzdem überraschte es ihn immer noch, dass er, ein kontaktscheuer Vampir, eine Kreatur der Nacht, Licht in diese Dunkelheit gebracht hatte. Orlando gab Alains Bitten nach und saugte ihm kräftig am Hals, um das Blut an die Oberfläche zu locken. Als die Haut sich rot färbte, ließ er die Zähne in Alains Hals gleiten und trank das Blut, das ihm entgegenströmte.

Alain bog den Rücken durch, als Orlando an seinem Hals saugte und dann zubiss. Er spürte sofort die Verbindung zu seinem Vampir, die ihn jedes Mal gefangen hielt, wenn Orlando von seinem Blut trank. Das war schon bei Orlandos erstem Biss so gewesen, damals auf dem Friedhof, als Alain noch gar nicht wusste, was auf ihn zukam. Damals hatte Alain sich noch vor Orlandos Zähnen gefürchtet, aber das war jetzt vorbei. Jetzt konnte er nicht mehr genug davon bekommen. Hätte

Alain noch einen klaren Gedanken fassen können, er wäre der Magie des Aveu de Sang dafür dankbar gewesen, dass sie diese Momente jetzt genießen konnten, so oft sie wollten. Aber die Vernunft hatte ihn in dem Augenblick verlassen, als er Orlandos Zähne an seiner Haut gespürt hatte. Alain fuhr ihm mit den Fingern durch die dunklen Locken, die ihm seidenweich über die Hand fielen. Er hätte seine Hände gerne über Orlandos Körper wandern lassen, um ihn an den Gefühlen teilhaben zu lassen, die der Biss in ihm selbst auslöste. Aber er widerstand der Versuchung und verschob dieses Vorhaben auf später, wenn sie sich liebten.

Das Blut, das sich unter Alains Haut versammelt hatte, strömte Orlando entgegen. Er musste kaum saugen, hatte die Lippen nur sanft an den Hals des Magiers gedrückt und die Zähne nicht so tief eindringen lassen wie bei seinen Bissen zuvor. Orlando hatte in den hundert Jahren, seit er seinem Schöpfer entkommen war, viel gelernt. Er wusste, wie er trinken musste, ohne dem Opfer unnötige Schmerzen zu bereiten. Bei Alain hatte ihn dieses Wissen oft im Stich gelassen, weil es ihm schwerfiel, sich zurückzuhalten. Dieses Mal wollte er das nicht zulassen. Dieses Mal wollte er jeden Trick anwenden, der ihm bekannt war, um den Biss für Alain so angenehm und erregend wie möglich zu gestalten. Es sollte für Alain ein Vorspiel sein, eine Vorahnung dessen, was danach kommen würde. Orlando wusste, was Alain sich wünschte, auch ohne das Begehren in dessen Blut zu schmecken, das ihm die Sinne vernebelte.

Orlando verdrängte das sexuelle Begehren, sein eigenes und Alains, und konzentrierte sich stattdessen auf Alains Hals. Er fuhr ihm mit den Zähnen über die Haut, leckte das Blut auf, das aus den beiden kleinen Wunden floss und nippte mit den Lippen daran, um seinem Geliebten auf jede erdenkliche Weise Freude zu bereiten.

Alain wand sich unruhig unter Orlando hin und her. Er wollte mehr, als Orlando ihm zu geben bereit war, bewunderte aber gleichzeitig die Selbstbeherrschung seines Vampirs, der ihn mehr und mehr erregte. Orlando zeigte ihm damit eine vollkommen neue Seite seiner Persönlichkeit. Alain hatte ihn unsicher erlebt, leidenschaftlich, wütend, bitter und traurig, aber noch nie so bewusst verführerisch. „Mehr", bettelte er. „Gib mir mehr."

Orlando legte die Lippen um die Bisswunden und versenkte erneut seine Zähne in Alains Hals. Sofort wurde er von dem reichen, appetitlichen Geschmack des Blutes überwältigt. Es stieg ihm zu Kopf und ließ sein Verlangen mehr und mehr außer Kontrolle geraten. Mit Mühe kämpfte er gegen seine unersättliche Gier nach Alains Blut an, erinnerte sich daran, erst vor einem halben Tag getrunken zu haben. Es gab keinen Grund für diese Gier, und doch brach sie über ihn herein wie eine Naturgewalt. Er saugte und trank in tiefen Zügen, wollte es jetzt doch so schnell wie möglich hinter sich bringen, weil er wusste, dass er seinen Hunger befriedigen musste, bevor ihr sexuelles Begehren die Oberhand gewann und alle guten Vorsätze sich in Luft auflösten.

Als Orlando spürte, wie Alains Leidenschaft weiter anstieg, zog er die Zähne aus seinem Hals und unterbrach ihre Verbindung. Keuchend versuchte er, sich selbst wieder unter Kontrolle zu bekommen.

Alain protestierte sofort. „Nicht aufhören", stöhnte er.

Orlando lächelte und küsste ihn. „Wenn ich aufhöre, können wir uns lieben", sagte er und versuchte, seiner Stimme einen beherrschten Tonfall zu geben. Was herauskam, hörte sich nicht viel besser an als Alains erregtes Betteln.

Wir könnten beides tun, wollte Alain einwenden, verkniff sich aber die Worte. „Bitte", sagte er stattdessen. „Liebe mich."

Orlando schüttelte den Kopf. „Nein. Aber *wir* werden uns lieben."

Alains Kopf schoss vom Kissen hoch und er sah Orlando erstaunt an, weil er sicher sein wollte, seinen Geliebten richtig verstanden zu haben.

„Ich vertraue dir", sagte Orlando mit Überzeugung, obwohl ihm noch etwas flau war wegen seines Angebots. Aber das spielte keine Rolle. Alain hatte sich gewünscht, den Biss mit Sex zu verbinden, und er hatte diesen Wunsch Orlando zuliebe zurückgestellt. Dafür wollte Orlando ihm entgegenkommen und ihm etwas geben, was in seiner Macht lag. Er hoffte nur, dass es ausreichen würde.

Orlandos Angebot hatte Alains Lust angefacht, aber als er diese Worte hörte, konnte er seine Liebe für Orlando kaum noch zügeln. Er war fest entschlossen, sich des Vertrauens würdig zu erweisen, das Orlando ihm entgegenbrachte. Alain hatte nicht vergessen, was er über Orlandos Vergangenheit erfahren hatte. Er wollte Orlandos Angebot annehmen, schon deshalb, weil er ihm zeigen wollte, wie sehr er es zu schätzen wusste. Aber er wollte ihn nicht bedrängen. Sie hatten Zeit und mussten nichts überstürzen. Schritt für Schritt, Liebkosung um Liebkosung wollte Alain seinem Geliebten zeigen, was das Leben ihm vorenthalten hatte.

„Leg dich zu mir", forderte er Orlando auf und rollte sich auf die Seite, sodass sie sich Auge in Auge gegenüberlagen. Es sollte kein Oben und Unten geben, nur zwei gleichgestellte Partner mit dem gemeinsamen Ziel, sich zu lieben.

Orlando legte sich an seine Seite. Es machte ihn nervös, seine Machtposition über Alain aufzugeben. Er rief sich ins Gedächtnis zurück, dass Alain ihn niemals verletzen würde, dass Alain es ihm sogar versprochen hatte. Alain hatte Orlandos Ängste immer respektiert und auf sie Rücksicht genommen. Orlando hatte Alains Güte geschmeckt und konnte ihm vertrauen, denn Alain würde es niemals ausnutzen, dass Orlando einen Teil seiner Kontrolle aufgab.

Alain zog Orlando sanft in die Arme, suchte mit den Lippen seinen Mund und küsste ihn zärtlich, um ihm zu zeigen, dass er die richtige Entscheidung getroffen hatte. Orlando seinerseits war alles andere als zärtlich, als er Alains Kuss hungrig erwiderte und sich von der Leidenschaft überwältigen ließ, die sich während des Bisses zwischen ihnen aufgebaut hatte.

Alain legte ihm stöhnend die Hände um den Kopf und drückte ihn noch fester an sich. Ihre Zungen wirbelten umeinander und bewegten sich von einem Mund in den anderen. Alain konnte das Blut in Orlandos Mund schmecken, ein

171

Geschmack, der sein Begehren noch mehr anfeuerte. Noch vor einer Woche hätte er nicht im Traum daran gedacht, den Geschmack von Blut, noch dazu von seinem eigenen Blut, erotisch zu finden. Aber jetzt ließ es seine Leidenschaft in ungeahnte Höhen ansteigen. Er legte die Arme um Orlandos Körper und streichelt ihm über den Rücken, massierte ihn und klammerte sich an ihn. Seine Hemmungslosigkeit überraschte Orlando, und für einen Augenblick verharrte der Vampir bewegungslos in Alains Umarmung. Dann riss ihn sein eigenes Verlangen wieder aus seiner Starre, er folgte Alains Führung, streichelte ihn und klammerte sich an ihm fest, als er unter Alains Berührungen erbebte.

Ihre Lippen trennten sich und sie schnappten keuchend nach Luft, nur um sich sofort wieder zu einem Kuss zu finden. Ihre Hände gaben die frenetische Erkundung ihrer Körper auf, konzentrierten sich auf die bekannten Stellen, an denen sie besonders willkommen waren und das lauteste Stöhnen auslösten.

Alains Finger kamen immer wieder zu Orlandos Nippeln zurück, umkreisten sie und spielten mit ihnen. Das Wimmern und Stöhnen, das sie dem Vampir entlockten, ermutigte Alain. Er unterbrach ihren Kuss, fuhr mit dem Mund über Orlandos Kinn und Schlüsselbein, küsste und leckte die nackte Haut, vermied aber dabei, sie mit seinen Zähnen in Kontakt zu bringen. Orlandos Furcht vor Zähnen war ihm noch frisch in Erinnerung. Er wollte mit den erprobten Zärtlichkeiten beginnen und sich Zeit lassen, bevor er sich in unbekannte Gewässer vorwagte.

Alains Hände und Lippen verfehlten ihre magische Wirkung nicht und versetzten Orlando in einen Zustand des Verzückens, in dem nur noch ihr gegenseitiges Verlangen zählte und der Wunsch, den Partner noch mehr zu erregen. Orlando fuhr Alain liebevoll mit den Fingern durch die blonden Haare, während er mit der anderen Hand zwischen ihre Körper griff, ihm über die Brust streichelte und nach den rosa Nippeln suchte, um sie zwischen den Fingern zu rollen. Er musste lächeln, als Alain bei der Berührung aufstöhnte, und weil er das Geräusch so sehr liebte, kniff er schnell noch einmal zu.

Alain wollte auch den Rest von Orlandos Brust erkunden und drückte ihm sanft gegen die Schulter. Als Orlando auf dem Rücken lag, richtete Alain sich über ihm auf. Er hatte vergessen, dass diese Position eine alte Wunde in Orlando aufriss. „Ganz ruhig", sagte er beruhigend, als Orlando erstarrte. „Du weißt doch, dass ich dir nichts tue."

Orlando lag bewegungslos auf der Matratze, sein Keuchen jetzt ein Zeichen seiner Furcht, nicht mehr der Erregung. Im Kopf wiederholte er immer wieder Alains Namen, bis sich sein pochendes Herz und seine flatternden Nerven schließlich wieder beruhigten. Sein Magier war immer nur liebevoll zu ihm gewesen. Das würde sich nicht ändern. Orlando wusste es. Jetzt musste er nur noch seinen Körper dazu überreden, seinem Herzen und seinem Verstand zu folgen.

Alain stützte sich auf den Arm und wartete ab, bis Orlando sich wieder in den Griff bekam. Es dauerte länger, als er gehofft hatte. Er legte eine Hand an Orlandos Wange. „Schau mich an", flüsterte er. Als Orlando die Augen öffnete, gab er ihm einen zärtlichen Kuss auf den Mund. „Denk nur an mich", sagte Alain. „Hier gibt es nur uns beide. Keine Vergangenheit, keine Zukunft, nur uns beide. Nur diesen Augenblick und unsere Liebe."

Orlando fasste nach Alains tröstender Hand und lauschte seinen beruhigenden Worten. Er sah in die liebevollen, blauen Augen, die fast sein ganzes Gesichtsfeld einnahmen. Das war sein Geliebter, sein Avoué – nicht sein Schöpfer, dieses Bastard. Langsam entspannte er sich wieder und konzentrierte sich ganz auf die liebvolle Hand an seiner Wange und die sanften Küsse, mit denen Alain ihm das Gesicht bedeckte. „Nur wir beide", flüsterte er dann und hoffte, dass Alain ihn verstehen würde.

Alain kniete sich hin, um mehr Halt zu haben. Ohne Orlandos Gesicht aus den Augen zu lassen, fuhr er ihm mit den Fingerspitzen zärtlich über die Brust, eine leichte, verlockende Berührung. Dann ließ er die Finger nach unten wandern, strich kurz über Orlandos Schwanz, der sich wieder von dem Schrecken erholt hatte, von dort weiter über die Beine und wieder zurück. „Fass mich an", flüsterte er Orlando zu.

Orlando hob langsam den Arm und berührte ihn an der Brust, so wie Alain es ihm vorgemacht hatte. Als seine Erregung wieder zunahm, schloss er genießerisch die Augen und gab sich seinen Gefühlen hin.

Alain erkannte, dass Orlando seine Panik überwunden hatte. Er öffnete die Nachttischschublade und zog die Tube mit dem Gel daraus hervor. Alain wollte Geduld bewahren, aber sein ganzer Körper vibrierte und sehnte sich nach Erfüllung. Sanft drückte er Orlando die Tube in die Hand und hoffte, dass sein Geliebter sich nicht allzu viel Zeit lassen würde.

Orlando spürte die Tube in der Hand und riss die Augen auf. Er sah Alain mit gespreizten Beinen vor sich knien, direkt in der Reichweite seiner Hand. Bei dem Anblick überkam ihn ein unbeschreibliches Verlangen nach Alains warmen Inneren, er wollte diese Hitze wieder spüren und konnte nicht länger warten. Er befeuchtete seine Finger mit dem Gel, schob die Hand zwischen die Beine seines Geliebten, streichelte ihm kurz über die Hoden und suchte dann mit dem Finger nach dem Tor, das ihn in die Ekstase führen würde.

Alain fasste nach hinten und zog seine Arschbacken auseinander, um Orlandos Fingern den Weg zu ebnen. Er spürte den ersten Finger, der in ihn eindrang und ihn sanft, aber bestimmt dehnte. Ihr Spiel unter der Dusche lag noch nicht lange zurück und er fühlte sich schnell zu mehr bereit. „Mehr", verlangte er und presste sich auf Orlandos Finger.

Orlando ließ sich nicht lange bitten und schob den zweiten Finger in Alains Körper. Alain stöhnte erleichtert auf und bewegte sich schneller, immer den suchenden Fingern entgegen. Orlando richtete sich auf und drückte Alain unter sich auf die Matratze, um ihn in die richtige Position zu bringen, aber Alains Hand hielt ihn zurück. „Leg dich hin."

173

Orlando ließ sich auf den Rücken fallen und sah ihn erstaunt an. Alain schwang ein Bein über Orlandos Körper und hockte sich über ihn. Dann rutschte er auf den Knien nach hinten, bis sich Orlandos steifer Schwanz direkt unter ihm befand, ließ sich langsam nach unten sinken und nahm ihn in sich auf. Er bog den Rücken durch, als er das leichte Brennen spürte, aber es war ein willkommenes Gefühl, denn es war der Beginn einer Vereinigung, deren Intimität nur durch Orlandos Biss übertroffen wurde.

Orlando sah fasziniert zu, wie die Leidenschaft Alains Gesicht veränderte. Dann hob er die Hände, legte sie Alain auf die Brust und fuhr ihm über den Bauch, bis er den harten Schwanz zu fassen bekam und ihn im Rhythmus von Alains Hüften massierte.

Alain stöhnte vor Erregung, als er Orlandos Hände auf seinem Körper spürte. Seine Hüften bewegten sich schneller, und mit jeder Bewegung stieß er seinen Schwanz in Orlandos Faust, die ihn fest umklammert hielt. Er bemühte alle Tricks, die er kannte, um nicht die Beherrschung zu verlieren und diesen Augenblick noch länger genießen zu können. Aber kein Trick, kein noch so abwegiger Gedanke, konnte gegen die Gefühle ankommen, die Orlandos harter Schwanz in seinem Arsch und Orlandos Hand um seinen Schwanz in ihm auslösten. Unaufhaltsam wurden ihre Bewegungen schneller und schneller, bis sie beide schließlich zu zucken begannen und vollkommen aus dem Takt gerieten. Gemeinsam gaben sie den Kampf auf und überließen sich ihrer Erlösung.

Alain fiel nach vorne in Orlandos Arme, die ihn willkommen hießen und auf die Seite rollten. Orlando schmiegte sich an ihn, verkroch sich in Alains Umarmung, weil er die Nähe noch nicht verlieren wollte, die sie in ihrer Liebe gefunden hatten. Ihn überlief ein leichter Schauer, als er daran zurückdachte. Es war nicht der Sex allein, sondern alles andere, was damit zusammenhing, das ihn so sprachlos machte. Er konnte noch nicht ganz fassen, diesen Schritt gewagt und Alain erlaubt zu haben, auf ihm zu liegen. Aber er hatte es getan und er hatte es unbeschadet überlebt. Mehr als unbeschadet. Er war durch und durch gesättigt und befriedigt. Lächelnd zog er Alain näher an sich – was kaum noch möglich war –, um mit ihm noch etwas auszuruhen, bevor sie wieder zum Dienst erscheinen mussten.

Alain freute sich, dass Orlando mit ihm schmusen wollte und nicht, wie er es fast befürchtet hatte, vor Alains Leidenschaft die Flucht ergriffen hatte. Es hatte zwar einige kurze Momente gegeben, in denen er sich nicht sicher gewesen war, ob Orlando den Positionswechsel erlauben würde, aber am Ende hatte sein Vampir es nicht nur zugelassen, sondern offensichtlich auch genossen. Alain lächelte und nahm sich erneut vor, Orlando alles zu zeigen, was ihm in den letzten Jahren entgangen war, eines nach dem anderen und Schritt für Schritt. Dann würde hoffentlich bald der Tag kommen, an dem sie sich ungehemmt lieben konnten, ohne Furcht und ohne Grenzen. Er sah auf die Uhr. Sie hatten noch einige Stunden Zeit, bevor sie wieder aufbrechen mussten. Er machte es sich an Orlandos Seite gemütlich und stellte mit einer raschen Handbewegung den Wecker, damit sie nicht verschliefen und rechtzeitig zum Dienst kamen.

21

JUDES MIENE war im Laufe des Tages immer finsterer geworden. Er war vor der Morgendämmerung in das Büro seiner Partnerin – in Gedanken benutzte er das Wort als Fluch – zurückgekommen, weil er ihr Blut brauchte, um nach Hause zurückkehren zu können. Sie war nicht aufzufinden gewesen. Nur Angélique und ihren Partner hatte er angetroffen – sie satt und zufrieden strahlend, er offensichtlich nicht weniger befriedigt, was aber Judes Meinung nach nicht auf Sex, sondern allein auf Angéliques Biss zurückzuführen war. Wenn mehr zwischen den beiden passiert wäre, hätte Angélique anders ausgesehen, und auch das Büro wäre nicht mehr in dem gleichen Zustand, in dem Jude es vor einigen Stunden verlassen hatte. Trotzdem, ihr Anblick machte ihn noch wütender und frustrierter. Angélique konnte jederzeit das Gebäude verlassen und sich um ihre Geschäfte kümmern. Er nicht. Und überall im Hauptquartier war er Vampiren begegnet, die kamen und gingen, geschützt durch die Magie ihrer Partner, während er sich in dunklen Zimmern und Fluren herumgedrückt hatte, die kein Sonnenstrahl erreichen konnte. Glücklicherweise war der Himmel über Paris heute wolkenverhangen, sodass er etwas mehr Bewegungsfreiheit gehabt hatte. Aber es war zu wenig, um das Wagnis einzugehen und das Gebäude zu verlassen.

Jetzt war es Nacht geworden und Jude immer noch im Hauptquartier, fest entschlossen, Adèle abzupassen und ihr seine Meinung zu sagen. Er war nicht sonderlich hungrig, jedenfalls nicht genug, um auf die Jagd zu gehen; aber er wollte Adèles Blut und den Schutz, den es ihm gegen die Sonne gab. Als eine weitere Stunde vergangen und seine Partnerin immer noch nicht eingetroffen war, gab er auf und studierte die Dienstpläne, die Angélique und David in der Nacht zuvor aufgestellt hatten. Sorgfältig las er jeden Namen durch, bis er seinen eigenen fand. Er prägte sich jeden Buchstaben in Adèles Namen ein, lernte jeden Strich und jeden Bogen auswendig, um ihn bei Bedarf schneller wiederzuerkennen. Neun Uhr. Ihr Dienst begann um neun Uhr. Er sah auf die Uhr, suchte die beiden Zeiger und ordnete sie den Zahlen zu. Sieben Uhr. Zwei Stunden. Noch zwei Stunden, die er in diesem verdammten Büro ausharren und auf sie warten musste. Jude konnte es nicht mehr sehen. Er wäre am liebsten gegangen, um später wieder zurückzukommen. Andererseits wollte er auf jeden Fall schon hier sein, wenn sie eintraf, und er wusste nicht, ob sie die Angewohnheit hatte, früher zu kommen.

Jude lief ungeduldig in dem engen Büro auf und ab. Aus seiner heißen Wut wurde langsam eiskalter Zorn. Dann endlich hörte er das Klappern von Absätzen draußen im Flur. Er erkannte ihre Schritte sofort und stellte sich hinter die Tür, um nicht sofort von ihr gesehen zu werden, wenn sie das Zimmer betrat.

Adèle öffnete die Tür zu ihrem Büro. Es ging ihr schon wieder viel besser als gestern Abend. Acht Stunden Schlaf und die Zeit, die sie sich genommen hatte, um sich etwas zu verwöhnen, hatten Wunder bewirkt. Sie fühlte sich ausgeglichen und mit der Welt im Reinen. In dieser Stimmung konnte sie wahrscheinlich sogar ihren Partner ertragen, hoffte allerdings, dass auch der sich seit ihrer Trennung gestern etwas gemäßigt hatte.

Sie schloss die Tür hinter sich und wollte gerade zu ihrem Schreibtisch gehen, als sie grob an den Armen gepackt und an die Tür gedrückt wurde. „Wo warst du?", hörte sie hinter sich ihren Partner knurren.

Sie riss sich zusammen und erinnerte sich an ihre guten Vorsätze, besser mit Jude zusammenzuarbeiten. „Ich war außer Dienst. Ich bin nach Hause gegangen", sagte sie ruhig und ohne sich zu wehren.

„Du hast mich einfach zurückgelassen", zischte er ihr ins Ohr. Sein Atem ließ ihr eine Gänsehaut über den Rücken laufen. „Ich habe hier festgesessen."

Adèle runzelte die Stirn, aber das konnte Jude nicht sehen. „Wie meinst du das? Du hast meine Hilfe nicht gebraucht, um nach Hause zu gehen."

Ihre Worte entfachten erneut die Wut in Jude. Er schleuderte sie herum und presste sie mit dem Rücken zur Wand. „Mach dich nicht über mich lustig", bellte er. „Du weißt genau, dass ich dein Blut brauche, um tagsüber ins Freie zu gehen. Du bist gegangen, ohne mich trinken zu lassen."

Jetzt wurde auch Adèle wütend. Sie fasste nach seinen Handgelenken, um ihn wegzustoßen und sich aus seinem Griff zu befreien. Er bewegte sich keinen Millimeter. Sie erkannte, dass sie körperlich gegen ihn hilflos war. Für einen kurzen Augenblick wurde sie von Angst gepackt. Dann gestand sie sich – gegen ihre übliche Art – ein, dass sie sich bei ihm entschuldigen sollte. Ihr war nicht klar gewesen, dass ihre Magie so schnell die Wirkung verlor. Bei Alain und Orlando war das nicht der Fall. Dennoch, sie hätte Jude fragen sollen, ob er sie noch brauchte. „Ich wusste nicht, dass die Wirkung so schnell nachlässt", erklärte sie ihm mit ruhiger Stimme, um ihn zu besänftigen. „Es tut mir leid."

„Leere Worte", erwiderte Jude. Sein Griff um ihre Arme wurde fester.

„Lass mich los, dann kannst du von meinem Handgelenk trinken", schlug Adèle vor und hatte dabei vor allem die Allianz im Sinn. Sie wollte nicht dafür verantwortlich sein, dass ihre Partnerschaft scheiterte.

„Ich will dein Handgelenk nicht", knurrte Jude. Er fasst sie am Kinn, drückte ihren Kopf nach hinten und legte ihren Hals bloß.

Instinktiv setzte sich Adèle zur Wehr und versetzte ihm mit ihrer freien Hand einen Schlag, der jeden normalen Menschen zu Boden geworfen hätte. Jude geriet kaum aus dem Gleichgewicht. Nur ein schmerzhaftes Grunzen entfuhr ihm, als ihre Faust ihn traf. Adèle wusste bereits, dass sie mit Magie nichts gegen ihn ausrichten konnte. Körperlich erreichte sie offensichtlich auch nicht sehr viel. Trotzdem ließ ihr Stolz nicht zu, dass sie einfach ohne Gegenwehr aufgab. „Ist das

176

dein Verständnis von Allianz?", fragte er herausfordernd. „Gegen deinen Partner zu kämpfen?"

„Und ist es dein Verständnis, mich zu zwingen?", gab sie zurück und zwang sich, stillzuhalten und nicht wieder auf ihn loszugehen. Marcel hatte diese Allianz aufgebaut und sie schuldete ihm zu viel, um sie zu gefährden. Sie hatte sich den ganzen Tag verwöhnt und es sich gut gehen lassen, während ihr Partner hier festgesessen hatte und das Gebäude nicht verlassen konnte. Dafür war sie verantwortlich, auch wenn es nicht ihre Absicht gewesen war. Wenn sie jetzt dafür bezahlen musste, um ihre Partnerschaft wieder zu reparieren, wollte sie das tun.

„Ich sollte dich nicht zwingen müssen", wies Jude sie zurecht. „Es war von Anfang an Teil dieser Übereinkunft."

Aber nicht so, dachte Adèle und entspannte sich in seinem Griff. Wenn sie sich nicht mehr gegen ihn wehrte, würde er vielleicht auch etwas rücksichtsvoller und sanfter mit ihr umgehen.

Die Zähne, die sich in ihren Hals bohrten, waren alles andere als sanft. Sie schrie auf vor Schmerz und nahm instinktiv für einen kurzen Moment ihre Gegenwehr wieder auf, bevor sie sich wieder fasste und zur Ruhe zwang.

Jude saugte mit aller Kraft an ihrem Hals, füllte sich den Mund mit ihrem lebensspendenden Blut und genoss es, die Magierin seinem Willen zu unterwerfen. Er war sich nicht sicher, wann er entschieden hatte, dass sie ihm gehören würde. Aber als er sie an die Wand presste und ihr Blut trank, als sie ihm hilflos ausgeliefert war, erkannte er, dass er sie besitzen wollte.

Adèles Furcht ließ etwas nach, als sie bemerkte, dass das Schlimmste vorbei war. Nachdem Jude die Zähne in ihren Hals geschlagen hatte, wollte er sie offensichtlich nicht noch mehr verletzen. Er trank allerdings, ohne auch nur einen Gedanken an ihr Wohlbefinden zu verschwenden. Adèles Wut ging langsam in Verachtung über, weil Gewalt und Rücksichtslosigkeit ein Teil seiner Persönlichkeit zu sein schienen. Jude hatte den Biss, der ein sinnliches und wunderbares Erlebnis sein sollte, zu einem bedeutungslosen Austausch von Blut herabgewürdigt.

Adèles Furcht und Wut hatten Jude erregt, aber die Ablehnung, die er in ihrem Blut schmeckte, riss ihn wieder aus seinem Gefühlstaumel. Er hatte ihr zeigen wollen, dass sie ihn nicht einfach übergehen konnte, aber stattdessen hatte er genau das Gegenteil erreicht. Frustriert hörte er zu trinken auf und hob den Kopf. Er öffnete den Mund, um etwas zu sagen, nur … was?

Sobald Jude fertig war, holte Adèle mit ihrem rechten Bein aus und rammte ihm ihr Knie in die Eier. Damit hatte Jude nicht gerechnet. Er schrie auf und krümmte sich vor Schmerz. „Das nächste Mal fragst du mich vorher", sagte Adèle und stieß ihn von sich.

Jude keuchte und reagierte auf die einzige Weise, die ihm in den Sinn kam. Er holte aus und schlug blind mit der offenen Hand um sich. Sie landete mit einem lauten Knall auf ihrem Arsch.

Adèle ging einfach weiter, ohne die Wirkung seines Schlages auf ihr Hinterteil zur Kenntnis zu nehmen. Sie wollte nicht mehr in seiner Reichweite bleiben. Sie hatte Alain und Orlando zusammen erlebt und wusste, was eine Partnerschaft bedeuten konnte. Aber mit ihrem eigenen Partner hatte sie offensichtlich den Kürzeren gezogen, er war an nichts anderem interessiert als an dem Schutz, den ihr Blut ihm gegen das Sonnenlicht gab. Sie konnte damit leben, konnte sich damit abfinden und ihre Hoffnungen begraben. Es war ihre Art, mit Enttäuschungen umzugehen. Trotzdem konnte sie nicht verhindern, dass ein Teil von ihr es zutiefst bedauerte. Es hätte mehr daraus werden können, vielleicht sogar mehr daraus werden sollen.

MIREILLE GAB Caroline einen sanften Schubs an die unverletzte Schulter. „Aufwachen", sagte sie leise. „Wir müssen bald aufbrechen."

Caroline kam nur langsam zu sich. „Wie lange habe ich geschlafen?", fragte sie benommen.

„Ungefähr zwanzig Stunden", erwiderte Mireille. „Du hast Ruhe gebraucht. Wie geht es deinem Arm?"

Caroline rollte versuchsweise mit der Schulter. „Besser, denke ich", sagte sie dann. „Der Schlaf hat mir gutgetan."

„Gut. Ich habe mir Sorgen gemacht." Mireille musste trinken, bevor sie sich zum Dienst meldeten, zögerte aber, ihre Partnerin darum zu bitten.

Caroline streckte lächelnd die Hand aus. „Setz dich zu mir", lud sie Mireille ein, obwohl sie noch im Bett lag und nichts anderes trug, als ihre Unterhose und ein dünnes Hemdchen. Als sie wieder etwas klarer denken konnte, rechnete sie nach, wann Mireille das letzte Mal getrunken hatte. Es war auf dem Bahnhof gewesen, gleich nach dem Kampf mit Pacottes Männern, also mindestens zwölf Stunden, bevor sie eingeschlafen war. Es war schon fast einen ganzen Tag her. Mireille hatte seit fast sechsunddreißig Stunden keine Nahrung zu sich genommen. „Musst du noch trinken, bevor wir wieder ins Hauptquartier gehen?", fragte sie besorgt.

„Unsere Schicht endet morgen nach Sonnenaufgang, deshalb wäre es wohl besser", erwiderte Mireille. „Ich kann deine Magie noch spüren, aber sie ist schwächer geworden. Wenn wir erst auf Patrouille sind, ergibt sich vielleicht nicht mehr die Gelegenheit. Geht es dir gut genug, um mich trinken zu lassen?"

„Wenn ich fit für den Einsatz bin, bin ich auch fit für deinen Biss. Es gehört jetzt zu meinen Pflichten."

Mireille war enttäuscht über diese Antwort. Sie wollte mehr sein für ihre Partnerin, als nur eine Pflicht. Ihr selbst bedeutete Caroline jetzt schon viel mehr.

„Mist", fluchte Caroline, als sie die Enttäuschung in Mireilles Gesicht sah. „So habe ich das nicht gemeint. Ich wollte nur sagen, dass ich nicht mit dir auf Patrouille gehen sollte, wenn ich nicht stark genug bin, um dich trinken zu lassen. Wir sind ein Team, und das heißt, dass wir füreinander da sind. Du warst gestern für mich da und hast mir geholfen, als ich nach den Heilsprüchen der Mediziner umgekippt bin. Jetzt will ich für dich da sein und dir zur Seite stehen. Das ist meine Pflicht als Mitglied der Milice, aber es ist auch mehr als das. Es ist meine Verpflichtung gegenüber meiner Partnerin. Ich tue es gerne."

Carolines Worte besänftigen Mireille wieder, obwohl Caroline für sie schon längst mehr als nur eine Verpflichtung war. Doch es war ein Anfang, auf dem sie aufbauen konnten. Mireille nahm das Angebot an, setzte sich zu Caroline aufs Bett und fuhr ihr mit den Fingern über den nackten Arm.

Caroline sah überrascht auf, entzog sich der unerwarteten Berührung jedoch nicht. Es war lange her, seit sie jemand so berührt hatte. Sie freute sich über die kleine Zärtlichkeit und schloss die Augen, um sie besser genießen zu können.

Mireille zögerte etwas, bevor sie die Einladung annahm, die sie aus Carolines Reaktion abzulesen glaubte. Sie sehnte sich danach, Carolines Angebot anzunehmen, sehnte sich sogar nach mehr. Das hieß jedoch nicht, dass sie einfach zugreifen konnte. Sie hatte in ihren langen Jahren als Vampirin schon viele Beziehungen gehabt und daraus gelernt, geduldig zu sein. Mireille beließ es dabei, zärtlich Carolines Arm zu streicheln. Dann senkte sie den Kopf und legte den Mund auf die samtweiche Haut an Carolines Hals.

Caroline öffnete überrascht die Augen, als sie Mireilles Lippen an ihrem Hals spürte, stieß die Vampirin aber nicht weg. Während sie versuchte, sich über ihre eigenen Gefühle Klarheit zu verschaffen, sah sie Mireilles rotgoldenen Schopf vor sich. Caroline war jeden Tag von Soldaten der Milice umgeben – abgehärteten Magiern und Magierinnen, die sich den Realitäten des Krieges stellten, oder professionellen Soldaten, die die Milice mit Rat und Tat unterstützten. Sie hatte in den letzten beiden Jahren keine zärtlichen Kontakte mehr gehabt, ihre eigenen ausgenommen. Und jetzt Mireille. Mireille hatte sich in den letzten anderthalb Tagen liebevoller um Caroline gekümmert als jeder andere Mensch, seit sie ihr Zuhause verlassen hatte und zur Milice gegangen war. Caroline stellte fest, dass es ihr gefiel. Sie hatte Mireille gern in ihrer Nähe. Sie legte die Hand auf die langen Locken und drückte Mireilles Kopf an ihren Hals. „Mach schon", forderte sie Mireille auf. „Nimm dir, was du brauchst."

Mireille fragte sich, worauf sich diese Aufforderung wohl beziehen mochte. Die Vampirin hatte es sich angewöhnt, den Biss dazu zu benutzen, auch ihre sexuellen Bedürfnisse zu befriedigen, weil die Arbeit für Monsieur Lombard es ihr nicht leicht machte, eine Beziehung einzugehen. Vorsichtig fuhr sie mit der Hand über Carolines Seite, während sie den Hals ihrer Partnerin auf den Biss vorbereitete. Aufmerksam wartete sie auf Carolines Reaktion, aber die tat nichts, um sie zu stoppen. Mireille fühlte sich dadurch ermutigt und streichelte Caroline mit den Fingern über die Brust, während sie gleichzeitig zubiss und die Haut an ihrem Hals durchstieß.

Caroline bäumte sich auf, als sie Mireilles Zähne spürte. Sie bohrten sich im gleichen Augenblick in ihre Vene, als Mireilles sanfte Finger ihr über die Brust streichelten. Die Vampirin hatte sie erneut überrascht, und auch dieses Mal war es eine angenehme Überraschung gewesen. Noch nie hatte ein Mann sich die Zeit genommen, Caroline auf diese liebevolle Art zu berühren. Sie – ihre männlichen Liebhaber – waren immer direkt auf ihre Nippel losgegangen oder hatten ihre Brüste geknetet, und das meistens viel zu grob. Mireilles Berührungen waren federleicht und durch das dünne Hemd kaum zu spüren, aber sie ließen alle anderen Empfindungen in den Hintergrund treten. Selbst Mireilles Zähne, die bewegungslos in Carolines Hals verharrten, waren darüber kaum spürbar.

Mireille wurde mutiger, als Caroline auch jetzt ihre Hand noch nicht wegstieß. Sie fuhr ihr sanft über die Brust nach oben bis zum Ausschnitt des Hemdes, dann ließ sie die Finger über Carolines nackte Haut nach unten gleiten. Sie wünschte, sie könnte sehen, was sie unter den Finger spürte, aber der Geschmack von Carolines Blut war zu unwiderstehlich, um den Biss zu unterbrechen und den Kopf zu heben. Es schmeckte süß, aber nicht zu süß, war vollmundig wie ein edler Tokajer. Es war Nahrung und Vergnügen zugleich, besonders durch das Verlangen, das Mireille in jedem Schluck schmecken konnte. Sie saugte fester und ließ ihre Finger aufreizend über Carolines nackte Brust gleiten, während ihre Zähne und Lippen den nackten Hals der Magierin liebkosten.

Caroline erbebte vor Leidenschaft. Sie suchte den Kontakt zu Mireille und räkelte sich unter ihr auf dem Bett hin und her. Der rhythmische Druck der Zähne in ihrem Hals ließ Wellen der Erregung durch ihren Körper strömen. Sie bäumte sich auf und presste sich an Mireilles Mund, als wäre es die Erektion eines ihrer früheren Liebhaber. Mireilles Zähne erfüllten und überwältigten sie, und die zärtlichen Finger auf ihrer Brust brachten sie an den Rand des Höhepunkts.

„Miri", wisperte sie. Dann kam sie mit einem tiefen Seufzer und ihr Körper sackte befriedigt zusammen.

Mireille zog die Zähne aus Carolines Hals und leckte zärtlich über die beiden Wunden, um die Heilung zu beschleunigen. Dann hob sie den Kopf und sah in Carolines gerötetes Gesicht. Immer noch erregt von dem Biss, streichelte sie mit zitternden Fingern über Carolines wunderschönes Gesicht und ihre schulterlangen, blonden Haare. In diesem Augenblick öffnete die Magierin ihre grasgrünen Augen. Leicht benommen, aber gesättigt, sah sie Mireille an, deren braune Augen immer noch erregt glänzten. Langsam hob sie den Arm und legte die Hand an Mireilles Wange. „Was … was kann ich für dich tun?"

„Küss mich", sagte Mireille leise.

Caroline nickte und stützte sich auf den Ellbogen. Das dünne Hemd gab ihre nackte Brust frei, als sie sich zu Mireille herabbeugte und ihr sanft mit dem Mund über die Lippen fuhr. Der leichte Blutgeruch, der noch in der Luft hing, war ein zusätzlicher Nervenkitzel für die beiden Frauen. Mireille seufzte leise und ergab sich ihrer Leidenschaft.

„Vielen Dank", flüsterte sie und zog sich zurück.

„Nicht so schnell", erwiderte Caroline und zog Mireilles Mund wieder an ihre Lippen, um sie erneut zu küssen. Dann ließ sie sich auf den Rücken fallen und schaute die Vampirin so erstaunt an, als hätte sie sie noch nie zuvor gesehen. „Ich glaube, ich sollte mich bei dir bedanken", sagte sie dann.

22

JEAN SAß in seinem Wohnzimmer und betrachtete die kleinen Flecken, die das Sonnenlicht an den Rändern der fest zugezogenen Vorhänge auf den Boden warf. Die Sonne machte ihn wieder zu einem Gefangengen in seiner eigenen Wohnung. Es hatte ihn hunderte von Jahre nicht gestört, war immer etwas Natürliches für ihn gewesen, so wie der nächtliche Schlaf, den die sterblichen Menschen brauchten. Dann hatte er vor zwei Tagen einen Vorgeschmack von Freiheit bekommen, hatte sich tagsüber im Freien aufhalten können. In dieser kurzen Zeit, in der er die wärmende Sonne fühlen konnte, ohne Angst haben zu müssen, von ihr verbrannt zu werden, hatte sich die stoische Akzeptanz, mit der er lange sein Schicksal ertragen hatte, in Luft aufgelöst.

Jean haderte mit sich selbst, und dass er hier festsaß, machte es nicht besser. Er fühlte sich schuldig und wollte zu Karine gehen, um sich persönlich bei ihr zu entschuldigen, aber seine Verwundbarkeit erlaubte ihm nicht, das Haus zu verlassen. Sein Verhalten Karine gegenüber war unverzeihlich gewesen, auch wenn sie nicht dagegen protestiert hatte. Sie hatte es nicht verdient, so behandelt zu werden. Jean hatte sich immer für einen Gentleman gehalten, trotz seiner einfachen Herkunft. Er war stolz darauf gewesen, Frauen und Kinder immer rücksichtsvoll behandelt zu haben, auch wenn er sich dadurch, besonders in den weniger zivilisierten Zeiten, unter den Vampiren viele Feinde gemacht hatte. Jean hatte immer dazu gestanden. Bis gestern.

Gestern hatte er jeden Vorsatz gebrochen, der sein Leben bisher bestimmt hatte. Er hatte Karine so gut wie vergewaltigt, ausgerechnet die Frau, die als einzige in den letzten vierhundert Jahren so etwas wie eine Geliebte für ihn gewesen war. Sie hatte einen Mann verdient, der sie so lieben konnte, wie sie es sich wünschte. Dieser Mann war nicht er. Er dachte an die Theorien, die Raymond und Christophe über die Partnerschaften aufgestellt hatte. Wenn die beiden recht hatten, waren Karines Hoffnungen unerfüllbar. Jean wünschte, er könnte das ändern, könnte ihr wenigsten das zurückgeben, was sie ihm schon so lange gab. Aber diese Option hatte er nicht mehr. Sie würde ihr zukünftiges Leben ohne ihn verbringen müssen. Jean hoffte nur, dass sie es akzeptieren und ihn vergessen konnte. Noch war es nicht so weit, obwohl er sie immer wieder gewarnt und darauf hingewiesen hatte, dass er ihre Sehnsucht nicht erfüllen konnte.

Er musste zu ihr gehen, um den Schaden, den er angerichtet hatte, in Grenzen zu halten. Noch war es zu früh dazu, nicht nur für sie, sondern auch für ihn. Karine brauchte Zeit, um ihre Wunden zu heilen, und er selbst brauchte Zeit, um zu entscheiden, was er ihr noch zu geben in der Lage war. Oder ob er jetzt schon alle Kontakte zu ihr abbrechen sollte.

Es gab auch noch eine zusätzliche Komplikation, die ihm Schuldgefühle verursachte – Raymond. Jean war nicht zu Karine gegangen, weil er sie sehen wollte. Er war zu ihr gegangen, um sich selbst zu beweisen, dass seine Willenskraft stärker war als sein Instinkt und Raymonds Blut. Normalerweise hätte er mit seinem nächsten Besuch bei ihr länger gewartet, weil er sie nicht in der falschen Hoffnung wiegen wollte, dass sie ihm mehr bedeutete, als es tatsächlich der Fall war.

Nun, er hatte es sich bewiesen. Aber um welchen Preis? Würde Karine ihm jemals wieder vertrauen? Und wenn ja, würde er selbst sich jemals wieder vertrauen? Er befürchtete, dass die Antwort darauf ein Nein war. Jean erhob sich aus seinem Sessel und ging unruhig im Zimmer auf und ab. Wenn er nicht allein gewesen wäre, hätte er sich dieses Anzeichen von Schwäche nicht erlaubt, und selbst allein gab er nur selten nach. Zu viel hing von seiner Selbstbeherrschung und Disziplin ab. Vampire waren kein sehr gesitteter Haufen, und wenn sie eine Schwäche wahrnahmen, nutzten sie sie hemmungslos aus, selbst unter ihren eigenen Leuten.

Jean wusste, dass er jetzt eine solche Schwäche hatte, sah aber keine Möglichkeit, etwas dagegen zu unternehmen. Raymonds Blut hatte ihm eine Welt erschlossen, die ihm bis vor zwei Tagen vorenthalten geblieben war. Eine Welt, die ihm jetzt verschlossen war, weil er seinen Stolz über seine Vernunft gestellt hatte. Er war gestern Nacht vor Raymond geflohen, ohne vorher von ihm zu trinken. Nur deshalb steckte er jetzt hier in seiner Wohnung fest und wartete auf den Sonnenuntergang. Er überlegte, ob er den Magier anrufen sollte, um ihn unter einem Vorwand hierher zu locken und von seinem Blut trinken zu können. Aber das war Unsinn, denn er hatte sich gestern an Karines süßem Blut gesättigt. Selbst wenn er Raymond erreichen konnte – und darüber war er sich nicht sicher –, es würde ihm nicht helfen. Er konnte nicht zweimal hintereinander so viel trinken, ohne krank zu werden.

Jean setzte sich auf die Couch und legte den Kopf auf die Lehne. Er schloss die Augen, um besser nachdenken zu können. Er dachte an die Reaktion Raymonds auf den Biss, mit dem er im Wartesaal die Ehrlichkeit des dunklen Magiers auf die Probe gestellt hatte. Dann wanderten seine Gedanken zu dem Gespräch, das er mit Raymond im Hauptquartier der Milice geführt hatte. Es hatte zu ihrer Versöhnung geführt. Jean hatte Raymond versprochen, nie wieder vor dessen Augen von einem anderen Blut zu trinken. Daran hatte er sich gehalten, und dennoch ... Jean konnte das Gefühl nicht loswerden, seinen Magier betrogen zu haben. Sicher, sie hatten keine offizielle Beziehung. Ihre Partnerschaft diente nur militärischen Zwecken. Doch die Schuldgefühle, die er Raymond gegenüber empfand, hatten nichts mit der Allianz zu tun. Sie passten allerdings genau zu einer intimen, persönlichen Verbindung, wie Raymond und Christophe sie für die neuen Partnerschaften vorausgesagt hatten.

Jean fluchte laut und stand wieder auf. Ungeduldig lief er im Zimmer auf und ab und wartete auf den Untergang der Sonne, um sich endlich um andere Probleme kümmern zu können. Vielleicht würden ihn seine Aufgaben in der Allianz ja von diesen bohrenden Selbstzweifeln ablenken.

„GIBT ES besondere Merkmale, nach denen du deine Opfer auswählst?", fragte Serrier konziliant, als er mit dem Vampir durch die Gänge seines Hauptquartiers ging und sie ein kleines Zimmer betraten.

„Das kommt ganz auf meine Stimmung an", erwiderte Edouard. „Wenn ich nicht gerade in Laune für einen Kampf bin, ziehe ich normalerweise Frauen vor. Männer sind zu anstrengend. Und ich mag sie jung. Sie schmecken süßer, wenn das Leben sie noch nicht zynisch gemacht hat."

Serrier nickte nachdenklich. Seine Schergen hatten genau den richtigen Vampir für ihn gefunden. „Diesen Gefallen können wir dir tun." Mit einem schnellen Befehl schickte er einen seiner Magier in die Nacht hinaus. Einige Minuten später kam der Mann mit einem Teenager zurück. Das Mädchen wehrte sich mit Händen und Füßen. „Ist sie dir genehm?", wollte Serrier wissen.

Edouard sah das unschuldige Mädchen an, dem der Schrecken ins Gesicht geschrieben stand. „Wunderbar", sagte er mit einem lüsternen Grinsen. „Lass uns allein. Ich brauche deine Hilfe nicht mehr."

Serrier gefiel Edouards Ton nicht sehr, aber er winkte dem anderen Magier zu, sich zu entfernen. Der gehorchte dem Befehl und stieß das Mädchen in eine Ecke. Serrier verließ ebenfalls den Raum, drehte sich aber noch einmal kurz für eine Beschwörung um, weil er beobachten wollte, was hinter der verschlossenen Tür vor sich ging. Es hing zu viel von der Kooperation des Vampirs ab, um das Risiko eines Verrats einzugehen.

In dem Zimmer ging Edouard lächelnd auf sein jugendliches Opfer zu. Er überlegte, ob er mit ihr spielen sollte. Aber in der Abwägung zwischen seiner Freude an ihren Qualen und seinem Hunger gewann dann doch der Hunger. Mit übernatürlicher Schnelligkeit fasste er sie am Arm und zog sie spöttisch an sich. Sie wehrte sich verzweifelt, hatte aber keine Chance gegen seine übermenschliche Stärke. Seine Zähne bohrten sich erbarmungslos in ihre Haut und das Blut floss in Strömen. Sie schrie vor Furcht und Schmerz, aber ihre hoffnungslosen Versuche, sich aus Edouards Griff zu befreien, spornten den Vampir nur noch mehr an. Er leckte über ihre Haut und genoss den Geschmack nach Panik und Todesangst, der in ihrem Blut lag. Dann schloss er die Augen, um seine Macht über sie noch einen Augenblick genießen zu können, bevor er dem Jagdinstinkt nachgab, der das Blut in seinen Adern zum Kochen brachte.

„Bitte", bettelte sie, weil sie sein Zögern missverstand und sich eine Chance erhoffte. „Tu mir nicht weh."

Edouard blickte in ihre dunklen Augen und strich ihr über das glatte, glänzende Haar. „Es tut nicht sehr lange weh", versprach er und biss erneut zu. Sie wehrte sich wieder, war aber schon deutlich schwächer als beim ersten Biss. Sie schien sich damit abgefunden zu haben, dass nichts mehr sie retten konnte. Edouard lächelte grausam und leckte das Blut von den frischen Wunden. Dann zerfleischte er ihren Hals und trank aus vollen Zügen.

Der Geschmack ihrer Qual, ihrer Angst und ihrer Schmerzen überflutete seine Sinne. Er konnte es riechen, konnte es im Beben ihres Körpers fühlen, in ihrem qualvollen Wimmern hören. Aber vor allem konnte er es in ihrem Blut schmecken. Mit aller Kraft saugte er an ihrem Hals, füllte seinen Mund mit ihrer Lebenskraft und schluckte gierig. Mit jedem Schluck wurde er mächtiger und sie schwächer.

Edouard zog die Zähne aus ihrem weichen, verführerischen Fleisch. Es ging zu schnell. Er war allein, an einem sicheren Ort, hatte ein perfektes Opfer. Er sollte sich Zeit lassen und nichts überstürzen. Er sollte jede Minute genießen, nicht einfach auf den Höhepunkt zustreben. Was immer der Magier auch gesagt haben mochte, Edouard wusste nicht, wann sich diese Gelegenheit wieder bieten würde.

Er warf einen Blick durch das Zimmer und wünschte sich ein Bett, aber es ging auch ohne. Er brauchte es nicht. Er griff sein Opfer am Kragen ihrer Bluse, riss sie in der Mitte entzwei und entblößte ihr junges, nacktes Fleisch. „Nein", bettelte sie. „Bitte nicht."

Er lachte laut. Ihre Todesangst stieg ihm zu Kopf. Und in die Lenden. Das war es, was er so lange vermisst hatte – die Zeit, mit seinen Opfern zu spielen. Er hielt sie mit einer Hand fest und ließ die kalten Finger seiner anderen Hand von ihrem Hals bis zu ihren kleinen Brüsten gleiten. Ob sie wohl größer geworden wären, wenn sie älter geworden und das Erwachsenenalter erreicht hätte? Sie konnte nicht älter als achtzehn, höchstens neunzehn Jahre sein. Fast so alt wie er selbst, als er umgewandelt worden war.

Edouard schleuderte sie an die Wand und hob sie hoch, bis er mit dem Mund ihre Brust erreichen konnte. Ihr unnützes, verzweifeltes Betteln nahm zu, fiel aber nicht auf fruchtbaren Boden. In Edouards Herz war nicht das kleinste Quäntchen Mitgefühl. Ihre Angst erregte ihn nur noch mehr. Er fuhr mit den Lippen über ihre Haut, eine obszöne Parodie auf das Liebesspiel, während seine Zähne eine Wunde nach der anderen schlugen, bis ihre blasse Haut sich von der Mischung aus Speichel und Blut rosa färbte.

Ihre Angst wuchs und wuchs, sie gab das Betteln auf und versuchte, mit ihm zu verhandeln, fragte ihn, was er von ihr verlangte, wenn er sie nur am Leben ließe. Er lachte nur und hob sie höher, fuhr ihr jetzt mit den Zähnen über den Bauch und biss an ihrem Nabel zu. „Blut", sagte er und hob den Kopf, nachdem er einen tiefen Schluck getrunken hatte. „Der Preis für deine Freiheit ist dein Blut."

Sie nickte, als würde sie über seinen Vorschlag nachdenken. „Und wenn ich dir mein Blut gebe, lässt du mich dann gehen?"

185

„Oh, auf jeden Fall", stimmte Edouard zu. „Wenn ich dich erst ausgelaugt habe, kann ich mit dir nichts mehr anfangen."

Der Schrecken, der sie bei diesen Worten durchfuhr, die Schreie, die sie ausstieß ... es machte ihr Blut nur noch süßer. „Du hast versprochen, mich gehen zu lassen", stammelte sie.

„Das werde ich auch", sagte Edouard ungerührt. „Aber ich habe nie versprochen, dich lebend gehen zu lassen."

Sie fing zu schluchzen an, als er sie mit einem Arm festhielt und ihr mit der anderen Hand die Hose aufriss. Aus ihren gestammelten Bitten wurden Gebete, aber Edouard ignorierte sie, sah nur noch das weiße Fleisch ihrer Schenkel, während er sie genauso verstümmelte, wie er es mit ihrem Oberkörper getan hatte. Er wusste genau, die größte Angst, die sie hatte – außer der Todesangst –, war die, vor ihrem Tod vergewaltigt zu werden. Er stellte sie wieder auf die Füße und drückte sie an die Wand. Mit einer Hand öffnete er seine Kleidung, um sich nicht zu verschmutzen. Dann presste er sich an sie und ließ sie seinen steifen Schwanz spüren. Wie er gehofft hatte, war ihre Angst in ihrem Blut zu schmecken. Kichernd stieß er mit dem Unterleib an ihren Bauch, während er seine Zähne wieder in ihren Hals schlug.

Er saugte mit aller Kraft, wie ein Verdurstender, der endlich eine Oase erreicht hatte. Seine Hüften bewegten sich im gleichen Takt und er schmeckte die Veränderung in ihrem Blut, noch bevor er sie in ihrem Körper spüren konnte. Dann nahm sie ihren letzten Atemzug. Saugend spritzte er an ihren Bauch und sein Sperma vermischte sich mit ihrem Blut. Er trat gesättigt einen Schritt zurück und ließ sie zu Boden fallen. So süß es auch gewesen war, er würde bald mehr davon brauchen.

Edouard wischte sich mit den Fetzen ihrer Bluse ab, knöpfte seine Hose zu und verließ das Zimmer. Sollten sich doch die Magier um die Beseitigung der Schweinerei hier kümmern.

„Unser junger Spion hat uns einige interessante Informationen zukommen lassen", berichtete Marcel seinen Offizieren und deren Partnern, als sie an diesem Vormittag im Besprechungszimmer versammelt waren. Ein Teil der Paare war gerade von der Patrouille zurückgekommen, ein anderer erst zum Dienst erschienen. „Es sieht so aus, als hätte Serrier einen Vampir gefunden."

„Wen?", fragte Jean scharf. Er hatte die emotionale Achterbahnfahrt vom Vortag immer noch nicht ganz überwunden. Es war keine gute Nachricht, dass es in ihrer Gemeinschaft Abtrünnige gab, deshalb musste er den Namen wissen, um sich darum kümmern zu können.

„Dominique hat keinen Namen genannt", antwortete Marcel ruhig. „Entweder kennt er ihn nicht oder es war zu gefährlich, ihn zu übermitteln. Seiner

Beschreibung nach ist es ein junger Mann Anfang zwanzig, dunkle Haare, blasse Haut und leuchtend blaue Augen. Fällt dir dazu ein Name ein?"

Jean schüttelte den Kopf. „Nein. Aber ich werde mich umhören. Er könnte erst vor Kurzem in Paris eingetroffen oder erst neu umgewandelt worden sein. Ich hatte nicht alle Vampire zu unserem Treffen auf dem Gare de Lyon eingeladen. Nur Freunde, denen ich zugetraut habe, dass sie uns zuhören und für die Allianz in Frage kommen. Ich wollte erst eine sichere Grundlage schaffen, bevor wir die Tür für andere öffnen." Er schaute Sebastien nicht an, weil er die Enttäuschung in dessen Gesicht nicht sehen wollte.

„Gestern Abend war ein Vampir im Sang Froid, auf den diese Beschreibung zutrifft", sagte Angélique leise. „Zwei dunkle Magier wollten uns auch besuchen. Mein Manager hat den Vampir noch nie zuvor gesehen und auch seinen Namen nicht erfahren, aber er war so besorgt über dessen Auftreten, dass er mir sofort Bericht erstattet hat."

„Was wollte er?", fragte David, der Angst um Angélique hatte.

„Er nannte es ‚verzichtbare Gesellschaft'. Wir sind auf sympathische Gesellschaft spezialisiert, nicht auf verzichtbare", erwiderte Angélique sichtbar angeekelt. Davids Tonfall hatte sie überrascht. Machte er sich etwa Sorgen um sie?

Jean runzelte die Stirn. Christophe hatte ihn vor einem Vampir gewarnt, der sich nicht an ihre Regeln hielt. Hoffentlich war es derselbe. Er wollte sich nicht mit zweien von dieser Art rumschlagen müssen.

„Und die dunklen Magier?", wollte Alain wissen. „Hat dein Manager gesagt, was sie wollten?"

„Offensichtlich einen Vampir kennenlernen. François hat ihnen ihren Wunsch nicht erfüllt", versicherte ihm Angélique.

„Dann ist Serrier also hinter Informationen her?", überlegte Thierry.

„Oder einem Versuchskaninchen", meinte Raymond. „Wenn er hinter unsere Allianz gekommen ist, wird er mehr über Vampire wissen wollen. Über ihre Stärken und Schwächen. Und er schreckt nicht vor Experimenten zurück, wenn es seiner Sache dient."

„Wir müssen die anderen warnen", sagte Jean. „Sie müssen auf der Hut sein vor dem Gesetzlosen und den dunklen Magiern. Wenn Serrier Gefangene nimmt, wird er sich möglicherweise nicht mit einem zufriedengeben."

„Mit Sicherheit nicht", warf Raymond ein und dachte kurz nach. Dann zuckte er mit den Schultern. Die Allianz und ihr Erfolg waren wichtiger als seine Privatsphäre. „Es wäre vielleicht eine gute Idee, wenn wir, auch außer Dienst, immer mindestens zu zweit sind und zusammen nach Hause gehen", schlug er vor. „Am besten ein Vampir und ein Magier. Falls Serrier auf der Jagd nach Vampiren ist, können unsere Verbündeten in Gefahr geraten, sollte er sie allein erwischen. Sie können sich gegen die Magie nicht verteidigen."

„Das ist viel verlangt", bemerkte Marcel. „Hältst du es wirklich für eine gute Idee?"

„Wir können es auf freiwilliger Basis versuchen", meinte Thierry. „Wir können alle über die Gefahren unterrichten und ihnen vorschlagen, aus Sicherheitsgründen nur in Paaren unterwegs zu sein. Dann können sie sich selbst entscheiden." Thierry vermied es, Sebastien anzusehen. Er wollte nicht, dass sein Partner das plötzliche Verlangen erkennen konnte, das ihn bei seinem eigenen Vorschlag überkam. Thierry musste nur die Augen schließen, um Sebastien in seiner eigenen Wohnung vor sich zu sehen. Es war eine überraschend verlockende Vorstellung.

„Die Magier können die Vampire auch nach Hause begleiten und sich dann in ihre eigene Wohnung transportieren, falls sie nicht bei ihren Partnern bleiben wollen", regte Caroline an. Sie wusste, dass sie Mireille bitten würde, bei ihr bleiben zu dürfen. „Wir können unsere Partner nicht transportieren, aber bei uns selbst wirken die Sprüche noch."

„Und was dann?", fragte Sebastien, dem es nicht gefiel, wie ein hilfloses Kind behandelt zu werden. „Kommen die Magier zurück, bevor wir die Wohnung wieder verlassen müssen? Das ist nicht viel besser als Hausarrest." Seine Sorge galt nicht so sehr ihm selbst. Er konnte die Vorschrift jederzeit ignorieren und seine Wohnung verlassen, wenn ihm danach war. Aber was war mit Thierry? Würde der Magier auf seine eigene Sicherheit achten? Vielleicht war es doch keine so schlechte Idee, wenn die Partner sich eine Wohnung teilten.

„Wie ich gesagt habe", erwiderte Thierry. „Wir machen es auf freiwilliger Basis. Wenn alle die Lage verstanden haben und sich trotzdem jemand – egal, ob Vampir oder Magier – dazu entscheidet, allein die Wohnung zu verlassen, dann ist das sein eigenes Risiko."

Marcel nickte. „Wir werden sie informieren, ihnen unseren Vorschlag unterbreiten und sie selbst entscheiden lassen. David, kannst du dafür sorgen, dass den alleinstehenden Vampiren ein Magier an die Seite gestellt wird, der sie von ihrer Wohnung zum Hauptquartier und zurück transportieren kann?"

„Wir passen den Dienstplan entsprechend an. Wir haben doch noch die Datei, nicht wahr, Angélique?"

Die Vampirin nickte.

„Gut. Hat die Nachtschicht noch andere Vorkommnisse zu melden?"

Jean, Raymond, Alain, Orlando, Mireille und Caroline verneinten.

„Gut. Adèle kommt demnächst von ihrer Patrouille zurück. Ich werde sie dann persönlich informieren. Ruht euch in der Zwischenzeit gut aus. Hat die Tagesschicht noch Fragen, bevor sie ihren Einsatz beginnt?"

David, Angélique, Thierry und Sebastien verneinten ebenfalls. „Gut. Wegtreten."

Die zehn Anwesenden erhoben sich von ihren Stühlen und fanden sich in Paaren zusammen. „Jean", rief Marcel. „Ich muss noch kurz mit dir reden."

Jean sah Marcel, der noch am Tisch saß, fragend an. „Wartest du auch mich?", flüsterte er Raymond zu. Der Magier nickte und verließ den Raum.

„Ich wollte es nicht vor den anderen ansprechen, weil es deine Angelegenheit ist und ich nicht ohne deine Erlaubnis darüber entscheiden will. Was hast du mit dem Gesetzlosen vor? Es gibt noch einen zweiten, neueren Bericht über ein zwanzigjähriges Mädchen, das heute früh im Jardin de Luxembourg aufgefunden wurde. Sie ist von einem Vampir zerfleischt worden. Ich nehme an, es war derselbe Mann, den Serrier rekrutiert hat. Jedenfalls wäre mir das lieber, als wenn wir uns um zwei von dieser Sorte kümmern müssten."

Jeans Züge verhärteten sich. „Ich kann nicht viel tun, bevor ich nicht weiß, um wen es sich handelt", erwiderte er. „Ich werde mich heute Nacht umhören und sehen, was ich erfahren kann. Ich werde auch alle daran erinnern, dass tote Opfer unserer Sache nicht dienlich sind. Ich weiß genau, welche Gerüchte über uns in Umlauf sind, aber die meisten von uns sind viel zu vernünftig, um uns das Leben sinnlos zu erschweren."

Marcel hob beschwichtigend die Hand. „Das weiß ich. Wenn ich daran zweifeln würde, hätte ich niemals mit dir Kontakt aufgenommen. Aber wir müssen verhindern, dass ein Einzelner mit seinem Verhalten alle anderen in Misskredit bringt. Es würde unserer Sache schaden. Kannst du dem Treiben ein Ende bereiten?"

„Es wird einige Zeit dauern", gab Jean zu. „Wir stehen nicht unter dem Schutz des Gesetzes, deshalb haben wir über die Jahre unsere eigenen Regeln aufgestellt. Trotz meiner Bemühungen ist es offiziell immer noch kein strafbares Vergehen, einen Sterblichen zu töten. Die rechtliche Lage ändert sich, wenn dadurch die anderen Vampire gefährdet werden. Allerdings ist das schwer zu beweisen und wird daher nur selten vor Gericht gebracht. Wir verhandeln meistens nur Straftaten gegen andere Vampire. Um einen Vampir zu verurteilen, müssen wir den Anwesenden unzweifelhaft beweisen, dass er uns durch sein Verhalten alle gefährdet hat. Dazu müssen wir ausreichend Beweise sammeln und uns sorgfältig vorbereiten."

Marcel hörte ihm fasziniert zu. „Ich wusste nicht, dass ihr eure eigenen Gerichte habt."

„Wir treffen uns nur bei Bedarf, und das ist selten der Fall. Aber wir haben durchaus Gesetze, mit denen wir unsere eigenen Angelegenheiten regeln."

„Dann brauchen wir also Beweise dafür, dass der Gesetzlose die anderen Vampire gefährdet", stellte Marcel klar. „Nimm Raymond mit, wenn du heute Nacht deine Runde machst. Er erkennt vielleicht Zusammenhänge und stellt Fragen, die dir entgangen sind. Sein umfangreiches Wissen erstaunt mich immer wieder."

„Du hältst ihn also nicht für einen Spion oder eine Schwachstelle, wie die anderen es tun?", wollte Jean wissen.

„Nein", widersprach Marcel entschieden. „In mancher Beziehung ist er sogar unser stärkstes Glied in der Kette, weil er genau weiß, wogegen wir kämpfen. Wir sehen nur die Folgen, aber er hat alles hautnah miterlebt. Wenn wir diesen Krieg eines Tages gewinnen, möchte ich ihn als meinen Nachfolger sehen. Nicht in der Milice, weil wir die dann hoffentlich nicht mehr brauchen werden. Aber als Oberhaupt der ANS."

„Der ANS?"

„Der Association Nationale de Sorcellerie", erklärte Marcel. „Es ist eine Organisation zur Förderung der Magie, zu deren Aufgaben auch die Ausbildung der zukünftigen Magier gehört. So bin ich an diesen Job geraten. Ich war Präsident der ANS, sehr bekannt und eine einflussreiche Persönlichkeit in Politik und Öffentlichkeit. Als der Krieg ausbrach, hat der französische Präsident mich gebeten, die neu gegründete Milice gegen die Rebellen zu leiten. Da ich einer der Hauptbefürworter dieser Milice war, blieb mir kaum etwas anderes übrig, als seiner Bitte nachzukommen."

Jean nickte. Er hatte sich mit der Entwicklung der letzten Jahre kaum befasst, da er das politische Geschehen in der Regel nur dann verfolgte, wenn es Auswirkungen auf die Vampire hatte. Deshalb wusste er wenig über die Gründe für diesen Krieg. Als er erkannte, welche Folgen der Krieg für die Vampire und den Rest der Welt haben würde, war Marcel bereits eine Institution gewesen und Jean hatte ihn nicht in Frage gestellt. Da die Dämmerung ihn nervös machte und er nicht wusste, ob sein Schutz gegen das Sonnenlicht noch wirksam war, entschuldigte er sich bei Marcel und versprach ihm, ihn bei ihrer nächsten Besprechung über die Entwicklung auf dem Laufenden zu halten.

Zu Jeans Erleichterung wartete Raymond tatsächlich vor der Tür auf ihn. „Vielen Dank für deine Geduld", sagte Jean.

„Wenn Marcel noch mit dir reden wollte, muss es wichtig gewesen sein", erwiderte Raymond mit einem Schulterzucken.

„Das war es", gab ihm Jean recht. „Können wir hier irgendwo ungestört reden? Ich würde dich gern darüber informieren." Jean wurde rot vor Verlegenheit. „Und außerdem bräuchte ich einen Schluck Blut, bevor wir aufbrechen. Die Sonne ist aufgegangen."

„Die Magie wirkt nicht mehr?", erkundigte sich Raymond.

„Nein, seit gestern früh schon nicht mehr. Vielleicht deshalb, weil ich nicht genug getrunken hatte."

Raymond nickte. Er hätte Jean gerne aufgefordert, sich satt zu trinken – schon allein deshalb, weil Jean ihn dann nicht so oft beißen musste. Doch dann erinnerte er sich wieder an den Jungen aus seinem Heimatdorf. „Wir können in mein Büro gehen. Es ist klein, aber außer mir hat dort niemand Zutritt."

„Selbst Marcel nicht?", fragte Jean, als sie sich auf den Weg machten. Er hatte Marcels Worte über Raymond noch frisch in Erinnerung.

„Wenn Marcel mich braucht, gehe ich zu ihm", sagte Raymond. „Ich würde ihn nie in mein Büro bitten."

„Er hält sehr viel von dir", bemerkte Jean.

Raymond nickte wieder. „Mehr als ich verdient habe."

Jean runzelte die Stirn. „Warum sagst du das? Du bist ein intelligenter und gebildeter Mann. Du bist wahrscheinlich besser ausgebildet als alle anderen, die heute bei unserer Besprechung anwesend waren. Warum hast du so eine schlechte Meinung von dir?"

„Du hast keine Ahnung, was ich alles getan habe", widersprach Raymond, während sie sein Büro betraten.

Jean sah sich um. Es war in der Tat ein kleines Büro, aber es war eindeutig Raymonds. Die Bücherregale an den Wänden quollen über, und viele der Bücher waren schon sehr alt und kostbar. Auch der Boden war mit Bücherstapeln zugestellt, denn die Regale konnten Raymonds geballtes Wissen offensichtlich nicht fassen. Jean hatte die Büros der anderen Magier noch nicht gesehen, konnte sich allerdings nicht vorstellen, dort auch nur ansatzweise so viele Bücher zu finden. „Nein", sagte er. „Ich weiß nicht, was du getan hast. Ich kann solche Details in deinem Blut nicht schmecken. Aber ich habe trotzdem viel über dich erfahren. Und unter der Wut und dem Bedauern habe ich einen grundsätzlich guten Menschen geschmeckt. Ich habe in meinem Leben schon oft das Blut von schlechten und grausamen Menschen getrunken, aber in dir ist davon nichts zu spüren."

Raymond war dieses Gespräch unangenehm und wechselte schnell das Thema. „Worüber wollte Marcel mit dir reden?"

„Über den Gesetzlosen", antwortete Jean. „Er hat zu Recht darauf hingewiesen, dass es sich um meine Angelegenheit handelt, wollte mich aber nach meinen Plänen fragen."

Die hätte Raymond auch gerne erfahren, wusste aber nicht, wie er danach fragen sollte. Glücklicherweise brauchte Jean keine Aufforderung, um mit ihm darüber zu reden.

„Marcel hat vorgeschlagen, dass du mich heute Nacht begleitest, wenn ich meine Runde mache. Ich will mehr über den Mann herausfinden. Es ist eine gute Idee. Kommst du mit mir?", wollte Jean wissen.

Raymond wurde von Jeans Bitte überrascht und fand nicht gleich eine Antwort. „Warum?", fragte er schließlich.

„Vier Augen und vier Ohren erfahren mehr als zwei. Außerdem bist du ein Beweis für unsere Allianz, falls sie angezweifelt wird. Du kannst mir mit deiner Logik helfen, andere von unserem Standpunkt zu überzeugen. Du kannst mir helfen, wenn unsere Feinde uns überfallen. Du bist an meiner Seite."

Diese Antwort überraschte Raymond noch mehr. Er nickte langsam. „Wo wollen wir uns treffen?"

„Warum kommst du nicht einfach zu mir?", fragte Jean. „Thierry und Caroline haben recht. Ich muss zwar trinken, bevor ich nach Hause gehen kann, aber ich hatte über tausend Jahre lang Zeit, mich an den Hausarrest, wie Sebastien es genannt hat, zu gewöhnen."

„Das ist nicht nötig", meinte Raymond. „Wenn du ausgehen willst, kann ich …"

„Du kannst im Moment gar nichts tun", unterbrach ihn Jean. „Du warst die ganze Nacht auf den Beinen und ich muss noch von dir trinken. Das wird dich noch mehr erschöpfen. Du wirst mich nach Hause begleiten und dann schlafen. Ich bin vielleicht kein Sterblicher mehr, aber ich weiß noch sehr gut, wie sich Schlaflosigkeit auswirkt."

„Wie du meinst", gab Raymond nach und warf einen Blick auf sein Büro. Es gab nicht einmal einen Platz, um sich hinzusetzen.

23

RAYMOND SCHWANG seinen Stab und murmelte einen Spruch, der die Bücherstapel auf dem Boden zusammenschob und in ein bequemes Sofa verwandelte.

„Deine Bücher!", rief Jean. Sein Verstand sagte ihm zwar, dass Bücher nicht mehr den Wert besaßen wie in seiner Jugend, als kostbare Bände noch mit Gold aufgewogen wurden. Aber es schockierte ihn, mit welcher Missachtung sein Partner – ein Gelehrter! – sie behandelte.

Raymond lachte. „Es ist Magie, Jean. Ich kann sie mit einer Bewegung meines Stabes wieder zurückverwandeln. Wenn das nicht möglich wäre, hätte ich meinen Schreibtisch oder einen anderen wertlosen Gegenstand genommen." Raymond achtete genau auf Jeans Reaktion. Sein Partner war kein Wissenschaftler, das hatte ihm Jeans Desinteresse an der Diskussion mit Monsieur Lombard deutlich gezeigt. Aber dennoch wusste er die Bücher offensichtlich mehr zu schätzen, als es außerhalb der akademischen Zirkel üblich war.

Jean errötete vor Verlegenheit. „Jetzt hältst du mich entweder für einen kompletten Idioten oder einen ignoranten Narren."

„Weder noch", widersprach Raymond. „Du bist nur nicht an Magie gewöhnt. Ich vergesse immer, dass sie nicht für jeden so selbstverständlich ist wie für mich. Ich kann mich an keine Zeit erinnern, in der sie nicht Teil meines Lebens war. Meine Mutter und meine Großmutter waren Magierinnen. Sie waren davon so abhängig, dass sie ohne Magie im Alltag wahrscheinlich vollkommen hilflos gewesen wären. Sie haben nicht auf dem Herd gekocht, sondern mit ihrem Stab. Sie haben die Wohnung nicht mit dem Besen gekehrt oder den Staubsauger benutzt, sondern einfach mit der Hand geschnipst. Wenn ich ein Sofa brauche, dann mache ich mir eines. Danach, wenn ich es nicht mehr brauche oder die Bücher wichtiger sind, verwandle ich es wieder zurück. Natürlich müssen wir darauf achten, das magische Gleichgewicht zu erhalten. Wir müssen genauso viel Energie zurückgeben, wie wir für unsere Magie verbraucht haben."

Jean schüttelte den Kopf. „Das kann ich mir kaum vorstellen. Bevor ich zum Vampir wurde, war ich Schüler in einem Klosterseminar. Ich habe gelernt, dass Magie nicht existiert. Natürlich war das falsch, wie mir meine Umwandlung zum Vampir deutlich gezeigt hat. In meiner Welt ist Magie das, was mich am Leben erhält. Alles andere ist externe Magie, beispielsweise der Aveu de Sang, der Alain und Orlando verbindet." Er ging zum Sofa und fuhr mit der Hand über das Polster aus Samt. „Es fühlt sich so real an."

„Das ist es auch", versicherte ihm Raymond. „Es ist genauso real, wie die Bücher es waren. Wenn du genauer wissen willst, wie es funktioniert, kann ich es dir in einfachen Worten erklären. Aber du musst keine Angst haben, dass es unter dir zusammenbricht." Zum Beweis ließ Raymond sich auf das neue Sofa fallen und klopfte mit der Hand einladend auf den Platz an seiner Seite, um Jean aufzufordern, sich zu ihm zu setzen.

Jean schüttelte den erneut Kopf. „Lass es lieber. Ich würde trotzdem kein Wort verstehen", sagte er. „Aber ich vertraue in deine Künste." Er setzte sich vorsichtig zu Raymond aufs Sofa. Jean hatte zwar keine Angst, dass es unter ihm zusammenbrechen würde, aber er konnte nicht vergessen, dass es Bücher waren. Er wollte sie nicht beschädigen.

Raymond holte tief Luft, knöpfte den Ärmel seines Hemdes auf und rollte ihn nach oben. „Du hast gesagt, dass du trinken musst", sagte er mit einem flauen Gefühl im Magen.

ADÈLE FÜHRTE ihre Einheit ins Hauptquartier zurück und entließ sie. Sie musste noch mit Marcel reden und ihm berichten, dass es keine besonderen Vorkommnisse gegeben hatte. Die anderen Offiziere hatten sich wahrscheinlich schon vor ihr zurückgemeldet, denn sie hatten ein kleineres Gebiet patrouilliert als ihre Gruppe.

Nachdem ihr Team sich aufgelöst hatte, drehte sie sich zu Jude um. „Kommst du sicher nach Hause?"

Jude zog eine Grimasse. „Ich brauche keinen Schutz von einer Frau."

„Das habe ich auch nicht gemeint", protestierte sie. „Ich muss jetzt Marcel meinen Bericht erstatten und danach noch einige Dinge erledigen, bevor ich auch gehen kann. Ich wollte nur sicher sein, dass du nicht noch trinken musst, bevor du dich auf den Heimweg machst."

„Das fällt dir jetzt ein", schnaubte Jean. „Wo war dieses Interesse gestern, als du mich hier einfach zurückgelassen hast?"

„Diese Frage habe ich dir schon beantwortet", schnappte Adèle ihn an. „Ich muss auch erst lernen, wie diese Partnerschaft funktioniert, und dir geht es nicht anders. Ich versuche mein Bestes."

„Aber nicht sehr gut", knurrte Jean.

Adèle fasste ihn am Hals und hatte ihn an die Wand gedrückt, bevor sie über ihre eigene Reaktion nachdenken konnte. „Brauchst du Blut oder nicht?", fauchte sie ihn an. Ihr war klar, dass sie ihn in einem unachtsamen Moment überrascht hatte. Selbst jetzt konnte er sie wahrscheinlich noch quer durchs Zimmer schleudern, falls ihm der Sinn danach stand.

„Nein", erwiderte er kurz angebunden.

„Dann geh mir aus den Augen", fuhr sie ihn an, ließ seinen Hals los und drehte sich um. Zwei Schritte später wurde sie am Arm gefasst und herumgeschleudert. Seine kühlen Lippen pressten sich auf ihren Mund. Adèle wehrte sich nicht. Sie wusste, dass sie seinem Griff nicht entkommen konnte und wollte sich nicht durch einen sinnlosen Befreiungsversuch noch mehr demütigen. Sie hielt vollkommen

194

still und ließ sich von ihm küssen, ohne auch nur die geringste Reaktion zu zeigen. Sobald er wieder den Kopf hob, gab sie ihm eine schallende Ohrfeige. Dieses Mal traf sie ihr Ziel. „Kein Interesse", log sie ihn an und ließ ihn stehen.

Adèle war sich ihrer Lüge bewusst, aber sie hätte niemals laut zugegeben, dass sie den goldhaarigen Vampir mit den abscheulichen Attitüden attraktiv fand. Sie musste sich in ihrem Job schon genug gefallen lassen. In ihrem Privatleben konnte sie das nicht auch noch gebrauchen. Sie war sich sicher, dass Sex mit Jude wahrscheinlich hochexplosiv war, aber es war eben nur Sex. An solchen Affären hatte sie schon vor langer Zeit das Interesse verloren. Sie hatte zu viel anderes zu tun, um damit ihre Zeit zu vergeuden. Jetzt zum Beispiel musste sie Marcel ihren Bericht erstatten, damit sie endlich ins Bett kam. Allein. In ihr bequemes, aber leeres Bett. „Verdammt", fluchte sie vor sich hin. „Nicht mit mir."

JEAN STARRTE auf den blassen Arm des Magiers. Die Haut seines Partners war nicht viel dunkler als die eines Vampirs, aber Jean konnte die Wärme spüren, eine Wärme, die unter der bleichen Haut der Vampire fehlte. „Ich trinke nicht viel", versprach er. „Nur genug, um sicher nach Hause zu kommen."

„Nein", widersprach Raymond. „Falls unterwegs etwas passiert und es länger dauert, kann die Sonne dich zerstören. Trink ganz normal. Du hast mir versprochen, mich nicht zu verletzen. Ich muss dir vertrauen, und das ist ein guter Anfang."

„Bist du dir sicher?", fragte Jean. „Ich will nicht, dass es dir unangenehm ist." Raymond dachte kurz nach und entschied sich dann zu einer ehrlichen Antwort. „Das lässt sich im Moment wahrscheinlich noch nicht vermeiden. Aber meine Ängste sind nicht dein Problem. Und wenn ich mich von ihnen beherrschen lassen würde, wäre ich jetzt immer noch bei Serrier, aus reiner Angst vor seiner Vergeltung, sollte ich ihm in die Fänge geraten."

Jean sah ihn grimmig an. „Das wird nicht geschehen. Dafür sorge ich." Raymond lächelte leicht. „Das ist leichter gesagt als getan. Außer, du würdest nicht mehr von meiner Seite weichen."

„Deine Wohnung hat einen magischen Schutzschild, nicht wahr?", erkundigte sich Jean. Wenn nicht, würden er und Raymond hierbleiben, bis Marcel das Problem behoben hatte.

„Selbstverständlich", versicherte ihm Raymond. „Ich bin dort genauso sicher wie hier."

„Dann ist es ganz einfach. Während des Einsatzes sind wir sowieso zusammen. Außer Dienst begleite ich dich, wenn du etwas zu erledigen hast. Danach bringst du mich nach Hause und gehst dann in deine Wohnung, und zwar auf direktem Weg. So bist du entweder bei mir oder an einem sicheren Ort", schlug Jean ihm sachlich vor.

„Schon gut", meinte Raymond. „Ich passe schon seit Monaten selbst auf mich auf, seit ich der Milice beigetreten bin."

„Das weiß ich", versicherte ihm Jean. „Aber jetzt sind wir zu zweit. Macht es da nicht Sinn, wenn wir aufeinander aufpassen? Wir haben beide Feinde, sowohl persönliche wie auch militärische. Warum sollten wir uns unter diesen Umständen nicht gegenseitig unterstützen? Zumindest dann, wenn wir uns nicht an einem sicheren Ort aufhalten."

Raymond dachte über den Vorschlag nach. „Ich könnte deine Wohnung auch mit einem Schutzschild versehen. Das einzig Schwierige daran ist, Ausnahmen für willkommene Besucher festzulegen. In meiner eigenen Wohnung kann ich das spontan entscheiden, weil ich sehen kann, wer kommt. Aber du kannst den Schild nicht selbst manipulieren. Ich könnte natürlich jeden Vampir durchlassen, aber wir kennen mindestens einen, den wir nicht einlassen wollen. Und so lange wir nicht wissen, um wen es sich handelt, kann ich ihn nur schwer ausschließen."

Jean suchte nach einer Lösung. „Und wenn nur Vampire eintreten dürfen, die uns bekannt sind?"

„Dazu muss ich jeden einzelnen mit einem gesonderten Spruch identifizieren, der in den Schild eingearbeitet wird."

„Um die Vampire mache ich mir die geringsten Sorgen", sagte Jean nach kurzem Nachdenken. „Es gibt nur wenige, die mir ernsthaft gefährlich werden könnten. Das größere Problem sind dunkle Magier oder jeder andere, der keine guten Absichten hat."

„Wer, außer mir, sollte dich besuchen wollen?", fragte Raymond. „Von den Magiern, meine ich."

Jean dachte wieder nach. „Alain vielleicht. Orlando hat mich früher oft besucht. Wenn er das auch in Zukunft vorhat, wird er Alain bestimmt mitbringen wollen."

Raymond wusste, dass Jean sich für Orlando verantwortlich fühlte. Es war ihm schon am ersten Tag aufgefallen. Welcher Art ihre Beziehung genau war, konnte er jedoch nicht sagen. Alain und Orlando waren offensichtlich Geliebte. Raymond fragte sich, ob Jean möglicherweise ein Problem damit hatte. Jeans Stimme war zwar nichts anzumerken. Allerdings kannte Raymond ihn noch nicht gut genug, um solche kleinen Hinweise sicher zu interpretieren. War es wirklich ein Zeichen von Akzeptanz oder war es doch nur ein gut einstudierter Versuch, seine tatsächlichen Gefühle vor Raymond zu verheimlichen? Das hing teilweise auch davon ab, wie die Beziehung zwischen den beiden Vampiren vorher gewesen war. Waren sie Geliebte gewesen und Jean fühlte sich jetzt versetzt? Der Gedanke gefiel Raymond ganz und gar nicht, und das war ungewöhnlich für ihn, genauso, wie die plötzliche Eifersucht, die ihn überkam, als er sich Jean in den Armen des jungen Vampirs vorstellte. Er brach seine Überlegungen ab und versuchte, sich wieder auf das eigentliche Thema ihres Gesprächs zu konzentrieren. Welche Magier mochten Jean wohl besuchen kommen?

„Thierry?", schlug er einige Sekunden später vor.

„Das würde mich überraschen", meinte Jean. „Sein Partner weiß sehr wohl, dass er hier nicht willkommen ist. Ich kann zwar mit Sebastien zusammenarbeiten, aber ich werde ihn nicht in meine Wohnung einladen."

Dieser Blick in das Privatleben seines Partners weckte die Neugier in Raymond, aber er wollte nicht nachfragen, was zwischen den beiden Vampiren vorgefallen war. Er merkte sich diese Frage für einen späteren Zeitpunkt. Möglicherweise wusste Thierry mehr und war bereit, mit ihm darüber zu reden. Im Moment konnte Raymond nur spekulieren, wieso das Verhältnis zwischen den beiden Vampiren so angespannt war. Dummerweise trifteten seine Spekulationen sofort wieder in Richtung Sex und er stellte sich die beiden vor, wie sie nach einer heißen Nacht zusammen in einen leidenschaftlichen Streit ausbrachen, der dann zu ihrer Trennung führte. Natürlich waren solche Spekulationen lächerlich, und noch lächerlicher war die Eifersucht, die sie in Raymond auslösten. Er warf einen Blick auf seinen Arm. „Du solltest jetzt trinken, damit wir aufbrechen können. Wenn wir in deine Wohnung kommen, richte ich den Schutzschild ein. Ich kann ihn später noch anpassen, sollte das nötig werden."

Jean nickte und richtete seine Aufmerksamkeit wieder auf die warme, blasse Haut von Raymonds Arm. Er hob die Hand und fuhr ihm mit dem Finger langsam von der Armbeuge bis zum Handgelenk.

„Nicht", bat Raymond. Trotz der vielen Gedanken, die er sich gemacht hatte, fiel es ihm immer noch schwer, Jeans Biss zuzulassen. Es überforderte ihn, die Intimität noch einen Schritt weiter zu treiben. Dazu waren seine Ängste noch zu übermächtig. „Bitte beschränke dich auf die sachlichen Erfordernisse. Ich weiß, was Monsieur Lombard gesagt hat, aber ich kann nicht …"

Jean hob den Kopf und sah ihm in die Augen. „Ich auch nicht", sagte er bedauernd. „Es war nicht mehr, als rein abstrakte Bewunderung aus ästhetischen Gründen."

Raymond sah ihn erstaunt an. Jean war eine faszinierende Mischung aus Gegensätzen. Er behauptete, ein einfacher Mann ohne esoterische Interessen zu sein, und dennoch hatte er Raymonds Bücher respektvoller behandelt als Raymond selbst, der doch Wissenschaftler war. Raymond fragte sich, welche Einflüsse Jean geprägt haben mochten, um ihn zu dem Mann zu formen, der er jetzt war. Jean musste in seinem langen Leben so viel erlebt haben! Raymond wollte ihn danach fragen, ihn bitten, seine Erfahrungen mit ihm zu teilen, um seinen Partner auch persönlich besser kennenzulernen. Sein Verstand sagte ihm, dass es objektiv nur an der Verbindung lag, die sich zwischen zwei Partnern naturgegeben entwickelte. Diese objektive Erkenntnis trug jedoch nicht das Geringste dazu bei, seine Neugier zu dämpfen oder gar zu befriedigen. Raymond wurde wieder eifersüchtig, als er an die vielen Liebhaber dachte, die Jean in seinem Leben schon gehabt haben musste. Dass der Vampir die Beziehung zwischen ihnen jetzt auf einer sachlichen Ebene belassen wollte, feuerte diese untypische Eifersucht nur noch mehr an.

Jean nahm Raymonds Handgelenk und führte es an seinen Mund. Mit der Zunge bereitete er die empfindliche Haut schnell und effektiv auf seinen Biss vor. Dann stieß er die Zähne vorsichtig in das weiche Fleisch und saugte leicht, bis das Blut an die Oberfläche trat. Es floss ihm sofort in den Mund und Raymonds einmaliger Geschmack, den Jean schon auf Anhieb identifizieren konnte, erfüllte seine Sinne. Jean konnte die Furcht schmecken, die Wut und das Bedauern, die Intelligenz. Alles Eigenschaften, die Raymond zu dem vielschichtigen und komplexen Individuum formten, das er war. Aber darunter erkannte Jean zu seinem Erstaunen einen neuen Geschmack. Er war noch sehr flüchtig und wäre ihm fast entgangen, weil er so gar nicht zu seinem Magier passen wollte. Aber je mehr Jean sich auf diesen Geschmack konzentrierte, umso mehr war er davon überzeugt, zum ersten Mal einen Hauch von Vertrauen in Raymonds Blut gespürt zu haben.

24

SEBASTIEN STAND an Thierrys Seite und starrte auf die Lichter des großen Bildschirms. „Erklär mir noch einmal, wie es funktioniert", verlangte er.

Damit hatte Thierry gerechnet, als Marcel ihnen diese Aufgabe übertragen hatte. Er griff in die Tasche und zog eine kleine Schnitzerei hervor. „Das ist mein Repère", sagte er und gab ihn Sebastien. „Wenn ich ihn bei mir trage, blinkt er auf diesem Bildschirm auf und jeder weiß, wo ich mich gerade aufhalte. Normalerweise zeigt die Karte nur Paris an, aber sie kann auch auf einen größeren Ausschnitt eingestellt werden, beispielsweise die Île-de-France oder ganz Frankreich. Aber je größer der Ausschnitt ist, umso weniger genau die Lokalisierung."

„Dann ist es also der Talisman, der angezeigt wird", sagte Sebastien.

„Ja", erwiderte Thierry. „Aber er ist nur sichtbar, wenn er durch meine persönliche Magie animiert wird. Wenn du ihn in die Hand nimmst, funktioniert er nicht mehr. Er funktioniert in meiner Hand, in meiner Jackentasche, meinem Umhang, aber nicht bei anderen Menschen."

Sebastien betrachtete sich die kleine Schnitzerei genauer. „Es ist ein Falke!", rief er. „Hast du es dir selbst ausgesucht oder ist das Zufall?"

„Ich habe es mir ausgesucht", antwortete Thierry. „Falken sind wunderbare Tiere."

„Unglaublich", sagte Sebastien leise. „Es ist so unwahrscheinlich."

„Was ist unwahrscheinlich?"

„Dass du zu deinem Schutz einen Falken als Talisman trägst. Ich war Falkner, als ich noch sterblich war. Ich habe die Falken für unsere Herrscher ausgebildet", erklärte Sebastien. „Du hast recht. Es sind wunderbare Tiere."

Noch etwas, das ihn mit Sebastien verband. Es war Thierry unangenehm und er nahm Sebastien den Repère wieder ab, um ihn in die Tasche zu stecken.

Sebastien wechselte das Thema, weil er erkannte, wie unwohl Thierry sich fühlte. „Dein Talisman wird also durch deine persönliche Magie animiert. Wir Vampire haben keine eigene Magie. Kann es trotzdem für uns funktionieren?"

Thierry dachte darüber nach. „Jedes Lebewesen hat seine eigene Aura. Vielleicht können wir die Beschwörung an diese Aura binden." Er schloss die Augen und konzentrierte sich, um mit seinen magischen Sinnen die Aura Sebastiens zu erfassen. Er konnte die anderen Magier fühlen, die sich in dem Zimmer oder draußen auf dem Gang aufhielten, aber von Sebastien empfing er keinerlei Signale.

„Verdammt", fluchte er leise. „Warum kann ich deine Aura nicht fühlen?" Er fuhr sich mit den Fingern durch die Haare, bis seine Frisur vollkommen außer Form geriet. *Steht ihm gut*, dachte Sebastien und riss sich sofort wieder zusammen, um sich ihrem Problem zu widmen. Aber er konnte nicht verhindern, dass sein Blick immer wieder auf Thierry fiel, der mit seinem verstrubbelten blonden Haar wirklich zu liebenswert aussah.

„Keine Ahnung", sagte Sebastien schnell, als ihm auffiel, dass Thierry ihn fragend ansah und auf eine Antwort wartete. „Vielleich weiß Jean mehr darüber."

„Oder Raymond", ergänzte Thierry widerwillig. Er mochte den anderen Magier nicht sonderlich, vertraute ihm auch nicht. Aber er musste zugeben, dass das umfassende Wissen des Mannes sich schon oft als hilfreich erwiesen hatte.

Sebastien hätte gerne gewusst, warum Thierry den anderen Magier ablehnte. Er hatte Raymond seit der Gründung der Allianz noch nicht oft getroffen, sah aber keinen Grund, sich nicht mit ihm zu vertragen. Thierry ging es offensichtlich nicht so.

Thierry schüttelte seine Frustration ab. Es war sowieso sinnlos, und außerdem war Raymond außer Dienst. Wenn sie dieses Problem lösen wollten, mussten sie es selbst in die Hand nehmen. Thierry hatte zwar nicht Raymonds wissenschaftlichen Hintergrund, war aber auch nicht gänzlich ungebildet. Logisches Denken war die Grundlage seiner strategischen Überlegungen. „Wenn wir mit Magie nicht weiterkommen, sollten wir es vielleicht auf biologischem Wege versuchen", dachte er laut.

„Biologisch?", fragte Sebastien nach.

„Sicher", erwiderte Thierry. „DNA-Analysen sind eine zuverlässige Methode zur Identifizierung von Menschen. Sie werden ständig eingesetzt, vor allem zur Aufklärung von Kriminalfällen. Vielleicht können wir dich so an einen Talisman binden."

„Wie willst du meine DNA an den Talisman bringen?", wollte Sebastien wissen.

Thierry griff sich einen Stift. „Wenn wir wissen, ob es funktioniert, finden wir einen besseren Repère für dich. Aber erst müssen wir es ausprobieren. Gib mir einige Haare."

Sebastien wollte auch wissen, ob es funktionieren würde. Er riss sich einige Haare aus und reichte sie Thierry. Der Magier wickelte sie um den Stift und murmelte einen Spruch zur Lokalisierung. Mit einem zweiten Spruch veränderte er den Kartenausschnitt, sodass nur noch das Hauptquartier der Milice angezeigt wurde. Sofort leuchtete Thierrys Name im Salle des Cartes auf. Auch die Namen der anderen anwesenden Magier waren sichtbar. Nur von Sebastien war nichts zu sehen.

„Mist", murmelte Thierry. „Das funktioniert auch nicht."

Sebastien starrte auf den Bildschirm, aber das änderte auch nichts. „Könnte es daran liegen, dass ich nicht mehr am Leben bin? Im üblichen Sinn am Leben, meine ich."

Thierry grübelte über die Frage nach, fand aber keine Antwort. „Diese Frage können dir wahrscheinlich nur die Philosophen beantworten", erwiderte er. „Aber es könnte durchaus damit zusammenhängen. Lass uns logisch darüber nachdenken. Du sagst, dass du nicht im üblichen Sinn am Leben bist. Jean hat etwas Ähnliches zu Alain gesagt. Was ist es dann, das euch den Anschein von Leben gibt? Tot ‚im üblichen Sinn' kommst du mir jedenfalls auch nicht vor."

„Blut", gab Sebastien unumwunden zu. „So lange wir genug Blut trinken, bleiben wir belebt oder sind untot, wie auch immer."

Thierry erschauerte, als er über die mögliche Bedeutung von Sebastiens Worten nachdachte. Er hätte ein kleines Vermögen gewettet, dass es eine unbekannte Form von Blutmagie war, die die Vampire zu Untoten machte. Jedenfalls würde das erklären, warum sie Blut brauchten, um in ihrem Zustand zu überleben. So lange Thierry sich zurückerinnern konnte, war Blutmagie von jedem anständigen Magier verachtet und als etwas Böses bezeichnet worden. „Wenn wir wirklich Blut brauchen, damit es funktioniert, sollten wie vorher mit Marcel darüber reden", sagte er. „Ich kann Blutmagie nicht ohne seine Zustimmung anwenden."

„Was ist daran so besonders?", fragte Sebastien.

Thierry verdrängte die Bilder von Opfern und Altären, von dunkler Magie und bösen Flüchen, die ihm durch den Kopf geisterten. „Es ist dunkle Magie", sagte er und erschauerte wieder.

Sebastien sah die Abscheu in Thierrys Gesicht. Es gefiel ihm nicht, dass sein Partner sich vor einer Magie so ekelte, die ihm selbst das Überleben ermöglichte. Aber andererseits richtete Thierrys Ablehnung sich nicht gegen Sebastien als Person, sondern nur gegen diese besondere Form der Magie. „Dann sollten wir es vielleicht einfach sein lassen", sagte er laut.

„Nein", widersprach Thierry. „Es mag mir zwar nicht gefallen, aber wenn es der einzige Weg ist, um euch zu schützen, sollten wir zumindest mit Marcel darüber reden. Falls er es ablehnt, können wir es immer noch mit einer einfachen Beschwörung versuchen, die uns euren Aufenthaltsort verrät, auch wenn wir dann im Einzelfall nicht genau wissen, wer sich wo aufhält. Das wäre zwar nicht optimal, aber immer noch besser als gar nichts."

„Wie du meinst", sagte Sebastien.

„Wir lassen Marcel entscheiden", entschied Thierry. „Wenn er es für sicher hält, versuchen wir es mit der Blutmagie."

Auf dem Weg zu Marcels Büro dachte Thierry über sein neugewonnenes Wissen nach. Vampire brauchten Blut also nicht nur zum Überleben, sondern ihre ganze Existenz hing von einer Form der Blutmagie ab. Es hätte ihn nicht überraschen sollen, aber er hatte sich bisher einfach noch nie mit dieser Frage befasst. Während er die Information noch verdaute, warf er Sebastien immer wieder verstohlene Blicke zu. Wenn er das schon vor der Gründung der Allianz gewusst hätte, wäre er nicht so bereitwillig eine Partnerschaft eingegangen. Aber jetzt störte es ihn nicht mehr. Sebastien war sein Partner und hatte ihm mehr als einmal seine Loyalität bewiesen, als sie Seite an Seite gegen die dunklen Magier gekämpft hatten. Das wog alle denkbaren Vorbehalte auf.

Er klopfte an Marcels Tür und wartete auf Antwort.

Als Marcel sie erkannte, lächelte er ihnen freundlich zu. „Habt ihr schon Erfolg zu vermelden?", fragte er.

„Bedauerlicherweise nicht", sagte Thierry und berichtete Marcel in Kurzform alles über die fehlende Aura der Vampire und ihr erfolgloses Experiment mit Sebastiens Haaren.

„Was ist deine Theorie dazu?", wollte Marcel wissen.

„Dass die Talismane nur bei lebenden Menschen funktionieren", erklärte Sebastien. „Wir erscheinen zwar lebendig, aber das ist die Folge von Magie. Es hat nichts mit biologischen Ursachen zu tun."

„Und was schlagt ihr nun vor?", hakte Marcel nach.

„Die einzige Lösung, die uns eingefallen ist, um einen individuellen Talisman für Vampire herzustellen, erfordert den Gebrauch von Blut", sagte Thierry. „Nach Sebastiens Erklärung bin ich zu dem Schluss gekommen, dass die Existenz der Vampire durch Blutmagie ermöglicht wird. Ich wollte mit dieser Form der dunklen Magie nicht experimentieren, ohne zuvor dein Einverständnis einzuholen."

Marcel kicherte. „Ich kann mir lebhaft vorstellen, was Raymond dazu sagen würde: ‚Magie an sich ist weder gut noch böse. Nur unser Gebrauch der Magie kann moralisch beurteil werden‘."

Thierry runzelte die Stirn. „Raymond hat nicht darüber zu entscheiden."

„Nein, das hat er nicht", stimmte Marcel ihm zu. „Das ist meine Aufgabe. Aber ich teile seine Einschätzung. Wenn Blutmagie an sich böse wäre, würde das auch auf die Vampire zutreffen. Trotzdem haben wir uns mit ihnen verbündet. Thierry, sind unsere Verbündeten böse?"

Marcels Logik ließ Thierry nicht unbeeindruckt. „Nein", gab er mit überzeugter Stimme zu. „Das glaube ich nicht. Wenn sie böse wären, hätten sie diese Allianz mit uns nicht geschlossen. Und wenn doch, wäre zumindest ein Teil ihrer Bösartigkeit mittlerweile zum Vorschein gekommen."

Sebastien hatte gegen Marcels Frage spontan Einspruch erheben wollen, aber rechtzeitig erkannt, dass sie nur rhetorisch gemeint war. Sie diente nur dem Zweck, Thierry die Lücke in dessen Argumentationskette aufzuzeigen. Als sein Partner ihn und die anderen Vampire verteidigte, seufzte er erleichtert auf.

„Ich bin dieser Frage zwar noch nicht im Detail nachgegangen", fuhr Marcel fort, „aber ich bin mir sicher, dass die Magie, mit der dein Blut Sebastien vor der Sonne schützt, auch als Blutmagie bezeichnet werden kann. Wir sollten uns vor vorschnellen Urteilen hüten, wenn wir eine neue Zukunft für die Magier aufbauen wollen. Wir haben schon zu viele verloren – darunter anfangs auch Raymond –, um alles nur in Gut und Böse aufzuteilen und in enge Schubladen zu packen. Raymond ist zu uns zurückgekehrt, weil Serriers Methoden schlimmer waren, als unsere Dogmen und unsere Unbeweglichkeit. Andere haben das nicht getan, und das können wir uns nicht länger leisten. Es kann keinen Schaden anrichten, wenn wir einige Tropfen von Sebastiens Blut und ein Stück Stein mit einer simplen Lokalisierung belegen. Unsere einzige Absicht ist, ihn damit zu schützen. Darauf müssen wir uns konzentrieren, Thierry – auf die Absicht hinter der Magie, nicht auf die Magie selbst."

Thierry brauchte einen Moment, um diese Worte zu verdauen. „Dann sollten wir es jetzt versuchen", meinte er schließlich.

„Und sagt mir sofort Bescheid, wenn es funktioniert hat", forderte Marcel ihn auf. „Ich informiere dann die anderen, sodass die Entscheidung von mir kommt und ihr nichts damit zu tun habt."

„Und wie wollen wir vorgehen?", fragte Sebastien, als sie wieder im Flur waren.

„Lass uns in mein Büro gehen", sagte Thierry. „Ich weiß, was Marcel gesagt hat, aber ich möchte es doch lieber nicht im Salle des Cartes ausprobieren. Es ist besser, wenn wir vorerst unter uns bleiben. Sollte es funktionieren, müssen wir uns noch früh genug mit den Vorbehalten der anderen Magier auseinandersetzen."

Sebastien nickte und folgte Thierry ins Büro. Sie schlossen hinter sich die Tür und Sebastien hob die Hand, um sich ins Gelenk zu beißen.

„Nicht", sagte Thierry und hielt ihn zurück. „Eine der unangenehmeren Voraussetzungen für Blutmagie ist, dass derjenige, der sie ausführt, auch das Blut sammeln muss. Und es darf nicht sein eigenes sein. Wie du dir vorstellen kannst, ist das schon fast eine Einladung zum Missbrauch." Er suchte in seiner Schreibtischschublade nach einem Instrument, mit dem er Sebastiens Haut durchdringen und ihn zum Bluten bringen konnte.

Sebastien konnte es sich nur zu gut vorstellen, in dieser Situation trafen solche Bedenken allerdings nicht zu. „Ich gebe dir mein Blut freiwillig und weiß, dass du nicht mehr als nötig nimmst." Als Thierry den Kopf hob, sah Sebastien ihm direkt in die Augen. „Was wir beiden tun, ist nicht böse."

Thierry senkte den Kopf und wühlte weiter in der Schublade. Schließlich fand er in der hintersten Ecke ein verziertes Messer, das er als Brieföffner benutzte. „Ich weiß", antwortete er. „Ich weiß es wirklich. Was willst du als Talisman benutzen?"

Sebastien dachte kurz nach. „Spielt es eine Rolle, wofür ich mich entscheide?"

„Nein", erwiderte Thierry. „Allerdings ist unsere Erfahrung, dass ein persönlicher Gegenstand die Wirkung des Spruches verstärkt. Wenn jeder einfach nur eine Büroklammer benutzen würde, wüsste bald niemand mehr, welche ihm gehört."

Sebastien lachte. „Das kann ich mir gut vorstellen. Falls es nicht funktioniert, ist es sowieso egal, wofür ich mich entschieden habe. Aber wenn es beim ersten Mal klappt, möchte ich die richtige Wahl getroffen haben, damit du die Beschwörung nicht wiederholen musst."

„Das wäre mir auch lieber", meinte Thierry. „Marcel hat zugestimmt und ich will es gerne versuchen. Aber einmal reicht mir. Ich werde mich mit der Blutmagie nie anfreunden."

Sebastien griff wie automatisch zu dem Medaillon, das er in der Jackentasche hatte. Er hatte es seit Thibaults Tod nicht aus den Händen gegeben und immer bei sich getragen. Es wäre ein guter Talisman. Doch Thierry hatte gesagt, dass die Talismane im Hauptquartier zurückblieben, wenn ihre Besitzer außer Dienst waren. Sebastien war sich nicht sicher, ob er sich von dem Medaillon trennen könnte. „Muss ich den Repère hier zurücklassen, wenn ich nicht im Dienst bin?", wollte er wissen. „Ich hätte etwas, das wir benutzen können, aber ich möchte es gerne ständig bei mir tragen."

„Es ist nicht unbedingt nötig, ihn hier zu lassen. Es dient mehr dem Schutz der Privatsphäre, weil der Repère dich immer anzeigt, egal, ob du im Dienst bist oder nicht. Wenn du nichts dagegen hast, dass du auch in deiner Freizeit auf der Karte angezeigt wirst, kannst du den Repère immer bei dir tragen."

Sebastien nickte. „Kannst du mich für einen Augenblick allein lassen?", fragte er dann leise.

Thierry runzelte zwar überrascht die Stirn, ging aber sofort auf den Flur, um die Bitte seines Partners zu erfüllen.

Im Büro zog Sebastien das Medaillon aus der Tasche und sah es nachdenklich an. Es war sein wertvollster Besitz, die Locke darin seine letzte Verbindung zu seinem Avoué. Ohne sie blieben ihm nur noch seine Erinnerungen. Er musste nur die Augen schließen, um Thibault vor sich zu sehen, wie er den jungen Mann, der der Mittelpunkt seiner Welt geworden war, das erste Mal erblickt hatte. Sein Verstand sagte ihm, dass seit damals vierhundert einsame Jahre vergangen waren, aber sein Herz holte die Erinnerungen wieder hervor, als sei es erst gestern gewesen. Sebastien war erst einige Wochen vorher in Paris angekommen und hatte die Stadt noch nicht richtig gekannt, doch die Vampire hatten ihn freundlich willkommen geheißen und er fühlte sich bald wie zuhause. Er war auf der Suche nach einem Opfer durch die Straßen gezogen, als er Thibault das erste Mal erblickte. Der junge Mann stand auf der Pont Neuf und badete im Mondlicht. Er drehte sich um und sah Sebastien offen an. „Du bist ein Vampir", stellte er fest, ohne auch nur einen Augenblick zu zögern. Sebastien hatte es sofort zugegeben, wenn auch nur leise, weil er nicht wusste, ob die anderen Passanten genauso tolerant waren, wie der junge Mann. Thibault hatte ihm die Hand gereicht und ihn mitgenommen in seine Unterkunft, wo er ihm noch mehr anbot als nur die Hand. Die Anziehung zwischen ihnen war gegenseitig und einige Wochen später forderte Thibault ihn auf, ihm das Brandmal zu geben, das ihn als Sebastiens Avoué, den Auserwählten eines Vampirs, auswies.

In der gleichen Nacht hatte Thibault ihm das Medaillon geschenkt. Es war seine Art, Sebastien für sich zu beanspruchen, denn er konnte ihn nicht mit seinem Mal zeichnen. Seit diesem Tag hatte Sebastien das Medaillon immer bei sich getragen. Es war sein Tribut an eine Liebe, die so unverhofft und unwiderstehlich über sie hereingebrochen war, dass Sebastien sie auch nach Thibaults Tod noch im Herzen trug.

Andere Erinnerungen kamen ebenfalls zurück. Thibault war gut gealtert, doch als er starb, sah man ihm seine Jahre an. Nach heutigen Maßstäben waren siebzig Jahre kein hohes Alter, aber zu Beginn des 17. Jahrhunderts war das noch anders gewesen. Thibault lag in seinem Bett, von dem er sich nie wieder erheben würde, und bot Sebastien das letzte Mal den Hals zum Biss an. Nachdem Sebastien getrunken hatte, verhinderten nur die Grenzen, die ihm sein Dasein als Vampir auferlegte, dass er in Tränen ausbrach. Thibault hatte sein Gesicht zwischen die Hände genommen und geflüstert: „Trauere nicht zu lange um mich. Wir sind mit einem ganzen Menschenleben gesegnet worden und ich bedauere keine Sekunde davon. Wenn eine angemessene Zeit verstrichen ist, finde einen neuen Liebsten. Ich möchte, dass du wieder glücklich wirst."

Sebastien hatte widersprochen, aber davon wollte Thibault nichts hören und nahm ihm das Versprechen ab, so sehr Sebastien sich auch dagegen gesträubt hatte. Es war ihm wie ein Betrug an Thibaults Andenken erschienen und vielleicht hatte er es deshalb nicht eingelöst. Er hatte zwar Männer – und auch Frauen – in sein Bett gelassen, aber mit Liebe hatte das nie zu tun gehabt. Keiner von ihnen hatte diese Gefühle jemals in ihm wecken können. Er hatte sich schon nach einer Nacht mit ihnen schlecht gefühlt, für länger hätte er sie niemals in sein Leben lassen können. Jetzt erinnerte das Medaillon ihn an dieses Versprechen und daran, dass er es nicht gehalten hatte. War jetzt endlich die Zeit gekommen, Thibault endgültig gehen zu lassen und ein neues Leben zu beginnen? Es zog ihm das Herz zusammen, und doch reizte der Geschmack von Thierrys Blut seine Sinne und er dachte darüber nach. Thibault hatte es sich gewünscht und damit nicht gemeint, dass Sebastien sich vierhundert Jahre Zeit lassen sollte, bis er das Versprechen einlöste. Der Magier war ein ganz anderer Mensch als Thibault. Thierry war stur, wo Thibault nachgiebig gewesen war, stark, wo Thibault weich gewesen war, zurückhaltend, wo Thibault eifrig gewesen war. Und Thierry war vom Leben gezeichnet, während Thibault jung und fast naiv gewesen war, als sie sich kennengelernt hatten. Sebastien wusste, dass Thierry ihn als Partner für ihre Allianz akzeptierte, daran hatte er nie gezweifelt. Aber zwischen dieser Akzeptanz und einer Beziehung, wie Sebastien sie jetzt in Erwägung zog, bestand ein himmelweiter Unterschied. Wäre Thierry bereit, auch nur mit ihm darüber zu reden? Sebastien wusste nicht, ob er dieses Risiko eingehen sollte. Das Medaillon schien sich über seine Zweifel lustig zu machen. *Es wird Zeit*, schien es ihm sagen zu wollen.

Er hob es an die Lippen und küsste das kalte Metall. „Du hast recht gehabt, mein Liebster. Du hast immer recht gehabt. Es wird Zeit, dass ich ein neues Leben beginne."

Sebastien öffnete die Tür und winkte Thierry aus dem Flur ins Büro zurück. „Vielen Dank. Du kannst dieses Medaillon als Repère für mich benutzen." Er gab es dem Magier und verließ sich darauf, dass es in guten Händen war.

25

THIERRY SAH das Medaillon an, das Sebastien ihm in die Hand gedrückt hatte. „Eine hervorragende Arbeit", sagte er bewundernd. „Es sieht schon sehr alt aus."

„Alt schon, aber nicht sehr alt", widersprach Sebastien. „Späte Renaissance, um genau zu sein. Ich habe es geschenkt bekommen. Der Mann, der es mir gegeben hat, wäre bestimmt froh darüber, dass es jetzt meinem Schutz dienen soll."

„Ein Familienerbstück?", fragte Thierry.

„Nein, ein Vermählungsgeschenk von meinem Avoué." Sebastien öffnete das Medaillon und zeigte ihm die Locke und eine kleine Miniatur. „Thibault."

Thierry sah sich das Bild genau an, dann schloss er das Medaillon wieder. Sebastien hatte schon davon gesprochen, dass er lange Zeit allein gelebt hatte. Der Vampir hatte dieses Medaillon über vierhundert Jahre lang aufbewahrt, und jetzt wollte er es als Repère benutzen. Thierry fragte sich, wie Sebastien das meinte. Er verstand langsam, welchen symbolischen Wert es für Sebastien besitzen musste. Er musste nur Alain ansehen, um zu erkennen, wie … wie allumfassend der Aveu de Sang für das Leben seines Freundes geworden war. Dass Sebastien diese Gefühle über vierhundert Jahre in sich getragen hatte, bewies ihm erneut die Tiefe dieses Bundes. Der Vampir hatte ihm bereits klar zu verstehen gegeben, dass er keinerlei Interesse hatte, einen solchen Bund ein zweites Mal einzugehen. Thierry konnte endlich den Grund dafür verstehen. „Bist du dir sicher, dass du es als Talisman benutzen willst?", fragte er.

„Das Medaillon wird sich dadurch nicht verändern, oder?"

Als Thierry den Kopf schüttelte, sagte Sebastien: „Dann bin ich mir sicher."

Thierry nickte und legte das Medaillon vorsichtig auf den Schreibtisch. „Gib mir deine Hand."

Sebastien hielt ihm die Hand hin und Thierry zog sie wenige Zentimeter über das Medaillon. Er spürte, wie bei der Berührung von Sebastiens Haut Begehren in ihm aufflammte, unterdrückte dieses Gefühl aber sofort wieder.

Mit zitternder Hand griff Thierry nach dem kleinen Messer. Ihm war immer noch unwohl bei dem Gedanken an Blutmagie und er konnte seine Abneigung dagegen nur schwer überwinden. Er holte tief Luft, um seine Hand und seine Nerven zu beruhigen, dann stach er Sebastien mit dem Messer in den Finger. Fasziniert beobachtete er, wie ein kleiner, tiefroter Blutstropfen aus der Wunde quoll. Das Blut tropfte auf das Medaillon. Thierry drückte leicht zu, bis noch ein zweiter und dritter Tropfen nach unten fielen, dann hob er Sebastiens Finger an den Mund und leckte die Wunde ab.

Sebastien erstarrte, als Thierry seinen Finger mit der Zunge berührte. Er machte sich keine Sorgen, dass sein Blut dem Magier schaden konnte – dazu hätte er Thierry erst vollkommen leer saugen müssen. Aber er war sich nicht so sicher, welche Wirkung Thierrys Mund auf seiner Hand haben würde.

Thierry konnte die magischen Schwingungen spüren, die in der Luft lagen. Es kam ihm vor, als könnte er in Sebastiens Blut einen Hauch der Macht schmecken, die ihm seine Existenz als Vampir ermöglichte. Zu seiner Überraschung fühlte er sich durch den Geschmack trotz seiner Vorbehalte gegen Blutmagie nicht abgestoßen. Es war ganz anders, als der saure, stechende Geruch der dunklen Magie und der Todesflüche, mit denen Serrier und seine Schergen um sich warfen. Er saugte fester an Sebastiens Finger und fuhr ihm erneut mit der Zunge über die Wunde, um ein besseres Gefühl für die Magie des Blutes zu bekommen.

„Thierry", krächzte Sebastien und hätte selbst nicht sagen können, ob er es als Protest oder Ermutigung meinte. Sein Körper reagierte sofort auf den Kontakt mit Thierrys Mund. Sein Herz klopfte schneller und er atmete keuchend. Seine Seele wehrte sich dagegen, erinnerte ihn an Thibault und beschuldigte ihn der Untreue. Thibault hatte ihm sein ganzes Leben geschenkt, wie konnte Sebastien ihm dieses Geschenk nicht zurückgeben? In diesem Augenblick hörte er Thibaults Stimme in seinem Herzen, die ihm diese Frage beantwortete: *Ich möchte, dass du wieder glücklich wirst.*

Sebastiens Stimme riss Thierry aus seiner Trance und er kam wieder zu sich. Errötend ließ er die Hand seines Partners los und konzentrierte sich wieder auf ihr Vorhaben. Er murmelte einen Spruch, der Sebastiens Blut an das Medaillon sowie das Medaillon an die Karte band. Die Kette wurde von einem sanften Lichtschein eingehüllt, der gleich wieder verschwand. Thierry atmete erleichtert aus und lächelte. „Ich glaube, es hat funktioniert. Wollen wir nachsehen?"

Sebastien nickte. Er hätte Thierry am liebsten in die Arme gezogen und geküsst. Aber nein – sein Partner hatte vor einigen Tagen erst seine Frau verloren. Dass er selbst endlich zu einem neuen Leben bereit war, hieß noch lange nicht, dass es Thierry genauso ging, auch wenn Adèle Thierrys Ehe schon als beendet erklärt hatte. Sebastien hatte vierhundert Jahre gewartet, da konnte er sich auch noch etwas länger gedulden, wenn er dafür das bekam, was er brauchte und sich wünschte.

Sie gingen durch die verschlungenen Korridore in den Salle des Cartes zurück und da – auf der Karte und direkt neben Thierrys – leuchtete Sebastiens Name auf. „Es funktioniert", wiederholte Thierry erleichtert. „Solange du den Repère bei dir trägst, wirst du auf der Karte sichtbar sein."

Die Luft war kalt und beißend, als Alain und Orlando das Hauptquartier verließen und die Straße entlang gingen, die zur nächsten U-Bahn-Haltestelle führte. Sie stiegen die Treppe hinab, wo es wärmer wurde, aber schal und abgestanden roch.

„Mir wäre der lange Fußweg fast lieber gewesen", meinte Orlando, als sie in den Untergrund kamen.

Alain lächelte. „So ist es mir schon oft gegangen, wenn ich von einer Nachtschicht zurückgekommen bin. Lass uns nach Hause fahren, dann können wir uns auf deinen Balkon setzen und die Sonne genießen."

„Auf unseren Balkon", sagte Orlando, als sie in die U-Bahn einstiegen. „Wir leben jetzt beide dort."

Alain beugte sich vor und drückte Orlando einen Kuss auf den Mund, ohne auf die anderen Pendler Rücksicht zu nehmen, die auf dem Weg zur Arbeit waren. „Daran musst du mich so lange erinnern, bis ich es nicht mehr vergesse", verlangte er.

Der Kuss überraschte Orlando. Als er sich wieder gefangen hatte, war es schon zu spät, um darauf zu reagieren. „Das werde ich tun", versprach er Alain, als dessen Worte zu ihm durchdrangen.

Sie kamen an ihrer Haltestelle an, verließen den Zug und nahmen den Weg am Friedhof vorbei in die Straße, in der Orlando wohnte. „Eine Minute, bitte", sagte Alain, als sie an der kleinen Bäckerei vorbeikamen.

Orlando folgte ihm in den Laden, wo Alain ein Baguette und zwei Croissants kaufte. Im nächsten Geschäft kauften sie Lammbraten und im Supermarkt Gemüse. Orlando wurde nachdenklich, als er Alain bei seinen Einkäufen beobachtete. Es war schon so lange her, seit er sich um solche alltäglichen Dinge Gedanken machen musste.

Als sie alles hatten, sah Alain ihn lächelnd an. „Wir müssen es nur für einige Stunden in den Herd schieben, dann haben wir ein köstliches Abendessen, wenn wir wieder aufwachen."

Orlando grinste und fuhr ihm mit der Hand über den Rücken, bis er seinen Hintern erreichte und innehielt. „Wer redet denn von schlafen?"

Alain grinste lüstern zurück. „Wenn das so ist … Los, lass uns nach Hause gehen."

Orlando lachte und verließ den Supermarkt, um sich direkt auf den Weg nach Hause zu machen. Sobald sie die Wohnungstür hinter sich geschlossen hatten, drückte er seinen Geliebten an die Wand, ohne Rücksicht auf die Einkaufstüten zu nehmen. Sie hatten nichts Zerbrechliches gekauft.

Alain ließ die Tüten einfach fallen und zog ihn an sich, eine Ermutigung, die Orlando nicht gebraucht hätte. „Ich brauche dich", murmelte Alain und küsste Orlando.

„Du hast mich", versprach Orlando und zog sich sanft zurück. „Aber erst musst du dein Abendessen vorbereiten. Danach haben wir Zeit, uns um andere Dinge zu kümmern."

Alain wollte protestieren, als Orlando sich zurückzog. Aber sein Geliebter hatte recht, also schnappte er sich seine Tüten und ging in die Küche. Orlando folgte ihm dicht auf den Fersen. Alain stellte die Tüten ab und suchte nach einem

Topf, dann marinierte er seinen Lammbraten in Fenchel und Chili und legte ihn in den Topf.

„Glaubst du, dass Thierry recht gehabt hat?", fragte Orlando, während er Alain bei seinen Vorbereitungen zusah.

„Womit?", wollte Alain wissen, der gerade die Kartoffeln schälte, die er mit dem Lammfleisch zusammen braten wollte.

„Das Serrier auch die Vampire angreifen wird, wenn er mehr über die Allianz erfährt."

„Ja. Serrier hat keinerlei Skrupel", meinte Alain. „Er wird alles tun, um uns zu schwächen. Wenn ich ehrlich bin, bereitet der gesetzlose Vampir mir mehr Sorgen."

„Warum?", fragte Orlando. „Er kann nichts tun, wogegen wir uns nicht wehren könnten."

„Aber er könnte zufällig herausfinden, wie unser Blut auf euch wirkt. Wenn Serrier davon erfährt, würde uns das einen entscheidenden Vorteil nehmen."

Orlando nickte nachdenklich. „Aber was würde das ändern? Er würde wissen, dass wir an eurer Seite kämpfen und gegen das Sonnenlicht immun sind. Unsere anderen Eigenschaften werden dadurch nicht beeinflusst. Seine Todesflüche wirken auf uns tagsüber genauso wenig wie nachts." Orlando dachte an die Besprechung, als Marcel ihnen den Grund für die Wirkungslosigkeit des *Abbatoire* auf Vampire erklärt hatte.

Alain zuckte mit den Schultern. „Es ändert vielleicht nichts, aber je weniger Serrier weiß, umso schwerer ist es für ihn, unsere Angriffe zurückzuschlagen."

„Das stimmt." Orlando verstummte. „Werden die anderen Teams Thierrys Ratschlag berücksichtigen und auch außer Dienst nur noch gemeinsam unterwegs sein?", fragte er dann.

Alain kippte das Gemüse in den Topf und deckte es zu. Während er den Herd einschaltete, dachte er über Orlandos Frage nach. „Einige werden es tun", meinte er dann. „Adèle mit Sicherheit nicht. Sie kann ihren Partner nicht ertragen. Ich weiß nicht, wie David sich entscheiden wird. Er scheint sein Verhalten mittlerweile geändert zu haben. Raymond wird Thierry sicherlich zustimmen, da es ursprünglich seine eigene Idee war. Aber Jean schien mir noch zu zögern."

Orlando lachte. „Jean ist es gewöhnt, der Chef zu sein. Er ist schon das Oberhaupt der Vampire, seit ich ihn das erste Mal gesehen habe. Und selbst damals war er kein Anfänger mehr. Ihm ist die Vorstellung absolut fremd, dass er den Schutz eines anderen Menschen brauchen könnte."

„Aber er muss die Logik in Raymonds Argument erkannt haben. Er ist nicht dumm, sonst hätte er seine Position als Chef de la Cour nicht so lange verteidigen können", meinte Alain und setzte sich zu Orlando an den Küchentisch, während er darauf wartete, dass der Herd sich aufheizte.

„Vielleicht täusche ich mich ja", gab Orlando zu. „Es wäre nicht das erste Mal. Und du hast recht, Jean ist nicht dumm." Er verstummte und dachte über die unterschiedlichen Persönlichkeiten nach, die zusammen die Milice führten. „Was ist mit Thierry?"

„Keine Ahnung", erwiderte Alain ehrlich. „Er kann ein ziemlicher Heißsporn sein; dann wird er sich aus Prinzip verweigern, obwohl er es für eine gute Idee hält. Aber es ist nicht nur seine Entscheidung. Sebastien schien mir auch nicht allzu begeistert zu sein."

Orlando schüttelte den Kopf. „Ich kenne Sebastien nicht. Ich habe ihn vor unserem Treffen im Wartesaal noch nie gesehen. Er und Jean haben eine lange Geschichte, aber über Sebastien als Mensch weiß ich nicht viel."

Der Herd hatte seine Endtemperatur erreicht und klingelte. Alain stand auf, schob den Topf hinein und stellte die Automatik auf drei Stunden. Dann drehte er sich mit einem übermütigen Grinsen zu Orlando um. „Für den Moment reicht es mir mit der Politik. Ich kann mir eine bessere Beschäftigung für unsere freie Zeit vorstellen."

„Oh ja?", fragte Orlando und grinste zurück. „Würdest du mich bitte einweihen?"

„Komm her. Ich werde mir alle Mühe geben", versprach Alain.

Orlandos Grinsen wurde breiter und er kam an Alains Seite. „Ich bin da. Was hast du jetzt mit mir vor?"

Alain legte die Stirn in Falten, als müsste er intensiv darüber nachdenken. „Nun ...", meinte er dann. „Ich könnte mit einem Kuss anfangen."

Orlando kam näher. „Das solltest du", flüsterte er und legte einladend den Kopf in den Nacken.

Alain nahm die Einladung an, umschloss die verführerischen Lippen mit dem Mund und kostete die Kontrolle aus, die Orlando ihm, wenn auch nur vorübergehend, eingeräumt hatte. Orlando schien sich dessen nicht bewusst zu sein, doch für Alain war es ein weiteres Zeichen für das wachsende Vertrauen in ihrer Beziehung. Er fühlte sich dadurch ermutigt. Es würde noch einige Zeit dauern, bis Orlando ihm genug vertraute, um nicht mehr über alles nachzudenken und spontan reagieren zu können. Aber Alain war sich sicher, dass dieser Tag bald kommen würde.

Orlando entspannte sich in Alains zärtlicher Umarmung, die seinen leidenschaftlichen Kuss begleitete. Der Gegensatz gab Orlando das nötige Selbstvertrauen, seinen Geliebten mit dem Rücken an den Schrank zu schieben und sich an ihn zu pressen, bis sie sich vom Mund bis zu den Knien berührten.

„Ich will dich", flüsterte er Alain zu.

„Du hast mich", versprach Alain mit belegter Stimme.

„Alles für mich?", fragte Orlando leise.

„Alles", erwiderte Alain, überwältigt von seinen Gefühlen.

Orlandos Herz klopfte vor Aufregung. „Dann darf ich alles mit dir machen?", fragte er neckend.

„Alles", wiederholte Alain. Er musste nicht mehr erwähnen, dass er Orlando bereits mehr Vorrechte eingeräumt hatte, als jedem anderen Menschen in seinem Leben. Das Brandmal an seinem Hals war der sichtbare Beweis dafür, die immer noch nicht verheilten Bissspuren waren nur ein weiteres Beispiel von vielen.

Orlando wackelten die Knie, so überwältigt war er von Alains Vertrauen. Mit zitternden Händen fasste er seinen Magier an den Hüften und drehte ihn um. „So", murmelte er und griff nach der Flasche mit dem Öl, das Alain vorhin zum Kochen benutzt hatte.

Alain drückte sich mit den Hüften an Orlando. „Wie immer du willst", sagte er und rieb sich an dem harten Schwanz, den er hinter sich fühlte. Vermutlich hatte Orlando das Gespräch schon wieder vergessen, das sie vor einigen Tagen hier in der Küche geführt hatten. Alain konnte sich noch sehr gut erinnern, wie besorgt Orlando darüber gewesen war, ihn unabsichtlich zu verletzen. Alain hatte ihm seine Angst ausreden wollen, aber es war ihm nicht gelungen. Heute war Orlando diese Angst nicht mehr anzumerken. Sie hatten einen weiteren, kleinen Sieg über Orlandos Vergangenheit errungen.

Doch Alain täuschte sich. Orlando konnte sich noch sehr gut an dieses Gespräch erinnern. Er wusste noch genau, wie er kurz vor einer Panik gestanden hatte wegen einer Kleinigkeit, die ihm heute nicht mehr der Rede wert war. Er wollte sich mit seiner Vergangenheit nicht mehr aufhalten, aber er nahm sich die Zeit, über Alain nachzudenken. Orlando konnte kaum fassen, wie glücklich er in der Wahl seines Geliebten gewesen war. Es gab wohl nur wenige Männer, die Alains Geduld aufgebracht hätten. Orlando presste sich an Alains Hinterteil und öffnete ihm von hinten das Hemd. Dann suchte er unter dem Stoff nach nackter Haut.

Alain bog mit einem leisen Stöhnen den Rücken durch, um Orlandos suchenden Händen entgegenzukommen. Es war erst einige Stunden her, seit sie sich das letzte Mal geliebt hatten, und doch sehnte er sich mit einem solchen Verlangen nach Orlando, als wären sie Monate getrennt gewesen. „Beeil dich", bettelte er.

Orlando konnte dem bittenden Ton in Alains Stimme nicht widerstehen. Er spielte mit einer Hand noch an Alains Nippeln, während er ihm mit der anderen schnell die Hose öffnete.

Alain gab es auf, sich an dem Schrank abstützen zu wollen. Er zog sich die Hose über die Hüften nach unten und drückte seinen nackten Arsch an Orlando. „Beeil dich", wiederholte er mit rauer Stimme. „Ich will dich in mir spüren."

Orlando hatte mittlerweile die Flasche aufgeschraubt und goss sich einen Schwall Öl über die Hand. Er machte sich nicht die Mühe, sie wieder zu schließen. Seine Gedanken waren nur noch bei seinem Geliebten und dem Wunsch, ihr gegenseitiges Verlangen endlich zu erfüllen.

Er schob die Finger zwischen Alains Arschbacken, ermutigt durch das unkontrollierte Stöhnen seines Geliebten, der sich dem suchenden Finger hemmungslos entgegenpresste. Das schlüpfrige Öl erleichterte das Eindringen seines Fingers und er fand schnell die kleine Erhebung in Alains Innerstem, die seinem Magier so viel Vergnügen schenkte. Orlando beeilte sich. Er wollte Alain zeigen, dass er ihn genauso begehrte, wie er von seinem Geliebten begehrt wurde.

Alain war mit Leib und Seele bei ihm, stieß mit den Hüften immer wieder fest nach hinten, weil er Orlandos Finger so tief wie möglich in sich fühlen wollte. Er stützte sich mit einer Hand am Schrank ab, fasste sich mit der anderen am Schwanz und nahm Orlandos Rhythmus auf. Orlando schlug die Hand zur Seite und ersetzte sie durch seine eigene. Alain fühlte, wie sich seine Eier zusammenzogen und auf den Orgasmus vorbereiteten. „Halt", keuchte er. Der überraschte Orlando hielt sofort still. Alain drehte den Kopf um und küsste ihn beruhigend. „Ich will dich in mir spüren, wenn ich komme", flüsterte er Orlando zu. „Ich will mit dir zusammen kommen."

Orlando entspannte sich wieder, als er Alains Bitte hörte. Er zog seinen Finger heraus, rieb sich mit Öl ein und ersetzte ihn durch seinen Schwanz. Der letzte Rest Furcht und Zurückhaltung verließ ihn, als Alain sich seinem harten Schwanz entgegenpresste und sich auf ihm aufspießte.

Alain stützte sich jetzt mit beiden Händen ab, um Orlandos Stöße besser erwidern zu können. Er war so erregt, dass er keinen klaren Gedanken mehr fassen konnte. Ohne Rücksicht auf sein Gleichgewicht zu nehmen, griff er nach Orlandos Hüfte und legte seine Hand dann auf dessen Hintern, krallte sich in die harten Muskeln, die sich bei jedem Stoß zusammenzogen und wieder lösten. Er hatte jeden Gedanken an Orlandos Ängste und an dessen Vergangenheit aufgegeben, als seine Hand das Fleisch berührte, das noch nie von einer anderen Hand als seiner eigenen so berührt worden war. Alain wollte nur noch mehr, mehr … Orlando.

Orlando kam kurz aus dem Rhythmus, als er Alains Hand auf seinem Hintern fühlte, aber sein Verlangen nach Alain war zu stark, um sich durch diese ungewohnte Berührung drosseln zu lassen. Er erkannte, dass Alain ihn nur anspornen wollte, und das mit Erfolg. Orlando hatte jetzt nur noch ein Ziel – er wollte ihre aufgestaute Lust zum Höhepunkt treiben. Er legte den Kopf auf Alains Schulter und fing zu saugen an. Nur mit äußerster Anstrengung gelang es ihm, seine Zähne im Zaum zu halten.

Orlandos Mund an seinem Hals war genug, um Alain über die Klippe zu stoßen und zum Höhepunkt zu bringen. Hinter geschlossenen Augen träumte er von dem Tag, an dem er auch Orlandos Zähne in seiner Haut fühlen würde, wenn sie sich liebten.

Orlando spürte das Beben, das Alains Körper erschütterte. Er erhöhte sein Tempo, um Alain noch höher zu tragen und ihm zu folgen. Als es so weit war, antwortete Alain mit einem heißeren Schrei auf sein lautes Stöhnen. Zitternd lehnte Orlando sich an Alains schweißgebadeten Rücken, obwohl er seinen Magier damit hart an den Schrank drückte. Aber er konnte nicht anders. Seine Muskeln versagten ihm den Dienst und wollten nicht einen Zentimeter Abstand zwischen sich und Alain zulassen.

213

Nach einiger Zeit bewegte Alain sich und Orlando richtete sich schwerfällig auf, um ihm mehr Spielraum zum Atmen zu geben. „Wollen wir uns einen bequemeren Ort suchen?", fragte er mit einem rauen Flüstern.

Alain grinste ihn über die Schulter an. „Auf jeden Fall", stimmte er zu. „Wir haben uns um den einen Hunger gekümmert. Mein Abendessen steht auch im Ofen. Jetzt müssen wir nur noch etwas gegen deinen anderen Hunger unternehmen."

26

MARCEL LEHNTE sich in seinem Schreibtischstuhl zurück und rollte seinen Stab zwischen den Fingern, ein unübersehbares Zeichen, dass er tief in Gedanken war. Er hatte ernst gemeint, was er Thierry über die Blutmagie gesagt hatte, und er würde zu seinem Wort stehen. Das hieß aber nicht, dass die Neuigkeiten ihre Lage nicht noch komplizierter machten. Marcel erwartete keinen Widerspruch von Raymond, dessen Meinung über Wissenschaft und Magie allgemein bekannt war. Auch Alain würde auf Marcels Seite stehen, und sei es nur, um seinen Partner – es wäre wirklich ehrlicher, Orlando als Alains Geliebten zu bezeichnen – in Sicherheit zu wissen. Bei den anderen hatte er da noch seine Zweifel.

Marcel ging den Dienstplan durch und entschied sich für David und Angélique als dem Paar, mit dem er seinen ersten Versuch wagen wollte. David war konservativ genug, um herauszufinden, wie seine Argumente bei den Zweiflern unter den Magiern aufgenommen würden. Andererseits war David aber auch aufgeschlossen und ließ sich durch logische Argumente überzeugen. Dazu kam noch, dass seine Beziehung zu seiner Partnerin sich offensichtlich gebessert hatte. Das war eine wesentliche Voraussetzung für diese Form der Blutmagie. Marcel fragte sich immer noch, wie viel Einfluss die Magie auf die Beziehung zwischen den Partnern ausübte. Falls Raymond und Monsieur Lombard mit ihren Vermutungen recht hatten, spielte sie eine große Rolle. Es war jedoch schwierig, diese Hypothese zu bestätigen. Dazu müsste man mit den Betroffenen reden, und Marcel wollte keine schlafenden Hunde wecken, weil es zu viel Unruhe erzeugen würde. Er schüttelte den Kopf. Wer hätte gedacht, dass eine simple militärische Allianz solche Komplikationen nach sich ziehen würde? Er drückte auf einen Knopf und bestellte über die Sprechanlage David und Angélique in sein Büro.

Eine Stunde später verließ David mit brummendem Kopf Marcels Büro. Es kam ihm vor, als wäre seine ganze Welt aus den Angeln geraten. Blutmagie ... Marcel erwartete, dass sie Blutmagie ausübten. Er hatte Marcel genau zugehört, über jedes Argument genau nachgedacht, aber die tief verwurzelten Vorurteile, die ihn sein ganzes Leben als Magier begleitet hatten, ließen sich nicht einfach mit einer Handbewegung wegwischen. Marcel hatte davon gesprochen, den Repère der Vampire mit Blut an seine Besitzer und an die Karte zu binden. Er warf einen Seitenblick auf seine Partnerin seit fünf Tagen. Sie bedeutete ihm mehr, als nach ihrer kurzen Bekanntschaft zu erwarten war. David erklärte sich das mit der Intimität, die sich zwischen ihnen entwickelte, wenn sie sein Blut trank. Da war es schon wieder, dieses Wort. Blut. Vielleicht war es ja schon eine Form der Blutmagie – wenn auch unbeabsichtigt –, sie durch sein Blut vor der Sonne zu schützen. Natürlich war keine direkte Magie beteiligt, er musste keine Beschwörungen oder Rituale ausführen. Es war nur allein der natürlichen Magie der Vampirin zu verdanken, dass sein Blut diese Schutzwirkung hatte. Ja, er hatte schon Blutmagie ausgeübt, gemeinsam mit Angélique. Wäre es da so schlimm, sie durch einen einfachen Spruch an die Karte zu binden, um sie lokalisieren und bei Gefahr besser beschützen zu können? Marcel hatte gesagt, dass es Thierry bereits erfolgreich gelungen war. David war sich nicht so sicher, was er davon halten sollte. Thierry war seiner Meinung nach schon immer zu waghalsig gewesen. Trotzdem, Thierry war für seine Beschwörung nicht aus der Milice geworfen und auch nicht ins Gefängnis gesteckt worden. Marcel hätte niemals zugelassen, dass Thierry etwas derart Verantwortungsloses tun würde, dass es zu solchen Konsequenzen geführt hätte.

Angélique wusste nicht, was ihr Partner jetzt vorhatte und wohin er ging. Aber sie folgte ihm, denn er brauchte sie an seiner Seite. Dieses Gefühl hatte sie schon seit zwei Tagen und es wurde immer stärker. Sie fühlte sich deswegen etwas unwohl, weil sie es immer gehasst hatte, von anderen abhängig zu sein – vor allem dann, wenn es sich um Männer handelte. Dass sie sich jetzt so an David klammerte, war … Nun, es war zumindest sehr beunruhigend und störend. Sie hoffte, dass es nur ein vorübergehendes Bedürfnis war, das auf die neue Partnerschaft zurückzuführen war. Wenn sie sich besser aneinander gewöhnt hatten, würde es sich – hoffentlich! – wieder normalisieren und sie bekam ihre Unabhängigkeit zurück.

Sie gingen, beide in ihre eigenen Gedanken versunken, zurück in Davids Büro. Er hielt ihr die Tür auf, folgte ihr ins Zimmer und schloss die Tür hinter ihnen. „Können wir es schnell hinter uns bringen?", fragte er seufzend.

Angélique überlegte. „Ja. Aber ich habe nichts bei mir, das ich als Talisman benutzen könnte. Marcel meinte, dass der Spruch wirkungsvoller wäre, wenn es ein persönlicher Gegenstand ist. Das habe ich doch richtig verstanden, oder?"

David nickte. Er wollte das Unvermeidliche nicht länger hinauszögern. Sein Verstand hatte sich mit der Notwendigkeit der Beschwörung abgefunden, aber er war sich nicht sicher, wie lange seine Bereitschaft dazu anhalten würde. „Dann lass uns gehen", erwiderte er kurz angebunden.

Angélique runzelte die Stirn bei diesem Vorschlag. Sie wusste sehr wohl, was ihr Partner von ihrem Unternehmen hielt, auch wenn David es niemals laut ausgesprochen hatte. Doch jetzt war nicht der Moment, darüber zu diskutieren. Alles, was ihr lieb und wert war, befand sich in ihrer Wohnung über dem Sang Froid. Sie überlegte, ihm vorzuschlagen, hier auf sie zu warten, während sie einen passenden Gegenstand holte. Aber David wollte sie wahrscheinlich nicht aus den Augen lassen. Angélique seufzte. „Ich muss zurück zum Montmartre. Alles, was ich habe, ist entweder in meinem Büro oder in meiner Wohnung. Ich nehme an, du willst mich begleiten."

David verzog das Gesicht. Dieser Wunsch stand ganz unten auf seiner Liste, doch angesichts des Krieges und der damit verbundenen Gefahren für Angélique blieb ihm kaum etwas anderes übrig. Es war nur eine Unannehmlichkeit unter vielen, mit denen er sich in den letzten Jahren abgefunden hatte. „Dann lass uns gehen", wiederholte er. „Je früher wir dort sind, umso früher sind wir zurück und können es hinter uns bringen."

Sie verließen das Hauptquartier und fuhren mit der Métro nach Norden zum Montmartre, wo Angélique ihr Etablissement betrieb. Bei ihrer Ankunft wurden sie von Angéliques Mitarbeitern überrascht begrüßt. Sie hatten ihre Chefin noch nie bei Tageslicht gesehen. Angélique versicherte ihnen, dass es keinen Grund zur Besorgnis gäbe und sie bald wieder zurück sei, um mit ihnen zu reden. Dabei vergeudete sie keinen Gedanken an die Missbilligung, die der Mann an ihrer Seite verströmte. Sie würde weder für ihn noch einen anderen jemals ihren Lebensunterhalt aufgeben. Sie wusste, wie wichtig ihre Dienste für die Gemeinschaft der Vampire waren, selbst wenn David das nicht anerkennen wollte. Er musste sich entweder damit abfinden oder gehen, es war allein seine Entscheidung. Die Allianz gab ihm einen Anspruch auf einen Teil ihrer Zeit, so wie sie ihr einen Anspruch auf sein Blut gab, bevor sie auf Patrouille gingen. Ihr Privatleben ging ihn nichts an, und so würde es auch bleiben, solange er sein Verhalten nicht grundlegend änderte.

„Warte hier", sagte sie, als sie ihr Büro betraten. Sie hatte ihm aus Pflichtgefühl und aus Sicherheitsgründen erlaubt, sie bis hierher zu begleiten. Aber sie hatte nicht vor, ihr Zuhause mit seiner negativen Ausstrahlung zu besudeln.

David runzelte missbilligend die Stirn, als Angélique die Tür hinter sich schloss und ihn in dem fensterlosen Raum zurückließ. Es war kühl, aber trotzdem stickig. Vor seinem inneren Auge liefen ungewollt Bilder ab, die ihn noch zusätzlich irritierten. Angéliques Hände mit ihren Henna-Tätowierungen. Ihre dunklen Haare, als sie die Zähne in seinen Hals schlug. Ihre ... Mitarbeiter. Seine Fantasie erdachte sich wollüstige Szenarien, die sich hinter den verschlossenen Türen von Angéliques ... Etablissement abspielten. *Etablissement*, dachte er sarkastisch. Bordell war wohl der passendere Name dafür. All sein Missfallen kam mit geballter Macht zurück, als er sich der Realität ihres Lebensunterhalts stellte. Ja, sie war unabhängiger und intelligenter, als er jemals vermutet hätte. Aber es lief doch nur darauf hinaus, dass sie ihr Geld damit verdiente, andere Menschen zu verkaufen. Es war eine abstoßende Realität.

In ihrer Wohnung ein Stockwerk höher öffnete Angélique ihren Safe. Sie zog eine alte Lackdose heraus, die aus Vorderasien stammte. Ehrfurchtsvoll öffnete sie die Dose und schaute auf ihre Schätze. Es waren Geschenke, die sie von Liebhabern erhalten hatte, jedes davon eine Erinnerung an einen ganz besonderen Moment in ihrem Leben. Sie fuhr mit dem Finger über einen Perlmuttkamm, den sie von al-Mabruk, einem Gast des Sultans, bekommen hatte. Angélique hatte nicht zu den persönlichen Konkubinen des Sultans gehört, dazu waren ihre Haare zu dunkel gewesen. Der Sultan hatte sie oft als Gastgeschenk an Besucher gegeben, die meisten von ihnen nur ein kurzer Job für einen Abend. Nur einer war länger geblieben und hatte immer wieder nach ihr verlangt, Nacht um Nacht. Wenn sie in dieser Zeit so etwas wie einen Geliebten gehabt hatte, dann war er es gewesen.

Und er hatte ihr wahrscheinlich das Leben gerettet, denn vor seiner Abreise hatte er dem Sultan klargemacht, dass er sie bei seinem nächsten Besuch wiedersehen wollte. Der Sultan, der es sich mit ihm nicht verderben wollte, hatte sie einem anderen Gast verweigert, der eine andere Konkubine so schwer misshandelte, dass sie an den Folgen ihrer Verletzungen gestorben war. Angélique lief bei der Erinnerung an diese Zeit ein kalter Schauer über den Rücken. Sie strich über eine Brosche, die sie von ihrem Schöpfer bekommen hatte. Er hatte sie umgewandelt und aus dem Harem entführt, nahm sie mit aus Persien in die Türkei und von dort schließlich nach Norditalien. Sie waren lange zusammengeblieben, bis schließlich ihr Unabhängigkeitsstreben zu stark wurde. Er gab ihr die Brosche als Abschiedsgeschenk und als Grundkapital, sollte sie jemals ein eigenes Geschäft eröffnen wollen. Sie hatte es nie so weit kommen lassen, aber sie hatte die Brosche später verpfändet, als sie ihr erstes Etablissement gründete. Es gab noch andere kleine Schätze – eine juwelenbesetzte Haarnadel von Ludwig XIV., einen Diamantanhänger, den ein Bürgermeister von Paris ihr in den Zeiten des Empire geschenkt hatte ... Es gab viel, aber nichts bedeutete ihr mehr, als der Perlmuttkamm und die Brosche. Sie schwankte und konnte sich nicht entscheiden, was sie als Repère benutzen sollte. Ihre Wahl fiel schließlich auf den Kamm. Sein Besitzer hatte sie allein dadurch beschützt, dass er sie den anderen Frauen vorgezogen hatte. Vielleicht konnte der Kamm sie jetzt wieder auf diese Weise beschützen. Sie nahm ihn aus der Dose, klappte den Deckel zu und stellte sie in den Safe zurück. Dann verschloss sie ihn.

Angélique sah sich noch einmal in ihrem Refugium um, bevor sie wieder nach unten in ihr Büro ging und sich auf Davids verachtende Blicke einstellte. Sollte er sie doch verachten, sie kannte ihren Wert, und der hing nicht von der Akzeptanz und dem Verständnis ihres Partners ab.

Sie hatte kaum die Bürotür hinter sich geschlossen, als es klopfte. „Herein", rief sie und drehte sich dann zu ihrem Partner um.

Isabella Barbier, eine von Angéliques besten Mitarbeiterinnen, steckte den Kopf zur Tür herein. „Haben Sie eine Minute Zeit für mich, Miss Bouaddi?", fragte sie. „Es tut mir leid, Sie zu stören, aber Monsieur Roche sagt, ich müsste erst mir Ihnen reden."

„Du störst mich nicht", erwiderte Angélique beruhigend. Isabella war auch eine ihre überschwänglichsten und theatralischsten Mitarbeiterinnen. „Was kann ich für dich tun?"

„Es geht um meine Schwester, Miss Bouaddi", erklärte Isabella. „Sie bekommt ein Baby und meine Mutter kann nur einige Tage bei ihr bleiben, sonst verliert sie ihren Job. Sie wissen doch, wie es ist – ich habe es Ihnen schon erzählt. Meine Schwester kann so kurz nach der Geburt nicht allein zu Hause bleiben. Ich muss ein oder zwei Wochen freinehmen, bis sie sich wieder erholt hat und sich selbst um alles kümmern kann."

David beobachtete die beiden misslaunig, ohne auf ihre Worte zu achten. Er sah nur die enge, weit ausgeschnittene Bluse und den kurzen Rock, der so tief auf der Hüfte saß, dass man den gepiercten Nabel sehen konnte. Wenn die Frau sich vorbeugte, würden ihr wahrscheinlich die Brüste aus der Bluse und der Arsch aus dem Rock rutschen. Vermutlich war sie auf ihre übertrieben herausgeputzte Art attraktiv, aber David sah nur die spärliche Bekleidung, die dem kühlen Oktoberwetter nun weiß Gott nicht angemessen war.

Als die Frau wieder gegangen war, warf er Angélique einen bösen Blick zu. „Kennst du denn gar keine Scham, sie so zur Schau zu stellen? Sie erfriert doch bei diesen Temperaturen."

Angélique drehte sich bedächtig zu ihm um und die Frustration, die sich schon seit geraumer Zeit in ihr aufbaute, kam mit aller Macht zum Vorschein. „Erstens hat sich Isabella diese Kleidung selbst ausgesucht. Ich mache meinen Mitarbeitern keine Vorschriften. Zweitens hast du keine Ahnung, wovon du sprichst", fuhr sie ihn an.

„Habe ich das nicht?", fragte David herausfordernd. „Willst du mir etwa sagen, dass du das arme Mädchen und ihre Kolleginnen nicht jeden Abend an den Meistbietenden verschacherst?"

Angélique lachte zynisch. „Wie ich schon gesagt habe – du hast keine Ahnung, wovon du sprichst. Ich weiß genau, was du denkst. Kupplerin ist wahrscheinlich noch das harmloseste Wort für mich, das dir durch den Kopf geht. Puffmutter trifft es vermutlich besser. Aber weißt du was? Es ist mir scheißegal. Verurteile mich, wenn du meinst, du hättest das Recht dazu. Aber verurteile mich für das, was ich wirklich tue, nicht für deine Einbildung. Hast du mich denn jemals gefragt, was ich wirklich tue? Das einzige, was ich hier verkaufe, ist Blut. Ich bin nicht naiv. Ich weiß genau, dass meine Mitarbeiter noch Zusatzgeschäfte machen mit den Vampiren, die von ihnen trinken. Aber das ist ihre Angelegenheit. Ich habe damit nichts zu tun, auch wenn dafür Geld den Besitzer wechselt. Und bevor du über mich oder sie den Stab brichst, solltest du über die Alternative nachdenken. Denk bitte auch nur einmal darüber nach, wo Isabella oder die anderen wären, wenn sie nicht hier arbeiten könnten. Ich habe sie von der Straße geholt, wo sie sich verkauft haben und ständig in Gefahr waren, vergewaltigt, misshandelt oder mit Krankheiten angesteckt zu werden. Davor sind sie hier in Sicherheit. Sie haben einen sauberen, sicheren Arbeitsplatz. Alles was sie hier tun müssen, ist, sich von einem Vampir beißen zu lassen. Das ist ein verdammt gutes Geschäft für sie. Bleib mir mit deiner Scheinheiligkeit vom Hals und steck sie dir in den Arsch!"

David schämte sich genug, um rot zu werden, als er erkannte, zu welchen voreiligen Schlussfolgerungen er gekommen war. Er wollte sich entschuldigen, aber da kam sie auch schon mit wutverzerrtem Gesicht auf ihn zugestürmt. „Verschwinde! Ich kann dich im Moment nicht mehr ertragen."

„Aber die Allianz …"

„Deine Allianz kannst du dir an den Hut stecken, sie passt gut zu deinem Heiligenschein", brüllte Angélique. „Verschwinde!"

„Aber ..."

„Verschwinde, habe ich gesagt!", wiederholte sie und griff nach seinem Hemd, um ihren Worten Nachdruck zu verleihen und ihn vor die Tür zu setzen. Er hob beschwichtigend die Hand und zog sich zur Tür zurück.

„Wir sind noch im Dienst", protestierte er. „Was soll ich Marcel sagen?"

„Sag ihm, ich würde zurückkommen, wenn ich mir sicher bin, dich nicht wegen deiner Unverschämtheiten zu erwürgen", erwiderte sie.

„Aber ... brauchst du kein Blut?"

„Dazu brauche ich nicht dich", erinnerte sie ihn. „Dich brauche ich nur, um vor der Sonne geschützt zu sein. Und da ich zuhause bin, brauche ich das erst wieder vor unserer nächsten Patrouille."

„Du hast aber versprochen ...", versuchte David es erneut. Eine für ihn unbegreifliche Eifersucht verhinderte, dass er widerspruchslos ihr Büro verlassen konnte.

„Ich habe versprochen, von keinem anderen Magier zu trinken, und das werde ich auch nicht tun. Ich kann im Moment sowieso keine Magier mehr ertragen. Außerdem hat dein Verhalten alle Versprechen neu auf den Prüfstand gestellt. Wenn du meine Loyalität beanspruchst und willst, dass ich nur von dir trinke, dann solltest du mir einen Grund dazu geben. Und das hast du nicht getan. Ich sage es nur noch einmal. Verschwinde!"

David verließ rückwärts das Büro. Kaum war er auf dem Flur, knallte sie ihm die Tür vor der Nase zu. Er hob hilflos die Hand, als ob er anklopfen wollte, aber das wäre die reine Dummheit gewesen. Er hatte sich geirrt, daran gab es keinen Zweifel, und Angélique war nicht in der Stimmung, auf seine Entschuldigungen zu hören. Er konnte nur hoffen, dass sich das bald ändern würde, denn Marcel wäre bestimmt nicht sehr glücklich über den Verlauf der Dinge. David verzog schmerzhaft das Gesicht, als er an sein bevorstehendes Gespräch mit dem General dachte. Er ging in die Halle zurück und sah sich dieses Mal etwas aufmerksamer um. Die Frau in Angéliques Büro war wie eine gewöhnliche Prostituierte gekleidet gewesen, aber die meisten Männer und Frauen, die sich hier aufhielten, trugen ganz normale Alltagskleidung und sahen beim besten Willen nicht käuflich aus.

DAS FEUER in Orlandos Augen flammte bei Alains Worten wieder auf. „Woher hast du das gewusst?", fragte er zärtlich. Er hatte schon seit einiger Zeit ein wachsendes Verlangen nach Blut gespürt, aber erst trinken wollen, wenn Alain sich ausgeschlafen hatte.

Alain zog Orlando grinsend an sich. Ihre halb nackten Körper rieben sich verführerisch aneinander. „Weil ich mich nach deinem Biss sehne." Alain machte sich keine Gedanken mehr darüber, warum er sich seit seinem ersten Treffen mit

Orlando so sehr verändert hatte. Damals war ihm die Vorstellung von Orlandos Zähnen in seinem Fleisch noch gleichermaßen abstoßend wie erregend erschienen. Ihn interessierte nicht, ob der Grund für die Veränderung der Aveu war, ob es an der Magie lag, die Orlando vor der Sonne schützte oder nur daran, dass er eine neue Seite in sich selbst entdeckte, die ihm bisher verborgen geblieben war. Alain wollte nur noch dieses wachsende Verlangen stillen, das mit der gleichen Intensität in ihm brannte wie sein sexuelles Begehren – das Verlangen, seinen Geliebten mit seinem Blut zu nähren. „Bring mich ins Bett."

Orlando brauchte keine zusätzliche Ermutigung. Er nahm Alain an der Hand und führte ihn durch den kleinen Flur ins Schlafzimmer. Das Bett war immer noch ungemacht von der letzten Nacht. Decken und Kissen lagen wirr und verknäult durcheinander, das Laken war herausgezogen. Sie ignorierten es und schoben einfach alles zur Seite. Alain zog sich das Hemd aus und kickte die Schuhe von den Füßen. Er hätte gerne auch die Hose ausgezogen, fürchtete aber Orlandos Protest und wollte die Harmonie zwischen ihnen nicht stören. Stattdessen legte er sich aufs Bett und streckte die Arme nach seinem Geliebten aus.

Alain war in seinem halb nackten Zustand fast noch verführerischer, als er es nackt gewesen wäre. Sein Hosenschlitz stand immer noch offen und warf kleine Schatten, die mehr enthüllten als sie verbargen. Er war ein Bild wollüstiger Hingabe, wie er so auf der Matratze lag und Orlando in seine Arme einlud. Orlando legte sich an seine Seite und beugte sich über ihn, um ihn zärtlich zu küssen.

Alain erwiderte den Kuss mit Begeisterung, legte Orlando die Hände um den Kopf und fuhr ihm mit den Fingern durch die Locken. Er könnte Stunden damit verbringen, Orlando einfach nur durch die dunklen Haare zu streichen, sie über seine Hände gleiten zu lassen und um seine Finger zu wickeln. Der Krieg gab ihnen nicht die Möglichkeit dazu, aber wenn die Allianz funktionierte, war es nur noch eine Frage der Zeit, bis sie Serrier besiegt hatten. Dann wollte Alain sich alle Zeit der Welt nehmen, um jeden Quadratzentimeter von Orlandos Haut zu erkunden, jeden Muskel, jeden Knochen und jede Locke.

Alains Zärtlichkeit berührte Orlando zutiefst. Niemand, auch nicht Jean, hatte ihn jemals so geliebt und sich so um ihn gesorgt. Alain schloss eine Wunde nach der anderen in Orlandos Herzen, und er wollte seinem Magier diese Zärtlichkeit und Hingabe zurückgeben. Er senkte den Kopf und legte die Lippen an Alains Hals. Alains Hand verkrampfte sich in seinen Haaren und Orlando wusste, dass jetzt nicht die Zeit für neckische Spiele war. Er befeuchtete die Haut an Alains Hals mit seiner Zunge. Als der Magier sich ihm entgegenbog und seinen Hals anbot, konnte Orlando nicht länger warten. Er bohrte die Zähne in Alains Haut und saugte das lebensspendende Blut in seinen Mund.

In Alains süßem Blut mit seinem unvergesslichen Geschmack herrschte die Befriedigung vor. Orlando hatte bisher bei jedem Biss Alains Erlösung schmecken können, aber dieses Mal hatte es eine andere Nuance. Dieses Mal war es nicht nur die explosive Leidenschaft, die er schmecken konnte; dieses Mal war es auch eine tiefe Zufriedenheit, eine kaum unterdrückte und allumfassende Freude, die über allen anderen Gefühlen lag. Orlando erkannte, dass er seinem Geliebten nicht nur Befriedigung schenken konnte, sondern auch Ruhe und Glück, und diese Erkenntnis berührte ihn tief in seinem Herzen. Er fand noch einen Geschmack, der flüchtig und kaum wahrnehmbar unter den anderen Gefühlen verborgen lag, den er aber nicht erkannte und nicht benennen konnte. Orlando konzentrierte sich wieder auf seinen Biss und saugte sanft und rhythmisch, um sich der Stimmung in Alains Blut anzupassen.

Alain schwebte auf einer Wolke gesättigter Glückseligkeit unter der doppelten Liebkosung von Orlandos Zunge und Zähnen. Jedes sanfte Saugen entspannte ihn mehr und er wurde von einer Zufriedenheit übermannt, die er so noch nie empfunden hatte. Er war immer gerne so mit Orlando zusammen gewesen, schon bei ihrer ersten Begegnung auf dem Friedhof und später dann, bei dem zurückhaltenden Versuch auf Orlandos Sofa oder dem leidenschaftlichen Biss gestern Nacht. Aber nichts war mit den tiefen Gefühlen vergleichbar, die dieser Augenblick, dieser Biss in ihm auslöste. Besitzergreifend und beschützend zugleich schlang er die Arme um Orlandos Schultern und drückte ihn an sich.

Der unbekannte Geschmack in Alains Blut wurde von Schluck zu Schluck stärker, obwohl Orlando ihn immer noch nicht identifizieren konnte. Schließlich gab er es auf und genoss ihn nur noch als die perfekte Ergänzung zu einem Geschmack, den er über alles liebte. Er tastete nach Alains Hand und verschränkte ihre Finger miteinander, um sie auch auf diese Weise eins werden zu lassen.

Alain war so entrückt in seinen Gefühlen, dass er von seinem Orgasmus überrascht wurde. Wie eine Flutwelle brach er über ihn herein, sanft und wogend, unvermeidbar. Er keuchte, als sein Schwanz zu pochen begann, stürzte sich in die wogende Flut und ließ sich von ihren rollenden Wellen davontragen. Alain klammerte sich an Orlando, dann sank er mit einem Seufzer auf das Kissen zurück.

Orlandos Seufzer vermischte sich dem seines Geliebten, als er den Kopf hob und ein letztes Mal über Alains Hals leckte. Er setzte sich auf und zog Alain die Hose von den Beinen, damit sein Magier bequemer lag und besser schlafen konnte.

Alain vermisste Orlandos Nähe sofort und hob die Arme, um nach ihm zu tasten.

„Schh", beruhigte ihn Orlando. „Ich ziehe mich nur aus, dann komme ich zu dir zurück."

Alain nickte mit geschlossenen Augen, während der Schlaf ihn schon langsam übermannte.

Orlando beeilte sich und schlüpfte zu seinem Geliebten unter die Decke. Er legte den Kopf auf Alains Schulter und streichelte ihm über die behaarte Brust, bis der ruhige Atem Alains ihm verriet, dass er eingeschlafen war. Orlando schloss ebenfalls die Augen und überließ sich seinen Träumen.

27

RAYMOND HATTE sich noch keine Gedanken über die Lebensumstände und den Wohnort seines Partners gemacht. Wenn man ihn gefragt hätte, er hätte wohl auf Montmartre getippt. Die vielen Clubs und Geschäfte dort mussten für einen Vampir ein optimales Umfeld bieten. Zu seiner Überraschung führte Jean ihn in eine der reicheren Wohngegenden von Paris. Die Rue d'Anjou stieß direkt auf die Rue du Faubourg St-Honoré, eine der exklusivsten Straßen der Stadt. Das entsprach in keiner Weise dem Bild, das Raymond sich von seinem Partner gemacht hatte.

„Das Huitième", bemerkte er, als sie vor einem Haus stehen blieben und Jean nach seinen Schlüsseln suchte. „Ich bin beeindruckt."

Jean lachte. „Als ich hier eingezogen bin, war es noch wesentlich weniger trendy", gab er zu. „Es war sogar noch mehr oder weniger Wildnis. Als diese Häuser gebaut wurden, habe ich die Erlaubnis gegeben, meine alte Hütte abzureisen, um mehr Bauland zu schaffen. Im Tausch dafür habe ich eine der Wohnungen in dem neuen Haus bekommen. Ich lebe seit fast zweihundert Jahren hier."

Raymond schüttelte den Kopf. „Du sprichst von Jahrhunderten wie andere von Jahrzehnten."

„So ist das Leben eines Vampirs", sagte Jean schulterzuckend und schloss die schwere Tür auf. „Als ich umgewandelt wurde, bestand Paris nur aus der Île St-Louis und der Île de la Cité. Meine Wohnung ist im dritten Stock."

Seite an Seite stiegen sie die geschwungene Treppe hinauf. Das Haus war zu alt für einen Aufzug. Im dritten Stock gab es nur zwei Wohnungen, nicht drei oder vier, wie es für ein Gebäude dieser Größe üblich gewesen wäre. Auch daran erkannte Raymond, dass mehr hinter seinem Partner steckte, als er ursprünglich vermutet hatte.

Als die Tür aufging, kamen sie in eine weiträumige Wohnung, die man zu Fug und Recht als Museum hätte bezeichnen können. Nur die Absperrungen und Hinweisschilder fehlten. An den Wänden waren alte Seidentapeten, wie Raymond sie aus Versailles kannte. Sie waren hellblau und erinnerten an einen Sommerhimmel. Der Fußboden bestand aus elegantem, gemusterten Parkett. Jedes Möbelstück in dem großen Salon sah aus, als käme es direkt aus einem Museum. Raymond war mehr als beeindruckt. Er ging sprachlos von einem Möbelstück zum nächsten, schaute es sich genau an und bewunderte die Handwerkskunst. „Das muss ein Vermögen gekostet haben!"

„Als sie neu waren und ich sie gekauft habe, waren sie noch nicht so teuer", erinnerte ihn Jean. „Damals waren es gut gearbeitete Alltagsgegenstände. Ihren Wert haben sie erst durch ihr Alter bekommen. Außerdem habe ich die Wohnung nicht in einem Zug eingerichtet. Ich hatte Zeit genug, um hier und da ein neues Stück zu kaufen, wenn es mir gefiel und perfekt war. Es fehlt immer noch einiges, aber ich weiß nicht, ob ich es in der heutigen Zeit noch finden kann."

„Zum Beispiel?", fragte Raymond, der sich nicht vorstellen konnte, was hier noch fehlen sollte.

„Ich habe ein wunderbares Service aus Limoges-Porzellan", erwiderte Jean. „Aber mir fehlt eine Suppenterrine. Das Muster wird seit einiger Zeit nicht mehr hergestellt, deshalb muss ich nach einem alten Original suchen. Kleinigkeiten eben. Alles anderen, wie die Möbel und die sonstigen Installationen, sind vorhanden. Aber kleine Dinge, wie eine bestimmte Lampe, eine Vase … Es sind meistens Sachen, die ich in dem einen oder anderen Salon gesehen habe und mir damals nicht leisten konnte."

Raymond schüttelte den Kopf. Das warf ein vollkommen neues Licht auf seinen Partner. Er hatte sich Jean immer als unzivilisiert vorgestellt, aber das genaue Gegenteil war der Fall.

„Willst du auch den Rest der Wohnung sehen?", fragte Jean und machte eine Geste zum Flur.

Raymond nickte stumm und fragte sich, welche Schätze ihn noch erwarteten. Jean führte ihn in den Flur, von dem rechts und links mehrere Türen abgingen. „Die Küche", sagte er. „Sie ist nicht modernisiert worden, da ich sie nicht benutze." Einige Meter weiter kamen sie zu den Toiletten und dem Badezimmer. „Ich habe fließendes Wasser, damit ich ein Bad nehmen kann. Aber die Einrichtung ist eher funktional als dekorativ." Am Ende des Flurs öffnete er eine Tür. „Dieses Zimmer wird dich sicher mehr interessieren."

Raymond folgte ihm in den Raum und riss die Augen auf. „Das ist …" Ihm fiel nichts mehr ein. An den Wänden standen Bücherregale, die bis unter die Decke reichten. „Ich dachte, du wärst kein Gelehrter", sagte er anschuldigend.

„Das bin ich auch nicht", erwiderte Jean. „Die meisten Bücher waren in ihrer Zeit sehr beliebt. Es ist keine große Literatur, aber es ist unterhaltsame Lektüre, die mir damals gefallen hat. Einige Bücher habe ich auch geschenkt bekommen, entweder von den Autoren oder Bekannten, die mir einen Gefallen tun wollten, weil ich das Buch erwähnt hatte. Andere haben mit meiner Position als Chef de la Cour zu tun. Es sind Aufzeichnungen über die Gesetze und die Geschichte der Vampire, die ich hier aufbewahre, damit sie konsultiert werden können. Die meisten dieser Werke sind allerdings noch bei Monsieur Lombard, da er sie regelmäßig zurate zieht, ganz im Gegensatz zu mir. Aber ich habe auch einige hier, falls jemand etwas nachschlagen will und sich nicht in die Höhle des Löwen traut."

„Darf ich?", fragte Raymond und ging auf eines der Regale zu.

„Sicher", sagte Jean. „Du weißt sie bestimmt mehr zu schätzen als ich."

Raymond warf ihm einen scharfen Blick zu. „Du stellst dich nur so dumm, damit du unterschätzt wirst. Selbst wenn die Bücher in ihrer Zeit nur populäre

224

Unterhaltungslektüre waren, wie du behauptest, räumst du ihnen viel zu viel Raum ein, um sie nicht zu schätzen."

Jean machte ein beschämtes Gesicht. „Du hast mich ertappt. Verrätst du es jetzt weiter?"

„Und korrigiere damit eine Fehleinschätzung, die wir zu unserem Vorteil nutzen können?", fragte der Magier ungläubig. „Sehe ich so dumm aus?"

Jean lachte erleichtert. „Ich bin froh, dass du es genauso siehst."

„Weiß jemand die Wahrheit?"

Jean zuckte mit den Schultern. „Orlando hat meine Bibliothek natürlich schon gesehen. Er hat mir sogar bei meinen Recherchen geholfen, als wir die Allianz ins Leben gerufen haben. Wir haben Magierblut immer für ein tödliches Gift gehalten, weißt du. Ich kann nicht sagen, inwieweit er mich durchschaut hat. Vielleicht akzeptiert er es einfach, weil ich es bin."

„Ihr steht euch sehr nahe", sagte Raymond bedächtig.

„Er ist für mich wie der kleine Bruder, den ich im Leben nie hatte", erwiderte Jean nachdrücklich. „Als ich ihm das erste Mal begegnet bin, habe ich vielleicht über eine andere Art der Beziehung nachgedacht. Aber das ist lange vorbei. Außerdem passt Alain viel besser zu ihm, als ich es jemals gekonnt hätte." Trotz der Überzeugung in seinen Worten fühlte Jean einen Hauch von Bedauern, als er daran dachte, was sich zwischen ihm und seinem jungen Freund unter anderen Umständen hätte entwickeln können. Zum tausendsten Mal verfluchte er innerlich die erbärmliche Kreatur, die Orlando so traumatisiert hatte, dass er erst jetzt wieder langsam lernte, jemandem zu vertrauen.

„Alain ist … ein guter Mann", meinte Raymond schließlich. „Wir sind nicht immer einer Meinung, aber an seiner Integrität und Loyalität gibt es keinen Zweifel. Er wird sich gut um Orlando kümmern."

Jean war sich nicht sicher, woher der resignierte Ton in der Stimme seines Partners kam, aber er wollte ihn wieder aufmuntern. „Das bist du auch, mon Ami. Und eines Tages wird Alain das auch erkennen."

Raymond zuckte mit den Schultern. „Es spielt keine Rolle. Ich brauche seine Sympathie nicht. Er muss mir nur helfen, nicht Serrier in die Klauen zu fallen." Er sah sich in dem Zimmer um und rief sich wieder den Zweck seines Besuches in Erinnerung. „Ich sollte mich jetzt um den Schutzschild kümmern und dich in Ruhe lassen."

„Tu das", stimmte Jean ihm zu, denn der Schild war unverzichtbar für seinen Schutz. Wenn Serrier seine Leute auf die Vampire hetzte, wäre er der erste, den sie sich aufs Korn nehmen würden, um die Vampire von Paris führerlos zu machen. „Aber du musst nicht gleich wieder verschwinden. So lange ich genug getrunken habe, brauche ich keine Ruhe, nur die Wände, die mich vor der Sonne schützen. Und selbst die brauche ich jetzt nicht mehr."

Raymond lächelte und konzentrierte sich auf die Aufgabe, seinen Partner zu beschützen. Er war sich sicher, dass Jean seine Einladung nur aus Höflichkeit ausgesprochen hatte. „Gibt es nur die eine Tür in die Wohnung?", wollte er wissen und verließ bedauernd die Bibliothek.

„Ja", antwortete Jean. „Aber es gibt fast in jedem Zimmer Fenster. Nur das Badezimmer hat keine."

„Dann muss ich auch die Fenster mit einem Schild versehen", erklärte Raymond. „Aber am besten fange ich mit der Tür an und dehne den Schild von dort auf den Rest der Wohnung aus. Ich weiß auch nicht, warum das am besten funktioniert, aber jeder Text, den ich gelesen habe, und jedes Experiment, das ich durchgeführt habe, bestätigt diese Tatsache. Die Beschwörungen sind immer wirkungsvoller, wenn man mit dem Haupteingang zu einem Haus oder einer Wohnung beginnt."

Jean nickte und verließ sich auf Raymonds Erfahrung. Er stand leise auf und beobachtete den Magier, der alte, geheime Sprüche rezitierte. Er konnte sie nicht verstehen, denn Raymond sprach nicht das moderne Französisch der Gegenwart. Es dauerte einen Moment, dann erkannte Jean die Sprache als das alte Französisch, das er vor tausend Jahren in seiner Jugend als Seminarist gesprochen hatte. Ihm fiel auf, dass zwar die Worte stimmten, aber die Aussprache und die Betonung vollkommen falsch waren. Er wollte seinen Partner nicht aus der Konzentration reißen und wartete, bis Raymond mit seiner Beschwörung zum Ende kam, bevor er ihn darauf hinwies. „Das habe ich verstehen können. Es ist die Sprache, die ich in der Zeit meiner Erschaffung gesprochen habe. Ich hätte nie gedacht, sie jemals wieder zu hören."

Orlando lag neben Alain im Bett und döste im Halbschlaf vor sich hin, das Beste, was einem müden Vampir übrig blieb. Er war sich seiner Umgebung bewusst und konnte Alains warmen Körper an seiner Seite spüren. Seine Gedanken wanderten ziellos von einem Erlebnis und von einem Gefühl zum anderen, aber immer drehten sie sich um seinen Avoué. Sein halb wacher Verstand sagte ihm, dass das nicht ungewöhnlich wäre, denn Alain war der Mittelpunkt seines Lebens geworden. Die Freude, die Orlando darüber empfand, mischte sich mit den Erinnerungen an seine Vergangenheit, die ihn immer noch heimsuchten. Das galt besonders für Momente wie diesen, in denen sich ein Teil seines Bewusstseins seiner Kontrolle entzog.

Er spürte die Invasion in seinen Körper, spürte das Fleisch reißen, als sein Schöpfer ihn mit dem Griff der Peitsche, mit der er ihn eben noch blutig geschlagen hatte, vergewaltigte. Blut lief ihm den Rücken hinab und vermischte sich mit dem Blut, das aus seinem Anus strömte. Er bettelte um Gnade, obwohl er genau wusste, dass sie ihm nicht gewährt werden würde. Der Bastard kannte das Wort Gnade nicht. Orlando konnte nicht sagen, wie lange seine Qualen andauerten. Irgendwann konnte er nicht mehr kämpfen, hing nur noch schlaff und leblos an den Ketten, die ihn an die Wand fesselten, zu schwach, um sich zu wehren. Dann wurde das Ding durch den Schwanz seines Schöpfers ersetzt – genauso dick, wie der

Griff der Peitsche, und fast genauso hart. Orlando versuchte, sich einer erneuten Vergewaltigung zu entziehen und wehrte sich mit letzten Kräften. Er war an Händen und Füßen gefesselt, an die Wand gekettet und dem perversen Vergnügen seines Schöpfers hilflos ausgeliefert.

Als er spürte, wie Thurloes Samen sich in ihn ergoss und sich mit seinem Blut mischte, musste er würgen und sein Magen zog sich zusammen, wollte alles von sich geben. Jetzt endlich löste sein Schöpfer die Wandfesseln, aber die Ketten an Händen und Füßen blieben an ihrem Platz, als er in das Nachbarzimmer gezerrt wurde, wo ein junges Mädchen gefesselt auf dem Boden lag. Das Monster zog sie hoch und biss sie ins Handgelenk, dann presste er die Wunden mit Gewalt an Orlandos Lippen. Orlando wollte nicht trinken, aber sein Instinkt war übermächtig. Sobald er den ersten Blutstropfen auf der Zunge spürte, konnte er sich nicht mehr beherrschen. Er trank und trank, bis ihre Lebenskraft immer schwächer wurde. Dann hörte er auf, wollte ihr den Tod ersparen. Hinter sich hörte er das manische Gelächter seines Schöpfers. „Wenn du es nicht zu Ende bringst, übernehme ich es für dich", sagte der Vampir und griff nach dem kraftlosen Handgelenk, um den letzten Blutstropfen aus dem jungen Mädchen zu saugen. Orlando wurde wieder schlecht. Der Anblick Thurloes, der sich über das sterbende Opfer beugte, von oben bis unten mit Orlandos Blut und seinen eigenen Körperflüssigkeiten verschmiert, war zu viel für ihn. Aber Orlando kämpfte gegen den Brechreiz an, weil er nicht wollte, dass das Mädchen umsonst gestorben war. Eines Tages wäre er stark genug, um sich gegen den Bastard zu wehren und zu entkommen. Eines Tages würde Thurloe nicht der Sieger sein.

In der Küche klingelte die Zeituhr des Ofens und riss Orlando aus seinen Albträumen zurück in die Gegenwart. Er wollte Alain nicht wecken und stand leise auf, um sie abzuschalten. Dann holte er den Topf aus dem Ofen, damit der Lammbraten etwas abkühlen konnte. Er ging ins Badezimmer und wusch die Reste seines Traumes ab, um wieder einen klaren Kopf zu bekommen, bevor er seinen mehr als aufmerksamen Geliebten weckte. Es war schon schlimm genug, die Zeit seiner Gefangenschaft im Traum immer wieder zu erleben. Er wollte sie nicht auch noch in Worte fassen müssen.

Alain wurde von einem Morast erschreckender, gesichtsloser Träume heimgesucht. Er wälzte sich unruhig im Bett hin und her und tastete mit der Hand nach der tröstlichen Nähe seines Geliebten, fand aber nur ein leeres Kissen. Er öffnete die Augen, doch die Bedrohung, die er in seinem Traum empfunden hatte, wollte ihn nicht verlassen. Er war verwirrt und orientierungslos. Ohne Orlandos beruhigende Gegenwart erkannte er nicht sofort, wo er sich befand. Seine Panik nahm zu. Er wurde das Gefühl nicht los, dass Orlando verloren gegangen war oder gegen seinen Willen festgehalten wurde. „Orlando!", schrie er, panisch vor Angst.

Orlando war noch im Badezimmer. Er hätte gern einige Minuten mehr Zeit gehabt, um sich wieder einigermaßen von seinem Albtraum zu erholen, aber als er die Panik in Alains Stimme hörte, gewann sein Beschützerinstinkt die Oberhand, noch zusätzlich gestärkt durch den Aveu de Sang. Er lief aus dem Badezimmer zurück zum Bett. „Hier bin ich", sagte er mit einem erzwungenen Lächeln. „Ich habe nur dein Abendessen aus dem Ofen geholt."

Es war eine absolut vernünftige Erklärung. Alain wurde das Gefühl der Bedrohung und der Angst dennoch nicht los, das sein Traum in ihm ausgelöst hatte. Er streckte die Hand nach Orlando aus, der sofort in seine Arme kam und ihn durch seine Anwesenheit mehr beruhigte, als die schönsten Worte es gekonnt hätten. Alain konnte sich den Ursprung seiner irrationalen Angst nicht erklären, denn sein Verstand sagte ihm, dass er keinen Grund dafür hatte. Aber sein Verstand war machtlos gegen die Panik, allein aufzuwachen, war machtlos gegen die unermessliche Erleichterung, Orlando sicher in den Armen zu halten.

Alains Arme vertrieben auch die letzten Reste des Albtraums, der Orlando in Angst und Schrecken versetzt hatte. Er entspannte sich und kam wieder zur Ruhe. Sein Schöpfer war vor hundert Jahren vernichtet worden, und jetzt hatte er Alain, der ihm Sicherheit, Zärtlichkeit und Liebe schenkte. Thurloe konnte ihm nichts mehr anhaben. Orlando wusste, dass diese Erkenntnis seine Träume nicht bannen konnte, aber sie gab ihm Hoffnung, dass ein Leben an Alains Seite ihre Schrecken vielleicht im Laufe der Zeit beherrschbar machte.

Alain wollte die Aufregung der letzten Minuten nicht wiederbeleben. Er drückte sein Gesicht an Orlandos Hals und küsste ihn. „Versprich mir, dass ich hier nie wieder ohne dich aufwachen muss. Versprich mir, dass ich immer in deinen Armen aufwache."

Alains Bitte berührte Orlandos zutiefst. Er wusste, wie wichtig er seinem Magier war, aber das war mehr. Das war … Orlando hatte kein Wort dafür. Seine Gefühle ließen sich durch Worte allein nicht beschreiben. Er wollte sie nie wieder missen. „Ich verspreche es."

Alain suchte erleichtert nach Orlandos Lippen und besiegelte ihr Versprechen mit einem Kuss. Er fuhr ihm mit den Händen über den Rücken nach unten, bis er das nackte Fleisch fand, das er vorhin in der Küche gespürt hatte. Dann drückte er Orlando an sich.

Orlando zuckte zusammen und zog sich zurück. Der Albtraum war noch zu frisch in seiner Erinnerung, um diese Zärtlichkeit zu akzeptieren. „Nicht", sagte er leise, aber bestimmt.

„Aber …", protestierte Alain.

Orlando schüttelte den Kopf. „Du hast es versprochen. Nicht mehr, als ich erlauben kann. Wenn das ein Problem ist, …"

„Es ist kein Problem", sagte Alain schnell. „Ich dachte nur, es wäre in Ordnung, weil es dich vorhin in der Küche nicht gestört hat."

„Das hat es auch nicht", gab Orlando zu. „Aber bitte nicht jetzt." Er erhob sich und suchte nach einer Unterhose. „Dein Essen wird kalt. Du solltest jetzt aufstehen." Ohne sich zu Alain umzudrehen, warf er ihm seine Hose zu.

Alain stand verwirrt auf und zog sie an. Er wollte eine Erklärung von Orlando verlangen, aber das würde die Sache wahrscheinlich nur noch schlimmer machen. Der Vampir vertraute ihm, weil Alain ihm immer genug Zeit gegeben und ihn nicht bedrängt hatte. Alain verstand, dass Orlando Schreckliches hinter sich hatte und immer noch darunter litt. Seufzend ging er in die Küche und hoffte, dass sein Vampir ihm beim Essen Gesellschaft leisten würde. Doch die Küche war leer.

Alain holte einen Teller aus dem Schrank und nahm sich von dem Lammbraten und dem Gemüse. Ein Glas Wein hätte gut dazu gepasst, aber er hatte keinen gekauft; außerdem mussten sie in ein paar Stunden wieder zum Dienst erscheinen. Er begnügte sich mit einem Glas Wasser und machte sich, mit dem Teller in der Hand, auf die Suche nach seinem Geliebten.

Orlando stand auf dem Balkon und starrte mit leerem Blick auf die Fassade des Hauses gegenüber. Er nahm sie genauso wenig wahr, wie die sanften Strahlen der Sonne, die die Farben in weiches Licht tauchten. Er kämpfte mit seinem Gewissen und seinen Ängsten. In einer Sache hatte Alain recht. Als sie sich vor einigen Stunden in der Küche geliebt hatten, hatten ihm die Hände seines Geliebten keine Angst gemacht. Es hatte ihm sogar gefallen, so von Alain angespornt zu werden. Der Albtraum hatte jedoch seine Unsicherheiten und Ängste wieder geweckt. Er konnte nicht verstehen, wieso Alain an ihm interessiert war und den Aveu de Sang akzeptiert hatte. Wenn es Orlando gut ging, spielte das keine Rolle; dann war er damit zufrieden, dass Alain ihn begehrte und ihrem Bund zugestimmt hatte. Durch den Albtraum war er jedoch wieder voller Zweifel und fühlte sich wertlos. Er hatte gehofft, dem entkommen zu können, doch jetzt fürchtete er wieder, dass Alain ihn eines Tages nicht mehr begehren würde, dass das Ende der Allianz auch das Ende ihrer Partnerschaft bedeuten könnte. Orlando hatte sich gegen Thurloes Lektionen mit allen Kräften gewehrt, aber einiges war ihm dennoch im Gedächtnis geblieben. Er wusste, er konnte Alain umgarnen und ihn dadurch an sich binden. Es war das letzte, was er wollte.

Er wollte ... er wollte eine echte, eine ehrliche Beziehung mit seinem Avoué, wollte, dass Alain aus freiem Willen bei ihm blieb, nicht weil Orlando ihn zu seinem Hörigen machte. Er wollte um seinetwillen akzeptiert werden, so, wie er war, mit allen seinen Unsicherheiten und Problemen. Er hatte die Liebe in Sebastiens Stimme gehört, wenn der von seinem verstorbenen Avoué sprach. Das war es, was Orlando wollte. Und er wollte, dass Alain ihn mit der gleichen, lebenslangen Hingabe liebte, wie Sebastien von seinem Avoué geliebt worden war.

Alain kam ins Wohnzimmer, aber auch das war leer. Die offene Balkontür verriet ihm Orlandos Aufenthaltsort und er ging zum Fenster, um hinauszuschauen. Der Vampir stand gedankenverloren am Geländer. „Hättest du gerne Gesellschaft?", fragte Alain leise. „Ich kann mir einen Stuhl holen, falls du nicht ins Zimmer kommen willst."

229

Orlando sah auf, als Alain ihn ansprach. Er war in Gedanken versunken gewesen und hatte die Schritte seines Magiers überhört. „Das ist nicht nötig. Ich komme ins Zimmer", sagte er.

Alain trat zur Seite und ließ ihn durch die Tür. Er hatte die Hände nicht frei, sonst hätte er seinen Vampir umarmt. Er wollte ihn trotzdem küssen, doch Orlando war schon an ihm vorbeigegangen und es war zu spät. Alain fühlte sich gehemmt und unsicher, als er zum Sofa ging und seinen Teller und das Glas auf dem Tisch abstellte. Zu seiner Erleichterung setzte Orlando sich zu ihm aufs Sofa. Keiner von ihnen sagte ein Wort.

Orlando saß neben seinem Magier, suchte verzweifelt nach passenden Worten und hoffte, dass Alain etwas einfiel, um das Gespräch wieder in Gang zu bringen. Dann fiel ihm vielleicht eine Antwort ein und er konnte Alain die nötigen Worte sagen.

Die Stille wurde immer unangenehmer. Alain hatte seinen Teller fast leer gegessen, als er es nicht mehr aushielt. „Was muss ich tun?", fragte er. „Wie kann ich es wieder in Ordnung bringen?"

Orlando zuckte zusammen. „Ich weiß es nicht", gab er ehrlich zu. „Du leidest unter meinen Ängsten und ich weiß nicht, wie ich es verhindern soll."

Alain schüttelte den Kopf. „Ich leide nicht", widersprach er. „Wie kannst du das denken, wo ich dir doch ein neues Leben verdanke? Du hast meine Wohnung gesehen. Du weißt, wie ich in den letzten beiden Jahren gelebt – nein: existiert habe. Du hast mich daraus gerettet." Er holte tief Luft und entschloss sich, Orlando noch eine Wahrheit zu gestehen. „Weißt du, warum ich in dieser ersten Nacht auf den Friedhof gekommen bin?"

Orlando schüttelte erstaunt den Kopf, weil er den plötzlichen Themenwechsel nicht nachvollziehen konnte.

„Marcel hat mit Thierry und mir über diese Verabredung gesprochen. Ich habe darauf bestanden, die Aufgabe zu übernehmen, ohne ihnen die wahren Gründe dafür zu nennen. Wenn du ein Verräter gewesen wärst und das Treffen ein Hinterhalt, dann hätte ich, im Gegensatz zu Thierry, nichts zu verlieren gehabt. Thierrys Ehe war zwar angeschlagen, aber so lange er und Aleth noch lebten, gab es Hoffnung auf Versöhnung. Ich hatte keinen Grund mehr, um weiterzuleben."

Orlando blinzelte erschrocken. Er hatte um Alains Trauer gewusst, aber nicht geahnt, wie tief sie ging und wie hoffnungslos sein Geliebter sich gefühlt hatte. „Und jetzt?", fragte er leise.

„Jetzt treffe ich mich mit dir überall und jederzeit", erwiderte Alain schlagfertig.

Orlando kicherte. „So habe ich das nicht gemeint."

Alain nickte und wurde wieder ernst. „Ich weiß. Jetzt würde ich alles tun, um einer solchen Gefahr aus dem Weg zu gehen. Wir sind im Krieg und es ist unausweichlich, dass wir uns in gefährliche Situationen begeben. Aber jetzt habe ich wieder einen Grund, um zu leben. Und dieser Grund bist du. Ich bin ein geduldiger Mann, Orlando. Ich gebe dir alle Zeit, die du brauchst, um mit deiner Vergangenheit ins Reine zu kommen. Aber ich brauche deine Hilfe, damit ich weiß, was ich richtig oder falsch mache."

Orlando seufzte. „Das ist das Problem", sagte er dann. „Ich habe erst zu spät gemerkt, dass es nicht richtig war. Und dann bin ich erstarrt vor Angst. Du würdest mir nie etwas antun und ich wünschte, dieses Wissen wäre ausreichend. Aber es scheint ein großer Unterschied zu sein, etwas mit dem Verstand zu begreifen, und dann auch danach zu handeln. Ich weiß nicht, was ich dagegen tun soll."

„Als erstes solltest du dich an unser Safe Wort erinnern", riet ihm Alain. „Ich bin nicht beleidigt oder verletzt, wenn du es benutzt. Deshalb haben wir es vereinbart. Ich will sogar, dass du es benutzt, weil es mir zeigt, dass du mir vertraust, jederzeit darauf zu hören."

„Das hatte ich vergessen", gab Orlando zu und krümmte sich innerlich, weil er Alain enttäuscht hatte. „Ich hatte einen Panikanfall und bin geflohen, anstatt das Safe Wort zu benutzen. Es tut mir leid."

Alain seufzte frustriert. „Hör auf, dich bei mir zu entschuldigen", sagte er leise. „Du musst nicht perfekt sein. Ich bin auch nicht perfekt und ich erwarte es nicht von dir. Wir sind erst seit fünf Tagen zusammen, kennen uns erst seit sechs Tagen. Es ist normal, dass wir noch Hindernisse überwinden müssen. Das wäre auch ohne unsere schwierige Vergangenheit nicht anders."

Dann kam ihm noch ein Gedanke. „Ist etwas passiert, als ich geschlafen habe, das dich so aufgeregt hat?"

Orlando wurde blass, als er an seinen Traum dachte und an seine Angst, darüber zu reden.

Alain sah seine Reaktion und fasste ihn an der Hand. „Erzähl es mir", verlangte er sanft. „Ich kann deine Vergangenheit nicht ändern, aber ich kann deine Schmerzen teilen."

„Das kannst du nicht von mir verlangen", bat Orlando. „Ich will dich nicht in diese Hölle schicken."

„Ich werde dich nicht dazu zwingen", versprach Alain. „Aber es würde mir helfen, dich besser zu verstehen. Es ist ein Teil von dir, und ich will alles über dich wissen, was es zu wissen gibt."

Orlando dachte an die Qualen, die er erlitten hatte. Er dachte an die Scham, die er immer noch empfand, weil er seine Gefangenschaft nicht aus eigenen Kräften entkommen war. Er wollte mit niemandem darüber reden, selbst mit Jean nicht, der das meiste davon schon wusste und ihn nie dafür verurteilt hatte. Aber Alain war sein Avoué, sein Geliebter und der Mann, mit dem er den Rest eines Menschenlebens zusammenleben würde. Sie konnten ihre Beziehung nicht nur auf Äußerlichkeiten und den Regeln normaler Freundschaft aufbauen. Orlando erinnerte sich daran, was er sich vorhin auf dem Balkon so sehr gewünscht hatte – eine innige Verbundenheit, wie Sebastien und sein Avoué sie gehabt hatten. Vielleicht lag es jetzt an ihm, den ersten Schritt zu machen. „Wenn du es wirklich wissen willst", flüsterte er.

Alain war sich da gar nicht so sicher. Das wenige, was er über Orlandos Vergangenheit erfahren hatte, ließ ihn befürchten, dass es wirklich die Hölle gewesen war. Er musste nicht noch mehr darüber erfahren, um Orlando rücksichtsvoller zu behandeln, als er es jetzt schon tat – was wahrscheinlich sowieso unmöglich war. Stattdessen würde er sich vielleicht kaum noch trauen, Orlando zu berühren, um keine schlechten Erinnerungen zu wecken. Aber diese Zweifel brachten sie nicht weiter. „Hast du schon jemals offen darüber gesprochen?", fragte er. „Ich weiß, dass Jean über vieles Bescheid weiß, aber der war dabei und hat es selbst gesehen. Hast du jemals offen über deine Ängste, deine Wut und deinen Hass gesprochen?"

„Nein", sagte Orlando. „Jean weiß Bescheid, jedenfalls über das Schlimmste. Aber ich habe nie mit ihm darüber gesprochen. Ich wollte es möglichst schnell vergessen. Das hat er respektiert."

Alain hörte die unausgesprochene Kritik, Orlandos Wunsch nicht ebenfalls zu respektieren und ihn die Vergangenheit vergessen zu lassen. Er ließ sich davon nicht beeindrucken. „Hat es geholfen?", fragte er stattdessen nach.

„Ja. Jedenfalls bis vor Kurzem", erwiderte Orlando.

„Wirklich?", hakte Alain nach. „Wo ist das normale Leben, wie die anderen Vampire es führen? Wo sind die Geliebten und Freunde, mit denen du die letzten hundert Jahre verbracht hast?"

„Du Bastard!", fluchte Orlando und wollte weglaufen, aber Alain hielt ihn am Arm zurück. „Du weißt genau, dass du mein einziger Geliebter bist und Jean mein einziger Freund!"

Alain zog ihn in die Arme, ohne auf Orlandos halbherzige Gegenwehr Rücksicht zu nehmen. Es zeigte ihm, dass Orlando ihm nicht wirklich entkommen wollte. „Dann wird es langsam Zeit, dass du diese Fassade aufgibst und dir eingestehst, dass du es niemals vergessen hast. Du musst dich den Geschehnissen stellen", sagte er leise. „Du bist jetzt nicht mehr allein. Ich bin bei dir und werde immer bei dir sein. So lange ich lebe, werde ich an deiner Seite sein. Lass mich dir helfen, diese Dämonen ein für alle Mal zu vertreiben."

Orlando hörte auf, sich aus Alains Armen befreien zu wollen. „Glaubst du wirklich, dass es hilft, darüber zu reden?"

„Wahrscheinlich nicht sofort", gab Alain zu. „Aber wir können es auch nicht ignorieren, weil es unsere Beziehung beeinträchtigt. Es wird nicht von selbst verschwinden, mein Engel, so sehr wir uns das auch wünschen. Es ist in hundert Jahren nicht verschwunden und es wird auch jetzt nicht fortgehen . Ich kann verstehen, wenn du lieber mit Jean darüber sprechen möchtest, aber du musst darüber reden – offen reden –, egal, mit wem."

„Lass mich darüber nachdenken", bat Orlando.

„Kannst du mir wenigstens sagen, was vorhin im Bett passiert ist?"

„Ich hatte einen Albtraum", erwiderte Orlando tonlos. „Es war noch nicht einmal einer der schlimmen Sorte, aber er hat mich zu Tode erschreckt." Er seufzte. „Ich habe dich gewarnt. Ich bin kaputt."

„Und ich habe dir gesagt, dass du nicht kaputt bist", widersprach Alain ihm vehement. „Ich will dich nicht drängen, aber du musst mir versprechen, ernsthaft darüber nachzudenken. Bitte."

Orlando nickte. „Das werde ich." Er warf einen Blick auf die Wanduhr, weil er einen Grund suchte, das Thema zu wechseln. „Du solltest aufessen. Wir müssen bald aufbrechen."

Alain verfluchte innerlich die Milice und ihre Dienstpläne, weil sie sich in ihr Gespräch drängte und ihm die Möglichkeit nahm, mehr über Orlando zu erfahren. Aber er kannte seine Pflichten, also mussten sie es auf einen späteren Zeitpunkt verschieben.

28

CAROLINE KAM nur langsam zu sich. Merkwürdigerweise lag sie nicht allein im Bett. Erst als sie den Schlaf abgeschüttelt hatte, fielen ihr die Ereignisse des Vormittags wieder ein – die Besprechung nach ihrer Schicht, Thierrys Vorschlag, nur noch in Paaren unterwegs zu sein, und Mireille, die ihrer Einladung sofort gefolgt und hier geblieben war. Sie wusste, dass die Vampirin nicht schlafen musste, deshalb hatte sie ihre Partnerin aufgefordert, sich wie zuhause zu fühlen, den Fernseher einzuschalten, den Computer zu benutzen oder die anderen Annehmlichkeiten von Carolines Wohnung zu genießen. Mireille hatte dankend abgelehnt und war mit ihr ins Schlafzimmer gekommen, wo sie sich bis auf die Unterwäsche auszog, um sich mit ihr ins Bett zu legen. Als Caroline ihr ein Nachthemd anbot, hatte Mireille auch den Rest ihrer Kleidung abgelegt. Zu Carolines Freude hatte die Vampirin keine Miene verzogen, als sie sich das durchsichtige, weiße Seidennachthemd über den Kopf zog, das Caroline ihr gereicht hatte. Es verhüllte Mireilles kurvigen Körper, konnte ihn aber nicht verbergen. Durch den dünnen Stoff konnte Caroline die rosa Nippel sehen, die die vollen Brüste der Vampirin krönten und sich steif unter dem Nachthemd abzeichneten. Die dunklen Haare zwischen Mireilles langen, milchweißen Schenkeln lockten verführerisch. „Jetzt du", hatte Mireille gehaucht, nachdem sie sich umgekleidet hatte und sich ins Bett legte.

Caroline hatte sich ebenfalls ausgezogen und war in ein schwarzes, durchscheinendes Nachthemd geschlüpft. Mireille ließ sie keine Sekunde aus den Augen. Als Caroline zu ihr ins Bett kam, war sie heiß und erregt. Sie hatte sich kaum hingelegt, als ihre Partnerin die Hände nach ihr ausstreckte, sie unter den dünnen Stoff schob und ihr über die nackte Haut streichelte, bis Carolines Begehren sich als tiefe Sehnsucht von ihrem Unterleib auf den ganzen Körper ausbreitete. Sie wollte Mireilles Zärtlichkeiten erwidern, doch die Vampirin ließ es nicht zu und forderte sie auf, sich auf den Rücken zu legen und nur zu genießen. Caroline wollte Einspruch erheben, aber Mireilles Lippen brachten sie zum Schweigen, bevor sie die Chance hatte, auch nur ein Wort zu sagen.

Als Mireilles Lippen Carolines Mund verließen und nach unten über den hauchdünnen Stoff glitten, der ihre Brüste bedeckte, war Caroline schon so verloren in ihrem Begehren, dass sie nicht dagegen protestierte. „Du kannst es ausziehen", sagte sie zu Mireille, die sie immer noch durch den Stoff küsste. Mireille schüttelte nur stumm den Kopf. Carolines Frustration wuchs mit ihrer Erregung. Sie hätte sich das störende Ding am liebsten selbst über den Kopf gezogen, als Mireilles Finger endlich unter den Stoff glitten und ihr über die Schenkel tanzten, bis Caroline ihrem sanften Drängen nachgab und sie spreizte, um sich ihrer Partnerin zu öffnen. *Meine*

Geliebte, korrigierte sie sich in Gedanken, denn seit diesem Morgen hatte sich ihre Beziehung ohne Zweifel geändert. Mireilles Finger erkundeten sie zärtlich, während ihre Lippen immer noch Carolines Nippel liebkosten. Die schwarze Seide des Nachthemds glänzte feucht vom Speichel der Vampirin. Caroline warf sich auf dem Bett hin und her, wollte mehr, als Mireille endlich ihre Finger ins sie gleiten ließ, sie füllte und massierte, während sie mit dem Daumen über den kleinen Knubbel rieb, der sich zwischen Carolines Schamlippen verbarg. Caroline rang um Fassung, aber Mireille war unerbittlich und trieb sie weiter und weiter, bis sie abhob und von ihrer Lust davongetragen wurde. Das Nächste, woran sie sich erinnerte, war, in den Armen ihrer Geliebten aufzuwachen.

Caroline beschloss, sich endlich zu revanchieren. Sie küsste die Vampirin zärtlich am Hals, um sie zu wecken. „Darf ich dir jetzt zurückgeben, was du mir heute früh geschenkt hast?", fragte sie, als Mireille ihre braunen Augen öffnete.

„Gerne", erwiderte Mireille. „Aber erst morgen, wenn wir von der Patrouille zurück sind. Es tut mir genauso leid wie dir, aber ich muss noch zu Monsieur Lombard und mich überzeugen, dass es ihm an nichts fehlt."

Caroline verzog enttäuscht das Gesicht. Ihre Erinnerungen an heute früh hatten ihre Leidenschaft und ihr Begehren wieder erwachen lassen. Sie wollte sich um ihre Geliebte kümmern, respektierte aber deren Verpflichtungen. „Dann sollten wir uns jetzt beeilen. Ich würde dich gerne unter die Dusche einladen, aber das würde unseren Aufbruch nur verzögern."

Mireille gab ihr widerstrebend recht. „Wenn wir vom Dienst zurück sind. Dann sage ich gerne Ja."

Carolines Augen funkelten. Sie hätte schwören können, Mireilles Leidenschaft riechen zu können. Am liebsten hätte sie die Vampirin zurück aufs Bett gestoßen und die Nase zwischen die Beine ihrer Partnerin gesteckt, um den Geruch tief einzuatmen. Aber sie kannte die Antwort schon. Nach dem Dienst. Stöhnend erhob sie sich und ging ins Badezimmer. „Ich bin in zehn Minuten fertig."

„Das will ich doch hoffen", scherzte Mireille und ignorierte standhaft den Anblick ihrer Magierin, die in ihrem kleinen, schwarzen Seidenfummel, der kaum ihren knackigen Hintern verbarg, nur allzu appetitlich aussah. „In spätestens fünfzehn Minuten komme ich nach."

Caroline lehnte sich mit wackeligen Knien an die Wand. „Führe mich nicht in Versuchung", flüsterte sie, ging ins Badezimmer und schloss hinter sich die Tür.

Mireille ließ sich aufs Bett fallen. Ihre Hände zitterten und es fiel ihr schwer, Caroline nicht einfach unter die Dusche zu folgen und sich zu nehmen, was sie beide so sehr wollten. Ihr Pflichtgefühl kämpfte gegen ihr Verlangen nach Caroline, aber sie hatte schon zu lange für Monsieur Lombard gearbeitet und ihre Bedürfnisse hinter seine zurückgestellt. Irgendwann würde sie mit dieser Gewohnheit vermutlich brechen, aber heute noch nicht. Sie schloss frustriert die Augen und rekelte sich leer und unbefriedigt auf dem Bett hin und her. Selbst das Gefühl der Seide auf ihrer Haut feuerte ihre Sinne an. Mireille kannte die Lust, aber so machtlos und

235

ausgeliefert hatte sie sich noch nie gefühlt. Sie wusste, dass sie etwas dagegen unternehmen musste, wenn sie in der Lage sein wollte, ihre Verpflichtungen mit halbwegs klarem Kopf zu erfüllen. Sie zog sich das Nachthemd über den Kopf, sodass sie nur noch die weichen Betttücher und die kühle Luft auf ihrer nackten Haut spüren konnte. Und ihre eigenen Hände. Mireille schloss die Augen und stellte sich vor, es wären Carolines Hände, die ihr über den Körper strichen, ihre Nippel streichelten und zwischen ihre Beine glitten.

In der Dusche versuchte Caroline ebenfalls, gegen ihre Erregung anzukämpfen. Sie versuchte es mit einer Meditationstechnik, die sie als Studentin gelernt hatte, um ihre Prüfungsangst in den Griff zu bekommen. Sie dachte an ihre Pläne für heute Nacht. Erst Monsieur Lombard, weil sie Mireille nicht allein lassen wollte. Dann die Milice. Langsam beruhigte sie sich etwas und bekam ihre Gefühle unter Kontrolle. Sie verließ die Dusche und trocknete sich ab, wickelte sich ein Badetuch um den Körper und ein kleines Handtuch um die nassen Haare. Dann ging sie ins Schlafzimmer zurück, um Mireille mitzuteilen, dass die Dusche frei wäre.

Der Anblick auf dem Bett machte die spärlichen Erfolge ihrer Meditation wieder zunichte. Mireille lag nackt und mit gespreizten Beinen vor ihr, berührte sich überall dort, wo Caroline selbst ihre Hände haben wollte. „Vergiss es", sagte sie sich und ging zu Mireille ans Bett. „Lass mich das machen", verlangte sie dann und zog der Vampirin die Finger aus dem Körper, um sie durch ihre eigenen zu ersetzen.

Mireille riss die Augen auf. Grün und Braun lieferten sich ein kurzes Duell, dann gaben die braunen Augen auf, als Caroline den Kopf senkte und Mireille küsste. Ihre Lippen verschmolzen miteinander, während Carolines Finger mit ihrem Streicheln Mireilles Innerstes nach außen kehrten. Sie wollte Mireille genauso um den Verstand bringen, wie die Vampirin es mit ihr gemacht hatte. Sie wollte sie fühlen und schmecken, sich nichts entgehen lassen. Dazu hatten sie heute leider nicht genügend Zeit. *Aber bald*, schwor sich Caroline, während sie alles tat, um ihre Partnerin auf schnellstem Weg zur Erlösung zu bringen.

„Dreh dich um", keuchte Mireille. „Ich will dich auch fühlen."

Eifrig folgte Caroline der Aufforderung, gönnte sich auf halbem Weg aber einige Sekunden, um Mireille über die verführerischen rosa Nippel zu lecken, an denen sie einfach nicht vorbeikam. Als sie Mireilles Stöhnen hörte, wusste Caroline, dass es auch hier noch viel zu entdecken gab, wenn sie nur endlich mehr Zeit hatten. Dann legte sie sich mit den Hüften an Mireilles Kopf auf die Seite und stützte sich mit einem Fuß auf der Matratze ab.

Mireille lief das Wasser im Mund zusammen, als Caroline sich an ihrer Seite ausstreckte und die Beine spreizte, um sich der Vampirin zu präsentieren. Oh, wie sehr wollte sie ihr Gesicht in den blonden Locken vergraben, sie lecken und saugen, bis Caroline nicht mehr ein noch aus wusste. Aber ihre Fangzähne waren schon länger geworden, bevor Caroline aus dem Badezimmer zurückgekommen war. Mireille hatte Angst, dass sie in ihrer Leidenschaft zubeißen würde. Das war ein zusätzlicher Schritt, den sie nicht ohne das Einverständnis ihrer Magierin machen wollte. Wenn sie geahnt hätte, dass sie wieder zusammen im Bett landen würden, hätte sie rechtzeitig darauf geachtet, ihre Zähne im Griff zu behalten. Doch Sex und Blut waren eine so machtvolle Kombination für sie, dass sie nichts mehr daran ändern konnte. Dieses Vergnügen musste noch warten, aber es verhinderte nicht, dass sie andere, weniger gefährliche Wege beschritten. Lächelnd führte sie ihre Finger ein, die mit der gleichen Begeisterung willkommen geheißen wurden, wie in der Nacht zuvor.

Caroline wurde durch ihre Position auf eine Idee gebracht. Die Beziehung, die sich zwischen ihr und Mireille entwickelt hatte, war in vieler Hinsicht neu für sie. Sie hatte nicht die Erfahrung ihrer Partnerin, deshalb hatte sie sich bisher darauf beschränkt, Mireille nachzuahmen, anstatt selbst die Initiative zu ergreifen. Aber dieses Mal wollte sie nicht auf Mireille warten. Sie zog die Finger aus Mireilles Körper, senkte den Kopf und leckte an dem weichen, feuchten Fleisch, das so wunderbar nach Mireille roch. Caroline erinnerte sich daran, was sie selbst am meisten mochte, und machte sich daran, ihrer Partnerin all die Liebe zu zeigen, die sie selbst von ihr erfahren hatte.

Mireille war schon vor Carolines Rückkehr kurz vorm Höhepunkt gewesen. Die Finger Carolines hatten sie ihrer Erlösung noch näher gebracht, und als sie jetzt die Lippen und die Zunge der Magierin fühlte, wimmerte sie nur noch hilflos. Dann spürte sie die Zungenspitze Carolines an ihrer Klitoris, verdrehte die Augen, erstarrte und bedeckte Carolines Kinn und Mund mit den Säften ihrer Ekstase.

Caroline leckte sie aus wie ein Kätzchen die Milchschüssel. Der Geschmack und das Wissen, Mireille zum Höhepunkt gebracht zu haben, waren zu viel für sie. Als dann noch Mireilles Finger sich wieder in ihr bewegte, kam sie stöhnend ebenfalls zu Orgasmus und sackte hilflos keuchend an der Seite ihrer Partnerin zusammen. Dieses Mal, so wusste sie mit Bestimmtheit, war es keine einseitige Angelegenheit gewesen.

Sie blieben einige Minuten keuchend liegen und rangen nach Luft, bis das schrille Klingeln des Weckers sie aufschreckte. „Zeit, aufzustehen", seufzte Caroline und schaltete das störende Geräusch ab. „Ich muss wieder unter die Dusche."

Mireille schüttelte den Kopf. „Erst bin ich dran", neckte sie, erhob sich vom Bett und machte sich mit schwingenden Hüften auf den Weg ins Badezimmer.

Caroline lachte leise, während sie ihr bewundernd nachsah. Sie ließ sich wieder aufs Bett fallen und dachte über die unerwartete Entwicklung nach, die ihre Partnerschaft genommen hatte. Marcel wollte über alle ungewöhnlichen Vorkommnisse informiert werden, die mit den Partnerschaften zusammenhingen. Aber das heute gehörte sicher nicht dazu, es ging schließlich nur sie selbst und Mireille an. Wieso sollte es für die anderen von Interesse sein?

Gar nicht.

Caroline ging zum Kleiderschrank und überlegte, was sie heute Nacht anziehen sollte. Um nicht noch mehr Zeit unter der Dusche zu vergeuden, murmelte sie einen kurzen Spruch zur Reinigung, nach dem sie sich sofort frischer fühlte. Nein, es gab keinen Grund, den anderen über ihre neue Beziehung zu berichten. Sie war einsam gewesen, und Mireille stillte ihr Bedürfnis nach Freundschaft und Zärtlichkeit. Das war alles.

Außerdem würden die Männer es wahrscheinlich nicht verstehen und sich über sie lustig machen. Da war es definitiv besser, sie und Mireille behielten es für sich. Caroline zog einen Hosenanzug vom Kleiderbügel und pfiff lautlos vor sich hin, während sie sich ankleidete. Ein kleines Lächeln lag auf ihren Lippen.

IHRE SCHICHT näherte sich dem Ende und Sebastien fühlte sich zunehmend unruhig. Es war ein interessanter Tag gewesen. Sebastien hatte eine neue Seite an seinem Partner kennengelernt, als er ihm bei der Arbeit mit dem Repère und als Marcels Stellvertreter beobachtete. Er kannte Thierry als Führer einer Einheit und hatte ihn als Strategen im Kampf erlebt, doch heute war Thierry mehr und gleichzeitig weniger gewesen. Mehr, weil er die Verantwortung für alle Einheiten hatte, nicht nur seine eigene. Weniger, weil er nur sehr allgemein gefasste Anweisungen gab. Er schickte die Patrouillen an ihren Einsatzort, aber alle anderen Entscheidungen überließ er den jeweiligen Offizieren. Ihre eigene Einheit war heute ohne sie unterwegs gewesen. Sebastien war aufgefallen, wie frustriert Thierry darüber war, nicht bei seinen Leuten zu sein. „Laurent ist ein hervorragender Stellvertreter", hatte Thierry beim Aufbruch seiner Einheit gesagt. „Ich habe ihn schon für eine Beförderung vorgeschlagen. Trotzdem – ich fühle mich immer unwohl, wenn ich sie allein in die Gefahr schicke, während ich hier rumsitze und Däumchen drehe."

„Wer übernimmt das Kommando, wenn keiner von euch anwesend ist, weder Marcel noch du?", erkundigte sich Sebastien.

„Alain."

„Und wenn er nicht im Dienst ist?"

„Wird er benachrichtigt", sagte Thierry. „Umgekehrt ist es das Gleiche. Falls er das Kommando hat und das Hauptquartier verlassen muss, werde ich verständigt. Es gab noch nie eine Situation, in der nicht mindesten einer von uns dreien anwesend war. Marcel hat für den Notfall eine komplette Befehlshierarchie ausgearbeitet, aber bisher mussten wir sie noch nie aktivieren."

„Du könntest ihn herbestellen", schlug Sebastien vor. „Dann musst du deine Leute nicht allein auf Patrouille schicken."

Thierry schüttelte den Kopf. „Nein. Er war letzte Nacht im Einsatz und kommt heute Abend wieder zurück. Es wäre nicht fair, ihn ohne zwingenden Grund zurückzurufen. Außerdem hat Alain jetzt noch andere Verpflichtungen."

Sebastien rätselte, wie dieser Kommentar Thierrys gemeint war. „Stört dich das?", fragte er mit absichtlich ahnungslosem Tonfall.

„Natürlich nicht!", rief Thierry. „Es freut mich für ihn, dass er wieder glücklich ist."

Sebastien zog skeptisch eine Augenbraue hoch. Thierry wurde rot und sah zu Boden. „Na gut, am Anfang habe ich mich gar nicht darüber gefreut. Es ist alles so schnell gegangen und ich habe befürchtet, dass Alain nicht aus freiem Willen gehandelt hat."

„Ja, es kann manchmal sehr schnell gehen", verteidigte Sebastien Alain und Orlando, weil er sich noch gut an seine erste Begegnung mit Thibault erinnerte. „Wie ein Blitzschlag, ein Coup de Foudre."

„Ich weiß", gab Thierry ihm recht. „Ich hätte es besser wissen sollen, weil es mit mir und Aleth so ähnlich war. Aber Aleth war Magierin und ich wusste immer, was ich von ihr zu erwarten hatte. Orlando ist ein Vampir, und ich hatte üble Geschichten gehört", sagte er und hob beschwichtigend die Hand. „Mittlerweile ist mir klar, dass es wirklich nur Geschichten waren. Aber vor einigen Tagen wusste ich das noch nicht, und Alains Verhalten passte genau zu den Legenden von Vampiren, die Menschen durch ihren Biss willenlos machen. Die beiden kannten sich noch keine vierundzwanzig Stunden, da hatte Alain schon ein Brandmal am Hals. Einen halben Tag später hat er mich fast aus der Wohnung geschmissen, um Orlandos Geliebter zu werden. Aber er hat mir in der Zwischenzeit alles erklärt, und jetzt freue ich mich wirklich für die beiden. Ich will ihnen die kurze Zeit nicht nehmen, die sie zusammen haben, nur weil ich lieber im Einsatz wäre, als die Schreibtischarbeit zu erledigen."

„Du bist ein guter Mann, Thierry Dumont", stellte Sebastien fest.

„Da bin ich mir nicht so sicher", wiegelte Thierry ab. „Aber ich gebe mir alle Mühe, ein guter Freund zu sein."

Sebastien lächelte und warf einen Blick auf die Uhr. „Nur noch eine Stunde bis zur Lagebesprechung. Erwartest du Marcel zurück?"

„Er wusste noch nicht, ob er kommen wird", erwiderte Thierry. „Alain und ich können es auch ohne ihn erledigen."

„Das bezweifle ich nicht", versicherte ihm Sebastien. „Ich habe mich nur gefragt, was wir in Davids Angelegenheit unternehmen sollen."

„Ich werde mich an deinen Rat halten und mit Jean darüber reden. Er will heute Nacht eine Runde machen, um mehr über den Gesetzlosen zu erfahren. Marcel hat mich darüber informiert, damit ich Jean nicht mit einer anderen Aufgabe betraue. Ich hoffe, dass er bereit ist, einen weiteren Besuch in seine Runde aufzunehmen."

„Vielleicht hat er diesen Besuch schon auf seiner Liste", meinte Sebastien. „Bei Angélique bekommt man nicht nur Blut, sondern auch Informationen."

„Hast du so von unserem Treffen erfahren?", fragte Thierry neugierig. Er wusste, dass Sebastien nicht von Jean eingeladen worden war, kannte allerdings den Grund dafür nicht. Doch der spielte im Moment auch keine Rolle.

„Nein", erwiderte der Vampir. „Ich ziehe es vor, allein auf die Jagd zu gehen. Ich bezahle nicht gern für mein Blut. Als ich in dieser Nacht nach Hause kam, lag ein Zettel vor der Tür." Er lachte. „Eine Vorladung wäre das bessere Wort. Ich wurde zu Monsieur Lombard bestellt, der mich über das Treffen informierte und verlangte, dass ich daran teilnehme. Als ich ihn nach dem Grund gefragt habe, hat er mir keine Antwort gegeben und nur wiederholt, dass ich unbedingt zum Gare de Lyon gehen müsse. Dem alten Mann schlägt man nicht grundlos eine Bitte ab, und ich hatte keinen Grund. Deshalb bin ich zu dem Treffen gekommen. Den Rest kennst du."

„Ich bin froh, dass du gekommen bist", sagte Thierry leise. Er konnte sich noch gut an seine Enttäuschung und Frustration erinnern, weil er keinen Partner gefunden hatte.

„Ich auch", erwiderte Sebastien, dessen Gedanken noch bei den Erlebnissen des vergangenen Tages waren. Der Magier hatte seine Frau selbst ins Gespräch gebracht. Sebastien beschloss, das als Erlaubnis zu interpretieren und ihn nach ihr zu fragen. „Du hast deine Frau erwähnt."

„Aleth", warf Thierry ein. Er wollte nicht über sie reden, aber Sebastien hatte ihm von seinem Avoué erzählt, also sollte er sich für das Vertrauen revanchieren. „Wir haben uns durch Zufall kennengelernt und ineinander verliebt. Dann haben wir uns auseinandergelebt. Ich habe immer dem Krieg die Schuld daran gegeben, aber die Wurzel des Problems lag tiefer. Ich dachte, dass jedes Paar seine schlechten Zeiten durchmacht, dass wir nach dem Krieg unsere Ehe vielleicht wieder retten könnten. Mittlerweile bezweifele ich das. Es war zu kompliziert geworden und wir hatten kaum noch Gemeinsamkeiten. Wenn sie nicht getötet worden wäre, hätten wir nur noch unseren gemeinsamen Besitz aufteilen müssen. Jetzt muss ich entscheiden, was mit ihren Dingen passiert."

„Das tut mir leid", sagte Sebastien leise. Er konnte sich nicht vorstellen, wie es für ihn gewesen wäre, wenn Thibault seine Meinung wieder geändert hätte. Selbst jetzt war diese Vorstellung noch niederschmetternd.

Thierry zuckte mit den Schultern. „Ich versuche, nicht allzu oft daran zu denken", gab er zu. „Es ist einfacher, wenn ich mich auf den Krieg und die Allianz konzentriere. Um die Folgen ihres Todes kann ich mich auch noch später kümmern. Die Milice und du – ihr braucht mich jetzt. Der Rest hat Zeit."

Sebastien wusste nicht, was er dazu sagen wollte. Er ließ das Thema fallen und überlegte, was Thierrys Worte für seine eigenen Hoffnungen bedeuten mochten, konnte es aber nicht entscheiden. Die Zeit musste es zeigen. So sehr er das Klischee auch hasste, in diesem Fall traf es unglücklicherweise zu. *Geduld*, ermahnte er sich. Er hatte vierhundert Jahre gewartet, er konnte auch noch einige Monate länger warten, falls das alles war.

29

ORLANDO BEOBACHTETE Alain und Thierry, die auf der anderen Seite des Raums standen und sich unterhielten. Er war immer noch aufgewühlt von seinem Albtraum. Das Gespräch mit Alain hatte nicht sehr geholfen und sie hatten die Wohnung verlassen, ohne sich vorher zu lieben, wie sie es sich in den letzten Tagen zur Gewohnheit gemacht hatten. Orlando hatte auch nicht noch einmal getrunken. Es beunruhigte ihn, denn wenn man Sebastien glauben durfte, sollte ihn nach seinem Partner verlangen. Das war jedoch nicht der Fall. Stimmte etwas nicht mit ihrem Aveu de Sang?

Als sie vorhin den Konferenzraum betreten hatten, war Thierry auf sie zugekommen, hatte Orlando kurz zugenickt und Alain auf die Seite gezogen. Orlando hatte sich offensichtlich getäuscht in seiner Hoffnung, sich mit Thierry anfreunden zu können. Er wusste, dass Alain und Thierry niemals Liebhaber gewesen waren, und das hielt seine Wut im Zaum. Aber ihre Freundschaft hatte den Wunsch in Orlando geweckt, in Thierry auch einen Freund zu finden, einen Gleichgestellten, mit dem er sich gut verstand und auf den er sich verlassen konnte. Er konnte den beiden Magiern ansehen, dass sie sich nahe standen und sich bedingungslos vertrauten.

Jedes Mal, wenn Thierry Alain mit der Hand berührte, zog Orlandos Brust sich vor Eifersucht zusammen. Er beachtete es nicht, denn er vertraute seinem Avoué. Er vertraute sogar Thierry und wusste, dass der Magie immer an Alains Seite stehen und ihn beschützen würde. Orlandos Eifersucht war lächerlich, denn Alain hatte ihm nie einen Grund dafür gegeben. Im Gegenteil, Orlando konnte Alain vertrauen. Wenn einer von ihnen nach dem heutigen Abend einen Grund hatte, an ihrer Beziehung zu zweifeln, dann war das Alain. Orlandos Verstand erkannte, dass seine Reaktion unangemessen war, aber er konnte sie trotzdem nicht kontrollieren. Laut Sebastien war diese Eifersucht eine der Wirkungen des Aveu de Sang.

„Er ist keine Bedrohung für dich", murmelte ihm eine Stimme ins Ohr. „Dein Magier ist sein bester Freund. Thierry will ihn nur glücklich sehen. Er weiß auch, dass du Alain glücklich machst. Darauf gebe ich dir mein Wort."

„Ich glaube dir", erwiderte Orlando. „Aber das ändert nicht viel an meiner Reaktion. Ich würde am liebsten zu ihnen gehen und sie auseinander ziehen, Alain mit mir nehmen und von hier verschwinden und ..." Er verstummte, als ihm klar wurde, dass er den Vampir kaum kannte.

„Und unaussprechlich erotische Dinge mit ihm machen", beendete Sebastien den Satz. „Du kannst ruhig frei mit mir reden. Es gibt wohl nicht viel, was du mit deinem Avoué erleben kannst, das ich nicht schon selbst erlebt habe. Vielleicht gar nichts."

„Was soll ich nur dagegen tun?", fragte Orlando jammernd. „Wie gehe ich mit diesen Gefühlen um? Ich kann doch nicht erwarten, dass er das Haus nicht mehr verlässt. Er hat Verpflichtungen und besteht darauf, sie ehrenhaft zu erfüllen. Das bewundere ich so an ihm. Ich kann ihn doch nicht bitten, ein anderer Mensch zu werden."

Sebastien nickte zustimmend. „Lass dir Zeit", antwortete er. „Wenn der Aveu de Sang sich erst gefestigt hat, und du dich daran gewöhnt hast, was er von dir verlangt, werden sich deine Emotionen wieder beruhigen und du kommst mit Alains Lebensumständen besser zurecht." Er dachte nicht daran, extra zu erwähnen, wie sehr die Kombination von Sex und Orlandos Biss diesen Prozess beschleunigen würde. Er kam gar nicht auf den Gedanken, dass zwei Menschen, die sich so sehr liebten, sich dieses Vergnügens verweigern würden.

Auf der anderen Seite des Zimmers erklärte Thierry Alain, was mit David geschehen war und was er vorhatte, um in der Angelegenheit Schadensbegrenzung zu betreiben.

„Warum waren sie überhaupt in Angéliques Wohnung?", fragte Alain.

„Um ein passendes Objekt für ihren Repère zu holen", erwiderte Thierry und merkte, dass er seinen Bericht besser am Anfang begonnen hätte.

„Dann hat es funktioniert?", wollte Alain wissen. „Du hast einen Weg gefunden, unsere Verbündeten auf der Karte sichtbar zu machen?"

„Ja, aber es ist eine komplizierte Sache. Das einzige Identifikationsmerkmal, das wir finden konnten, ist Blut", erklärte Thierry.

Alain musste Thierry nicht fragen, was das bedeutete. Sie hatten seit ihrer ersten Ausbildungsstunde eingetrichtert bekommen, welche Gefahren die Blutmagie mit sich brachte.

„Marcel hat zugestimmt", fügte Thierry hinzu, als er die Ablehnung in der Miene seines Freundes sah.

„Daran habe ich nicht gezweifelt", sagte Alain hastig. „Du hättest es nie ohne seine Zustimmung getan, das weiß ich. Und jetzt?"

„Marcel hat es einigen Paaren aus der Tagesschicht erklärt. Er hatte vor, es heute auch bei den anderen anzusprechen", berichtete Thierry. „Er wollte es selbst erklären, damit es nicht so aussieht, als ob ich eigenmächtig die Regeln ändern wollte. Aber er ist nicht hier."

„Hat er es allen gesagt?", fragte Alain.

„Nein. Nur David und einigen anderen."

Alain nickte. „Dann warten wir Marcels Rückkehr ab und überlassen es ihm. Ich rede später mit Orlando. Wenn wir es schaffen, einen Repère für ihn herzustellen, hat Marcel zwei Erfolgsgeschichten, nachdem David seinen Job nicht erledigt hat." David war ein Idiot, aber glücklicherweise hatte Thierry die

Angelegenheit im Griff. Auf längere Sicht würden Marcel und Jean sich persönlich darum kümmern müssen. „Idiot", knurrte er sicherheitshalber.

Thierry kicherte zustimmend. „Lass uns mit der Besprechung beginnen", sagte er dann. „Ich will nach Hause."

„Und Sebastien mitnehmen?", fragte Alain scherzhaft.

Thierry konnte gerade noch verhindern, dass er bis über beide Ohren rot anlief. „Das ist seine Entscheidung", antwortete er sachlich. „Ich will mich Sebastien nicht aufdrängen oder ihm Vorschriften machen." Bevor Alain dazu etwas sagen konnte, hatte Thierry sich umgedreht und die Anwesenden aufgefordert, an dem großen Tisch Platz zu nehmen. Alain setzte sich ebenfalls, nahm sich aber vor, nach der Besprechung noch mit Thierry zu reden. Er hatte etwas im Blick seines Freundes erkannt, das dort lange nicht mehr zu sehen gewesen war. Aber erst die Lagebesprechung.

„Wir haben ein Problem", sagte Thierry, nachdem sie die Berichte der Patrouillen gehört hatten. Er hatte die anderen entlassen, sodass nur noch er selbst, Sebastien, Alain, Orlando, Jean und Raymond am Tisch saßen. „Ich habe mich um unseren Teil dieses Problem schon gekümmert, aber jetzt brauche ich deine Hilfe, Jean."

„Worum geht es?", fragte Jean. Er war überrascht, so offen um seine Hilfe gebeten zu werden.

„David hat Mist gebaut", erwiderte Thierry schnörkellos. „Angélique hat ihn zum Teufel gejagt. Ich habe mit ihm gesprochen und hoffe, du kannst sie überreden, ihm eine zweite Chance zu geben."

„Was hat er getan?", fragte Jean misstrauisch. „Sie ist kein nachtragender Mensch, aber sie hat ihre empfindlichen Stellen."

„Ich weiß nicht, was er genau zu ihr gesagt hat", meinte Thierry. „Aber ich bin mir ziemlich sicher, dass er ihre geschäftlichen Aktivitäten beleidigt hat."

Jean seufzte. „Das habe ich befürchtet. Ich werde mit ihr reden und sehen, was ich tun kann. Aber sie ist sehr empfindlich, was die Dienste angeht, die sie zur Verfügung stellt." Er sah den Magiern am Tisch einzeln in die Augen. „Sie verkauft nur Blut", erklärte er. „Es ist das einzige, was bei ihr gehandelt wird. Einige ihrer Mitarbeiter machen auch Nebengeschäfte, manche für Geld, andere aus Spaß. Damit hat Angélique jedoch nichts zu tun. Sie hat es immer abgelehnt. Außenstehende halten ihr Etablissement für ein Bordell, aber man sollte es besser mit einem Restaurant vergleichen. Man entscheidet sich für ein Menü, bekommt es serviert und bezahlt die Rechnung."

„Wir verurteilen sie nicht", versicherte ihm Alain. „Es wäre uns nur lieb, wenn sie Davids Entschuldigung annehmen und in die Allianz zurückkehren würde."

„Ist er bereit, sich bei ihr zu entschuldigen?", wollte Jean wissen.

Thierry schnaubte. „Nach dem Arschtritt, den er von mir bekommen hat, wird er alles tun, was ich von ihm verlange." Alain und Raymond lachten. Sie

243

hatten schon mehr als einmal erlebt, wie Thierry jemanden zurechtstauchte. Der Captain hatte nicht übertrieben. Noch keiner ihrer Soldaten hatte sich nach einem solchen Rüffel den gleichen Fehler ein zweites Mal geleistet.

„Ich rede heute Nacht mir ihr", versprach Jean. „Ich wollte sowieso im Sang Froid vorbeisehen, weil ich mich dort nach dem Gesetzlosen umhören will. Es ist kein Problem, noch kurz mit Angélique unter vier Augen zu reden." Er sah Thierry ernst an. „Ich kann dir allerdings nichts versprechen. Die Gemeinschaft der Vampire ist nicht die Milice. Ich führe sie durch mein Vorbild und habe keine Befehlsgewalt. Nur wenn ein Gesetz gebrochen wurde, kann ich im Ausnahmefall Anordnungen erlassen. Meine Teilnahme an der Allianz verpflichtet die anderen Vampire in keiner Weise. Falls sie nicht zurückkommen will, kann ich nichts dagegen tun."

„Das verstehen wir", versicherte Alain. „Wir wissen auch, dass du dein Bestes versuchen wirst. Noch andere Punkte?"

Raymond dachte über Jeans Angebot nach, ihm die richtige Aussprache der alten Formeln und Sprüche beizubringen. Aber sie wussten noch nicht, ob die verbesserte Aussprache auch zu einer höheren Wirksamkeit führen würde. Bis es soweit war, wollte er keine falschen Hoffnungen wecken und die Sache vorerst lieber für sich behalten.

Als niemand sich meldete, beendeten sie die Versammlung und gingen paarweise ihren jeweiligen Verpflichtungen nach. Thierry warf Alain zum Abschied noch einen kurzen Blick zu. „Laurent ist mit meiner Einheit noch unterwegs", sagte er. „Benachrichtige mich, wenn sie zurück sind."

„Wird gemacht", versprach Alain. „Aber du machst dir bestimmt umsonst Sorgen."

„Wahrscheinlich", stimmte Thierry ihm zu. „Aber es ist mein Team und ich will darüber informiert werden, wenn sie wieder in Sicherheit sind."

„Ich rufe dich an, sobald sie sich zurückgemeldet haben."

„Danke." Thierry verließ den Raum und machte sich auf den Weg zu seinem Büro. Zu seiner Überraschung folgte ihm Sebastien. Thierry schloss die Tür hinter ihnen und drehte sich zu ihm um. „Ich will nur meinen Repère hier zurücklassen", sagte er. „Du musst nicht auf mich warten."

Sebastien überlegte, wie er seine Antwort formulieren sollte. Er hatte schon während der Besprechung darüber nachgedacht, was er nach Dienstschluss tun sollte. Seine Sturheit und Unabhängigkeit verlangten, dass er allein nach Hause ging. Aber er war nicht mehr allein, sondern hatte jetzt einen Partner, und dieser Partner war bei einer Vampirattacke genauso verwundbar, wie Sebastien bei einem Angriff durch Magier. Und nicht nur das. Thierry war ihm auch in einer anderen Hinsicht wichtig geworden.

„Ich habe mir gedacht, wir könnten gemeinsam nach Hause gehen", schlug er vor. „Deine Argumente heute früh haben mich überzeugt."

Thierry war über diesen Vorschlag überrascht. Er hatte nicht erwartet, dass sein Partner ihm zustimmen würde. Im besten Fall, so hatte er gehofft, würde Sebastien ihm erlauben, seine Unterkunft mit einem Schutzschild zu versehen. Diese Reaktion hatte Thierry allerdings nicht vorausgesehen. Er überlegte hin und her. Sein kleines Apartment war geschützt, aber unaufgeräumt und eng. Aleth' Tod eröffnete ihm unverhofft eine neue Möglichkeit. Sie konnten in die kleine Villa gehen, die er und Aleth in Boulogne, direkt außerhalb der Stadtgrenze, gekauft hatten. Aleth war ein sehr ordentlicher Mensch gewesen. Ihr Haus – Thierrys Haus – wäre aufgeräumt und sauber, falls er sich dazu durchringen konnte, es zu betreten. „Mein Haus ist schon geschützt", hörte er sich sagen, bevor er eine bewusste Entscheidung gefällt hatte. „Es ist im Moment die einfachste Möglichkeit", fügte er hinzu. „Ich kann … Ich kann mich später um deine Wohnung kümmern, falls du nichts dagegen hast."

Sebastien musste nicht Thierrys Blut schmecken, um dessen Nervosität zu spüren. Unglücklicherweise konnte er nicht erkennen, ob sie daher rührte, dass Thierry sein Interesse erwiderte, oder ob sie gänzlich andere Ursachen hatte. „Dein Haus ist eine gute Idee", sagte er und ließ es offen, wie lange er bleiben und was sie mit seiner Wohnung machen würden. Darüber konnten sie später reden, jetzt … „Lass uns gehen", bat er. „Ich brauche einen Szenenwechsel."

Thierry zog den Repère aus der Tasche und legte ihn in eine kleine Schachtel in seiner Schreibtischschublade. „Ich bin soweit", sagte er dann. „Es ist eine längere Zugfahrt. Stört dich das? Ich kann Alain bitten, dich zu transportieren." Es wäre alles so viel einfacher, wenn er seinen Partner selbst transportieren könnte. Eine schnelle Bewegung mit dem Stab und ein kurzer Spruch, schon wären sie, wo immer sie auch sein wollten. Aber so erforderte es immer umständliche Planungen, Sebastien mitzunehmen.

„Ich habe nichts gegen eine Zugfahrt", erwiderte Sebastien. „Außer, du hättest es eilig. Ich bin diesen magischen Transport sowieso noch nicht gewöhnt."

Thierry dachte darüber nach. Einerseits waren sie während der Zugfahrt nicht vor Magie geschützt und dadurch in Gefahr, andererseits hatte er es nicht sonderlich eilig, mit seinem … neuen Partner in das Haus zurückzukommen, in dem er mit seiner Frau gelebt hatte. Und das war auch so eine Sache. Thierry hatte schon seit einiger Zeit erfolglos versucht, es zu verdrängen. Er war gern mit Sebastien zusammen. Er suchte sogar die Gesellschaft des Vampirs. Seit seiner ersten Begegnung mit Aleth war ihm das nicht mehr passiert. Thierry wollte diesem Gefühl noch keinen Namen geben, weil es für ein einziges Wort viel zu kompliziert war. Aber es war mehr, als einen Geschäftspartner zum Abendessen einzuladen. Trotz ihrer Trennung kam es ihm so vor, als würde er Aleth' Andenken schon wenige Tage nach ihrem Tod betrügen. „Dann also der Zug", entschied er, um das Unvermeidliche noch etwas länger hinauszuzögern.

„CAPTAIN!"

Orlando war es nicht gewöhnt, dass Alain mit seinem Rang angesprochen wurde. Deshalb blieb er erst stehen, als sich sein Magier zu dem Rufer umdrehte. „Ja?", fragte Alain.

„Eine Patrouille im Quinzième ist angegriffen worden", meldete der Magier.

„Laurent Copé?", fragte Alain sofort, weil er wusste, dass Thierrys Einheit für den Montparnasse eingeteilt war.

„Ja, Sir."

„Verdammt", fluchte Alain. „Komm", forderte er Orlando dann auf. „Thierry reißt mich in Stücke, wenn seinen Leuten etwas passiert."

Orlando folgte ihm schweigend, als sie durch die Korridore zum Salles des Cartes rannten. Zu Alains Erleichterung war seine Patrouille schon einsatzbereit. Er studierte die Karte und legte sich eine Strategie zurecht. Er wollte gerade seine Befehle erteilen, als ihm einfiel, dass er seine Einheit nicht begleiten konnte. „Fouquet", sagte er zu seinem Leutnant. „Du musst das ohne mich erledigen. Ich kann hier erst weg, wenn Marcel zurückkommt."

Leutnant Hugues Fouquet nickte. Er freute sich darauf, seine Fähigkeiten unter Beweis stellen zu können. Seine Impulsivität hatte in der Vergangenheit immer einer Beförderung im Weg gestanden. Jetzt hatte er die Möglichkeit, zu zeigen, dass man ihm ein Kommando anvertrauen konnte. Er hörte den Befehlen seines Vorgesetzten genau zu. Der Plan war recht einfach. Ankommen, Copés Einheit rausholen, dann zurück ins Hauptquartier. Und dabei möglichst viele der dunklen Magier überwältigen.

Orlando hörte der Diskussion schweigend zu. Es war ein guter Plan. Alains Einheit sollte sich hinter den Angreifern materialisieren und sie, mit der Unterstützung von Copés Leuten, überwältigen. Es überraschte ihn nur, dass Alain an dem Einsatz nicht teilnehmen würde. Als er danach fragte, erklärte Alain ihm die Kommandostruktur. Etwas leiser fügte er noch hinzu, dass er wegen der Impulsivität seines Leutnants Bedenken hegte. „Soll ich mitgehen und sie unterstützen?", bot Orlando an. „Ich kann ihn für dich im Auge behalten."

Alain wollte nichts dergleichen, aber er traute sich nicht, das Orlando zu sagen. Der Vampir konnte alles andere brauchen, nur keinen Partner, der ihn in Watte packte. Wenn er diesen durchaus vernünftigen Vorschlag ablehnte, würde er dafür Gründe erfinden müssen, die Orlando mit Sicherheit nicht hören wollte. Außerdem würde es Fouquet wahrscheinlich wirklich zügeln, wenn Alains Partner anwesend war. „Ich kann dir nicht das Kommando übergeben, weil sie dich noch nicht gut genug kennen", sagte er leise. „Aber ich kann ihnen klarmachen, dass sie auf dich hören sollen, bevor sie Entscheidungen treffen."

Er drehte sich zu seiner Einheit um. „Ich schicke meinen Partner mit euch, da er nicht zur Kommandostruktur gehört und hierbleiben muss. Hört im Zweifelsfall auf seinen Rat. Sorgt für seinen Transport."

„Ja Sir", erwiderte Fouquet und ließ sich nicht anmerken, wie wenig es ihm gefiel, von Alain einen Aufpasser an die Seite gestellt zu bekommen. Fouquet hatte nichts gegen den Vampir. Er hatte davon gehört, wie die Vampire vor einigen Nächten den Kampf entschieden hatten, als Catherine und ihre Patrouille im Marais festsaßen. Er wünschte nur, dass es nicht ausgerechnet dieser Vampir wäre und dass Orlando sie nicht begleiten würde, um ihn im Auge zu behalten.

Orlando trat an die Seite des Magiers, der gerade gesprochen hatte. Es machte ihn etwas nervös, ohne Alain an einem Kampf teilzunehmen. Aber er wollte seine Pflichten nach besten Kräften erfüllen, denn aus diesem Grund war er der Allianz beigetreten.

Auf Alains Zeichen hin brach seine Einheit auf und ließ ihn allein in dem Raum zurück. Nur der Magier, der heute Nacht die Karte überwachte, war noch anwesend. Alain wurde schlagartig bewusst, dass er und Orlando zum ersten Mal in ihrer Beziehung wirklich getrennt waren. Es war eine Sache, wenn sich Orlando noch irgendwo in der Stadt mit Jean zum Gespräch verabredete, bevor er nach Hause kam. Aber es war eine ganz andere Sache, wenn sein Geliebter sich in Gefahr begab, ohne dass Alain ihm beistehen konnte. Er rief sich ins Gedächtnis zurück, dass Fouquet nicht nur ein Hitzkopf, sondern auch ein talentierter Magier war, der in schwierigen Situationen einen untrüglichen Überlebensinstinkt entwickelte. Fouquet würde dafür sorgen, dass Orlando heil zurückkam. Alain starrte auf die Karte, wo seine Einheit sichtbar geworden war. Alles verlief planmäßig. Er konnte Orlando nicht sehen, weil sie noch nicht die Zeit gefunden hatten, ihm einen Repère anzufertigen. Er konnte nur die Manöver der Magier verfolgen. Alain beschloss, dass nach Orlandos Rückkehr ein Repère für seinen Vampir erste Priorität haben würde. Er musste sich sofort darum kümmern, jedenfalls gleich, nachdem er ihn um den Verstand geküsst hatte.

30

FLÜCHE UND Beschwörungen flogen wild durch die Luft, als sich die Verstärkung hinter der Linie der angreifenden dunklen Magier materialisierte. Leutnant Fouquet beurteilte die Lage und stellte sofort fest, dass sie keine Chance hatten. „Verteilt euch", befahl er. „Wir müssen Copés Einheit die Möglichkeit geben, sich wieder zu sammeln. Danach machen wir uns sofort aus dem Staub und ziehen uns ins Hauptquartier zurück. Dies ist ab sofort nur noch ein Rettungseinsatz."

„Ja, Sir", stimmten die anderen Magier zu.

Fouquet wandte sich an Orlando. „Ich habe gehört, Vampire sind sehr viel schneller als Sterbliche. Kannst du dich auf die andere Seite schleichen und Copé sagen, dass er seine Leute hier rausholen soll?"

Orlando sah sich um. „Es wird einige Minuten dauern", sagte er. „Ich kenne diesen Teil der Stadt nicht, aber ich kann durch die Seitenstraßen gehen."

„Tu das", befahl Fouquet. „Soll ich einen Magier mit dir schicken?"

„Nein", lehnte Orlando ab. „Er würde mich nur aufhalten."

Fouquet nickte. Hoffentlich würde Alain ihm dafür nicht den Kopf abreißen. „Einer von ihnen soll dich mit zurück ins Hauptquartier transportieren."

Orlando nickte und lief los. Er setzte jeden seiner sensiblen Vampirsinne ein, um sich durch die ungekannten Gassen zu schlagen, ohne feindlichen Magiern zu begegnen. Als er gerade bei der bedrängten Patrouille ankam, hörte er einen schmerzhaften Aufschrei. „Laurent ist getroffen worden", rief es kurz darauf.

Ein Schatten raste an ihm vorbei. Es ging so schnell, dass es sich um einen Vampir handeln musste. Orlando blickte erschrocken auf die Szene, die sich vor seinen Augen abspielte.

„Laurent!", rief Blair und wiegte seinen blutenden, keuchenden Partner in den Armen.

„Wir müssen ihn sofort hier raus und ins Hauptquartier bringen", sagte einer der Magier zu Blair. Der Vampir hatte nur Augen für seinen Partner.

„Nein …", keuchte Laurent. „Zu spät."

„Nein!", protestierte Blair und sah den Magier an. „Könnt ihr nichts tun, um ihm zu helfen? Irgendwas!"

Der Magier schüttelte den Kopf. Er hatte den Fluch gesehen, von dem Laurent getroffen worden war. Wenn ein Mediziner zum Zeitpunkt des Einschlags anwesend gewesen wäre … Aber jetzt war es zu spät. Laurent hatte recht.

„Verdammt", fluchte Blair. „Du kannst mich nicht einfach verlassen." Sein Blick wurde hart, als er eine Entscheidung traf. „Es gibt noch eine Möglichkeit, Laurent", drängte er. „Ich kann dich umwandeln. Ich mache einen Vampir aus dir."

Laurent spürte, wie sich seine Kehle zusammenzog, aber er nickte. Sofort senkte Blair den Kopf an Laurents Hals. Laurent fühlte sich durch die mittlerweile gewohnte Geste des Vampirs getröstet und spürte den Biss kaum.

Blair saugte fest und schnell, um keinen Tropfen Blut in Laurents Körper zu lassen. Als fast nicht mehr übrig war, biss er sich ins Handgelenk und drückte die Wunde an Laurents Lippen. Er konnte das schwache Saugen des Magiers spüren. „Mehr", drängte er. „Du kannst mir nicht wehtun."

Laurent hörte die Worte seines Partners und versuchte, sie zu befolgen. Seine Kehle war wie zugeschnürt, aber er zwang sich zu schlucken, bis das Blut aus seinem Mund in den Magen lief. Ihm wurde schwarz vor Augen und er verlor langsam das Bewusstsein. Die Dunkelheit breitete sich in ihm aus, doch sie bereitete ihm keine Angst. Er wusste, dass er erst sterben musste, um ein Vampir zu werden. Voller Vertrauen sah er Blair in die Augen. Er würde seinen Partner wiedersehen, wenn er als Vampir aufwachte.

Blair sah zu, wie Laurents Augen brachen. Er beobachtete die Brust seines Magiers und zählte die Sekunden. Eins. Zwei. Drei. Vier. Fünf. Die Zeit verrann und er wurde unruhig. Zehn Sekunden, höchstens fünfzehn. Länger sollte es nicht dauern, bis die Umwandlung abgeschlossen war. Zwanzig Sekunden vergingen, dann dreißig. „Nein!", schrie er und zog den Körper des Magiers in die Arme. „Nein!"

Orlando konnte es nicht mehr mit ansehen. Er trat aus den Schatten und rief eine der Magierinnen zu sich. „Leutnant Fouquet lässt ausrichten, dass wir uns ins Hauptquartier zurückziehen sollen."

Die verblüffte Magierin gab den Befehl zum Rückzug weiter und drehte sich zu Orlando um. „Was sollen wir mit …?", fragte sie und zeigte auf das Paar zu ihren Füßen.

„Kannst du Blair und Laurent gemeinsam transportieren?", erkundigte sich Orlando.

Marie nickte.

„Dann tu das. Ich brauche auch Hilfe."

Nach Maries Beschwörung verschwand Blair mit Laurent, den er immer noch an die Brust gedrückt hielt. Sie wiederholte den Spruch und Orlando fand sich im Salle des Cartes wieder. Er sah sich um, konnte Blair aber nirgends finden. Nur Alain. Sofort ging er durch den Raum auf ihn zu und nahm ihn in die Arme.

„Was ist?", fragte Alain. „Was ist passiert?"

„Laurent ist tot", sagte Orlando tonlos. „Blair wollte ihn noch retten, aber es hat nicht funktioniert. Sein Blut konnte Laurent nicht umwandeln, wie es normalerweise sein sollte."

Alain erbleichte. Der Salle des Cartes füllte sich langsam mit den rückkehrenden Angehörigen der beiden Patrouillen. Er legte den Arm um Orlando und führte ihn in sein Büro. „Ich muss Thierry anrufen", sagte er leise. Seine Trauer um Laurent wurde überschattet durch das Bedürfnis, Thierry zu trösten und Orlando in Sicherheit zu wissen.

Sobald sich die Tür von Alains und Thierrys Büro hinter ihnen schloss, zog Orlando ihn in die Arme. Der Anruf war ihm egal. Er hatte auch ein Bedürfnis. Er musste sich davon überzeugen, dass sein Magier noch lebte und es ihm gut ging. Orlando presste die Lippen auf Alains Mund und küsste ihn innig. Als ihre Zungen sich trafen, atmete er den Geruch seines Geliebten ein und drückte sich fest an ihn.

Alain konnte seine Reaktion auf Orlandos Nähe nicht verhindern. Neben dem überwältigenden Gefühl der Erleichterung, Orlando wohl und unbeschadet in den Armen zu halten, verlor alles andere an Bedeutung. Furcht und Trauer wurden durch das Verlangen nach seinem Geliebten verdrängt. Er legte die Arme um Orlandos schlanken Körper und dankte Merlin und allen Göttern, dass es nicht sein Vampir war, den der tödliche Fluch getroffen hatte.

So wunderbar es auch war, in Alains Armen zu liegen, Orlando brauchte mehr. Sein Gewissen erhob Einwände und erinnerte ihn daran, dass Thierry auf Nachricht über sein Team wartete. „Ruf ihn an", keuchte er. „Beeil dich. Ich brauche dich."

Alain nickte und tippte Thierrys Nummer in sein Handy ein. Sein Verlangen nach Orlando war genauso stark, aber er riss sich zusammen und konzentrierte sich darauf, Thierry die schlechte Nachricht zu überbringen. Alain war in den vergangenen Jahren schon oft in der Situation gewesen, Familien über den Tod eines Angehörigen unterrichten zu müssen. Er wusste, dass er seine eigenen Gefühle beherrschen musste, wenn er mit ihnen sprach.

„Dumont", bellte ihm Thierry ins Ohr.

„Thierry, hier ist Alain", sagte er. „Orlando ist gerade mit deiner Einheit zurückgekommen. Sie waren in einen Hinterhalt geraten und …"

„Wer ist es?", fragte Thierry tonlos.

Alain schloss die Augen und kämpfte um Beherrschung. „Laurent."

„Scheiße! Putain de merde!" Thierry hörte nicht mehr auf zu fluchen. Alain zog das Handy vom Ohr, als die Beschimpfungen auf ihn einprasselten. Nachdem Thierry sich wieder beruhigt hatte, redete er weiter. „Es tut mir leid, Thierry. Sie konnten nichts mehr tun. Sie haben es versucht."

„Ich bin in wenigen Minuten da", erwiderte Thierry.

„Nein", sagte Alain. „Du bist gerade erst nach Hause gekommen. Ich kümmere mich heute Nacht um deine Leute. Es reicht, wenn du morgen früh wieder hier bist. Ruh dich jetzt aus. Das ist wichtiger."

Thierry gab keine Antwort, aber als die Verbindung unterbrochen wurde und er nicht sofort im Büro auftauchte, wusste Alain, dass sein Freund auf ihn gehört hatte. Er steckte das Handy weg und sah Orlando an. „Mist", murmelte er und fuhr sich durch die Haare. „Es wird einfach nicht leichter."

„Das sollte es auch nicht", sagte Orlando leise und kam zu Alain an den Schreibtisch. „Wenn es leichter werden würde, hättest du kein Mitgefühl mehr." Er legte den Finger unter Alains Kinn und sah ihm in die Augen. „Verliere niemals dein Mitgefühl."

„Seit wann bist du so weise?", fragte Alain mit einem gequälten Lächeln. „Seit ich dich kenne."

Alains Lächeln wurde etwas breiter. Er beugte sich vor und gab Orlando einen zärtlichen Kuss. Für einen kurzen Augenblick vergaßen sie ihre Trauer und Verzweiflung. „Ich hatte solche Angst um dich", sagte Alain dann.

„Es war fürchterlich", gab Orlando zu und senkte den Kopf. „Leutnant Fouquet bat mich, die dunklen Magier zu umrunden und Copés Leuten den Befehl zum Rückzug zu geben. Ich bin leicht zu ihnen durchgekommen, und genau in diesem Moment wurde Laurent getroffen. Er blutete und konnte kaum atmen. Blair war sofort bei ihm, aber es war zu spät. Die Magier haben ihm gesagt, dass es hoffnungslos wäre. Blair hat es trotzdem versucht. Er hat versucht, Laurent umzuwandeln. Es wäre ein anderes Leben gewesen, doch sie hätten zusammenbleiben können. Laurent hat es ihm erlaubt, aber es hat nicht funktioniert." Orlando hob den Kopf und sah Alain mit glänzenden Augen an. Die Bedeutung von Blairs Versagen hing wie ein Damoklesschwert über ihnen. „Es hat nicht funktioniert."

Alain streichelte ihm über die Wange, um den Schmerz der Erinnerung zu lindern. Ihm fielen keine passenden Worte ein. Er hatte gelernt, mit seiner Sterblichkeit zu leben. Er fand sich vor jedem Kampf damit ab, vielleicht nicht lebend zurückzukehren. Wenn sie den Krieg überlebten, hatten er und Orlando noch viele gemeinsam Jahre vor sich. Magier hatten eine größere Lebensspanne als Normalsterbliche, aber eines Tages würde auch er sterben. Es war unvermeidlich. Nichts und niemand konnte es verhindern.

„Vergiss es", sagte er zu Orlando. „Wir wissen nicht, was der nächste Tag bringt. Wir können nur das Beste aus der Zeit machen, die uns gegeben ist, jeden Tag und jeden Augenblick. Ich hatte nur zehn Jahre mit Henri und ich werde ihn immer vermissen. Es hätte ein ganzes Leben sein sollen, und doch werde ich die Zeit mit meinem Sohn nie bereuen."

Orlandos Augen brannten, aber seine Natur versagte ihm die erlösenden Tränen. Nickend zog er Alain wieder in die Arme. „Ich brauche dich."

„Mein Körper, mein Blut, alles gehört dir", flüsterte Alain. „Nimm dir, was du brauchst."

Orlando zog ihm mit zitternden Händen den Pullover über den Kopf. Alain hob die Arme, um ihm behilflich zu sein. Orlando war nicht der einzige, der Gewissheit brauchte.

Zu jedem anderen Anlass hätte Orlando sich die Zeit genommen, Alain zu streicheln und zu küssen, jeden Zentimeter Haut zu liebkosen. Heute hatte er dazu keine Geduld. Er brauchte Alain, und er brauchte ihn jetzt. Orlando riss sich das Hemd vom Leib, dass die Knöpfe in alle Richtungen durchs Zimmer flogen. Dann drückte er Alain auf den Schreibtisch und wischte mit dem Arm alles aus dem Weg, was ihn dabei störte. „Jetzt", sagte er und griff nach Alains Hosenbund.

Alain hob die Hüften, lehnte sich auf die Unterarme und spreizte die Beine, ohne den Blick von Orlando zu lassen, der sich seiner restlichen Kleidung entledigte. „Jetzt", wiederholte er Orlandos Worte, hob die Beine und stützte sich mit den Füßen an der Schreibtischkante ab. „Nimm mich jetzt."

Orlando legte die Hand um seinen steifen Schwanz und kam näher. Er musste seinen ganzen Willen aufbringen, um nicht einfach über Alain herzufallen. Aber er wusste, wie es sich anfühlte, und nichts – keine Verzweiflung, keine Wut und erst recht kein Begehren – konnte ihn dazu bringen, Alain so zu verletzen.

„Gel", murmelte er.

„Nicht nötig", sagte Alain, der nur noch eines wollte. Orlando. „Bitte."

Orlando schüttelte den Kopf. „Das werde ich nicht tun, niemals. Das hat *er* immer mit mir gemacht, weil er jeden Riss spüren und jeden Schrei hören wollte."

Orlandos Worte wirkten wie eine kalte Dusche. Gleichzeitig war Alain aber froh, dass Orlando sich ihm anvertraute, nachdem er sich noch vor wenigen Stunden geweigert hatte, über seinen Peiniger zu reden. Alain konzentrierte sich auf ihr Schlafzimmer und die Flasche mit dem Gleitgel. Dann flüsterte er leise vor sich hin und drückte sie Orlando in die Hand. „Beeil dich", bat er. „Ich brauche nicht viel Vorbereitung."

Orlando befeuchtete zwei Finger und schob sie so schnell er sich traute in Alains Körper. Er konnte Alains Bitten nicht lange widerstehen, deshalb fing er sofort an, Alains Muskel zu dehnen.

„Es reicht", sagte Alain, richtete sich auf und streckte den Arm nach ihm aus. „Ich brauche dich jetzt."

Orlando zog die Hand zurück und rieb sich das restliche Gel auf seinen pochenden Schwanz. Dann kam er näher zwischen Alains Beine, legte ihm eine Hand auf die Brust und stieß ihn vorsichtig auf den Rücken, bevor er seinen Schwanz an Alains pulsierenden Muskel drückte. Alain stöhnte laut und hob die Hüften. Dann spießte er sich schneller auf, als Orlando es jemals gewagt hätte.

Alain verstand Orlandos Zurückhaltung, aber seine Lust wurde durch die Furcht nur noch mehr angefeuert. Nur Orlando konnte dieses Verlangen stillen. Alain kam den immer noch zögerlichen Stößen des Vampirs mit aller Macht entgegen. „Hör auf, dich zurückzuhalten", keuchte er.

Orlandos Begehren kämpfte mit seiner Angst, als er tiefer in Alain eindrang. Seine größte Befürchtung war, den Magier zu verletzen. Doch dann ergab er sich seiner Lust, und seine Stöße kamen schneller und härter.

Alain stöhnte laut, als Orlando endlich die Kontrolle verlor. Er feuerte ihn an und lobte ihn, und Orlando schien auf seine Worte zu hören. Alain hatte sich noch nie so komplett überwältigt, so erobert gefühlt. Es war genau das, was er brauchte, um die Angst zu verjagen, die ihm während Orlandos Abwesenheit die Brust zugeschnürt hatte. Alain gab auch den letzten Rest an Zurückhaltung und Selbstbeherrschung auf, strebte nur noch nach Erlösung. Er zog die Muskeln um

Orlandos Schwanz zusammen, klammerte sich an ihn und hoffte, dass sein Geliebter von ihrer leidenschaftlichen Vereinigung genauso überwältigt wurde wie er selbst.

Orlando hob den Blick und sah Alain ins Gesicht. Der geliebte Anblick und Alains lustverzerrte Miene bestätigten ihm, dass sein Magier noch bei ihm war und das Schicksal es dieses Mal ausnahmsweise gut mit ihm meinte. Alains rhythmische Umklammerung ließ Orlando fliegen und die Welt vergessen. Er konnte sich nicht mehr zurückhalten und kam mit einem lauten Aufschrei. Sofort griff er zwischen ihre schweißnassen Körper nach Alains Schwanz und hatte ihn kaum zu fassen bekommen, da wurde seine Hand auch schon in warme, klebrige Flüssigkeit gebadet. Orlando hob die Hand an den Mund und leckte sie genüsslich ab. Er konnte den Geschmack kaum wahrnehmen, meinte aber, eine Spur von Salz auf der Zunge zu spüren.

Nachdem er jeden Tropfen abgeleckt hatte, legte er den Kopf auf Alains Brust. Sein Partner legte die Arme um ihn und drückte ihn an sich. In Orlandos Seele breiteten sich Frieden und Ruhe aus. In solchen Augenblicken konnte er fast – fast – glauben, dass er nicht verdammt war, dass sein Leben endlich eine Wendung zum Guten genommen hatte. Seufzend hob er den Kopf und sah Alain in die himmelblauen Augen. Ein neuer Hunger brach in ihm aus, genauso verzehrend wie die Lust, die er eben erst gestillt hatte. Er stupste mit der Nase an Alains Kinn und forderte ihn auf, den Kopf in den Nacken zu legen.

Alain fühlte Orlandos Lippen an seinem Hals und riss die Augen auf. Wollte der Vampir etwa …? Bevor er den Gedanken zu Ende bringen konnte, spürte er auch schon Orlandos Zähne, die ihm über die Haut fuhren. „Ja", flüsterte er.

Alains Verlangen war so unübersehbar, dass Orlando sein Zögern aufgab. Immer noch mit seinem Geliebten vereint, ließ er die Zähne in dessen Hals gleiten und schmeckte die gleiche Befriedigung wie vor einigen Stunden in ihrer Wohnung. Auch das unbekannte Gefühl war wieder da, das er nicht identifizieren, nur genießen konnte. Alains Furcht hatte einen leicht bitteren Geschmack hinterlassen, der sich aber schnell verflüchtigte. Orlando war erleichtert, nicht die Ursache für Alains Furcht zu sein. Die Trauer in Alains Blut zeigte, dass er in dieser Nacht einen Freund verloren hatte. Orlando saugte fester, um seine Verbindung mit Alain zu stärken – eine Verbindung, die Blair heute, zusammen mit seinem Partner, verloren hatte. Das Blut floss in Orlandos Mund und spendete ihm Kraft und Trost.

Obwohl sie sich gerade erst geliebt hatte, weckte Orlandos Biss wieder neues Begehren in Alain. Er bewegte sich unruhig hin und her, ihre nackten, schweißgebadeten Körper rieben sich aneinander und sein harter Schwanz wurde an Orlandos Bauch gedrückt.

Orlando erstarrte für einen Augenblick, als er das wiedererwachte Verlangen in Alains Blut schmeckte und die Reaktion an seinem Bauch spürte. Aber er war zu sehr entrückt, um sofort die Zähne aus Alains Hals zu ziehen, wie er es eigentlich hätte tun sollen. Es war so gut, in seinem Partner zu versinken. Orlando musste nicht um seine Kontrolle fürchten, denn er hatte seine Leidenschaft schon befriedigt.

Alain würde wahrscheinlich wieder zum Höhepunkt kommen, aber das passierte bei jedem Biss. Orlando saugte weiter und hoffte, dass Alain das gleiche Vergnügen dabei empfand wie er selbst.

Alain bewegte sich jetzt absichtlich und rieb seinen harten Schwanz an Orlandos nackter Haut. Er konnte seinen Geliebten immer noch in sich spüren, obwohl Orlandos Schwanz untätig blieb und sich nicht rührte. Alain wollte fühlen, wie Orlando wieder hart und von der gleichen Leidenschaft gepackt wurde, die ihm durch die Adern schoss, aber er gab sich mit dem zufrieden, was er hatte. Er wollte Orlando nicht erschrecken und damit riskieren, diesen Kontakt zu verlieren. Sein Herzschlag passte sich dem Rhythmus von Orlandos Saugen an und er keuchte, als Orlandos Zähne sich noch tiefer in seinen Hals bohrten. Dann zuckte er zusammen, bog den Rücken durch und kam.

Orlando erbebte unter Alains Höhepunkt und kostete die Ekstase aus, die er in dem Blut des Magiers schmeckte. Er schmeckte es bei jedem Biss und es wurde nie langweilig. Orlando könnte eine Ewigkeit damit verbringen, seinem Partner diese Freude zu bereiten. Sanft leckte er Alain über die Wunden, um sie zu schließen. Dann legte er den Kopf auf Alains Brust. Er wollte sich noch nicht der Realität stellen, obwohl er wusste, dass Alain bald wieder in die Kommandozentrale zurückkehren musste. Aber nicht sofort. Erst wollte er die Ruhe und Zufriedenheit dieses Augenblicks noch etwas länger genießen.

31

THierry klappte sein Handy zu und starrte an die Wohnzimmerwand.

Tot.

Laurent war tot.

Er hatte seinen Leutnant allein in den Kampf geschickt, und nun war er tot. Thierrys Blick fiel auf seinen Partner und seine Schuldgefühle verdoppelten sich. Ohne Sebastien und Thierrys Hoffnung, die Wohnung des Vampirs mit einem Schutzschild belegen zu können, wäre er nach Dienstschluss mit Sicherheit noch zu seiner Einheit gestoßen. Seine Loyalität hätte es von ihm verlangt, auch wenn Alain anderer Meinung war. Vielleicht wäre Laurents Tod dann zu vermeiden gewesen. Thierry machte sich nicht vor, dass er ihn eigenhändig hätte verhindern können. So mächtig war er nicht. Aber seine Erfahrung und sein strategisches Wissen hätten vielleicht zu anderen Entscheidungen geführt, die den Lauf der Dinge verändert hätten. Vielleicht hätte er seine Truppen anders geordnet und Laurent wäre dadurch nicht der Gefahr ausgesetzt worden, die zu seinem Tod geführt hatte. Thierry haderte mit sich selbst und der ganzen Situation. Wütend warf er das Handy durchs Zimmer und sah ungerührt zu, wie es an die Wand knallte und in Stücke brach.

„Thierry?"

Sebastiens Stimme riss ihn aus seinen Gedanken. Er drehte sich um und sah seinen Partner mit zornigen Augen an.

Thierrys Ausdruck erschreckte Sebastien. Er hatte noch nie eine solche Wut, eine solche Reue in den Augen seines Partners gesehen, selbst nicht, als Thierry über Aleth' Tod gesprochen hatte. „Was ist passiert?"

„Laurent ist tot."

Sebastiens erste Reaktion war Erleichterung. Erleichterung darüber, dass Thierry nicht mit seiner Patrouille unterwegs gewesen war. Er schämte sich dafür und Laurents Tod tat ihm sehr leid. Aber die Erleichterung darüber, dass es nicht Thierry getroffen hatte, ließ sich nicht leugnen. Sebastien wusste nicht, wie er auf den Tod seines Partners reagiert hätte. Er hatte schon einmal einen Partner, einen Geliebten verloren. Thibaults Tod hätte ihn beinahe vernichtet. Jetzt auch noch Thierry zu verlieren, den er gerade erst gefunden hatte ... Er konnte den Gedanken nicht zu Ende denken. Es erschreckte ihn, dass er Thierry schon mit Thibault verglich und die beiden mit denselben Augen sah. Schlagartig kam ihm ein neuer Gedanke ... Wer kümmerte sich jetzt um Blair? Er musste Thierry danach fragen, sobald es seinem Partner wieder besser ging. Und dafür wollte er jetzt sorgen.

„Deine Anwesenheit hätte das Unglück nicht verhindern können", sagte er beruhigend und setzte sich zu Thierrys auf die Couch.

„Vielleicht doch", erwiderte Thierry abwehrend. Er überlegte, was er über Laurents Privatleben wusste, ob der Mann eine Familie oder Geliebte hatte, die benachrichtigt werden mussten. Er war sich sicher, dass Alain sich darum kümmern würde, aber es kam ihm unfair vor, seinem Freund diese Last aufzuerlegen. Frustriert stellte er fest, dass er fast nichts über Laurent wusste. Er hatte sich nie die Zeit genommen, ihn persönlich kennenzulernen, und jetzt war es dazu zu spät. „Ich hätte vielleicht andere Entscheidungen gefällt als Laurent. Vielleicht wäre es dann nicht zu dem Hinterhalt gekommen oder die Angreifer wären zurückgeschlagen worden. Lauren ist gut, aber er hat nicht – hatte nicht – meine strategischen Erfahrungen."

Thierry verzog das Gesicht, als er seine Formulierung korrigieren musste. Er konnte sich einfach nicht vorstellen, seinen Stellvertreter unwiederbringlich verloren zu haben. Er hatte Laurent ausgebildet, hatte ihm beigebracht, so zu denken wir er selbst, bis er ihm kaum noch etwas erklären musste. Als ob das jetzt noch eine Rolle spielte. Er würde freiwillig hundert neue Leutnants ausbilden, wenn es ihm Laurent zurückbringen könnte.

Aber das war nicht möglich. Nichts war so einfach. Und sein schlechtes Gewissen verkomplizierte die Sache noch zusätzlich. Er hätte Sebastien allein nach Hause gehen lassen sollen, um seine Einheit zu unterstützen. Aber das hatte er nicht getan. Sein Bedürfnis, in der Nähe seines Partners zu bleiben, hatte ihm mehr bedeutet als sein Pflichtbewusstsein. Er hatte diesem Bedürfnis nachgegeben. Er saß auf einem Sofa, das er nie vorher gesehen hatte, in einem Haus, das ihm nur noch dem Namen nach gehörte; und er wollte bei Sebastien sein, hier und überall. Die Erkenntnis trug nicht dazu bei, seine Schuldgefühle zu besänftigen. Er wusste, dass er seine Einheit nicht im Stich gelassen hätte, wäre da nicht Sebastien gewesen. Selbst wenn es nichts geändert hätte und Laurent wäre trotzdem getötet worden, er würde jetzt nicht hier sitzen und sich selbst für den Verlust verantwortlich machen. Oh ja, Marcel hätte dazu wahrscheinlich einiges zu sagen. Er würde ihm widersprechen und ihm verbieten, an sich zu zweifeln. Thierry wäre überrascht, wenn Sebastien es nicht auch so sehen würde wie Marcel. Aber dadurch fühlte er sich auch nicht besser. Wenn überhaupt, fühlte er sich sogar schlechter, weil sie ihn nicht verstehen konnten.

„Du hast nur zwei Möglichkeiten", unterbrach Sebastiens Stimme seine Gedankengänge. „Du kannst hier sitzen und dich bemitleiden, oder wir können gemeinsam etwas dagegen unternehmen."

„Was sollen wir denn unternehmen?", fragte Thierry frustriert. „Laurent ist tot."

„Aber seine Mörder leben noch", sagte Sebastien. „Ich kann mir vorstellen, dass es dir sehr helfen würde, das zu ändern."

Thierry starrte ihn sprachlos an. „Meinst du das ernst", fragte er dann.

Sebastien nickte. „Und ich weiß auch, wer uns dabei wahrscheinlich helfen würde. Falls du nichts dagegen hast, dass uns noch ein Vampir begleitet."

Es dauerte eine Minute, bis Thierry Sebastiens Andeutung verstand. „Blair", flüsterte er.

„Ja", erwiderte Sebastien. „Wenn ein Vampir einen besonderen Menschen verliert, reagiert er darauf manchmal … nicht sehr gut", erklärte er. Er dachte daran zurück, wie er nach Thibaults Tod sogar einen Selbstmord in Erwägung gezogen hatte, um im Jenseits wieder mit seinem Geliebten vereint zu sein. „Wenn Blair etwas tun kann, um seine Wut und seine Frustration loszuwerden, verhindert das vielleicht, dass er in seiner Verzweiflung überstürzt handelt."

Thierry musste trotz seiner Trauer lachen. „Und zu dritt Laurents Mördern nachzujagen ist nicht überstürzt?"

Sebastien lachte ebenfalls. „Ich kann mir gut vorstellen, dass der Rest deiner Einheit uns gerne begleiten würde."

Thierry grinste ihn böse an. „Dann los. Bis wir mit dem Zug ins Hauptquartier kommen, sind sie wahrscheinlich schon gegangen."

„Du kannst dich transportieren und jemanden schicken, der mich nachholt", schlug Sebastien vor. „Dann geht es schneller."

„Du hast nichts dagegen?"

Sebastien schüttelte den Kopf. „Geh schon. Ich warte hier."

MIREILLE LIEF durch den Korridor zu Carolines Büro. Sie hatte gehört, dass ein Magier gefallen war, ein Magier mit einem Partner. „Wer ist der Vampir, dessen Partner getötet wurde?", fragte sie ohne lange Vorrede.

Caroline sah sie überrascht an. „Was?"

„Ein Magier ist während der Patrouille getötet worden. Ich habe gehört, dass er einen Partner hatte. Wer ist der Vampir?", fragte Mireille eindringlich.

„Das weiß ich nicht."

„Wir müssen es herausfinden. Er sollte nicht allein sein. Vampire, die einen besonderen Menschen verlieren, reagieren manchmal … überstürzt", erklärte Mireille.

„Dann lass uns gehen", erwiderte Caroline. „Wir bringen es in Erfahrung."

Sie führte Mireille durch die Gänge zur Krankenstation, wo verwundete und tote Magier üblicherweise hingebracht wurden. Ein Mediziner kam ihnen entgegen.

Caroline erklärte ihm, wen sie suchten. Der Mediziner zeigte auf die letzte Kabine. Die beiden Frauen gingen leise darauf zu und lächelten sich an, als sie sich daran erinnerten, unter welchen Umständen sie das letzte Mal hier gewesen waren. „Lass mich vorausgehen", sagte Mireille leise. „Falls er überreagiert, wird es mir vermutlich nichts tun."

Caroline runzelte die Stirn, weil ihr der Gedanke nicht gefiel, dass Mireille sich möglicherweise in Gefahr begab. Aber sie respektierte den Wunsch ihrer Partnerin.

Mireille zog den Vorhang zur Seite und betrat die Kabine. Der Vampir nahm sie nicht zur Kenntnis. Er saß auf dem Boden, hielt seinen Partner in den Armen und beugte sich über ihn, als könne er ihn so vor allen Gefahren in Schutz nehmen. Sie erkannte Blair, aber er gehörte nicht zu ihrem engeren Bekanntenkreis und sie wusste nicht viel über ihn. Er war erst seit kurzer Zeit in Paris und sie war sich nicht sicher, ob er hier überhaupt schon Freunde gefunden hatte. „Blair?", flüsterte sie und kniete sich an seine Seite.

„Warum hat es nicht funktioniert?", fragte er, ohne den Kopf zu heben. „Warum konnte ich ihn nicht retten?"

Mireille konnte ihm seine Frage nicht beantworten. Sie legte ihm mitfühlend die Hand auf die Schulter. „Du solltest die Magier nach ihm sehen lassen", sagte sie.

„Nein!", rief Blair so laut, dass Caroline ihn hörte und zu ihnen hinter den Vorhang kam. Mireille signalisierte ihr, dass mit ihr alles in Ordnung wäre. Caroline nickte, ließ die beiden aber nicht allein.

„Er wollte umgewandelt werden", sagte Blair tonlos, als hätte sein Gefühlsausbruch nie stattgefunden. „Es hat bisher immer funktioniert, wenn jemand es wollte." Er sah Mireille verzweifelt an. „Warum hat es nicht funktioniert?"

Er hatte sich diese Frage wieder und wieder gestellt, seit er erkennen musste, dass Laurent trotz aller Bemühungen nicht überlebt hatte.

Laurent.

Blair senkte den Kopf und zog seinen toten Partner an die Brust. Hatten sie sich wirklich erst vor einigen Tagen das erste Mal gesehen? Blair konnte es kaum glauben. Es kam ihm vor, als hätte er Laurent schon seit Jahren gekannt. Gleich beim ersten Blutstropfen hatte er gewusst, dass Laurent etwas ganz Besonderes war. Er schloss die Augen und dachte an diesen wunderbaren Augenblick zurück.

Laurent kam langsam auf sie zu, auf ihn, Fabienne und Paul Bertrand. Sie sahen ihn misstrauisch an und er blieb einige Schritte entfernt stehen.

Der Magier räusperte sich. „Ich möchte gerne unter Ihnen meinen Partner suchen", sagte er höflich.

Fabienne warf Jean einen Blick zu, der ihr aufmunternd zunickte. Sie drückte die Schultern zurück und ging die restlichen Schritte auf Lauren zu, bis sie direkt vor ihm stand.

„Ich versuche es", sagte sie.

Die Unsicherheit war ihr anzusehen, aber Laurent nickte nur, zog seine Lederjacke aus und knöpfte den Ärmel seines Hemdes auf. Blair und Paul stellten sich hinter Fabienne, als sie nach Laurents Handgelenk griff. Wenige Sekunden später ließ sie ihn los und schüttelte den Kopf.

„Danke", sagte Laurent leise, weil er auch nicht wusste, was er erwartet hatte. Fabienne grinste ihn schief an und trat zurück.

Blair und Paul sahen sich an und warteten darauf, wer als erster reagieren würde. „Oh, mein Gott!", rief Fabienne. „Komm schon, Blair, du bist der Nächste."

Der dunkelhäutige Mann blinzelte sie an und drehte sich zu Laurent um, der ihm das Handgelenk hinhielt. Er war so vorsichtig wie möglich, als er den Kopf neigte und zubiss. Falls sie keine Partner waren, würde der Magier sich vielleicht noch oft beißen lassen müssen. Blair wollte es für ihn nicht schmerzhafter machen als unbedingt nötig.

Blair berührte das Handgelenk des Magiers mit den Lippen und atmete den Geruch seiner Haut ein. Ein Schauer lief ihm über den Rücken, als er mit den Zähnen so sanft wie möglich die Haut durchbohrte, um Laurents Blut zu schmecken. Natürlich hatte er Jeans Beschreibung auch gehört, aber nichts hätte ihn auf das warme Gefühl vorbereiten können, das ihn umhüllte, ihm Kraft und Trost spendete, bis er sich nahezu unbesiegbar fühlte.

Blair hob den Kopf und blickte Laurent in die blauen Augen. Er war vollkommen überwältigt. Die Welt um ihn herum war plötzlich bedeutungslos geworden und es gab nur noch diesen Mann und seine Magie, die sich wie ein warmer Mantel um Blairs Seele legte.

„Blair? Hallo, Blair!" Fabienne kam und schnippte mit dem Finger vor seinem Gesicht, um ihn wieder aus seiner Trance zu holen.

Blair kam blinzelnd wieder zu sich. „Es hat funktioniert."

Fabienne nickte. Sie und Paul traten zur Seite, während er immer noch unbeweglich da stand und Laurents Hand in der seinen hielt.

„Ich hatte nicht erwartet, einen Partner zu finden", sagte Laurent und schaute dem Vampir in die dunklen Augen.

„Ich auch nicht", erwiderte Blair leise und streichelte mit den Fingern über das Handgelenk des Magiers.

„Ich möchte alles für unsere Sache tun", versicherte Laurent ihm geschäftsmäßig. „Alain ist ein guter Mann und ich vertraue ihm. Ich habe immer gehofft, dass wir Verbündete finden könnten und ... "

Blair legte den Kopf zur Seite und lauschte den Worten Laurents, fasziniert vom melodischen Klang seiner Stimme. Er stand immer noch im Bann Laurents und wollte ihn nicht verlassen. Blair war wie verzaubert.

Orlando kam auf sie zu und sah Blair an. „Alles in Ordnung?", wollte er wissen.

„Wir sind Partner", platzte es aus Laurent heraus.

Orlando sah Blair ins Gesicht und die beiden Vampire nickten sich zu. „Hervorragend", sagte Orlando. „Wir wollten alle Paare bitten, sich zu versammeln." Blair nickte wieder und Orlando ging weiter zur nächsten Gruppe.

„Du redest nicht sehr viel, nicht wahr?", fragte Laurent.

Blair hob wortlos eine Schulter und beobachtete Laurent.

„Wir sollten zu den anderen gehen", meinte Laurent und sah von Blair auf sein Handgelenk, bevor er wieder zu dem Vampir aufschaute.

Blair neigte den Kopf und lächelte ihn zaghaft an, ließ aber Laurents Handgelenk nicht los. Laurent räusperte sich und warf dem Vampir einen so

259

merkwürdigen Blick zu, dass er endlich doch losließ. Er vermisste sofort das
Rauschen, das er in den Adern gespürt hatte. Doch die warme, beschützende Kraft
von Laurents Magie hatte nicht nachgelassen.

Laurent zog sich seine Jacke an und ging davon. Blair folgte ihm
nachdenklich. Während Laurent sofort mit den anderen Magiern ein Gespräch
begann, hielt Blair sich zurück. Der Kopf schwirrte ihm, und alles, woran er
denken konnte, war der Magier.

Das Schwirren hatte nicht mehr aufgehört. Nicht in den vier Tagen nach
diesem ersten Biss und auch nicht in der Stunde, seit Laurent in Blairs Armen
gestorben war. Er hatte seine Trauer, während des Kampfes, der ihm Laurent
genommen hatte, durch die Straßen geschrien. Er hatte seine Trauer in der Stille der
Krankenstation vor sich hin geflüstert, nachdem eine der Magierinnen ihn hierher
transportiert hatte. Er wollte seine Trauer in den Armen eines Freundes aus sich
herausschluchzen, aber er hatte noch keine Freunde in Paris. Und selbst wenn er
welche hätte, er könnte nicht weinen. Die Tränen würden nicht kommen. Er sah die
Vampirin an seiner Seite mit leerem Blick an.

Mireille kniete still an Blairs Seite. Es war nicht das erste Mal, dass sie mit
einem anderen Vampir Totenwache hielt. Sie wusste aus Erfahrung, dass die Trauer
noch lange nachwirken würde. Mireille konnte nicht sagen, vor wie vielen Jahren
Monsieur Lombard seinen Avoué verloren hatte, aber sie wusste genau, in welchem
Monat es geschehen war. Selbst jetzt kehrte Monsieur in diesem Monat Paris noch
den Rücken zu, um am Grab seines Avoué zu trauern. Vermutlich würden viele
Blair verächtlich ansehen, weil er Laurent nur wenige Tage gekannt hatte. Aber
Mireille musste nur an ihre eigene Magierin denken, um festzustellen, dass die
Zeit keine Rolle spielte. Vier Jahre oder vier Jahrhunderte – die Verbindung konnte
nicht stärker werden, als sie in den vier Tagen, die sie mit ihrer Partnerin verbracht
hatte, geworden war. Nur die Magie eines Aveu de Sang konnte noch über das
hinausgehen, was sie und Caroline miteinander teilten.

Blairs Stille bereitete ihr Sorgen und sie fasste ihn an der Schulter. Zu ihrer
Überraschung ließ Blair den Körper seines toten Partners sanft zu Boden gleiten
und schmiegte sich an sie. Mireille umarmte ihn und hoffte, dass er in ihren Armen
etwas Trost finden konnte.

Carolines stand hilflos dabei und beobachtete die Szene, die sich vor ihren
Augen abspielte. Sie kannte Blair nicht und wusste nichts über die Trauer der
Vampire. Sie hoffte nur, mit ihrer Anwesenheit wenigstens Mireille unterstützen zu
können. Als der Vampir sich an ihre Partnerin drückte, griff sie eifersüchtig nach
ihrem Stab, um Mireille vor der unerwünschten Annäherung zu beschützen. Doch
Mireille nahm den trauernden Mann in die Arme. Caroline zwang sich zur Ruhe.
Sie schimpfte mit sich selbst, weil sie übertrieben reagiert hatte und ihre Partnerin
dem Vampir, der einen unerträglichen Verlust erlitten hatte, nur Trost spenden
wollte. Eifersucht war hier fehl am Platz.

Blair fühlte sich in Mireilles Armen getröstet und beruhigte sich etwas. Aber es waren nicht die Arme, nach denen er sich sehnte. An Laurent war nichts sanft gewesen – sein Herz ausgenommen, und selbst das hatte er hinter dem brüsken Auftreten verborgen, das er seinen Mitmenschen präsentierte. Die Lederjacke war für Laurent genauso ein Schild gewesen, wie der Schutzschild, der seine Wohnung bewachte. Blair hatte schon beim ersten Blutstropfen erkannt, dass Laurent mit seinem Auftreten nur seine Verletzbarkeit verbergen wollte, aber es hatte lange gedauert, bis er hinter die Fassade blicken konnte. Nach jedem Biss hatte er mehr über den Magier erfahren, hatte seinen Partner kennengelernt. An Laurent waren die Bisse auch nicht spurlos vorübergegangen, denn er war ein sensibler Mann – gewesen. Es waren für sie beide hochexplosive Erlebnisse gewesen. Jetzt musste Blair wieder auf die Jagd gehen, um Nahrung für Körper und Seele zu finden. Er konnte es nicht mehr aushalten, ließ Mireille los und griff nach Laurent. Dann drückte er ihn an sich und vergrub sein Gesicht am kalten Hals seines toten Partners.

32

AN DER Tür waren Geräusche zu hören. Caroline riss den Blick von der traurigen Szene vor sich los und drehte sich um. Thierry und Sebastien waren gekommen. Sie ging zu ihnen an die Tür. „Laurents Partner", sagte sie überflüssigerweise.

Thierry nickte. „Wie geht es ihm?" Blair hielt Laurent umklammert und wandte ihm den Rücken zu, sodass Thierry sein Gesicht nicht erkennen konnte.

„Ich weiß es nicht", antwortete Caroline. „Seit wir gekommen sind, hat er Laurents Seite nicht einmal verlassen."

„Das wird er auch freiwillig nicht tun", erklärte Sebastien. „Wir müssen ihm einen überzeugenden Grund dafür geben."

Caroline erbleichte. „Einen Grund?"

„Wir suchen seinen Mörder", sagte Thierry ohne Umschweife. Er wollte seine Patrouille nicht verständigen, obwohl er wusste, dass sie sofort mitkommen würden. Es war auch so schon ein Regelverstoß, da mussten sie nicht auch noch die anderen mit hineinziehen. „Ich war nicht dabei und konnte seinen Tod nicht verhindern. Aber ich werde Vergeltung suchen."

„Ich komme mit."

Thierry sah den Vampir an, der jetzt den Kopf gehoben hatte, obwohl er Laurent immer noch an sich gedrückt hielt. „Deshalb sind wir gekommen", versicherte er ihm. „Wir wussten, dass du mit uns kommen willst."

„Wie sollen wir ihn finden?", fragte Blair, der endlich aus seiner Lethargie gerissen wurde.

„Magie hinterlässt Spuren. Es ist wie ein Fingerabdruck", erklärte Thierry. „Wenn du es mir erlaubst, kann ich versuchen, den Fingerabdruck an Laurent magisch sichtbar zu machen. Dann kann ich mit einem Spruch den Ursprung ausfindig machen."

Es fiel Blair schwer, seinen Instinkt zu überwinden und zu erlauben, dass ein Fremder den Stab auf Laurent richtete.

„Selbst wenn er es noch spüren könnte, würde er keine Schmerzen haben", versprach Sebastien, der Blairs Zögern verstand. Aber er hatte gesehen, wie Thierry auf dem Bahnhof einen ähnlichen Spruch bei Alain angewendet hatte.

„Es dient nur der Identifizierung", fügte Thierry hinzu. „Soll ich es dir erst mit jemand anderem zeigen?"

Es wäre Blair lieber gewesen, aber es war überflüssig und lächerlich. Laurent war tot. Der andere Magier konnte ihn nicht mehr verletzen. Trotzdem, sein Zögern war ihm offensichtlich anzumerken, denn Thierry wandte sich an Sebastien. „Macht es dir etwas aus, wenn Caroline den Spruch an mir demonstriert?"

Sebastien versteifte sich. Aber es war nötig, um Blair zu helfen. Außerdem hatte Thierry ihn gefragt und um Erlaubnis gebeten. Sebastien schüttelte den Kopf und bereitete sich innerlich darauf vor, dass sein Partner als Demonstrationsobjekt für eine Beschwörung dienen sollte. Sein Beschützerinstinkt war seit Thibaults Tod nicht mehr so stark gewesen und es fiel ihm schwer, ihn zu zügeln.

Caroline wusste genau, mit welchem Spruch Thierry arbeiten wollte. Die Funken ihrer Magie tanzten um Thierry und verwandelten sich in eine blass glänzende Aura. „Das ist die Signatur, wenn sie magisch sichtbar wird", erklärte sie den Vampiren.

Thierry lächelte ihr dankbar zu und drehte sich zu Blair um. „Eine absolut harmlose kleine Beschwörung", betonte er erneut. „Kann ich es jetzt mit Laurent versuchen?"

Blair nickte.

Thierry sah zu Sebastien, der ebenfalls nickte. Wenn Blair es erlaubte, wollte er auch keine Einwände erheben.

Thierry warf Blair noch einen letzten Blick zu, dann rezitierte er den Spruch. Als er eine schwache Signatur entdeckte, grinste er breit. „Jetzt wollen wir sehen, wohin sie uns führt." Mit einem zweiten Spruch aktivierte er einen Lichtpunkt, der sie zur Quelle der Magie führen sollte. Überraschenderweise schwebte das Licht direkt auf Blair zu.

„Verdammt", fluchte Thierry. „Ich finde nur deine Magie, Blair. Als du Laurent retten wolltest, muss sie die Spur des dunklen Magiers überlagert haben."

„Was tun wir jetzt?", fragte Blair hoffnungslos.

„Keine Ahnung", erwiderte Thierry. „Ich habe nicht damit gerechnet, deine Magie zu finden."

„Blair", mischte Sebastien sich ein. „Konntest du den Geschmack des Fluchs in seinem Blut spüren, als du ihn retten wolltest?"

Blair dachte über die Frage nach. Er hatte sich nicht damit aufgehalten, war zu sehr damit beschäftigt gewesen, seinem Partner zu helfen. Aber wenn er sich zurückerinnerte, hatte er tatsächlich einen seltsamen Geschmack in Laurents Blut festgestellt. Er nickte.

„Kannst du die Beschwörung mit seinem Blut versuchen?", wollte Sebastien von Thierry wissen. „Vielleicht kannst du da eine Spur entdecken."

„Es ist den Versuch wert", meinte Thierry, dessen Vorbehalte gegen Blutmagie gegenüber der Wut und Trauer über Laurents Tod ihre Bedeutung verloren.

Blair hob das Handgelenk an den Mund.

„Nein", sagte Thierry schnell und hielt ihn zurück. „Ich muss das Blut selbst zum Fließen bringen, sonst wirkt der Spruch nicht." Er sah sich um und fand auf der kleinen Kommode beim Bett eine Nadel. Damit stach er in Blairs Handgelenk, bis einige Blutstropfen aus der Wunde herausquollen. „Lass es auf den Boden tropfen", sagte er. „Dann wirkt der Spruch nur auf dein Blut, nicht auf dich selbst."

Blair massierte den Arm, bis genug Blut aus dem Einstich auf den Boden tropfte. Thierry wiederholte den Spruch und der kleine Lichtpunkt tauchte wieder auf. Dieses Mal hatte er eine etwas andere Farbe als bei seinem ersten Versuch. Das war ein gutes Zeichen, denn es gab ihnen die Chance, den Mörder Laurents zu finden. Nach dem zweiten Spruch bewegte sich das Licht langsam zur Tür, wo es darauf wartete, dass Thierry ihm folgte.

„Seid vorsichtig", rief Caroline ihnen nach. „Es bringt Laurent nicht zurück, wenn wir euch auch noch verlieren."

„Das wissen wir", erwiderte Thierry und drehte sich zu ihr um. „Aber es muss sein." Er sah auf die beiden Vampire und fügte dann noch hinzu: „Warte eine Stunde, bevor du mit Alain redest. Falls wir bis dahin nicht zurück sind, weiß er, was er zu tun hat."

Caroline sah ihnen kopfschüttelnd nach. Einige Minuten würde sie ihnen geben, aber eine ganze Stunde wollte sie keinesfalls warten, bevor sie Alain informierte.

JOËLLE MORVILLIERS schloss mit einem zufriedenen Lächeln hinter sich die Tür. Sie hatte heute einen von Chaviniers Offizieren, einen Leutnant, ausgeschaltet und sich damit ein Lob von Serrier verdient. Sie hatte mehr erwartet, als sie mit ihren Leuten Dumonts Patrouille angegriffen hatte. Aber Dumont selbst war nicht aufgetaucht. Trotzdem, sie hatte seinen Stellvertreter erwischt. Selbst die Verstärkung, die kurz darauf eingetroffen war, hatte das Chaos nicht mehr in den Griff bekommen. Und sie hatte dabei auch noch weniger Leute verloren, als jede andere Patrouille, die sich in der letzten Woche mit Chaviniers Einheiten angelegt hatte. Es war merkwürdig, wie viele Verluste sie in dieser Woche gehabt hatten. Immer mehr ihrer Leute wurden bei den Kämpfen gefangen genommen oder getötet. Selbst Serrier hatte noch keine Erklärung dafür, und es schlug ihm mächtig auf die Stimmung. Besonders alarmierend waren die Berichte von Magiern mit übermenschlichen Kräften. Serrier hatte sie erst für Vampire gehalten, aber sie waren nicht nur nachts, sondern auch bei den Tagespatrouillen im Einsatz. Serriers Vampir konnte ihnen auch nicht weiterhelfen, also hatten sie die Idee mit den Vampiren wieder fallengelassen. Heute hatte Joëlle erneut mit eigenen Augen gesehen, wozu diese Kämpfer in der Lage waren. Glücklicherweise war ihre Einheit in der Überzahl gewesen, sodass Dumonts Patrouille keine Chance hatte. Die Verstärkung war dann nur noch daran interessiert gewesen, die eigenen Leute zu retten. Serrier hatte für morgen früh eine Besprechung mit seinen besten Offizieren einberufen, um neue Möglichkeiten zu diskutieren, mit dem unerwarteten Vorteil umzugehen, den die Unterstützer der Regierung plötzlich entwickelten. Sie war aufgeregt, dazu eingeladen worden zu sein, obwohl ihr auch nicht mehr zu dem Problem einfiel, als ihre Einheiten zu vergrößern.

Es machte Joëlle nervös, dass sie trotz ihres heutigen Erfolges morgen nicht viel beizutragen hatte. Serrier war nicht für seine Geduld bekannt und sein Wohlwollen war so schnell verloren wie gewonnen. Doch darüber wollte sie sich heute keine Sorgen machen. Jetzt wollte sie nur noch einen Drink, eine gute Mahlzeit, ein Bad und ihr Bett. Vorzugsweise in dieser Reihenfolge.

Joëlle mischte sich einen Campari Tonic und bewunderte die tiefrote Farbe, die sie an das Blut erinnerte, das heute Nacht vergossen worden war. Sie prostete sich zu und trank auf Copés Tod. Der leicht bittere Geschmack war genau das Richtige, dachte sie.

Mit dem Glas in der Hand ging sie in die Küche und öffnete den Kühlschrank, um zu sehen, welche Auswahl sie noch hatte.

WÄHREND SIE dem Lichtpunkt folgten, identifizierte Thierry mit einer weiteren Beschwörung den Fluch, der Laurent getötet hatte. Ein *Abbatoire* schied aus, da er sofort tödlich gewesen wäre. Sein Freund hatte noch lange genug gelebt, um Blair Zeit zu einem Rettungsversuch zu geben. Was Thierry fand, ließ ihm das Blut in den Adern gefrieren. Der Fluch war eine absichtliche Grausamkeit gewesen. Er hatte zu inneren Blutungen im Magen und in der Lunge geführt, die unerträgliche Schmerzen auslösten, während Laurent langsam in seinem eigenen Blut erstickte. Thierry kniff die Augen zusammen. Wer diesen Fluch geschleudert hatte, war nicht nur ein Kämpfer in einem Krieg, sondern auch ein sadistischer Bastard. Aber er würde dafür bezahlen, darum wollte Thierry sich kümmern!

„Seid vorsichtig, wenn wir dieses Miststück finden", warnte er seine Begleiter. „Er hat Laurent nicht einfach getötet, er hat ihn langsam und qualvoll sterben lassen. Wer das einmal getan hat, tut es immer wieder."

Sebastien runzelte die Stirn. Thierry hatte sie gewarnt, obwohl er selbst einem derartigen Angriff am hilflosesten ausgeliefert wäre. Der Vampir nahm sich vor, Thierry nicht aus den Augen zu lassen, wenn sie den Mörder fanden.

NACHDEM JOËLLE gegessen hatte, stellte sie das schmutzige Geschirr in die Spüle und ging durch den Flur ins Badezimmer. Sie drehte das Wasser auf und zog sich im Schlafzimmer aus. Als sie gerade den Bademantel übergezogen hatte, sprang mit einem lauten Knall die Tür zu ihrer Wohnung auf. Sie griff nach ihrem Stab und lief in den Flur.

„Wie seid ihr hier reingekommen?", zischte sie, als sie Dumont und zwei fremde Männer erkannte. Ihr Schutzschild hätte jeden Magier, selbst die ihrer eigenen Art, aus der Wohnung fernhalten sollen.

„Brutale Gewalt", erwiderte Thierry, der seinen Stab schon in der Hand hielt. Schöne Frau oder nicht, ihre Magie war für Laurents peinvollen Tod verantwortlich.

An Thierrys Seite schätzte Sebastien ihre Gegnerin ab. Sie war groß für eine Frau, schlank und wirkte sehr elegant in ihrem Bademantel aus weißer Seide. Wenn er ihr auf der Straße begegnet wäre, hätte er sie für sehr attraktiv gehalten. Doch dieser Eindruck wurde durch ihre wutverzerrten Gesichtszüge zunichtegemacht. Außerdem hatte sie Laurent bewusst grausam getötet und Thierry damit ebenfalls Schmerzen zugefügt. Sebastien sah in ihr nur noch eine kaltblütige Mörderin, die ohne Zweifel alles daran setzen würde, damit sie Laurent in den Tod folgten.

„Lass den Stab fallen und ergib dich", befahl Thierry. „Du bist festgenommen für den Mord an Laurent Copé."

„In einem Krieg ist es kein Mord", zischte Joëlle und überlegte, wen sie zuerst außer Gefecht setzen sollte. Dumont hatte den Stab, aber die beiden anderen Männer strahlten eine stärkere Gefahr aus. Wer immer sie waren und warum auch immer sie Dumont begleiteten, sie waren mindestens genauso gefährlich wie der Magier. Doch Dumont war eine bekannte Größe und es war besser, mit ihm zu beginnen. Sie zielte und schleuderte einen *Abbatoire* auf ihn. So gern sie ihn hätte leiden sehen, wollte sie doch nicht das Risiko eingehen, dass ihm noch Zeit zur Gegenwehr blieb. Zu ihrer Überraschung stellte sich der Mann links von Dumont zwischen den Magier und ihren Fluch. Der *Abbatoire* traf den Mann direkt auf die Brust. Er stolperte, fing sich aber zu ihrem Schrecken sofort wieder und kam auf sie zu. Bevor sie nur ein Wort über die Lippen brachte, hatte er sie an der Hand gefasst und zugedrückt. Sie schrie vor Schmerz laut auf, als die Knochen brachen und ihr Stab zu Boden fiel.

„Ich sollte mit dir das Gleiche tun, was du mit Laurent gemacht hast", fauchte Thierry, während die Frau sich in Blairs Griff krümmte.

„Nicht", sagten Sebastien und Blair gleichzeitig.

„Begib dich nicht auf eine Stufe mit ihr", fügte Sebastien hinzu.

„Ihr Tod gehört mir", erklärte Blair und fletschte die Zähne, als er die Frau ansah, die ihm seinen Partner geraubt hatte. „Ich sollte dich bluten lassen", sagte er zu ihr. „Ich sollte dich genauso leiden lassen wie Laurent – so lange, bis du um Gnade winselst und mich um einen schnellen Tod bittest. Ich habe ihn Laurent geschenkt, aber glaub nicht, dass du auch so glücklich wärst."

„Entehre das Andenken deines Partners nicht, indem du etwas tust, das er verabscheut hätte", flüsterte Sebastien so leise, dass nur Blair mit seinem übernatürlichen Gehör ihn verstehen konnte.

Blair zuckte zusammen. In seiner Fantasie riss er ihr die Kehle aus, ließ sie langsam verbluten, so wie Laurent verblutet war. Aber Sebastiens Worte hielten ihn zurück. „Du bist es nicht wert, dass ich meine Seele beflecke", entschied er und brach ihr mit einer schnellen Handbewegung das Genick. Sie sackte zusammen und er ließ sie zu Boden fallen. „Es ist noch nicht vorbei", sagte er zu Thierry. „Ich werde nicht ruhen, bis nicht jeder einzelne von ihnen tot oder im Gefängnis ist. Wenn die Wirkung von Laurents Blut nachlässt, kann ich tagsüber nicht mehr ins

Freie. Aber ich werde nachts auf die Jagd gehen. Jeder einzelne von ihnen, den ich töte, wird einer weniger sein, um den ihr euch kümmern müsst."

Sebastien wollte widersprechen, konnte aber Blairs Trauer verstehen. Wenn es Blair half, auf seine eigene Weise in diesem Krieg zu kämpfen, dann wollte Sebastien diese Entscheidung nicht in Frage stellen. Er sah Thierry an und schüttelte den Kopf, um seinen Partner ebenfalls um Verständnis für Blairs Lage zu bitten.

„Lasst uns ins Hauptquartier zurückkehren", sagte Thierry nur. „Ich will nicht warten, bis Alain die Kavallerie ausschickt."

Die beiden Vampire nickten und sich machten sich schweigend auf den Rückweg, jeder mit seinen eigenen Gedanken beschäftigt. Blair wollte eine Patrouille finden, die er bis zur Dämmerung begleiten konnte. Danach musste er wieder vor der Sonne Schutz suchen, aber nachts wollte er durch die Straßen ziehen, eine tödliche Waffe im Dienst der Milice. Erst wenn es keine dunklen Magier gab, wollte er entscheiden, was er mit seinem weiteren Leben anfing.

Sebastien und Thierry wären wahrscheinlich erschrocken, wenn sie gewusst hätten, wie sehr sich ihre Gedanken glichen. Sie dachten über die letzten Stunden nach, über Laurents Tod und die Hinrichtung seiner Mörderin. Während sie durch die dunklen Straßen gingen, versetzten sie sich in Blairs Lage. Es war ein durchaus realistisches Szenario. Beide hofften verzweifelt, dass es nie eintreffen würde, dass sie den Krieg lange genug überlebten, um eines Tages herauszufinden, wohin sie die Gefühle führten, die sich zwischen ihnen entwickelten.

Thierry hatte noch einen anderen Gedanken, der ihn beschäftigte. Alain, vielleicht sogar Marcel, würde eine Erklärung verlangen. Vor Marcel konnte er ihr Verhalten rechtfertigen, aber er fürchtete den wissenden Blick und die bohrenden Fragen seines besten Freundes.

33

„WIR MÜSSEN noch kurz in meine Wohnung, bevor wir anfangen können", sagte Jean zu Raymond, als sie das Hauptquartier verließen. „Es gibt einige Symbole meines Amtes, die uns heute helfen können, wenn ich sie angemessen zur Schau stelle. Ich trage sie normalerweise nicht, aber es kann nicht schaden, unsere Gesprächspartner auf subtile Weise daran zu erinnern, dass ich eine Autoritätsperson bin."

Raymond nickte. Er war beeindruckt von dem politischen Geschick, das sich unter der unbekümmerten Fassade seines Partners verbarg. Als sie in der Wohnung ankamen, wartete er im Wohnzimmer geduldig ab, bis Jean sich auf ihre Aufgabe vorbereitet hatte. Raymond musste nur die Augen schließen, schon sah er das Schlafzimmer seines Partners so deutlich vor sich, als hätte er Jean dorthin begleitet. Raymond hatte das Zimmer am Vortag gesehen, als er den Schutzschild errichtet hatte. Es war nicht sehr geräumig, aber die Einrichtung war atemberaubend, gekrönt von einem großen Himmelbett, das den Raum beherrschte.

Es stand auf einem Sockel an der Wand, war aus dunklem Mahagoni, die Vorhänge und das Dach aus schwarzem Brokat, der mit dem Holz eine wunderbare Kombination einging. Die Wände passten sich der Stimmung an. Sie waren ebenfalls dunkel und wurden nur hier und da von hellgrauen Farbtönen unterbrochen. Raymond war sprachlos gewesen, als er das Zimmer zum ersten Mal gesehen hatte. Als Jean ihn an seine Aufgabe erinnerte, war Raymond errötet und hatte gehofft, dass der Vampir in seiner Reaktion nicht mehr sah, als die Bewunderung eines Historikers für die wertvollen Antiquitäten. In seiner Fantasie jedoch hatte er sich Jeans nackten, blassen Körper auf den schwarzen Laken vorgestellt, und diese Bilder holten ihn jetzt wieder ein. Er wusste nicht, was Jean mit den Symbolen seiner Macht gemeint hatte, hatte ihn auch nicht danach fragen wollen. Vielleicht war es nur ein einfacher Ring oder ein Halsband, irgendein besonderes Schmuckstück, das von einem Chef de la Cour an den nächsten weitergereicht wurde. Raymond stellte sich vor, wie Jean aus seinen Jeans und dem Pullover in einen Anzug schlüpfte, der dem Anlass angemessen war. In Gedanken sah er Jean vor sich, der sich hinter der Tür auszog. Raymond war von seiner eigenen Vorstellungskraft so überrascht, dass er die Augen aufriss und leise stöhnte. Er hatte bei seinen Geliebten nie besondere Vorlieben gehabt, seien es Männer oder Frauen gewesen. Aber das ... Das war nicht nur Interesse an einem Mann, das war Interesse an einem Vampir! Trotz Raymonds Vorbehalten und Ängsten – vielleicht sogar deswegen – war Jean immer sehr feinfühlig gewesen, wenn er ihn gebissen hatte. Nach ihrem Streit hatte Raymond keinerlei Nachwirkungen mehr gespürt durch den Blutverlust. Selbst wenn das eine normale Folge der Partnerschaft war, deutete es zumindest darauf hin, dass Jean auch an ihm interessiert sein musste. Bisher hatte Raymond allerdings noch keine offensichtlichen Anzeichen dafür erkennen können.

Die Schlafzimmertür öffnete sich und Raymond wurde aus seinen Gedanken gerissen. Jean hatte sich umgezogen und die Fantasie der blassen Haut in dem dunklen Zimmer kam wieder zurück. Raymond lief ein Schauer über den Rücken. Er sah Jean von oben bis unten an und versuchte, die Symbole der Autorität zu finden, von denen der Vampir gesprochen hatte. Die Jeans waren durch eine dunkle Stoffhose ersetzt worden, vermutlich aus Wolle. Dazu trug der Vampir ein Seidenhemd, das die Farbe eines reifen Weizenfeldes hatte. Um seinen Hals hing ein Medaillon aus Gold. Raymond konnte nicht abschätzen, wie alt es sein mochte, aber es war vermutlich das, was Jean den anderen Vampiren zeigen wollte.

„Darf ich mir das Medaillon ansehen?", fragte er, während er aufstand und auf seinen Partner zuging.

Jean nickte und hielt ihm das Medaillon hin. Der Historiker in Raymond erkannte an den Einritzungen sofort, dass es sich um eine alte keltische Arbeit handelte. Aber das Muster war ihm unbekannt. Er sah es sich genauer an und versuchte, den Sinngehalt dahinter zu entziffern.

„Es erzählt eine Geschichte", sagte Jean, ohne Raymonds Fragen abzuwarten. „Es ist die Geschichte vom Ursprung der Vampire. Jedenfalls hat Monsieur Lombard es mir so erklärt. Ich kann es nicht mit Sicherheit sagen und er wusste auch nur das, was man ihm erzählt hatte. Das Medaillon weißt seinen Besitzer als den Chef de la Cour aus. Jeder von uns hat eines, aber ich kann nicht sagen, ob sie alle identisch sind. Sie sind allerdings ein Symbol für unser Amt, das man schon aus der Entfernung erkennen kann."

„Faszinierend", sagte Raymond. „Ich wüsste nur zu gern, was es genau bedeutet."

„Da bist du nicht alleine", erwiderte Jean lachend. „Vielleicht haben wir nach dem Krieg Zeit, um es in Ruhe zu erforschen. „Wer weiß, ob nicht ein Magier mehr Erfolg darin hat, die Geheimnisse des Medaillons zu erkunden. Uns ist es bisher jedenfalls nicht gelungen."

„Wenn wir beide den Krieg überleben, wäre es mir ein Vergnügen", meinte Raymond und ließ das Medaillon los.

„Gut, dann haben wir eine Verabredung", sagte Jean grinsend. „Wollen wir uns jetzt um den Gesetzlosen kümmern? Ein Schritt nach dem anderen, das ist der Schlüssel zum Erfolg."

Raymond signalisierte seine Zustimmung und folgte ihm, dieses Mal nach Norden zum Montmartre. „Es ist noch nicht lange her, seit ich vor einer Woche die gleiche Runde gemacht habe, um meine Leute zu unserem Treffen einzuladen", sagte Jean mit einem Lachen.

„Damals haben sie auf dich gehört. Lass uns hoffen, dass sie es dieses Mal wieder tun."

Jean nickte und sie gingen in ein Café. Es war viel los und obwohl er auf den ersten Blick niemanden erkannte, winkte er Raymond an einen Tisch und ging zur Bar. Dort wechselte er einige Worte mit dem Bartender und kam dann zu Raymond zurück.

„Laetitia wird in Kürze eintreffen", berichtete er. „Sie wird um neun Uhr erwartet."

Raymond nickte und bestellte sich bei einem Kellner einen Espresso, um sich nicht allzu sehr von den anderen Gästen zu unterscheiden. Jean würde hier wahrscheinlich nicht auffallen wollen. Einige Minuten vor neun betrat eine große, schlanke Frau mit honigbraunen Haaren das Café. „Das ist sie", flüsterte Jean, ohne sich von der Stelle zu rühren.

Raymond nahm einen Schluck Espresso und wartete ab, wie Jean mit der Situation umgehen würde. Er machte sich nichts vor. Seine Anwesenheit war nichts anderes, als eine Geste der Höflichkeit. Raymond hatte in der Gemeinschaft der Vampire keinerlei Ansehen und hegte auch nicht den Wunsch, daran etwas zu ändern.

Laetitia sprach kurz mit dem Bartender, dann sah sie sich erstaunt nach den beiden Männern um, die in einer Ecke des Cafés saßen. Sie nickte und verschwand hinter einer Tür. Raymond runzelte die Stirn. „Keine Sorge", versicherte ihm Jean. „Sie wird gleich zu uns kommen. Bei Vampiren ist alles eine Frage der Macht. Sie lässt uns warten, um mich daran zu erinnern, dass wir uns in ihrem Revier aufhalten. Wenn ich ihr nachgehen oder sie zu mir rufen würde, wäre das ein Prestigegewinn für sie, weil ich ihr in die Hand gespielt hätte. Aber sie wird bald hier sein, weil sie weiß, wer ich bin. Dann kontrolliere ich wieder die Lage."

Raymond schüttelte den Kopf. „Ich hätte nicht gedacht, dass es so kompliziert wäre."

Jean schmunzelte. „Da bist du nicht allein. Wir haben alle großen Herrscherhäuser Europas in der Kunst der Intrige und der Machtspiele ausgebildet. Ludwig XIV. von Frankreich war der einzige, der es in diesem Spiel zur Meisterschaft gebracht hat. Er hatte das Durchstehvermögen, die Subtilitäten wirklich zu genießen und erfolgreich einzusetzen. Aber selbst er hätte gegen die Vampire von heute wohl keine Chance mehr, höchstens gegen die Mitglieder seiner eigenen Adelsgesellschaft."

„Noch etwas, das du mir beibringen musst", bemerkte Raymond. „Magier leben länger als normale Menschen, wenn sie nicht einem Fluch zum Opfer fallen. Ich möchte dich nicht unabsichtlich in eine Situation bringen, in der du dein Ansehen aufs Spiel setzt und dein Gesicht verlierst." Raymond merkte zu spät, dass er damit nicht nur für die Zeit der Allianz sprach, sondern eine langfristige Beziehung zwischen ihnen andeutete.

Bevor Jean ihm antworten konnte, öffnete sich die Tür wieder und Laetitia tauchte auf. Sie kam direkt auf den Tisch mit den beiden Männern zu. „Zweimal innerhalb einer Woche", sagte sie leise, als sie auf dem Stuhl Platz nahm, den Jean ihr anbot. „Man sollte fast meinen, du wüsstest meine Hilfe zu schätzen."

Jean verzog den Mund zu einem Lächeln, das seine Augen nicht erreichte. „Hast du mir denn geholfen?", fragte er ungerührt. „Ich habe dich bei unserem Treffen auf dem Bahnhof nicht gesehen. Vielleicht zählst du dich nicht länger zu meinen Freunden."

Laetitia rutschte unruhig auf ihrem Stuhl hin und her. Auf diese Diskussion wollte sie sich nicht einlassen. Ihr Blick fiel auf das Medaillon um Jeans Hals und sie setzte sich wieder gerade auf. „Was kann ich heute für dich tun?"

„Nichts", erwiderte Jean. „Ich dachte nur, es würde dich interessieren, dass in Paris ein Vampir unterwegs ist, der seine Opfer tötet."

„Du glaubst doch nicht etwa …"

„Nein, ich glaube nicht, dass du es bist", unterbrach Jean. „Ich wollte dich nur informieren. Es ist in unser aller Interesse, dass er aufgehalten wird."

„Und wie willst du das erreichen?", fragte sie. „Es gibt kein Gesetz dagegen."

„Richtig", stimmte Jean ihr zu. „Aber was du nicht erfahren hast, weil du nicht zu unserem Treffen erschienen bist, ist die Tatsache, dass wir eine Initiative gestartet haben, die uns Gleichbehandlung unter dem französischen Recht garantieren soll. Und wenn wir das erreichen, wird Töten für uns unter diesem Gesetz ebenfalls strafbar sein. Gesetzlose wie er gefährden uns alle."

Laetitia wollte etwas sagen, aber Jean brachte sie mit einer Handbewegung zum Schweigen. „Denk gut nach, bevor du sagst, es ginge dich nichts an. Du führst dieses Café anonym, weil du nicht willst, dass die Nachbarn und Gäste erfahren, dass die Eigentümerin eine Vampirin ist. Die meisten Gäste wissen wahrscheinlich, dass du eine Vampirin bist, aber nicht, dass dir das Café gehört. Was würde wohl passieren, wenn sie es herausfinden? Oder wenn deine Nachbarn es erfahren?"

„Das wagst du nicht!", zischte Laetitia.

„Keine Angst, von mir erfährt es niemand", sagte Jean. „Ich bringe keinen Vampir um seinen Lebensunterhalt, solange er nicht gegen unsere Gesetze verstößt. Aber wenn unsere Initiative Erfolg hat, spielt das keine Rolle mehr. Dann werden sie dich nicht mehr verjagen können. Und wenn sie es versuchen, stehst du unter dem Schutz des französischen Gesetzes, so wie jeder andere Cafébesitzer auch. Stell es dir nur vor, Laetitia. Du musst dich nicht mehr verstecken."

Laetitia dachte über seine Worte nach. Sie klopfte mit den Fingernägeln auf den Tisch. „Gut. Ich kann die Vorteile sehen, die uns diese Initiative bringt. Was willst du von mir?"

„Informationen, falls dir etwas zu Ohren kommt", antwortete Jean. „Der Gesetzlose muss aufgehalten werden. Ich habe eine Personenbeschreibung, aber keinen Namen. Ich weiß, dass er in Paris ist, aber nicht, wo er sich aufhält. Ich erwarte nicht von dir, dass du dich auf die Suche nach ihm begibst, aber falls du etwas hörst, möchte ich es erfahren."

„Einverstanden", sagte Laetitia nach kurzem Nachdenken. „Informationen kann ich dir geben."

„Und solltest du doch noch mehr über unser Treffen erfahren wollen, dann weißt du, wie du mich erreichen kannst", fügte Jean noch hinzu und erhob sich von seinem Stuhl. Raymond stand ebenfalls auf und sie verließen zusammen das Café.

„Glaubst du nicht, sie wäre kooperativer, wenn sie mehr über die Vorteile der Allianz wüsste?", fragte er, während sie sich auf den Weg zu ihrem nächsten Anlaufpunkt machten.

„Vermutlich", gab Jean zu. „Aber dir ist sicher aufgefallen, dass es um mehr ging als nur die Allianz. Sie ist machthungrig genug, um uns zu unterstützen, falls ich sie dazu auffordern würde. Aber ich kann mir ihrer dauerhaften Loyalität nicht sicher sein. Ich möchte nicht erleben, dass sie ihr Wort gegenüber der Allianz bricht. Dabei geht es mir nicht um sie, sondern um das Ansehen der anderen Vampire in der Milice. Sie könnte uns durch ihre Unzuverlässigkeit mehr schaden, als all die gehaltenen Versprechen der anderen wieder gutmachen können."

„Bedauerlicherweise hast du wahrscheinlich recht", erwiderte Raymond. Die Mehrheit der Magier behandelte ihn immer noch wie einen Verräter und sein Einsatz für die Ziele der Milice wurde überschattet durch die Zeit, die er bei Serriers Rebellen verbracht hatte. „Wohin gehen wir jetzt?"

„An einen ganz anderen Ort", antwortete Jean. „Die Goth Clubs sind ein beliebtes Jagdrevier für Vampire, weil die Besucher solcher Clubs an ihnen interessiert sind und sie sich nicht verstecken müssen. Aber sie sind aus diesem Grund auch die Orte, an denen Hexenjagden und Pogrome ihren Anfang nehmen. Die Vampire, die solche Clubs frequentieren, müssen gewarnt werden, selbst wenn sie uns nicht weiterhelfen können."

Das hörte sich vernünftig an und Raymond folgte Jean zu einem der Clubs. Der Türsteher erkannte den Vampir sofort und winkte ihn an den Anfang der Schlange, die sich vor dem Eingang gebildet hatte. Jean nickte nur und Raymond folgte ihm wieder.

„Wäre dein Freund woanders nicht glücklicher?", fragte der Türsteher und sah den konservativ gekleideten Raymond abwertend an. „Er passt überhaupt nicht hierher."

Jean warf ihm einen drohenden Blick zu. „Er gehört zu mir", sagte er kalt.

Der Türsteher schüttelte den Kopf und wollte widersprechen. Jean trat einen Schritt auf ihn zu und drängte ihn an die Wand zurück. „Ich habe gesagt, dass er zu mir gehört. Oder soll ich meinen Leuten sagen, dass unsere Freunde hier nicht mehr willkommen sind? Sie könnten es als Beleidigung auffassen und nicht mehr hierher kommen."

Bevor der Mann ihm antworten konnte, kam der Manager des Clubs auf sie zu. „Wo liegt das Problem?", fragte er beschwichtigend.

„Dein Mann hier will meinen Partner nicht einlassen", erwiderte Jean ungehalten. „Ich habe ihm gerade erklärt, wie schlecht es für das Geschäft wäre, wenn er es sich mit dem Chef der Pariser Vampire verdirbt."

Der Manager erkannte die Wut in Jeans Blick und wiegelte ab. „Das wird nicht nötig sein", versicherte er dem Vampir. „Ein Freund der Vampire ist hier immer willkommen."

„Es wäre mir lieb, du würdest deine Mitarbeiter darüber informieren", teilte Jean ihm mit. „In den nächsten Monaten werden viele von uns ihre sterblichen Freunde mitbringen wollen. Wir werden keinen Club betreten, in dem sie nicht willkommen sind."

„Ich werde es ihnen unmissverständlich klar machen", versprach der Manager und führte die beiden in das Gebäude. „Was kann ich euch anbieten, um diese Unannehmlichkeit vergessen zu machen?"

Jean forderte Raymond auf, sich etwas zu bestellen, aber der Magier lehnte ab. Er war im Dienst und wollte keinen Alkohol trinken. Der Manager verließ sie wieder, nachdem sie ihm verspochen hatten, sich sofort an ihn zu wenden, sollte er etwas für sie tun können. Raymond war von Jeans Auftreten beeindruckt. Der Vampir wusste offensichtlich immer gleich, wie er mit den Menschen umgehen musste, und er passte sein Verhalten entsprechend an. Dieser Eindruck wurde noch bestärkt, als sich einige Minuten später ein anderer Vampir zu ihnen gesellte. Im Gegensatz zu dem Gespräch mit Laetitia verzichtete Jean bei dem Mann auf sein konfrontatives Vorspiel. Er berichtete ihm ohne Umschweife die Neuigkeiten über den Gesetzlosen, und die Reaktion des Vampirs zeigte Raymond, dass der die unausgesprochenen Implikationen sofort verstand.

„Weißt du, wie er aussieht?"

Jean erzählte ihm, was sie bisher erfahren hatten.

„Ich vermute, er war vor einigen Nächten hier", erwiderte der Vampir. „Es war nicht sehr erfreulich. Das Mädchen, mit dem er verschwunden ist, wurde kurz darauf in einer Seitengasse gefunden. Ich glaube nicht, dass es gemeldet wurde, weil es dem Geschäft geschadet hätte. Aber ich war noch hier, als es passiert ist."

„Hast du einen Namen gehört, Julien? Oder einen Hinweis auf seinen Aufenthaltsort?", fragte Jean.

Julien dachte kurz nach. „Ich war an der Bar, als er das Mädchen aufgabelt hat. Ich glaube, er hat sich ihr als Edouard vorgestellt. Wenn es der gleiche Mann ist, dann muss man sich vorsehen. Er wirkt wie ein netter Junge, unschuldig und süß. Fast noch zu jung, um hier überhaupt eingelassen zu werden. Mit seinem Aussehen wird ihn niemand verdächtigen."

Raymond erstarrte, als er den Namen hörte. Er konnte sich nicht sicher sein, dass es der gleiche Vampir war, der seinen Freund umgebracht hatte, als er noch ein Teenager war. Aber es war der gleiche Name. Raymond unterbrach das Gespräch zwischen den beiden Vampiren nicht, wollte Jean jedoch später über seinen Verdacht informieren.

„Sollte er wieder hier auftauchen, will ich sofort verständigt werden", sagte Jean. „Du weißt, wie du mich erreichen kannst. Ich kann innerhalb weniger Minuten hier sein."

Julien versprach, ihn sofort zu benachrichtigen, falls Edouard wieder auftauchte. „Ich bin vor einigen Tagen nicht dazu gekommen, es dir zu sagen", wechselte Julien dann das Thema. „Ich finde es wunderbar, was du mit der Milice vereinbart hast. Ich habe keinen Partner gefunden und kann euch deshalb nur begrenzt helfen. Aber wenn du meine Unterstützung brauchst, musst du dich nur melden."

„Es wäre mir schon eine große Hilfe, diesen Edouard zu finden", versicherte ihm Jean. „Darüber hinaus ..." Er drehte sich zu Raymond um.

„Es gab mindestens eine Einheit, die in dieser Nacht auf Patrouille war und deshalb nicht an dem Treffen teilnehmen konnte", sagte Raymond zu dem Vampir. „Vielleicht kannst du unter ihnen deinen Partner finden. Und wenn nicht, kannst du trotzdem ein Team auf den nächtlichen Patrouillen begleiten."

„Ich werde darüber nachdenken", versprach Julien.

„Wir müssen jetzt weiter", sagte Jean lächelnd. „Ich erwarte deine Nachricht, solltest du neue Informationen haben."

Sie verließen den Club und gingen über den Boulevard de Clichy in Richtung Moulin Rouge, um Angéliques Etablissement aufzusuchen. Dort klopften sie an die Tür und wurden von ihrem Manager eingelassen. Er begrüßte die beiden Männer mit einem freundlichen Lächeln.

Jean stellte Raymond vor. „Ist Angélique zu sprechen?", fragte er François.

„Sie ist in ihrem Büro", erwiderte François. „Und ihre Laune ist nicht die beste."

„Wir haben schon davon gehört", sagte Jean mit einem bedauernden Lächeln. „Ich werde sehen, was ich dagegen tun kann."

„Wenn überhaupt jemand etwas dagegen tun kann, dann du", meinte François zuversichtlich.

„Ich hoffe, du hast recht." Jean lachte und führte Raymond zu Angéliques Büro. Er klopfte und öffnete die Tür, ohne ihre Antwort abzuwarten.

„Ich will nicht darüber reden", erklärte sie, als sie die beiden Männer erkannte.

„Wir sind nicht hier, um mit dir über David zu reden", versicherte ihr Jean ruhig. „Wir haben Wichtigeres zu tun."

34

ANGÉLIQUES UNMUT ließ nach, als sie Jeans ernste Miene sah. Sie runzelte betroffen die Stirn. „Was ist los?", fragte sie und schloss die Tür.

„Funktionieren deine Überwachungskameras?", antwortete Jean mit einer Gegenfrage.

„Selbstverständlich", erwiderte Angélique.

„Kannst du mir die Aufnahmen zeigen, auf denen der Vampir zu sehen ist, der nach ‚verzichtbarer Gesellschaft' verlangt hat?"

„Gib mir einige Minuten Zeit", bat Angélique. Sie ging zur Tür und rief nach François, um ihn zu fragen, wann der Vampir hier gewesen war. Dann öffnete sie die Datei mit den Aufnahmen und suchte nach der passenden Uhrzeit. Als sie die Szene fand, hielt sie den Film an und winkte Raymond und Jean an den Bildschirm. „Was ist los?", wiederholte sie ihre Frage.

Jean antwortete nicht sofort, sondern studierte erst das Gesicht auf dem Bildschirm. Er hatte Angéliques Beschreibung des Mannes schon gehört, aber es gab mehr an dem Gesicht, das ihn interessierte. Dieses … Wesen – Jean wollte ihm nicht die Ehre erweisen, ihn als Vampir zu bezeichnen – war in den letzten Tagen für mindestens zwei Tote verantwortlich. Jean wollte wissen, ob man es ihm ansehen konnte. Was er in dem Gesicht erkannte, ließ ihm das Blut in den Adern gefrieren. Es wäre nicht so schlimm gewesen, wäre Edouard ein hässlicher, missgestalteter Mensch gewesen oder hätte man seine Bösartigkeit zumindest erahnen können. Aber dem Mann war nichts davon anzusehen. Nur sein Blick war leblos und kalt. Jean sah mehr in diesen Augen, als er wissen wollte. Kein Bedauern, keinerlei Gefühl war in dem stahlblauen Blick zu erkennen. „Seht euch vor ihm vor", sagte Jean leise. „Benachrichtigt mich sofort, falls er hier wieder auftaucht. Und lasst ihn auf keinen Fall mit einem eurer Mitarbeiter allein. Er hat schon zweimal gemordet in den letzten Tagen. Er wird es wieder tun."

Angélique nickte. „Ich tue, was ich kann", versprach sie. „Aber ich werde François keiner Gefahr aussetzen. Wenn es nötig sein sollte, wird er rausgeschmissen, so wie jedes andere Arschloch auch."

Jean lächelte. „Immer direkt und auf den Punkt", sagte er. Dann wurde er wieder ernst. „Er muss aufgehalten werden, Angélique. Ich muss dir nicht erklären, welche Auswirkungen sein Verhalten für uns alle hat, besonders für dich und die anderen Geschäftsleute. Es wird die Menschen nicht interessieren, wer von uns verantwortlich ist. Sie werden uns alle dafür haftbar machen. Im schlimmsten Fall führt es wieder zu Verfolgungen, so wie wir sie in der Vergangenheit erlebt haben."

Angélique nickte und schaute auf den Bildschirm. „Alles nur wegen seinem unverantwortlichen Verhalten", murmelte sie. „Wenn es nicht so ernste Konsequenzen hätte, würde ich ihn höchstpersönlich in die Sonne zerren und verbrennen lassen."

Jean lachte. „Das ist mir auch schon durch den Kopf gegangen. Aber es entspricht nicht unseren Gesetzen, wenn er kein Verbrechen gegen einen von uns begangen hat. Bisher war er klug genug, das zu vermeiden. Das muss jedoch nicht heißen, dass wir keinen Druck auf ihn ausüben können. Er muss wissen, dass wir sein Verhalten nicht tolerieren, selbst wenn es nicht direkt gegen unsere Regeln verstößt."

„Vielleicht wird es Zeit, diese Gesetze zu ändern", schlug Raymond vor und mischte sich zum ersten Mal in ihr Gespräch ein. Er musste dringend mit Jean über diesen Vampir reden, wollte es aber nicht in Anwesenheit von Angélique tun. Er war mit den Regeln des Jeu des Cours noch nicht vertraut und wollte durch seine Unwissenheit nicht die Stellung seines Partners unterminieren.

„Ich habe es schon versucht", erwiderte Jean. „Aber solange wir nicht den Schutz der Gesetze der Sterblichen genießen, kann ich niemanden davon überzeugen, die Sterblichen unter den Schutz unserer Gesetze zu stellen."

„Dann ist es politisch vielleicht ungeschickt, dass Marcel unsere Allianz nicht öffentlich macht", bemerkte Raymond. „Vielleicht ist es an der Zeit, die Gleichstellungsgesetze ins Parlament einzubringen und im Ausgleich dazu stimmt ihr zu, euch an unsere Gesetze zu halten. Dann gibt es eine legale Grundlage, die Hexenjagd zu unterbinden, die ein Vampir wie Edouard mit seinem Verhalten auslösen kann."

„Meinst du nicht, dazu wäre es noch zu früh?", wollte Jean wissen.

„Das ist nicht meine Entscheidung", stellte Raymond fest. „Aber wir können durch einen öffentlichen Skandal und Rassenunruhen mehr verlieren, als wir durch Serriers Unwissenheit über die Allianz an strategischen Vorteilen gewinnen. Wir müssen nicht alle Details öffentlich machen. Es würde schon reichen, die Presse darüber zu informieren, dass die Vampire auf der Seite der Regierung kämpfen und dass im Gegenzug ihre Bürgerrechte anerkannt werden sollten."

„Wenn ihr über die Allianz diskutieren wollt, wäre ich euch dankbar, dieses Gespräch woanders fortzusetzen", mischte Angélique sich pikiert ein. „Im Moment ist mein Vertrauen in die Magier – insbesondere in ‚meinen' Magier – nicht sehr ausgeprägt. Ich will mit dem engstirnigen Bastard nichts zu tun haben."

„Komm schon, Angélique", tadelte Jean sie sanft. „Du musst sie deswegen nicht beschimpfen."

„Muss ich nicht?", schimpfte sie. „Sag du es ihm. Wenn er seinen Kopf nicht aus dem Arsch zieht und sich entschuldigt, will ich mit ihm und der Allianz nichts mehr zu tun haben. Die Sache mit dem Gesetzlosen ist eine andere Angelegenheit. Das betrifft mich, ob mit oder ohne Allianz, aber der Rest … Ich will jetzt nichts mehr darüber hören."

„Er ist bereit, sich bei dir zu entschuldigen", versicherte ihr Jean. „Du musst nur zurückkommen, damit er mit dir reden kann."

Angélique überlegte. Sie war wütend über Davids Unterstellungen, sie würde ihre Mitarbeiter ausbeuten, wo sie doch alles tat, um für sie zu sorgen. Sie hätte David und die Allianz am liebsten zum Teufel gewünscht und sich nur noch um ihre eigenen Geschäfte gekümmert. Aber so sehr sie es auch versuchte, sie brachte diese Worte nicht über die Lippen. Sie konnte ihre Versprechen nicht so einfach links liegen lassen und obwohl sie nichts mit David zu tun haben wollte, fühlte sie sich zu ihrem Partner merkwürdig hingezogen. „Heute nicht", entschied sie. „Morgen vielleicht auch noch nicht. Ich muss mich erst abkühlen, sonst übernehme ich keine Verantwortung für seine Sicherheit. Ich werde euch benachrichtigen, wenn ich dazu bereit bin. Aber auch dann erwarte ich, dass er zu mir kommt."

„Mehr kann ich nicht von dir verlangen", erwiderte Jean. „Wir überlassen dich jetzt wieder deinen Geschäften. Wir müssen noch einige andere Dinge erledigen."

Raymond sah seinen Partner erstaunt an, sagte aber nichts. Er hatte erwartet, dass Jean sich mehr Mühe geben würde, Angélique zu überreden, doch der hatte keinerlei Anstalten gemacht, seine Autorität auszuspielen. Raymond dachte sich seinen Teil und wünschte Angélique noch eine gute Nacht, dann folgte er Jean nach draußen. „Ich dachte, wir hätten schon alles erledigt", meinte er. „Was steht noch auf unserer Liste?"

„Nichts", antwortete Jean. „Aber nach ihrer Ankündigung hätten wir nicht ohne glaubhaften Grund gehen können, ohne das Gesicht zu verlieren. Selbst bei meinen ‚Freunden' muss ich auf mein Ansehen achten. Es hätte nicht geholfen, sie unter Druck zu setzen. Ich kenne sie seit Jahrhunderten. Mehr als wir heute erreicht haben, war nicht zu erwarten. Wenn wir noch geblieben wären, wäre es für uns alle peinlich geworden."

Raymond schüttelte den Kopf. „Langsam verstehe ich, warum man Jahrzehnte braucht, um dieses Spiel zu lernen. Was jetzt?"

„Jetzt gehen wir zurück in meine Wohnung", sagte Jean. „Ich will das Medaillon zurückbringen und mir etwas Bequemeres anziehen. Danach überlasse ich alles dir."

Dunkle, erotische Fantasien schossen Raymond durch den Kopf. Er rief sich zur Ordnung und redete sich ein, dass es nur an der Partnerschaft lag und er kein persönliches Interesse an Jean hatte. „Wir werden sehen", sagte er ausweichend und machte sich auf den Weg zur U-Bahn.

Die Fahrt zurück verlief schweigend. Die beiden Männer hingen ihren eigenen Gedanken nach. Als Jean in sein Schlafzimmer ging, um sich umzuziehen, studierte Raymond die Bücher in der Bibliothek seines Partners und hoffte, dort etwas Interessantes zu finden, das ihn von seinen Fantasien ablenkte. Aber trotz des umfangreichen Wissens, das er hier vorfand, streiften seine Gedanken immer wieder zu dem Mann im Schlafzimmer ab. Raymond fragte sich, ob Jean wohl überall so blass war wie im Gesicht. War seine Brust glatt oder behaart, so wie sein Kinn? Als Jean die Bibliothek betrat, machten Raymonds Gedanken sich in seiner Miene bemerkbar. Er lächelte dem Vampir herzlich zu. „Ich wollte es vorhin nicht ansprechen, aber kannst du dich noch an die Geschichte erinnern, die ich dir über den Jungen in unserem Dorf erzählt habe?"

„Der Junge, der von dem Vampir getötet wurde?", fragte Jean. Ihm fiel der ungewöhnliche Gesichtsausdruck seines Partners auf und er brauchte einen Augenblick, um ihn zu verarbeiten. Dann rief er sich die guten Vorsätze ins Gedächtnis zurück, die er hinsichtlich seiner Beziehung zu Karine getroffen hatte.

„Ja", antwortete Raymond. Das Lächeln verließ sein Gesicht, als Jean nicht darauf reagierte und er sich des ernsten Themas bewusst wurde. „Der Vampir hieß Edouard. Nach allem, was wir heute erfahren haben, könnte es derselbe Edouard sein."

„Das ist durchaus möglich", stimmte ihm Jean zu. „Hast du ihn auf dem Video aus dem Sang Froid nicht erkennen können?"

„Nein. Ich habe ihn damals nie zu Gesicht bekommen. Mein Freund war sehr verschwiegen. Er hat zwar den Namen erwähnt, wollte aber nicht, dass wir uns treffen. Es war fast, als ob er Angst gehabt hätte, ich würde ihm den Vampir abspenstig machen." Raymond erschauderte bei der Vorstellung.

„Du hast erwähnt, dass sie vor seinem Tod einige Zeit zusammen waren. Ich bin mir nicht sicher, ob das ein gutes oder ein schlechtes Zeichen ist."

„Wie meinst du das?", fragte Raymond neugierig.

„Das Opfer aus der Bar hat er sofort getötet", erklärte Jean. „Das könnte bedeuten, dass es eskaliert, was kein gutes Zeichen wäre. Dann würden die Morde immer brutaler werden und an Häufigkeit zunehmen."

„Das kann ich verstehen. Aber wieso könnte es auch ein gutes Zeichen sein?"

„Weil es bedeutet, dass es eine Zeit gab, in der er trinken konnte, ohne seine Opfer zu töten", erwiderte Jean. „Vielleicht gibt es noch genug Menschlichkeit in ihm, um sich wieder zu ändern."

SERRIER BETRAT das abgedunkelte Zimmer. „Hast du dich gestern Nacht amüsiert mit deinem Spielzeug?"

Edouard öffnete die Augen. Seine übernatürliche Sehkraft wurde durch die Dunkelheit nicht eingeschränkt. „Sehr."

„Das freut mich", erwiderte Serrier. „Ich habe mich an meinen Teil unserer Abmachung gehalten. Jetzt wird es Zeit, dass du deinen Teil ebenfalls erfüllst. Ich brauche Informationen. Meine Einheiten werden dezimiert durch Gegner, die über außergewöhnliche Kräfte verfügen. Wenn nicht die meisten Schlachten tagsüber geschlagen worden wären, hätte ich vermutet, Chavinier wäre eine Allianz mit deiner Art eingegangen. Vielleicht stimmt das, vielleicht auch nicht. Aber ich muss wissen, wogegen meine Leute antreten und warum sie besiegt werden."

„Und was soll ich jetzt unternehmen?", verteidigte sich Edouard. „Ich habe dir schon gesagt, dass ich ein Außenseiter ihrer erlauchten Gesellschaft bin."

„Was du tust, ist deine Sache", erklärte ihm Serrier ungerührt. „Aber wenn du deinen Teil unserer Abmachung nicht einhältst, werde ich dafür sorgen, dass die örtliche Polizei alle Informationen über das tote Mädchen zugespielt bekommt. Wenn die Nachricht von einem Serienmörder und Vampir an die Öffentlichkeit kommt, wirst du nirgendwo in Europa mehr sicher sein."

„Serienmörder?", fragte Edouard und verzog das Gesicht.

„Aber ja", versicherte ihm Serrier. „Denn wenn du nicht kooperierst, werde ich dafür sorgen, dass noch mehr tote Mädchen mit den gleichen Bisspuren auftauchen, wie sie dein letztes Opfer hatte. Die Morde werden dir in die Schuhe geschoben werden, egal, ob du etwas damit zu tun hattest oder nicht."

Edouard kniff die Augen zusammen. Er hätte es besser wissen und diesem Sterblichen nicht vertrauen sollen, zumal er ein Magier war. „Ich tue was ich kann", fauchte er. „Aber überlege es dir gut, bevor du dich mit mir anlegst, Sterblicher. Ich kann Dinge mit dir machen, die die Qualen des Mädchens wie ein Kinderspiel aussehen lassen."

Serrier lief ein kalter Schauer über den Rücken. Doch davon ließ er sich nichts anmerken. Er zeigte keine Schwäche. Niemals. „Drohe mir nicht, mein Junge", sagte er gefährlich leise und ließ in seinem Zorn magische Funken um ihre Köpfe sprühen. „Du magst körperlich stärker sein als ich, aber du hast keine Vorstellung davon, über welche Macht ich verfüge. Sei ein braver kleiner Vampir und erledige deine Hausaufgaben, dann werde ich dich dafür belohnen. Widersetze dich, und du wirst es dein Leben lang bedauern."

MARCEL BETRAT sein Büro und ließ sich seufzend in den Schreibtischstuhl fallen. Er war frustriert und erschöpft. Heute konnte er die ganze Last seiner einhundertzehn Jahre auf den Schultern spüren. Immer wieder hatten die Regierungsvertreter ihn gefragt, wie lange der Krieg denn noch dauern würde und wann er endlich zu Ende sei. Er hatte sich nicht getraut, ihnen von der Allianz mit den Vampiren zu berichten, weil er nicht riskieren wollte, dass ihr Geheimnis vorzeitig bekannt wurde. Marcel atmete noch einmal tief durch, dann bestellte er Alain in sein Büro, um zu erfahren, was in seiner Abwesenheit passiert war.

Zu seiner Überraschung kamen Alain und Orlando nicht allein. Sie wurden von Thierry, Jean, Sebastien, Raymond und einem Vampir begleitet, den Marcel noch nicht kannte.

„Wieso bist du noch hier?", fragte er Thierry.

„Um uns Ärger zu machen", antwortete Alain und warf seinem besten Freund einen missbilligenden Blick zu.

„Als ob du an meiner Stelle nicht genauso gehandelt hättest", feuerte Thierry zurück.

Orlando sah Marcel bittend an. „So geht das jetzt mit den beiden schon seit einer Stunde. Bitte, sag ihnen, sie sollen endlich damit aufhören."

Alain und Thierry ignorierten ihn und gifteten sich weiter an, wie die guten Freunde, die sie waren. Marcel räusperte sich und zog eine Augenbraue in die Höhe. „Ich will einen Bericht", verlangte er mit schneidender Stimme.

Die beiden Magier nahmen Haltung an und wandten ihre Aufmerksamkeit dem General zu. „Ja, Sir", erwiderten sie wie aus einem Mund, warteten aber darauf, dass der jeweils andere mit seinem Bericht begann.

„Alain, dein Bericht", sagte Marcel schließlich seufzend. Er hatte nicht erwartet, von seinen sonst so zuverlässigen Stellvertretern mit einem solchen Chaos empfangen zu werden.

Alain informierte ihn über die Ereignisse, die zu Laurents Tod geführt hatten, und über Thierrys Entscheidung, die verantwortliche dunkle Magierin zur Rechenschaft zu ziehen. Sein Bericht war präzise, aber deutlich missbilligend.

„Sie hat ihn nicht einfach getötet", widersprach Thierry. „Sie hat ihn regelrecht abgeschlachtet, Marcel. Ihr Fluch hat ihn langsam und qualvoll sterben lassen. Es war wahrscheinlich eine Erlösung für ihn, dass Blair ihn noch umwandeln wollte und so seinen Tod beschleunigt hat."

„Wie bitte?", fragte Marcel und wandte sich an Blair. „Kannst du mir erzählen, was passiert ist, bevor diese beiden aufgetaucht sind? Ich habe das Gefühl, nur die Hälfte der Geschichte erfahren zu haben."

Alain und Thierry wollten widersprechen, aber Marcel kam ihnen zuvor. „Und von euch will ich kein Wort mehr hören, bis ich euch dazu auffordere", sagte er streng. „Ich muss genau Bescheid wissen, um entscheiden zu können, wie wir darauf reagieren."

Jean sah Blair erstaunt und betroffen an. Es war schrecklich genug, dass der Vampir seinen Partner verloren hatte. Noch schlimmer war aber, zu erfahren, dass er ihn umwandeln wollte und versagt hatte.

„Wir waren auf Patrouille", erklärte Blair, der offensichtlich nicht gewohnt war, Berichte abzugeben. „Laurent führte unsere Einheit, weil Thierry hierbleiben musste."

„Weil ich nicht kommen konnte", fügte Marcel aufmunternd hinzu.

„Ja. Wir sind nach Montparnasse gegangen. Alles lief gut, bis wir in einen Hinterhalt geraten sind. Wir wurden festgesetzt, denke ich. Laurent hat Hilfe angefordert."

„Ich habe den Ruf bekommen und Leutnant Fouquet mit meiner Einheit als Verstärkung geschickt", mischte sich Alain ein, obwohl Marcel den Bericht von Blair hören wollte.

Marcel nickte nur, richtete aber seine Aufmerksamkeit weiterhin auf Blair. „Laurent hat also Verstärkung angefordert. Was ist dann passiert?"

„Die andere Patrouille ist gekommen, um uns zu helfen. In diesem Augenblick ist Laurent getroffen worden. Ich habe den Fluch nicht gehört, aber ich konnte sehen, von wem er kam. Laurent ist zusammengesackt wie eine Stoffpuppe. Ich bin sofort zu ihm gerannt, aber die anderen Magier haben gesagt, dass sie nichts mehr für ihn tun könnten. Niemand könnte etwas tun. Er würde sterben und niemand könnte ihm helfen. Ich konnte seinen Tod nicht verhindern, aber ich konnte ihn bei mir behalten – hätte ihn bei mir behalten können, wenn ich ihn umgewandelt hätte", beendete Blair seinen Bericht mit zitternder Stimme. „Ich weiß nicht, warum es nicht funktioniert hat."

„Überlege, was dieses Mal anders war", schlug Jean vor und bat Marcel mit einem stummen Blick, ihn nicht zu unterbrechen. Marcel nickte zustimmend und lehnte sich zurück.

„Ich weiß es nicht", wiederholte Blair. „Ich konnte den Fluch in Laurents Blut schmecken, aber Laurent habe ich auch geschmeckt. Er wollte nicht sterben. Er hat um sein Leben gekämpft. Er hat verstanden, was ich mit ihm machen wollte, und er hat es akzeptiert. Er hat es mir erlaubt."

„Das hat er", bekräftigte Orlando, der klar machen wollte, dass Blair nicht gegen Laurents Willen gehandelt hatte. Er hatte schon mehr als einmal erlebt, dass ein Vampir geächtet wurde, weil die Menschen an seinem Wort zweifelten, nachdem er einen ihrer Freunde oder Verwandten umgewandelt hatte.

„Du hast gesagt, dass du Laurents Magie schmecken konntest", bemerkte Raymond. „Du sagst, er hat um sein Leben gekämpft. Bist du dir sicher?"

„So sicher man sein kann", gab Blair zurück.

Raymond hob beschwichtigend die Hand. „Ich zweifle nicht an deinen Worten. Ich will nur verstehen, was geschehen ist."

„Hast du eine Idee?", fragte Marcel eindringlich.

„Ich habe eine Hypothese", erwiderte Raymond. „Wenn Laurent mit seiner Magie um sein Leben gekämpft und damit den Fluch der dunklen Magierin attackiert hat, dann ist es möglich, dass er sie unbeabsichtigt auch gegen Blairs Blutmagie richtete. Unglücklicherweise können wir diese Hypothese nicht überprüfen."

„Nichts hätte den Fluch außer Kraft setzen können", unterbrach Thierry Raymonds Überlegungen. „Laurent hat im Magen und in der Lunge geblutet. Blair mag ihm einige Minuten seiner Qualen erspart haben, aber nichts hätte seinen Tod verhindern können."

„Ich beschuldige niemanden", sagte Marcel an alle Anwesenden gerichtet. „Jedenfalls niemanden in diesem Raum. Die Vampire haben ihre Vertrauenswürdigkeit mehr als einmal unter Beweis gestellt. Wenn Blair mir versichert, Laurent habe der Umwandlung zugestimmt, habe ich keinen Grund, an seinen Worten zu zweifeln. Aber es macht mir Sorgen, dass er Laurent nicht umwandeln konnte, als er es versucht hat. Raymond, ich möchte wissen, ob es Belege für deine Vermutung gibt. Wir sind wieder an den Grenzen unseres Verständnisses angelangt. Wir müssen mehr darüber erfahren, wie die Partnerschaften funktionieren." Er wandte sich an Thierry. „Jetzt du, Captain. Welcher Teufel hat dich geritten, allein hinter der Mörderin herzujagen?"

„Ich war nicht allein", protestierte Thierry. „Sebastien und Blair haben mich begleitet."

„Dann formuliere ich meine Frage um. Welcher Teufel hat euch drei geritten, allein hinter der Mörderin herzujagen?"

„Es war meine Idee", sagte Sebastien und nahm damit Thierry aus der Schusslinie. „Ich wusste, wie Blair sich nach Laurents Tod fühlen musste. Ich dachte mir, es würde ihn ablenken, dieses Biest zu jagen."

„Das ist ein nachvollziehbarer Grund", warf Jean ein. „Vampire, die einen solchen Verlust erlitten haben, neigen zu überstürzten Entscheidungen. Manchmal sind sie nach innen gerichtet, dann fügen sie sich selbst Schaden zu. Manchmal sind sie auch nach außen gerichtet, dann verletzen sie andere. Egal wie, es ist nie eine gute Idee, einen trauernden Vampir sich selbst zu überlassen."

„Wie dem auch sei", meinte Marcel und zog das Gespräch wieder an sich, „Thierry hätte die Vorschriften nicht missachten und allein losziehen dürfen. Ich stimme ihm zu, dass der Fluch, der gegen Laurent gerichtet wurde, unmenschlich war. Die Frau hat ihr Schicksal verdient. Aber unsere Vorschriften sind nicht aus der Luft gegriffen. Sie haben Gründe, Thierry, und du kennst diese Gründe. Du hast selbst geholfen, die Vorschriften aufzustellen. Was glaubst du wohl, wie Alain sich gefühlt hätte, wenn du in Schwierigkeiten geraten wärst und er hätte nicht gewusst, wo er dich finden kann? Hattest du wenigstens deinen Repère dabei?"

Thierry wurde rot, als Marcel ihn zurechtwies. „Nein, ich hatte ihn nicht dabei", gab er zu. „Und ich weiß auch, wie Alain sich gefühlt hätte. Mir ging es genauso, als er mich über Laurents Tod informierte."

Marcel schüttelte den Kopf. „Du schadest dir selbst mit deiner Unbeherrschtheit", sagte er seufzend. „Ich hatte gehofft, dein Partner würde dich zügeln können, aber er scheint dir in nichts nachzustehen. Ich will in Zukunft nicht mehr erleben, dass du allein einen Rachefeldzug unternimmst. Ich könnte es nicht ertragen, dich zu verlieren."

Thierry sah Marcel in die Augen und gab ihm ein wortloses Versprechen. Er hatte nicht nachgedacht, bevor sie ohne Rückendeckung aufgebrochen waren, um die dunkle Magierin zu stellen. Er wollte es nie wieder tun. Bei ihren Aufgaben durfte man nicht ständig über Gefahren nachdenken. Thierry vergaß manchmal, dass sie für Marcel alle wie eigene Kinder waren, auch wenn sie über dieses Alter lange hinaus waren. Es kostete den alten Mann viel, sie jede Nacht auf Patrouille zu schicken und zu wissen, dass sie aus Loyalität zu ihm ihr Leben riskierten. Thierry nahm sich fest vor, es nie wieder zu vergessen.

„Und was ist in meiner Abwesenheit sonst noch passiert?", fragte Marcel.

„Die Repères funktionieren, wie du weißt", berichtete Thierry. „Aber unser zweiter Testfall war nicht erfolgreich."

„Hat David die Beschwörung nicht durchführen können?", fragte Marcel überrascht. Es war kein allzu schwieriger Spruch, das Blut mit dem Gegenstand zu verbinden.

„David hatte nie die Chance, es auszuprobieren", erläuterte Thierry. „Als er mit Angélique in ihr Büro ging, um einen passenden Gegenstand für den Repère zu finden, hat er sich den Mund verbrannt und sie seinen Arsch vor die Tür gesetzt. Jean wollte heute Nacht mit ihr reden, um ihren Standpunkt kennenzulernen."

„Sie ist im Moment nicht sehr glücklich", meinte Jean und griff den Faden auf. „Er hat sie in ihren Grundfesten beleidigt. Sie will darüber nachdenken, seine Entschuldigung anzunehmen, aber er wird sich einiges einfallen lassen müssen, wenn er ihren Respekt zurückgewinnen will."

„Ich habe ihm schon das Fell über die Ohren gezogen", warf Thierry ein. „Sobald sie ihm die Chance gibt, wird er sich entschuldigen. Im Moment macht es allerdings keinen Sinn, weil sie ihn nicht anhören wird."

„Das kann ich nur bestätigen", stimmte Raymond zu, der Angélique erlebt hatte. „Wir konnten allerdings von ihr ein Foto des Gesetzlosen beschaffen, über den dein Spion dir berichtet hat."

„Ich habe die Nachricht verbreitet, dass man sich vorsehen und mir sofort Bescheid sagen soll, falls er gesehen wird", führte Jean aus. „Aber das kann Tage oder Wochen dauern. Ich weiß nicht, wo und wie er seine Opfer findet, doch nach allem, was ich über Serrier weiß, kann ich mir durchaus vorstellen, dass er den Gesetzlosen mit Nachschub versorgt. Wenn das der Fall ist, wird er die üblichen Jagdgründe nicht besuchen müssen. Was mir am meisten Sorgen bereit hat, sind seine toten Augen. Es ist, als ob seine Seele abgestorben wäre. Ich weiß, welche Geschichten über uns in Umlauf sind. Sie sind falsch. In den meisten Fällen ändert sich bei unserer Umwandlung nur der Körper. Wir werden nicht automatisch böse, nur weil wir in einen Vampir umgewandelt worden sind. Aber dieser Mann ist die Verkörperung all dessen, was man aus den Horrorfilmen kennt."

Marcel seufzte. „Natürlich. Welcher andere Vampir würde sich von Serriers Machenschaften angezogen fühlen? Und was sollen wir jetzt unternehmen?"

„Wir machen die Allianz öffentlich", erklärte Raymond mit Bestimmtheit. „Ich habe heute Nacht die anderen Vampire beobachtet. Der Grund, warum sie Jean ihre Hilfe bei der Suche nach dem Gesetzlosen zugesagt haben, ist ihre Angst vor Vergeltung. Sie fürchten ein Pogrom. Wir müssen ihnen klar machen, dass sie ihn fürchten müssen, weil seine Taten falsch und verwerflich sind, nicht nur deshalb, weil er damit indirekt ihr Leben bedroht. Sie müssen erkennen, dass wir es mit unserer Unterstützung für ihre Anliegen ernst meinen. Wir müssen den Gesetzentwurf im Parlament einbringen und Jeans Rolle in der Milice öffentlich anerkennen. Sie brauchen einen besseren Grund als nur ihre Furcht, um uns zu vertrauen und zu helfen."

Marcel sah ihn überrascht an. „So schnell hatten wir das nicht geplant", meinte er.

„Richtig, es ist schneller als geplant", gab Raymond zu. „Aber es ist nicht zu schnell. Es hat sich vieles geändert, Marcel. Wenn wir uns stur an einen überholten Plan halten, sind wir für unseren Misserfolg selbst verantwortlich."

„Was meinst du dazu, Jean?", wollte Marcel wissen.

„Raymond und ich haben die neue Lage schon diskutiert. Ich halte seine Bedenken für gerechtfertigt. Die Frage ist nur, ob unser bisheriger Beitrag zu der Allianz ausreicht, um die Mitglieder der Nationalversammlung davon zu überzeugen, sich für den Gesetzentwurf einzusetzen. Wenn das nicht der Fall ist und sie sich der Diskussion verweigern, wäre es besser, noch abzuwarten, bis sie ihre Meinung ändern."

„Aber wenn wir nichts unternehmen, werden Edouards Morde die Zweifler nur in ihrer Ablehnung bestätigen", widersprach Raymond in der Hoffnung, dass Marcel ihm recht geben würde.

„Ich werde morgen die Fühler ausstrecken", entschied Marcel. „Jetzt will ich erst einige Stunden schlafen, damit ich wieder halbwegs klar denken kann. Alain, mit dir muss ich noch kurz reden. Ihr anderen könnt gehen."

Sie standen auf und machten sich auf den Weg zur Tür. Nur Alain blieb am Tisch sitzen. Zu Marcels Überraschung blieb auch Orlando zurück.

„Ich bin froh, dass du auch noch geblieben bist", sagte Marcel und sah den Vampir freundlich an. „Nach allem, was Sebastien uns über trauernde Vampire erzählt hat, mache ich mir Sorgen um Blair. Thierrys Patrouille hat bereits Laurent verloren. Ich möchte nicht, dass er auch noch Blair verliert. Deshalb müssen wir uns um ihn kümmern."

„Und ausgerechnet ich soll das tun?", fragte Orlando erstaunt. Er hätte nicht erwartet, dass der General ihm eine solche Verantwortung übertrug. „Es gibt bestimmt jemanden, der besser geeignet ist!"

„Wer?", unterbrach Alain. „Und wieso solltest du nicht geeignet sein? Du musst endlich damit aufhören, dich für minderwertig zu halten, Orlando. Soweit ich es verstanden habe, hast du wesentlich dazu beigetragen, dass Thierrys Leute wieder in Sicherheit gebracht wurden. Wenn du das kannst, dann kannst du auch auf Blair aufpassen. Zumindest so lange, bis es ihm wieder besser geht."

Alains unerschütterliches Vertrauen tat Orlandos Selbstbewusstsein gut. Vielleicht konnte er es ja schaffen. Er wollte nicht versagen, aber selbst wenn das passieren würde, wollte er es wenigstens versucht haben. Eines wollte er jedenfalls auf keinen Fall – Alains enttäuschtes Gesicht sehen, wenn er die Aufgabe ablehnte. „Na gut", stimmte er schließlich zu. „Ich werde mir Mühe geben."

„Mehr kann ich von keinem meiner Leute verlangen", versicherte ihm Marcel.

Orlando erhob sich, um das Zimmer zu verlassen, aber Alain hielt ihn noch zurück. „Wenn wir hier fertig sind, komme ich nach. Dann können wir darüber reden, was für Blair in dieser Situation das Beste ist." Er wollte Orlandos Kopf zu sich herabziehen und ihn küssen, war sich jedoch nicht sicher, wie Orlando oder Marcel darauf reagieren würden. Also drückte er seinem Geliebten nur aufmunternd die Hand und lächelte ihn zärtlich an.

Orlando erwiderte seinen Händedruck und das Lächeln, dann verließ er das Zimmer und begab sich auf die Suche nach Blair.

Sobald die Tür hinter Orlando ins Schloss gefallen war, wandte Alain sich Marcel zu. „Was ist so wichtig und vertraulich, dass wir es nicht vor Orlando besprechen können? Ich habe keine Geheimnisse vor ihm."

„Es ist nichts ernstes", beruhigte ihn Marcel. „Ich wollte dich nur unter vier Augen fragen, wie es dir geht. Damit du mir eine ehrliche Antwort geben kannst. Soweit ich es verstehe, ist eure Partnerschaft … weiter fortgeschritten, als die der anderen Paare. Wir hatten noch keine Gelegenheit, darüber zu reden. Ich will sicher sein, dass es dir gut geht."

Alain lächelte bei dem Gedanken an seine Partnerschaft mir Orlando. „Es geht mir gut", bestätigte er Marcel. „Um ehrlich zu sein, ich kann mich nicht erinnern, wann es mir jemals besser ging. Ich habe Henri geliebt, aber meine Beziehung zu Edwige war schon vor ihrem Tod in die Brüche gegangen. Ich vermisse sie beide, doch es ist vor allem Henri, der mir fehlt. Mir hat auch ein Partner gefehlt, aber jetzt habe ich Orlando."

„Du bist bei ihm eingezogen, stimmt das?", hakte Marcel nach.

Alain nickte. „Du weißt, dass mein altes Apartment nur ein unpersönliches, leeres Loch war. Ich hätte niemandem zumuten wollen, mit mir dort zu leben. Orlandos Wohnung ist perfekt für seine Bedürfnisse. Sie hat ein fensterloses Zimmer, in dem er den ganzen Tag ohne Sonnenlicht verbringen kann, wenn es nötig sein sollte."

„Sein Verlangen nach Blut ist nicht zu viel für dich?"

Alain schüttelte den Kopf. „Davor bin ich geschützt", sagte er und zeigte auf das Brandmal an seinem Hals. „Die Magie, die uns verbindet, ermöglicht es ihm, so oft und so viel zu trinken wie er will, ohne mich damit zu gefährden."

„Bist du dir wirklich sicher?", fragte Marcel nach.

„Es kommt mir jedenfalls so vor", erwiderte Alain. „Sebastien hatte früher einen Avoué und fast alles, was wir über den Aveu de Sang wissen, haben wir von ihm erfahren. Bisher hat er immer recht gehabt."

„Das ist gut. Dann solltest du dich an ihn halten, falls neue Fragen auftauchen. Aber vergiss nicht, dass Sebastiens Avoué kein Magier war", warnte Marcel. „Deine Magie hat unter Umständen Auswirkungen, die über Sebastiens Erfahrung hinausgehen."

„Orlando würde lieber verhungern, als mich zu gefährden", versicherte Alain seinem Mentor und dachte an die vergangene Nacht zurück. „Ich habe von ihm nichts zu befürchten."

„Wie sieht es mit den anderen aus?", fragte Marcel. „Gibt es Dinge, die sie von ihren Partnern zu befürchten haben?"

Alain runzelte nachdenklich die Stirn. „Was meinst du damit? Gefahren durch Blutverlust? Andere Probleme?"

285

„Das weiß ich nicht", meinte Marcel. „Deswegen frage ich dich. Du hast mit mehr Partnern gesprochen als ich. Gibt es Magier, die mit ihren Partner nicht zurechtkommen oder glauben, dass die Vampire zu viel von ihnen erwarten?"

„Davon habe ich nichts gehört", antwortete Alain. „Aber vielleicht wollen sie mit mir nicht darüber reden, weil sie meine Beziehung zu Orlando kennen. Hast du Thierry schon danach gefragt?"

„Nein, und ich habe es auch nicht vor. Thierry hat genug Probleme, besonders jetzt, nach Laurents Tod. Ich möchte seiner langen Liste nicht noch meine eigenen hinzufügen. Ich hatte gehofft, der Junge könnte Thierry bald etwas Verantwortung abnehmen. Jetzt stehen wir wieder am Anfang und Thierry muss einen neuen Leutnant ausbilden. Ich möchte, dass du diese Sache weiter verfolgst und mich benachrichtigst, falls es Probleme geben sollte."

„Glaubst du wirklich, dass wir Probleme zu erwarten haben?", wollte Alain wissen. Er dachte über die Paare nach, mit denen er bisher Kontakt gehabt hatte. Thierry hatte am ersten Tag einige Befürchtungen geäußert, doch seit dem schien zwischen ihm und Sebastien alles in Ordnung zu sein. Laurent und Blair hatten sich offensichtlich auch gut vertragen, falls man Blairs Reaktion heute Nacht Glauben schenken durfte. David hatte kleinere Probleme, aber die lagen nicht in der Natur der Partnerschaft, sondern daran, dass er ein aufgeblasener Idiot war. Selbst Raymond schien, trotz seiner anfänglichen Bedenken, seine Partnerschaft mit Jean auf einen guten Weg gebracht zu haben. Adèle und Jude waren die einzigen, bei denen Alain ein wirkliches Problem erkennen konnte. Aber auch das lag nicht in der Natur der Partnerschaft, sondern hatte mit ihren unvereinbaren und kompromisslosen Persönlichkeiten zu tun.

„Ich weiß es nicht", erwiderte Marcel. „Aber ich möchte lieber rechtzeitig darauf vorbereitet sein, als unverhofft damit konfrontiert zu werden."

„Gut", sagte Alain. „Ich werde mich umhören und in Erfahrung bringen, ob es Probleme gibt, von denen du bisher nichts erfahren hast."

Marcel sah seinem Captain nach und fragte sich, ob es besser gewesen wäre, Alain in die Theorie einzuweihen, die Raymond entwickelt hatte. Dann entschied er, dass es noch zu früh gewesen wäre. Bisher waren es nur die theoretischen Überlegungen zweier Philosophen. Sie hatten noch keine Belege, um diese Hypothesen zu bestätigen. Falls Raymond und Lombard recht hatten, war es nicht nötig, dass die Partner einen Aveu de Sang eingingen. Die Magie, mit der das Blut der Magier die Vampire beschützte, würde zwischen den Partnern die gleiche enge Verbindung herstellen, die der Aveu de Sang bei Alain und Orlando bewirkt hatte.

35

THIERRY FUHR sich mit dem Finger über die kleinen Bisswunden an seinem Hals und sah Sebastien nach, der durch den Flur verschwand. Sebastien wollte Blair suchen, um ihn nach dem Verlust nicht allein zu lassen. Thierry hatte Sebastien dazu aufgefordert und ihm erklärt, dass er in der Zwischenzeit seinen Papierkram erledigen würde. Was Thierry wirklich wollte, war allein zu sein und nachzudenken. Sebastien trank öfter, dafür aber weniger von seinem Blut, als Thierry erwartet hatte. Mit jedem Biss konnte er spüren, wie sich ihre Partnerschaft festigte und die Verbindung zwischen ihnen stärker wurde. Mit jedem Biss und jeder Berührung entflammte in Thierry eine Leidenschaft, der er nur zu gerne nachgegeben hätte.

Thierry hatte Alain und Orlando schon oft heimlich beobachtet, wenn die beiden nicht auf ihn achteten. Er konnte die tiefe Verbundenheit zwischen ihnen erkennen und sah die Funken fliegen, wenn sich ihre Blicke trafen oder ihre Hände berührten. Thierry sehnte sich nach dieser Verbundenheit und Leidenschaft. Er und Aleth hatten sich seit Kriegsbeginn entfremdet, aber er war ihr nie untreu geworden und hatte immer gehofft, ihre Beziehung wieder reparieren zu können. Das war jetzt nicht mehr möglich, und dennoch hielt die Erinnerung an Aleth ihn zurück, denn er fühlte sich durch ihre gescheiterte Ehe genauso gebunden wie zuvor durch ihr Ehegelübde. Wie konnte er eine erfolgreiche Beziehung mit einem so unbekannten Wesen wie Sebastien führen, wenn ihm das mit einer Frau seiner eigenen Art nicht gelungen war?

Es war aber nicht nur die Angst vor dem erneuten Scheitern einer Beziehung, die Thierry zurückhielt. Es war noch eine andere Angst, die ihn verunsicherte. Thierry hatte nie einen Gedanken an Alains sexuelle Präferenzen verschwendet. Er hatte sie nie geteilt, hatte nie einen Mann angeblickt und mehr in ihm gesehen, als einen möglichen Freund. Thierry konnte mit seinen Gefühlen für Sebastien einfach nicht umgehen. Waren sie real und authentisch oder waren sie die Folge seiner Einsamkeit und der Nähe zu Sebastien? Waren sie nur eine Folge der unglaublich erotischen Sinnlichkeit, die in dem Biss des Vampirs lag?

Aber selbst wenn seine Gefühle real waren, wurden sie von Sebastien erwidert? Und woran konnte er erkennen, ob der Vampir sie erwiderte? Er wusste, dass sein Geschlecht für Sebastien keine Rolle spielte, denn schließlich war der Avoué des Vampirs auch ein Mann gewesen. Aber aus ihren Gesprächen schloss er, dass Sebastien an einer neuen Beziehung nicht interessiert war. Der Vampir hatte über seinen Avoué gesprochen und Thierry gesagt, dass er seit vierhundert Jahren allein lebte. Seit vierhundert Jahren. Und dennoch, es hatte sich angehört, als läge der Tod Thibaults nicht viel länger zurück als der von Aleth, als wäre Sebastien immer noch in den Mann verliebt. Welche Chance hatte Thierry unter diesen Umständen, Sebastiens Interesse zu wecken? Hatte er überhaupt eine Chance oder würde es nur zu einem gebrochenen Herzen führen, wenn er seinen Gefühlen folgte und sich dem Vampir öffnete?

Thierry hatte keine Antwort auf seine Fragen. Seufzend ließ er sich aufs Sofa fallen und hoffte, dass Alain noch vor Sebastien ins Büro zurückkam. Vielleicht konnte ihm sein Freund dabei helfen, einige Antworten zu finden. In der Zwischenzeit war Thierry versucht, sich um die quälende Leidenschaft zu kümmern, die ihn seit Sebastiens Biss vor wenigen Minuten nicht mehr zur Ruhe kommen ließ. Glücklicherweise schien der Vampir von Thierrys Erregung nichts bemerkt zu haben. Wahrscheinlich lag es daran, dass er nur an Thierrys Seite gesessen und keine Anstrengungen unternommen hatte, ihm näher zu kommen. Thierry konnte immer noch die warme Hand des Vampirs spüren, als der ihn am Kinn gefasst und seinen Kopf sanft zur Seite gedrückt hatte. Er spürte immer noch den harten Körper des Mannes, der sich beim Biss an seine Seite gepresst hatte. Thierry rief diese Erinnerung wach, während er die Hand über seinen Bauch nach unten gleiten ließ und sich durch den Stoff seiner Hose streichelte.

Bevor er mehr erreichte, als sein ohnehin quälendes Begehren noch zu steigern, ging die Tür auf und Alain kam ins Zimmer. Thierry erkannte an dem unbeweglichen Gesichtsausdruck Alains, dass sein Freund sich Sorgen machte. Er vergaß sofort seine eigenen Probleme und wollte wissen, was Alain bedrückte. „Was ist passiert?"

Alain hob überrascht den Kopf. Offensichtlich hatte er nicht erwartet, Thierry noch hier vorzufinden. „Ich dachte, du wärst schon auf dem Weg nach Hause."

Thierry fasste sich an den Hals und verriet damit unbeabsichtigt, womit er und Sebastien die letzte halbe Stunde verbracht hatten. Alains versteinerte Miene wurde durch ein breites Grinsen ersetzt. „Ich habe den Eindruck, du hast deine Meinung über die Erfordernisse unserer Allianz revidiert", sagte er scherzend und suchte in den Augen Thierrys nach Anzeichen dafür, wie sein Freund sich fühlte.

Alain hatte Thierrys Frage noch nicht beantwortet und der hatte vor, später darauf zurückzukommen. Alain hatte ihm jedoch einen perfekten Einstieg geliefert, um die persönlichen Fragen anzusprechen, die ihn plagten. „Ja. Vermutlich musste ich nur den richtigen Partner finden."

Alains Grinsen wurde breiter. Er konnte sich nicht verkneifen, seinen sonst so ernsten Freund etwas zu sticheln. „Ich hätte dir wirklich nicht zugetraut, dass du dich mit einem Mann einlässt."

Früher wäre Thierry bei dieser Anspielung rot geworden und hätte sie mit Händen und Füßen von sich gewiesen. Danach hätten sie ihr Wortgeplänkel wieder aufgenommen. Aber jetzt war Alain der Wahrheit zu nahe gekommen, um sich mit solchen Spielchen aufzuhalten. „Was das angeht …", sagte er und wusste dann nicht weiter. Was genau wollte er eigentlich fragen?

Alain erkannte den Ernst hinter Thierrys Worten und gab seine Scherze auf. Er setzte sich zu ihm aufs Sofa und schob ihn mit dem Bein zur Seite, um mehr Platz zu haben. „Was geht dir durch den Kopf?"

„Wenn ich das nur wüsste", meinte Thierry, obwohl er ganz genau wusste, was es war. „Die ganze Sache hat sich vollkommen anders entwickelt, als ich es erwartet hätte."

„In welcher Beziehung?", bohrte Alain nach.

Thierry holte tief Luft. Das Thema war ihm unangenehm, aber er wusste, Alain würde sich nicht über ihn lustig machen. „Ist es ... Erregt es dich, wenn Orlando dich beißt?"

Ihre Unterhaltung nahm schon wieder eine unerwartete Wendung, aber Alain ließ sich nicht aus dem Tritt bringen. Er und Thierry hatten nie Geheimnisse voreinander gehabt. Wenn er seinem Freund durch die Beantwortung einer persönlichen Frage helfen konnte, wollte er das gerne tun. Er konnte allerdings nicht verhindern, dass sein Blick auf Thierrys Schoß fiel, um zu sehen, ob ihre Reaktion dieselbe war. „Mehr als alles andere." Er machte eine kurze Pause, entschied dann aber, Thierry lieber zu viel als zu wenig zu sagen. „Ich komme schon, wenn ich nur seine Zähne in meinem Hals spüre."

Thierry schloss die Augen und erinnerte sich an das berauschende Gefühl zurück, als er Sebastiens warmen Körper an seiner Seite gespürt hatte und der Mund des Vampirs sich zielsicher auf die sensibelste Stelle an seinem Hals drückte. Er bebte vor unterdrückter Leidenschaft, weil er Sebastien wieder spüren wollte, ihn noch näher und noch fester an sich drücken wollte als zuvor. Es war lange her, seit er die Berührung eines anderen Menschen gefühlt hatte. Die Vorstellung allein brachte ihn fast um seine mühsam erkämpfte Beherrschung. „Ich komme mir vor wie ein geiler Teenager", gab er zu. „Er fasst mich an und ich stehe kurz vorm Orgasmus. Der einzige Grund, warum es noch nicht dazu gekommen ist, ist meine Angst. Ich war so lange allein, Alain. Ist es falsch von mir, dass ich mich so fühle? Aleth ist erst seit einer Woche tot."

Alain presste die Lippen zusammen. Thierry Worte waren zwar wahr, aber es war nur die halbe Wahrheit. „Nein, es ist nicht falsch. Sie hat dich schon vor langer Zeit verlassen, auch wenn du noch Hoffnung auf eine Versöhnung hattest. Du musst es überwinden und wieder leben. Besonders jetzt, wo du jemanden gefunden hast, der dich interessiert."

„Und was soll ich jetzt tun?", fragte Thierry.

Alain konnte es nicht verhindern. Er musste laut lachen. „Den Tag kreuze ich mir im Kalender an. Der Tag, an dem der große Thierry Dumont mich in Liebesangelegenheiten um Rat gefragt hat."

„Halt den Mund", gab Thierry errötend zurück. „Das ist etwas ganz anders. Wenn ich eine Partnerin hätte, wüsste ich es selbst. Aber Sebastien ist keine Frau."

„Nein", stimmte ihm Alain grinsend zu. Dann wurde er wieder ernst, weil er gut verstehen konnte, wie groß der Schritt war, den Thierry in Erwägung zog.

„Was willst du genau wissen?", fragte er seinen Freund. „Du weißt doch, ich helfe dir so gut ich kann."

Was genau wollte er wissen? Die technischen Details von Sex mit einem Mann waren ein Thema, das anzusprechen er noch nicht den Mut hatte. Außerdem war er davon überzeugt, dass Sebastien ihn nur zu gerne selbst darüber aufklären würde, falls es jemals so weit kam. „Woher soll ich wissen, ob er überhaupt an mir interessiert ist?"

Alain dachte über die Frage nach. Sebastien war nicht nur ein Mann, er war auch ein Vampir. „Wie oft will er trinken?", fragte er Thierry nach einer kurzen Pause.

„Eigentlich jeden Tag", antwortete Thierry und wurde wieder rot, weil er an das Vergnügen denken musste, das Sebastiens Bisse ihm bereiteten.

Alain sah ihn verblüfft an. "So oft?"

Thierry nickte. „Ist das ein Problem?"

„Wenn es sich gut anfühlt, dann nicht", erwiderte Alain. „Aber Orlando hat gesagt, dass Vampire normalerweise nur alle zwei bis drei Tage Blut trinken müssen. Mir scheint es jedenfalls ein deutliches Zeichen von Interesse zu sein, dass Sebastien jeden Tag trinken will. Er will dir nahe sein. Und wenn er so oft zu dir kommt, dann bist du auch der einzige, von dem er trinkt. Zu viel Blut ist für Vampire mit Sicherheit genauso schlecht wie zu wenig."

„Was noch?", fragte Thierry. „Ich will nicht zurückgepfiffen werden, noch bevor ich aus der Startrampe gekommen bin. Dann lasse ich es lieber ganz sein. Es fällt mir auch so schon schwer genug."

„Ihr seid zusammen hier eingetroffen, als ihr euch auf die Jagd nach Laurents Mörderin gemacht habt. Wart ihr davor zusammen zuhause?"

Thierry nickte. „Es war Sebastiens Vorschlag. Nicht, dass wir zusammen zu mir nach Hause gehen. Aber dass wir zusammen bleiben."

„Noch ein gutes Zeichen", bemerkte Alain.

„Vielleicht ging es ihm nur um unsere Sicherheit", widersprach Thierry.

„Das ist durchaus möglich", stimmte Alain zu. „Allerdings habe ich den Eindruck, Sebastien macht nur das, was er wirklich will. Auf jeden Fall kann ich mir nicht vorstellen, dass er selbst etwas vorschlägt, das ihm gegen den Strich geht."

„Und was soll ich jetzt tun?", wiederholte Thierry seine Frage von vorhin. „Falls du recht hast und er ist interessiert, meine ich."

„Was willst du denn tun?", gab Alain die Frage zurück. „Du musst nämlich gar nichts tun, wenn du es nicht willst. Du kannst alles so belassen wie bisher, kannst die Partnerschaft für die Dauer der Allianz am Leben erhalten und dich danach mit einem freundlichen Händedruck verabschieden."

Thierry runzelte die Stirn. Diese Möglichkeit hatte er gar nicht erst in Betracht gezogen, so lange es eine Chance gab, dass Sebastien sein Interesse erwiderte. „Ich weiß nicht, was ich will. Ich weiß nur, dass ich mehr will, als ich habe."

Alain lachte. „Ein ziemlich verwickelter Gedankengang für deine Verhältnisse. Aber ich verstehe, wie du es meinst. Willst du eine dauerhafte Beziehung?", fragte er, um direkt auf den Punkt zu kommen.

„Das weiß ich nicht", sagte Thierry wieder. „Ich weiß nur, dass ich mehr will. Ich bin es so leid, immer allein zu sein."

Alain wurde schwer um Herz, als er den Schmerz in Thierrys Stimme hörte. Sein Freund war für ihn nach dem Tod von Edwige und Henri wie ein Fels in der Brandung gewesen. Alain fühlte sich deshalb schuldig, ihm in den Tagen nach Aleth' Tod nicht beigestanden zu haben. „Das kann ich nachvollziehen", meinte er. „Ich will dich wieder lächeln sehen. Wenn du glaubst, dass Sebastien der richtige Mann ist, um dich glücklich zu machen, dann hast du meine bedingungslose Unterstützung. Das weißt du. Du musst mir nur sagen, wie ich dir dabei helfen kann."

„Du könntest ihn für mich fragen", erwiderte Thierry und verbarg seine Verlegenheit hinter einem Scherz. Alain war unbestritten ein sehr attraktiver Mann, doch selbst wenn Thierry ihn unter diesen Gesichtspunkten betrachtete, verspürte er keinerlei Anziehung. Er hatte diese Tatsache auch nie in Frage gestellt, weil er sich noch nie zu einem anderen Mann hingezogen gefühlt hatte. Aber jetzt wunderte er sich darüber, was an Sebastien so besonders war, um seine Aufmerksamkeit erregt zu haben. Was hatte Sebastien, das andere Männer – selbst Alain, den er so lange kannte – nicht hatten?

Analytisch betrachtet hatten der Magier und der Vampir vieles von dem gemeinsam, was Thierry an Sebastien so attraktiv fand: Ihren Sinn für Humor, ihren Mut und ihre Loyalität, mit der sie zu ihm hielten. Alain war blond und Sebastien dunkelhaarig, aber das war kein ernst zu nehmender Unterschied. Aleth war auch blond gewesen. Für Thierry gab es nur zwei wesentliche Unterschiede zwischen den beiden Männern. Alain kannte er bereits seit seiner Kindheit und sie waren Freunde gewesen, lange bevor der Sex in ihrem Leben überhaupt eine Rolle spielte. Die einmalige Verbindung zwischen ihm und Sebastien hingegen war auf das Bedürfnis des Vampirs nach Thierrys Blut zurückzuführen. Thierry überlegte mit Unbehagen, was das wohl über ihn selbst aussagte.

Alains Lachen riss ihn aus seinen Gedanken. „Wenn du das tatsächlich ernst gemeint hast, mache ich mich jetzt auf die Suche nach ihm."

Thierry schüttelte den Kopf. „Mist, Alain! Du weißt genau, dass ich Unsinn geredet habe. Ich finde schon einen Weg, vielen Dank auch. Ich wollte nur deine Meinung hören, damit ich keinen Fehler mache."

„Ich denke nicht, dass du einen Fehler machst", versicherte ihm Alain. „Lass dir Zeit und genieße die Vorfreude. Aber wenn du es wirklich willst, solltest du dich nicht davon abbringen lassen."

„Ich will es", erklärte Thierry überzeugt. „Ich muss nur noch herausfinden, wie ich es ihm am besten beibringe."

„Das ist immer der schwierigste Teil an der Sache", meinte Alain. „Lass es mich wissen, wenn du noch mehr Ratschläge brauchst. Wie man einen Mann verführt oder so."

„Oh, du Quelle der Weisheit", sagte Thierry grinsend. „Ich werde es schon selbst herausfinden."

„Ich bin mir sicher, dass Sebastien dir gerne behilflich sein wird."

Sebastien stand im Flur und lächelte vor sich hin. Er hatte gerade das Büro betreten wollen, als er Thierrys Stimme hörte. Es hatte einen Moment gedauert, bis er in der zweiten Stimme Alain erkannte. Als er den Türgriff schon in der Hand hatte, hörte er wieder Thierry. *„Du könntest ihn für mich fragen."* Sebastien wurde neugierig und wollte wissen, von wem die Rede war. Er blieb stehen, lauschte und entnahm dem Gespräch hinter der Tür, dass Thierry sich offensichtlich ernsthaft zu der betreffenden Person hingezogen fühlte. *Sag schon den Namen*, dachte er. *Sag, dass ich es bin.* Aber die beiden Männer wussten bereits, um wen es sich handelte. Sie mussten den Namen nicht mehr erwähnen. Sebastien hörte reglos zu, wie Alain seinen Freund mit dessen Unerfahrenheit im Umgang mit Männern neckte. Er zog überrascht eine Augenbraue hoch. Sein Partner war in dieser Beziehung also noch unschuldig. Das machte ihn in Sebastiens Augen noch unwiderstehlicher. *„Ich bin mir sicher, dass Sebastien dir gerne behilflich sein wird."*

„Womit kann ich dir behilflich sein?", fragte Sebastien nonchalant, als er das Büro betrat. Er ließ sich nicht anmerken, dass er ihrem Gespräch schon seit einigen Minuten gelauscht hatte. „Ich helfe dir gern und jederzeit."

36

THIERRY HATTE einen Blick gehabt, wie ein Kaninchen im Scheinwerferlicht. Alain lachte immer noch leise vor sich hin, als er das Büro verließ, um nach Orlando zu suchen. Orlando hätte schon längst zurück sein sollen, aber das Gespräch mit Blair schien länger zu dauern und Alain hoffte, dass es kein schlechtes Zeichen war. Sebastien hatte erwähnt, die beiden im Trainingsraum zurückgelassen zu haben. Dorthin machte Alain sich jetzt auf den Weg.

Er blieb an der offenen Tür stehen und beobachtete die beiden Vampire, die sich auf der Matte gegenüberstanden. Orlando sprang auf Blair zu. Seine Bewegungen waren so blitzschnell, dass Alain ihnen mit den Augen kaum folgen konnte. Hätte Orlando gegen einen Sterblichen, selbst einen Magier, gekämpft, sein Gegner hätte keine Chance gehabt. Blair jedoch entkam ihm leicht mit einem Schritt zur Seite. „Du machst deine Absichten zu früh bekannt", sagte er zu Orlando. „Gegen einen Sterblichen wärst du damit immer noch erfolgreich, aber falls unsere Befürchtung zutrifft und die dunklen Magier ebenfalls Vampire rekrutieren, musst du dich darauf einstellen."

Alain hielt sich zurück, um Blair die Möglichkeit zu geben, Orlando zu demonstrieren, was er damit meinte. Er beobachtete die beiden aufmerksam, weil er wissen wollte, worauf Blair mit seiner Anregung hinauswollte und ob Orlando seine Absichten wirklich so deutlich signalisierte. Tatsächlich, er konnte vorher erkennen, wie Orlando reagieren würde. Es gelang ihm allerdings nur, weil er bestimmte Gesten seines Geliebten wiedererkannte. Wenn er Orlando nicht so gut kennen würde, hätte er dessen Bewegungen wahrscheinlich nicht voraussehen können. „Tut mir leid, euch zu stören", sagte er schließlich. „Orlando und ich müssen noch etwas erledigen. Hast du schon neue Einsatzpläne bekommen, Blair?"

„Noch nicht", erwiderte der Vampir.

„Heute Nacht ist es zu spät für dich, um noch auf Patrouille zu gehen. In ein bis zwei Stunden geht die Sonne auf und wir wissen nicht, wie lange Laurents Blut dich noch beschützt. Wir sehen uns morgen nach Sonnenuntergang, dann finde ich eine neue Einheit für dich."

Blair nickte traurig, als der Name seines verstorbenen Partners erwähnt wurde.

„Du darfst dich nicht damit aufhalten", sagte Orlando. „Er würde nicht wollen, dass du aufgibst."

„Ich weiß", antwortete Blair leise. „Ich gehe besser nach Hause, so lange es noch dunkel ist." Er nickte den beiden Männern zu und verließ mit entschlossener Miene den Raum.

Orlando kam sofort zu Alain und nahm ihn in die Arme. „Untersteh dich, mich zu verlassen", sagte er.

„Laurent war ein guter Magier", erwiderte Alain. „Aber ich bin besser." Es war eine einfache Feststellung. „Ich denke übrigens, dass Blair recht hat. Wir sollten Zweikämpfe trainieren, jetzt, wo wir in Paaren kämpfen und unsere Patrouillen nicht mehr nur aus Magiern bestehen. Heute jedoch nicht mehr. Heute müssen wir uns um einen Repère für dich kümmern."

„Einen was?", fragte Orlando.

Alain erklärte es ihm in wenigen Worten und zog einen kleinen Dinosaurier aus Plastik aus der Tasche, der vor dem Krieg Henri gehört hatte. „Und jetzt machen wir einen solchen Repère für dich."

„Wie soll das für mich funktionieren?", wollte Orlando wissen. „Ich habe keine Magie."

„Thierry sagt, dass es bei Sebastien mit einigen Tropfen Blut funktioniert hat", erklärte ihm Alain. „Vertraust du mir? Ich kann verstehen, wenn du es nicht willst, aber es ist eine wichtige Sicherheitsmaßnahme."

Orlando dachte darüber nach. Er vertraute Alain mehr als jedem anderen, Jean ausgenommen. Dennoch, es machte ihm Angst, dem Magier sein Blut zu überlassen. „Bist du sicher, dass es der einzige Weg ist?", fragte er.

„Es ist der einzige Weg, den Thierry gefunden hat", sagte Alain und fragte sich, ob Orlando seine Ängste wohl jemals ganz überwinden würde. „Wenn es dir unangenehm ist, können wir darauf verzichten."

Dieses Angebot beruhigte Orlandos Nerven mehr, als alle anderen Erklärungen es gekonnt hätten. Niemand zwang ihn dazu, sein Blut für den Repère zu geben. Es war seine eigene, freie Entscheidung. „Ich brauche einen passenden Gegenstand als Talisman, nicht wahr?"

Alain nickte. „Es kann jeder beliebige Gegenstand sein. Bei Magiern wirkt es allerdings am besten, wenn er eine persönliche Bedeutung für seinen Träger hat."

„Ich habe nur meinen Ring", sagte Orlando zögernd. „Und bis vor wenigen Tagen hätte er keine besondere Bedeutung für mich besessen."

„Aber er ist etwas Besonderes", widersprach ihm Alain. „Er ist ein Symbol für deine Vergangenheit, die du überwunden hast."

„Er *war* ein Symbol für meine Vergangenheit, die ich überwunden habe", erwiderte Orlando. „Aber jetzt bedeutet er mehr. Jetzt ist er ein Symbol unseres Bundes." Er lächelte. „Vielleicht ist er der perfekte Talisman. Ohne den Ring, ohne uns, wäre ich nicht hier. Aber ich habe ihn nicht bei mir. Es ist zuhause."

„Wir sollten die Beschwörung hier durchführen, damit wir ihren Erfolg gleich an der Karte testen können", entschied Alain. „Aber ich kann mich kurz nach Hause transportieren und ihn holen. Ist dir das recht?"

Orlando nickte. „Selbstverständlich. Was mir gehört, gehört auch dir."

„Und umgekehrt", versicherte Alain seinem Geliebten. „Ich bin schneller zurück, als du mich vermissen kannst." Er murmelte seinen Spruch und verschwand.

„Ich vermisse dich schon", flüsterte Orlando in den leeren Raum, wo eben noch Alain gestanden hatte. Er rührte sich nicht vom Fleck und wartete Alains Rückkehr ab.

Sekunden später war Alain mit Thurloes Siegelring in der Hand zurück. Orlando nahm den Ring und streichelte mit der anderen Hand über das Brandmal an Alains Hals. Er zitterte, so stark war sein Verlangen, die Zähne in dem Mal zu versenken. Schnell wandte er den Kopf ab, um sich wieder unter Kontrolle zu bekommen und sich auf ihre Aufgabe konzentrieren zu können. „Was muss ich jetzt tun?"

Alain griff nach Orlandos Hand und drückte sie, dann zog er sie von seinem Hals weg. „Du musst gar nichts tun. Ich steche dir in den Finger und lasse etwas Blut auf den Ring tropfen. Dann beschwöre ich ihn und binde ihn damit an die Karte."

Orlando nickte und seine Hand zitterte leicht. Er musste sich erst damit abfinden, dass jemand ihn stechen würde, selbst wenn es Alain war.

Als würde Alain seine Zweifel spüren, hob er Orlandos Hand an die Lippen und küsste jeden Finger einzeln. „Nur ein kurzes Piksen", versprach er.

„Ich weiß."

Alain sah Thierrys kleines Messer auf dem Schreibtisch liegen. Er holte es und reinigte es mit einem Spruch. „Nicht bewegen", ermahnte er Orlando und stach ihm mit der Messerspitze in den Finger. „Es tut mir leid", murmelte er, als Orlando vor Schmerz leise zischte. Dann drückte er leicht zu, bis einige Blutstropfen aus der Wunde quollen. Er rieb den Ring über die Wunde, bis das Metall von dem Blut bedeckt war, und ließ Orlandos Hand wieder los. Nachdem er die Beschwörung gesprochen hatte, wurde der Ring in ein helles Licht getaucht, das schnell wieder verblasste. „Das war's."

Orlando steckte den Finger in den Mund und befeuchtete ihn mit seinem Speichel, um die Wunde zu heilen.

„Wir sollten nachsehen, ob es funktioniert hat. Danach können wir nach Hause gehen", meinte Alain.

Nach Hause. Orlandos Libido reagierte auf diese Worte in der vorhersehbaren Weise. Und sein Herz reagierte ebenfalls. „Beeil dich", sagte er und ging zur Tür.

Alain folgte ihm zum Salle des Cartes. Zu ihrer Freude sahen sie einen kleinen Lichtpunkt auf der Karte, der Orlandos Namen trug und direkt neben Alains Licht aufblinkte. „Lass uns gehen."

Alain nickte und sah sich im Raum um. Zu seiner Erleichterung hatte Mathieu Gastineau heute Dienst. Wäre es ein Magier gewesen, dem er weniger vertraute, hätten sie die U-Bahn nach Hause nehmen müssen. So aber konnten sie einen magischen Transport riskieren. „Sergeant", rief er. „Kannst du meinen Partner mir nachschicken?"

„Wenn ich den Ort auf der Karte sehen kann, ist es kein Problem, Sir", sagte Sergeant Gastineau selbstbewusst.

Alain wandte sich an Orlando. „So sind wir schneller zuhause", flüsterte er schmeichelnd, um die Zustimmung seines Partners zu bekommen. Orlando nickte. Sein Verlangen war stärker als seine Ängste.

Alain sprach seine Beschwörung und verschwand, um kurz darauf in Orlandos – nein, in *ihrem* – Wohnzimmer wieder aufzutauchen. Er musste daran denken, dass sie jetzt beide hier lebten, weil es Orlando immer noch traurig machte, wenn Alain es ab und zu vergaß. Kurz darauf kam auch Orlando im Wohnzimmer an. Die Leidenschaft in seinem Blick raubte Alain fast den Atem. Er trat einen Schritt zurück, dann hatte Orlando ihn auch schon in die Arme genommen und küsste ihn.

EDOUARD SCHLICH durch die Schatten. Er wollte nicht zurück ins Haus und Serrier gegenübertreten, aber es blieb ihm nichts anderes übrig. Die Sonne würde bald aufgehen und er fühlte sich bereits unruhig, weil sein Instinkt ihn dazu trieb, endlich Schutz zu suchen. Er fluchte leise vor sich hin und trat wütend gegen eine Plastikflasche, die bis auf die andere Straßenseite flog. Dann rannte er zum Hauptquartier der dunklen Magier.

Mit blitzenden Augen lief er durch die Gänge, bis er in das Zimmer kam, in dem er sich zuvor mit Serrier getroffen hatte. Ungeduldig wippte er mit dem Fuß auf und ab, während er auf den Magier wartete. Er hatte kein Licht gemacht, weil ihm der Schein der kleinen Lampe lieber war, als ein hell beleuchteter Raum. Edouard wusste immer noch nicht, was er dem dunklen Magier sagen sollte. Die verlangten Informationen hatte er nicht beschaffen können, aber er hatte eine vage Idee, wie er Serrier mit einer anderen Sache besänftigen konnte.

„Nun?", war Serriers Stimme aus dem Dunkeln zu hören.

Edouard wirbelte erschrocken herum. Er hatte den Magier nicht kommen hören und fragte sich, ob seine übernatürlichen Sinne noch ausreichten, um ihn gegen drohende Gefahren zu warnen. Und es war offensichtlich ein gefährliches Geschäft, sich mit diesen Magiern einzulassen.

„Nichts", schimpfte er. „Irgendjemand muss ihnen gesagt haben, dass ich mit dir zusammenarbeite. Sie haben kein Wort mit mir gesprochen und mich sofort weggeschickt. Sie scheinen es für ein Zeichen schlechter Manieren zu halten, sich in deine Gesellschaft zu begeben. Gibt es einen Grund, warum du so verhasst bist?"

Edouard konnte immer noch nicht fassen, mit welcher Vehemenz er heute Nacht immer wieder verjagt worden war, egal, wohin er sich begeben hatte. Club, Café, Bordell – überall das Gleiche. *Wir wollen nichts mit deiner mörderischen Art zu tun haben*, hatten sie ihm im Bordell gesagt. *Geh doch zurück zu deinem geschätzten Magier. Soll der dir geben, was du brauchst.*

Warum sollten wir dir Auskunft geben, wenn du durch deine Rücksichtslosigkeit unsere gesamte Existenz aufs Spiel setzt?, war er in dem Café gefragt worden.

Im Club hatte ihn der Türsteher erst gar nicht eingelassen. *Hier nicht. Deine Jagdmethoden sind hier unerwünscht.* Wenn der Mann sterblich gewesen wäre, hätte Edouard ihm widersprochen. Aber die Besitzer des Clubs hatten den Job einem Vampir gegeben. Edouard hatte sich mit eingezogenem Schwanz wieder verdrückt.

„Nicht dass ich wüsste. Du bist der erste und einzige Vampir, dem ich jemals begegnet bin", erwiderte Serrier. „Muss ich unsere Abmachung neu überdenken?"

„Noch nicht", sagte Edouard hastig. „Ich habe eine andere Idee, obwohl ich dazu deine Hilfe brauche. Unser hochverehrter Chef hat offensichtlich eine sterbliche Geliebte", erklärte er sarkastisch. „Ich bin mir sicher, mit etwas Überredung wird sie uns gerne verraten, was wir wissen wollen."

Serrier zog eine Augenbraue hoch und grinste bösartig. „Und du weißt, wo diese Frau zu finden ist?"

„Ich kenne ihren Namen", erwiderte Edouard. „Sie sollte nicht allzu schwer zu finden sein."

„Wenn du ihren Namen hast, können wir sie finden", gab ihm Serrier recht.

„Karine Gaudier."

ORLANDOS LIPPEN erregten Alain stets aufs Neue, wie er zu seiner Freude feststellte, als er sich in der leidenschaftlichen Umarmung seines Geliebten wiederfand. Die Funken flogen zwischen ihnen und entfachten ein verzehrendes Feuer, kaum dass sich ihre Körper berührten. Es brauchte nur einen Blick, nur die Andeutung einer Einladung, und er wurde von einer Erregung erfasst, als wäre er ein Teenager, der sich kaum beherrschen konnte.

Das Wohnzimmer war jedoch nicht der geeignete Ort und Alain ging Schritt um Schritt rückwärts aufs Schlafzimmer zu, zog Orlando mit sich, bis er die Matratze hinter sich spürte und sich mit ihm aufs Bett fallen ließ. Alain unterbrach ihren Kuss und rollte Orlando auf den Rücken. Dann senkte er den Kopf und küsste ihn liebevoll hinterm Ohr.

Orlando erstarrte, als er Alains Mund an seinem Hals spürte. Er befreite sich aus der Umarmung und stieß Alain zurück. „Nicht."

Alain setzte sich auf und fuhr sich mit den Händen übers Gesicht. Er hatte gehofft, sie hätten diese Furcht hinter sich gelassen. Orlando hatte im Büro von ihm getrunken, gleich nachdem sie sich geliebt hatten. Alain hatte darin ein positives Zeichen gesehen. Er holte tief Luft und drehte sich zu Orlando um. „Bitte, rede mit mir. Stoß mich nicht einfach weg."

Orlando erschauerte. Er hatte Alain schon mehr erzählt als jedem anderen Menschen, aber der Magier schien noch mehr wissen zu wollen. „Ich will es nicht wieder aufleben lassen", wehrte er sich. „Es war das erste Mal schon die Hölle. Warum soll ich mich wieder daran erinnern müssen?"

„Weil du offensichtlich immer noch jedes Mal daran denken musst, wenn wir zusammen sind", sagte Alain mit mehr Ruhe, als er innerlich fühlte. „Es ist, als könnte ich nichts tun, was über die einfachsten Zärtlichkeiten hinausgeht, als könnte ich dich nicht berühren oder küssen, ohne dass du dich mir entziehst."

„Ich habe mich nicht …", protestierte Orlando automatisch, verstummte aber, als ihm auffiel, dass er genau das getan hatte. Es war nicht so schlimm, wenn er vor Erregung kaum noch denken konnte; oder wenn er von Alains Blut trank. Aber in Situationen wie eben, wenn sie erst am Anfang ihres Liebesspiels waren, reagierte er immer noch panisch. Er senkte betreten den Blick. „Ich weiß nicht, was ich dagegen tun soll."

„Rede mit mir", wiederholte Alain. „Sag mir, was er dir angetan hat. Ich will es wiedergutmachen."

„Wiedergutmachen?", fragte Orlando, der nicht wusste, was Alain damit meinte.

„Ich will deine schlechten Erinnerungen durch neue, gute Erfahrungen ersetzen", sagte Alain mit sanfter Stimme.

Orlando nickte bedächtig und überlegte, welches Erlebnis harmlos genug war, um Alain davon zu berichten. Es musste etwas sein, das ihn nicht wirklich verletzen konnte, auch wenn die Erinnerung daran ihn immer noch verfolgte. Er vertraute Alain. Der Magier hatte immer auf Orlandos Bitten gehört und sie befolgt. Trotzdem, hier ging es um etwas anderes. Er musste sich bewusst einer Berührung, einer Zärtlichkeit aussetzen, die ihm unangenehm war. „Er hat mich an den Haaren gezogen, um mir seinen Willen aufzuzwingen."

Alain konnte es immer noch nicht ertragen, sich die Misshandlungen vorzustellen, die Orlando durch seinen Schöpfer erduldet hatte. „Vertrau mir", bat er erneut. „Ich will es wiedergutmachen."

Orlando atmete tief durch. Es fiel ihm schwer, seine instinktive Abwehrhaltung aufzugeben. Einige Sekunden später nickte er Alain zu. Ja.

Alain rutschte auf Orlando zu, legte die Arme um ihn und küsste ihn sanft auf die Wange. Dann kniete er sich hin und sah ihn an. „Denk nur an mich", flüsterte er und fuhr Orlando zärtlich über die Haare. Er hielt ihn nicht fest, fuhr ihm auch nicht mit den Fingern durch die Locken, obwohl er es gern getan hätte. Stattdessen streichelte er ihm nur sanft über den Kopf, als müsste er ein scheues Pferd beruhigen. Mit langsamen Bewegungen fuhr er ihm über die langen Haare nach unten bis auf die Schultern, wieder und wieder, bis er spürte, wie Orlando sich an seine Hand drückte.

Orlando hatte Alain nicht aus den Augen gelassen und sich auf die Berührung vorbereitet. Trotzdem wurde er davon überrascht und musste sich erst wieder ins Gedächtnis zurückrufen, dass es Alain war, nicht sein Schöpfer. Alain hatte ihn noch nie verletzt – und würde ihn auch niemals verletzen –, so wie Thurloe es getan hatte. Alains Hand war warm und beruhigend, als sie immer wieder langsam über Orlandos Kopf und seine Haare streichelte. Sein keuchendes Atmen wurde entspannter und ruhiger, während Alains liebevolle Zärtlichkeit den Hass und die Wut verbannte, der Orlando durch seinen Schöpfer ausgesetzt gewesen war. Je mehr sich Orlandos Herzschlag beruhigte, umso sicherer und selbstbewusster fühlte er sich, bis er schließlich den Kopf einladend an Alains Hand drückte. Mehr.

Orlandos Bewegung ermutigte Alain. Wieder strich er ihm über den Kopf und benutzte dieses Mal die Finger, schob sie vorsichtig zwischen Orlandos Locken und ließ sie über seine Kopfhaut gleiten, ohne jedoch zuzugreifen oder an den Haaren zu ziehen. Ein sanfter Schritt nach dem anderen. Er wollte Orlando nicht wieder erschrecken.

Orlando lief bei dieser sinnlichen Massage eine Gänsehaut über den Rücken. Alain spürte es und hielt sofort inne. „Nicht aufhören", flüsterte Orlando und neigte den Kopf zur Seite, um Alain damit zu bitten, seine Zärtlichkeiten wieder aufzunehmen.

„Nein", versprach Alain und nahm seine Massage wieder auf. „Ich höre nur auf, wenn du mich darum bittest."

Orlando lächelte und kniete sich ebenfalls auf die Matratze, um seinem Geliebten gegenüber zu sitzen. Ihre Beine stießen aneinander, als er zu Alain rutschte und ihn auf den Mund küsste.

Alain überließ ihm die Kontrolle über ihren Kuss, nahm aber die Hände nicht aus Orlandos Haaren. Thurloe – dieser Bastard! – hatte Orlandos Haare benutzt, um ihn zu unterwerfen und ihm seine unerwünschten Berührungen aufzuzwingen. Alain war sich sicher, dass seine Annäherungsversuche nicht unerwünscht wären, aber er wollte nichts tun, was Orlando an die Zeit seiner Gefangenschaft erinnern könnte. Er wollte neue Erinnerungen schaffen, nicht die alten aufleben lassen. Also fuhr er mit seiner zärtlichen Massage fort, während Orlando ihn küsste.

Orlandos Selbstsicherheit nahm immer mehr zu und sein Kuss wurde leidenschaftlicher, bis er schließlich die Zunge zwischen Alains Lippen schob und von dessen Mund Besitz ergriff. Alain ließ den Kopf in den Nacken fallen und hockte sich auf die Fersen, sodass Orlando über ihm aufragte. Selbstvergessen griff Alain zu und zog Orlandos Kopf mit sich nach unten. Orlando erstarrte.

Alain unterbrach ihren Kuss. „Ganz ruhig", sagte er leise. „Ich will nur dein Vergnügen. Lass mich auch dazu beitragen."

Orlando atmete durch und kämpfte gegen seine alten Dämonen an. Er wusste es. Er wusste, dass Alain nur das Beste für ihn wollte und ihm nichts tun würde. Diese Angst und diese Furcht – sie kamen aus Orlando selbst, hatten nichts mit Alain zu tun. Langsam atmete er aus, entspannte sich wieder und ließ zu, dass Alain ihm den Kopf zur Seite zog, um ihn besser küssen zu können. Es dauerte einen Augenblick, bis er sich endgültig daran gewöhnt hatte, die Kontrolle aufzugeben. Aber dann erkannte er, wie viel besser es so war. Er stöhnte leise, während ihre Zungen miteinander spielten. Alains Hand in seinen Haaren nahm er kaum noch wahr. Ja, Alain benutzte diese Hand, um ihn zu lenken. Aber er wollte Orlando damit nicht unterwerfen und verletzen, er wollte ihm nur mehr Freude bereiten und ihn lieben.

37

SERRIER GING ungeduldig im Zimmer auf und ab. Er hatte seine Offiziere für acht Uhr zu sich bestellt und bis auf eine waren sie pünktlich erschienen. Unglücklicherweise war sie es, mit der er vor allem sprechen wollte, denn ihre Patrouille war in der letzten Nacht siegreich aus dem Einsatz zurückgekehrt. Er sah auf die Uhr und drehte sich zu den versammelten Offizieren am Tisch um. „Simonet", schnappte er. „Bring mir Morvilliers, egal wie, selbst wenn du sie nackt aus der Dusche holen musst. Wenn ich acht Uhr sage, meine ich acht Uhr."

Eric zog eine Grimasse, transportierte sich aber sofort in Joëlles Apartment. Er wusste, was Serrier von ihr wollte. Ihre Patrouille war eine der wenigen, die in den letzten beiden Wochen mit Chaviniers Leuten aneinandergeraten war, ohne Verluste zu erleiden. Eric wunderte sich, dass sie noch nicht gekommen war. Jeder kannte Serriers Beharren auf Pünktlichkeit, und Joëlle versuchte schon lange, seine Aufmerksamkeit zu erregen, selbst wenn sie dafür überflüssige Risiken eingehen musste.

Ihr Schutzschild ließ ihn anstandslos passieren, denn sie kannten sich schon sehr lange und er gehörte zu den wenigen, die Zutritt zu ihrer Wohnung hatten. „Joëlle", rief er und ging durch den Flur. „Beeil dich, Süße. Serrier reißt dir den Arsch auf für deine Unpünktlichkeit."

Stille. Kein Ton. Eric lief ein Schauer über den Rücken. „Joëlle?", versuchte er es erneut und betrat ihr Wohnzimmer. Er sah etwas Weißes auf dem Boden liegen und ging zu Couch. Dort lag sie, seine Geliebte der letzten beiden Jahre. Der Bademantel hatte sich geöffnet und gab ihren nackten Körper preis, ihre Haut war wächsern und ihre Augen leer. Er fiel auf die Knie und suchte nach ihrem Puls, fand aber kein Anzeichen von Leben. Eric wurde wütend, obwohl ihr Verhältnis immer nur auf Berechnung beruht hatte. Es hatte ihm, besonders in der ersten Zeit, die Möglichkeit gegeben, seine Loyalität zu Serrier zu zeigen. Für Joëlle bedeutete es, dass sie damit in Serriers Blickfeld geriet. Sie hatten sich nie etwas vorgemacht, doch obwohl ihr Verhältnis politischem Kalkül entsprang, hatten sie sich zu schätzen gelernt. „Wer hat das getan?", fragte er ihre Leiche und suchte nach ihrem Stab. Er stellte fest, dass die Wohnungstür aufgebrochen worden war. Das war rohe Gewalt, keine Magie.

Als er den Stab fand, steckte er ihn ein und ging ins Schlafzimmer, um die Bettdecke zu holen. Er wickelte ihren toten Körper vorsichtig ein und hob sie vom Boden auf, bevor er sie beide wieder zurück zu Serrier transportierte. „Sie ist tot", war alles, was er sagte.

Chaos brach aus und die Anwesenden bombardierten sich gegenseitig mit Fragen.

„Ruhe!", brüllte Serrier, als der Lärm nicht nachlassen wollte. Die Offiziere verstummten.

„Was ist passiert?", wollte Serrier von Eric wissen.

„Ich weiß es nicht", antwortete Eric wahrheitsgemäß. „Ihr Schutzschild war noch intakt, aber sie lag tot auf dem Boden. Ich habe ihren Stab gesucht und sie mit hierher gebracht."

„Lass uns sehen, was der Stab uns verraten kann", schlug Serrier vor und streckte die Hand danach aus.

Eric gab ihm den dünnen Holzstab und wartete ab, während der dunkle Magier eine Beschwörung sprach, die den letzten Spruch sichtbar machte, für den der Stab benutzt worden war.

„Ein *Abbatoire*", stellte Serrier fest. „Gab es keine zweite Leiche?"

„Nein", erwiderte Eric. „Nur sie. Aber niemand hätte in ihre Wohnung eindringen können sollen. Ihr Schutzschild war intakt. Ich habe es gefühlt, als ich angekommen bin. Ich habe mir die Tür angesehen und festgestellt, dass sie aufgebrochen wurde. Joëlle hatte sie mit schweren Schlössern gesichert. Wer immer in die Wohnung eingedrungen ist, muss unglaubliche Kräfte besessen haben."

„Mit Gewalt aufgebrochen?", fragte Serrier nach. „Keine Magie?"

„Mit Gewalt", bestätigte Eric. „Die Tür war aus dem Rahmen gerissen."

„Ein übernatürliches Wesen?", schlug Claude vor. „Ein Vampir, ein Werwolf oder ein anderer Gestaltwandler?"

Serrier sah Edouard an.

„Es ist durchaus möglich", sagte der Vampir. „Aber welchen Grund sollten sie haben, eine Magierin anzugreifen? In ihre Wohnung einzubrechen und sie zu töten?"

„Du tötest aus reinem Vergnügen", erinnerte ihn Serrier.

„Ja", stimmte Edouard ihm zu. „Aber das wäre mir viel zu viel Aufwand, wenn ich nicht einen ganz besonderen Grund dafür hätte."

„Was ist mit Chavinier?", fragte Vincent. „Er hat einen besonderen Grund, sich ihren Tod zu wünschen. Besonders nach den Ereignissen der letzten Nacht."

Eric wollte ihm nicht widersprechen, fühlte sich aber verpflichtet, seinen früheren Mentor in Schutz zu nehmen. „Chavinier würde es nicht persönlich erledigen. Ein Tod in der Schlacht wäre akzeptabel, aber einen kaltblütigen Mord würde er niemals gut heißen."

„Du hast die Miliz schon vor zwei Jahren verlassen", sagte Serrier. „Vielleicht hat sich das geändert."

So sehr nicht, dachte Eric, aber er nickte. „Dennoch, ihr Schutzschild hätte Magier fernhalten müssen. Außerdem hätte sie in der Lage sein sollen, sich gegen jeden anderen Angreifer zu verteidigen."

„Und doch war das offensichtlich nicht der Fall", bemerkte Serrier. „Kannst du sagen, wie sie gestorben ist?"

„Ich bin mir nicht sicher", antwortete Eric. „Aber ihr Hals scheint gebrochen. Ich bin kein Mediziner, deshalb ist es nur eine Vermutung."

Serrier drehte sich zu Joëlles Leiche um und versuchte es erneut mit einer Beschwörung. Keinerlei magische Aura wurde sichtbar. „Sie ist nicht durch Magie getötet worden. Wer immer sie getötet hat, er hat es mit konventionellen Mitteln getan."

„Wie ist das möglich?", fragte Vincent. „Sie hätte sich gegen alles und jeden verteidigen können sollen, selbst wenn es mehrere Angreifer waren. Ich habe nicht immer mit ihr übereingestimmt, aber sie war eine verdammt gute Magierin."

„Und es ist nicht nur sie", warf Simon Aguiraud ein. „Unsere Patrouillen verlieren immer mehr Leute. Flüche funktionieren nicht, selbst ganze Einheiten werden gefangen genommen oder getötet. Ich weiß nicht, was Chavinier unternommen hat, aber es hat sich etwas geändert. Und zwar nicht zu unseren Gunsten."

„Joëlle hat sie letzte Nacht besiegt", verteidigte Eric seine tote Geliebte.

„Was war der Unterschied zwischen letzter Nacht und den anderen Patrouillen?", fragte Serrier. „Das war das Thema, über das wir heute reden wollten. Was hat Joëlle getan, das andere Patrouillen nicht getan haben? Und wenn ein Magier sie auf dem Gewissen hat, warum hat es sie nicht vor ihm gerettet?"

„Die Anzahl", sagte Vincent lapidar. „Joëlle hatte einfach mehr Leute als Chaviniers Einheit. Dem Bericht nach haben sie Verstärkung erhalten, aber nur, um die eigenen Leute rauszuholen. Sie haben erst gar nicht versucht, unseren Angriff zu kontern."

„Kann ich den Bericht sehen?", fragte Eric, der bisher noch nicht die Zeit gefunden hatte, ihn durchzulesen.

Serrier schob ihn über den Tisch. Eric warf einen kurzen Blick darauf und suchte nach Informationen, die Joëlles Tod erklären konnten. Sein Blick blieb erst hängen, als er die Nachricht vom Tod Laurent Copés fand. Er erinnerte sich vage an den Magier, den er in seiner Zeit bei Chavinier kennengelernt hatte, und fühlte ein leichtes Bedauern über den Tod des jungen Mannes. „Normalerweise hätte Dumont diese Patrouille führen sollen", dachte er laut nach. „Aber sein Name wird nirgends erwähnt. Das mag auch eine Rolle gespielt haben. Wenn sein Leutnant die Verantwortung hatte, haben sie vielleicht schneller aufgegeben. Die Stärke unserer Einheit hat mit Sicherheit auch dazu beigetragen, aber wir sollten Dumonts strategisches Geschick nicht unterschätzen."

„Wir brauchen mehr Informationen", knurrte Serrier aufgebracht. „Es muss eine Erklärung geben für das Versagen der Flüche, und auch Dumonts strategische Fähigkeiten stoßen irgendwann an ihre Grenzen. Wir können es nur nicht erkennen und beurteilen, weil uns die Fakten fehlen." Er sah Eric nachdenklich an. „Würden sie es dir abnehmen, wenn du zu ihnen zurückkehrst und behauptest, du hättest deinen Fehler eingesehen? Dieser Idiot, Payet, ist von Chavinier wieder aufgenommen worden."

Eric erstarrte. In dieser Situation hatte er sich seit seinem Seitenwechsel nicht befunden. „Ich weiß es nicht", erwiderte er vorsichtig. „Payet hat dich viel früher verlassen und hatte weniger Blut an den Händen als ich. Er hatte auch nicht meine Gründe, diese ganze Bagage zu hassen. Ich müsste wieder mit dem Mann zusammenarbeiten, der meine Frau und meine Kinder umgebracht hat. Ich habe ein gutes Pokerface, aber ich bin mir nicht sicher, ob sie mir das abnehmen."

„Denk darüber nach", befahl Serrier. „Wir brauchen einen Informanten in ihren Reihen. Ich bin es leid, eine Schlacht nach der anderen zu verlieren."

„ICH BRAUCHE Sonne", sagte Caroline entschuldigend, als sie und Mireille ihre Schicht beendeten. „Wenn ich Nachtdienst habe, brauche ich anschließend immer Sonne, sonst werde ich depressiv und unduldsam."

„Ich hatte überlegt, Monsieur Lombard zu besuchen", meinte Mireille. „Aber er ruht tagsüber lieber. Als wir ihn nach deiner Verletzung besucht haben, hat er eine Ausnahme gemacht und ist aufgestanden. Ich möchte ihn nicht stören, aber ich muss einige Dinge aus dem Haus holen. Können wir vorbeigehen, ohne länger zu bleiben?"

„Natürlich können wir das", erwiderte Caroline. „Ich kann später noch einen kleinen Spaziergang im Park bei meiner Wohnung machen."

Mireille lächelte. „Oder wir fahren nur einen Teil des Wegs mit der U-Bahn und gehen dann zu Fuß. Ich muss nicht schlafen, so wie du, und die Sonne ist immer noch eine neue Erfahrung für mich. Es ist eine schöne Art, den Vormittag zu verbringen."

Caroline strahlte sie erfreut an. Sie hatte in der vergangenen Nacht einige der anderen Teams beobachtet, um herauszufinden, ob auch die anderen Magier zu ihren Partnern diese unglaubliche Verbindung entwickelt hatten, die sie mit Mireille teilte. Von Alain hatte sie es schon gewusst; es schien allerdings, als ob einige der Partnerschaften einen wesentlich stürmischeren Verlauf nahmen als ihre. Jetzt war sie doppelt dankbar für das wunderbare Erlebnis, dass sie mit Mireille geteilt hatte.

Sie nahmen die Métro nach Pont Marie und gingen über die Brücke zur Île St-Louis und Monsieur Lombards Haus. Die Vorhänge waren fest zugezogen und das hieß, dass sich Monsieur überall im Haus aufhalten konnte. Mireille schloss die Tür auf und klingelte, um den alten Vampir auf ihre Rückkehr vorzubereiten. Vorsichtig achtete sie beim Eintreten darauf, dass keine Sonnenstrahlen ins Haus fielen. „Komm schnell rein", sagte sie leise zu Caroline.

Durch einen schmalen Türspalt betraten sie das Haus. Caroline war schon hier gewesen, aber sie staunte immer noch über die wunderbaren Dekorationen. Auch Mireille schaute in die dunklen Schatten. Sie fühlte die Augen ihres Arbeitgebers auf sie gerichtet. Mireille wusste nicht, wann er das letzte Mal Blut getrunken hatte, da sie nicht hier gewesen war, um für ihn jagen zu gehen. Vielleicht bildete sie sich den hungrigen Blick nur ein, mit dem Monsieur Caroline ansah. Sie fuhr ihrer Partnerin mit der Hand besitzergreifend über den Rücken und führte sie zur Treppe, um in ihr Zimmer zu gehen.

Caroline warf ihr einen überraschten Blick zu. Mireilles zärtlicher Griff und das verstohlene Schleichen durch Monsieur Lombards Haus ließen sie erschauern. Es erinnerte Caroline daran, wie sie vor vielen Jahren mit ihrem ersten Freund auf ihr Zimmer geschlichen war, um den Argusaugen ihrer Mutter zu entgehen. „Ich hätte auch unten auf dich warten können."

„Ich habe dich lieber bei mir", war Mireilles einzige Erklärung. Sie war sich ziemlich sicher, dass Caroline bei Monsieur Lombard keine Gefahr drohte, doch so konnte sie dieses Problem nicht nur umgehen, sondern hatte auch noch das Vergnügen, Caroline ihr Zuhause zu zeigen.

Die alten Dienstbotenquartiere unterm Dach waren komplett renoviert worden. Vier kleine Zimmer waren zu einem großen Wohnzimmer und einem Schlafzimmer zusammengelegt worden. Wie im Rest des Hauses waren auch hier die Fenster verschlossen, um das Sonnenlicht fernzuhalten. Mireille zog die Jalousien hoch und ließ die Sonnenstrahlen ins Zimmer. „Du kannst dich auf die Couch setzen und warten oder …" Sie errötete und warf einen Blick zur Schlafzimmertür. „Ich muss mich umziehen. Es dauert nicht lange."

Caroline ließ sie gehen, damit sie sich unbeobachtet umziehen konnte. Sie sah zu, wie sich die Tür hinter ihrer Partnerin schloss und nahm sich vor, diese Grenze zwischen ihnen so bald wie möglich niederzureißen.

Im Schlafzimmer zog Mireille sich eilig um und wünschte sich, sie hätte den Mut besessen, Caroline hereinzubitten. Dann packte sie einige Kleinigkeiten in eine Tasche und ging ins Wohnzimmer zurück. Caroline begrüßte sie mit einem Lächeln und einem Kuss. „Du musst dich nicht vor mir verstecken, Mireille."

„Ich weiß. Es tut mir leid. Ich bin es noch nicht gewöhnt, dass …"

„Mach dir keine Sorgen", unterbrach Caroline sie. „Hast du alles, was du brauchst?"

„Ja", antwortete Mireille. „Jedenfalls für die nächsten Tage. Lass uns zu dir gehen und einen kleinen Spaziergang machen."

„Wir können die U-Bahn zum Place d'Italie nehmen und dann zu Fuß gehen. Es sind etwa dreißig Minuten und ich bekomme die Sonne, die ich brauche", schlug Caroline vor. Sie nahm Mireilles Tasche und transportierte sie in ihre Wohnung. Es gab wirklich keinen Grund, sie den ganzen Weg mitzuschleppen.

Mireille lächelte. „Das hört sich wunderbar an."

Die Fahrt mit der U-Bahn verlief, wie immer, ereignislos. Niemand warf ihnen auch nur einen zweiten Blick zu.

Die beiden Frauen schlenderten gemächlich Arm in Arm durch die Boulevards. Sie hatten es nicht eilig, hatten keine Verpflichtungen, bevor sie heute Abend wieder zum Dienst erscheinen mussten. Caroline musste noch einige

Stunden schlafen, aber sie hatten trotzdem genug Zeit, die frische Luft und den Sonnenschein zu genießen.

Sie kamen zum Boulevard Montparnasse und machten einen Schaufensterbummel, ohne wirklich etwas kaufen zu wollen. Sie fühlten sich frei und unbekümmert. Dann fiel Caroline auf, dass ihre Partnerin vor einigen Läden länger verweilte.

„Willst du dich im Laden umsehen?", fragte sie, als Mireille vor der dritten Boutique stehenblieb.

„Was? Oh. Nein, es ist schon gut", erwiderte Mireille und wurde rot, als wäre sie beim Naschen ertappt worden.

„Sie haben hübsche Sachen", meinte Caroline. Nach kurzem Zögern legte sie Mireille die Hand auf den Rücken. „Du kannst dich ruhig auch ab und zu verwöhnen."

„Was sollte ich mit dem Flitter anfangen?", fragte Mireille ernst. „Ich bin eine Vampirin. Ich gehe nicht aus. Wieso sollte ich ein solches Kleid oder so hübsche Schuhe brauchen?"

Caroline fasste sie an der Hand und zog sie in das Geschäft. „Ich habe in einigen Tagen vierundzwanzig Stunden frei. Und das heißt, dass du auch frei hast. Es gibt einen neuen Club ganz bei mir in der Nähe, den ich noch nicht besucht habe. Wir gehen tanzen."

„Wirklich?", fragte Mireille ungläubig und ihre Augen fingen an zu glänzen. „Ich bin seit Jahren nicht mehr tanzen gegangen."

Caroline lächelte, als sie die Begeisterung in den Augen ihrer Partnerin sah. „Dann such dir was Schönes aus", drängte sie Mireille, in deren Miene Sehnsucht und Unsicherheit miteinander kämpften. Caroline wollte es mit beidem aufnehmen.

Mireille sah sich in dem Laden um und bestaunte all die schönen Dinge, die sie sich normalerweise nicht gönnte, weil sie für ihre Arbeit bei Monsieur Lombard nicht nötig waren. Selbst wenn sie auf Jagd ging, putzte sie sich nicht übermäßig heraus. Doch für eine Nacht mit Caroline wollte sie sich so schön wie möglich machen.

„Lass dir Zeit", meinte Caroline, als Mireille sich unentschlossen umsah und nicht wusste, womit sie anfangen sollte. „Wir haben es nicht eilig." Sie trat an Mireilles Seite und streichelte ihr sanft über den Rücken. „Stell dir nur vor … Wir beide tanzen Arm in Arm und können unsere Hände nicht bei uns behalten, dürfen uns aber auch nicht gehen lassen. Ich will mit dir angeben", flüsterte sie ihrer Partnerin ins Ohr.

Mireille lehnte sich an sie. Carolines leise Worte hatten sie erregt. „Solange ich auch mit dir angeben darf", sagte sie.

Caroline lachte kehlig und faste sie um die Taille. „So viel du willst."

„Kann ich Ihnen behilflich sein?", wurden sie von einer Verkäuferin unterbrochen. „Meine Damen?"

„Meine Freundin sucht ein Kleid", antwortete Caroline und zog sich weit genug zurück, um dem Anstand Genüge zu tun, ließ aber ihre Hand auf Mireilles Rücken ruhen. Der Tonfall der Verkäuferin gefiel ihr nicht. Die Frau war jung und modisch gekleidet, aber ihre Vorurteile gehörten der Vergangenheit an.

Die Verkäuferin nickte. Ihrem säuerlichen Gesichtsausdruck war das Missfallen deutlich anzusehen. Trotzdem war sie offensichtlich professionell genug, um potentielle Kundinnen nicht zu verschrecken. Sie arbeitete auch schon lange genug hier, um die Kleidergröße Mireilles sofort abzuschätzen. „Für welchen Anlass ist das Kleid gedacht?", fragte sie und ging auf den Ständer zu, an dem die Kleider in Größe 36 hingen.

„Wir wollen tanzen gehen", antwortete Caroline und nahm all ihre Geduld zusammen, um die Verkäuferin nicht zurechtzuweisen. Welches Recht hatte diese Frau, sie und Mireille zu verurteilen? „Ich möchte mit meiner Partnerin angeben", fügte sie schnell hinzu, weil sie genau wusste, dass sie die junge Frau damit noch mehr provozieren konnte. Und, was noch wichtiger war, weil Mireille es hören konnte und so wusste, wie begehrenswert sie für Caroline war. Sie musste sich ein Grinsen verkneifen, als die Verkäuferin bei dem Wort ‚Partnerin' zusammenzuckte. Caroline fragte sich, wie die Frau wohl auf das Wort ‚Geliebte' reagiert hätte.

Als Caroline die Größe sah, die die Verkäuferin ausgesucht hatte, schüttelte sie den Kopf. „Nein, wir nehmen Größe 34. Ich bin mir sicher, dass 36 für Mireille zu groß ist. Und außerdem will ich allen zeigen, welches Glück ich gehabt habe", sagte sie entschieden und ließ ihre Hand über die sanften Kurven ihrer Partnerin wandern.

Die Verkäuferin sah daraufhin noch eine Spur säuerlicher aus, als sie die beiden zur Kleiderabteilung führte. Caroline übernahm sofort die Initiative und fing zu stöbern an. Sie hatte genaue Vorstellungen, was zu ihrer Partnerin passen würde. Rot und Pastell schieden aus, weil es die falschen Farben waren. Sie entdeckte ein Seidenkleid, das einen wunderbaren, gedämpften Goldton hatte. „Was meinst du, Miri?", fragte sie und hielt es Mireille hin. Sie konnte sich schon gut vorstellen, wie sich das eng geschnittene Kleid an Mireilles weibliche Kurven anschmiegte.

Mireilles Augen begannen zu glänzen, als sie das Kleid sah. „Es ist wunderschön, aber ich kann doch nicht …"

„Doch, du kannst", zerstreute Caroline Mireilles Zweifel. „Wir möchten es anprobieren", sagte sie zu der Verkäuferin.

Die junge Frau führte sie mit einem missbilligenden Blick zu den kleinen Umkleidekabinen im hinteren Bereich des Ladens. „Vielen Dank", sagte Caroline und entließ sie mit einer Handbewegung. „Wir melden uns, wenn wir Ihre Hilfe brauchen."

Mit einem widerwilligen Nicken drehte die Frau sich um und ging wieder in den Verkaufsbereich zurück. Caroline schenkte ihrer Reaktion nicht die geringste Beachtung und zog Mireille hinter den Vorhang der Umkleidekabine. „Zieh es an", drängte sie und machte sich daran, Mireilles Mantel zu öffnen.

Mireille lachte und schlug Carolines Hände zur Seite. „Ich ziehe es ja an, aber du musst draußen auf mich warten. Ich will es dir erst zeigen, wenn alles perfekt ist."

„Spielverderberin", sagte Caroline neckend und gab ihr noch schnell einen Kuss, bevor sie die Kabine wieder verließ, um Mireilles Intimsphäre zu respektieren.

In der Kabine lehnte Mireille sich an die Wand und versuchte, sich wieder unter Kontrolle zu bekommen. Carolines besitzergreifende Berührungen hatten ihren Körper zum Klingen gebracht. Mireille hatte ihre Partnerin schon in den unterschiedlichsten Situationen erlebt, seit sie sich das erste Mal begegnet waren. Caroline war schon unter normalen Umständen kein Schwächling und ließ sich nicht einfach zur Seite schieben, aber in dieser Laune war sie eine echte Naturgewalt.

Mireille holte tief Luft und zog sich dann bis auf die Unterwäsche aus, um das Kleid anzuprobieren, das Caroline für sie ausgesucht hatte. Sie fuhr mit den Fingern bewundernd über die zarte Seide und hoffte, dass es ihr passen würde. Wahrscheinlich würde es an ihr nicht mehr so schön aussehen wie auf den Kleiderbügel. Sie war vielleicht ‚hübsch' und ‚süß', aber sie hatte sich schon lange damit abgefunden, dass sie niemals als ‚umwerfend' oder ‚sexy' bezeichnet würde. Mireille zog sich das Kleid über den Kopf und strich es glatt. Innerlich bereitete sie sich schon auf die Enttäuschung in Carolines Gesicht vor, wenn sie den Erwartungen ihrer Partnerin nicht entsprechen konnte.

Ohne sich die Mühe zu machen, noch einen Blick in den Spiegel zu werfen, stählte Mireille sich für die Reaktion ihrer Partnerin und verließ die Kabine. Sie war auf vieles vorbereitet gewesen, aber nicht auf das, was dann geschah. Bevor sie wusste, wie ihr geschah, war sie wieder hinter den Vorhang geschoben worden und wurde leidenschaftlich geküsst. „Ich wusste, dass du wunderschön bist", sagte Caroline atemlos. „Aber ich hatte keine Ahnung, wie verdammt sexy du sein kannst. Die Männer im Club werden bestimmt gelb vor Neid. Und die meisten Frauen auch."

Mireille blinzelte erschrocken und ihr Körper reagierte schon wieder, ohne sich um ihren Verstand zu scheren. Sie drückte sich an die Hände, die sie durch die dünne Seide streichelten. Sexy? So war sie noch nie genannt worden. Aber Carolines Hände und ihr Mund sprachen eine andere Sprache. Würden diese langen, eleganten Finger über ihre Hüften und ihr Hinterteil gleiten, wenn die Magierin sie nicht attraktiv fände? Würden die vollen Lippen sich so über ihren Mund hermachen, wenn Caroline sie nicht sexy fände? Ohne nachzudenken, drückte Mireille sich einladend an ihre Partnerin, die der Aufforderung sofort nachkam und mit der Hand in den seitlichen Schlitz des Kleides fuhr, um Mireilles nackte Haut zu suchen. Höher und höher glitt Carolines Hand, während sie mit der anderen in den tiefen Ausschnitt griff und Mireilles Brüste streichelte.

„Ich will dich", flüsterte Caroline und blies ihr sanft ins Ohr. „Glaubst du, die prüde Kuh da draußen würde merken, wenn ich dich jetzt liebe?"

Mireille versuchte erfolglos, das Stöhnen zu unterdrücken, das ihr bei diesem Gedanken entfuhr. Sie wollte Carolines Hände und Lippen ohne den trennenden Stoff auf ihrer Haut spüren. Ihr wurde warm, wie ihr sonst nur warm wurde, wenn sie Blut trank. Sie konnte das Pochen ihres Pulses fühlen, am Hals, in den Brüsten und zwischen den Schenkeln. Mireille hob das Bein, das Caroline streichelte, und schlang es um die Beine ihrer Partnerin, um sie näher an sich zu ziehen. Dann suchte sie nach den Knöpfen von Carolines Mantel, um das störende Kleidungsstück zu öffnen und loszuwerden.

„Kann ich Ihnen noch behilflich sein?"

Die Stimme der Verkäuferin brach den Bann und Mireille zuckte zusammen. Sie wollte sich zurückziehen, aber Caroline ließ sie nicht weit kommen. „Nicht hier", keuchte Mireille, die immer noch nicht wieder ganz in der Wirklichkeit angekommen war. „Bring mich nach Hause, dort kannst du mit mir machen, was du willst."

„Was ich will?", neckte Caroline und knabberte an Mireilles Ohrläppchen. Sie hätte vor Frustration am liebsten laut geflucht, aber dafür konnte ihre Vampirin nichts. „Das ist ein großzügiges Angebot."

„Ich meine es ernst", versprach Mireille. „Bring mich nur nach Hause."

Caroline erkannte das Begehren in Mireilles Blick, das trotz der Störung durch die Verkäuferin nicht erloschen war. Sie nickte. „Gib mir das Kleid. Ich bezahle es, während du dich wieder anziehst."

Mireille nickte ebenfalls und winkte Caroline nach draußen. Sie war zu erregt, um sich vor ihrer Partnerin auszuziehen, wenn keine Chance auf unmittelbare Befriedigung bestand. Nachdem Caroline die Kabine verlassen hatte, zog Mireille das Kleid aus und reichte es ihr durch einen Spalt im Vorhang. Dann zog sie sich wieder an. Zu ihrer Überraschung fühlte sie sich immer noch sexy. In den weiten Hosen und dem bequemen Pullover steckte immer noch die gleiche Frau, die ihre Geliebte vor wenigen Minuten zu solcher Leidenschaft inspiriert hatte. Mireille fühlte sich voller Energie, als sie die Umkleidekabine verließ und zu Caroline in den Laden zurückkam. Die Magierin hatte schon bezahlt und Mireille nahm sie an der Hand. „Lass uns gehen", sagte sie.

Caroline warf der lästigen Verkäuferin noch einen bösen Blick zu und zog Mireille hinter sich her auf die Straße. „Fünfzehn Minuten", sagte sie. „Wenn wir uns beeilen, können wir in fünfzehn Minuten zuhause sein."

„Dann beeilen wir uns", erwiderte Mireille und passte sich dem Schritt Carolines an. Sie wäre alleine schneller gewesen, aber sie wollte bei ihrer Geliebten bleiben. Sie hielten sich fest an den Händen, als sie durch die Straßen eilten.

Das kaum gezügelte Verlangen, das sie auch in Carolines Blick erkennen konnte, ließ sie schneller gehen. Mireille konnte kaum etwas anderes fühlen, deshalb dauerte es einige Sekunden, bis sie bemerkte, dass noch ein anderes, unangenehmeres Gefühl durch ihren Körper fuhr.

„Caroline!"

Mireilles Stimme klang panisch und voller Schmerzen. Caroline konnte es erst nicht verstehen, denn es wollte nicht zu der Leidenschaft passen, die sie beide eben noch geteilt hatten. „Was ist los?", fragte sie dann erschrocken und drehte sich zu Mireille um.

„Die Sonne …", keuchte Mireille und krümmte sich vor Schmerz. „Sie verbrennt mich."

38

CAROLINE SAH sich panisch um und suchte nach einer Möglichkeit, die Vampirin vor der Sonne in Schutz zu bringen. Dann sah sie ein billiges Hotel an der nächsten Straßenecke. „Komm", sagte sie, fasste Mireille an der Hand und zog sie hinter sich her in Sicherheit.

Mireilles Haut brannte und sie konnte vor Schmerzen kaum laufen. Schwer stützte sie sich auf Caroline, als sie sich auf den Weg zu dem Hotel machten. Die Lobby war wohltuend düster, doch das Brennen ließ nicht nach. Es wurde zwar nicht schlimmer, aber auch nicht besser.

„Ich brauche ein Zimmer", rief Caroline. „Sofort!"

Der Manager sah sie misstrauisch an, akzeptierte jedoch Carolines Kreditkarte und gab ihnen einen Zimmerschlüssel. Mireille hatte immer noch Schmerzen, als sie die Treppe hinaufstiegen, aber die Panik hatte glücklicherweise nachgelassen. „Er denkt …", keuchte sie.

„Es spielt keine Rolle, was er denkt", unterbrach Caroline sie und öffnete die Zimmertür. Sie fühlte sich schuldig, Mireille durch ihre Unachtsamkeit in Gefahr gebracht zu haben. So schön es gewesen war, einkaufen zu gehen, sie hätte aufmerksamer sein müssen. „Warte hier, bis ich die Vorhänge zugezogen habe."

Mireille lehnte sich schwer an den Türrahmen, während Caroline zum Fenster ging und das Zimmer abdunkelte. Dann war das tödliche Sonnenlicht ausgeschlossen. „Komm, ich kümmere mich um dich", sagte Caroline und zog Mireille ins Zimmer. Selbst in dem unbeleuchteten Zimmer war die graue Farbe von Mireilles sonst so blasser Haut zu erkennen.

„Ich brauche Blut", erklärte Mireille, während sie sich von Caroline ins Zimmer helfen ließ. „Es ist die einzige Möglichkeit, die Verbrennungen zu heilen."

Caroline nickte und zögerte keine Sekunde, sich den Schal und den Mantel auszuziehen. Dann legte sie sich auf das schmuddelige Bett, warf den Kopf in den Nacken und streckte die Arme nach ihrer Geliebten aus.

Mireille ließ sich die Schmerzen nicht anmerken, als sie sich an Carolines Seite legte. Sie streichelte der Magierin über die zarte Haut und beugte den Kopf, um den Mund auf Carolines schlanken Hals zu drücken. Obwohl sie dringend Blut brauchte, ließ sie sich Zeit und leckte über die bleiche Haut, bis ihr Speichel die Stelle ausreichend befeuchtet hatte, an der sie zubeißen wollte. Ihr Zustand würde sich nicht bessern, bevor sie sich nicht satt getrunken hatte. Er würde sich aber auch nicht verschlechtern, denn sie war jetzt vor den Sonnenstrahlen geschützt. Dadurch hatte Mireille Zeit, um Caroline die Aufmerksamkeit und Fürsorge zu geben, die sie verdiente.

„Mach schon", drängte Caroline und öffnete die Augen. Mireilles braunen Augen waren die Schmerzen noch deutlich anzusehen. „Du tust mir nicht weh."

Mireille wollte vor Freude fast das Herz zerspringen, als sie das Vertrauen in Carolines Blick erkannte. Sie drehte den Kopf zur Seite und versenkte ihr langen Zähne in Carolines Hals. Schon beim ersten Blutstropfen spürte sie, wie die Schmerzen nachließen und die Verbrennungen wieder verheilten. Carolines Blut schmeckte berauschend nach Besorgnis und Liebe. Sie konnte nicht aufhören, davon zu trinken, auch als ihre Haut schon lange wieder geheilt war.

„Hilft es?", fragte Caroline nach einigen Minuten.

Mireille tastete nach Carolines Hand und drückte sie zärtlich, ohne den Mund von ihrem Hals zu nehmen. Dann streichelte sie Caroline über den Arm und die Brust, um dem Blut noch den Geschmack nach Begehren hinzuzufügen, der bald die Besorgnis überlagerte.

„Mireille!", keuchte Caroline in einer Mischung aus Protest und Ermutigung. Die Angst um ihre Partnerin hatte sie ihr Verlangen vergessen lassen, aber diese eine Berührung Mireilles reichte aus, um wieder die Lust in Caroline zu wecken. Sie bog den Rücken durch und presste sich an Mireille, deren Hände und Zähne die gleiche unwiderstehliche Wirkung auf sie ausübten wie bei jedem Biss.

Der Geschmack von Carolines Begehren feuerte Mireilles Leidenschaft an, sodass sie beide mehr und mehr außer Kontrolle gerieten und schließlich erschöpft und befriedigt auf die Matratze sanken.

Nach einiger Zeit hob Mireille den Kopf und leckte über die Bisswunde an Carolines Hals, bis sich die beiden kleinen Löcher in der Haut wieder geschlossen hatten. Als sie mit ihren Bemühungen zufrieden war, hob sie den Kopf und sah Caroline an. „Es war nicht deine Schuld", sagte sie. „Ich habe nicht aufgepasst. Das nächste Mal werden wir vorsichtiger sein."

„Ja, das werden wir", erwiderte Caroline entschieden. „Ich will dich nicht verlieren, Miri."

Carolines herzliche Worte zauberten ein Lächeln auf Mireilles Lippen und ihre grünen Augen glänzten, obwohl nicht eine einzige Träne daraus hervorquoll. Sie küsste Caroline sanft auf den vollen Mund, als ein Geräusch im Hotelflur ihre Aufmerksamkeit erregte. „Wir beide gehen jetzt nur noch zusammen nach Hause, wo kein neugieriger Hotelmanager vor der Tür steht und lauscht, weil er wissen will, was wir hier treiben. Dann wirst du schlafen. Und wenn du wieder aufwachst, werde ich das Versprechen einlösen, das ich dir in der Boutique gegeben habe."

„WAS WILLST du?", fragte Jude barsch. Er war sich sicher, seine Partnerin nicht richtig verstanden zu haben.

„Ich muss einen Repère für dich machen", wiederholte Adèle, die all ihre Geduld zusammenreißen musste. „Und der einzige Weg für einen Vampir ist, dass ich dir etwas Blut abnehme und es auf ein Objekt deiner Wahl streiche. Es dient nur deinem Schutz."

Als Jude nicht sofort antwortete, runzelte sie die Stirn. „Oder hast du Angst vor einem kleinen Einstich?", fragte sie ungehalten.

Das konnte sich Judes Stolz nicht gefallen lassen. „Ich habe vor gar nichts Angst, was du tun könntest", blaffte er sie an.

„Nun, dann entscheide dich für einen passenden Gegenstand, damit wir die Sache hinter uns bringen", schlug sie ungerührt vor. Sie war es leid, mit ihm zu streiten. Sie hatten ihren Dienst noch nicht begonnen, und schon ging es wieder los.

Jude wollte sich von ihr nicht vorführen lassen und sah sich suchend um. Dann beschloss er, einfach seine Armbanduhr zu nehmen. Wahrscheinlich war es sowieso egal, für was er sich entschied. Adèle legte die Uhr auf den Tisch und streckte die Hand aus.

„Ich muss dir das Blut selbst abnehmen", sagte sie und bereitete sich innerlich auf einen neuen Wutausbruch Judes vor.

Zu ihrer Überraschung sah Jude sie nur lange an, dann hielt er ihr die Hand hin.

Jude beobachtete genau, wie Adèle seine Hand umdrehte und ein kleines Messer vom Tisch nahm. Er musste ein Zittern unterdrücken, weil er vor seiner Partnerin keine Schwäche zeigen wollte. Der Einstich war kaum spürbar und auch nicht der Grund für sein Zittern. Aber es war sonst immer er, der seinen Opfern das Blut abnahm, nicht umgekehrt. Diese Umkehrung der Rollen machte ihn vom Jäger zum Gejagten. Es war unerhört.

Adèle rieb ihm über den Puls, bis genug Blut für die Beschwörung aus der kleinen Wunde geflossen war. Der Kontakt mit ihrer Haut ließ Jude innerlich erbeben. Er unterdrückte auch diese Reaktion, betrachtete Adèle jetzt aber mit neuen Augen. Sie war aufs Äußerste konzentriert, während sie den Spruch murmelte, mit dem sie sein Blut an die Uhr und dadurch an die Karte binden wollte. Er hatte sie schon früher beim Ausüben ihrer Magie erlebt, aber das war immer in der Öffentlichkeit geschehen, und auch dann war er meistens mit seiner Verteidigung beschäftigt und abgelenkt gewesen.

Als Jude jetzt die Konzentration in ihrem Gesicht sah, mit der sie sich ihrer Magie widmete, um ihn zu schützen, fragte er sich, ob er sie nicht zu voreilig und nur aufgrund ihres Äußeren falsch beurteilt hatte. Ihre offensichtliche Macht übte eine größere Faszination auf ihn aus als ihre Schönheit. Er hatte sie für ein Spielzeug der männlichen Magier gehalten, die mehr ihres Aussehens als ihrer Fähigkeiten wegen geschätzt wurde. In seiner Zeit hätte das zugetroffen und er würde Frauen nie anders beurteilen können. Er gestand sich ein, dass er ihren Mangel an Zurückhaltung attraktiv fand, aber er konnte dieser Anziehung widerstehen. Die Macht, die sie jetzt ausübte und die in ihrer Magie sichtbar wurde, war allerdings nicht so leicht zu übersehen.

Adèle ließ seine Hand los und gab ihm die Uhr zurück. „Behalte sie immer bei dir, wenn wir im Dienst sind", wies sie ihn an. „Sie wird, im Gegensatz zu meinem Repère, immer auf der Karte sichtbar sein. Aber lokalisieren können wir dich damit nur, wenn du sie auch bei dir trägst. Ansonsten sehen wir nur den Aufbewahrungsort der Uhr."

Jude war immer noch im Bann ihrer Magie. Anstatt ihr die Uhr abzunehmen, griff er nach ihrer Hand und zog sie an sich, um sie zu umarmen. Es wunderte ihn nicht, dass sie sich sofort gegen seine Absicht zur Wehr setzte. Er hatte ihre aufbrausende Natur schon erlebt, aber sie hatte gegen seine übernatürlichen Kräfte keine Chance.

Adèle erkannte sofort, was Jude vorhatte. Sie wollte sich wehren, wusste aber nach dem Erlebnis mit dem Kuss, dass es ein sinnloses Unterfangen war. Also hielt sie einfach still und zeigte keinerlei Reaktion, als er den Mund auf ihre Lippen legte. Sie wünschte, seine Verführung wäre real und er wäre ein Mann, der sie zu schätzen wusste. Aber diese Hoffnung wäre Selbstbetrug. Als er sie wieder losließ, trat sie einen Schritt zurück und wischte sich mit dem Handrücken über den Mund. Dabei funkelte sie ihn so wütend an, dass er im Reflex ebenfalls einen Schritt zurücktrat. „Aus welchem Jahrhundert bist du eigentlich?"

Die kalte Geringschätzung in ihrem Blick ließ sein Herz wieder verhärten. So schön und so mächtig sie auch war, sie hatte weder die Zurückhaltung noch die Bescheidenheit, die die Frauen seiner Zeit auszeichnete. Sie hatte einfach nichts von dem, was eine Frau für ihn begehrenswert machte. „Aus dem 16. Jahrhundert", erwiderte er scharf und drehte sich auf dem Absatz um, um sie stehen zu lassen.

„Das erklärt deine Neanderthalermentalität", fauchte sie. „Aber die sind schon lange ausgestorben. Zu schade, dass du dich ihnen nicht angeschlossen hast."

„Sei froh, dass ich es nicht getan habe", erwiderte er. „Sonst hättest du jetzt keinen Partner."

Sie lachte bitter. „Oder ich hätte einen richtigen Partner, keinen überheblichen Tölpel, der ein Nein nicht verstehen kann."

Jude kam wieder auf sie zu. Er war wider Willen beeindruckt von ihrer furchtlosen Art. „Noch habe ich dieses Wort von dir nicht gehört, mein Schätzchen", stellte er richtig und fasste sie am Kinn. Dann küsste er sie wieder, dieses Mal mit mehr Aggressivität.

„Verschwinde", befahl sie ihm. „Und damit wir uns recht verstehen … Nein, ich will von dir nicht geküsst werden. Nein, ich habe auch sonst kein Interesse an dir. Ich will nichts von dir, was nicht zu den unabdingbaren Erfordernissen der Allianz gehört."

Judes Miene verhärtete sich und er verließ den Raum. Für einen Augenblick hatte er gedacht – vielleicht sogar gehofft –, dass sie eine gemeinsame Grundlage finden könnten. Es schien unmöglich zu sein. Kochend vor Wut und auf Krawall gebürstet, ging er durch den Flur. Er sah ein Paar, das in einer Ecke stand und sich umarmte. Der Mann küsste seine Partnerin zärtlich am Hals. Dann ließ er sie los und gab ihr noch einen Klaps auf den Hintern, bevor sie durch den Gang verschwand und ihn zurückließ.

„Kein Glück gehabt mit dem Weib?", fragte Jude feixend.

Justin wirbelte erschrocken herum und suchte nach dem Urheber des abwertenden Kommentars.

Jude. Das hätte er sich denken können.

„Nur weil ich Manns genug bin, eine Frau als Partnerin zu akzeptieren, muss ich sie nicht gleich ins Bett zerren", erwiderte er, obwohl er genau wusste, dass Catherine nichts dagegen gehabt hätte. Schließlich hatte sie ihn angesprochen, nicht er sie. Und ihre Zeit zusammen hatte nichts mit dem zu tun, was Jude mit seinem unflätigen Kommentar andeuten wollte. „Im Gegensatz zu einigen anderen ist mir nicht entgangen, dass sich die Zeiten geändert haben."

„Aber nicht zum Besseren", sagte Jude aufbrausend und erinnerte sich an die Zeiten, in denen eine Frau wie Adèle sich noch geschmeichelt gefühlt hätte durch sein Angebot.

„Immer noch zu unsicher, um zuzugeben, dass deine Partnerin eine genauso gute Kämpferin ist wie du?", fragte Justin herausfordernd. Er kannte Jude schon viel zu lange, um dessen Frauenfeindlichkeit noch länger zu tolerieren.

„Keine Frau ist so gut wie ich."

„Wirklich?", fragte Justin sarkastisch. „Ich kenne mehr als eine, die dir da widersprechen würde. Wenn ich die Wahl zwischen dir und Catherine hätte, ich würde mich jederzeit für sie entscheiden. Auf sie kann ich mich immer verlassen." Er verstummte und legte übertrieben nachdenklich die Stirn in Falten. „Ich glaube, mir wäre sogar deine Partnerin lieber als du. Sie muss ein Ausbund an Pflichtgefühl sein, dass sie es mit dir aushält", fügte er dann hinzu.

Ohne Judes Antwort abzuwarten, drehte Justin sich um und ging den Flur hinab. Er hatte Mitleid mit Adèle, die mit einem solchen Holzkopf von Partner geschlagen war. In gewisser Weise tat ihm aber auch Jude leid. Das Leben des Vampirs würde im Laufe der Jahre nicht einfacher werden. Kopfschüttelnd wandte er sich wieder angenehmeren Gedanken zu. Catherine erwartete ihn in ihrem Büro. Er musste trinken, und mit etwas Glück würde sie ihm auch mehr erlauben. Das letzte Mal hatten sie sich geliebt. Justin war wirklich ein Glückspilz. Seine Partnerin war nicht nur eine erstaunliche Magierin, sie war auch noch unglaublich begehrenswert.

Als Justin zu Catherines Büro kam, stand die Tür offen und er trat ein, ohne vorher anzuklopfen. Sie hatte ihm mehr als klargemacht, dass er sich wie zuhause fühlen sollte. Catherine war mit einem Telefonat beschäftigt und machte sich Notizen. Er bewunderte ihre Schönheit, während er das Ende ihres Gesprächs abwartete. Die langen, dunklen Haare fielen ihr auf die Schultern und über den Rücken. Sie umrahmten ihr Gesicht und betonten ihre Kurven, die genau an den richtigen Stellen saßen und Justins Blicke wie magisch anzogen. Die olivfarbene

Haut ließ auf ihre mediterrane Herkunft schließen. Sie hörte ihn kommen, lächelte ihm freundlich zu und winkte ihn zu dem Sessel, der in einer Ecke des Büros stand.

Justin erwiderte ihr Lächeln und nahm Platz. Als sie endlich den Hörer auflegte, wandte sie sich ihm zu und strahlte ihn an. Er kannte diesen Ausdruck. Er hatte ihn in der Nacht gesehen, als sie ihn das erste Mal in ihr Bett eingeladen hatte.

Catherine stand auf und kam mit schwingenden Hüften zu ihm. Sie setzte sich auf seinen Schoß. „Wird es nicht Zeit, dass du etwas trinken musst?", schnurrte sie in einem Ton, der nicht nur seinen Appetit auf Blut weckte.

„Ist das ein Angebot?", fragte er scherzhaft zurück, obwohl ihre Arme um seine Schultern ihm schon die Antwort gegeben hatten.

Sie senkte den Kopf und küsste ihn mit offenem Mund. Er fuhr mit den Fingern durch ihre seidigen Haare und sie legte einladend den Kopf zur Seite. Als er an ihren Lippen knabberte, stöhnte sie leise und seine Zähne wurden länger. Er fuhr ihr über die Haut, biss aber noch nicht zu. Er musste die richtige Stelle auswählen, damit die Bisswunde ihr nicht unangenehm war.

Catherines schlanke Hände glitten zwischen ihre Körper und streichelten über seine Brust. Dann öffnete sie ihm die Hose und nahm ihn in die Hand. „Verdammt, Catherine", keuchte er, als sie ihn streichelte.

„Oh ja", sagte sie neckend und schob sich den Rock nach oben. „Darauf habe ich schon den ganzen Tag gewartet."

Er stützte sie mit den Händen ab und fuhr ihr über die strumpfbedeckten Beine, bis er, weiter oben, nackte Haut fühlte. Und noch mehr Haut. „Bist du die ganze Nacht unten ohne rumgelaufen?", fragte er, als er ihr über den nackten Hintern streichelte.

Sie schüttelte lachend den Kopf. „Nein, ich habe meine Unterwäsche gerade erst ausgezogen. Ich wollte nicht länger warten." Sie knabberte an seinem Hals. „Es stört dich doch nicht, oder?"

Als ob ein Mann etwas dagegen haben könnte, wenn eine so wunderbare Frau wie Catherine ihn begehrte! „Ganz und gar nicht", knurrte er und hob sie hoch, um mit seinem steifen Schwanz zwischen ihre Beine zu kommen. Er fuhr ihr mit den Lippen über den Hals und suchte nach der perfekten Stelle für seinen Biss. Ihr Hals war von halb verheilten, kleinen Wunden übersät, ein Beweis dafür, wie oft sie ihn schon eingeladen hatte. Justin schob den Kragen ihrer Bluse zur Seite und entschied sich für die Stelle direkt unter dem Schlüsselbein. Sorgfältig bereitete er die zarte Haut mit seiner Zunge vor, bevor er zubiss und die Zähne tief in ihrem Fleisch versenkte. Im gleichen Moment versenkte er seinen Schwanz in ihrem willigen Körper. Catherine schrie kurz auf, aber er konnte die Leidenschaft in ihrem Blut schmecken und ließ sich durch ihren Aufschrei nicht irremachen. Stattdessen saugte er stärker, während Catherine sich stöhnend auf seinem Schwanz auf und ab bewegte.

Sie kam schnell zum Höhepunkt und krampfte sich um seinen Schwanz zusammen, während er in sie hineinstieß und das lebensspendende Blut aus ihren

Adern saugte. Justin wusste aus Erfahrung, dass er sich nur etwas gedulden musste, und sie würde erneut zum Höhepunkt kommen. Er wurde langsamer und gab ihr damit die Chance, sich zu erholen und seinem Rhythmus wieder anzupassen. Es dauerte nicht lange, bis er das wiedererwachende Begehren in ihrem Blut schmecken konnte und sie sich wieder schneller bewegte. Dieses Mal hielt er sich nicht zurück, ließ sich von ihrem Orgasmus mitreißen und dann sackten sie, immer noch miteinander vereint, befriedigt in dem Sessel zusammen.

39

SEBASTIEN SCHLOSS leise hinter sich die Schlafzimmertür und ging durch den Flur ins Wohnzimmer. Er setzte sich aufs Sofa und erinnerte sich an seine guten Manieren. Er sollte nicht in Thierrys Sachen rumschnüffeln. Daran änderte sich auch nichts durch dessen Eingeständnis, sich zu Sebastien hingezogen zu fühlen. Noch nicht. Erst dann, wenn Thierry es Sebastien gegenüber selbst zugeben konnte und nicht nur mit Alain darüber sprach. Diese Erkenntnis änderte jedoch nichts an Sebastiens Neugier. Er gab schließlich nach und redete sich ein, dass er ja nur die offen zugänglichen Dinge ansehen wollte.

Während er durchs Zimmer ging, stellte er zu seinem Erstaunen fest, dass es nichts enthielt, was ihn irgendwie an Thierry erinnerte. Nichts deutete auf Thierrys Einfluss oder Anwesenheit in diesem Haus hin. Er betrachtete sich die Fotos auf der Kommode und runzelte die Stirn. Auf vielen Bildern war eine Frau zu erkennen und er nahm an, dass es sich dabei um die verstorbene Aleth handelte. Er fragte sich auch, wer der Mann war, der oft mit ihr zusammen auf den Fotos zu sehen war und der weder mit Thierry noch mit dessen Frau die geringste Ähnlichkeit hatte. Hatte sie sich einen Liebhaber genommen? Der Gedanke gefiel ihm nicht, denn er wusste, dass sein Partner die Hoffnung gehegt hatte, sich nach dem Krieg wieder mit seiner Frau zu versöhnen. Dass ihr Thierry so gleichgültig war, obwohl sie dessen Hoffnungen gekannt haben musste, machte Sebastien wütend. Sein Magier hatte diese Behandlung nicht verdient.

Sebastien atmete tief durch. Nur ruhig. Das waren bloße Vermutungen. Sicher, die Fotos ließen diesen Eindruck entstehen, aber er wusste nicht, wer der Mann wirklich war. Es konnte sich auch um einen Cousin oder alten Freund handeln. Das würde die Vertrautheit erklären, die in der Körpersprache der beiden zu erkennen war.

Sebastien wunderte sich, warum der Magier ihn in dieses Haus gebracht hatte und wo er jetzt wohnte. Wollte Thierry ihn damit auf Distanz halten oder ihn daran erinnern, dass er verheiratet gewesen war und seine Frau immer noch liebte? Das hatte Sebastien schon in Thierrys Blut schmecken können. Die Trauer des Mannes war von Anfang an deutlich spürbar gewesen und hatte seitdem kaum nachgelassen, trotz der Worte, die Sebastien heute früh in Thierrys Büro belauscht hatte.

Sebastien gab sich Mühe, das Denken wieder in sein Gehirn zurück zu verlagern, anstatt es seiner Libido zu überlassen. Er dachte darüber nach, was er seit dem Beginn der Allianz gesehen und gehört hatte. Viele Partnerschaften waren mittlerweile zu engen, persönlichen Beziehungen zwischen Magier und Vampir geworden. Er hatte Vampire erlebt, die seit Jahrzehnten zurückgezogen gelebt hatten und jetzt plötzlich Seite an Seite mit einem Magier kämpften, den sie kaum kannten, die ihre Magier mit einer Entschlossenheit und Hingabe verteidigten, für die Sebastien keine logische Erklärung fand. Blair war das perfekte Beispiel. Nach nur vier Tagen Partnerschaft war er durch den Tod seines Magiers in eine Verzweiflung gestürzt worden, die so unerklärlich wie unübersehbar war. Blair hatte gestern kaltblütig eine Frau getötet, weil sie seinen Partner ermordet hatte.

Am bemerkenswertesten war die Veränderung, die Orlando mitgemacht hatte. Sebastien wusste nur wenig über die Geschichte des jungen Vampirs, aber er wusste, dass Orlando keinen Grund hatte, leichtfertig und schnell einem anderen Menschen sein Vertrauen zu schenken. Trotzdem hatte Orlando sich mit einem unauflösbaren Versprechen an seinen Magier gebunden, und das gerade mal drei Tagen nach ihrer ersten Begegnung. Sebastien konnte die Anziehung zwischen den beiden verstehen. Er hatte sich damals innerhalb weniger Wochen in Thibault verliebt. Aber das war nicht vergleichbar, denn er hatte nicht die Narben, die Orlando aus seiner unglücklichen Vergangenheit zurückbehalten hatte. Dennoch war Orlandos Partnerschaft die allumfassendste und engste von allen. Egal, wie der Krieg ausgehen mochte, Orlando hatte sich für den Rest von Alains Leben an den Magier gebunden, und das passte nicht zu dem Charakter des jungen Vampirs, auch wenn Jean sich über das Verhalten seines Freundes nicht allzu beunruhigt zeigte. Es konnte deshalb nichts mit dunkler Magier zu tun haben, denn das wäre dem Chef de la Cour nicht entgangen und dann wäre er diese Allianz nie eingegangen. Die Versuchung, endlich sozial und vor dem Gesetz anerkannt zu sein, war natürlich groß. Aber sie war nicht so groß, um die Gemeinschaft der Vampire zu hintergehen und in eine Allianz zu drängen, die auf dunkler Magie basierte. Sebastien und Jean verstanden sich nicht sehr gut, ganz bestimmt nicht. Doch Sebastien war ehrlich genug, um sich einzugestehen, dass Jean niemals so handeln würde. Es gab nur ein Problem zwischen ihnen – Sebastiens Aveu de Sang mit Thibault. Das allein machte Jean allerdings nicht zu einem schlechten Chef. Es machte ihn nur zu einem Menschen wie alle anderen auch, fehlbar und mit Gefühlen.

Sebastiens Gedanken wanderten wieder von seinem Avoué zu dem Mann, der im Nachbarzimmer lag und schlief. Er überlegte, was das Geständnis des Magiers für ihre Zukunft bedeuten mochte. Sebastien begehrte seinen Partner schon, seit er das erste Mal wirklich von ihm getrunken hatte. Er hatte es aus Rücksichtnahme unterdrückt, weil er die Trauer in Thierrys Blut geschmeckt hatte. Erst später war dieser Geschmack durch Thierrys Begehren bereichert worden. Zuerst hatte Sebastien es noch seinem eigenen Wunschdenken zugeschrieben, aber mittlerweile war ihm klar geworden, dass es echt war. Er dachte über den Rest der Unterhaltung zwischen Thierry und Alain nach. Sebastien litt nicht unter falscher Bescheidenheit. Er wusste, dass er ein attraktiver Mann war. Trotzdem kam es ihm merkwürdig vor, dass Thierry so plötzlich Interesse an einem Mann entwickelte. Andererseits freuten sich seine niederen Instinkte jetzt schon über die Möglichkeit, den Magier in die Freuden des Sex zwischen Männern einzuweihen. Er wurde hart bei der Vorstellung, der erste zu sein, der Thierry berührte, ihn dehnte und seinen unberührten Arsch fickte. Schnell riss er sich wieder zusammen. Thierry hatte mehr verdient, als nur gefickt zu werden. Er war es wert, nach allen Regeln der Kunst verführt zu werden.

Sebastien fragte sich auch, ob Thierrys Verlangen vielleicht nur auf die Intimität des Bisses zurückzuführen war, oder ob der Magier auch so empfinden würde, wenn sie nicht durch ihre Blutspartnerschaft verbunden wären. Er hatte die Erfahrung gemacht, dass seine Opfer sich wohler fühlten, wenn sie ihr Verlangen nach seinem Biss mit einer Liebesbeziehung rechtfertigen konnten. Das war sogar dann der Fall, wenn er die beiden Dinge getrennt hielt und nicht von ihnen trank, während sie Sex hatten. Es gab nur wenige heterosexuelle Männer, die freiwillig einem männlichen Vampir ihren Hals anboten. Thierry hatte in den vergangenen vier Tagen damit keine Probleme gehabt, ganz im Gegenteil. Jedes Mal, wenn Sebastien trinken wollte, war der Magier sofort dazu bereit gewesen. War Thierry also doch ehrlich an ihm interessiert? Oder war es die Mischung aus Trauer und der Intimität des Bisses? Vielleicht erinnerte diese Intimität Thierry daran, was er schon zwei Jahre vor dem Tod seiner Frau verloren hatte, als Aleth und er sich trennten. Sebastien wünschte sich das eine und fürchtete das andere. Unglücklicherweise konnte er die Wahrheit nur herausfinden, wenn er sich der Gefahr aussetzte, sich Thierry anzuvertrauen und zurückgewiesen zu werden.

Leise schlich er durch den Flur, öffnete die Tür zum Schlafzimmer und warf einen Blick hinein. Trotz der Kälte hatte Thierry sich bis auf die Unterhose und ein T-Shirt ausgezogen. Die Decke war um seine Beine gewickelt und sein Oberkörper lag bloß. Wahrscheinlich hatte er geträumt und unruhig geschlafen. Die zugezogenen Jalousien tauchten den Raum in ein diffuses Dämmerlicht, aber Sebastien konnte dank seiner übernatürlichen Sehkraft die Schauer erkennen, die seinem Partner über die nackte Haut liefen. Schnell ging er ins Zimmer und zog ihm die Decke über die Schultern. Thierry drehte sich um und griff im Halbschlaf nach Sebastiens Hand. Ohne die Augen zu öffnen, zog er ihn an sich und flüsterte: „Bleib hier." Dann schlief er wieder ein.

Sebastien dachte darüber nach, sich dem Griff zu entwinden und das Zimmer zu verlassen, erfüllte aber dann doch den Wunsch seines Partners. Als er zu Thierry unter die Decke schlüpfte, verfluchte er sich innerlich, weil er so weichherzig war und damit nur Enttäuschungen riskierte. Er drückte sich an Thierrys Rücken und legte ihm den Arm um den Oberkörper. Dann schloss er ebenfalls die Augen und fand sich damit ab, die nächsten Stunden hier zu verbringen.

Als Thierry nach fünf Stunden ungestörten und erholsamen Schlafes aufwachte, fühlte er hinter sich einen harten Körper. Ein Arm lag auf seiner Brust und hielt ihn fest. Er blieb noch einige Minuten liegen und genoss es, umarmt zu werden. Es war schon zwei Jahre her, seit er mit einem anderen Menschen das Bett geteilt hatte. Auch wenn sie nur zusammen schliefen, war es doch ein unbeschreiblich behagliches und tröstliches Gefühl.

Thierry streckte sich und rollte auf den Rücken, wobei er sich leicht an den Körper lehnte, der an seiner Seite lag. Sebastien wollte sich sofort zurückziehen, aber Thierry hielt ihn am Arm fest. Er wollte noch nicht aufstehen. „Noch nicht", murmelte er, weil er die friedliche Stimmung noch etwas länger genießen wollte. „Ich habe nicht mehr so gut geschlafen, seit dieser Krieg begonnen hat."

Thierrys offenherziges Geständnis ließ Sebastien innerlich erschauern und er gab nach. „Du musst mich nur darum bitten. Ich habe nichts dagegen, dich noch länger zu halten."

„Ich will mich nicht aufdrängen", meinte Thierry.

Sebastien lachte leise. „Bis vor vier Tagen habe ich meine Tage in der Wohnung verbracht, eingesperrt durch das Licht der Sonne. Ich konnte es kaum abwarten, bis es dunkel wurde und ich wieder frei war. Ich schlafe nicht, so wie du. Aber ich brauche auch Ruhe, um mich zu erholen. Wenn du mit mir an deiner Seite besser schlafen kannst, ist es mir egal, wo ich liege. Es macht keinen Unterschied für mich."

Es machte wirklich keinen Unterschied, aber es war auch nicht das Gleiche, denn Thierrys warmer Körper erhitzte Sebastien und weckte Gedanken in ihm, die zu ihrer Art von Beziehung nicht passten. Er rückte vorsichtig einige Zentimeter von Thierry ab, damit der Magier die Erektion nicht fühlen konnte, zu der die gemeinsamen Stunden im Bett Sebastien inspiriert hatten.

„Wenn du meinst", sagte Thierry. Er wollte sich die Gelegenheit nicht entgehen lassen, dem Objekt seiner Zuneigung nah zu sein. Thierry schloss wieder die Augen und genoss es. Es kam ihm so natürlich vor, Sebastiens Arm um seiner Brust zu spüren und von ihm gehalten zu werden. Eigentlich hätte es sich befremdlich anfühlen sollen, weil Sebastien ein Mann war. Thierry hatte in Ausnahmefällen, wenn sie keine andere Wahl hatten, schon mit Alain im gleichen Bett übernachtet. Aber so hatte er sich noch nie gefühlt. Zwischen ihm und Alain war es nie peinlich geworden, Thierry hatte sich jedoch auch nie so entspannt gefühlt. Sebastiens Arm, der ihn hätte irritieren sollen, vermittelte ihm stattdessen nur Vertrautheit und Intimität.

Er drehte den Kopf zu Sebastien um und lächelte ihn an. „Musst du trinken?"

Sebastien hätte Thierry am liebsten auf den Rücken gerollt und wäre über ihn hergefallen – und zwar mit Zähnen und Schwanz –, um sich am zarten Fleisch seines Halses und an seinem Arsch gleichzeitig zu befriedigen. „Es hat noch Zeit bis nach dem Dienst", brachte er mühsam über die Lippen. „Es wird sowieso gleich dunkel."

Thierry nickte enttäuscht, weil er gerne einen Grund gehabt hätte, noch näher an Sebastien heranzurücken. „Dann sollte ich jetzt essen", meinte er träge.

Sebastien lächelte. „Das hört sich nicht sehr begeistert an."

„Ich habe zwar hervorragend geschlafen, aber es war noch nicht genug", sagte Thierry lachend. „Es braucht mehr als eine Nacht – oder einen Tag – in deinen Armen, bis ich meinen Schlafmangel wieder wettgemacht habe."

„Lass dir Zeit, ich bin ja da", erwiderte Sebastien. Er musste an die Kraft denken, die der Krieg den Magier schon gekostet hatte. Wenn er Thierry helfen konnte, wieder neue Energie zu tanken, dann wollte er das tun, auch wenn seine Selbstbeherrschung dadurch auf eine harte Probe gestellt wurde.

Thierry drehte sich auf die Seite und sah den Vampir an. Er schaute ihm in die ernsten, treuen Augen und suchte nach einem Hinweis, um Sebastiens Worte richtig zu interpretieren. Thierry wusste, wie er selbst sie gern verstehen würde, aber seine Wünsche und die Wirklichkeit mussten nicht unbedingt miteinander übereinstimmen. Er holte tief Luft, um sich Mut zu machen und Sebastien danach zu fragen. In diesem Moment roch er den Duft von Aleth' Shampoo, der noch in den Kissen hing, und wurde von seinen Schuldgefühlen übermannt.

Sebastien bemerkte den Stimmungsumschwung sofort, noch bevor der Magier eine unverständliche Entschuldigung murmelte und sich aus dem Bett rollte. Er hatte keine Ahnung, was in Thierry vor sich ging, aber er konnte im Spiegel den betretenen Gesichtsausdruck des Magiers erkennen. Er unterdrückte einen frustrierten Fluch, während Thierry im Badezimmer verschwand. Dann legte er sich auf den Rücken und starrte nachdenklich an die Decke. Was war eben mit Thierry passiert? Sebastien wäre ihm gern gefolgt und hätte ihn danach gefragt, aber Thierry schuldete ihm keine Erklärung für sein Verhalten. Ihre einzige Verpflichtung war die Allianz, so sehr sich Sebastien auch mehr wünschte. Dass die Erfordernisse ihres Bündnisses sie oft in solche intimen Umstände brachten, änderte nichts an den Tatsachen. Es änderte auch nichts daran, dass Thierrys Frau erst vor wenigen Tagen gestorben war und dass der Magier sich ausgesprochen unwohl fühlen musste, weil er ein plötzliches Interesse an einem Mann in sich entdeckte. Was immer Sebastien sich wünschte, er musste Geduld bewahren und abwarten, sonst würden sich seine Wünsche nie erfüllen.

Im Badezimmer drehte Thierry den Wasserhahn auf und drückte die Stirn an die kalten Kacheln, während er darauf wartete, dass sich die Wanne mit dem warmen Wasser füllte. Er war ein Narr. Ja, Aleth' Haus – jetzt wieder sein Haus – war sicherer als seine Wohnung, falls Serrier sie angreifen sollte. Aber so, wie sich der Tag entwickelt hatte, war es ganz und gar keine gute Idee gewesen, hierher zu kommen. Er fühlte sich schuldig bei dem Gedanken, in Aleth' Bett zu liegen – in dem Bett, das sie früher geteilt hatten – und dabei einen anderen zu begehren. Sebastiens Geschlecht störte ihn kaum noch und hatte auch mit seinem derzeitigen Problem wenig zu tun. Es ging nicht darum, ob es sich um einen Mann oder eine Frau handelte. Es ging darum, dass er Aleth' Andenken betrog, wenn er so kurz nach ihrem Tod einen anderen Menschen mit hierher brachte.

Thierry stieg in die Wanne und drehte die Dusche an. Der prasselnde Wasserstrahl, der ihm über das Gesicht und die Schultern lief, vertrieb den letzten

Rest an Müdigkeit. Trotz seines schlechten Gewissens hatte er hervorragend geschlafen und es war ein gutes Gefühl gewesen, in Sebastiens Armen aufzuwachen. Sein Verstand konnte es immer noch nicht ganz nachvollziehen, wie natürlich und normal es ihm vorkam, in Sebastiens Nähe zu sein. Wenn sie gestern nicht in dieses Haus, sondern in seine Wohnung gegangen wären, hätte dieser Morgen wahrscheinlich einen vollkommen anderen Verlauf genommen. Hatte sein Unterbewusstsein ihn vielleicht boykottiert, um sich noch etwas Aufschub zu verschaffen? Er legte den Duschkopf zur Seite und wusch sich die Haare. Dabei versuchte er, seine Gefühle zu analysieren. Was war Begehren und was war Furcht? Und wo lag die Grenze zwischen diesen beiden Gefühlen?

Thierry fürchtete die körperlichen Aspekte dieser aufkeimenden Beziehung, aber es war vor allem eine Furcht vor dem Unbekannten. Er zweifelte nicht daran, dass Sebastien ihm mit seiner Erfahrung zur Seite stehen würde, und mit allen anderen Fragen und Problemen konnte Thierry sich an Alain wenden. Der würde sich vermutlich die Chance nicht entgehen lassen, Thierry auf die Schippe zu nehmen, aber er würde alle Fragen ehrlich mit ihm diskutieren und sein Bestes geben, um Thierrys Furcht zu zerstreuen.

Thierry fürchtete auch den Betrug. Nicht den Betrug an der Allianz, sondern auf persönlicher Ebene, sollte Sebastien wieder das Interesse an ihrer Beziehung verlieren. Es war ihm nie schwergefallen, die Aufmerksamkeit von Frauen zu erregen, aber die wenigsten hatte er lange halten können. Aleth war die einzige Frau, mit der er länger als einige Monate zusammen gewesen war, doch selbst sie hatte ihn verlassen. Thierry wusste nicht, wie man die Aufmerksamkeit eines Mannes erregte, und noch weniger wusste er, wie man sie dauerhaft halten konnte. Was war, wenn sich Sebastien irgendwann mit ihm langweilte? Wenn Sebastien einen erfahreneren Geliebten wollte? Oder einen Nachgiebigeren? Sebastiens Erzählungen über seinen Avoué hatten bei Thierry den Eindruck hinterlassen, dass der Vampir der dominante Partner in dieser Beziehung gewesen war. Thierry kannte sich selbst gut genug, um zu wissen, dass er eine solche Dynamik nicht akzeptieren würde, falls Sebastien danach verlangte.

Vor allem aber fürchtete Thierry, Sebastien wieder zu verlieren, so wie er Aleth verloren hatte. Die Patrouillen hatten durch die Allianz weniger Verluste zu beklagen als zuvor. Bisher war noch kein Vampir ums Leben gekommen. Thierry war jedoch nicht so naiv, sich darauf zu verlassen, dass es so bleiben würde. Die Vampire waren gegen den *Abbatoire* gefeit, aber es gab genug andere Flüche, die sie vernichten konnten. Wenn Serrier erst von der Allianz erfuhr – und Marcel dachte darüber nach, sie demnächst öffentlich bekannt zu geben –, würden die dunklen Magier ihre Taktik ändern und Flüche einsetzen, die Sebastien und die anderen Vampire gefährdeten. Sebastien hatte sich bei ihren Einsätzen nie gescheut, sich in den Kampf zu stürzen und es mit den dunklen Magiern aufzunehmen. Er musste sich zu seiner Verteidigung auf Thierrys Erfahrung verlassen. Thierry hätte ihn am liebsten in Watte gepackt und eingesperrt, war aber klug genug, diesen Wunsch vor

Sebastien nicht zu äußern. Sein Partner wäre niemals bereit, auf Thierrys Vorschlag einzugehen, so wie Thierry im umgekehrten Fall nicht auf Sebastien hören würde.

Furcht und Begehren. Nachdem Thierry über seine Ängste nachgedacht hatte, wandte er sich seinen Wünschen zu. Was wollte er von Sebastien? Sein Körper gab ihm sofort Auskunft: Sex. Jedes Mal, wenn der Vampir von seinem Blut trank, geriet Thierrys Libido außer Kontrolle. Er war seit zwei Jahren nicht mehr so intim berührt worden. Und wer hätte gedacht, dass er den Biss eines Vampirs jemals als intim empfinden würde? Aber er müsste schon tot sein, um nicht darauf zu reagieren – sei es die Nähe von Sebastiens Körper, der sich an ihn presste, oder seien es die Lippen und die Zunge des Vampirs, die seinen Hals liebkosten. So gesehen war es keine große Überraschung, dass er durch Sebastiens Biss erregt wurde.

Thierry sehnte sich auch nach einem Gefährten. Bisher hatte Alain diese Rolle in Thierrys Leben innegehabt. Sie verbrachten ihre Freizeit miteinander, daran hatte sich auch nichts geändert, nachdem sie beide geheiratet hatten. Nach Thierrys Trennung von Aleth war Alain immer für ihn da gewesen. Aber es war etwas anderes, abends nach Hause zu kommen und von einem geliebten Menschen erwartet zu werden, nachts einen warmen Körper an der Seite zu spüren und gehalten zu werden, um die bösen Träume zu vertreiben. So, wie Sebastien es letzte Nacht getan hatte. Und er hatte angeboten, auch in Zukunft für Thierry da zu sein. Jede Nacht und für den Rest von Thierrys Leben – das wäre schon ein guter Anfang.

Thierry sehnte sich nach Liebe. Er hatte immer gedacht, sie mit Aleth gefunden zu haben, doch mittlerweile hatte er so seine Zweifel. Vielleicht liebten Vampire anders als Sterbliche, vielleicht empfanden Sterbliche die Liebe zu einem Vampir anders. Thierry konnte es nicht sagen. Aber er hatte die Blicke gesehen, die Alain und Orlando sich zuwarfen. Er hatte erlebt, wie die beiden nahezu magnetisch voneinander angezogen wurden, wenn sie auch nur wenige Meter voneinander getrennt waren. Nach dieser Liebe sehnte sich Thierry von ganzem Herzen. Er wusste, dass Sebastien diese Liebe für seinen verstorbenen Avoué empfunden hatte, als er den Aveu de Sang mit ihm eingegangen war. Thierry wollte sich nicht anmaßen, Thibault ersetzen zu können. Er fühlte sich auch unwohl bei dem Gedanken, sich durch ein magisches Versprechen an den Vampir zu binden. Dennoch, dass Sebastien bereits einmal dazu bereit gewesen war, gab ihm die Hoffnung, dass der Vampir dieses Wagnis vielleicht auch ein zweites Mal eingehen würde. Thierry duschte sich ab und fragte sich, ob er selbst auch dazu bereit wäre, sich auf Lebenszeit einem Partner zu verpflichten. Konnte er Sebastien dieses Versprechen geben? Die Antwort war überraschend einfach.

Als Thierry die Wanne verließ, um sich abzutrocknen, hatte er sich schon entschieden. Keine Schuldgefühle mehr. Keine Zurückhaltung. Wenn Sebastien ihn wollte, konnte er ihn haben. Er hoffte nur, dass der Vampir Geduld mit ihm haben würde und ihm Zeit gab, sich an die neuen Erfahrungen zu gewöhnen. Aber Thierry wollte nehmen, was er bekommen konnte. Hier und jetzt und ohne zu zögern.

Thierry öffnete die Tür. Das Schlafzimmer war leer, aber er konnte Sebastien nebenan hören und roch den Duft nach frischem Kaffee. Gut. Dann konnte er sich wenigsten an der Tasse festhalten, wenn er mit seinem Partner sprach und ihm seinen Entschluss mitteilte. Schnell zog er sich an und ging mit einem Lächeln auf den Lippen ins Wohnzimmer.

Sebastien saß auf dem Sofa und sah auf, als Thierry das Zimmer betrat. Sein Partner hatte sich frisch gemacht und lächelte ihn an. Sebastien hätte beinahe ungläubig den Kopf geschüttelt, so schnell schien Thierrys Stimmung sich wieder gewandelt zu haben. Aber wenn er aus dieser Partnerschaft mehr machen wollte, als ihre Allianz erforderte, musste er sich wohl an diese Stimmungsschwankungen gewöhnen. Er legte das Foto zur Seite, das er immer noch in der Hand gehalten hatte, und lächelte Thierry zu.

„Es tut mir leid, wie ich vorhin reagiert habe", sagte Thierry, setzte sich an den Tisch und winkte Sebastien zu sich. „Ich schulde dir eine Erklärung."

„Du schuldest mir gar nichts", erwiderte Sebastien, weil er seine Gedanken zu diesem Thema ernst nahm und Thierry nicht drängen wollte.

„Ich möchte es dir trotzdem erklären", sagte Thierry. „Dies ist mein Haus. Allerdings habe ich seit zwei Jahren nicht mehr hier gewohnt. Aleth ist nach unserer Trennung hier geblieben und ich habe mir in der Stadt eine Wohnung gesucht. Aber meine Wohnung ist eng und unaufgeräumt. Sie ist nicht halb so bequem wie dieses Haus. Deshalb war es nur vernünftig, dass wir hierhergekommen sind."

Das erklärte in der Tat viel. Sebastien dachte an die Bilder und an seinen ersten Eindruck, dass Thierry hier nicht spürbar war. Er dachte auch an Thierrys Anspannung, als sie vor Laurents Tod hier gewesen waren. Weil Thierrys Erklärung keine Antwort erforderte, schwieg er und wartete ab, ob der Magier ihm noch mehr zu sagen hatte.

„Ich habe heute Nacht in unserem – ihrem – Bett geschlafen und bin in deinen Armen aufgewacht. Es war richtig und doch falsch. Aber es war kein Problem, bis ich gemerkt habe, dass die Kissen noch nach ihrem Shampoo riechen", fuhr Thierry fort. „Ich habe Schuldgefühle bekommen."

„Weshalb solltest du dich denn schuldig fühlen?", fragte Sebastien ungläubig. „Wir haben doch nur geschlafen. Wir waren beide bekleidet. Ich habe nicht von dir getrunken."

Das war es. Jetzt kam der Augenblick der Wahrheit. Thierry holte tief Luft und sah Sebastien in die Augen. „Es war nicht das, was wir getan haben. Es war das, was ich mir gewünscht habe", gestand er leise.

Sebastien zuckte zusammen, als er die Bedeutung dieses Geständnisses erkannte. Er zwang sich, ruhig sitzen zu bleiben. „Und was hast du dir gewünscht?", fragte er so beherrscht wie möglich.

„Dich zu küssen", erwiderte Thierry. Sein Herz klopfte wie wild, während er Sebastiens Reaktion auf seine Worte abwartete.

40

„Und jetzt?", fragte Sebastien mit rauer Stimme. „Was wünschst du dir jetzt?"

„Dass du mich küsst", erwiderte Thierry ehrlich. Er war immer noch etwas nervös, diesen letzten – oder vielleicht ersten – Schritt zu wagen.

Sebastien atmete zischend ein und sah ihn an. Seine Reaktion zeigt Thierry, dass er mit seinem Wunsch nicht allein war. Dann kniff der Vampir die braunen Augen zusammen, stand auf und kam um den Tisch auf Thierry zu. Er hielt ihm die Hand hin, Thierry griff zu und wurde auf die Füße gezogen.

Jetzt, wo er endlich die Chance hatte, Thierry zu küssen, wollte Sebastien sich Zeit nehmen, um den Augenblick auszukosten. Er fuhr dem Magier mit der Hand über die hellblonden Haare und drückte ihm den Kopf etwas nach hinten, um ihm besser in die strahlend grünen Augen sehen zu können. In Thierrys Blick lag keine Spur von Zweifel, nur eine leichte Nervosität konnte Sebastien erkennen. Er zügelte sein Begehren und riss sich zusammen. Dann senkte er den Kopf und küsste Thierry sanft auf den Mund.

Thierry atmete scharf aus, als Sebastien die Initiative übernahm. Das Erlebnis war so neu für ihn, dass er keinen Augenblick vergaß, was mit ihm geschah. Er spürte jede Bewegung, jede Berührung von Sebastiens Lippen wie in Zeitlupe und stellte zu seiner Überraschung fest, dass er nicht das geringste Bedürfnis hatte, Sebastien die Kontrolle wieder zu entreißen. Thierry war zufrieden, sich von dem Vampir führen und küssen zu lassen.

Wahrscheinlich lag es daran, dass er keinen Vergleich hatte, aber wenn Sebastien ihn biss, war Thierry Sebastiens Bart nie besonders aufgefallen. Erst jetzt, wo sich ihre Lippen berührten, erinnerten ihn die Barthaare beständig daran, wer ihn küsste. Thierry konnte nicht einfach die Augen schließen und sich einbilden, es wäre irgendjemand, und er wollte es auch nicht. Nein, das leichte Kratzen von Sebastiens Bart auf seiner Haut machte ihm überdeutlich bewusst, was er tat und mit wem. Und diese Feststellung war nicht ansatzweise so beunruhigend für Thierry, wie sie eigentlich hätte sein sollen.

Sebastien legte die Hand um Thierrys Kopf und fuhr ihm mit den Fingern durch die Haare. Für einen kurzen Moment unterbrach er ihren Kuss, um dem Magier in die Augen zu sehen und sich davon zu überzeugen, dass der seine Meinung nicht geändert hatte. Er erkannte das gleiche Begehren in Thierrys Blick, das ihm auch schon vor ihrem Kuss aufgefallen war. Ermutigt senkte Sebastien wieder den Kopf und küsste ihn dieses Mal tiefer, knabberte an Thierrys Unterlippe. Es gelang ihm nur mit Mühe, seine Zähne unter Kontrolle zu behalten und nicht zuzubeißen. Das wollte er nicht ohne Thierrys ausdrückliche Genehmigung tun und jetzt war nicht der rechte Zeitpunkt, um ihn danach zu fragen. Stattdessen leckte er ihm mit der Zunge über die Lippen und bat um Erlaubnis für eine andere Art von Zärtlichkeit.

Thierry keuchte leise, als er Sebastiens verführerische Lippen und den leichten Druck seiner Zähne spürte. Es waren nicht die Zähne, mit denen Sebastien normalerweise zubiss. Thierry war ihm in seinem benommenen Zustand dankbar dafür, bedauerte es aber gleichzeitig auch. Jetzt war nicht der Moment, es anzusprechen. Thierry hoffte jedoch, dass Sebastien mit der Zeit selbst erkennen würde, dass er nicht ganz so vorsichtig sein musste. Als er Sebastiens feuchte Zunge auf den Lippen fühlte, gab Thierry das Nachdenken endgültig auf. Er öffnete den Mund und der Vampir ließ sich nicht zweimal bitten.

Sebastien nahm die Einladung an und drang mit der Zunge in Thierrys warmen, feuchten Mund ein, um ihn in Besitz zu nehmen. Er fühlte eine Leidenschaft in sich aufflammen, wie er sie seit Thibaults Tod nicht mehr empfunden hatte. Sebastien hatte die letzten vierhundert Jahre nicht in Keuschheit verbracht, aber dieser Kuss war etwas Besonderes. Er war so überwältigend und machtvoll, dass Sebastien vor Erregung am ganzen Leib zitterte. Er ließ die Hände über Thierrys Nacken und Rücken gleiten. Thierrys Körper vibrierte und Sebastien konnte in ihm die gleiche Leidenschaft spüren, die auch ihn selbst zu verzehren drohte. Er wollte Thierry an sich ziehen, ihn an die Wand drücken und in Besitz nehmen. Jedes Stöhnen, jede Bewegung von Thierrys Körper signalisierte ihm, dass der Magier mehr als bereit dazu wäre. Aber Sebastien wusste um Thierrys Unerfahrenheit und brachte – wenn auch mit Mühe – gerade noch die Kraft auf, sich zurückzuhalten. Sein Partner hatte für sein erstes Mal mehr verdient, als einen schnellen Fick in Stehen.

Sebastien hob den Kopf und suchte Thierrys Blick, doch der hatte die Augen fest geschlossen. „Schau mich an, Thierry", flüsterte er leise.

Thierry stöhnte protestierend, als Sebastien ihren Kuss unterbrach. Er fasste ihn am Kopf und wollte ihn wieder an sich ziehen, hatte aber nicht mit Sebastiens übernatürlicher Stärke gerechnet. Sein Vampir bewegte sich keinen Zentimeter.

„Schau mich an", wiederholte Sebastien und wartete darauf, dass Thierry die Augen öffnete.

Es dauerte einige Sekunden, dann flatternden Thierrys Augenlider und er sah Sebastien mit einem solchen Begehren an, dass er damit die Entschlossenheit des Vampirs fast ins Wanken gebracht hätte. Sebastien rief sich die Belohnung ins Gedächtnis, die er für seine Geduld bekommen würde. Er holte tief Luft und drückte Thierry einen schnellen Kuss auf den Mund. „Wir müssen kurz aufhören."

„Warum?" Thierrys Stimme klang tiefer als gewöhnlich. Sie war heißer vor Erregung und streichelte Sebastiens Sinne wie dunkler Samt.

„Weil wir uns sonst zu mehr hinreißen lassen, als gut für dich ist", erklärte er Thierry.

„Woher willst du wissen, was gut für mich ist?"

„Ich habe gehört, worüber du heute früh mit Alain gesprochen hast", gab Sebastien zu. „Ich wollte euch nicht belauschen, aber ich bin froh, dass ich es gehört habe. Hättest du mir gesagt, dass du noch nie mit einem Mann zusammen warst, bevor ich dich ins Schlafzimmer gezerrt hätte? Hättest du mir gesagt, dass ich mich zurückhalten soll, so wie du es verdient hast?" Thierry sah ihn stirnrunzelnd an. „Ich bin keine unberührte Jungfrau", erinnerte er seinen Partner. „Du machst mir keine Angst."

Sebastien senkte den Kopf, küsste ihn am Hals und fuhr ihm mit den Lippen über die Bissspuren, die er dort hinterlassen hatte. „Darüber habe ich mir auch keine Sorgen gemacht", versicherte er Thierry. „Aber ich will dich nicht verletzen, selbst wenn es unbeabsichtigt wäre; und du kannst nicht so tun, als ob das nicht passieren könnte. Glaube nicht, dass wir nicht noch dazu kommen. Aber nicht heute und nicht so erregt, wie wir sind. Ich kann mich im Moment kaum beherrschen. Das ist nicht gut für dein erstes Mal. Später schon, aber wenn du das erste Mal Sex mit einem Mann – mit mir – hast, will ich dich nicht einfach ficken, auch wenn es für uns beide befriedigend wäre. Ich will dich lieben."

Thierry stöhnte frustriert. „Wie kannst du so reden und dann erwarten, dass ich Geduld habe!"

Sebastien grinste ihn lüstern an. „Ich habe nicht davon gesprochen, dass wir aufhören sollen. Ich will nur mit bestimmten Dingen warten. Wenn du willst, küssen wir uns, bis wir wieder zum Dienst erscheinen müssen. Aber weiter gehen wir heute nicht."

„Auf dem Sofa rumknutschen wie zwei geile Teenager?", fragte Thierry baff. „Wie alt sind wir denn? Vierzehn?"

Sebastien lachte. „Ja oder nein?"

Thierry überlegte, ob er aus Prinzip ablehnen sollte. Aber er konnte Sebastien immer noch schmecken und der eine Kuss war kaum mehr als ein Appetithäppchen gewesen. Wenn er schon nicht die volle Mahlzeit bekam – und er erkannte an Sebastiens Haltung, dass sein Partner sich nicht umstimmen lassen würde –, dann wollte er zumindest mehr von der Vorspeise naschen. Mit etwas Glück war es für den Vampir genauso appetitanregend wie für ihn. Thierry hob den Kopf und gab ihm seine Antwort mit einem Kuss.

Sebastien führte Thierry zurück ins Wohnzimmer, wo er sich in der letzten Nacht die Fotos angesehen und über Thierry nachgedacht hatte. Thierry wollte ihn auf das Sofa stoßen, aber Sebastien widersetzte sich und schob ihn seinerseits auf die gepolsterten Kissen. Thierry überraschte ihn mit einem unterdrückten Fluch, hob den Kopf und sah erstaunt unter sich auf das Sofa.

„Was ist das?", murmelte er und zog zwischen den Sitzkissen das Foto hervor, das Sebastien vorhin dort liegen gelassen hatte.

Sebastien verzog das Gesicht, weil er damit rechnete, dass das Foto seine Pläne für einen frustrierenden, aber aufregenden Abend zunichtemachen würde. Doch Thierry zeigte keinerlei Emotionen.

Thierry sah sich das Foto mit stoischer Miene an. Ihm fiel die Vertrautheit zwischen Aleth und dem Mann auf dem Bild auf. Seine Frau lächelte und wirkte glücklicher, als er sie seit Jahren erlebt hatte. Merkwürdigerweise verspürte Thierry bei dieser Erkenntnis weder Eifersucht, noch fühlte er sich betrogen. Er war nur froh darüber, dass sie jemanden gefunden hatte, der sie wieder zum Lächeln gebracht hatte, was ihm selbst in den letzten Jahren ihrer Ehe nicht mehr gelungen war. Er hob den Kopf und sah Sebastiens besorgten Blick auf sich gerichtet. Langsam legte er das Bild auf den kleinen Tisch, der vor der Couch stand. „Ich bin froh, dass sie vor ihrem Tod glücklich war. Wir waren beide zu lange allein und unglücklich."

„Jetzt bist du das nicht mehr", sagte Sebastien leise und setzte sich zu Thierry auf die Couch. Er wollte Thierry in seine Arme ziehen, aber die Stimmung zwischen ihnen hatte sich gewandelt, wenn auch nicht so, wie Sebastien es zunächst befürchtet hatte, als Thierry das Foto in die Hand nahm. Sebastien legte den Arm hinter Thierry auf die Sofalehne, fasste ihn an der Schulter und streichelte ihm mit den Fingerspitzen über den Hals. Dann wartete er ab.

Thierry lehnte sich an Sebastiens Arm. Der Vampir zerstreute mit seinen zärtlichen Berührungen die letzten Zweifel, die Thierry noch geplagt hatten. Er wusste zwar immer noch nicht, wie eine Beziehung zwischen ihnen funktionieren sollte, war jedoch fest entschlossen, das Wagnis einzugehen. „Das fühlt sich gut an", sagte er leise und drehte Sebastien den Kopf zu, um ihn auf den Hals zu küssen. „Es fühlt sich gut an, dich hier an meiner Seite zu haben."

Sebastien ließ den Kopf nach hinten auf die Sofalehne fallen und bot Thierry seinen Hals an, wie er es bei einem Vampir nie getan hätte. Zwischen ihnen ging es nicht um die üblichen Machtspiele von Dominanz und Unterwerfung, nicht um die Alpha- oder Betarolle. Sie waren nur zwei verlorene Seelen, die nach einem Weg suchten, ihre gebrochenen Herzen wieder zu heilen und für kurze Zeit die Last von ihren Schultern abzuwerfen, die sie so lange niedergedrückt hatte.

Thierry spielte mit Sebastiens langen Haaren und drückte ihm kleine Küsse an den Hals. Dann fuhr er ihm mit den Lippen über den Bart und küsste ihn auf den Mund. Sebastien lud ihn mit der gleichen Begeisterung ein, die er zuvor von Thierry erlebt hatte. Er öffnete den Mund und sein Körper reagierte sofort auf Thierrys innigen Kuss. Sebastien ignorierte es. Er wollte Thierry nach allen Regeln der Kunst verführen, aber zu seinen eigenen Bedingungen und dann, wenn er den Zeitpunkt für richtig hielt. Dieser Tag war nicht heute.

DAVID STAND mit flatternden Nerven vor dem Sang Froid und musste an die Bedeutung denken, die der Name von Angéliques Etablissement für die Vampire hatte. Marcel hatte ihn darauf hingewiesen, dass Jean es mit einem Restaurant verglich, nicht mit einem Bordell. Egal wie, der Gedanke daran war David unangenehm. Aber er kannte seine Pflicht, und die bestand darin, sich bei der Eigentümerin dieses Etablissements zu entschuldigen und sie dazu zu überreden, wieder in die Allianz zurückzukehren. David holte tief Luft, stieß die Tür auf und betrat das Sang Froid.

„Kann ich Ihnen behilflich sein?", fragte eine Stimme aus dem Dunkeln. David erschrak und wirbelte herum.

„Ich muss mit Angélique reden", sagte er dann.

Der Mann trat aus dem Schatten und sah ihn finster an. David war erleichtert, einem Sterblichen gegenüber zu stehen, nicht einem Vampir. Aber das Missfallen in der Miene des Mannes war nicht zu übersehen. „Miss Bouaddi ist beschäftigt", antwortete der Mann abweisend.

„Dann warte ich, bis sie Zeit hat", erwiderte David und versuchte sich nicht anmerken zu lassen, dass ihm bei dem Gedanken, sich stundenlang in diesem Vampirbau aufzuhalten, ein Schauer über den Rücken lief. Aber Marcels Befehle klingelten ihm noch in den Ohren. *Komm nicht ohne deine Partnerin zurück.* David hatte keine andere Wahl, als abzuwarten, bis Angéliques Wut verraucht war. „Wenn Sie ihr bitte ausrichten könnten, dass David Sabatier sie zu sprechen wünscht und hofft, dass sie etwas Zeit für ihn erübrigen kann."

Der Blick des Mannes verfinsterte sich noch mehr. „Ich weiß nicht, was Sie getan haben. Aber ich lasse nicht zu, dass Sie sie wieder so aufregen", warnte er David. „Sie werden feststellen, dass ihre Freunde sie zu schützen wissen."

David wollte sich verteidigen und die Anschuldigungen des Mannes zurückweisen, aber das würde ihm nicht weiterhelfen. Er mochte seinen Standpunkt einem anderen Sterblichen verständlich machen können, doch die Menschen hier würden immer auf Angéliques Seite stehen. Sie sicherte ihnen den Lebensunterhalt, und ihre Loyalität zu der Vampirin schien keine Grenzen zu kennen. Vermutlich sollte er daraus seine Lehren ziehen und anerkennen, dass Angélique und Jean recht hatten mit dem, was sie über die Bedeutung des Sang Froid gesagt hatten. David konnte seine Bedenken allerdings auch nicht so einfach aufgeben. Egal, ob es um Blut oder Sex ging, Angélique verkaufte Menschen. Dass sie sich dabei auch um ihre Mitarbeiter kümmerte und für sie sorgte, konnte Davids Wut darüber nur teilweise dämpfen. Doch damit durfte er sich jetzt nicht aufhalten. Marcel hatte sich deutlich genug ausgedrückt. Davids Loyalität zu dem alten Magier und ihrem gemeinsamen Kampf gegen die Rebellen ließ ihn seine Skrupel zurückstellen. Er würde Marcels Anweisungen befolgen, sich entschuldigen und alles dafür tun, für die Dauer der Allianz seine Partnerschaft mit Angélique aufrechtzuerhalten. Seinen Zorn musste er auf einen späteren Zeitpunkt verschieben. „Ich möchte ihr keinen Ärger bereiten", sagte er schließlich zu dem Mann, der schon ungeduldig auf eine Antwort wartete.

„Gut", erwiderte der Manager. „Wir würden es auch nicht erlauben. Sie können hier warten."

David nahm auf einem Sessel Platz und bereitete sich auf eine längere Wartezeit vor. Er hatte keine Ahnung, ob und wann Angélique ihn empfangen würde, also musste er genug Geduld aufbringen, um ihre Wut auszusitzen.

Angélique beobachtete in ihrem Büro am Bildschirm, was sich zwischen ihrem Manager und David abspielte. Sie konnte zwar die Worte nicht hören, die gewechselt wurden, es fiel ihr aber nicht schwer, sich François' Reaktion vorzustellen. Sie hatte ihm keine Details über den Streit mit David erzählt, aber François kannte sie lange genug, um anhand ihrer Stimmung die Lücken füllen zu können. Deshalb wusste sie auch, dass er David gegenüber wahrscheinlich kein Blatt vor den Mund genommen hatte. Sie schaltete auf die anderen Überwachungskameras um und arbeitete sich durch das gesamte Gebäude, um sich davon zu überzeugen, dass alles in Ordnung war. Danach beschäftigte sie sich mit anderen Aufgaben, die sie noch erledigen musste. Sie würde David empfangen, aber noch nicht jetzt. Er sollte sich ruhig einige Stunden abkühlen. Es würde ihm helfen, seine Entschuldigung ehrlich zu meinen. Angélique wusste bereits, dass sie die Entschuldigung annehmen würde, obwohl sie es Jean gegenüber gestern Nacht noch nicht zugegeben hatte. Aber sie erkannte die Vorteile der Allianz und der Preis, den sie bezahlen musste, wenn sie David abweisen würde, war ihr zu hoch. Sie würde sich seine Entschuldigung anhören, sein Blut trinken, um unter dem Schutz seiner Magie zu stehen, und dann würde sie kämpfen, so lange dieser Krieg es erforderte. Darüber hinaus würde sie ihm jedoch nicht vertrauen.

Nach einiger Zeit fand sie keine Gründe mehr, das Unvermeidliche aufzuschieben. Sie verließ die Sicherheit ihres Büros gerade lange genug, um David zu sich zu rufen. „Du wolltest mich sprechen?"

„Ich möchte mich bei dir entschuldigen", sagte David, als sich die Tür hinter ihm schloss.

„In der Tat", erwiderte Angélique kalt.

„Ich habe überreagiert", fuhr er fort. „Ich hoffe, du gibst mir noch eine Chance."

„Und warum sollte ich das tun?", fragte sie, weil sie mit seinem Versuch noch nicht zufrieden war.

„Wir brauchen dich in der Allianz", sagte er. „Wir brauchen Hilfe. Es steht zu viel auf dem Spiel in diesem Krieg."

„Das hast du bereits erwähnt. Aber es ist kein ausreichender Grund, dir eine zweite Chance zu geben. Ich kann die Allianz auch unterstützen, ohne mich mit dir abgeben zu müssen."

David war ratlos. Was wollte sie von ihm hören? Er hatte sich doch schon entschuldigt. „In eingeschränkter Weise, ja", stimmte er zu. „Aber wenn wir zusammenarbeiten, hast du mehr Möglichkeiten."

„Du bist also nur an meiner Unterstützung für die Milice interessiert", stellte Angélique klar.

Wieder hatte David ein Gefühl drohenden Unheils, das er sich nicht erklären konnte.

„Was gibt es denn noch?", wollte er wissen. „Das ist doch der Grund für unsere Allianz."

Angélique nickte resigniert. Wenn sie seine roten Haare, seine blauen Augen und sein jungenhaftes Gesicht sah, fühlte sie sich zu ihm hingezogen. Aber sie wusste, es war eine rein körperliche Anziehung. David war nicht der Mann, der ihre Aufmerksamkeit auf sich zog, so wie al-Mabruk, ihr erster Beschützer, es mit seiner charismatischen Autorität so meisterhaft beherrscht hatte. Sie hatte in ihrer langen Existenz mit Sultanen und Königen, mit Kardinälen und Bischöfen geschlafen. Diese Männer hatten eine solche Macht und Autorität ausgestrahlt, dass keiner gewagt hätte, ihnen ungeschützt den Rücken zuzukehren. In Marcel hatte sie Spuren der gleichen Autorität erkannt und auch in einigen seiner Offiziere war sie ansatzweise vorhanden. Aber David gehörte nicht dazu. Er hatte weder Rang noch Autorität. Mit einem kurzen Nicken streckte sie die Hand aus.

Nachdenklich legte David die Hand in ihre und sah zu, wie sie sein Handgelenk bloßlegte. Es fühlte sich kühl an in der Nachtluft. Sie hob seine Hand und biss kräftig zu. Nicht grob, aber auch nicht in der verführerischen Art, mit der sie ihn bei ihren früheren Bissen behandelt hatte. David bedauerte diesen Verlust, redete sich aber ein, dass es für sie beide von Vorteil war, wenn sie als Kampfpartner, nicht als Geliebte, zusammenarbeiteten. Er hatte genug Probleme und wollte sich nicht auch noch mit ihrer sexuellen Anziehung auseinandersetzen. Nach dem Krieg vielleicht … David verdrängte den Gedanken wieder. Er hatte in ihrer gegenwärtigen Beziehung nichts verloren.

Das Blut, das Angélique über die Zunge floss, breitete sich in ihren Adern aus und wärmte sie. Die Gefühle, die sie darin schmeckte, stimmten sie jedoch traurig. Wenn es nur anders gelaufen wäre … Aber das war es nicht und sie musste sich mit der Realität abfinden.

41

„WAS UNTERNEHMEN wir heute Nacht?", fragte Raymond, als Jean zum Dienst erschien und das Medaillon um den Hals trug.

„Mehr Clubs und Bars besuchen", erwiderte der Vampir. „Je mehr Vampire ich erreiche, umso wirkungsvoller ist meine Botschaft. Außerdem erhöht es die Wahrscheinlichkeit, dem Gesetzlosen über den Weg zu laufen."

Raymond nickte. „Dann lass uns gehen. Marcel hat uns vom Patrouillendienst freigestellt, solange wir uns um die Angelegenheiten der Vampire kümmern. Hast du deinen Repère dabei?"

Jean zog den Rosenkranz aus der Tasche, den ihm Père Emmanuel vor vielen Jahrhunderten gegeben hatte. Raymond schüttelte lachend den Kopf. „Ich glaube nicht, dass ich mich jemals daran gewöhne, dich mit dem Ding zu sehen."

Jean zuckte nur mit den Schultern und steckte das heilige Objekt wieder ein. „Unter uns Vampiren gibt es genauso viele Missverständnisse über Magier, wie unter euch Sterblichen über Vampire. Wir können nur hoffen, dass diese Allianz dazu beiträgt, einige von ihnen aus der Welt zu schaffen."

Raymond lächelte. „Das hat sie doch schon getan."

In bestem Einvernehmen verließen sie das Hauptquartier der Milice und gingen zur Métro, um zum Montmartre zu fahren. Ihr erster Stopp führte sie zu Malika Robins Internetcafé, wo Jean seine Warnung vor Edouard wiederholte und sich nach Malikas Wohlbefinden erkundigte. Da sie keine Probleme hatte und auch bereit war, ihnen bei der Suche nach dem Gesetzlosen zu helfen, hielten sie sich nicht lange auf und gingen wieder in die Nacht hinaus.

„Bellaiche!"

Jean wirbelte herum, als er die tiefe Stimme hörte, die seinen Namen rief. Raymond griff sofort in die Tasche nach seinem Stab, zog ihn aber noch nicht hervor. Er würde seinen Partner gegen jede Gefahr in Schutz nehmen, wollte aber erst abwarten, ob Jean seine Hilfe überhaupt brauchte, denn er wollte die Autorität des Vampirs nicht unterminieren.

„Cabalet", sagte Jean und nickte dem Vampir hoheitsvoll zu, um ihn als Gleichgestellten zu begrüßen, ohne selbst an Boden zu verlieren. „Du bist weit weg von deinem Territorium."

„Amiens ist nicht so weit entfernt, als dass nicht die neuesten Gerüchte zu uns vordringen würden", erwiderte der andere Vampir.

Jean sah sich vorsichtig um und schüttelte den Kopf. „Nicht hier. Lass uns einen ruhigen Ort finden, wo uns niemand belauschen kann." Er wandte sich an

Raymond. „Das Sang Froid ist direkt um die Ecke. Angélique wird uns ein Zimmer geben."

Raymond nickte und folgte den beiden Vampiren schweigend. Er hatte keine Ahnung, wer der andere Mann war. Jeans Reaktion nach zu urteilen, musste es sich um eine wichtige Persönlichkeit handeln. Raymond fiel in seine übliche Rolle als stiller Beobachter, aber seine Wachsamkeit ließ nicht nach. Aufmerksam sah er sich immer wieder um und ließ auch die beiden Vampire vor sich nicht aus den Augen. Cabalet, wie Jean ihn genannt hatte, war ein großer Mann, gut über einsachtzig, mit breiten Schultern und einer starken Präsenz, die allerdings weniger auf seine körperliche Stärke zurückzuführen war, als auf das gleiche Charisma, das auch Jean gestern Nacht ausgestrahlt hatte. Wer immer Cabalet auch war, man durfte ihn nicht auf die leichte Schulter nehmen.

Wie Jean vorausgesagt hatte, wurde ihnen im Sang Froid sofort ein leeres Büro zur Verfügung gestellt, in dem sie sich unterhalten konnten. „Was bringt dich nach Paris?", fragte Jean mit trügerisch ruhiger Stimme. „Du hast bestimmte Gerüchte erwähnt."

„Möchtest du mir deinen Begleiter nicht vorstellen?", forderte Cabalet ihn heraus und sah Raymond abschätzend von oben bis unten an. Dieser Mann war offensichtlich kein Vampir, aber das sagte noch nichts darüber aus, welche Rolle er in Bellaiches Leben spielte. Er war Ende vierzig und hatte eine hohe Stirn, die die starken Konturen seines Gesichts betonte. Cabalet fragte sich, ob es sich vielleicht um Bellaiches derzeitigen Geliebten handelte, verwarf diesen Gedanken allerdings sofort wieder. Der Sterbliche, wer immer er auch war, strahlte zu viel Selbstbewusstsein und Autorität aus, um in diese Rolle zu passen. Cabalet hatte zu seinem Erstaunen beobachtet, wie Jean leise mit dem Mann sprach. Vampire ihres Ranges gönnten sich selten eine solche Schwäche, schon gar nicht in der Öffentlichkeit und mit einem Sterblichen. Dazu kam, dass der Mann an ihrem Gespräch teilnahm, obwohl es sich um ein sehr sensibles Thema handelte. Wer immer er war, er war offensichtlich ein ernst zu nehmender Mitspieler und durfte nicht unterschätzt werden.

„Raymond Payet", sagte der Magier und reichte ihm die Hand, ohne eine weitere Erklärung zu seiner Anwesenheit abzugeben. Er musste noch viel über die Spiele der Vampire lernen, aber eines hatte er schon begriffen – nämlich, dass Wissen Macht war. Wissen gab man nur Preis, wenn man davon einen größeren Vorteil hatte als der Gegenspieler. Und jeder, ganz besonders aber ein noch unbekannter Mann, war ein Gegenspieler.

„Luc Cabalet", erwiderte der Vampir.

„Mein Gegenpart aus Amiens", ergänzte Jean, verlor jedoch ebenfalls kein Wort über Raymonds Stellung in seinem Leben. „Zurück zu den Gerüchten?"

„Es heißt, du hättest dich mit den Magiern der Milice zusammengeschlossen", klärte Cabalet ihn auf.

„Ein interessantes Gerücht, in der Tat", meinte Jean und lehnte sich in seinen Stuhl zurück. „Was besagt es noch?"

Luc runzelte die Stirn. „Lass die Spielchen, Jean. Ich habe keine Zeit dafür. Wenn etwas vor sich geht, über das ich Bescheid wissen sollte, wäre ich dir sehr verpflichtet, darüber in Kenntnis gesetzt zu werden."

„Wir leben für das Spiel", gab Jean zurück, setzte sich aber wieder aufrecht und erwiderte Cabalets Blick. „Du fragst mich nach Informationen, die nicht nur mich betreffen. Stell dir einfach für einen Augenblick vor, das Gerücht würde der Wahrheit entsprechen. Wieso sollte es dich interessieren?"

„Weil ich wissen möchte, was du davon hast und ob es mir und meinen Vampiren ebenfalls Vorteile bringen kann", erwiderte Luc geradeheraus.

Jean drehte sich zu Raymond um, der an seiner Seite saß. Der Magier nickte unauffällig und hoffte, Marcel würde die Situation genauso beurteilen. Mehr Verbündete konnten für sie nur von Vorteil sein. Diesen Vampir und seine Leute abblitzen zu lassen, barg die Gefahr, dass er sich auf die Gegenseite schlug.

„Du scheinst richtig gehört zu haben", antwortete Jean und beugte sich vor, um Luc in die Augen zu sehen. Der erwiderte seinen Blick mit der gleichen Schärfe.

„Worum geht es dabei?"

„Ich muss dir nicht erst sagen, dass wir uns im Krieg befinden", fing Jean an. „Chavinier hat mich davon überzeugt, dass eine Niederlage der Milice Konsequenzen haben wird, die auch uns betreffen."

„Und was habt ihr beschlossen, dagegen zu unternehmen?", wollte Luc wissen.

„Wir haben eine Allianz gegründet", erwiderte Jean. „Wir helfen der Milice, diesen Krieg zu gewinnen. Im Gegenzug werden sie uns helfen, nicht nur öffentlich, sondern auch vor dem Gesetz anerkannt zu werden."

„Wie?"

„Innerhalb der nächsten ein bis zwei Wochen werden die Abgeordneten, die loyal zu Chavinier stehen, einen Gesetzentwurf in die Nationalversammlung einbringen, der den Vampiren Gleichbehandlung vor dem Gesetz garantieren soll", antwortete Raymond und mischte sich damit zum ersten Mal in das Gespräch ein.

Luc pfiff leise durch die Zähne. „Und du vertraust darauf, dass Chavinier sein Wort hält?", fragte er Jean.

Raymond richtete sich empört auf, aber Jean legte ihm beruhigend die Hand auf den Arm. „Marcel wird sein Wort halten", erklärte er überzeugt. „Du weißt, dass Blut nicht lügen kann."

Jean und Raymond erkannten die Überraschung in Lucs Gesicht, als ihm die Bedeutung dieser Worte klar wurde. Sie wurde jedoch sofort von einem Ausdruck der Ungläubigkeit abgelöst.

„Nein", ergänzte Jean daraufhin. „Das Magierblut schadet uns nicht. Es tötet uns auch nicht, im Gegenteil. Es kann uns beschützen."

„Wovor soll es uns denn beschützen?", schnaubte Luc. Es gab, vom Sonnenlicht abgesehen, kaum etwas, das einem Vampir unheilbaren Schaden zufügte.

Jean lachte leise. „Wann hast du das letzte Mal die Wärme des Sonnenlichts auf deiner Haut gespürt?"

„Ich hätte dich nicht für so grausam gehalten", erwiderte Luc mit wütend zusammengekniffenen Augen.

„Ich kann es dir erst beweisen, wenn die Sonne aufgeht", gab Jean zu. „Aber ich bin seit vier Tagen in ihrem Licht gelaufen, ohne dass es mir schaden konnte."

„Weil du das Blut eines Magiers getrunken hast?", wollte Luc wissen.

„Weil ich das Blut meines Partners getrunken habe", erklärte Jean. „Nicht jedes Magierblut wirkt. Für mich ist es das Blut Raymonds. Für dich wird es ein anderer Magier sein."

„Und wie finde ich diesen Magier?" Luc sah den Mann an Jeans Seite an und unterwarf ihn erneut einer Inspektion. Payet – Raymond – war der Magier, dessen Blut es Jean erlaubte, unbeschadet die Strahlen der Sonne zu überstehen. Luc sah ihm in sein langes, schmales Gesicht und suchte nach Spuren einer besonderen Macht, nach irgendeinem Hinweis auf die Magie, die in den Adern des Mannes pulsierte. Jean hatte ihn seinen Partner genannt, seinen Gleichgestellten. Die Vorstellung machte Luc nervös. Wie weit ging diese Partnerschaft? Hieß es, dass Jean jetzt seine Position mit dem Sterblichen teilen musste? Luc war sich nicht sicher, ob seine Vampire das akzeptieren würden.

„Als erstes musst du dich dazu entschließen, der Allianz beizutreten. Bring alle deine vertrauenswürdigen Vampire mit, die bereit sind, an der Seite der Milice gegen die dunklen Magier zu kämpfen", erklärte Jean. „Dann werden wir nach einem Partner für dich suchen."

„Umgekehrt", sagte Luc. „Finde mir einen Partner, und ich denke darüber nach, der Allianz beizutreten. Bevor ich nicht weiß, ob ihr die Wahrheit sagt, habe ich von eurer Allianz nichts zu erwarten."

Wieder sah Jean Raymond an und der Magier nickte. Falls er und Monsieur Lombard recht damit hatten, dass der Austausch von Blut der Grund für die enge Bindung zwischen den Partnern war, würde Luc, nachdem er seinen Partner gefunden hatte, seine Zustimmung zu der Allianz nicht mehr zurückziehen. „Einverstanden", stimmte Jean ihm zu. „Obwohl es fraglich ist, dass wir schon heute Nacht einen Partner für dich finden. Viele der Magier sind auf Patrouille, andere haben frei und sind zuhause. Wie lange kannst du bleiben?"

„Die Milice hat Zimmer, in denen du dich ein oder zwei Tage einquartieren kannst", fügte Raymond hinzu. „Allerdings sind sie nicht sehr komfortabel. Es ist auch möglich, dass du hier in Paris keinen Partner finden kannst, obwohl so gut wie jeder Magier, der in der Lage ist, gegen die Rebellen zu kämpfen, sich hier aufhält und der Milice beigetreten ist."

„Zwei Tage", entschied Luc nach kurzem Nachdenken. „Ich gebe euch zwei Tage, mich zu überzeugen. Dann sehen wir weiter."

„Das ist ein Wort", erwiderte Jean.

ERIC UND Vincent mieden den Schein der Straßenlaternen und hielten sich im Schatten der Gebäude, als sie sich auf den Weg in die Rue de la Michodière machten, wo sie Serriers Worten nach die unglückliche Miss Gaudier finden würden. Eric machte sich über ihr Schicksal keine Illusionen. Selbst wenn sie kooperativ war und Serrier auf jede seiner Fragen antwortete, der Magier würde sie nicht wieder gehen lassen. Er konnte es sich nicht leisten. Ihre einzige Hoffnung war ein schneller und schmerzloser Tod. Eric bezweifelte, dass ihr dieses Glück vergönnt sein würde.

„Hier ist es", flüsterte Vincent so leise, dass Eric ihn kaum hören konnte.

Eric nickte, zog seinen Stab und suchte die Tür nach Schutzschilden ab. Sie hatten keinen Grund zu der Annahme, ihr Opfer hätte magischen Schutz. Das schloss jedoch nicht aus, dass vielleicht ein Magier in der Nähe wohnte. Sie wollten auf keinen Fall unbeabsichtigt auf sich aufmerksam machen. Nachdem Eric keine Magie entdecken konnte, winkte er Vincent zu, vorauszugehen. Sie schlichen vorsichtig auf die Tür zu und entriegelten sie mit einem Spruch. Mit einem zweiten öffnete sie sich. Die alten Türangeln quietschten leise. Die beiden Männer betraten das Haus und schlichen leise die Treppe hoch. Den alten, knarrenden Aufzug ignorierten sie, weil er sie verraten hätte.

Sie fanden die Wohnung mit ihrem Namen an der Klingel, wiederholten ihre Beschwörungen und traten ein. Als sich die Tür hinter ihnen schloss, blieben sie kurz stehen, um sich einen Überblick zu verschaffen. Nichts regte sich. Nur das leise Brummen des Kühlschranks war zu hören. Vom Flur gingen zwei Türen ab und Eric winkte Vincent zu der einen Tür, während er selbst den anderen Raum durchsuchen wollte. Serrier hatte zwar die Adresse der Frau ausfindig gemacht, aber sie wussten nichts über den Zuschnitt der Wohnung.

Die beiden Türen öffneten sich genauso geräuschlos wie die Wohnungstür. Vincent verschwand in dem einen Zimmer, Eric in dem anderen. Durch die Jalousien fiel bleiches Mondlicht, das den Raum in einen leichten Dämmerschein tauchte. Die Möbel waren nur als dunkle Silhouetten an den Wänden zu erkennen.

Aus dem anderen Zimmer waren ein Knall und Vincents Fluchen zu hören. Eric verließ das Wohnzimmer und ging durch den Flur, um nachzusehen, was passiert war. Er beleuchtete die Szene mit einem Spruch und sah Vincent, der sich mit einer Hand am Kopf fasste. Mit dem anderen Arm holte er aus, um eine kleine, blonde Frau zu schlagen, die eine schwere Aktentasche in der Hand hielt.

„Nicht", befahl Eric und murmelte eine Beschwörung. Die Frau verharrte bewegungslos in ihrer Position, durch Erics Spruch magisch gefesselt. Insgeheim konnte er ihr seinen Respekt nicht verweigern für den Mut, mit dem sie Vincent attackiert hatte, obwohl der Mann mindestens das Doppelte ihres Körpergewichts auf die Waage brachte. Sie war schlank und zierlich und mit ihren blonden Haaren genau der Typ, den Eric normalerweise attraktiv gefunden hätte. Er suchte an ihrem Hals nach Spuren für die blutsaugerischen Aktivitäten eines Vampirs, konnte aber keine Bisswunden erkennen. Ihre glatte, zarte Haut war makellos und er fragte sich, ob ihre Informationen über die Frau zutreffend waren. Natürlich konnte ihr Geliebter sie auch an einer anderen Körperstelle gebissen haben. Vielleicht war Bellaiche nur diskret genug, sie nicht an einer sichtbaren Stelle zu zeichnen.

„Du wirst weich, Simonet", knurrte Vincent. „Sie wollte mir mit der Tasche den Schädel einschlagen. Was immer sie da drin hat, es muss eine Tonne wiegen."

„Pascal will sie verhören", sagte Eric. Sein Versuch, die Frau zu beschützen, war ihrer Anziehungskraft zuzuschreiben, aber er wusste, dass es sinnlos war. Wenn Claude recht hatte und sie war Bellaiches Geliebte, würde sie nichts und niemand retten können. Wenn er unrecht hatte … Eric wollte nicht darüber nachdenken. Selbst wenn sie ihnen keine Informationen geben konnte und wertlos war, wusste er, wie sie enden würde. Serrier brauchte neue Opfer, um den Blutdurst des Vampirs zu befriedigen. „Wenn du ihr mit deinen verdammten Fäusten den Kiefer brichst, kann sie seine Fragen nicht mehr beantworten und er wird stinksauer auf uns sein. Ich jedenfalls habe keine Lust, mir seinen Zorn zuzuziehen. Ich habe oft genug erlebt, was er mit Leuten macht, auf die er wütend ist."

Vincent erschauerte. Auch er erinnerte sich an mehr als einen Magier, der eine Aufgabe nicht zu Serrier Zufriedenheit erledigt und dessen Zorn auf sich gezogen hatte. Vielleicht war in diesem Fall Zurückhaltung doch die bessere Lösung. „Dann bringen wir sie jetzt zu Serrier. Je schneller wir sie loswerden und ihm übergeben können, umso besser für uns."

IM HAUPTQUARTIER der Milice herrschte das reine Chaos, als Raymond, Jean und der andere Vampir eintrafen. Irritiert hielt Raymond den ersten Magier auf, der an ihnen vorbeirannte. „Was ist hier los?", schnappte er ihn an.

„Ein Taifun auf Réunion", antwortete der Magier atemlos.

„Wo ist Marcel?", fragte Raymond sofort. „Oder Alain? Oder Thierry?"

„Marcel ist zu einer Besprechung beim Präsidenten. Die beiden Captains sind außer Dienst."

„Verdammter Mist", fluchte Raymond und ließ den Mann gehen. Er drehte sich zu Jean um. Die beiden Vampire starrten ihn an. „Solange nicht einer der beiden hier eintrifft, bist du der ranghöchste Entscheidungsträger der Allianz", informierte er seinen Partner. „Wir müssen versuchen, Ordnung in dieses Chaos zu bringen."

„Ich habe keine Ahnung, wo ich anfangen sollte", gab Jean leise zu und warf dem anderen Vampir einen verstohlenen Seitenblick zu.

Raymond verstand die wortlose Botschaft und nickte entschieden. „Ich besorge dir ein Zimmer, Cabalet. Wir müssen die Partnersuche um einige Stunden verschieben, bis wir wieder einen Überblick haben, wer sich hier aufhält."

„Macht euch meinetwegen keine Mühe", erwiderte Luc diplomatisch. „Ich bin ein stiller Beobachter."

Der jeden Fehler sieht, ergänzte Raymond zynisch. Jean zuckte mit den Schultern. Ihm fiel offensichtlich auch keine bessere Lösung ein. „Na gut", meinte Raymond. „Aber steh uns nicht im Weg rum."

Ohne eine Antwort Cabalets abzuwarten, lief er durch die Flure zum Salle des Cartes. Alains Leutnant war der dienstälteste Offizier im Raum. „Leutnant Fouquet, was ist hier los und warum ist keiner der höheren Offiziere anwesend?"

„Wir haben gerade die Nachricht erhalten, dass sich ein Taifun auf Réunion zubewegt, Sir", meldete Leutnant Fouquet. „Er wird die Insel in wenigen Stunden erreicht haben. Offensichtlich ist er wie aus dem Nichts entstanden."

„Ist der General schon benachrichtigt worden?"

„Ja, Sir! Wir haben sofort versucht, ihn zu erreichen. Er war in einer Besprechung mit dem Präsident und ist noch geblieben, um die weiteren Anweisungen aus dem Élysée-Palast abzuwarten. Ich habe auch Captain Magnier und Captain Dumont Nachrichten hinterlassen, aber sie sind noch nicht eingetroffen", informierte ihn Fouquet.

„Ist jemand von uns dort?", wollte Raymond wissen.

„Niemand antwortet. Die Vorbereitungen auf den Sturm laufen vermutlich schon auf Hochtouren, weshalb sie keine Zeit haben werden."

Raymond unterdrückte einen Fluch. Marcel hatte davor gewarnt, dass das Ungleichgewicht der magischen Kräfte zu unvorhergesehenen Naturkatastrophen führen würde. Bisher hatten sie Glück gehabt und potentielle Tragödien gerade noch vermeiden können. Jetzt schien ihre Glückssträhne zu Ende zu sein. Die wenigen Stunden Vorwarnung würden niemals ausreichen, um die Küstenregionen der Insel zu evakuieren. Menschen würden ihr Leben verlieren und Eigentum zerstört werden. Daran ließ sich nichts mehr ändern. Der Bevölkerung blieb nichts anderes übrig, als das Beste zu hoffen und abzuwarten, bis der Sturm sich wieder verzogen hatte und die Hilfsmaßnahmen beginnen konnten.

Darauf wollte Raymond sich jetzt konzentrieren. „Wir brauchen Hilfsmittel für den Notfall", sagte er zu Leutnant Fouquet. „Kontaktiere das Innenministerium und fordere ein Team von zwanzig Leuten an, die uns nach Réunion begleiten, sobald sich der Taifun verzogen hat. Außerdem brauchen wir Notrationen, Zelte und Medikamente, die wir sofort als erste Hilfsmaßnahme mitnehmen können."

„Schick Magier mit Partnern", flüsterte Jean ihm zu. „Ihre Stärke kann euch genauso hilfreich sein wie die Magie."

Raymond nickte. „Welche Ausrüstung brauchen sie?"

„Rettungsausrüstung, Werkzeuge zum Schaufeln und Ähnliches", erwiderte Jean. „So lange sie von ihren Partnern genug Blut bekommen, brauchen sie keinen Schutz vor der Sonne oder andere Hilfsmittel."

„Das ist alles Standardausrüstung für solche Maßnahmen", meinte Raymond. „Leutnant Fouquet, wir brauchen Freiwillige für die Rettungsmission.

Magier mit einem Partner haben erste Priorität. Informiere unsere Leute und stelle eine Liste auf."

„Ja, Sir", erwiderte der Magier.

„Du kannst unsere Namen auf die Liste setzen", bot Jean ihm an.

Raymond lächelte ihm dankbar zu. „Leutnant Fouquet", rief er dem Magier nach. „Falls jemand danach fragen sollte ... Mein Partner und ich werden das Team der Milice anführen."

ALAIN REKELTE sich behaglich unter der Decke. Nicht von einem schrillen Klingeln des Weckers aus dem Schlaf gerissen zu werden, war ein Luxus und erinnerte ihn daran, dass er heute frei hatte. Neben sich im Bett konnte er Orlandos warmen Körper spüren, dessen Anwesenheit es ihm beträchtlich erleichterte, sich aus seinen Träumen zu reißen. Und die ihn auf seine Morgenlatte aufmerksam machte. Er verkroch sich tiefer unter der warmen Decke, um die nächtliche Kühle auszuschließen. Dann drehte er sich zu seinem Geliebten um und schmiegte sich mit dem Kopf an ihn, um sich von Orlandos Nähe einhüllen zu lassen.

Orlando wurde aus seinen Gedanken gerissen, als er Alains Lippen am Hals und hinter dem Ohr spürte. Nur der typische Geruch seines Geliebten verhinderte noch rechtzeitig, dass er zusammenzuckte und aus dem Bett sprang. Er musste daran denken, wie liebevoll und zärtlich Alain ihm geholfen hatte, seine Ängste zu überwinden, als sie sich das letzte Mal geliebt hatten. Die Erinnerung half ihm, sich wieder zu entspannen und Alains Nähe zu genießen. Der gleichmäßige Atem des Magiers sagte ihm, dass Alain noch nicht richtig wach war und absolut keine Bedrohung darstellte. Er wies sich für seine Wortwahl zurecht. Alain war selbst wach und erregt keine Bedrohung für ihn. Er musste endlich aufhören, in diesen Mustern zu denken. Thurloe war bereits vor hundert Jahren vernichtet worden und Alain hatte sich Orlandos Vertrauen immer wieder würdig erwiesen. An seiner Seite wurde Alain langsam wach und fing an, sich hin und her zu rekeln. Orlando kämpfte immer noch gegen seine Ängste an, aber er hatte bereits einen großen Schritt getan, um sie zu überwinden. Jetzt war es an der Zeit, den nächsten zu wagen. Das war er Alain schuldig.

Er drehte den Kopf zur Seite und suchte mit den Lippen Alains Mund, um ihn sanft zu küssen. Dann wartete er ab, bis sich die himmelblauen Augen öffneten und ihn erkannten. Er küsste Alain wieder, dieses Mal mit mehr Nachdruck, und konnte spüren, wie Alains steifer Schwanz ihm an die Hüfte drückte. Für einige Augenblicke gab Orlando sich nur dem Kuss hin und genoss es, Alains Lippen auf seinen zu fühlen. Seine Ängste ließen nach und der sanfte, liebevolle Austausch von Zärtlichkeiten gab ihm den Mut, mehr von sich preiszugeben. „Er hat seine Zähne benutzt, um mir das Fleisch zu zerreißen. Nichts ist seiner Aufmerksamkeit entgangen. Es gab keine Stelle an meinem Körper, vor der er Halt gemacht hätte."

„Missbrauch, nicht Aufmerksamkeit", korrigierte ihn Alain. Nach kurzem Zögern presste er den Mund an Orlandos Schulter und küsste ihn. „Darf ich?" „Ich habe Angst", gestand Orlando. „Aber ich muss sie überwinden." „Ich würde dich niemals verletzen."

„Mein Verstand und mein Herz wissen das", versicherte ihm Orlando. „Aber mein Körper vergisst es noch manchmal." Er fuhr Alain mit den Fingern durch die sandblonden Haare. „Hilf mir dabei, ihn zu vergessen."

Alain hoffte, die richtige Entscheidung getroffen zu haben, indem er Orlandos Bitte nachgab. Die Augen seines Geliebten blickten ihn verzagt an und seine Haltung verriet Nervosität. Alain sehnte sich danach, Orlando von oben bis unten zu küssen und zu schmecken, den harten Schwanz zwischen die Lippen zu nehmen, ohne vorher lange darüber nachdenken zu müssen, wie Orlando reagieren würde. Aber er wollte den Fortschritt des gestrigen Tages nicht gefährden und Orlando wieder an seine Albträume erinnern. Langsam öffnete er den Mund und küsste ihn auf die nackte Brust, leckte ihm über die olivbraune Haut und saugte sanft. Dann hob er den Kopf, um Orlando in die Augen zu sehen. In Orlandos Blick lag immer noch die gleiche Verzagtheit, aber darunter konnte Alain die ersten Anzeichen von Erregung erkennen. „Sag mir, wenn ich aufhören soll."

„Ja", versprach Orlando, obwohl er hoffte, dass es nicht dazu kommen würde. Alain verdiente eine Beziehung, in der er nicht vorher über jede Berührung, jede Zärtlichkeit nachdenken musste. Alain verdiente einen Geliebten, den er lieben konnte.

Im Vertrauen auf Orlandos Versprechen senkte Alain wieder den Kopf und saugte etwas fester an der zarten Haut. Dann ließ er den Mund über Orlandos Brust zu einem braunen Nippel wandern und neckte ihn mit den Lippen, bis Orlando unter ihm nicht mehr stillhalten konnte und leise stöhnte. Alain zog den steifen Nippel in den Mund.

Orlando erstarrte für einen kurzen Augenblick, als Alain zu saugen anfing. Er erwartete, jeden Moment gebissen zu werden und scharfe Zähne in seinem Fleisch zu spüren. Schnell öffnete er die Augen und blickte nach unten auf Alains blonde Haare. Thurloe war dunkelhaarig gewesen. Es gab keine Ähnlichkeit zwischen diesem Monster und dem Mann, der ihn liebte. Nicht die geringste.

Nachdem Orlando sich wieder entspannt hatte, nahm seine Erregung zu. Er legte die Hände um Alains Kopf und forderte ihn wortlos auf, weiterzumachen, nicht aufzuhören. Er hatte Alain schon oft so berührt und sie hatten beide ihre Freude daran gehabt. Jetzt konnte er verstehen, warum Alain so leidenschaftlich darauf reagiert hatte. Eine Welle der Erregung fuhr durch Orlandos Körper und er bog den Rücken durch, presste sich fester mit der Brust an Alains saugende, feuchte Lippen. Dann spürte er Alains Zähne und erstarrte. Aber sie bissen nicht zu, sie konnten es nicht, das durfte Orlando nicht vergessen. Er stöhnte laut, als die Zähne ihn sanft kniffen und an dem Nippel zogen, bis er es fast nicht mehr aushalten konnte vor Erregung.

Bald konnte Orlando zwischen den einzelnen Berührungen nicht mehr unterscheiden. Sie flossen zusammen zu einer einzigen Symphonie der Zärtlichkeit und Leidenschaft. Alain liebte ihn mit einer Hingabe, die ihn alle Ängste vergessen ließ. Selbst als die Lippen seinen Nippel verließen, über seinen Körper nach unten glitten und sich um seinen Schwanz legten, kannte Orlando nur Freude.

Alain ließ sich Zeit. Er fuhr Orlando küssend und leckend über den gesamten Körper, nur ab und zu ließ er ihn leicht die Zähne spüren. Orlando schlängelte sich unter ihm hin und her und ermutigte ihn, nicht aufzuhören und zu schmecken, wonach er sich schon immer gesehnt hatte. Alain liebte den leicht salzigen Geschmack von Orlandos Haut, liebte die harten Muskeln unter seiner Zunge. Er wollte immer so weiter machen, wollte Orlando nur mit seinem Mund zum Höhepunkt bringen. Aber noch mehr wollte er Orlando wieder in sich spüren.

Er hob den Kopf und leckte ein letztes Mal über Orlandos harten, feucht glänzenden Schwanz. Orlandos enttäuschtes Stöhnen war herzerweichend, aber Alain ließ sich nicht von seinem Vorhaben abbringen. Er beugte sich über seinen Geliebten und küsste ihn, um ihn seinen eigenen Geschmack fühlen zu lassen. „Ich will dich in mir", flüsterte er ihm zu. „Liebe mich."

Orlando zögerte nicht lange und rollte ihn auf den Rücken, legte sich der Länge nach auf ihn und drückte sich mit den Hüften an ihn, bis sich ihre harten Schwänze aneinander rieben. Er war versucht, sie in die Hand zu nehmen und ihnen so Erlösung zu bringen. Noch mehr aber wollte er Alains Wunsch erfüllen. Er holte das Gel vom Nachttisch, um sich die Finger einzureiben und Alain auf sein Eindringen vorzubereiten. Alain presste sich seinem Finger entgegen. Sein Vertrauen ließ Orlando bis ins Innerste erschauern. Er hoffte, dass diese Freude, die er jedes Mal bei Alains Reaktion auf seine Berührung empfand, nie verblassen würde.

Nachdem er Alain zu seiner Zufriedenheit vorbereitet hatte, zog er den Finger wieder heraus. Er musste lächeln, als er das ungeduldige Stöhnen seines Geliebten hörte. Schnell brachte er seinen Schwanz in Position und schob ihn in die feuchte Hitze, die ihn wie ein Samthandschuh umklammerte. Es war unvergleichlich. So sehr ihn nach Alains Blut verlangte – kein Biss war so erregend, wie die heiße Umklammerung von Alains Körper. Seit er Thurloes Klauen entkommen war, hatten schon viele Menschen ihm vertraut und sich von ihm beißen lassen. Aber nur Alain hatte ihn jemals so geliebt.

Sie bewegten sich ohne Eile, waren mittlerweile vertraut genug, um die Geduld und Kontrolle aufzubringen, die ihren ersten Vereinigungen noch gefehlt hatte. Aber sie konnten nicht verhindern, dass die Wogen der Leidenschaft immer höher über ihnen zusammenschlugen. Sie wehrten sich nicht dagegen und ließen es einfach geschehen. Dann fielen sie, immer noch vereint, auf die Matratze zurück.

Alain schnappte keuchend nach Luft. Seine Gefühle für den wundervollen Vampir, der auf ihm lag, waren so überwältigend, dass ihm die Worte fehlten, um sie zu beschreiben. Sein Verstand sagte ihm, dass es auch noch zu früh wäre. Er und Orlando waren erst seit zehn Tagen Geliebte, zu kurz, um schon von Liebe zu reden. Alains Herz war zu stur, um auf diese Logik zu hören. Es bestand darauf, es besser zu wissen, und wusste, dass es in Orlando verliebt war. Blieb nur noch – so sagte ihm sein Herz –, Orlando diese Gefühle zu gestehen und abzuwarten, welche Antwort der Vampir ihnen darauf geben würde. Alain machte sich nichts vor. Die Wirkung seiner Worte würde Orlandos Ängste nicht urplötzlich in Luft auflösen. Aber sie konnten dem Vampir mehr Selbstbewusstsein geben und die Kraft, seine Vergangenheit zu bewältigen. Alain senkte den Kopf, kuschelte sich an Orlandos Hals und knabberte leicht an seiner Haut.

Orlandos Reaktion war impulsiv und irrational, aber er konnte den Reflex nicht verhindern. Er zuckte mächtig zusammen, als er die Zähne an der Stelle fühlte, an der Thurloe ihn vor zwei Jahrhunderten das erste Mal gebissen hatte.

Alain schloss die Augen und hielt still. Die Worte, die er eben noch hatte sagen wollen, kamen nicht mehr über seine Lippen. Er konnte nichts tun, um die Wunden zu heilen, die Thurloe geschlagen hatte. Seine Taten hatten es nicht erreichen können und seine Worte würden es auch nicht tun. Er ließ den Kopf aufs Kissen fallen und beschloss resigniert, sich mit dem Status quo abzufinden. Alain blieb nichts anderes übrig, als Orlando im Stillen zu lieben und die Grenzen zu akzeptieren, die sein Vampir ihm setzte. Und der schien seine eigenen Grenzen erreicht zu haben.

Orlando hätte alles gegeben, um seine dumme Reaktion ungeschehen machen zu können. Jetzt blieb ihm nur noch, sich zu entschuldigen und auf Verständnis zu hoffen. „Es tut mir leid", flüsterte er. „Aber Thurloe hat mich genau an dieser Stelle gebissen, als er mich umgewandelt hat. Ich wollte nicht …"

„Es ist schon gut, Orlando", sagte Alain niedergeschlagen. „Du musst mir nichts erklären. Du hast mir von deiner Vergangenheit erzählt. Es war falsch von mir, dich zu etwas zu drängen, das du noch nicht ertragen kannst. Wir müssen nicht wieder darüber reden."

Das war nicht die Antwort, die Orlando sich erhofft hatte. Aber er hatte seinen Geliebten zu sehr verletzt, um ihm noch widersprechen zu können. Alain musste nichts mehr sagen, musste nicht wütend werden oder das Bett verlassen. Orlando konnte die Mauer, die sich zwischen ihnen errichtet hatte, fast mit Händen greifen. Er hatte keine Ahnung, wie er es wieder in Ordnung bringen sollte, aber er war sich sicher, dass er seinen Partner jetzt nicht bedrängen durfte. Traurig rollte er zur Seite und starrte an die Decke. Ihm fehlten die Worte.

Als Orlando mit keinem Wort auf seine Erklärung einging oder ihr widersprach, unterdrückte Alain den Seufzer, der ihm auf den Lippen lag, und setzte sich auf. „Ich gehe unter die Dusche", sagte er und hoffte inständig, Orlando würde ihm anbieten, ihn zu begleiten und ihm die Chance geben, die Sache wieder ins Lot zu bringen. Doch Orlando rührte sich nicht und sagte kein Wort, starrte nur mit glasigem Blick an die Decke. Er wollte offensichtlich allein sein. Alain schloss die Augen und atmete tief durch. Dann verließ er das Bett und ließ Orlando im Schlafzimmer zurück.

Orlando fluchte in sich hinein, als sich die Tür hinter Alain schloss. Er wünschte sich, noch weinen zu können. Vielleicht hätte er Alain mit seinen Tränen zeigen können, wie sehr er den Vorfall bedauerte. Aber so blieb ihm nichts anderes übrig, als die Konsequenzen zu akzeptieren, die der Magier daraus ziehen würde. Orlando wäre am liebsten ins Badezimmer gerannt, um mit Alain zu reden, aber er hatte nicht mehr das Recht, von seinem Geliebten eine Erklärung zu verlangen. Er hatte dieses Recht durch seine Überreaktion auf eine harmlose Berührung verspielt, von der er genau gewusst hatte, dass Alain sie nur zärtlich gemeint hatte. Als Alain nach einiger Zeit zurück ins Zimmer kam, schloss Orlando die Augen und stellte sich schlafend. Sein Magier zog sich an und Orlando stellte sich die passenden Bilder dazu vor seinem geistigen Auge vor. Alain verließ das Zimmer, sobald er sich angekleidet hatte. Entweder war er auf Orlandos Schauspiel tatsächlich hereingefallen, oder er wollte eine weitere Enttäuschung vermeiden. Einige Minuten später hörte Orlando, wie im Flur die Wohnungstür geöffnet und wieder geschlossen wurde. Jetzt war er ganz allein. Orlando hatte die Leere und Einsamkeit noch nie so deutlich gefühlt wie in diesem Augenblick, als Alain ihn allein in seiner Wohnung zurückließ.

42

„WAS IST denn so eilig, dass es nicht bis morgen früh warten konnte?", fragte Thierry barsch und sah sich verärgert in dem Raum um. Er war frustriert durch Sebastiens Zurückhaltung und konnte sich das selbstzufriedene Grinsen im Gesicht seines Partners gut vorstellen. Nur sehen wollte er es nicht, sonst würde er wahrscheinlich endgültig die Nerven verlieren.

Raymond war nicht gerade erpicht darauf, Thierrys schlechte Laune zu ertragen, erklärte aber in ruhigen Worten die Situation und teilte ihm mit, dass er und Jean die Hilfstruppe leiten würden. „Ich bin der Beste, um mit dem Ungleichgewicht fertig zu werden, das der Sturm hinterlassen wird", verteidigte er seine Entscheidung.

Raymond recht zu geben, war Thierry aus prinzipiellen Erwägungen unangenehm, aber ihm blieb nichts anderes übrig. Raymond war durch sein umfangreiches Wissen besser geeignet als jeder andere Magier Frankreichs. Er hatte nicht nur ein feines Gespür für jede Schwankung der Elementarkräfte, er hatte auch genügend Tricks auf Lager, um damit umzugehen. „Aber vergiss nicht, dass wir hier einen Krieg gewinnen müssen, während du da unten dein Hokuspokus aufführst", knurrte Thierry ihn an.

Raymond ignorierte die Beleidigung und nahm Thierrys Bemerkung als widerwillige Zustimmung zu seinem Plan. Jean war allerdings weniger nachsichtig. „Was ist eigentlich mit dir los?", fuhr er Thierry an. „Raymond hat genauso hart für diese Allianz gearbeitet wie jeder andere auch. Ich habe dich nicht einmal zu Gesicht bekommen, als es darum ging, neue Vampire zu rekrutieren oder nach dem Gesetzlosen zu suchen."

„Schon gut, Jean", sagte Raymond und legte ihm beruhigend die Hand auf die Schulter.

„Nein, es ist nicht gut", gab Jean zurück. „Sie sehen dich ständig von oben herab an, dabei arbeitest du genauso hart wie sie, um Serrier zu schlagen. Ich bin nach diesen paar Tagen schon leid, mir ihre Attitüden gefallen zu lassen, und kann mir kaum vorstellen, wie es dir ergehen muss."

„Ihre Attitüden sind ein kleiner Preis für Marcels Schutz", erinnerte Raymond seinen Partner und freute sich innerlich, dass Jean so bereitwillig zu seiner Verteidigung gekommen war. „Lass es gut sein. Wir müssen in einer Stunde nach Réunion aufbrechen und haben noch viel Arbeit vor uns."

Jean kniff die Augen zusammen und warf Thierry noch einen wütenden Blick zu. „Hat der Leutnant nicht gesagt, er hätte auch Orlando und seinen Partner verständigt?"

„Ja, warum?", fragte Raymond.

„Weil ich mit Orlando reden muss", erwiderte Jean. „Da ich mit dir nach Réunion gehe, kann ich mich nicht selbst darum kümmern, einen Partner für Cabalet zu finden. Er wird einem Magier nicht trauen, jedenfalls nicht einem Magier ohne Partner; und ich vertraue keinem Vampir so sehr wie Orlando."

In diesem Augenblick betrat Orlando den Raum. Er wirkte niedergeschlagen und traurig. „Da ist er ja", bemerkte Jean. „Wenn du nichts dagegen hast, rede ich kurz mit ihm und komme danach in dein Büro."

„In Ordnung", meinte Raymond und überließ Jean seinen Geschäften. Er hatte in der Zwischenzeit mehr als genug zu tun. Der Transport der Hilfsgüter musste organisiert werden und durch die große Entfernung zwischen Paris und Réunion konnten sie nicht mit den normalen Transportsprüchen arbeiten, wie es innerhalb der Stadt möglich war. Sie brauchten eine wesentlich höhere Konzentration von Magie, um das viele Material auf die Insel zu transportieren. Raymond wollte in spätestens drei Stunden alles auf Madagaskar haben, damit sie von dort aus sofort eingreifen konnten, wenn der Sturm abgezogen war. Jede zusätzliche Minute, die sie vergeudeten, konnte Menschenleben kosten.

„Wie geht es dir?", fragte Jean leise, als er auf Orlando zuging.

„Gut", erwiderte Orlando niedergeschlagen und suchte den Raum ab in der Hoffnung, dass auch Alain die Nachricht erhalten hatte und ins Hauptquartier gekommen war. Wenn das der Fall sein sollte, hielt er sich offensichtlich in einem anderen Teil des Gebäudes auf.

Jean erkannte die Lüge sofort, aber er hatte gelernt, Orlando nicht unter Druck zu setzen, wenn der in dieser Stimmung war. Sein Freund würde mit ihm reden, wenn er dazu bereit war. In der Zwischenzeit mussten sie die anstehenden Probleme besprechen. „Ich gehe mit Raymond nach Réunion. Du musst hier für mich einspringen und dich um meine Aufgaben kümmern."

Orlando schüttelte den Kopf und wollte automatisch widersprechen, doch Jean ließ ihn nicht zu Wort kommen. „Die einzige Sache, die wirklich dringend ist, ist Cabalet. Er ist heute Nacht aus Amiens eingetroffen. Wir müssen ihn davon überzeugen, der Allianz beizutreten und seine Vampire mitzubringen."

„Und wie sollte mir das gelingen?", fragte Orlando. Der Respekt, den die anderen Vampire für ihn aufbrachten, hing nur von seiner Freundschaft zu Jean ab. Ohne die Anwesenheit des Chef de la Cour würden sie nicht auf ihn hören.

„Er muss einen Partner finden", erklärte Jean. „Er hat sich bereit erklärt, hierzubleiben und uns zwei Tage Zeit zu geben."

Orlando schüttelte den Kopf. „Ich habe keine Autorität", protestierte er. „Wie soll ich die Magier davon überzeugen, es mit Cabalet zu versuchen?"

„Alain wird dir helfen."

Orlando schnaubte. „Ja, sicher. Ich bezweifle, dass Alain momentan in der Stimmung ist, mir einen Gefallen zu tun."

„Was ist passiert?", wollte Jean wissen. Als er die beiden das letzte Mal gesehen hatte – und nicht nur da –, schien Alain alles tun zu wollen, um Orlando zu helfen und ihm mehr Selbstbewusstsein zu vermitteln. Jean konnte sich nicht vorstellen, was sich seitdem geändert haben sollte.

Orlando wich seinem Blick aus und sah zu Boden. Er wusste genau, wie Jean reagieren würde. Stockend erzählte er ihm, was sich früher am Abend ereignet hatte.

Jean schüttelte ungläubig den Kopf. Die Dummheit der beiden Männer war nicht in Worte zu fassen. Aber jetzt konnte er sich nur Orlando vornehmen. Alain musste er später die Leviten lesen. „Er ist tot", sagte er streng zu dem jungen Vampir. „Du hast mit eigenen Augen gesehen, wie er Stück für Stück peinvoll verbrannt ist. Warum lässt du dich immer noch von ihm gefangen halten? Du hast doch selbst gesagt, dass Alain dich niemals verletzen würde. Warum handelst du dann nicht auch so? Warum tust du so, als würdest du dir selbst nicht glauben? Warum lässt du die Vergangenheit nicht endlich hinter dir?"

„Ich versuche es doch!", rief Orlando. „Wenn ich es nicht versuchen würde, wäre das alles nie passiert. Alain wusste, wie sehr ich mich vor Bissen fürchte. Er hätte es nicht getan, wenn ich ihn nicht darum gebeten hätte, und selbst dann konnte man es kaum ernsthaft als Biss bezeichnen."

„Hörst du dir eigentlich selbst zu?", ließ Jean nicht locker. „Was hält dich zurück? Deine Worte sagen mir, dass du es überwunden hast."

Orlando sah ihn ratlos an. „Ich weiß es nicht."

„Dann wird es vielleicht Zeit, dass du darüber nachdenkst. Es ist nicht mehr nur deine Privatangelegenheit. Du verletzt jetzt auch andere. Du verletzt Alain und du schadest der Allianz." Jean überlegte angestrengt, wen er an Orlandos Stelle mit der Aufgabe betrauen konnte, sich um einen Partner für Cabalet zu kümmern. Wenn Marcel einen Partner hätte, wäre dieser Vampir die erste Wahl. Aber das war nicht der Fall, deshalb musste Jean einen anderen finden. Sein Blick fiel auf Sebastien, der träge an der Wand lehnte und auf Thierry wartete. Nach Marcel und Alain war Thierry der ranghöchste Magier. Das machte Sebastien automatisch zu dem Vampir, den er als erstes fragen sollte. Jean hasste den Gedanken, Sebastien um einen Gefallen bitten zu müssen, vor allem, wenn es sich um eine so wichtige Angelegenheit handelte.

Seufzend ergab er sich seinem Schicksal und ging durch den Raum auf Sebastien zu. „Noyer", knurrte er. „Ich muss mit dir reden."

„Zu schade, dass sich nicht alle deine Wünsche erfüllen lassen", erwiderte Sebastien flapsig. Seine Umgangsformen hatten durch sein Leben als Einzelgänger sehr gelitten und er bedauerte die Worte, kaum dass sie ihm über die Lippen gekommen waren. Er hatte Thierry versprochen, dass er alles tun würde, damit sein gestörtes Verhältnis zu Jean keine negativen Auswirkungen auf die Allianz hatte. So wie Jean ihn jetzt ansah, war ihm aber genau das gelungen. „Es tut mir leid", sagte er hastig und hob beschwichtigend die Hand. „Das war unangemessen."

346

Die Anwesenheit von Außenstehenden hielt Jean kaum davon ab, seine Nemesis an die Wand zu knallen, aber er unterdrückte diesen Impuls. Sebastiens Entschuldigung erleichterte es ihm, sich wieder einigermaßen zu beherrschen und ihn mit einer Geste zur Tür zu winken. Glücklicherweise nickte Sebastien nur wortlos und folgte ihm auf den Flur.

Als sich die Tür hinter ihnen geschlossen hatte, drehten sie sich um und sahen sich an. Jeder wartete darauf, dass der andere zuerst das Wort ergriff. Für einige Sekunden zog sich ihr Schweigen peinlich in die Länge, dann zuckte Sebastien mit den Schultern und fragte: „Was kann ich für dich tun?" Seine Stimme klang bemüht ruhig und sachlich.

„Unsere Allianz hat sich herumgesprochen. Fremde Vampire kommen und stellen Fragen", antwortete Jean. „So lange ich mit Raymond auf Réunion bin, brauche ich jemanden, der sich darum kümmert, dass Cabalet einen Partner findet. Es kann sein, dass noch mehr Vampire nach Paris kommen und Hilfe brauchen. Kannst du diese Aufgabe übernehmen, ohne dabei Mist zu bauen?"

Sebastien antwortete nicht sofort. Er holte erst tief Luft und betete dabei in Gedanken sein Versprechen an Thierry wie ein Mantra vor sich hin. Er wollte seinen Partner nicht enttäuschen. Dieser Wunsch war das einzige, das ihn davon abhielt, mit Gewalt auf Jeans Beleidigung zu reagieren und eine Auseinandersetzung vom Zaum zu brechen, deren Ausgang er nicht vorherzusagen wagte. „Thibault ist seit vierhundert Jahren tot", erwiderte er mit zusammengebissenen Zähnen. „Schon damals habe ich nicht verstehen können, warum du mich so sehr hasst. Was immer du auch denken magst, ich habe ihn zu nichts gezwungen. Ich habe erst Wochen nach unserem Aveu de Sang erfahren, dass es dich überhaupt gibt. Wenn ich es früher gewusst hätte, wäre ich zu dir gekommen und hätte dir die Situation erklärt. Wie lange willst du mir Thibaults Entscheidung noch vorwerfen? Wird es nicht langsam Zeit, es zu vergessen?"

Sebastiens Worte trafen Jean wie ein Schlag ins Gesicht. Sie waren wie ein Echo von Orlandos Ratschlag und klingelten ihm so laut in den Ohren, dass er sich beinahe umgedreht hätte und weggelaufen wäre. Jean brauchte Zeit und Ruhe, um darüber nachzudenken. Aber erst musste er die Angelegenheit Cabalet regeln. „Es tut mir leid, das war unangemessen", wiederholte er Sebastiens Entschuldigung von vorhin. „Kannst du mir helfen?"

Sebastien hätte gerne abgelehnt, aber je mehr Vampire sich der Allianz anschlossen, umso wahrscheinlicher wurde ihr Erfolg. Und je früher sie diesen Krieg gewannen, umso früher musste er sich keine Sorgen mehr um Thierrys Sicherheit machen. „Ich werde mein Bestes tun", erwiderte er übertrieben demütig, weil er sich nicht verkneifen konnte, Jean ein letztes Mal zu ärgern.

Jean warf ihm einen bösen Blick zu, reagierte aber nicht auf die Provokation. Er hatte Wichtigeres zu tun, als sich über Sebastiens Frechheiten aufzuregen. „Rede mit deinem Partner darüber, wie ihr die Sache am besten angehen könnt", wies er

Sebastien an. „Aber beeilt euch. Cabalet hat sich bereit erklärt, uns zwei Tage Zeit zu geben. Ich will, dass er mit einem Partner wieder abreist."

Sebastien nickte und hoffte, dass Thierrys strategisches Geschick auch für dieses Problem eine Lösung fand. „Du kannst alles uns überlassen. Wir kümmern uns um die Angelegenheit."

Jean machte sich bedächtigen Schrittes auf den Weg zu Raymonds Büro. Erinnerungen an die lange zurückliegenden Ereignisse mit Thibault schwirrten ihm durch den Kopf. Thibault war anders gewesen, als die meisten Menschen seiner Zeit. Der junge Mann hatte Vampiren gegenüber nie Furcht oder Abscheu gezeigt, deshalb war er Jean sofort aufgefallen. Er hatte sich beeilt, Thibaults Aufmerksamkeit auf sich zu ziehen und immer geglaubt, ihre Zuneigung wäre gegenseitig. Aber wenn Noyer die Wahrheit sagte, hatte Thibault keinen zweiten Gedanken an Jean verschwendet, nachdem er Sebastien kennengelernt hatte. Es stimmte ihn nachdenklich, auch wenn er sich nicht sicher war, ob er Noyer blindlings Glauben schenken durfte. Vielleicht sollte er Bekannte, die damals alles miterlebt hatten, nach ihrer Meinung fragen. Jean kam zu Raymonds Büro, klopfte kurz an die Tür und trat ein. „Was unternehmen wir jetzt?"

JEAN WAR erleichtert, dass so viele Vampire sich freiwillig mit ihren Partner gemeldet hatten, um bei dem Einsatz auf Réunion teilzunehmen. Es bestätigte ihm, was er schon immer gewusst hatte – Vampire konnten starke, zuverlässige Mitglieder der Gesellschaft sein, wenn man ihnen nur die Chance dazu gab. Er hatte mit fast allen Freiwilligen persönlich gesprochen, um sie auf ihre Aufgabe vorzubereiten und sie über die Vorsichtsmaßnahmen zu unterrichten, die nötig waren, um ihre Natur geheim zu halten. So lange die Allianz und ihre Partnerschaften noch nicht öffentlich bekannt waren, war es sicherer, die Stärke der Vampire als Magie zu tarnen. Sie wollten in Schichten gemeinsam mit ihren Partner arbeiten und einen falschen Stab benutzen, um als Magier auftreten zu können. Jean hoffte, dass in dem allgemeinen Chaos nach dem Taifun alle unerklärlichen Vorkommnisse, sollten sie sich nicht vermeiden lassen, übersehen würden.

Caroline und Mireille waren die letzten, mit denen er reden musste. Er klopfte an Carolines Bürotür und wartete auf Antwort. Als er das Büro betrat, saßen die beiden Frauen nebeneinander auf dem Sofa, das an der Rückwand des Zimmers stand.

„Oh, gut", sagte Caroline, als sie ihn erkannte. „Ich brauche Unterstützung, um Mireille davon zu überzeugen, dass sie uns bei dem Einsatz wirklich helfen kann. Sie hat beschlossen, lieber hierzubleiben."

„Warum?", fragte Jean die rothaarige Vampirin. „Jede Art von Hilfe ist wichtig."

„Es geht nicht nur darum", fügte Caroline hinzu, ohne Mireille zu Wort kommen zu lassen. „Jeder kann Trümmer beseitigen, ob mit Magie, Baufahrzeugen oder körperlicher Kraft", sagte sie zu ihrer Partnerin. „Aber du kannst gut mit Menschen umgehen, und das ist mindestens genauso wichtig. Viele Menschen werden obdachlos sein und alles verloren haben, vielleicht sogar Mitglieder ihrer Familie oder Freunde. Ich habe gesehen, wie du Blair nach Laurents Tod getröstet hast. Du hast eine Begabung, die richtigen Worte zu finden, die wir in den nächsten Tagen öfter brauchen werden, als du dir vorstellen kannst."

„Sie hat recht, Mireille", stimmte Jean der Magierin zu. „Ich hätte keine Ahnung, was ich einer aufgeregten Mutter oder einem weinenden Kind sagen soll. Aber du kannst selbst fremde Menschen trösten und sie hören auf dich. Das wird auch für uns sprechen und uns das Wohlwollen der Öffentlichkeit sichern, wenn wir die Allianz bekannt geben. Es ist eine unschätzbare Hilfe für uns."

„Schon gut, schon gut", gab Mireille kopfschüttelnd nach. „Ich denke immer noch, dass andere euch mehr helfen könnten, aber ich komme mit."

Das Schlagen der Wanduhr unterbrach ihre Unterhaltung. „Kommt so bald wie möglich in den Salle des Cartes", sagte Jean. „Raymond will in spätestens einer halben Stunde aufbrechen."

Als der Chef de la Cour das Büro wieder verlassen hatte, drehte Caroline sich zu ihrer Partnerin um und streichelte ihr über die Wange. „Du wirst wunderbar sein und ich bleibe immer an deiner Seite. Sie brauchen deine Hilfe, Mireille."

Mireille holte tief Luft, um ihre Nervosität zu überwinden. „Du darfst aber nicht aufhören, an mich zu glauben", bat sie und drückte Caroline einen Kuss auf die Handfläche.

„Niemals", versprach Caroline.

RAYMOND SAH in die entschlossenen Gesichter der Freiwilligen, die sich im Salle des Cartes versammelt hatte. „Lasst euch Zeit mit den einzelnen Etappen des Transports. Viele Vampire sind die Sprünge an einen anderen Ort noch nicht gewohnt. Wir treffen uns in spätesten zwei Stunden an unserem Sammelpunkt in Madagaskar."

Er warf Jean einen fragenden Blick zu, doch sein Partner hatte nichts mehr zu sagen und schüttelte den Kopf. Raymond nickte seinem Team noch einmal kurz zu, dann schnickte er mit seinem Stab und verschwand, zusammen mit Mireille, aus dem Zimmer.

43

ALAIN ERREICHTE das Hauptquartier der Milice. Er hatte den Kopf eingezogen und den Mantelkragen hochgeschlagen, um sich besser gegen den Schneeregen zu schützen, der vor einiger Zeit eingesetzt hatte. Er war stundenlang durch die Straßen gelaufen und hatte hin und her überlegt, wie er sich Orlando gegenüber am besten verhalten sollte. Ob mit oder ohne Aveu, er liebte den Vampir und wollte bei ihm bleiben, auch wenn er seine eigenen Bedürfnisse zurückstellen und sich an Orlandos Grenzen halten musste. Selbst unter den gegenwärtigen Bedingungen war es alles andere als ein Opfer, mit Orlando zu schlafen. Natürlich wäre es einfacher, wenn er sich nicht ständig Sorgen machen müsste, Orlando in Panik zu versetzen. Aber er hatte in Orlandos Armen so viel Liebe erfahren, dass er damit leben konnte. Nachdem er endlich seinen Entschluss gefasst hatte, sah er auf die Uhr und stellte zu seinem Schrecken fest, dass er sich verspätet und sein Dienst schon vor geraumer Zeit begonnen hatte.

Kaum hatte Alain das Gebäude betreten, kam ihm auch schon Thierry entgegengelaufen. „Zum Teufel, wo hast du gesteckt?", fragte der blonde Magier. „Ich versuche seit Stunden, dich zu erreichen. Warum hast du meine Anrufe nicht angenommen?"

„Ich war unterwegs", erwiderte Alain ausweichend. „Ich habe mein Handy vergessen. Was hast du von mir gewollt?"

Thierry informierte ihn über die Lage im Indischen Ozean.

„Scheiße", murmelte Alain. „Und Payet hat den Einsatz übernommen?"

„Er hat sich dazu bereit erklärt und war für die Aufgabe am besten geeignet."

„Das stimmt", bemerkte Alain. „Aber selbst mit der Unterstützung von neunzehn weiteren Magiern sind seine Möglichkeiten begrenzt. Hat Marcel sich schon zu den Ursachen für den Taifun geäußert?"

„Er will mit uns darüber reden, sobald das Rettungsteam auf Réunion eingetroffen ist", erwiderte Thierry. „Das kann jeden Augenblick der Fall sein. Payet ist vor zwei Stunden aufgebrochen. Selbst mit den Zwischenstopps für die Vampire sollten sie jetzt Madagaskar erreicht haben. Sobald der Sturm abgezogen ist, machen sie den letzten Sprung nach Réunion."

„Dann wird es Zeit, mit Marcel zu reden."

Thierry schüttelte den Kopf. Er hatte immer noch Orlandos trauriges Gesicht vor Augen. „Nein, Alain. Jetzt wird es für dich Zeit, mit deinem Partner zu reden. Marcel kann noch einige Minuten warten."

Alain sah ihn erstaunt an. Für Thierry hatte die Pflicht immer an oberster Stelle gestanden. „Und das hat mich Aleth gekostet", sagte Thierry, als hätte er

Alains Gedanken gelesen. „Es gibt keinen Grund für dich, den gleichen Fehler zu machen. Sag Orlando wenigstens Bescheid, dass du jetzt hier bist und bitte ihn, an der Besprechung teilzunehmen. In Bellaiches Abwesenheit fällt die Verantwortung an Orlando und Sebastien, weil sie unsere Partner sind. Soweit ich erkennen konnte, fühlt dein Vampir sich nicht sehr wohl in dieser Rolle."

„Er hat eine viel zu schlechte Meinung von sich", sagte Alain unglücklich.

Das war Thierry auch schon aufgefallen und er fragte sich zum wiederholten Male, woran Orlandos Unsicherheit lag, denn er konnte keinen Grund dafür erkennen. Orlando war oft schweigsam und hörte nur zu, aber seine Vorschläge waren immer konstruktiv und wohl durchdacht. „Dann musst du ihm helfen, es zu ändern."

Wenn er mich nur lassen würde, dachte Alain. „Ich werde sehen, was ich tun kann", sagte er laut zu Thierry.

„Er ist in unserem Büro", informierte ihn Thierry und gab ihm einen leichten Schubs in die richtige Richtung. „Rede mit ihm und bringe ihn dann mit in Marcels Büro. Wir haben viel zu tun."

Der leise Tadel in Thierrys Worten mochte unbeabsichtigt sein, erinnerte Alain aber wieder an den Ernst der Lage. Ja, er musste mit Orlando reden. Das ließ sich allerdings nicht in wenigen Minuten erledigen, und er wollte bei diesem Gespräch nicht unterbrochen werden, also musste es bis später warten.

Er kam in sein Büro und fand Orlando vor, der mit todunglücklichem Gesicht auf dem Sofa saß. Alain war versucht, seinen Partner in die Arme zu nehmen und ihn zu trösten. Dann fiel ihm ein, dass Marcel, Thierry und Sebastien sie erwarteten. „Wir müssen zu einer Besprechung", sagte er. Orlando hob erschrocken den Kopf.

Orlandos Augen glänzten glücklich, als er Alain erblickte. Dann hörte er die geschäftsmäßigen Worte seines Partners und das Herz sackte ihm in die Hose. Orlando wusste, wie wichtig es war, das magische Gleichgewicht wieder herzustellen, doch er konnte sich nicht vorstellen, was er selbst dazu beitragen sollte. Er war kein Magier und wusste nur wenig über die Geschichte der Vampire. Trotzdem, er wollte Alain nicht widersprechen, denn die Besprechung gab ihm wenigsten einen Grund, sich im gleichen Raum aufzuhalten wie sein Magier. Orlando wusste nicht, wo Alain sich in den letzten Stunden aufgehalten hatte. Es war für ihn die reine Hölle gewesen. Jetzt war Alain zurückgekommen und Orlando sollte sich wieder besser fühlen, aber stattdessen wurde er durch Alains Zurückhaltung und Sachlichkeit nur zusätzlich verunsichert. Hatte Alain seine Meinung über ihre Beziehung geändert? Orlando hoffte inständig, dass das nicht der Fall war, denn es wäre sein Untergang. Er wollte etwas sagen, doch Alain hatte das Büro schon wieder verlassen und es Orlando überlassen, ob er ihn begleiten wollte oder lieber allein zurückblieb. Schweigend erhob er sich und folgte Alain zum Büro des Generals.

Marcel begrüßte sie mit einem Lächeln. Die Anspannung, unter der er stand, stand ihm ins Gesicht geschrieben. Orlando stellte seine persönlichen Probleme zurück, denn die Lage war offensichtlich ernster, als er vermutet hatte. Er riss sich zusammen und stellte sich vor, wie Jean sich in dieser Situation verhalten würde. Dann nahm er Platz und wartete auf Marcels Bericht.

Thierry warf Alain einen missbilligenden Blick zu, als das Paar den Raum betrat. Alain konnte in der kurzen Zeit, die bis zu ihrem Eintreffen vergangen war, kaum mehr als einige Worte der Begrüßung mit Orlando gewechselt haben. Die Spannung zwischen den beiden war mit Händen greifbar, auch wenn sie einem beiläufigen Bekannten vielleicht entgangen wäre. Thierry hatte die beiden jedoch seit ihrem ersten Zusammentreffen beobachtet und wusste, wie sie sich normalerweise verhielten. Er hatte erlebt, wie sie ständig die Nähe ihres Partners suchten. Für einen Fremden war die auffällige Distanz zwischen ihnen wahrscheinlich kein Grund zur Besorgnis, aber Thierry konnte genau erkennen, dass es nicht zum Besten stand. Sie mussten sich gestritten haben, daran bestand für ihn kein Zweifel. Er runzelte die Stirn und überlegte, worum es bei diesem Streit gegangen sein mochte. Jetzt, wo das Glück für ihn selbst so unverhofft wieder in greifbarer Nähe war, wollte er auch seinen besten Freund glücklich sehen. Als er Alain das letzte Mal gesehen hatte, schien noch alles in bester Ordnung gewesen zu sein. Thierry überlegte, wie viel Einmischung er sich erlauben konnte, ohne seine Grenzen zu überschreiten.

„Meine Herren", begann Marcel, als sie alle an dem Tisch Platz genommen hatten. „Wir haben ein Problem. Der Präsident hat deutlich zu verstehen gegeben, dass er von uns eine Lösung dafür erwartet. Sofort."

„HIERHER!", RIEF Jean und wühlte in den Trümmern, die noch vor kurzer Zeit eine Schule gewesen waren. Das Gebäude war nach den neuesten technischen Standards errichtet worden und hätte dem Sturm eigentlich widerstehen sollen, deshalb hatten die Menschen hier Schutz gesucht. Jetzt stand nur noch einer der Seitenflügel.

Raymond stellte Jeans Anweisungen nicht mehr in Frage. Sobald er die beiseite geräumten Trümmer halbwegs stabilisiert hatte, grub Jean tiefer und verließ sich auf ihn, sich um den Aushub zu kümmern. *Wir sind ein gutes Team*, dachte Raymond flüchtig, während er mit seiner Magie Jeans Anstrengungen unterstützte, ein besonders schweres Stück Beton aus dem Weg zu räumen. Und dann, in einer winzigen Nische zwischen einem eingestürzten Trägerbalken und dem Boden, fanden sie das kleine Mädchen.

„Mireille!", schrie er, während Jean den Stahlträger zur Seite schob. Er hatte ihren Namen kaum ausgesprochen, da war die Vampirin bereits zur Stelle, als hätte sie das Kind unter den Trümmern auch schon gespürt gehabt. Sobald die Beine des Mädchens freigeräumt waren, nahm Mireille sie in die Arme und lief mit ihr zu dem Sanitätszelt, das die örtlichen Behörden aufgestellt hatten. Sanft drückte Mireille die Kleine an sich, während die Sanitäter sie untersuchten. Das Mädchen war klatschnass und zitterte, obwohl nach dem Sturm wieder die Sonne schien und es sehr warm war. „Sie steht unter Schock", sagte der Sanitäter. „Aber bis auf kleinere Schürfwunden und Prellungen scheint sie unverletzt zu sein. Wir werden sie im Auge behalten und hoffen, dass ihre Familie ausfindig gemacht werden kann."

Mireille nickte und wollte das Mädchen loslassen, aber die Kleine klammerte sich verzweifelt an ihr fest.

„Lass mich nicht allein", schluchzte sie.

Mireille war hin und her gerissen. Da draußen waren noch mehr Menschen, die verletzt und sterbend unter den Trümmern lagen und ihre Hilfe brauchten. Sie konnte mit ihren übernatürlichen Wahrnehmungen bei der Suche helfen, damit sie rechtzeitig befreit und vielleicht noch gerettet werden konnten. Aber dazu musste sie das Mädchen allein lassen, dabei war sie doch gekommen, um den Überlebenden Trost zu spenden.

„Kann ich sie mitnehmen?", fragte sie den Sanitäter.

Der dunkelhäutige Mann war nicht sehr begeistert von ihrem Vorschlag, gab aber nach, als er sah, dass die Kleine nicht loslassen wollte. „Bring sie sofort zurück, falls sich ihr Zustand verschlechtert."

Mireille versprach es und machte sich mit dem Mädchen im Arm auf den Rückweg zu der eingestürzten Schule. „Willst du mir dabei helfen, andere Verschüttete zu suchen?", fragte sie und hoffte, irgendwie ihre Fürsorge für die Kleine und die Suche nach den Opfern unter einen Hut bringen zu können.

Das Mädchen nickte und wollte abgesetzt werden, ließ aber Mireilles Hand nicht los. Zusammen gingen sie zur Schule zurück. Das Kind wollte nicht reden und schüttelte nur den Kopf oder zuckte mit den Schultern, als Mireille sie nach ihrer Familie fragte.

Als sie wieder vor dem Trümmerhaufen der Schule standen, ließ das Mädchen Mireilles Hand los und klammerte sich an ihr Bein. „Nein", wimmerte sie so leise, dass Mireille sie durch den Lärm der Rettungsarbeiten kaum verstehen konnte. „Es ist gefährlich."

„Wir passen auf", versprach Mireille und kniete sich vor der Kleinen auf den schlammigen Boden. „Es gibt schon Wege. Siehst du?" sie zeigte auf die Holzplanken, die überall ausgelegt und durch Carolines Magie befestigt worden waren. „Wenn wir auf den Brettern laufen, kann uns nichts passieren."

Das Mädchen machte einen vorsichtigen Schritt auf eines der Bretter. Ihr Vertrauen ging Mireille zu Herzen. „Wie heißt du?", fragte sie in der Hoffnung, dieses Mal eine Antwort zu bekommen.

„Romane."

Mireille hielt ihr die Hand hin „Wollen wir, Romane? Lass uns sehen, wen wir noch finden können."

Hand in Hand gingen sie über die Planken, während Mireille nach Anzeichen von Überlebenden suchte – sei es das leise Klopfen eines Herzens oder der Geruch von Blut.

„Hier!", rief Caroline und winkte sie zu sich.

Mit Romane im Schlepptau lief sie so schnell wie möglich zu ihrer Partnerin.

„Romane!", rief eine Frau mit müder Stimme, als sie das Kind hinter Mireille entdeckte.

„Tatie Isabelle!"

Mireille seufzte erleichtert. Wenigstens ein Familienmitglied hatte diese Katastrophe überlebt.

„Sie muss ins Sanitätszelt gebracht werden", bemerkte Mireille.

„Ihr Bein ist gebrochen", sagte Caroline leise.

„Dann trage ich sie", erwiderte Mireille und hob die Frau vom Boden hoch.

„Wie?", rief Isabelle überrascht, als die zierliche Frau sie einfach auf die Arme nahm.

„Magie", erklärte Mireille ihr.

Diese Antwort schien die Frau zufriedenzustellen. Als sie an dem Zelt ankamen, übergab Mireille Isabelle und ihre Nichte den Sanitätern, dann kehrte sie zu ihrer grausamen Aufgabe zurück.

„Du hast mit deiner Partnerin einen unglaublichen Fang gemacht", sagte Raymond, als er zu Caroline kam und sie Mireille dabei beobachteten, wie sie Romane und ihre Tante wieder zusammenführte.

„Das habe ich", stimmte Caroline zu. „Aber du hast auch nicht allzu schlecht abgeschnitten."

Raymond zuckte abwiegelnd mit den Schultern. „Hast du die Lage hier im Griff? Ich muss dafür sorgen, dass die Elementarkräfte wieder ins Gleichgewicht kommen, sonst haben wir in Kürze den nächsten Sturm am Hals. Wer weiß, wo der dann ausbricht und was er anrichtet."

Caroline nickte. „Geh nur. Wir schaffen das schon."

„Danke." Raymond zog sich in das kleine Zelt zurück, das er extra aufgestellt hatte, um sich nach einem erschöpfenden Einsatz ausruhen zu können. Noch war es nicht soweit gekommen, aber für das, was er vorhatte, brauchte er all seine Kraft, Ruhe und Abgeschiedenheit. Er goss etwas Wasser in eine kleine Schale, fuhr mit den Fingern langsam durch die Flüssigkeit und versetzte sich in eine leichte Trance. Sein Geist suchte den Kontakt zu den Elementarkräften, die die Erde im Gleichgewicht hielten. Er konnte die Spuren der Störung, die den Taifun verursacht hatte, sofort erkennen. Sie lag etwas östlich der Insel und gab immer noch leichte Schockwellen ab. Raymond löste sich aus der Trance, um bei vollem Bewusstsein darüber nachzudenken, was er gerade gefühlt hatte. Das Ungleichgewicht war eindeutig noch vorhanden, aber es war nicht mehr so stark, dass man sich in den nächsten Stunden darum kümmern musste. Er konnte sich noch für einige Zeit den Rettungsmaßnahmen widmen und sich den schrecklichen Folgen stellen, die ein Sturm dieser Größenordnung anrichtete. Bevor er das Zelt wieder verließ, nahm er sich noch einige Minuten Zeit, um sich wieder zu konzentrieren. Die verzweifelte Suche nach Überlebenden, die überwältigende Erleichterung, wenn sie wieder einen Menschen lebend aus den Trümmern geborgen hatten, die unaussprechliche

Trauer, wenn sie zu spät gekommen waren – all das forderte seinen Tribut. Doch er konnte sich nicht leisten, diesen Gefühlen nachzugeben. Er musste sich auf die bevorstehenden Aufgaben konzentrieren und voll einsatzfähig bleiben, um helfen zu können.

„Raymond?"

„Ich bin im Zelt!", rief er, als er die Stimme seines Partners erkannte.

„Ist alles in Ordnung?"

„Ja, danke", erwiderte Raymond und schob die Zeltklappe zur Seite, um Jean zu sich zu winken. „Ich habe den Zustand der Elementarmacht überprüft, um sicher zu gehen, dass wir nicht von einem zweiten Sturm überrascht werden. Brauchst du mich?"

„Ich habe nicht daran gedacht, dass die Tage hier länger sind", erklärte Jean und hielt ihm die Hände hin. Seine Haut wurde schon langsam grau. „Wenn ich weiterarbeiten will, brauche ich Blut."

„Natürlich!", rief Raymond eifrig. Ohne lange über seine Reaktion nachzudenken, lud er Jean ein, sich zu ihm zu setzen. „Ich hätte selbst daran denken sollen."

Jean zuckte mit den Schultern. Er wusste nicht so recht, was er unter den gegebenen Umständen mit Raymonds Kommentar anfangen sollte. Wortlos nahm er Platz und wartete darauf, dass Raymond ihm sein Handgelenk anbot. Als er den Kopf beugte, erkannte er eine Vielzahl von kleinen Schürfwunden und Kratzern an der zuvor makellosen Haut des Magiers. „Du solltest diese Wunden behandeln lassen", sagte er warnend. „Infektionen können in diesem tropischen Klima gefährlich werden."

Jetzt war es Raymond, der mit den Schultern zuckte. Jeans Besorgnis tat ihm gut. „Wenn du getrunken hast, werde ich sie magisch versiegeln. Dann kann ich sie heute Abend richtig reinigen. Aber ich muss sowieso in den Schmutz zurück und deshalb macht es noch keinen Sinn, sie zu behandeln."

Jean nickte und bereitete Raymonds Haut auf den Biss vor, ohne sich lange aufzuhalten. Sein Instinkt protestierte zwar dagegen, aber er hatte sich selbst und Raymond versprochen, dieser Versuchung nicht nachzugeben. Stattdessen erinnerte er sich erneut daran, dass diese Transaktion nur der Förderung ihrer Allianz diente. Er versuchte, den Biss so unbeteiligt und geschäftsmäßig wie möglich hinter sich zu bringen. Das Blut, das ihm über die Zunge lief, wollte allerdings nicht mitspielen. Es schmeckte ganz und gar nicht unbeteiligt und geschäftsmäßig. Es war ein Spiegelbild der widerstrebenden Emotionen, die in Raymond tobten. Das Schlimme daran war, dass es auch ein Spiegelbild der Gefühle war, die Jean in sich selbst unterdrücken wollte – nämlich, dass er in Raymond weit mehr als den Verbündeten in einer militärischen Allianz sah. In Sekundenschnelle ließ das Brennen auf Jeans Haut nach, geheilt durch das schattige Zelt und Raymonds Blut in seinen Adern. Genauso schnell kehrte die Magie zurück, die ihn vor den Folgen des Sonnenlichts schützte. Jean ließ sich jetzt mehr Zeit, weil er dieses friedliche

Zwischenspiel noch etwas länger genießen wollte. Es war eine willkommene Abwechslung zu dem Chaos, das sie jenseits der Zeltwände erwartete, die sie abschirmten und ihnen etwas Ruhe verschafften.

„Hast du auch wirklich genug getrunken?", fragte Raymond, weil Jean schneller als erwartet wieder den Kopf hob. Am liebsten hätte er die Lippen des Vampirs wieder an seinen Puls gedrückt. Das – so redete er sich ein – lag nur an der magischen Natur ihrer Partnerschaft. Dennoch fühlte Raymond sich für Jean verantwortlich, denn es war schließlich sein eigenes Blut, das den Vampir beschützte. Außerdem wäre Jean ohne ihn nie in dieser Hölle von Réunion gelandet.

Jean hielt zur Antwort nur die Hände hoch, damit Raymond sehen konnte, dass sie wieder ihre gesunde, blasse Farbe angenommen hatten. Sie sollten wieder nach draußen gehen, wo er selbst mit seiner übernatürlichen Wahrnehmung und Raymond mit seiner Magie Menschenleben retten konnten. Doch Jean blieb noch einen Augenblick sitzen. „Du hast die Elementarkräfte erwähnt", sagte er, denn der heimliche Gelehrte in ihm war neugierig, mehr über die Mächte zu erfahren, die diese magische Welt, die er gerade erst zu entdecken begann, regieren. „Welche Rolle spielen sie?"

Raymond freute sich über das Interesse seines Partners. „Es hängt alles mit den Elementen zusammen", erklärte er mit glänzenden Augen. „Erde, Wasser, Wind und Feuer. Jeder Magier hat eine besondere Affinität zu einem der vier Elemente, obwohl die meisten sich nicht die Mühe machen, herauszufinden, welches sie am besten beherrschen. Aber diejenigen, die diese besondere Verbindung aufbauen und nutzen, können die Balance der Elementarkräfte überwachen. Warte, ich zeige es dir."

Raymond nahm die Schale, die er vorhin benutzt hatte, und versetzte sich wieder in Trance. Er richtete seine Energie auf das Wasser und suchte die Verbindung zu den Elementarkräften. Als das Wasser in der Schale zu wirbeln begann, hob er den Kopf. „Siehst du", sagte er und zeigte auf die kleinen Wirbel. „Das ist die Störung, die den Sturm verursacht hat."

„Es kommt mir recht klein vor", meinte Jean lakonisch.

„Eine Frage des Maßstabs. Diese kleine Schale repräsentiert die gesamte Südhemisphäre zwischen Afrika und Indien. Außerdem hat der Sturm der Störung einen großen Teil ihrer Kraft genommen, sodass sie nicht mehr in einem kritischen Stadium ist. Stell dir den Taifun als eine Art Überdruckventil vor. Sobald der überschüssige Druck durch das Ventil entwichen ist, schließt es sich wieder und bleibt so lange geschlossen, bis der Druck erneut das kritische Stadium erreicht hat." Raymond unterbrach sich und schaute in die Schale mit dem Wasser. „Vorhin hat es noch wesentlich gefährlicher ausgesehen", sagte er verwundert. „Es ist mir ein Rätsel, wie es sich in fünfzehn Minuten so sehr verändern konnte."

„Könnte etwas passiert sein, das die Störung wieder ausbalanciert hat?"

Raymond musste an sein Gespräch mit Monsieur Lombard denken und sah Jean unvermittelt an. „Du hast von meinem Blut getrunken. Monsieur Lombard und ich haben die Hypothese aufgestellt, dass die Partnerschaften zwischen Magiern und Vampiren einem übergeordneten Ziel dienen. Mir scheint, wir haben recht gehabt mit unserer Vermutung. Wenn wir es beweisen könnten, dann …"

"… wäre das ein gewaltiger Schritt in Richtung unseres Ziels, die Vampire in den Augen der Öffentlichkeit zu rehabilitieren", beendete Jean den Satz. „Aber wie können wir es beweisen? Bisher ist es nicht mehr als ein zufälliges Zusammentreffen zweier unabhängiger Ereignisse. Bestenfalls ein Indizienbeweis."

„Wir müssen beobachten, wie sich die Störung entwickelt, wenn ein anderer Vampir von seinem Partner trinkt."

44

„Du bist also Bellaiches Stellvertreter?", fragte Cabalet und musterte die beiden
Männer, die vor ihm standen, mit einem abschätzigen Blick. Der Magier, blond
und mit grünen Augen, erwiderte seinen Blick, ohne auch nur einmal mit der
Wimper zu zucken. Alles an seiner Haltung und in seinem Ausdruck sagte Cabalet,
dass der Mann nichts zu verbergen hatte. Aber Cabalet war nicht in seine Position
aufgestiegen, weil er sich auf seinen ersten Eindruck verließ. Der Vampir war
schwerer zu durchschauen. Seine braunen Augen waren halb geschlossen, seine
Haltung selbstbewusst, aber nicht überheblich. Er hatte einen elegant gestutzten
Bart und auf seinen Lippen lag ein leichtes Lächeln. Luc kannte den Mann nicht,
hatte aber keine Zweifel daran, dass Noyer das Jeu des Cours perfekt beherrschte
und sich nicht leicht in die Karten blicken ließ.

„Er hat mich gebeten, dir bei der Suche nach einem Partner behilflich zu
sein, da er selbst kurzfristig verhindert ist", erwiderte Sebastien ruhig. Er wusste
nicht, worüber Jean mit dem anderen Vampir schon gesprochen hatte und wollte
nicht dafür verantwortlich sein, dass Jean sein Gesicht verlor, weil er selbst sich
bei einer Lüge ertappen ließ. Normalerweise hielt er sich von den Statusspielchen
der anderen Vampire fern. Das hieß jedoch noch lange nicht, dass er sie bei Bedarf
nicht beherrschte. Und wenn es der Allianz diente, würde er sie nach allen Regeln
der Kunst mitspielen. „Was hat er dir schon über die Natur der Partnerschaften
mitgeteilt?"

„Er hat den Schutz vor Sonnenlicht erwähnt", antwortete Luc.

„Hat er auch erwähnt, dass es nur mit dem passenden Magier funktioniert?"

Cabalet nickte. „Aber er hat mir nicht verraten, wie ich diesen Magier
finden kann."

Nun mischte sich Thierry ein, der ihrer Unterhaltung bisher schweigend
gefolgt war. „Magie. Wie sonst?"

Luc sah ihn mit gerunzelter Stirn an. „Ich habe keine Magie."

Thierry ersparte sich eine Klarstellung, weil er keine Zeit mit Diskussionen
vergeuden wollte, die für ihre gegenwärtige Aufgabe irrelevant waren. Stattdessen
zog er einfach seinen Stab aus der Tasche und belegte die beiden Vampire mit
einem Levitationszauber. Wie erwartet, hatte der Spruch auf Sebastien keinerlei
Wirkung, während Cabalet vom Boden abhob und in Richtung Decke schwebte.
„Unsere Magie, nicht eure", erwiderte er, schnickte mit dem Stab und ließ Cabalet
wieder auf dem Boden landen.

„Was zum Teufel war denn das?", rief Luc, kaum dass er wieder festen
Boden unter den Füßen hatte. „Und beeil dich gefälligst mit deiner Erklärung."

„Ich hoffe, du meinst diese Drohung nicht ernst", sagte Sebastien mit gefährlich ruhiger Stimme. Sein Blick war eiskalt und seine ganze Haltung drückte Kampfbereitschaft aus. „Er hat dich vielleicht überrascht, aber dir nichts getan." „Und was geht dich das an?", forderte Cabalet ihn wütend heraus. Ihm war deutlich anzumerken, dass er sich in seiner Würde verletzt fühlte.

Thierry sah zwischen den beiden Vampiren hin und her und fragte sich, wie ihr reserviertes, aber durchaus freundliches Gespräch innerhalb von Sekunden in wechselseitige Bedrohungen umschlagen konnte. Eine Auseinandersetzung zwischen den beiden Männern war ihrer Sache jedenfalls nicht dienlich. Falls Cabalet die Beherrschung verlor, wäre er chancenlos. Thierry wollte Marcel wirklich nicht erklären müssen, warum sie einen potentiellen Verbündeten wegen eines Angriffs auf Sebastien in Ketten legen mussten, und dazu würde es unweigerlich kommen. „Meine Herren", unterbrach er die beiden und legte Sebastien beruhigend die Hand auf den Arm. „Wir sollten uns wieder auf unsere eigentliche Aufgabe besinnen." Er drehte sich zu dem unbekannten Vampir um. „Das war die Antwort auf die Frage, wie dein Partner dich erkennt. Ich habe diese Beschwörung auf euch beide gerichtet. Bei Sebastien hat sie nicht gewirkt. Er ist gegen meine Magie immun, so wie du gegen die Magie deines Partners immun sein wirst."

„Dann bleibe ich also einfach hier stehen und lasse mich von Magiern mit ihren Beschwörungen bombardieren?", knurrte Cabalet.

„Es ist ein absolut harmloser kleiner Spruch", erklärte Sebastien. „Du schwebst nur für einige Sekunden in der Luft, und wenn er von deinem Partner kommt, wird gar nichts passieren und du bleibst auf dem Boden stehen."

„Draußen wartet eine Patrouille, die dich kennenlernen möchte", ergänzte Thierry. Er musste ein Grinsen unterdrücken, als er den Ausdruck des Unbehagens in Cabalets Miene sah. So leicht vergaß Thierry dem Vampir nicht, dass er Sebastien bedroht hatte. „Soll ich sie einlassen?"

Luc verzog angewidert das Gesicht, als er schon wieder würdelos vom Boden abhob und Richtung Decke schwebte. Das ging jetzt schon seit gefühlten Stunden so, und das Resultat war nach jedem Levitationsspruch das gleiche. Hätte er nicht mit eigenen Augen gesehen, dass der Spruch bei Noyer nicht gewirkt hatte, er hätte schon aufgegeben. Luc war mit seiner Geduld bald am Ende. Fast wäre er gestolpert, als er wieder auf dem Boden ankam. Das wäre wirklich der Gipfel der Peinlichkeit gewesen. „Wie viele noch?", knurrte er, an Sebastien und Thierry gewandt.

„Noch drei", erwiderte Thierry und sah auf den Gang, wo der Rest der Patrouille wartete. „Wenn dein Partner nicht darunter ist, machen wir eine Pause und versuchen es danach mit der nächsten Patrouille. Sie kommt um die Mittagszeit vom Einsatz zurück."

Luc hätte sich fast geweigert, aber er hatte der Milice zwei Tage versprochen. Falls Bellaiche die Wahrheit gesagt hatte, würde er wieder sicher in die Sonne treten können. Das war die Entwürdigung dieser Partnersuche wert. „Na gut, schick den nächsten rein", grummelte er.

Thierry konnte sein Amüsement nur mühsam verbergen. Er erinnerte sich noch gut an seine eigenen, frustrierenden Erfahrungen bei der Partnersuche. Dann winkte er den nächsten Magier ins Zimmer. Wieder wurde der Levitationszauber auf Cabalet gerichtet, und wieder hob er vom Boden ab. „Nicht lachen", flüsterte Sebastien Thierry zu. „Ein beleidigter Vampir ist das letzte, was wir brauchen können."

„Ich habe doch nur Mitleid mit ihm", flüsterte Thierry zurück, während der vorletzte Magier ins Zimmer kam. „Mir ging es genauso wie ihm, bevor dann glücklicherweise du in dem Wartesaal aufgetaucht bist."

„Wenn ich mich damals nicht verspätet hätte, müsste Luc jetzt jeden der anwesenden Magier beißen, um seinen Partner zu finden", erinnerte ihn Sebastien.

„Stimmt. Aber das war nur das i-Tüpfelchen auf meinen Frust", meinte Thierry, als Luc wieder über dem Boden schwebte. „Mein ganzer Arm war von Bisswunden übersät, und alles umsonst."

Magali Ducassé war die letzte Magierin der Patrouille. Sie trommelte ungeduldig mit den Fingern an ihren Oberschenkel, als sie den Raum betrat. Sie hatte in einem Einzeleinsatz den Ort des letzten Kampfes mit den dunklen Magiern untersucht und nach Rebellen gesucht, die sich dort möglicherweise noch aufhielten. Es war ein ungewöhnlich blutiger Kampf gewesen und Magali hatte nach ihrer Rückkehr nur noch einen Wunsch gehabt – duschen und schlafen. Stattdessen waren sie hierher geschickt worden, um einen Vampir zu treffen, der noch nicht einmal in Paris lebte. Sie konnte sich nicht vorstellen, dass es funktionieren würde. Sie wollte es auch nicht. Sicher, die Vampire hatten sich als durchaus wertvolle Verbündete erwiesen, aber sie persönlich wollte sich nicht mit einem von ihnen als Partner belasten. Besonders nicht mit dem großen Mann, der sie in dem Zimmer erwartete und alles und jeden, insbesondere aber Magali, mit mörderischem Blick musterte. Sein Ego war offensichtlich genauso überdimensioniert wie der ganze Rest von ihm, und das war ein Verhalten, das Magali niemals tolerieren würde. Außerdem machte ein Partner es wesentlich komplizierter, ihre Sondermissionen zu erfüllen, weil ihre Magie bei ihm wirkungslos war. Sie musste den Vampir entweder bei den anderen zurücklassen – dann würde er sich beschweren, dass sie ihn im Stich ließ – oder einen zweiten Magier mitnehmen, der den Vampir transportieren konnte – in diesem Fall würde der Magier sich über die zusätzlichen Pflichten beschweren. Nein, Magali war durch ihre Einzeleinsätze nicht die beste Kandidatin für eine Partnerschaft.

„Thierry", protestierte sie, als sie ihn sah. „Das ist keine gute Idee. Du kennst die Risiken, die ich eingehen muss. Es ist aberwitzig, noch andere dieser Gefahr auszusetzen. Das gilt erst recht für einen Vampir, der sich nicht selbst aus einer schwierigen Lage befreien kann."

Thierry mochte Magali und bewunderte sie für ihre Arbeit. Aber für ihr Taktgefühl war die Magierin noch nie bekannt gewesen, schon gar nicht dann, wenn sie müde oder ungeduldig war. Thierry hörte ein empörtes Zischen hinter sich und reagierte sofort, bevor der Vampir wütend aus dem Zimmer stürmen konnte. „Magali, bitte", begann er abwiegelnd, kam aber nicht mehr dazu, seinen Satz zu Ende zu bringen.

„Und welche Risiken sollen das sein, mit denen du besser umgehen kannst als ich?", mischte Luc sich ein und ging auf die zierliche Frau zu. Er war mindestens dreißig Zentimeter größer als die Magierin und wog wahrscheinlich doppelt so viel wie sie.

Magali funkelte ihn wütend an. Sie kannte diesen Typ – vor lauter Muskeln kein Verstand mehr. „Alle", gab sie zurück. „Ich stehe Tag für Tag dem Schlimmsten gegenüber, was Serrier aufzubieten hat. Versuch erst gar nicht, mich einschüchtern zu wollen. Es tut mir leid, Thierry, aber ich kann da nicht mitmachen. Besonders nicht mit ihm."

Ihr Verhalten war zum aus der Haut fahren. Luc blockierte die Tür und fasste sie am Arm. „Lass das", befahl sie ihm und zog ihren Stab, um den Vampir mit einem Spruch an die Wand zu schleudern. Nichts passierte. „Merde alors!"

„Sei froh, dass es nicht gewirkt hat", sagte Thierry. „Sonst müsstest du dich jetzt vor Marcel verantworten. Magali Ducassé, ich darf dir Luc Cabalet vorstellen, Chef de la Cour von Amiens."

Die beiden sahen sich grimmig an. „Wir gehen dann, damit ihr euch in Ruhe kennenlernen könnt. Magali – vergiss nicht, dass Cabalet von dir trinken muss, bevor ihr das Gebäude verlasst." Thierry fasste Sebastien an der Hand und zog ihn mit sich aus dem Zimmer. Sie hörten Magalis lautes Fluchen noch, als die Tür sich schon hinter ihnen geschlossen hatte.

„Ist das wirklich eine gute Idee?", fragte Sebastien mit einem zweifelnden Blick auf die geschlossene Tür.

„Sie kann ihm nichts tun", meinte Thierry. „Es ist für alle Seiten besser, wenn sie es schnell hinter sich bringen und Dampf ablassen, sonst wiederholt sich das, was mit Bellaiche und Payet passiert ist."

Dem konnte Sebastien nichts entgegensetzen, aber sein besorgter Gesichtsausdruck zeigte deutlich, was er dachte.

Thierry drückte seinem Partner die Hand und beschloss, ihn abzulenken. „Musst du noch trinken, bevor wir aufbrechen? Dein letzter Biss liegt fast vierundzwanzig Stunden zurück." Als Sebastien ihn ansah, fügte er noch schnell hinzu: „Und das ist mindestens zwölf Stunden zu lang."

45

DIE UNERWARTETE Einladung ließ Sebastien vor Lust fast erzittern. Sein Verlangen nach dem blonden Magier war mindestens so groß wie sein Verlangen nach Blut. Er zog Thierry hinter sich her durch die Gänge, bis sie vor dem Büro ankamen, das Thierry und Alain sich teilten. „Wenn sie noch da sind …"

„Sind sie nicht", unterbrach ihn Thierry und stieß die Tür zu dem dunklen Zimmer auf. „Sie hatten schon vor einer Stunde Dienstschluss und keinen Grund, noch länger zu bleiben. Mittlerweile sind sie bestimmt schon zuhause und zerwühlen das Bett. Wenn es nicht so weit wäre bis zu mir, würde ich vorschlagen, es ihnen nachzumachen. Aber es dauert mir zu lange und ich will nicht riskieren, dass du Probleme mit der Sonne bekommst."

„Sag nichts, was du nicht wirklich ernst meinst", warnte Sebastien, trat die Tür zu und schob Thierry zum Sofa. Er machte sich nicht die Mühe, nach dem Lichtschalter zu suchen. Draußen wurde es langsam hell und durch das Fenster fiel genügend Licht, um den Weg zu finden.

Thierry ließ sich aufs Sofa fallen und zog Sebastien mit sich. Er legte den Kopf in den Nacken und bot seinem Partner den Hals zum Biss an. „Ich meine es ernst."

Sebastien unterdrückte den Fluch, der ihm auf den Lippen lag, und drückte sich mit den Hüften an seinen Magier. Er musste seine ganze Selbstbeherrschung aufbieten, um Thierry nicht die Kleider vom Leib zu reißen und über ihn herzufallen. Das einzige, was ihn zurückhielt, war sein Versprechen an Thierry, ihn richtig zu lieben. Aber das hinderte Sebastien nicht daran, den Kopf zu senken und den Mund auf den großzügig angebotenen Hals seines Partners zu pressen. Als seine Zähne sich in Thierrys Haut bohrten, zuckte der Magier unter ihm heftig zusammen. Sebastien saugte hart und leckte Thierry dabei über den Hals. Das lebensspendende Blut floss ihm in den Mund und überwältigte seine Sinne. Er hatte in den vielen hundert Jahren seit Thibaults Tod viel geschmeckt, auch ab und zu Begehren, aber nichts konnte mit Thierrys Verlangen mithalten. Es war eine so überwältigende und allumfassende Hingabe und Leidenschaft, dass Sebastien von ihr erfasst und mitgerissen wurde. Blut konnte nicht lügen. Sebastien wusste nicht, welche unerklärbaren Ereignisse ihn und Thierry auf dem Gare de Lyon zusammengeführt hatten, aber was immer es auch gewesen sein mochte, er war von Herzen dankbar dafür.

Thierry zischte vor Schmerz, als die Zähne des Vampirs seine Haut durchstießen und in seinen Hals eindrangen. Er hatte Sebastiens Zähne schon gesehen und wusste, dass sie nicht lang genug waren, um ihm ernsthaften Schaden zuzufügen. Dennoch konnte er sie überall fühlen, nicht nur in seinem Hals. Ihr leichtes Vibrieren breitete sich in Thierrys ganzem Körper aus, in seinen Lenden, seinem Bauch und seinem Herzen. Sein Puls schlug im Takt mit Sebastiens saugendem Mund und sein keuchender Atem ließ Sebastiens Haare flattern. Sebastiens Mund und sein harter Körper erregten Thierry über alle Maßen und sein Schwanz wurde steinhart. Bisher hatte seine Zurückhaltung verhindert, dass er das sinnliche Potential in Sebastiens Biss voll auskosten konnte, aber jetzt brach es unaufhaltsam über ihn herein wie eine mächtige Flutwelle. Er sehnte sich nach mehr Kontakt, legte sich mit dem Rücken flach auf die Couch, schlang die Beine um Sebastiens Körper und zog ihn noch fester an sich. Dann presste er sich mit den Hüften von unten reibend an Sebastien, um die ersehnte Erlösung zu finden.

Die heiße Leidenschaft übertrug sich auf Thierrys Blut. Der Geschmack, verbunden mit den lüsternen Bewegungen seines erregten Körpers, ließ Sebastien die Kontrolle verlieren. Er saugte noch fester an Thierrys Hals, bis der Geschmack und das Begehren über ihm zusammenschlugen und ihn mit sich fortrissen. Bisher hatte er sich an Thierrys Blut noch nie sattgetrunken, weil er einen Grund brauchte, um ihn öfter beißen zu können. Aber jetzt war ihm das alles egal. Nichts konnte ihn mehr zurückhalten und er ließ sich gehen, trank aus vollen Zügen und ergab sich seiner eigenen Lust. Sebastien fühlte sich wie benebelt. Sein Körper reagierte auf den Geschmack von Thierrys bevorstehendem Orgasmus und die erotischen Bewegungen des Magiers.

Hätte Thierry noch halbwegs klar denken können, es wäre ihm zutiefst peinlich gewesen, wie ein geiler Teenager in der Hose zu kommen. Aber die unvergleichliche Sinnlichkeit des Augenblicks hatte jeden klaren Gedanken verdrängt und dem ekstatischen Gefühl Platz gemacht, Sebastien endlich überall spüren zu können. Über sich. An sich.

In sich.

Diese unvermittelte Erkenntnis ließ Thierry den letzten Rest an Selbstbeherrschung verlieren. Er krallte sich haltsuchend an Sebastiens Schultern fest, ließ den Kopf in den Nacken fallen und presste sich mit den Hüften an seinen Partner. Sein harter Schwanz rieb sich an Sebastiens gleichermaßen hartem Glied und mit einem tiefen, langen Stöhnen ergab er sich der befreienden Erlösung, die unaufhaltsam aus ihm hervorbrach.

Der Geschmack von Thierrys Orgasmus explodierte auf Sebastiens Zunge, mächtig und überwältigend. Es war ein unwiderstehliches Aphrodisiakum für Sebastien, diese Gefühle in seinem Partner hervorgerufen zu haben. Befriedigt und gesättigt brach er über ihm zusammen. Mit Thierrys keuchenden Atem im Ohr rang er ebenfalls nach Luft. Auf seiner Zunge lag immer noch der Geschmack des ersten Orgasmus, den sein zukünftiger Geliebter ihm geschenkt hatte.

Thierry stöhnte zufrieden, als Sebastien auf ihn fiel. Der Vampir hatte diesen Biss offensichtlich genauso genossen, wie er selbst. Aber im Gegensatz zu Thierry war er immer noch hart und unbefriedigt. Thierry wollte nicht selbstsüchtig sein und – wenn er ehrlich war – auch wissen, ob er Sebastien zu dem gleichen, überwältigenden Höhepunkt bringen konnte, den er selbst gerade erlebt hatte. Er ließ die Hand auf Sebastiens Hüfte fallen und streichelte ihm über den steifen Schwanz. Sofort fuhr ein Beben durch Sebastiens Körper, seine Hüften zuckten und er kam. „Thierry", stöhnte er und fasste ihn am Kopf, um ihn an sich zu ziehen und auf den Mund zu küssen.

Thierry hätte eigentlich viel zu erschöpft sein sollen, um auf diesen Kuss zu reagieren. Stattdessen spürte er, wie die Leidenschaft neu in ihm aufflammte. Er konnte und wollte Sebastien nicht widerstehen. Als Sebastien ihren Kuss beendete und den Kopf hob, hätte er fast dagegen protestiert und ihn wieder an sich gezogen. Nur sein Pflichtgefühl hielt ihn davon ab, eine zweite Runde zu verlangen.

„So intensiv habe ich es noch nie erlebt", sagte er leise, während Sebastien sich aufsetzte. Dann erhob er sich ebenfalls und verschränkte die Beine mit denen seines Partners, weil er den Kontakt zu dem Vampir noch nicht aufgeben wollte.

„Ich habe mich noch nie so gehen lassen", erwiderte Sebastien. „Ich habe immer darauf geachtet, nicht zu viel zu trinken. Du hast nicht den Schutz des Aveu de Sang, so wie Alain. Wenn ich jeden Tag trinken muss, um meine Immunität gegen das Sonnenlicht zu behalten, darf ich dir nicht zu viel Blut abnehmen."

Thierry konnte ein breites Grinsen nicht verhindern. „Du hast die Beherrschung verloren", sagte er. Es war ein unglaublich befriedigender Gedanke.

Sebastien lächelte errötend zurück. „Du bist ja auch verdammt sexy", meinte er. „Was hast du denn erwartet?"

Jetzt wurde auch Thierry rot. „Du hast heute das erste Mal so reagiert."

„Weil du dich auch zurückgehalten hast", erinnerte ihn Sebastien. „Ich konnte den Unterschied in deinem Blut schmecken und mich nicht mehr dagegen wehren. Es hat mich überrascht. Das nächste Mal bin ich besser darauf vorbereitet."

„Meinetwegen ist das nicht nötig", erwiderte Thierry entschieden und knabberte spielerisch an Sebastiens Unterlippe. „Es war ein wunderbares Gefühl, dir die gleiche Befriedigung zu schenken, die du mir gegeben hast."

„Wir müssen trotzdem vorsichtig sein", sagte Sebastien. „Ich kann nicht oft und so viel von dir trinken, ohne dass es dir schadet. Und das will ich auf keinen Fall."

Thierry zuckte mit den Schultern. „Dann sind wir eben vorsichtig. Aber verweigere uns nicht dieses Vergnügen. Bitte?"

Sebastien nickte und wechselte das Thema. „Kannst du mir das Ritual erklären, über das du mit Alain und Marcel gesprochen hast? Wenn ihr über die Angelegenheiten der Milice redet, vergesst ihr manchmal, dass nicht jeder sich mit Magie so gut auskennt wie ihr."

„Entschuldige", sagte Thierry. „Hast du die Sache mit dem Ungleichgewicht der magischen Elementarkräfte verstanden?"

„Ja, allerdings ist das auch so ziemlich alles, was ich verstanden habe. Ihr meint damit die Magie, die wir alle für unser Überleben brauchen, nicht wahr?"

„So könnte man es sagen, ja", bestätigte Thierry. „Es ist eine der Aufgaben der ANS, dieses Gleichgewicht in Frankreich aufrechtzuerhalten. Durch den Krieg wird mehr Magie aufgebraucht, als an die Elementarmacht zurückgeführt wird. Das führt zu Chaos und Katastrophen, so wie es beispielsweise auf Réunion geschehen ist. Wenn die Elementarkräfte zu sehr außer Kontrolle geraten, hört alles auf zu existieren, das von ihrer Magie abhängig ist. Es kann sogar zur Zerstörung der Erde führen. Vor dem Krieg war es nicht nötig, die alten Rituale durchzuführen, weil wir das Gleichgewicht mit anderen Mitteln aufrechterhalten konnten. Aber jetzt reichen diese Maßnahmen nicht mehr aus. Das Ritual, das Marcel erwähnt hat, ist eine der wirkungsvollsten Möglichkeiten, das Gleichgewicht wieder herzustellen, zumindest kurzfristig. An bestimmten Tagen ist es besonders effektiv, vor allem an alten keltischen Feiertagen – Beltane, Samhain, Yule, Imbolc, Litha, Ostara, Mabon und Lughnasadh. In einigen Tagen ist Samhain, dann wollen wir das Ritual durchführen."

„Worum handelt es sich dabei?", wollte Sebastien wissen. Sein Beschützerinstinkt lief auf Hochtouren bei dem Gedanken, dass Thierry sich durch dieses Ritual in Gefahr brachte.

„Das kommt ganz darauf an", meinte der blonde Magier. „Wir müssen erst das Problem analysieren – zu viel oder zu wenig Magie. Üblicherweise bedeutet es, dass wir unsere Magie in die Elemente kanalisieren, um sie dadurch wieder zu stabilisieren."

Das sagte Sebastien überhaupt nichts. „Ist das nicht gefährlich?", fragte er.

„Nur dann, wenn wir zu viel Magie auf einmal einsetzen", antwortete Thierry. „Aber auch dann reichen normalerweise einige Tage Ruhe aus, um wieder auf die Beine zu kommen."

Sebastien akzeptierte diese Erklärung. Was sollte er auch dagegen einwenden, zumal Thierry keine Probleme mit der Angelegenheit zu haben schien. Trotzdem machte er sich Sorgen darüber, dass sein Partner derzeit nicht bei besten Kräften war. Sebastien fragte sich, was diese zusätzliche Anstrengung den Magier kosten würde und er nahm sich vor, ihn besser im Auge zu behalten. Mit einem demonstrativen Gähnen versuchte er, Thierry davon zu überzeugen, jetzt nach Hause zu gehen und sich schlafen zu legen, und sei es nur aus Rücksicht auf Sebastien selbst.

Es hatte die gewünschte Wirkung.

„Warum hast du mir nicht gesagt, dass du müde bist!", rief Thierry. „Wir gehen in meine Wohnung, dort kannst du dich ausruhen. Es ist nichts Besonderes, aber wir müssen nicht so lange mit dem Zug fahren wie zu meinem Haus. Komm jetzt, ich hole jemanden, der dich direkt ins Bett transportiert."

Sebastien verkniff sich ein befriedigtes Grinsen, als sie das Büro verließen und sich auf die Suche nach einem Magier machten. Auf ihrem Weg durch das Gewirr der Gänge des Hauptquartiers begegneten sie der Magierin und dem Vampir, die sie vor Kurzem in dem Besprechungszimmer zurückgelassen hatten. Die feindselige Stimmung zwischen den beiden hatte sich in Luft aufgelöst. Sebastien und Thierry grinsten sich an, als sie sahen, wie der Chef de la Cour von Amiens die schlanke Hand seiner Partnerin an die Lippen führte und sanft küsste. Die beiden wirkten etwas aufgeregt und Thierry kam es so vor, als wäre Magali vor Kurzem geküsst worden. Allerdings hätte er sie niemals darauf angesprochen. Dazu war sein Selbsterhaltungstrieb zu ausgeprägt.

„Es tut mir leid, dich belästigen zu müssen, Magali", unterbrach er das Paar. Die beiden fuhren erschrocken auseinander. Thierry stellte amüsiert fest, dass sie offensichtlich in ihrer eigenen Welt gewesen waren. „Du musst mir einen Gefallen tun."

Jetzt, wo Magali wusste, was es mit einem Vampirpartner auf sich hatte, war sie deutlich besser gelaunt. Sie drehte sich zu ihrem Captain und dessen Partner um. „Sir?"

„Ich brauche jemanden, der Sebastien in meine Wohnung transportieren kann, da meine Magie bei ihm wirkungslos ist."

Vor einer Stunde hätte Magali noch eine abfällige Bemerkung gemacht und gefragt, was der Vampir in der Wohnung des Magiers wollte und warum er nicht in seine eigene zurückkehrte. Jetzt stand sie selbst kurz davor, sich von ihrem neuen Partner verabschieden zu müssen. Sie schwieg. „Selbstverständlich", erwiderte sie nur.

„Ich werde mit dem General sprechen, damit du so schnell wie möglich nach Amiens versetzt wirst", fügte Thierry hinzu und wurde mit einem dankbaren Lächeln der zierlichen Magierin belohnt.

WENIGSTENS WAR Alain mit ihm nach Hause gekommen.

Orlando sagte sich immer wieder, das sei Beweis genug dafür, dass Alain seiner noch nicht müde geworden wäre. Doch eine leise Stimme in seinem Hinterkopf wies ihn beharrlich darauf hin, dass dem Magier gar keine andere Wahl geblieben war, da sich sein gesamter Besitz in Orlandos Wohnung befand. „Er hätte auch im Büro bleiben können", wehrte er sich gegen die Stimme. Es half ihm nur begrenzt und er lief unruhig im Wohnzimmer auf und ab.

„Hast du etwas gesagt?", rief Alain aus der Küche, wo er sich etwas zu essen machen wollte, bevor er sich schlafen legte. Es war ihm noch nicht gelungen, die Kluft zwischen sich und Orlando wieder zu überbrücken. Alain wusste sehr wohl, dass es seine eigene Schuld war, doch es bekümmerte ihn, dass Orlando ihm offensichtlich auch aus dem Weg ging. Er hatte sein ganzes Leben für den Vampir auf den Kopf gestellt, hatte sich darauf verlassen, dass ihre Verbindung stark genug war, um die Hindernisse zu überwinden, die sich ihnen in den Weg stellten. Wahrscheinlich war es gar nicht so schlimm und er machte in seiner Angst aus einer Mücke einen Elefanten. „Orlando?", fragte er, während er sich ein Rührei briet.

„Nein, nichts", antwortete Orlando und wünschte sich, er könnte Alains Gesicht sehen. Die Stimme seines Magiers hörte sich normal, fast einladend an, aber Orlando wollte sich nicht auf sein Gefühl verlassen. Es hatte ihn schon so oft genarrt und Alain hatte gestern Abend ausreichend deutlich gemacht, dass er Orlando nicht ungebeten in seiner Nähe haben wollte. Also blieb ihm nichts anderes übrig, als auf eine unmissverständliche Einladung zu warten. Er durfte sich dem Magier nicht mehr aufdrängen, als für sein eigenes Überleben unabdingbar war. Sebastien hatte ihm gesagt, dass er bald nur noch alle zwei Wochen von Alains Blut trinken musste. Orlando war sich sicher, dass der Magier es ihm nicht verweigern würde. Natürlich war es noch nicht soweit, aber wenn er mit seinem Biss jeden Tag etwas länger wartete, konnte er den Umgewöhnungsprozess vielleicht beschleunigen. Das letzte Mal hatte Orlando gestern früh getrunken, nachdem sie sich geliebt hatten. Er hatte zart an Alains Hals gesaugt und sein Magier hatte ihm über die Haare gestreichelt. Das lag schon vierundzwanzig Stunden zurück und er war immer noch nicht hungrig. Wahrscheinlich konnte er noch warten, bis Alain sich ausgeschlafen hatte. Orlando konnte nicht erwarten, dass Alain ihm ständig zur Verfügung stand, aber es schmerzte ihn, die erforderliche Distanz zu wahren. Er wünschte, er hätte sich die Zeit genommen, seine persönlichen Probleme vor ihrem Aveu de Sang zu bewältigen. Dann hätten sie vielleicht jetzt zusammenbleiben können. Das wäre schön gewesen. Orlando unterdrückte ein Schluchzen und ging zur Tür, ohne auf Alain zu hören, der seinen Namen rief. Er konnte verstehen, warum der Magier gestern Nacht einfach weggelaufen war, um allein zu sein.

„Scheiße!", fluchte Alain und boxte mit der Faust an die Wand, als er hörte, wie die Tür hinter Orlando ins Schloss fiel. Der Putz bröselte und er schlug sich die Knöchel wund, was ihn erneut laut fluchen ließ. Mit einem hastigen Spruch reparierte er die Wand, unternahm aber nichts gegen die Schmerzen in seiner Hand. Sie waren eine willkommene Erinnerung an die Schmerzen, die er Orlando durch seine Gefühllosigkeit zugefügt hatte. Alain schuldete seinem Vampir eine Entschuldigung und eine Erklärung für dieses Verhalten. Am liebsten wäre er Orlando nachgelaufen und hätte ihn zurückgeholt, auch deshalb, um ihn vor der Sonne in Sicherheit zu bringen, sollte die Wirkung der Magie nachlassen. Er wollte jedoch nicht, dass Orlando sich verfolgt fühlte. Alain seufzte resigniert. Sein Instinkt und sein Verstand konnten sich nicht einig werden, und er wusste nicht mehr, was er tun sollte. Er befürchtete, dass es in ihrer Beziehung noch oft zu solchen Situationen kommen würde und er ständig darauf achten musste, was er sagte oder wie er sich verhielt, weil jede Unachtsamkeit die Schatten der Vergangenheit in Orlando zum Leben erwecken konnte. Alain hoffte, dass sein Geliebter rechtzeitig zurückkam, sodass er sich noch bei ihm entschuldigen konnte, bevor er einschlief. Das Omelett schmeckt wie Pappe. Alain zwang sich dennoch, es zu essen, weil er bei Kräften bleiben musste. Doch seine Gedanken waren bei Orlando, wohin auch immer der geflohen war.

Wohin mochte Orlando nur gegangen sein? Jean war noch auf Réunion, und einen anderen Vertrauten hatte sein Vampir nicht. Alain litt unter der Vorstellung, dass Orlando ziellos durch die Straßen irrte, allein und unglücklich. Außerdem machte er sich Sorgen, weil Orlando seit gestern früh nicht mehr getrunken hatte. Sebastien hatte sie gewarnt, dass Orlando oft trinken musste, bis ihre Verbindung sich gefestigt hatte und er nicht mehr so viel Blut brauchte. Als sie das letzte Mal zu lange gewartet hatten, war Orlando einfach umgekippt. Aber da war Alain zumindest bei ihm gewesen, und jetzt war Orlando allein und draußen auf der Straße. Er konnte schon tot sein, bevor Alain überhaupt erfuhr, dass etwas passiert war. Alain überlegte, schnell in den Salle des Cartes zu springen und Orlando anhand des Repère zu lokalisieren. Aber das würde so aussehen, als ob er seinem Geliebten nicht zutraute, auf sich aufzupassen. Diesen Eindruck wollte er auf keinen Fall erwecken, denn damit würde er wahrscheinlich auch noch die letzten Reste ihrer Beziehung zerstören.

Orlando hatte in seiner Vergangenheit Misshandlungen ertragen müssen, aber er hatte keinen Todeswunsch. Und sie hatten sich nur gestritten – ihr erster Streit –, was in den besten Beziehungen ab und zu vorkam. Es war nur ein kleines Hindernis auf ihrem gemeinsamen Weg und keinesfalls das Ende der Straße. Orlando würde zurückkommen, sie würden miteinander reden, Orlando würde trinken. Die Aussicht auf Orlandos Biss erregte Alain und erinnerte ihn daran, wie sehr er sich schon an seinen Geliebten gewöhnt hatte. Er fragte sich, ob es am Aveu de Sang lag. Vielleicht machte der Aveu nicht nur den Vampir vom Blut seines Partners abhängig, sondern schuf zum Ausgleich auch diese unstillbare Sehnsucht nach dem Biss des Vampirs, die Alain verspürte. Aber egal, ob es an dem Aveu lag oder nur an seiner tiefen Liebe zu Orlando, über eines war er sich im Klaren: Sie mussten diese bedrohlichen Spannungen ein für alle Mal überwinden, wenn sie zusammen glücklich werden wollten.

Alain ging ins Schlafzimmer, zog sich bis auf die Unterhose aus und legte sich ins Bett. Es roch beruhigend nach Orlando und Sex. Orlando konnte niemandem etwas vormachen. Er hätte Alain in der vergangenen Woche nicht so oft und leidenschaftlich geliebt, wenn er nichts für ihn empfinden würde. Wenn der Vampir wirklich so oberflächlich wäre, hätte er sich schon längst einen Geliebten genommen. Stattdessen hatte er Alain Zugeständnisse gemacht und Freiheiten erlaubt, wie noch keinem anderen Menschen zuvor. Der Gedanke tröstete Alain und er schlief wider Willen ein. Es war das erste Mal seit ihrem Aveu, dass Orlando nicht bei ihm war.

„Leutnant Raynaud de Lage", rief Raymond, als er sein Zelt verließ und die schlanke Magierin mit ihrem Partner sah. „Können wir kurz mit euch beiden reden?"

Catherine sah ihn verwundert an und fragte sich, was Raymond wohl mit ihr und Justin zu besprechen hatte. Dann ging sie auf das Zelt der beiden Einsatzleiter zu und winkte Justin mit sich. „Sir?"

„Was weißt du über Elementarmagie?", fragte Raymond.

„Nicht viel", gab sie zu. „Aber ich weiß, dass wir nur deshalb in dieser Bredouille sind, weil die Elementarmächte aus dem Gleichgewicht geraten sind."

„Richtig", sagte Raymond. „Und wenn wir sie nicht wieder ins Gleichgewicht bringen, wird es nicht das letzte Mal sein. Es wird die Welt komplett zerstören, wenn wir keinen Ausweg finden."

„Ja, Sir. Aber das ist nicht mein Fachgebiet."

Raymond lächelte. „Auch richtig. Es ist mein Fachgebiet. Aber ich kann jeden Magier brauchen, der mir dabei hilft."

„Und ich soll helfen können?", fragte sie ungläubig. Diese Unterhaltung wurde immer verwirrender.

„Du und dein Partner", mischte Jean sich ein. „Du siehst aus, als ob du einen Schluck Blut vertragen könntest, Justin."

Jetzt sah auch der Vampir die beiden verwirrt an. „Ich habe schon seit einiger Zeit nichts mehr getrunken", gab er zu. „Aber es ist nicht dringend."

„Dringend oder nicht, genau deshalb brauchen wir euch", fuhr Jean fort. „Raymonds Magie hat vor einigen Minuten nachgelassen. Nachdem ich getrunken hatte, haben wir festgestellt, dass sich die Störung im Gleichgewicht der Elementarmacht verringert hat. Wir müssen überprüfen, ob es nur ein Zufall war oder nicht."

„Indem ihr es beobachtet, während Justin von mir trinkt?", fragte Catherine nach.

„Ganz genau", erwiderte Raymond.

Catherine warf Justin einen kurzen Blick zu. Zu ihrer Freude blieb es in der Regel nicht bei einem Biss, aber sie war sich nicht sicher, was Justin davon halten würde, wenn diese Tatsache seinem Chef bekannt wurde. Sie selbst war jedenfalls nicht besonders glücklich darüber, dass ihr Vorgesetzter es herausfinden würde. Dennoch, sie wusste, wie wichtig dieses Experiment war. Justin schien sich zwar ebenfalls etwas unwohl zu fühlen, aber er nickte ebenfalls zustimmend.

„Bestens", erklärte Raymond, dem ihre wortlose Kommunikation nicht entgangen war. „Habt ihr schon ein Zelt aufgeschlagen? Wir können die Entwicklung der Störung vor dem Zelt beobachten, ohne in eure Privatsphäre einzudringen."

„Es steht auf der anderen Seite der Schule", sagte Justin, nahm Catherine am Arm und machte sich mit ihr auf den Weg.

Raymond holte die Schüssel mit dem Wasser aus seinem Zelt und folgte ihnen. Er wartete ab, bis die beiden im Zelt verschwunden waren, dann konzentrierte er sich wieder auf die Wasseroberfläche. Sofort kamen die kleinen Wirbel wieder zum Vorschein, genau an der gleichen Stelle, an der sie vor einigen Minuten schon zu sehen gewesen waren. „Es hat sich nicht von selbst gebessert", murmelte Jean.

„Offensichtlich nicht", bestätigte Raymond. „Wir sind soweit", rief er den beiden im Zelt zu.

Die schwere Zeltplane dämpfte alle Geräusche und die beiden Männer konnten das leise Zischen Catherines kaum hören, das Justins Biss begleitete. Wie immer vergaß Justin die Welt, als er den vollen Geschmack ihres Blutes auf der Zunge fühlte. Er dachte nicht mehr an Jean da draußen, dachte nicht mehr daran, sein Verlangen zu zügeln, als Catherines Magie ihm die Adern füllte und ihr Geruch seine Sinne einhüllte. Ein Blick in ihr Gesicht zeigte ihm, dass es ihr ebenso erging. Lächelnd trank er weiter und streichelte über ihre sanften Kurven, während er an ihrer Kehle saugte.

Vor dem Zelt kam sich Raymond wie ein Voyeur vor und wand sich unbehaglich hin und her, weil er aus eigener Erfahrung wusste, wie intim der Biss eines Vampirs war. Aber die beiden im Zelt hatten dem Experiment zugestimmt und ihre Entdeckung konnte dazu dienen, das Ansehen der Vampire in der Öffentlichkeit zu verbessern. Die Entscheidung, ob und wie diese Informationen genutzt wurden, lag natürlich bei Marcel. Doch Raymond wollte zumindest sein Bestes tun, um unwiderlegbare Beweise für ihre Vermutung zu präsentieren.

Trotz der trennenden Plane wusste Jean genau, was in dem Zelt vor sich ging. Nach so vielen Jahrhunderten waren die rhythmischen Geräusche von Justins Saugen und Catherines Reaktion darauf nichts Neues für ihn. Er starrte in die Schüssel und wartete gespannt, ob sich ihre Vermutung bestätigen würde. Am Anfang war es kaum wahrnehmbar, doch dann beruhigten sich die Wirbel leicht, waren zwar immer noch sichtbar, aber deutlich schwächer. „Ich bilde mir das doch nicht nur ein, oder?", fragte er leise.

„Nein", stimmte ihm Raymond zu. „Es wird definitiv schwächer. Es scheint tatsächlich so zu sein, als ob der Austausch von Magie nicht nur dem Schutz der Vampire vor der Sonne dient."

„Wieso haben wir davon nichts gewusst?", fragte Jean ungläubig. „Wie konnten wir alle – Vampire und Magier – darüber so lange im Dunkel bleiben und es falsch verstehen?"

Raymond lachte leise. „Vorurteile? Angst? Sturheit? Wie immer du es auch nennen willst, es trifft auf uns alle zu. In gewisser Weise dreht sich dieser Krieg um nichts anderes. Serrier ist ein Meister der Propaganda. Er spielt mit den Ängsten und Vorurteilen der Magier, die nicht clever genug sind, um sein Lügengebilde zu durchschauen. Wahrscheinlich haben wir es nur seinem Rassismus zu verdanken, dass er nicht versucht hat, auch die anderen magischen Gruppen zu manipulieren und auf seine Seite zu ziehen."

„Bei den Vampiren hätte er sich schwergetan", meinte Jean. „Le Jeu des Cours ist ein sehr subtiles Spiel."

„Darüber weißt du mehr als ich", erwiderte Raymond und erhob sich, um die beiden im Zelt nicht länger zu stören. „Aber du solltest Serrier nicht unterschätzen. Er ist ein meisterhafter Manipulator und beherrscht es wie kein anderer, die

Wahrheit zu verdrehen. Ich bin ihm selbst für einige Zeit auf den Leim gegangen, und ich bin bestimmt nicht leicht zu beeinflussen. Serrier weiß genau, wer was von ihm hören will und bei wem er welche Knöpfe drücken muss."

Aus dem Zelt kamen neue Geräusche, die Jeans Aufmerksamkeit von ihrer Diskussion ablenkten. „Wir sollten jetzt wirklich gehen und sie allein lassen."

Raymond hörte die Geräusche jetzt ebenfalls und wurde vor Verlegenheit rot. Er senkte den Kopf, um Jean nicht in die Augen sehen zu müssen. Dabei fiel sein Blick auf die Schüssel und er schnappte vor Überraschung laut nach Luft. Jean sah ebenfalls auf das Wasser und riss die Augen auf.

„Sag jetzt besser nichts", murmelte Raymond und löste den Bann, der die Störung auf die Wasseroberfläche projizierte. „Ich will nicht daran denken. Ich werde Marcel jedenfalls nicht sagen, dass Sex zwischen den Partnern die Wirkung erhöht."

„Wir hätten es uns denken können", bemerkte Jean. „Blut zu trinken und Sex gehören für Vampire zusammen. Und die gegenseitige Anziehung zwischen den Partnern ist uns auch schon aufgefallen."

„Soll das etwa heißen, es stört dich nicht?", fragte Raymond ungläubig.

„Soll es nicht", schnappte Jean ihn an. Er hatte immer noch keine Lösung für den Konflikt gefunden, der in ihm tobte, wusste immer noch nicht, wie er sein Bestreben nach Unabhängigkeit mit der Anziehung in Einklang bringen sollte, die er seit Beginn ihrer Partnerschaft für Raymond empfand. „Aber es ist nur logisch, dass es so funktioniert. Du hast selbst gesagt, dass ihr – Monsieur Lombard und du – überzeugt seid, die Partnerschaften müssten irgendeinem Zweck dienen. Du hast sogar genau über diesen Zweck nachgedacht. Und wenn es stimmt, was ihr gesagt habt, warum sollte Sex dann keine Rolle spielen in dieser Gleichung?"

„Es ist trotzdem unfair gegenüber denjenigen, die eine Partnerschaft nur eingegangen sind, damit wir den Krieg gewinnen können", erinnerte ihn Raymond mit einem Anflug von Panik in der Stimme. Er hatte Jeans Gesellschaft in den letzten Tagen so sehr genossen, dass ihm die Komplikationen ihrer Beziehung fast in Vergessenheit geraten waren. Raymond war nicht bereit, aus ihrer Partnerschaft mehr als eine Geschäftsbeziehung oder einfache Freundschaft werden zu lassen.

„Ich muss zurück nach Paris", erklärte Jean unvermittelt. „Wie immer diese Sache ausgeht, ich muss vor Ort sein. Marcel kann sich um die Magier kümmern, aber wir können nicht erwarten, dass er auch Verantwortung für die Vampire übernimmt. Zumal jetzt auch Cabalet davon betroffen ist."

„Wird er Probleme machen?", wollte Raymond wissen.

„Falls er einen Partner gefunden hat, wird er die gleiche Anziehung spüren wie wir alle", erwiderte Jean. „Und wenn nicht, wird er bald wieder in Amiens sein. Er ist es gewohnt, seine eigenen Entscheidungen zu fällen. Ihn auf unserer Seite zu halten, wird uns einige … Überzeugungsarbeit kosten. Marcel hat im Umgang mit Vampiren noch nicht genug Erfahrung. Ich muss ihm helfen."

„Ich kann dich nicht begleiten", rief ihm Raymond in Erinnerung. „Ich muss noch hier bleiben, bis sich die Lage einigermaßen stabilisiert hat."

„Ich habe gerade getrunken", meinte Jean und verdrängte jeden Gedanken daran, was er gerade erfahren hatte und was er und Raymond noch nicht getan hatten. Der Geschmack von Raymonds Blut lag ihm immer noch verführerisch auf der Zunge. Ob magisch oder nicht, die Anziehung zwischen ihnen wurde mit jedem Biss unwiderstehlicher für ihn. Vielleicht gab ihm die Trennung von Raymond eine Chance, seine Gefühle wieder besser unter Kontrolle zu bekommen. Vielleicht konnten der Geschmack von Karines Blut und die Reize ihres Körpers ihm helfen, dieser Anziehung zu widerstehen. „So lange ich nicht in die Sonne muss, kann ich es einige Tage aushalten. Deine Magie wird nachlassen, bevor ich wieder trinken muss. Wenn es nötig werden sollte, kann ich in Paris jemanden finden, der mir bis zu deiner Rückkehr sein Blut gibt."

Raymond sah ihn grimmig an. Der Gedanke, dass Jean einen anderen Menschen beißen würde, gefiel ihm ganz und gar nicht. Bedauerlicherweise fiel ihm auch keine bessere Lösung ein. Er musste sich eben beeilen, seine Aufgabe auf Réunion so schnell wie möglich zu erledigen, sodass er nach Paris zurückkehren konnte, bevor Jean wieder Blut brauchte. „Ich rede mit Caroline", sagte er. „Sie kann dich nach Paris zurückbringen. Ich komme so bald wie möglich nach."

„Kümmere dich nicht um mich", erwiderte Jean, der sich insgeheim darüber freute, dass Raymond die bevorstehende Trennung genauso unangenehm war wie ihm selbst.

46

„WIR HABEN den Angeklagten auf dem Gare de Lyon festgenommen, wo er in ein magisches Feuergefecht mit Angehörigen der Milice verwickelt war", erklärte David in aller Ruhe. Er war schon seit dreißig Minuten im Zeugenstand, um gegen Pacotte auszusagen. Nach dem Staatsanwalt war jetzt der Verteidiger an der Reihe, ihn zu befragen. Anwälte waren David ein Rätsel. Er konnte sich nicht vorstellen, was der Mann damit erreichen wollte, ihm immer wieder die gleichen Fragen zu stellen. An Davids Aussage würde sich nichts ändern und er konnte nur immer wieder die gleichen Antworten wiederholen. „Wir haben seinen Stab untersucht. Die Beschwörung hat aufgedeckt, dass der Stab in letzter Zeit nur für Sprüche und Flüche benutzt worden ist, die nach den Regeln der Gesetzgebung unter den Begriff dunkle Magie fallen und damit als unangemessene Anwendung von Magie gelten. Ich kann nicht verstehen, wieso wir überhaupt noch hier sind."

„Monsieur", gab Christian Pellegrin, der Anwalt der Verteidigung zurück, „Wir sind hier, weil nach dem Gesetz jeder Angeklagte das Recht auf eine faire Verhandlung vor dem Gericht hat. Wer hat den Angeklagten festgenommen?"

„Das habe ich bereits gesagt", erwiderte David stur. „Angehörige der Milice."

„Sie haben ihn also nicht persönlich festgenommen?"

„Nein, aber ich war an dem Einsatz beteiligt und habe die Vorkommnisse miterlebt" antwortete David ausweichend. „Pacotte war einer von zwanzig Magiern, die eine Gruppe von Vampiren angegriffen haben, die sich an diesem Morgen friedlich versammelt hatten."

„Vampire?", fragte Pellegrin höhnisch. „Seit wann beschützt die Milice de Sorcellerie Vampire?"

„Einspruch!", rief der Vertreter der Anklage. „Diese Frage ist irrelevant."

„Schon gut", sagte David. „Ich habe nichts dagegen, sie trotzdem zu beantworten."

„Reden Sie weiter", forderte der Richter ihn auf.

„Die Milice sieht es als ihre Aufgabe an, alle intelligenten Lebewesen, seien sie magisch oder nicht, zu beschützen. Da die Vampire durch ihre Versammlung weder ein Gesetz noch andere Vorschriften gebrochen haben, war es unsere Pflicht, sofort einzuschreiten, als wir von dem Angriff auf sie erfahren haben, an dem auch der Angeklagte beteiligt war. Ich und einige andere Einsatzkräfte haben den Angriff zurückgeschlagen. Wir hatten uns freiwillig gemeldet", erklärte David und sah Pacotte durchdringend an. „Die eigentliche Frage ist, warum Serrier zwanzig Magier ausgeschickt hat, um sie anzugreifen."

„Einspruch!", protestierte Pellegrin. „Es handelt sich um eine Mutmaßung, die durch nichts nachgewiesen ist."

„Was ist daran noch nachzuweisen?", fragte David verärgert zurück. Er wollte nicht daran denken, was alles hätte passieren können, wenn Angélique oder ein anderer Vampir Serriers Magiern allein gegenübergestanden hätte. „Die Vampire haben sich getroffen. Pacotte und seine Leute haben sie angegriffen."

Der Anwalt wühlte nervös in seinen Unterlagen. „Nach den Angaben meines Klienten haben die Angehörigen der Milice den Kampf ausgelöst. Er hat sich nur verteidigt. Es gibt keinerlei Hinweise darauf, dass er oder ein anderer Magier seiner Gruppe die Vampire angegriffen haben."

David musste sich auf die Zunge beißen. Er konnte dem Gericht schlecht erklären, dass sie Serriers Leute mit einer Einheit zurückgeschlagen hatten, die zur Hälfte aus Vampiren bestand. „Was immer er auch getan hat, er hat verbotene Magie benutzt und wurde dafür festgenommen", erwiderte er mit fester Stimme.

„Sie haben gesagt, Sie hätten meinen Klienten nicht persönlich festgenommen. Warum stehen Sie dann hier als Vertreter der Milice im Zeugenstand? Wo ist der Offizier, der die Festnahme angeblich vorgenommen hat?", verlangte Pellegrin zu wissen.

„Einspruch!", unterbrach der Staatsanwalt erneut und erhob sich von seinem Stuhl. „Die Frage ist unerheblich."

„Ich möchte nur sicherstellen, ob die Aussage des Zeugen bezüglich der Handlungen des Angeklagten glaubwürdig ist", widersprach Pellegrin.

Der Staatsanwalt schien wieder Einspruch erheben zu wollen, aber David schüttelte den Kopf. „Captain Dumont ist in einer Angelegenheit der nationalen Sicherheit unterwegs", antwortete er. „General Chavinier hat mich gebeten, für ihn einzuspringen, da ich die Festnahme aus nächster Nähe beobachten konnte. Aber selbst wenn ich nicht in der Nähe gewesen wäre, würde das nichts an der Tatsache ändern, dass der Angeklagte verbotene Magie praktiziert hat. Außer, Sie wollen General Chavinier unterstellen, dass er bei der Beschwörung zur Untersuchung des Stabes unsauber gearbeitet hat", sagte David mit scharfer Stimme. Marcels magische Fähigkeiten waren legendär. Wenn der Anwalt sie anzweifeln wollte, war dieser Versuch schon jetzt zum Scheitern verurteilt.

„Wir bezweifeln nicht, dass der Stab für verbotene Magie benutzt wurde", versicherte Pellegrin hastig. „Aber wir stellen in Frage, dass er dem Angeklagten gehört. Wie Sie selbst gesagt haben, war er nicht der einzige Magier, der sich an diesem Tag auf dem Bahnsteig aufhielt."

David lächelte schadenfroh und wandte sich an den Richter. „Wenn Euer Ehren erlauben", sagte er. „Diese Frage können wir unverzüglich klären."

„Wie?", wollte der Richter sicherheitshalber wissen. Er hatte nicht vor, den Gerichtssaal in ein Varieté zu verwandeln.

„Ein ganz simpler Spruch", erwiderte David freundlich. „Er verfolgt die Herkunft der Magie zurück zu ihrem Urheber."

„Genehmigt", sagte der Richter, bevor einer der Anwälte dagegen Einspruch erheben konnte.

„Dazu benötige ich den fraglichen Stab", erklärte David.

Der Stab wurde von einem Gerichtsdiener aus der Asservatenkammer geholt. David zog seinen eigenen Stab und benutzte die gleiche Beschwörung, mit der Marcel dunkle Magie identifizierte. Mit einem zweiten Spruch verfolgte er sie zu ihrem Urheber zurück. Die magischen Funken, die den Stab umgeben hatten, schwebten durch den Gerichtssaal auf Pacotte zu.

„Noch weitere Fragen an den Zeugen?", fragte der Richter trocken.

MARCEL SAH vom Schreibtisch auf, als sich die Tür zu seinem Büro öffnete. Das Lächeln in Davids Gesicht sagte ihm alles. „Ich nehme an, es ist erfolgreich verlaufen."

„Sehr erfolgreich sogar", bestätigte David mit einem breiten Grinsen. „Pellegrin hätte fast für uns arbeiten können, so wie er mich befragt hat."

„Die Vampire wurden auch angesprochen?"

David nickte. „Pellegrin teilt offensichtlich Serriers rassistische Ansichten. Es war die perfekte Gelegenheit für mich, vor Gericht darauf hinzuweisen, dass die Milice alle intelligenten Lebewesen beschützt, seien sie magisch oder nicht. Die Beschwörung des Stabes hat sofort Pacotte als Urheber der dunklen Magie ausfindig gemacht, obwohl du vorher auch schon mit dem Stab gearbeitet hast. Damit hatte Pellegrin offensichtlich nicht gerechnet, denn bisher konnten wir immer nur den letzten Spruch identifizieren, dem ein Stab passiv ausgesetzt war, nicht den letzten, für den er aktiv benutzt wurde."

„Sehr gut", sagte Marcel zufrieden. „Raymond wird sich freuen, das zu hören. Mit seinem neuen Spruch können wir jetzt verhindern, dass wir durch unsere Untersuchung fremder Magie Beweismittel vernichten."

„Es hat mit Sicherheit dazu beigetragen, ein schnelles und eindeutiges Urteil zu fällen", stimmte ihm David zu und sah auf seine Uhr. „Ich muss gehen. Ich habe heute Nacht Dienst und möchte mich vorher noch ausruhen."

Marcel hielt ihn noch kurz zurück. „Wie kommt ihr miteinander aus? Ich habe gehört, dein Verhältnis zu deiner Partnerin wäre etwas angespannt gewesen."

David verzog das Gesicht. Angespannt war noch milde ausgedrückt, aber er wusste genau, wo die Ursache für ihre Probleme lag. „Wir kommen zurecht", erwiderte er ehrlich. „Es wird wohl etwas dauern, bis es besser wird. Aber sie scheint bereit zu sein, mir noch eine Chance zu geben."

„Das ist gut. Wir brauchen diese Allianz."

„Ich weiß", sagte David. „Um ehrlich zu sein, habe ich es anfangs nicht so gesehen. Aber mittlerweile habe ich mich vom Gegenteil überzeugen lassen. Je mehr Vampire uns unterstützen, umso besser für uns alle."

Marcel nickte. „Ich hoffe, das wird bald der Fall sein. Der Chef de la Cour von Amiens ist kürzlich hier eingetroffen, um sich nach unserer Allianz zu erkundigen. Er hat uns heute früh mit einer Partnerin wieder verlassen. Wir müssen zwar unsere Einsatzpläne anpassen, aber je mehr Vampire auf unserer Seite kämpfen, umso besser sind unsere Chancen."

„Du solltest Angélique ansprechen. Sie ist bestimmt bereit, uns bei der Rekrutierung zu helfen", überlegte David, ohne auf seine immer noch vorhandenen Vorbehalte gegen Angéliques Geschäfte Rücksicht zu nehmen. „Das Sang Froid wird von vielen Vampiren frequentiert. Da die Vampire mit Partner dort nicht mehr verkehren, ist jeder Besucher ein potentieller neuer Verbündeter für uns."

„Das ist eine gute Idee", stimmte ihm Marcel zu. Es freute ihn, dass David offensichtlich bereit war, mit seiner Partnerin zusammenzuarbeiten und sie nicht mehr für ihre Berufswahl zu verdammen. „Wir warten noch ab, bis uns Thierry sagen kann, wie es mit dem neuen Verbündeten aus Amiens gelaufen ist. Vielleicht hat er auch Vorschläge, wie wir die Partnersuche beschleunigen können. Sobald wir die Allianz öffentlich gemacht haben, können wir in großem Umfang rekrutieren. Du könntest derweil mit Angélique diskutieren, wie wir am besten ihre Kunden ansprechen. Wenn ihr morgen früh von eurem Einsatz zurück seid, besprechen wir die Details. Ich muss jetzt noch zu einem Treffen mit den Ausschussvorsitzenden des Senats. Mit etwas Glück bin ich rechtzeitig zurück, bevor ihr morgen wieder nach Hause geht."

David nickte widerstrebend. Der Gedanke, ins Sang Froid zurückzukehren, war ihm unangenehm. Aber nach dem Debakel mit dem Repère, das er sich letzte Woche geleistet hatte, war er gewissermaßen auf Bewährung und wollte Marcel nicht wieder enttäuschen. Selbst ein Rüffel von Dumont war nicht so schlimm wie ein enttäuschter Marcel.

NACH DER Hitze und dem gleißenden Sonnenschein auf Réunion kamen Jean die Straßen von Paris noch dunkler und kälter vor als gewöhnlich. Der Oktober ging dem Ende zu. Ein weiteres Jahr war gekommen und schon fast wieder vergangen. Die Jahre flossen zusammen wie ein endloser Strom. Ein Herbst glich dem anderen und nur selten blieb ihm einer in besonderer Erinnerung. Dieser Herbst würde wahrscheinlich dazugehören. Jean konnte reinen Gewissens behaupten, dass er seit der Errettung von Orlando aus den Klauen Thurloes – und das lag immerhin hundert Jahre zurück – keinen Monat erlebt hatte, in dem so viel passiert war.

Er musste an ein Ereignis denken, das diesen Oktober so bemerkenswert gemacht hatte. Jean konnte nur mit Mühe einen Fluch unterdrücken. Er hasste es, dass die Magie, die seit tausend Jahren seine Existenz sicherte, jetzt plötzlich die Kontrolle über sein Leben erlangen wollte. Wie konnte er der Anziehung zwischen sich und Raymond vertrauen, wenn er gleichzeitig um den Einfluss der Magie wusste, die ihre Partnerschaft und ihr Leben regierte?

Frustriert und – wie er zugeben musste – auch geil machte er sich auf den Weg zu dem einen Ort, an dem er immer willkommen sein würde. Es war noch früh am Abend. Die Sonne war gerade erst untergegangen. So früh hatte er Karine noch nie besucht, aber falls sie noch nicht zuhause war, konnte er vor ihrer Wohnung auf sie warten. Dann hatte er auch Zeit, um sich eine passende Entschuldigung zurechtzulegen für sein unmögliches Verhalten bei ihrem letzten Zusammensein. Spontan blieb er vor dem Blumenladen an der Straßenecke stehen und kaufte dann einen großen Strauß Rosen. Karine hatte immer einen Blumenstrauß in der Vase, die auf dem kleinen Tisch in ihrem Flur stand. Es war ein Bestechungsversuch, das war ihm klar. Aber selbst wenn sie ihm die Blumen ins Gesicht warf, würden sie ihr doch zeigen, dass er an sie gedacht hatte.

Karine antwortete nicht auf sein Klopfen und Jean stellte sich auf eine längere Wartezeit ein. Er schloss die Augen und versenkte sich in einen erholsamen Trancezustand. Seine Gedanken schweiften ab, doch er ließ nicht zu, dass sie die eine Richtung einschlugen, die sie in unachtsamen Momenten immer nahmen. Raymond war sowieso noch auf Réunion, also war es zwecklos, an ihn zu denken.

Im Unterbewusstsein hörte er andere Bewohner des Hauses, die kamen und gingen. Nur die Schritte, auf die er wartete, hörte er nicht. Also blieb er einfach auf dem Boden sitzen und wartete weiter, ohne dem Leben um ihn herum Beachtung zu schenken.

Nach einiger Zeit wurde der harte Steinfußboden unbequem. Seine Kleidung, viel zu warm für Réunion, schützte nicht gegen die Kälte von Paris. Sie wurde unangenehm und er erhob sich, um seine Glieder zu strecken. Die Sonne war mittlerweile endgültig untergegangen. Dunkelheit lag über der Stadt und hüllte die eleganten Gebäude in geheimnisvolle Schatten. Jean und die anderen Vampire wussten wenig über die Stadt bei Tage, denn die Art ihrer Existenz hatte es immer verhindert, sie kennenzulernen. Doch die Nacht war ihr Element. Jean legte den Blumenstrauß vor Karines Wohnungstür, wo sie ihn sofort finden würde. Dann ging er in die Nacht hinaus und atmete die vertrauten Gerüche der Stadt ein, die so ganz anders waren, als die tropischen Düfte der Insel, die er gerade verlassen hatte. Er runzelte irritiert die Stirn. Mein Gott, er hatte sich doch vorgenommen, nicht an Raymond, an ihre Arbeit und die jüngsten Entdeckungen zu denken, die sie auf Réunion gemacht hatten. Jean wusste, dass er sie Marcel melden musste, aber er hatte erfahren, dass der General in einer Besprechung war und nicht vor Mitternacht zurückerwartet wurde. Bis dahin war noch Zeit, und Jean wollte diese freien Stunden genießen. Im Moment gefiel es ihm, die Stadt wieder neu kennenzulernen, in der er geboren, gestorben und wiedergeboren worden war – die Stadt, die jetzt sein Cour war.

Seine verschlungenen Wege führten ihn an der Opéra vorbei und in die ältesten Stadtteile: zum Jardin des Tuileries, dessen verschlossene Tore kein Hindernis für ihn waren, zum Louvre, wo einst Generationen von Königen mit ihren Gemahlinnen gelebt hatten, zum hell erleuchteten Hôtel de Ville, zum Marais, auf einem früheren Sumpfgelände errichtet, und dann, endlich, zur Île de la Cité und Notre Dame. Auf dem Vorhof blieb er stehen und betrachtete die hoch aufragende Silhouette der Kathedrale. Als er vor über tausend Jahren das erste Mal hier gebetet hatte, war es noch eine kleine Kirche gewesen. Erst zweihundert Jahre nach seiner Umwandlung war mit dem Bau der heutigen Kathedrale begonnen worden, die mit ihren Stützpfeilern und Spitzbögen, ihren Statuen und Reliefs das Meisterwerk der Gotik war. In dieser Zeit war er nachts über die Baustelle gewandert und hatte die neuen Methoden bewundert, mit denen die Architekten höher und höher bauten, obwohl die Wände von zahlreichen schlanken und runden Fenstern durchbrochen waren, in die später Bleiglasmosaike eingefügt wurden, die in allen Farben glänzten. Das Innere der Kathedrale war heute meistens blanker Stein, aber Jean konnte sich noch an die Zeiten erinnern, als jede freie Oberfläche von Gemälden bedeckt war, die in Bildern die Geschichten der Bibel erzählten für diejenigen unter den Gläubigen, die des Lesens und Schreibens nicht mächtig waren. Er hatte Stunden, wenn man es zusammenzählte, wahrscheinlich Jahre oder ein ganzes Leben auf den schmalen Bänken zugebracht. Jean war fasziniert von der Architektur und ihrer symbolischen Bedeutung, daran hatte sich in all den Jahrhunderten nichts geändert. Er ging zur Westseite der Kathedrale, wo ein kleiner Stein das Einzige war, das noch vom Grab seines Mentors übrig geblieben war. Er setzte sich neben den Stein und fing an, zu erzählen. Er erzählte alles, was seit dem Eintreffen von Marcels erstem Brief geschehen war, erzählte von der Allianz und ihren Hoffnungen für die Zukunft, von den Komplikationen, die die Partnerschaften zwischen Vampiren und Magiern mit sich brachten und von denen sie erst nach und nach erfahren hatten.

„Ich glaube an das, was wir tun", erzählte er dem namenlosen Stein. Als Père Emmanuel gestorben war, hatte Jean sich keine Inschrift für den Grabstein leisten können. Jahre später, als er das Geld hatte, wusste er nicht, wie er dem Steinmetz erklären sollte, dass er den Mann kannte, der vor so langer Zeit verstorben war. Er hätte damit mehr über sich verraten, als man einem sterblichen Menschen damals anvertrauen konnte. „Ich habe schon daran geglaubt, bevor wir nach Réunion aufgebrochen sind und ich erlebt habe, welche katastrophalen Auswirkungen das magische Ungleichgewicht hat. Aber es fällt mir schwer, die vielen Veränderungen zu verkraften. Ich meine nicht die Partnerschaften oder dass wir wieder im Sonnenlicht leben können, auch nicht den Sex. Aber ich habe das Gefühl, in eine Beziehung gezwungen ... Nein, das ist ein zu starkes Wort. Ich habe das Gefühl, in eine Beziehung gedrängt zu werden, die ich unter normalen Umständen nie gewollt hätte.

Mein Partner ist ein faszinierender Mann und sein Blut ist das beste, das ich je geschmeckt habe. Aber selbst meinem Geschmack kann ich nicht mehr vertrauen. Schmeckt es so gut, weil es Raymonds Blut ist? Oder bilde ich mir das nur ein, weil ich mit jedem Biss dazu beitrage, das magische Gleichgewicht wieder zu stabilisieren? Es würde mir wahrscheinlich nicht so viel ausmachen, wenn ich es kontrollieren oder mich zumindest frei entscheiden könnte. Doch so kommt es mir nicht vor. Wenn er in der Nähe ist, wenn wir zusammenarbeiten, dann fühle ich mich unbesiegbar. Aber wenn er nur im Nachbarzimmer ist, werde ich sofort unruhig und muss nach ihm sehen. Es ist wie ein Zwang. Jetzt, wo er tausende von Kilometern entfernt auf einem anderen Kontinent ist, kann ich kaum einen klaren Gedanken fassen."

Natürlich gab der Stein keine Antwort, doch das hatte Jean auch nicht erwartet. Er war hierhergekommen, so wie er immer kam, wenn er Ordnung in seine Gedanken bringen musste. Melancholisch fuhr er mit dem Zeigefinger über den Stein. Dann stand er wieder auf und ging zurück in den Trubel und die Lichter der Stadt. Er überquerte die Seine auf die linke Flussseite, wo er ziellos durch die Straßen wanderte, wohin auch immer ihn seine Füße trugen. Schließlich führte ihn sein Weg in Richtung Süden zur Sorbonne und in die Rue Champollion. Nach wenigen Metern blieb er stehen und sah über sich den Balkon einer kleinen Mansardenwohnung. „Das ist lächerlich", murmelte er. Er hätte schwören können, vor der Wohnung seines Partners zu stehen. Er blickte sich um, und als er feststellte, dass er allein war, zog er sich an der Feuerleiter hoch und kletterte bis zu dem Balkon, der seine Aufmerksamkeit erregt hatte.

Jean kam sich wie ein kompletter Idiot vor, als er durch das Fenster in die Wohnung sah und nach einer Bestätigung für seine lächerliche Vermutung suchte. Das Zimmer hinter der Glasscheibe war vollgepackt mit Büchern, ganz so, wie man es von Raymonds Wohnung erwarten würde. Aber Raymond war nicht der einzige Mensch, der eine große Bibliothek besaß, auch wenn diese alle normalen Maßstäbe sprengte. Er kniff die Augen zusammen und versuchte, einige Buchtitel zu erkennen. Doch die Bücher in der Nähe des Fensters lagen alle auf der falschen Seite oder standen mit dem Buchrücken zum Zimmer. In diesem Augenblick teilten sich die Wolken, ein Mondstrahl schien in das Fenster und erhellte das Zimmer. Dort, auf einem Tisch, lag die Zeichnung, die Raymond vor drei Tagen von Jeans Medaillon angefertigt hatte, als er ihm anbot, die Herkunft des Symbols zu untersuchen.

„WAS ZUM Teufel soll das?", wollte Karine von dem dunkelhaarigen Mann wissen, der in den Raum kam, in dem sie die letzten beiden Tage verbracht hatte. Es war zwar regelmäßig ein Tablett mit Essen aufgetaucht, aber er war der erste Mensch, den sie zu Gesicht bekam, seit sie in ihrer Wohnung von den beiden Männern überfallen worden war und das Bewusstsein verloren hatte. Sie war verständlicherweise voller Angst gewesen, als sie in dem fensterlosen, fremden Zimmer aufgewacht war und festgestellt hatte, dass die schwere Tür von außen verschlossen war und sie nicht entkommen konnte. Mittlerweile war aus ihrer anfänglichen Angst allerdings Wut geworden. „Warum bin ich hier?"

„Mademoiselle Gaudier?", fragte der Magier mit einer höflichen Verbeugung. „Mein Name ist Pascal Serrier. Ich freue mich, Sie endlich kennenzulernen."

„Kommt mir nicht so vor", erwiderte Karine säuerlich. „Ich bin schon seit zwei Tagen hier."

„Dafür möchte ich um Verzeihung bitten, aber ich bin ein sehr beschäftigter Mann", sagte Serrier seelenruhig. „Doch jetzt haben Sie meine ungeteilte Aufmerksamkeit."

„Sie haben meine Frage nicht beantwortet", insistierte Karine. „Warum bin ich hier?"

Serrier setzte sich kopfschüttelnd an den kleinen Tisch und winkte Karine zu, ebenfalls Platz zu nehmen. „Bitte, Miss Gaudier. Es gibt keinen Grund, unhöflich zu werden. Nehmen Sie Platz und wir unterhalten uns wie zivilisierte Menschen. Hätten Sie gerne etwas zu essen oder zu trinken? Ich habe noch gar nicht gefragt, ob die Verpflegung ihren Geschmack getroffen hat."

Karine kniff die Augen zusammen, aber Serrier ließ sich nicht von seiner Linie abbringen. Sie entschied, zunächst auf ihn einzugehen, weil sie hoffte, so schneller Antworten zu bekommen. „Ein Espresso wäre nett", sagte sie und nahm an dem Tisch Platz.

„Selbstverständlich", erwiderte Serrier und zog seinen Stab. Sofort stand eine dampfende Tasse schwarzen Kaffees vor ihr auf dem Tisch. Karine ließ sich keine Überraschung über die magische Vorführung anmerken. So, wie in den letzten Tagen die Tabletts in dem Zimmer aufgetaucht und wieder verschwunden waren, hatte sie schon längst vermutet, mit Magiern zu tun zu haben. Sie hob die Tasse an den Mund und nahm einen kleinen Schluck. Der Espresso schmeckte köstlich. „Vielen Dank", sagte sie und hoffte, mit ihrer Höflichkeit die Sache zu beschleunigen.

„Können wir uns etwas unterhalten, während Sie Ihren Kaffee trinken?", fragte Serrier mit der eingeübten Routine des perfekten Gastgebers.

Was glaubst du wohl, was ich seit deinem Eintreten hier will?, dachte Karine sarkastisch. Nach außen hin beschränkte sie sich auf ein höfliches Kopfnicken, da ihre Forderungen sie nicht sehr weit gebracht hatten.

„Soweit ich erfahren konnte, sind Sie mit Jean Bellaiche bekannt", bemerkte Serrier. „Der Chef du Jour von Paris, so wird er doch genannt, nicht wahr?"

„Chef de la Cour", korrigierte Karine und bemerkte erst zu spät, das Schweigen und Unwissenheit ihr wahrscheinlich mehr gedient hätten. „Ja, ich kenne ihn", fügte sie hinzu, obwohl sie sich in den letzten zehn Jahren immer nur sporadisch gesehen hatten. ‚Kennen' war ein dehnbarer Begriff.

„Er hat in der letzten Woche ein Treffen der Vampire einberufen. Einige meiner Magier wurden zur gleichen Zeit getötet", erklärte Serrier. „Ich mag es nicht, wenn ich nicht weiß, was in meiner Stadt vor sich geht."

Karine runzelte die Stirn, als er von ‚seiner' Stadt sprach, verkniff sich aber einen Kommentar. Es hatte keinen Sinn. „Ich bin seine Geliebte, nicht seine Sekretärin", erwiderte sie. „Über die Geschäfte des Cour spricht er nicht mit mir."

„Aber bitte, Miss Gaudier", tadelte Serrier. Seine Stimme klang immer noch höflich, doch sein Gesichtsausdruck wurde langsam härter. „Sie erwarten doch nicht, dass ich Ihnen das glaube. Ich bin mir sicher, er erzählt Ihnen über seinen Tag, bevor Sie nachts einschlafen."

Karin sah zu Boden, weil seine Worte eine wunde Stelle trafen. Wahrscheinlich war er nicht bewusst grausam – schließlich hatte sie sich selbst als Jeans Geliebte bezeichnet –, aber es schmerzte sie, ihre unerfüllten Träume so ins Gesicht geschleudert zu bekommen. „Glauben Sie doch was Sie wollen", krächzte sie. „Er vertraut mir seine Geschäfte nicht an."

Serrier war beeindruckt. Bei einem anderen Publikum wäre sie mit ihrer Gefasstheit und ihrer Leidensmiene wahrscheinlich auf Sympathie und Mitleid gestoßen. Schade für sie, dass er an solche Gefühle keinen Gedanken verschwendete. „Sie wollen es also nicht anders?", fragte er herausfordernd.

„Wie, ich will es nicht anders?", fragte sie zurück. „Ich habe keine Ahnung, warum Sie sich dafür interessieren, was Jean und seine Vampire vorhaben. Aber ich kann Ihnen nicht helfen, ich weiß es auch nicht."

Serriers Lächeln wurde grausam. „Oh, mit der richtigen Motivation werden Sie mir bestimmt helfen können." Er griff wieder zu seinem Stab und hörte befriedigt ihren lauten Schmerzensschrei.

„Wir können die ganze Nacht so weitermachen", sagte er ungerührt. „Wie lange halten Sie wohl durch, bevor Sie mir sagen, was ich hören will?"

47

ORLANDO SCHLICH sich leise in die Wohnung. Falls Alain schon eingeschlafen war, wollte er ihn nicht wecken. Er war stundenlang durch die Stadt gelaufen und einer Lösung seiner Probleme keinen Schritt näher gekommen. Die Albträume der Vergangenheit wollten sich einfach nicht verjagen lassen. Aber er hatte Alain ein Versprechen gegeben, und deshalb kam er jetzt zurück. Leise ging er ins Schlafzimmer und setzte sich auf den Stuhl, der bei der Tür an der Wand stand. Dann sah er Alain beim Schlafen zu. Er wusste nicht, wann Alain aufwachen würde, doch er wollte da sein. Das hatte er seinem Geliebten versprochen.

Am liebsten wäre Orlando zu Alain unter die Decke gekrochen und hätte sich an ihn geschmiegt. Er widerstand jedoch der Versuchung und blieb auf seinem Stuhl sitzen. Er hatte Alain recht viel zugemutet, seit sie sich vor zwei Wochen kennengelernt hatten. Immer hatte er sich nur genommen, was er selbst brauchte. Nicht einmal hatte er seinen Magier gefragt, was der sich wünschte. Sicher, Alain hatte keinen Einspruch dagegen erhoben, aber Orlando fragte sich trotzdem, ob diese Zugeständnisse nicht nur auf die Erfordernisse der Allianz zurückzuführen waren. Er beobachtete Alains Gesicht mit einer Intensität, als könnte es ihm die Gedanken verraten, die im Kopf des Magiers vor sich gingen. Außer seiner Freundschaft zu Jean war die Beziehung zu Alain die erste, die Orlando in seinem Leben eingegangen war. Bisher hatte er sich darauf verlassen, dass es reichen würde, Alains Herz in dessen Blut zu lesen. Es war Orlando wie ein offenes Buch vorgekommen, das keine Geheimnisse vor ihm hatte und ihm nichts vorenthielt. Hatte er sich darin getäuscht oder sich verlesen, so wie man ein unbekanntes Wort falsch aussprach?

Orlando hätte gerne Jean um Rat gefragt, ob er den Geschmack von Alains Blut vielleicht falsch interpretierte. Doch der Chef de la Cour war auf Réunion, und auch wenn er in Paris gewesen wäre, hätte er erst Alains Blut trinken müssen, um Orlandos Fragen zu beantworten. Sein Beschützerinstinkt protestierte allein bei dem Gedanken daran, obwohl Jean den Aveu de Sang niemals missachten und Alain tatsächlich beißen würde. Verzweifelt stützte Orlando den Kopf in die Hände und hoffte auf ein Zeichen, dass seine Anwesenheit noch erwünscht war.

Alain erwachte aus einem unruhigen Schlaf und sah sich verwirrt in dem dunklen Zimmer um. Wie im Reflex suchten seine Hände nach dem warmen Körper an seiner Seite, an den er sich in den letzten Nächten gewöhnt hatte. Aber das Bett war leer. „Orlando", flüsterte er voller Bedauern über die Auseinandersetzung, die seinen Geliebten vertrieben hatte.

Orlando hob den Kopf, als er seinen Namen hörte. „Ich bin hier", antwortete er. „Ich wollte dich nicht stören."

Mich stört nur der leere Platz an meiner Seite, wo du liegen solltest. Mich stört, dass ich dich aus deiner eigenen Wohnung vertrieben habe, dachte Alain frustriert. „Ich habe mir Sorgen um dich gemacht."

„Ich kann selbst auf mich aufpassen", verteidigte sich Orlando.

Alain seufzte. So hatte er es nicht gemeint. Was immer er sagte, es wurde falsch verstanden. „Hat dir dein Spaziergang Spaß gemacht?"

Orlando schnaubte. Mussten sie wirklich Smalltalk machen, als ob sie Fremde wären? „Es war interessant, die Stadt bei Tage zu erleben", erwiderte er. „Ich habe sie erst zweimal so gesehen – am Tag vor der Gründung der Allianz und bei meinem kurzen Spaziergang mit Jean."

Alain nickte und setzte sich auf. Die Decke rutschte ihm in den Schoß. „Ich bin froh, dass du jetzt die Möglichkeit dazu hast." Er wollte Orlando noch viel mehr geben, wusste aber nicht, wie er dieses Thema ansprechen sollte, ohne wieder ins Fettnäpfchen zu treten.

Orlando senkte den Kopf und studierte verlegen seine Hände. Er wusste nicht, wie er seine Sehnsucht in Worte fassen sollte. „Ich wäre lieber hier bei dir gewesen", flüsterte er schließlich.

Alain konnte kaum glauben, was er hörte. „Wie bitte?", fragte er leise.

Orlando hob den Kopf und sah ihm in die Augen. Er konnte darin den gleichen Schmerz erblicken, den er selbst fühlte. „Ich wäre lieber hier bei dir gewesen", wiederholte er lauter.

„Warum bist du dann gegangen?", wollte Alain wissen.

„Weil du mich nicht wolltest", erwiderte Orlando.

Alain sah ihn ungläubig an. Es war nie seine Absicht gewesen, Orlando wegzuschicken, aber offensichtlich war er falsch verstanden worden. „Wieso denkst du das?"

„Ich bin nicht dumm, Alain", erklärte Orlando. Er stand auf und ging unruhig im Zimmer auf und ab. „Du bist gestern zuerst gegangen, falls du dich noch daran erinnerst. Und letzte Nacht im Hauptquartier hast du mich kaum angesehen und nur mit mir gesprochen, wenn es sich nicht vermeiden ließ. Ich weiß sehr wohl, wann ich unerwünscht bin."

„Es tut mir leid", murmelte Alain. „Ich wollte nie, dass du dich unerwünscht fühlst."

„Was wolltest du dann? Du hast dich zurückgezogen und mich allein gelassen, als ich dich gebraucht habe. Ich weiß, das ist alles noch sehr neu für uns beide. Aber ich habe dich gebraucht und du hast mich allein gelassen. Was hätte ich denn denken sollen?"

Alain holte tief Luft und rief sich Orlandos Vergangenheit ins Gedächtnis zurück. „Du hast mich zuerst weggestoßen", erinnerte er seinen Vampir.

„Was habe ich?", rief Orlando. „Ich weiß, dass ich überreagiert habe. Ich wollte es dir erklären, aber du hast mir nicht zugehört. Du bist aufgestanden und gegangen. Du hast mich allein im Bett zurückgelassen."

„Du bist mir nicht gefolgt", verteidigte sich Alain.

„Natürlich nicht!" Orlando schrie fast. „Was meinst du wohl, wie oft ich mich an einem Tag so niedermachen lasse? Du hast unmissverständlich klar gemacht, dass du allein sein willst. Ich komme nicht zurückgekrochen wie ein geprügelter Hund!"

„Das Gleiche könnte ich auch sagen", brüllte Alain zurück. „*Du* hast *mich* gebeten, dich zu beißen, nicht umgekehrt."

„Und du hast mir versprochen, dass du jederzeit aufhörst, wenn es mir zu viel wird", erwiderte Orlando bitter.

„Das hast du mir aber nicht gesagt. Du hast nicht dein Safe Wort benutzt, du hast dich einfach zurückgezogen!"

„Und ich wollte mich dafür entschuldigen, aber du hast mich nicht ausreden lassen!"

„Weil es jedes Mal das Gleiche ist. Du sagst, dass du mir vertraust, aber du behandelst mich, als ob ich er wäre."

„Du hast gewusst, wer ich bin, als du dich bereit erklärt hast, mein Zeichen zu tragen und wir Geliebte geworden sind. Wenn es dir zu viel ist, hättest du es sagen sollen, bevor es zu spät war. Jetzt können nur noch dein Tod oder mein Selbstmord uns aus dieser Lage befreien. Ich habe mir vor hundert Jahren geschworen, dass ich mich niemals umbringen werde, egal, was auch passieren mag. Und daran werde ich mich auch weiterhin halten ."

Alain konnte den Gedanken nicht ertragen, dass Orlando ungeschützt in die Sonne treten und er ihn verlieren könnte. Seine Wut verrauchte von einer Sekunde zur anderen. „Bitte nicht", bat er ihn. „Daran darfst du nicht einmal denken. Ich könnte es nicht ertragen, dass ich dich …" Alain konnte den Satz nicht zu Ende bringen. „Ich will mich nicht aus dieser Lage befreien", sagte er, als er wieder reden konnte. „Ich will nur dich."

Alains ehrliche Bitte und sein verzweifelter Tonfall kühlten auch Orlandos Wut wieder ab. Er ging langsam aufs Bett zu, nicht sicher, wie das aufgenommen werden würde, aber doch voller Hoffnung. „Warum kann ich es dann nicht fühlen?", fragte er jammernd.

Die Mutlosigkeit in Orlandos Stimme ließ Alain alle Vorbehalte vergessen. „Es tut mir leid", flüsterte er und zog Orlando in die Arme. „Ich dachte, ich hätte alles im Griff, aber offensichtlich habe ich mich getäuscht. Ich wollte nur nachdenken und wieder einen klaren Kopf bekommen. Ich wollte nicht, dass du dich zurückgewiesen fühlst."

Orlando ließ sich in Alains Arme sinken und vertraute darauf, dass ihre Beziehung den Belastungen der letzten Tage standgehalten hatte. „Was sollen wir jetzt tun?", fragte er nach einigen Minuten.

Alain wusste genau, was er wollte. Er wollte Orlando auf den Rücken rollen und lieben, bis sein Vampir nie wieder an seiner Liebe zweifeln würde. Diesem Impuls durfte er jedoch noch nicht nachgeben. Es waren die ersten Schritte auf diesem Weg gewesen, die zu den Problemen der letzten Tage geführt hatten. Er wollte sich nicht vorstellen, wie es das nächste Mal enden würde. „Zuallererst musst du trinken", sagte er leise und sah Orlando zärtlich an. „Es ist schon zwei Tage her, seit du das letzte Mal getrunken hast. Nach dem, was Sebastien uns über den Aveu de Sang gesagt hat, wundert es mich, dass du so lange durchgehalten hast. Vielleicht hat meine Magie den Umgewöhnungsprozess beschleunigt. Wir werden sehen. Heute Nacht haben wir Dienst, aber bis dahin dauert es noch einige Stunden."

Orlando nickte. Er hatte sich geschworen, Alain nicht mehr zu beanspruchen, als für sein eigenes Überleben nötig war. Andererseits hatte Alain ihn selbst darum gebeten, und wenn Orlando ehrlich war, konnte er auch schon fühlen, wie er schwächer wurde und Alains Magie langsam nachließ. Sein Magier hatte recht. Orlando musste trinken.

AUF DEM Weg ins Hauptquartier der Milice versuchte Jean, das Unbehagen abzuschütteln, das ihn beim Auffinden von Raymonds Wohnung überkommen hatte. Er hatte sich schon lange daran gewöhnt, dass er als Vampir eine erhöhte Wahrnehmung für die natürliche, aber auch die übernatürliche Welt besaß. Doch nichts hatte ihn darauf vorbereiten können, plötzlich vor Raymonds Wohnung zu stehen, ohne jemals dort gewesen zu sein. Die Partnerschaften warteten immer wieder mit neuen Überraschungen auf und ihre Komplexität war erstaunlich. Um ehrlich zu sein, es verwirrte ihn sogar. Allerdings konnte er im Moment nichts dagegen unternehmen, weil er sich auf die Aufgabe konzentrieren musste, die ihn zurück nach Paris geführt hatte. Während er an Marcels Bürotür klopfte, überlegte er zum wiederholten Male, wie dem General am besten erklären konnte, was er und Raymond auf Réunion herausgefunden hatten.

„Entrez", rief Marcel, als das Klopfen ihn aus seiner Versunkenheit riss. Er hatte über die Rede nachgedacht, die er am folgenden Abend auf der Pressekonferenz halten wollte. Ihm waren immer wieder die gleichen Sätze durch den Kopf gegangen, so oft, bis er sie schließlich selbst nicht mehr verstehen konnte. Er brauchte eindeutig mehr Schlaf. Doch es gab so viel Dringendes zu erledigen, dass er es immer wieder aufschob, sich etwas Ruhe zu gönnen. Mit einem müden Seufzer legte er sein Redemanuskript zur Seite. Die Tür öffnete sich. „Jean, seit wann bist du zurück?"

„Seit einigen Stunden", erwiderte der Vampir. „Du warst in einer Besprechung und ich habe die Zeit genutzt, um mich um Angelegenheiten des Cour zu kümmern."

„Ist Raymond mit dir zurückgekommen?", fragte der General in der Hoffnung auf Neuigkeiten über die Lage auf Réunion, auch wenn es ihn überrascht hätte, wenn Raymond so schnell wieder nach Paris zurückgekehrt sein sollte.

„Nein. Er braucht noch einige Tage, bis sich die Lage einigermaßen stabilisiert hat, bevor er die Insel verlassen kann", erklärte Jean. Er vermisste seinen Partner sehr, verdrängte aber seine Gefühle, weil sie nicht echt waren. Sie waren nur die Folge ihrer magischen Partnerschaft.

„Nun, dann nimm Platz und berichte mir, was dich hierher geführt hat", meinte Marcel. Er musste sowieso mit Jean über sein Redemanuskript reden, denn die Meinung des Chef de la Cour war für die Öffentlichkeit von Interesse. Doch das konnte warten.

„Unsere Rettungsmaßnahmen sind erfolgreich", fing Jean an. „Ich hätte es nie erwartet, aber ich glaube, dass einige meiner Vampire nach ihrer Rückkehr über einen Berufswechsel nachdenken werden."

„Wirklich?", fragte Marcel. „Wieso das?"

„Ich konnte das Blut der Verwundeten unter den Trümmern riechen, dadurch haben wir sie schneller gefunden", erklärte Jean. „Wir mussten uns nicht blind durch den Schutt wühlen, sondern konnten gleich dort anfangen, wo die Überlebenden eingeschlossen waren."

„Das ist ein unschätzbarer Vorteil", gab Marcel ihm recht und überlegte, wie er diese Information in seine Rede einbauen konnte, ohne zu viele Details über die Magie preiszugeben, die Vampire gegen die Sonne immun machte.

„Aber da ist noch mehr", fuhr Jean bedächtig fort. „Es ist ein sehr sensibles Thema."

„Sensibel?", hakte Marcel nach.

„Raymond und Monsieur Lombard hatten recht", klärte Jean ihn auf. „Wenn Vampire von ihrem Partner trinken, stabilisiert es das magische Gleichgewicht der Elementarkräfte. Wir haben es auf Réunion ausprobiert und das Ergebnis ist eindeutig."

„Ich glaube nicht, dass ich das morgen in meiner Rede erwähnen werde", meinte Marcel amüsiert. Dann wurde er wieder ernst. „Es ist ein sehr starkes Argument für die Allianz, für die Partnerschaften und die neuen Gesetze, die wir einbringen wollen. Aber ich denke, die Öffentlichkeit muss darüber noch nicht informiert werden."

„Vor allem nicht Serrier", stimmte Jean zu.

„Keinesfalls. Ich will vorerst auch noch geheim halten, dass unser Blut euch gegen das Sonnenlicht schützt."

„Ich kann dir nicht sagen, welche Bedeutung unsere Entdeckung hat", warnte Jean. „Ich weiß auch nicht, wie lange die Wirkung anhält. Raymond hat mir gezeigt, wie er die Elementarkräfte beobachtet und wir konnten erkennen, dass sich das Gleichgewicht stabilisiert, wenn ein Vampir von seinem Partner trinkt.

Allerdings waren wir auf Réunion in unmittelbarer Nähe der Störung. Außerdem konnten wir nur eine Abschwächung erkennen, ganz verschwunden ist sie nicht." Marcel dachte darüber nach. „Wir werden das Ritual an Samhain durchführen", überlegte er laut. „Es kann nicht schaden, selbst wenn die Situation weniger ernst sein sollte, als wir vermuten. Wahrscheinlich ist es auf jeden Fall nötig, denn der Taifun ist trotz der neuen Partnerschaften entstanden. Wir werden etliche Magier für das Ritual brauchen. Wie sieht es mit den Vampiren aus? Können sie für die Magier einspringen, die bei den Patrouillen ausfallen? Nachts können wir auch Vampire ohne Partner einsetzen, aber wir werden sie einige Tage lang brauchen, weil die Magier sich nach dem Ritual erst wieder erholen müssen."

„Du kannst …" Jean erinnerte sich an Orlandos Worte aus den ersten Stunden der Allianz. Er verstummte. „*Wir* können uns auf alle verlassen, die bereits der Allianz beigetreten sind. Sie werden der Milice nach besten Kräften helfen. Falls ich auch andere Chefs de la Cour ansprechen und um Hilfe bitten soll, müssten wir die Allianz erst öffentlich machen, damit ich offiziell mit ihnen in Kontakt treten kann. Ansonsten führt das Jeu des Cours dazu, dass wir monatelang auf der Stelle treten und zu keinem Ergebnis kommen. Was ist mit Magiern, die nicht der Milice angehören?"

„Die französischen Magier sind entweder in der Milice oder kämpfen für Serrier. Außerhalb Frankreichs herrscht die Meinung vor, dass unser Krieg eine interne Angelegenheit ist. Réunion gehört ebenfalls zu Frankreich, deshalb werden sie sich nicht einmischen wollen. Sie werden uns erst dann helfen, wenn die Probleme die Grenzen Frankreichs überschreiten, keinen Tag früher." Marcel deutete auf seine Notizen. „Die Pressekonferenz ist für morgen Abend um neunzehn Uhr angesetzt. Ich habe dich nicht erwartet und euer Einsatz auf Réunion hatte erste Priorität. Aber da du jetzt hier bist, wäre ich froh, wenn du mich begleiten würdest. Was meinst du?"

ALAINS ENTBLÖßTER Hals war die leibhaftige Versuchung für Orlando, zumal er wusste, dass Alain unter der Decke nackt war. Er sehnte sich nach Sicherheit und Bestätigung, deshalb wäre er am liebsten unter die Decke gekrochen, um sich in Alains starken Armen geborgen zu fühlen. Mühsam zwang er sich dazu, dieser Schwäche nicht nachzugeben und sich auf das Wesentliche zu konzentrieren – den lebenserhaltenden Biss. Fast hätte er nach Alains Arm gegriffen, anstatt von seinem Hals zu trinken. Doch Alain hatte ihm den Hals angeboten und Orlando wollte die Kluft zwischen ihnen nicht noch vertiefen, indem er diese Einladung ausschlug. Vorsichtig legte er sich neben seinen Partner und drückte sich an ihn. Dann bereitete er die Haut auf seine Zähne vor und biss zu.

Alains Blut floss ihm in den Mund und überflutete seine Sinne mit den innersten Gefühlen des Magiers. Orlando erinnerte sich daran, sie schon einmal missverstanden zu haben. Diesen Fehler wollte er nicht wiederholen. Er konnte sich nicht davon beeinflussen lassen, was er in Alains Blut schmeckte. Oder was er zu schmecken vermeinte.

Alain spürte die Veränderung in Orlando durch dessen zögerliches Vortasten und verfluchte sich selbst für die Entfremdung, die zwischen ihnen entstanden war. Alain hatte seinem Geliebten nur helfen wollen, aber stattdessen hatte er alles nur noch schlimmer gemacht. Er griff nach Orlandos Hand und drückte sanft zu. Er wollte seinen Vampir nicht unter Druck setzen, doch er wollte auch nicht den Eindruck erwecken, als wäre Orlando ihm nicht willkommen. Dann legte Alain den Kopf noch weiter in den Nacken und genoss das vertraute Gefühl von Orlandos Biss, das Wellen der Lust durch seinen Körper jagte.

Orlandos Hand schloss sich um Alains Finger in wortloser Bestätigung des Verlangens, das er nach seinem Geliebten hatte. Er saugte langsamer, als er Alains Begehren mit jedem Schluck auf der Zunge schmeckte. Was immer Orlando in der Vergangenheit auch missverstanden hatte, darin hatte er sich nie getäuscht. Alains unruhige Bewegungen bestätigten ihn in der Gewissheit, dass zumindest eine Sache zwischen ihnen unverändert geblieben war. Orlando entspannte sich wieder etwas und drückte sich zögernd an seinen Geliebten.

Alain hob die Hand und streichelte ihm sanft über die braunen Haare, um ihn zu ermutigen. „Bitte", flüsterte er leise. „Trink so viel du willst."

Orlando hob den Blick und sah Alain an. Der warme Glanz in den blauen Augen seines Magiers verführte ihn immer aufs Neue. Das konnte nicht nur Pflichtgefühl sein. Orlando saugte fester und gab sich der Erotik des Bisses hin, dem Stoßen seiner Zähne in Alains Hals, dem erregenden Geruch, der von Alains Körper ausging, dem keuchenden Atem und den rastlosen Bewegungen seines Geliebten, die den Rhythmus seines Saugens begleiteten. Die Erregung zwischen ihnen wuchs langsam ins Unerträglich und Orlando fürchtete, die Kontrolle über seinen Biss zu verlieren. Vorsichtig zog er die Zähne aus Alains Hals.

„Nicht", protestierte Alain. „Mehr. Du musst mehr trinken."

Orlando zögerte, aber sein Instinkt drängte ihn dazu, den Wunsch seines Geliebten zu erfüllen. Er gab seine Zurückhaltung auf und konzentrierte sich ganz darauf, den Biss für Alain so genussvoll wie möglich zu gestalten. So lange Alain lebte, würde Orlando nie wieder einen anderen Menschen beißen. Dafür wollte er Alain mit seinem Biss so viel Vergnügen schenken, wie in seiner Macht stand.

Alain konnte sich den Stimmungsumschwung zwar nicht erklären. Aber er spürte sofort, als Orlando seinen Widerstand aufgab. Die Sorge und Erschöpfung der letzten Tage machten sich bemerkbar und er brachte nicht mehr die Willenskraft auf, sich dem Ansturm der Leidenschaft entgegenzustellen, den Orlandos Biss in ihm auslöste. Lust und Liebe schossen ihm durch den Körper, überwältigten ihn und trieben ihn zum Höhepunkt. Als Orlando die Zähne wieder aus seinem Hals zog, streichelte Alain ihm keuchend über die Wange. „Lauf nie wieder vor mir davon", bat er den Vampir. „Ich war außer mir vor Sorge und habe mir Vorwürfe gemacht, dich vertrieben zu haben."

„Würde dich das wirklich so bekümmern?", fragte Orlando leise und Alain erkannte die tiefe Unsicherheit, die hinter dieser Frage stand.

„Natürlich!", rief er. „Weißt du denn nicht, dass ich dich liebe?"

48

„D-DU … DU liebst mich?", stotterte Orlando vollkommen perplex.

Es schmerzte Alain, das ungläubige Erstaunen in Orlandos Stimme zu hören. Sein Geliebter konnte sich offensichtlich nicht vorstellen, geliebt zu werden. „Ja", erwiderte Alain und nahm, den Tränen nahe, Orlandos Gesicht zwischen die Hände. „Das heißt natürlich nicht, dass ich nie wieder Fehler mache oder dich unabsichtlich verletze. Aber ich liebe dich, daran darfst du niemals zweifeln."

Die Worte drangen kaum zu Orlando durch, so sehr schwirrte ihm der Kopf. Nur ein Satz machte Sinn. „Du liebst mich", wiederholte er, als ihm die Bedeutung von Alains Worten klar wurde. Er hob den Kopf und sah Alain mit glänzenden Augen an. „Du …" Weiter kam er nicht mehr, weil Alain ihm die Lippen mit einem zärtlichen, tiefen Kuss verschloss.

Der Magier nahm sich vor, diese Worte immer und immer wieder zu wiederholen, so lange, bis Orlando sie ihm endlich glaubte. Er wollte ihn mit so viel Liebe und Zuneigung überschütten, bis Orlando keinerlei Zweifel mehr hegte. Dieser Kuss war erst der Anfang. Alain nahm ihn in die Arme und zog ihn an sich, bis sich ihre Körper berührten, streichelte ihm über den Rücken und die Schultern und spielte mit seinen dunklen Locken. Als Orlando ihn nicht aufhielt, legte er ihm die Hände um den Kopf und zog zu sich herab, um ihn besser küssen zu können.

Alains Hände waren sanft und zärtlich. Orlando weigerte sich, sie mit den groben Berührungen seines Schöpfers zu vergleichen. In diesem Punkt hatte sein Magier recht gehabt – Orlando musste die Vergangenheit abschließen und durfte ihn nicht mehr mit diesem Monster verwechseln. In dem Versuch, seine Gefühle zu zeigen, legte Orlando den Kopf in den Nacken und bot Alain seinen Hals an. „Ich weiß nicht, wie ich auf einen Biss reagiere, auch wenn er zärtlich ist. Aber küss mich. Bitte."

Alain wusste, wie schwer es Orlando gefallen sein musste, so viel Vertrauen zu zeigen. Er nickte und fuhr ihm mit den Lippen über den Hals. Die Haut war zart und warm durch das Blut, das Orlando getrunken hatte. Alain küsste ihn und achtete darauf, ihn nicht mit den Zähnen zu berühren. „Vertrau mir", flüsterte er und küsste ihn unterm Kinn. „Ich werde dir nicht wehtun, niemals."

Keine andere Bitte Alains war für Orlando so schwer zu erfüllen und dennoch, nach den liebevollen Worten seines Geliebten wollte er ihm keinen Wunsch mehr abschlagen. „Ich weiß", flüsterte er und zog den Kopf zurück, um Alain in die Augen zu sehen. Jetzt, wo er wusste, wonach er suchte, konnte er die Liebe in Alains Blick erkennen. Orlando atmete tief durch, stand auf und begann, sich auszuziehen. Dann schlüpfte er zu Alain unter die Decke. Er legte sich zurück und zog ihn zu sich aufs Kissen. „Ich versuche es."

Alain hätte sich über diese Worte freuen sollen, aber ihn schmerzte der Gedanke, dass Orlando es erst versuchen musste. Auch wenn es eine verständliche Reaktion war und jedem anderen Menschen genauso gegangen wäre, hätte er mit Orlandos traumatischer Vergangenheit zu kämpfen. Alain drehte sich auf die Seite und sah ihm ins Gesicht. Noch vor wenigen Tagen hätte er diese Position als Einladung aufgefasst, hätte Orlando geküsst und sich von ihm lieben lassen. Aber inzwischen war zu viel passiert, um sich darauf verlassen zu können, dass sie einfach wieder da anknüpfen konnten, wo sie aufgehört hatten. „Ich liebe dich", wiederholte Alain leise, weil er nicht wusste, was er tun sollte. Was er tun durfte.

Orlando schloss die Augen und ließ sich von den heiß ersehnten Worten einhüllen. Er war so lange allein gewesen, hatte den Lügen seines Schöpfers geglaubt und sich für wertlos gehalten, für unwürdig, geliebt zu werden. Seine Erfahrungen mit den jungen Soldaten, mit denen er vor seiner Umwandlung experimentiert hatte, waren angenehm gewesen. Aber sie hatten sich niemals vorgemacht, dass ihre Berührungen zu mehr dienten, als ihrer gegenseitigen Befriedigung. Die Erinnerung daran reichte nicht, um die Demütigungen und Schmerzen zu vergessen, denen sein Schöpfer ihn ausgesetzt hatte. „Ich liebe dich auch." Orlandos Stimme brach. Diese Worte hatte er seit seiner Umwandlung nicht mehr über die Lippen gebracht, und auch davor hatte er sie nur zu seiner Mutter und seiner Schwester gesagt.

Alains einzige Antwort war ein zärtlicher Kuss auf die Stirn. Orlando hatte sich mehr erhofft, hatte erwartet, von ihm geliebt zu werden. „Willst du mich nicht mehr?", fragte er unglücklich.

„Wie kannst du das denken?", protestierte Alain. „Ich will dich nur nicht verletzen."

„Erinnerst du dich daran, wie du mir widersprochen hast, als ich gesagt habe, ich wäre kaputt? Ich hatte recht, Alain. Ich bin kaputt. Du hast mich damals vielleicht nicht verstehen können, aber jetzt solltest du es besser wissen. Ich werde dir wahrscheinlich nie geben können, was du brauchst. Ich werde diesen Bastard wahrscheinlich nie vergessen können. Das heißt aber nicht, dass ich dir nicht vertraue. Ich weiß, dass du mich niemals so behandeln würdest; aber zwei Wochen, so wunderbar sie auch waren, reichen nicht aus, um hundert Jahre Missbrauch zu vergessen", erklärte Orlando.

„Das weiß ich", sagte Alain. „Ich habe versucht, es zu respektieren. Natürlich hasse ich es, dass sein Geist jedes Mal bei uns im Bett dabei ist, wenn wir uns lieben. Aber ich versuche, geduldig zu sein und zu warten, bis du ihn ausgetrieben hast. Ich weiß nur nicht, wie ich dich berühren soll, ohne ihn wieder aufzuwecken. Du musst mir zeigen, wie ich dir helfen kann. Nur … lauf nie wieder vor mir davon." Er fuhr Orlando zärtlich mit dem Daumen über die Unterlippe und blieb mit dem Finger an der Spitze eines scharfen Zahnes hängen. In Alains Gedanken

391

waren Sex und Orlandos Biss eine untrennbare Einheit, auch wenn der Vampir sich dem immer verweigert hatte. Er hoffte auf den Tag, an dem Orlando sich sicher genug fühlte, diese Fantasie Wirklichkeit werden zu lassen. „Ich möchte dich so lieben, wie du es verdient hast. Hilf mir dabei."

Ein erstickter Schrei entfuhr Orlandos Kehle. Er zog Alain an sich und klammerte sich mit aller Kraft an ihn, kämpfte mit den widersprüchlichen Gefühlen, die ihm durch den Kopf schossen. Er wollte Alain in die Matratze drücken und über ihn herfallen; er wollte seine Zähne in den Hals des Magiers bohren, während er ihn um den Verstand brachte; er wollte sich einfach nur hinlegen und seinem Geliebten hingeben, so wie er es noch nie getan hatte; er wollte ihn von oben bis unten mit kleinen Bissen übersäen, um Alains Leidenschaft in immer neue Höhen zu treiben; er wollte sehen, wie viel mächtiger Alains Höhepunkt war, wenn er ihn gleichzeitig liebte und von ihm trank; er wollte …

Mit einem leisen Seufzer hob Orlando den Kopf und sah Alain an. Er wollte viel, aber angesichts seiner tausend Ängste war nichts davon sehr realistisch. Um eines jedoch konnte er seinen Geliebten bitten. Orlando streichelte ihm über die Brust und zog leicht am Bund der Unterhose, die Alain das erste Mal trug, seit sie zusammen schliefen. „Zieh das aus", sagte er. „Ich will dich lieben."

Alain erfüllte ihm seinen Wunsch sofort und zog sich erleichtert das verklebte Kleidungsstück vom Leib. Er wollte die Unterhose gerade auf den Boden werfen, als Orlando ihn zurückhielt, sich die Hose ans Gesicht drückte und tief einatmete. Dann sah er Alain mit glänzenden Augen an. „Ich liebe es, dass ich dich so aus der Fassung bringen kann", sagte er, warf die Unterhose zur Seite und zog Alain in die Arme.

„Putain, Orlando", murmelte Alain, den Orlandos Anblick aufs äußerste erregte. „Du musst mich nur ansehen und ich werde hart."

„Bei mir reicht es schon, wenn ich nur an dich denke", erwiderte Orlando lächelnd, weil sie endlich wieder auf dem richtigen Weg waren. Er schubste Alain leicht an der Schulter und der Magier ließ sich wieder auf den Rücken fallen. Orlando legte sich neben ihn und stützte sich auf einem Arm ab, um ihn beobachten zu können. Trotz allem, was zwischen ihnen geschehen war, konnte er sein Glück immer noch nicht fassen, einen Mann wie Alain gefunden zu haben. Er wollte den Anblick seines Magiers noch einen Augenblick genießen, bevor die Leidenschaft seine Sinne überwältigte und er nur noch fühlen konnte.

„Was soll ich tun?", fragte Alain unsicher. Er war hin und her gerissen zwischen dem Wunsch, Orlando zu lieben, und der Angst, ihn wieder zu erschrecken. Die Regeln hatten sich so oft geändert, dass er nicht mehr wusste, was erlaubt war und was nicht.

„Was immer du willst", antwortete Orlando mit rauer Stimme. „Ich will dich nicht zurückhalten. Du musst nur aufhören, wenn ich dich darum bitte."

Alain nickte, obwohl es keine eindeutige Antwort war. Er fühlte sich immer noch unsicher und etwas überfordert. Hätte Orlando ihm genaue Grenzen gesetzt, hätte er sich entspannen können und nicht über jede Berührung nachdenken müssen, weil er die Stimmung nicht verderben wollte. Alain unterdrückte einen Seufzer, um nicht wieder missverstanden zu werden. Dann streichelte er Orlando über die Wange und hob den Kopf, um ihn sanft zu küssen. Das zumindest war unverfänglich. Er konnte sich nicht vorstellen, dass Thurloe jemals neben Orlando gelegen und ihn einfach nur geküsst hatte.

Orlando überließ sich Alains Kuss. Sie waren Geliebte, nicht einfach nur Sexpartner oder gar Herr und Sklave. Er achtete peinlichst auf seine Zähne, aber auch ohne den Geschmack von Alains Blut konnte er die Liebe spüren, die in dem Kuss lag und tat alles, um sie nach besten Kräften zurückzugeben. Aber bald war der Kuss nicht mehr genug und er sehnte sich danach, Alain überall zu fühlen, an sich und um sich, bis sie sich auf die älteste Weise der Welt bewiesen hatten, dass sie sich immer noch liebten, dass die Missverständnisse zwischen ihnen der Vergangenheit angehörten und sie nicht auseinanderreißen konnten. Er fasste nach Alain Kopf und drückte ihn fester an sich, um den Kuss zu vertiefen. Mit der anderen Hand streichelte er Alain über die haarige Brust und spielte mit seinen Nippeln. Alain presste sich an ihn, sodass sie sich von der Brust bis zu den Schenkeln berührten und ihre harten Schwänze sich aufreizend aneinander rieben.

Alain erinnerte sich daran, dass Orlando es geliebt hatte, an den Nippeln gestreichelt zu werden, also versuchte er es jetzt wieder. Als er das zufriedene Seufzen des Vampirs hörte, wurde er zuversichtlicher, unterbrach ihren Kuss und ließ seinen Mund über Orlandos Hals und Schulter gleiten. Er wollte die zarte Haut schmecken, aber dazu hätte er den Mund öffnen und das Risiko eingehen müssen, Orlando mit den Zähnen zu berühren. Das wollte er um jeden Preis vermeiden, denn er war viel zu froh darüber, Orlando endlich wieder lieben zu können. Er beobachtete Orlandos Gesicht und achtete auf jedes Anzeichen von Unbehagen, um sofort darauf reagieren zu können. Aber er sah nur Freude und Zufriedenheit. Erleichtert küsste Alain seinen Weg nach unten auf Orlandos Brust und fuhr ihm mit den Lippen über die Nippel, erst rechts und dann links. Orlando krallte sich mit den Fingern in Alains Haare und der Magier hob beunruhigt den Kopf, konnte aber auch dieses Mal nur Verzücken im Gesicht seines Geliebten erkennen. Orlando stöhnte leise und drückte Alains Kopf wieder nach unten. Alain gab seine Zurückhaltung auf, öffnete den Mund und leckte ihm über den Nippel, bis er feucht glänzte. Orlandos Stöhnen fuhr ihm direkt in den Schwanz, der in den letzten Minuten immer härter geworden war. Er leckte dem Vampir weiter über den empfindlichen Nippel und achtete dabei sorgfältig auf seine Zähne. Nichts sollte seinen Geliebten in diesem Moment an Thurloe erinnern.

Orlando jedoch verschwendete keinen Gedanken an die Vergangenheit. Mit Alain war alles anders und er konnte kaum fassen, wie wunderbar es sich anfühlte. Fast konnte er daran glauben, dass eines Tages alles gut werden und er seine Ängste komplett vergessen würde. Er bog den Rücken durch und drückte sich mit der Brust an Alains Mund, wollte mehr davon spüren, wollte Alains Zunge und Lippen um seine Nippel fühlen, bis er es vor Begehren nicht mehr aushalten konnte.

„Bitte", flüsterte er und legte beide Hände auf Alains Kopf.

Alain hob leicht den Kopf und sah ihm in die Augen. „Was willst du?", fragte er und seine Lippen glitten feucht über Orlandos seidige Haut.

„Mehr", keuchte Orlando heiser. „Gib mir mehr."

Alains Magen zog sich zusammen, als er Orlandos Stimme hörte. Er senkte den Kopf, nahm seine Zärtlichkeiten wieder auf und ließ dabei die Hände über Orlandos Körper wandern. Er streichelte ihm über den Rücken, die Hüften und die Oberschenkel, mied aber jeden Kontakt mit Orlandos Hinterteil oder Schwanz, denn dort war Orlando Thurloes Folter am schlimmsten ausgesetzt gewesen.

Alains Zärtlichkeiten waren besitzergreifend. Jedenfalls kam es Orlando so vor. Es hatte nichts damit zu tun, wie Thurloe von ihm Besitz ergriffen hatte, der den jüngeren, schwächeren Vampir beherrschen wollte und ihn mit seiner eisernen Faust an Körper und Seele verletzt hatte. Nein, Alain hielt ihn in Ehren wie einen teuren Schatz, den man in Reichweite weiß, aber niemals ganz besitzen kann. Es war ein vollkommen neues Gefühl für Orlando, aber er wollte sich gerne daran gewöhnen. Als Alains Lippen seine Nippel verließen und sich langsam nach unten vortasteten, hatte Orlando nur noch einen Wunsch – er wollte sie um seinen Schwanz spüren. Ohne lange über die Implikationen seines Wunsches nachzudenken, lenkte er Alains Kopf mit den Händen sanft in die ersehnte Richtung.

Alain erkannte Orlandos Absicht und erinnerte sich daran, dass es das letzte Mal gut gegangen war, als er den Schwanz seines Geliebten in den Mund genommen hatte. Die Probleme hatten erst begonnen, als er Orlando am Hals knabberte. Es kam ihm immer noch merkwürdig vor, dass diese harmlose Zärtlichkeit Orlando so sehr aus dem Gleichgewicht geworfen hatte, aber das gehörte der Vergangenheit an. Alain wollte an die Zukunft denken und dafür sorgen, dass sie niemals wieder in eine solche Situation gerieten. Mit diesem Vorsatz beugte er den Kopf und leckte Orlando über die Eichel. Dann zog er mit den Fingern sanft die Vorhaut zurück und drückte die Zunge in Orlandos Schlitz. Er wollte Orlando den besten Blowjob geben, den sein Geliebter jemals erlebt hatte. Alain fing die salzigen Tropfen mit der Zunge auf, schloss die Lippen um den Schwanz und begann ihn zu saugen, während er ihn in die Hand nahm und streichelte. Orlando klammerte sich an seinen Kopf, aber ein kurzer Blick in das Gesicht des Vampirs zeigte Alain, dass alles gut war. Er nahm den Schwanz tiefer in den Mund und verließ sich darauf, dass Orlando ihn rechtzeitig warnen würde, falls es ihm zu viel wurde.

Orlando hielt so lange wie möglich still und schwelgte in den zärtlichen Berührungen von Alains Händen und Mund. Sein Herz wurde leicht und mit jedem Streicheln, mit jedem Lecken wurde ein kleiner Riss in Orlandos Seele geflickt und die Wunden der Vergangenheit langsam geheilt. Obwohl er immer noch keine Hoffnung auf vollständige Heilung hatte, konnte er sich mehr und mehr hingeben, bis er spürte, dass er sich unaufhaltsam dem Höhepunkt näherte. Er zog sich zurück und fasste Alain am Kinn. „Nicht so", sagte er. „Zusammen."

„Ich will dich glücklich machen", flüsterte Alain bittend.

„Das wirst du auch", versprach Orlando. „Aber es bringt keine Freude, dabei allein zu sein." Er rollte sich auf den Rücken. „Reitest du mich?"

Alain schluckte tief. Sein Mund war plötzlich wie ausgetrocknet. Ja, sie hatten das schon einmal gemacht. Er konnte sich allerdings noch gut erinnern, wie viel Überwindung es Orlando gekostet hatte, die Kontrolle aufzugeben und unter Alain zu liegen. Und damals hatte Orlando ihm noch vertraut, aber jetzt …

„Bitte?"

Alain holte die Flasche mit dem Gel von Nachttisch und rieb Orlandos Schwanz großzügig damit ein, bevor er sich über ihn hockte. Er hätte seinen Vampir gerne geküsst, wollte sich aber nicht über ihn beugen und ihm das Gefühl vermitteln, unter dem Gewicht seines Körpers gefangen zu sein. Stattdessen nahm er Orlandos Hand und legte sie sich auf die Hüfte. Orlando war stark genug, um ihn so jederzeit stoppen zu können. Dann ließ Alain sich langsam auf Orlandos steifen Schwanz sinken. Die fehlende Vorbereitung zog den Moment in die Länge und es schmerzte etwas, war aber nicht schlimm genug, um deswegen aufzuhören. Als Alain Orlandos Schwanz ganz in sich hatte, lehnte er sich zurück und stützte sich mit den Händen auf, während er langsam begann, die Hüften zu bewegen. Durch den Winkel glitt ihm Orlandos Schwanz mit jedem Stoß über die Prostata und brachte ihn zum Stöhnen.

Orlando riss die Augen auf, als Alain sich ohne jede Vorbereitung nach unten sinken ließ. Er griff fest nach Alains Hüften und sah ihm ins Gesicht, weil er ihn bei dem geringsten Anzeichen von Schmerzen aufhalten wollte. Orlando wusste genau, wie es sich anfühlte, wenn man ohne Vorbereitung einen Schwanz in den Arsch geschoben bekam. Als er in Alains Gesicht nur Erregung und Lust erkannte, beruhigte er sich wieder und überließ es seinem Geliebten, den Rhythmus zu bestimmen. Alain war ein atemberaubender Anblick, wie er sich mit durchgebeugtem Rücken über Orlando bewegte und sein steifer Schwanz sich ihm einladend entgegenstreckte. „Du bist so wunderschön."

Alain schüttelte den Kopf, als er das unerwartete Kompliment hörte. „Nicht ich", sagte er und seine blauen Augen glänzten leidenschaftlich. „Ich bin kein Vergleich zu dir. Du kannst dir gar nicht vorstellen, wie sehr ich dich liebe. Du hast in den letzten beiden Wochen meine ganze Welt aus den Angeln gehoben. Ich hatte mich schon damit abgefunden, allein zu bleiben, vielleicht sogar den Krieg nicht zu überleben. Aber du hast mir nicht nur einen neuen Grund gegeben, zu kämpfen, sondern auch zu siegen und zu überleben. Ich möchte mein ganzes Leben mit dir verbringen, dich lieben und von dir geliebt werden."

Bei den letzten Worten brach Alains Stimme und er wäre fast gekommen, denn seine Emotionen nahmen nicht nur sein Herz gefangen, sondern beherrschten auch seinen Körper. Er wollte seinen Orgasmus verhindern, doch Orlando schlug ihm die Hand zur Seite und zog ihn nach unten, bis sich ihre Lippen trafen. Die zarte Berührung raubte Alain den letzten Rest an Selbstbeherrschung und er kam auf Orlandos Bauch. Im gleichen Augenblick konnte er fühlen, wie Orlandos Hitze ihn füllte, dann gaben seine Arme nach. Er schaffte es gerade noch, sich zur Seite fallen zu lassen, um Orlando nicht mit seinem Gewicht zu erdrücken. Der Vampir rollte sich mit ihm auf die Seite, den Mund immer noch auf Alains Lippen gepresst, und schloss ihn in die Arme. So blieben sie noch lange regungslos liegen, auch als ihr Herzschlag sich wieder normalisiert hatte.

„Mesdames et Messieurs", rief Marcel, als er um Punkt neunzehn Uhr das Podium betrat. Die Sonne war gerade lange genug untergegangen, sodass die Reporter Jeans Anwesenheit auf der Pressekonferenz nicht hinterfragen würden, wenn Marcel die Allianz bekannt gegeben hatte und Jean bitten wollte, einige Worte aus seiner Sicht als Chef de la Cour hinzuzufügen. Falls die nächsten Minuten nach Plan verliefen, wäre es die beste Aufführung, die Marcel jemals abgeliefert hatte. „Wir haben heute Abend viel vor uns, also nehmen Sie bitte Platz und lassen Sie uns anfangen."

Die Journalisten folgten seiner Aufforderung sofort. Sie waren offensichtlich neugierig, zu erfahren, was den Generalkommandeur veranlasst hatte, diese außerordentliche Pressekonferenz einzuberufen.

„Wie ich Ihnen in den letzten beiden Jahren schon mehrfach mitgeteilt habe, ist der Krieg, den wir gegen die dunklen Magier führen, nicht nur für die Magier von Bedeutung, sondern für alle Menschen, ob sie sich dessen bewusst sind oder nicht. Es geht um mehr als nur die Zukunft der Demokratie in Frankreich. Das beweist der Taifun, der in den letzten Tagen auf Réunion gewütet hat und der durch das gestörte Gleichgewicht der magischen Kräfte ausgelöst wurde. Dieses Ungleichgewicht ist schon oft angesprochen worden, aber es wurden noch keine Anstalten gemacht, etwas dagegen zu unternehmen, obwohl es auf Dauer unsere Welt zerstören kann. Ich sehe, dass einige von Ihnen nicken, während andere mit den Augen rollen und sich fragen, warum der alte Trottel jetzt schon wieder mit dieser ewig gleichen Leier anfängt. Dafür gibt es zwei Gründe. Erstens kann ich Sie nicht oft genug darauf hinweisen, wie wichtige diese Botschaft ist. Wir müssen diesen Krieg gewinnen, wenn wir eine Zukunft haben wollen. Nun zu meinem zweiten Grund. Zur Freude der Milice und der Regierung kann ich Ihnen mitteilen, dass wir Magier nicht die Einzigen sind, die diese Tatsache erkannt haben. Nach vielen Gesprächen und Verhandlungen ist es der Milice gelungen, einen starken Verbündeten für ihren Kampf gegen die Rebellen zu gewinnen. Der Chef de la Cour von Paris, Jean Bellaiche, hatte die Weitsicht, zu erkennen, dass eine Niederlage in diesem Krieg für ihn und seine Leute eine Katastrophe wäre. Er hat sich mit seinen Vampiren unserer Sache angeschlossen."

Marcel machte eine Pause, um die Botschaft wirken zu lassen. Einige Sekunden herrschte Schweigen, dann brach das reine Chaos aus. Alle riefen ihm gleichzeitig ihre Fragen zu. Marcel verkniff sich ein Grinsen und warf einen Blick zur Seite, wo hinter dem Podium Jean auf seinen Einsatz wartete. Das Medaillon an seinem Hals glänzte hell, als er ins Scheinwerferlicht trat. Es war das einzige an ihm, das aus dem Rahmen fiel. Ansonsten war er vollkommen unauffällig gekleidet. Jean hatte sich sehr wohl denken können, was die Männer und Frauen in diesem Raum von einem Vampir erwarteten, war aber nicht bereit gewesen, ihre Vorurteile zu bestätigen. Sie passten nicht zu ihm. Sicher, seine Haut war hell, aber nicht hell genug, um damit aufzufallen. Seine Lippen waren blassrosa, nicht blutrot, wie die Lippen der Vampire in den Filmen, die Sterbliche über sie gedreht hatten. Seine dunkle Hose und sein Seidenhemd waren von bester Qualität, aber eher konservativ geschnitten. Elegant und modern, aber unauffällig. Nur seine langen Zähne würden ihn als Vampir zu erkennen geben, doch die ließ er nicht zum Vorschein kommen. Jean wusste genau, wie er auf die Menschen im Raum wirkte, denn er beherrschte diese Rolle mittlerweile perfekt. Jetzt wollte er damit das Misstrauen ausräumen, das er in den Gesichtern der Journalisten lesen konnte.

„Das ist kein Vampir", rief einer von ihnen fast wie auf Kommando.

Marcel wollte widersprechen, aber Jean kam ihm zuvor und trat ans Mikrophon. „Und wie soll ich Ihnen meine Identität beweisen?", fragte er lächelnd und ließ herausfordernd seine Zähne blitzen. „Soll ich einen von Ihnen beißen? Wer stellt sich freiwillig zur Verfügung? Oder soll ich mich in eine Fledermaus verwandeln und unter der Zimmerdecke kreisen?" Lachen war zu hören. „Ich habe viele Talente, aber ich kann mich nicht verwandeln. Ich bin ein Vampir, kein Werwolf."

„Warum sind Sie dann im Spiegel sichtbar?", rief ein anderer Reporter und zeigte auf den Wandspiegel, in dem Jean deutlich zu sehen war.

„Weil ich hier vor Ihnen stehe, ob Vampir oder nicht. Ich bin kein Geist, der sich beim geringsten Windstoß in Luft auflöst", erwiderte Jean. „Sie glauben vielleicht, alles über Vampire zu wissen. Aber Sie täuschen sich. Ja, wir brauchen Blut, um zu überleben. Ja, Sonnenlicht und Feuer können uns vernichten. Aber alles andere, was Sie zu wissen glauben, sind Legenden und Gerüchte, von Menschen gestreut und am Leben gehalten aus Angst davor, zugeben zu müssen, dass wir zwar anders sind, aber nicht böse. Glücklicherweise ist die Milice nicht so engstirnig. Sie haben die Hilfe angenommen, die wir ihnen angeboten haben."

„Und was können Vampire erreichen, was ein Magier nicht kann?"

„Ihre Stärke, ihre Geschwindigkeit und ihre Weisheit", mischte Marcel sich ein, um seine Unterstützung für Jean und die Vampire zu zeigen. Raymond und Orlando hatten oft genug darauf hingewiesen, wie wichtig es war, eine gemeinsame Front zu zeigen. Jedes noch so geringe Anzeichen von Zwietracht würde der Sache der Vampire schaden. „Seit wir vor zwei Wochen die Allianz mit den Vampiren eingegangen sind, haben wir mehr Schlachten gewonnen, mehr Rebellen festgenommen und weniger eigene Verluste gehabt, als seit Beginn des Krieges. Es besteht kein Zweifel daran, dass wir das den Vampiren zu verdanken haben. Vor zwei Tagen hat sich daher auch der Chef de la Cour von Amiens unserer Allianz angeschlossen."

„Aber sie sind Vampire!"

„Ja. Und was wollen Sie damit sagen?", wollte Marcel wissen.

„Sie sind unnatürlich!"

„Nein, das sind sie nicht. Sie sind magisch, und damit unterstehen sie meiner Verantwortung und meinem Schutz. Magie ist weder gut noch böse. Vampire sind genauso wenig grundsätzlich böse, wie Magier oder andere Menschen grundsätzlich böse sind. Je schneller sich diese Erkenntnis durchsetzt, umso besser ist es für uns alle", erklärte Marcel standhaft. „Erfreulicherweise stimmen einige unserer Abgeordneten dieser Einschätzung zu. Angesichts unserer Allianz und der Opfer, die der Cour von Paris und der Cour von Amiens gebracht haben und weiter bringen werden, haben sie daher beschlossen, einen Gesetzentwurf einzubringen, der Vampiren Gleichbehandlung garantieren und Diskriminierung verhindern soll. Wir haben einen Scheideweg erreicht, einen Scheideweg nicht nur in diesem Krieg, sondern in unserer Geschichte. Die Allianz zwischen Magiern und Vampiren ist erst der Anfang."

PERSONENVERZEICHNIS

Alain Magnier – Magier der Milice und Partner von Orlando St. Clair

Aleth Dumont – Thierrys verstorbene Frau

Adèle Rougier – Magierin der Milice und Partnerin von Jude

Angélique Bouaddi – Vampirin und Partnerin von David Sabatier, Besitzerin des Sang Froid

Antonio – Vampir, ohne Partner

Blair Nichols – Vampir und Partner von Laurent Copé

Caroline Bontoux – Magierin der Milice und Partnerin von Mireille Fournier

Catherine Raynaud de Lage – Magierin der Milice und Partnerin von Justin Molinière

Charlotte Pasquier – Magierin der Milice und Partnerin von Sophie Gasquet

Christophe Lombard – ältester Vampir von Paris

Claude Blanchet – dunkler Magier

David Sabatier – Magier der Milice und Partner von Angélique Bouaddi

Dominique Cornet – dunkler Magier

Eric Simonet – dunkler Magier, der nach dem Tod seiner Frau und seiner Kinder zu Serrier übergewechselt ist

François Roche – Angéliques Geschäftsführer im Sang Froid

Hugues Fouquet – Magier der Milice und Leutnant unter Alain

Jean Bellaiche – Chef de la Cour von Paris und Partner von Raymond Payet

Joël Morvilliers – dunkler Magier

Jude – Vampir und Partner von Adèle Rougier

Julien Aubert – Vampir und Besitzer einer Nachtbar

Justin Molinière – Vampir und Partner von Catherine Raynaud de Lage

Karine Gaudier – Jeans sporadische Geliebte

Laetitia Bastian – Vampirin und Besitzerin eines Cafés

Laurent Copé – Magier der Milice und Partner von Blair Nichols, Leutnant unter Alain

Luc Cabalet – Chef de la Cour von Amiens

Magali Ducassé – Magierin der Milice

Malika Robin – Vampirin und Besitzerin eines Internet-Cafés

Marie Jacquet – Magierin der Milice und Partnerin von Geneviève Iserin

Mathieu Gastineau – Magier der Milice und Partner von Fabienne Bruguière

Mireille Fournier – Vampirin und Partnerin von Caroline Bontoux

Orlando St. Clair – Vampir und Partner von Alain Magnier

Pascal Serrier – Anführer der dunklen Magier

Raymond Payet – Magier der Milice und Partner von Jean Bellaiche

Sebastien Noyer – Vampir und Partner von Thierry Dumont

Simon Aguiraud – dunkler Magier
Sophie Gasquet – Vampirin und Partnerin von Charlotte Pasquier
Thibaut – Sebastiens verstorbener Avoué
Thierry Dumont – Magier der Milice und Partner von Sebastien Noyer
Vincent Jonnet – dunkler Magier

ARIEL TACHNA lebt mit ihrem Ehemann, ihrem Sohn und ihrer Tochter sowie einer Katze in der Nähe von Winton-Salem, North Carolina. Bevor sie sich dort niedergelassen hat, hat sie die ganze Welt bereist. Sie hat sich in zwei Länder verliebt: in Frankreich, wo sie ihren Mann kennengelernt hat, und in Indien, wo sie sich eines Tages zu Ruhe setzen möchte. Ariel ist zweisprachig und kann sich in vier weiteren Sprachen verständigen. Sie liebt Sprachen genauso sehr, wie sie das Schreiben liebt.

Besuchen Sie Ariel auf ihrer Website: http://www.arieltachna.com, bei Facebook: https://www.facebook.com/ArielTachna, oder schicken Sie ihr eine E-Mail an: arieltachna@gmail.com.

ALLIANZ
DES BLUTES

ARIEL TACHNA

Buch 1 in der Serie – Blutspartnerschaft

Können ein verzweifelter Magier und ein verbitterter, desillusionierter Vampir einen Weg finden, Partner zu werden und ihre Welt zu retten?

In einer Welt, in der ein Krieg der Magier tobt, werden Vampire von vielen als minderwertig angesehen, als die stereotypischen Geschöpfe der Nacht, denen die Menschen zum Opfer fallen. Doch der Krieg wird immer bedrohlicher und die Magier wissen, dass sie Hilfe brauchen, um das Geschick zu ihren Gunsten zu wenden. Die dunklen Magier wollen die bestehende Welt auslöschen, und die Stärke der Vampire könnte den Ausschlag geben, um das zu verhindern.

Die Magier gehen das Wagnis ein, den Chef de la Cour der Vampire zu einem geheimen Treffen zu überreden, um ihn von ihrem guten Willen zu überzeugen und seine Unterstützung zu gewinnen. Alain Magnier, ein verzweifelter Magier, und Orlando St. Clair, ein verbitterter, desillusionierter Vampir, treffen sich in Paris auf einem Friedhof. Das Schicksal der Welt hängt vom Ausgang dieses Treffens ab. Werden die Vampire sich dem Kampf gegen die dunklen Magier anschließen und sich mit den Magiern auf eine Partnerschaft einlassen, um den Krieg gemeinsam zu gewinnen?

Von ARIEL TACHNA

Ihre Beiden Väter
Unter die Haut

BLUTSPARTNERSCHAFT
Allianz des Blutes
Pakt des Blutes

LANG DOWNS
Dein Stern am Himmel
Hol Dir einen Stern
Die Nacht überdauern
Die Flammen besiegen

Veröffentlicht von DREAMSPINNER PRESS
www.dreamspinner-de.com